Cosas que ocultamos de la luz

COSAS QUE OCULTAMOS DE LA LUZ

Lucy Score

TRADUCCIÓN DE
Sonia Tanco Salazar

CHIC

Primera edición: octubre de 2023
Segunda edición: agosto de 2024
Título original: *Things We Hide from the Light*

© Lucy Score, 2023
© de la traducción, Sonia Tanco Salazar, 2023
© de esta edición, Futurbox Project S. L., 2024
La autora reivindica sus derechos morales.
Todos los derechos reservados, incluido el derecho de reproducción total o parcial.
Esta edición se ha publicado mediante acuerdo con Bookcase Literary Agency.

Diseño de cubierta: Kari March Designs
Corrección: Gemma Benavent, Cherehisa Viera

Publicado por Chic Editorial
C/ Roger de Flor n.º 49, escalera B, entresuelo, despacho 10
08013, Barcelona
chic@chiceditorial.com
www.chiceditorial.com

ISBN: 978-84-19702-03-6
THEMA: FRD
Depósito Legal: B 17176-2023
Preimpresión: Taller de los Libros
Impresión y encuadernación: CPI Black Print
Impreso en España – *Printed in Spain*

En memoria de Chris Waller, el lector que me pidió que incluyera la palabra «escudete» en una de mis novelas para ganarle una apuesta a su mujer. Kate, espero que encontrarla te haga sonreír.

CAPÍTULO UNO

UNAS ASCUAS DIMINUTAS

NASH

Los agentes federales que había en mi despacho tuvieron suerte por dos motivos.

En primer lugar, mi gancho de izquierda ya no era como antes de que me dispararan.

Y en segundo lugar, era incapaz de sentir algo, por no mencionar que no estaba tan loco como para plantearme hacer una estupidez.

—El FBI cree que tiene un interés personal por encontrar a Duncan Hugo —afirmó la agente especial Sonal Idler, sentada recta como un palo, al otro lado de mi escritorio. Le echó un vistazo a la mancha de café de mi camisa.

Era una mujer seria que llevaba un traje de chaqueta y pantalón y parecía que comía trámites para desayunar. El hombre que había junto a ella, el jefe de policía Nolan Graham, tenía bigote y parecía que lo hubieran obligado a hacer algo que no le apetecía nada hacer. Y también parecía culparme a mí por ello.

Quería ser capaz de cabrearme. Quería sentir algo más que el enorme vacío que me sometía, tan inevitable como la marea. Pero no había nada. Solo estábamos el vacío y yo.

—Pero no podemos permitir que sus hombres y mujeres corran de aquí para allá y echen a perder mi investigación —prosiguió Idler.

Al otro lado del cristal, el sargento Grave Hopper se estaba echando un buen puñado de azúcar en el café y lanzaba miradas asesinas a los dos federales. Tras él, el resto de la comisaría zumbaba con la energía habitual que caracterizaba al departamento de policía de un pueblo pequeño.

Sonaban los teléfonos y resonaban los teclados. Los agentes trabajaban. Y el café daba asco.

Todos vivían y respiraban. Todos excepto yo.

Yo solo fingía.

Me crucé de brazos e ignoré la punzada intensa que sentí en el hombro.

—Agradezco el acto de cortesía, pero ¿a qué se debe tanto interés especial? No soy el primer policía que recibe un balazo en acto de servicio.

—Y tampoco era el único nombre que aparecía en la lista. —Graham intervino por primera vez.

Apreté la mandíbula. La lista había sido el comienzo de esta pesadilla.

—Pero sí que fue el primer objetivo —añadió Idler—. Su nombre estaba en la lista de policías e informantes, pero esto no solo ha sido un tiroteo. Jamás habíamos tenido nada que nos pudiera ayudar a meter a Anthony Hugo entre rejas.

Era la primera vez que había oído algo de emoción en su voz. La agente especial Idler tenía un interés personal: atrapar de una vez por todas al jefazo del crimen Anthony Hugo.

—No quiero que el caso tenga fisuras —continuó—. Por eso no podemos permitir que los locales se tomen la justicia por su mano, ni siquiera aunque lleven placa. El bien común siempre tiene un precio.

Me froté la barbilla con la mano y me sorprendió darme cuenta de que tenía una barba de más de dos días. Afeitarme no había encabezado mi lista de prioridades últimamente.

La agente especial suponía que había estado investigando, lógico dadas las circunstancias. Pero no conocía mi secreto. Nadie lo sabía. Puede que por fuera me estuviera curando, puede que me pusiera el uniforme y acudiera a la comisaría todos los días, pero por dentro no me quedaba nada. Ni siquiera las ganas de encontrar al responsable de lo que me pasaba.

—¿Y qué espera que haga mi departamento si Duncan Hugo regresa y decide disparar a más vecinos? ¿Mirar para otro lado? —pregunté, arrastrando las palabras.

Los federales intercambiaron una mirada.

—Espero que nos mantenga al corriente de cualquier suceso local que tenga relación con nuestro caso —dijo Idler con firmeza—. Disponemos de algunos recursos más que su departamento. Y no tenemos intereses personales.

Sentí un destello de algo en el vacío. «Vergüenza».

Debería tener un interés personal. Debería estar dándole caza a ese hombre yo mismo. Si no por mí, por Naomi y Waylay. La prometida de mi hermano y su sobrina también habían sido sus víctimas: las había secuestrado y atemorizado por culpa de la lista que me había hecho ganarme dos agujeros de bala.

Pero una parte de mí murió aquella noche en esa cuneta y no sentía que mereciera la pena luchar por la parte que quedaba.

—El jefe de policía Graham se quedará por aquí un tiempo. Para vigilar un poco las cosas —continuó Idler.

El del bigote no parecía más contento de oírlo que yo.

—¿Alguna cosa en particular? —pregunté.

—Todos los objetivos restantes de la lista recibirán protección federal hasta que determinemos que la amenaza no es inminente —explicó Idler.

«Madre mía». Todo el maldito pueblo pondría el grito en el cielo si descubrían que había agentes federales merodeando y esperando a que alguien rompiera las reglas. Y a mí no me quedaban fuerzas para aguantar protestas.

—Yo no necesito protección —añadí—. Si Duncan Hugo tiene dos dedos de frente, no seguirá por aquí. Ya se habrá largado. —Por lo menos, eso era lo que me decía a mí mismo por las noches, cuando no conseguía conciliar el sueño.

—Con el debido respeto, jefe, le dispararon. Tiene suerte de seguir con vida —intervino Graham con una sacudida engreída del bigote.

—¿Y qué pasa con la prometida y la sobrina de mi hermano? Hugo las secuestró. ¿Van a recibir protección?

—No tenemos motivos para sospechar que Naomi y Waylay Witt se encuentren en peligro ahora mismo —respondió Idler.

Las punzadas del brazo habían empezado a convertirse en un dolor sordo que combinaba con el de la cabeza. Había dormido poco, se me estaba agotando la paciencia y, si no conseguía que esos dos granos en el culo salieran del despacho, no contaba con que la conversación siguiera siendo civilizada.

Reuní todo el encanto sureño que pude y me levanté tras el escritorio.

—Entendido. Ahora, si me disculpan, tengo un pueblo al que servir.

Los agentes se pusieron en pie e intercambiamos unos apretones de manos mecánicos.

—Les agradecería que me mantuvieran al corriente. Dado que tengo un «interés personal» y esas cosas —añadí cuando llegaron a la puerta.

—Nos aseguraremos de contarle lo que podamos —dijo Idler—. También esperamos que nos llame en cuanto recuerde cualquier cosa del tiroteo.

—Lo haré —respondí entre dientes. Con la tríada de heridas físicas, pérdida de memoria e insensibilidad vacía, no era más que una sombra del hombre que había sido antes.

—Nos vemos —dijo Graham. Sonó a amenaza.

Esperé a que hubieran sacado el culo de la comisaría antes de descolgar la chaqueta del perchero. El agujero de bala del hombro se resintió cuando introduje el brazo en la manga. Y el del torso no estaba mucho mejor.

—¿Todo bien, jefe? —preguntó Grave en cuanto salí a la recepción.

En circunstancias normales, el sargento habría insistido en que le diera una explicación detallada de la reunión, seguida de una sesión de una hora sobre tonterías jurisdiccionales. Pero desde que me habían disparado y había estado a punto de morir, todo el mundo hacía lo posible por tratarme con suma delicadeza.

A lo mejor ocultar las cosas no se me daba tan bien como pensaba.

—Sí —le respondí en un tono más brusco del que pretendía.

—¿Te vas? —insistió.

—Sí.

La patrullera nueva y entusiasta se levantó de la silla como un resorte.

—Si quiere algo de comer, puedo ir a comprarle algo a Dino's, jefe —se ofreció.

Nacida y criada en Knockemout, Tashi Bannerjee acababa de salir de la academia de policía. Ahora le brillaban los zapatos y llevaba el pelo oscuro recogido en el moño reglamentario, pero hacía cuatro años, cuando todavía estaba en el instituto, la habían multado por entrar en un autoservicio de comida rápida montada a caballo. La mayoría del departamento se había saltado las normas en su juventud, por lo que significaba mucho más que hubiéramos decidido defenderlas en lugar de eludirlas.

—Puedo comprarme mi propia comida —le dije de mal humor.

Se le ensombreció el rostro durante un segundo antes de recobrar la compostura y me sentí como si le hubiera dado una patada a un cachorrito. «Joder». Me estaba convirtiendo en mi hermano.

—Pero gracias por ofrecerte —añadí en un tono algo menos contrariado.

«Genial». Ahora tenía que hacer algo amable. Otra vez. Otro gesto que dijera «siento haber sido un capullo» para el cual no me quedaban energías. A lo largo de la semana había traído café, dónuts y, después de haber perdido los estribos de manera bochornosa por culpa del termostato del vestíbulo, chocolatinas.

—Me voy a fisioterapia. Volveré en una hora más o menos.

Acto seguido, me dirigí a la salida como si tuviera un propósito, por si alguien más planeaba intentar entablar conversación conmigo.

Dejé la mente en blanco y traté de centrarme en lo que ocurría a mi alrededor. Abrí las puertas de cristal del Edificio Municipal Knox Morgan y el otoño del norte de Virginia me golpeó con fuerza. El sol brillaba en un cielo tan azul que hacía daño a la vista. Los árboles que bordeaban la calle eran todo un espectáculo: el verde de las hojas había empezado a dar paso a rojos, amarillos y naranjas. Los escaparates del centro estaban repletos de calabazas y pacas de heno.

Oí el rugido de una motocicleta y, al levantar la mirada, vi pasar de largo a Harvey Lithgow. Llevaba unos cuernos de demonio en el casco y un esqueleto de plástico sentado detrás, enganchado al sillín.

Levantó una mano a modo de saludo antes de bajar por la carretera a, por lo menos, quince kilómetros por encima del límite de velocidad establecido. Como siempre, eludía los límites de la ley.

El otoño siempre había sido mi estación preferida del año. Era la época de los nuevos comienzos. De las chicas guapas en jerséis suaves. De la temporada de fútbol. Del baile de bienvenida. Y de calentar las noches frías con *whisky* americano y fogatas.

Pero todo había cambiado. Yo había cambiado.

Como había mentido sobre la sesión de fisioterapia, no podían verme en el centro comprándome algo de comer, así que me fui a casa.

Me prepararía un sándwich que no quería comerme, me sentaría a solas e intentaría encontrar la manera de superar el resto del día sin comportarme como un imbécil.

Tenía que recomponerme de una vez. No era tan difícil trabajar en una maldita oficina y hacer acto de presencia como el testaferro inútil en el que me había convertido.

—Buenos días, jefe. —Tallulah St. John, la mecánica local y copropietaria del Café Rev, me saludó mientras cruzaba la calle en rojo justo delante de mí. Llevaba las trenzas largas y negras recogidas sobre el hombro, por encima del tirante del mono, una bolsa de la compra en una mano y un café, que seguramente le había preparado su marido, en la otra.

—Buenos días, Tashi.

El pasatiempo favorito de los habitantes de Knockemout era ignorar las leyes. Mientras que yo me ceñía al negro o al blanco, a veces parecía que la gente que me rodeaba vivía en la zona gris. Al pueblo, fundado por rebeldes ingobernables, le valían muy poco las normas y los decretos. Al anterior jefe de policía le había parecido bien dejar que los ciudadanos se valieran por sí mismos mientras él le sacaba brillo a la placa como símbolo de su estatus y utilizaba el puesto para fines personales durante más de veinte años.

Yo había sido jefe desde hacía casi cinco años. Este pueblo era mi hogar, y sus habitantes, mi familia. Era evidente que había fracasado al enseñarles a respetar las leyes. Y ahora solo era cuestión de tiempo antes de que se dieran cuenta de que ya no era capaz de protegerlos.

Me sonó el móvil en el bolsillo y alargué la mano izquierda para sacarlo antes de acordarme de que ya no lo llevaba en ese lado. Murmuré una palabrota entre dientes y lo saqué con la derecha.

Knox: Diles a los federales que pueden besarte el culo, besármelo a mí y, ya que están, besárselo a todo el pueblo.

Pues claro que mi hermano se había enterado de lo de los federales. Seguro que se había emitido una alerta en cuanto habían entrado en la calle principal con el sedán. Pero no me apetecía hablar del tema. En realidad, no tenía ganas de nada.

Me sonó el teléfono en la mano.

«Naomi».

No hacía mucho, me habría entusiasmado responder a esa llamada. Me había sentido atraído por la camarera nueva y su racha de mala suerte. Pero ella se había enamorado, de forma inexplicable, del cascarrabias de mi hermano. Había superado rápido el enamoramiento (había sido más sencillo de lo que esperaba), aunque disfrutaba de cómo él se irritaba cada vez que su futura esposa se preocupaba por mí.

No obstante, ahora me parecía otra responsabilidad de la que no podía hacerme cargo.

Dejé que saltara el buzón de voz mientras doblaba la esquina para entrar en mi calle.

—Buenos días, jefe —gritó Neecey mientras sacaba el caballete publicitario de la pizzería por la puerta principal. Dino's abría a las once en punto de la mañana los siete días de la semana, y eso significaba que solo había soportado cuatro horas de mi jornada laboral antes de largarme. Un nuevo récord.

—Buenos días, Neece —le respondí sin entusiasmo.

Quería entrar en casa y cerrar la puerta. Dejar el mundo fuera y sumirme en la oscuridad. No quería pararme cada dos metros para entablar conversación con alguien.

—He oído que el federal del bigote se quedará por aquí. ¿Crees que le gustará su estancia en el motel? —preguntó con un destello pícaro en la mirada.

La mujer era la típica cotilla con gafas que charlaba con medio pueblo durante su turno mientras mascaba chicle. Pero tenía razón. El motel de Knockemout era el sueño húmedo de cualquier inspector de sanidad. Se quebrantaban todas las páginas del manual. Alguien debería comprarlo y echar todo el maldito edificio abajo.

—Perdona, Neece. Tengo que responder —mentí y me llevé el teléfono a la oreja como si hubiera recibido una llamada.

En cuanto volvió a entrar en el establecimiento, me guardé el móvil y recorrí a toda prisa el tramo que quedaba hasta la entrada del bloque de apartamentos.

El alivio me duró poco. La puerta de la escalera, de madera tallada y cristal grueso, se sostenía abierta con una caja de cartón que llevaba escrita la palabra «documentos» en una caligrafía nítida.

Entré en el vestíbulo sin dejar de mirar la caja.

—¡Me cago en la puta! —La voz de una mujer que no pertenecía a mi vecina anciana resonó desde arriba.

Levanté la mirada justo cuando una mochila negra elegante rodó por las escaleras hacia mí como una planta rodadora de diseño. Un par de piernas largas y torneadas me llamaron la atención desde el tramo de escaleras.

Estaban cubiertas por unas mallas lisas del color del musgo y la vista no hacía más que mejorar. La mujer llevaba un jersey gris mullido y corto que dejaba al descubierto una piel suave y bronceada sobre unos músculos firmes y le destacaba las curvas sutiles. Pero lo que más atención requería era su rostro. Los pómulos con aspecto de estar tallados en mármol. Los ojos grandes y oscuros. Los labios fruncidos en un gesto de enfado.

14

Tenía el pelo corto y muy oscuro, casi negro, y parecía que alguien acababa de pasarle los dedos por él. Flexioné los míos a los costados.

Angelina Solavita, más conocida como Lina o como la exnovia de mi hermano de hacía una eternidad, era un bombón. Y estaba en mi escalera.

No podía ser bueno.

Me agaché y recogí la mochila que tenía a los pies.

—Siento haberte lanzado mi equipaje —exclamó mientras trataba de subir una maleta de ruedas enorme por los últimos escalones.

No me podía quejar de las vistas, pero me preocupaba seriamente no ser capaz de sobrevivir a una conversación sobre cosas triviales.

En la segunda planta había tres apartamentos: el mío, el de la señora Tweedy y uno desocupado junto al mío.

Vivir justo enfrente de una anciana viuda que no respetaba mucho la privacidad y el espacio personal ya me mantenía lo bastante ocupado. No me interesaba tener más distracciones en casa. Ni siquiera aunque tuvieran el aspecto de Lina.

—¿Te mudas? —le respondí cuando reapareció en lo alto de las escaleras. Las palabras sonaron forzadas y mi voz, cansada.

Me dedicó una de esas sonrisitas *sexys*.

—Sí. ¿Qué hay de comer?

Vi cómo trotaba hacia las escaleras y las descendía con rapidez y elegancia.

—Creo que te mereces algo mejor de lo que te puedo ofrecer. —No había ido al supermercado en… Vale, no recordaba la última vez que me había aventurado en el supermercado Grover a comprar. Cuando me acordaba de comer, me alimentaba a base de comida para llevar.

Lina se detuvo en el último escalón, hasta que nuestras miradas quedaron a la misma altura, y me echó un vistazo lento. Su sonrisita se convirtió en una sonrisa de oreja a oreja hecha y derecha.

—No te subestimes, cabeza loca.

Me había llamado así por primera vez hacía unas semanas, cuando me ayudó a limpiar el desastre que me había hecho en

15

los puntos al salvarle el culo a mi hermano. En ese momento debía de haber estado pensando en la avalancha de papeleo con el que tendría que lidiar gracias al secuestro y el tiroteo subsiguiente. En su lugar, me había sentado apoyado contra la pared, distraído por las manos serenas y competentes de Lina y su olor limpio y fresco.

—¿Estás coqueteando conmigo? —No pretendía que se me escapara, pero había perdido toda voluntad.

Por lo menos no le había dicho que me gustaba el olor de su detergente.

Arqueó una ceja.

—Eres mi nuevo vecino atractivo, el jefe de policía y el hermano de mi novio de la facultad.

Se acercó un centímetro más a mí y una chispa de algo cálido despertó en mis entrañas. Quería aferrarme a esa sensación, sostenerla en las manos hasta que me descongelara la sangre helada.

—Me encantan las malas ideas, ¿a ti no? —La sonrisa que había esbozado era peligrosa.

Mi antiguo yo habría echado mano de su encanto. Me habría gustado flirtear y habría apreciado la atracción mutua que sentíamos. Pero ya no era ese hombre.

Le ofrecí la mochila por el tirante y los dedos se le enredaron con los míos cuando estiró la mano para aceptarla. Nuestras miradas se encontraron y las sostuvimos. La chispa se convirtió en un montón de ascuas diminutas que casi me hicieron recordar lo que era sentir algo.

«Casi».

Ella me observaba con atención. Esos ojos marrones del color del *whisky* me escudriñaban como si fuera un libro abierto.

Desenredé los dedos de los suyos.

—¿A qué me dijiste que te dedicabas? —le pregunté. Lo había mencionado de pasada, dijo que era aburrido y cambió de tema. Pero tenía una mirada a la que no se le escapaba nada y sentía curiosidad por saber qué profesión le permitiría vivir en medio de ninguna parte, en Virginia, durante semanas.

—A los seguros —respondió, y se colgó la mochila en el hombro.

Ninguno de los dos se apartó. Yo porque esas ascuas eran lo único bueno que había sentido en semanas.

—¿Qué tipo de seguros?

—¿Por qué? ¿Es que acaso quieres una póliza nueva? —se burló y empezó a alejarse.

Pero quería que permaneciera cerca de mí. Necesitaba avivar esas chispas débiles para ver si había algo en mi interior que fuera capaz de arder.

—¿Quieres que la lleve yo? —me ofrecí, e introduje el pulgar en el asa de la caja de documentos que había contra la puerta.

La sonrisa desapareció.

—No hace falta —respondió de forma abrupta, y se movió para pasar junto a mí.

Le bloqueé el paso.

—La señora Tweedy se pondría hecha una fiera si descubriera que te he hecho cargar con esa caja por las escaleras —insistí.

—¿La señora Tweedy?

Señalé hacia arriba.

—La del 2C. Ha salido con su grupo de halterofilia, pero la conocerás muy pronto. Ella misma se asegurará de que así sea.

—Si no está, no sabrá que has insistido en cargar una caja por un tramo de escaleras a pesar de las heridas de bala —señaló Lina—. ¿Qué tal están cicatrizando?

—Bien —mentí.

Hizo un ruidito de desaprobación y volvió a arquear la ceja.

—¿De verdad?

No me creía, pero el deseo de sentir esos pequeños arrebatos de emoción era tan fuerte, tan desesperado, que no me importó.

—Están perfectamente —insistí.

Oí un tono de llamada bajo y vi el destello de irritación de Lina cuando sacó el móvil de un bolsillo oculto en la cinturilla de las mallas. Solo fue un instante, pero vi la palabra «Mamá» en la pantalla antes de que colgara. Al parecer, ambos estábamos ignorando a nuestras familias.

Aproveché la oportunidad y utilicé la distracción para tomar la caja. Me aseguré de usar el brazo izquierdo. El hombro me dio una punzada y una gota de sudor frío me descendió por la espalda, pero, en cuanto a volví a cruzar la mirada con la suya, resurgieron las chispas.

No sabía qué significaba todo eso, solo que necesitaba sentirlo.

—Ya veo que llevas la terquedad de los Morgan en la sangre, igual que tu hermano —señaló. Volvió a meterse el teléfono en el bolsillo y me lanzó otra mirada inquisitiva antes de darse la vuelta y comenzar a subir las escaleras.

—Hablando de Knox —dije, y traté de que mi tono fuera lo más natural posible—. Imagino que te mudas al 2B. —Mi hermano era el propietario del edificio, incluidos el bar y la barbería de la planta baja.

—Sí. Hasta ahora me quedaba en el motel —contestó.

Agradecí en silencio que subiera las escaleras más despacio de lo que las había descendido.

—No me creo que hayas aguantado tanto en ese sitio.

—Esta mañana he visto a una rata enfrentarse a una cucaracha del mismo tamaño. Ha sido la gota que ha colmado el vaso —explicó.

—Podrías haberte quedado con Knox y Naomi —me obligué a responder antes de quedarme sin aliento y ser incapaz de hablar. No estaba en forma, y su trasero curvilíneo en esas mallas no contribuía a mi resistencia cardiovascular.

—Me gusta tener mi propio espacio —dijo.

Llegamos a lo alto de las escaleras y la seguí hasta la puerta abierta que había junto a la mía mientras un río de sudor frío me descendía por la espalda. Tenía que volver al gimnasio. Si iba a ser un cadáver andante durante el resto de mi vida, por lo menos debería ser capaz de mantener una conversación mientras subía un tramo de escaleras.

Lina dejó caer la mochila en el interior del apartamento antes de girarse para quitarme la caja.

Una vez más, nuestros dedos se rozaron.

Una vez más, sentí algo. Y no solo el dolor del hombro y el vacío del pecho.

—Gracias por la ayuda —dijo, y tomó la caja.

—Si necesitas cualquier cosa, estoy justo al lado —respondí.

Se le curvaron las comisuras de los labios ligeramente.

—Es bueno saberlo. Nos vemos, cabeza loca.

Me quedé clavado en el sitio incluso después de que cerrara la puerta y esperé a que se enfriaran todas y cada una de las ascuas.

CAPÍTULO DOS

TÁCTICAS DE EVASIÓN

LINA

Le cerré mi nueva puerta de entrada en la cara al Nash Morgan de metro ochenta, herido y melancólico.

—Ni se te ocurra —musité para mí misma.

Por lo general, no me importaba arriesgarme, jugar un poco con fuego. Y eso era precisamente lo que supondría conocer mejor al agente Macizo, como lo habían apodado las mujeres de Knockemout. Pero tenía cosas más urgentes que hacer que coquetear con él para deshacer la tristeza que lo envolvía como una capa.

«Herido y melancólico», volví a pensar mientras arrastraba el equipaje hasta el otro lado de la habitación.

No me sorprendía sentirme atraída por él. Aunque prefería disfrutar de los hombres y pasar de ellos después, nada me gustaba más que un reto. Y descubrir qué se escondía debajo de esa fachada e indagar en lo que le había ensombrecido esa triste mirada de héroe sería hacer justo eso.

Pero Nash me parecía de los que sientan cabeza, y yo era alérgica a las relaciones.

Cuando muestras interés por alguien, empieza a pensar que tiene derecho a decirte qué hacer y cómo hacerlo, las dos cosas que menos me gustaban. Prefería pasármelo bien, sentir esa emoción por conquistarlos. Me gustaba jugar con las piezas de un puzle hasta obtener la imagen completa y después pasar al siguiente. Y, entre hombre y hombre, me gustaba volver a mi casa, en la que solo había cosas mías, y pedir comida que me gustara sin tener que discutir con nadie sobre qué ver en la televisión.

Dejé la caja en la mesita del comedor e investigué mis nuevos dominios.

El apartamento tenía potencial. Entendí por qué Knox había invertido en el edificio. Nunca se le escapaban las posibilidades que yacían bajo una superficie desastrosa. Era un apartamento de techos altos, con suelos de parqué maltrechos y ventanas grandes con vistas a la calle.

El salón principal estaba amueblado con un sofá floral desgastado que daba a una pared de ladrillo vacía, una mesa de comedor redonda, pequeña pero robusta, con tres sillas y una especie de sistema de estanterías fabricado a partir de cajas viejas debajo de las ventanas.

La cocina, que parecía una caja de zapatos de pladur, se había pasado de moda hacía unas dos décadas. A mí no me suponía un problema, dado que no cocinaba. Las encimeras estaban laminadas en un color amarillo chillón y ya habían vivido sus mejores días, si es que los habían tenido. Pero había un microondas y una nevera lo bastante grande para guardar comida para llevar y un lote de seis cervezas, así que me servía.

El dormitorio estaba vacío, pero tenía un armario de tamaño considerable que, al contrario que la cocina, era un requisito indispensable para mí y mis tendencias de compradora compulsiva. El baño adjunto era antiguo, pero encantador, con una bañera con patas y un lavamanos de pedestal que sostendría un cero por ciento de mi colección de maquillaje y productos del cuidado de la piel.

Exhalé. Según lo cómodo que fuera el sofá, a lo mejor podría postergar el comprar la cama. No sabía cuánto tiempo me alojaría allí, cuánto tiempo tardaría en encontrar lo que buscaba.

Esperaba que no quedara mucho.

Me dejé caer en el sofá, con la esperanza de que fuera cómodo.

No lo era.

—¿Por qué me castigas? —le pregunté al techo—. No soy una mala persona, dejo pasar a los peatones. Dono al santuario de animales. Como verduras. ¿Qué más quieres de mí?

El universo no me respondió.

Lancé un suspiro y pensé en mi casa de Atlanta. Estaba acostumbrada a renunciar a la comodidad por el trabajo. Volver de una estancia larga en algún motel de dos estrellas siempre me hacía apreciar las sábanas caras, el sofá de diseño mullido y el armario meticulosamente organizado que tenía allí.

Sin embargo, esta estancia en particular estaba resultando ridículamente larga.

Y cuanto más tiempo me quedaba en el pueblo sin ningún cambio, o pista, o luz al final del túnel, más nerviosa me ponía. En teoría, podía parecer rebelde e impulsiva, pero, en realidad, lo único que hacía era seguir un plan que había elaborado hacía mucho tiempo. Era paciente y lógica, y casi siempre calculaba los riesgos que tomaba con antelación.

Pero pasar semanas en un pueblo diminuto, a treinta y ocho minutos del Sephora más cercano y sin el mínimo indicio de ir por el buen camino, empezaba a exasperarme. De ahí la conversación con el techo.

Estaba aburrida y frustrada, una combinación peligrosa que hacía que me resultara imposible ignorar la irritante idea de que tal vez ya no disfrutaba de esta línea de trabajo tanto como antes. La idea que había surgido mágicamente cuando todo se había ido a pique durante mi último trabajo. Algo más en lo que no quería pensar.

—Vale, universo —le volví a decir al techo—. Necesito que algo salga como yo quiero. Solo una cosa. Que haya una rebaja de zapatos o, no lo sé, un cambio en el caso antes de que me vuelva loca.

Esta vez, el universo me respondió con una llamada telefónica.

El universo era un cabrón.

—Hola, mamá —le dije con irritación y afecto a partes iguales.

—¡Por fin! Estaba preocupada. —Bonnie Solavita no había sido aprensiva de nacimiento, pero había aceptado el papel que le habían impuesto con una dedicación entusiasta.

22

Me levanté del abultado sofá y me dirigí a la mesa, incapaz de permanecer sentada durante estas conversaciones diarias.

—Estaba subiendo el equipaje por las escaleras —le expliqué.

—No te estarás forzando demasiado, ¿verdad?

—Ha sido una maleta y un tramo de escaleras —le respondí mientras abría la tapa de la caja de documentos—. ¿Qué hacéis? —Cambiar de tema era el método que utilizaba para que la relación con mis padres siguiera intacta.

—Voy de camino a una reunión de *marketing* y tu padre sigue debajo del capó de ese maldito coche —contestó.

Mamá se había tomado un descanso más largo de lo necesario de su trabajo como ejecutiva de *marketing* para asfixiarme hasta que me mudé a tres estados de distancia para ir a la universidad. Desde entonces, había vuelto al trabajo y había ascendido como ejecutiva en una organización de atención sanitaria nacional.

Mi padre, Hector, se había retirado de su profesión como fontanero hacía seis meses. Ese «maldito coche» era un Mustang Fastback de 1968 con una necesidad desesperada de amor y cariño que yo le había regalado hacía dos años gracias a una bonificación del trabajo. Había tenido uno cuando era un joven soltero y atractivo en Illinois, hasta que lo había cambiado por una bonita furgoneta para impresionar a la hija de un granjero. Papá se había casado con la hija del granjero, mi madre, y había echado de menos el coche durante las décadas siguientes.

—¿Ha conseguido arrancarlo? —le pregunté.

—Todavía no. Anoche durante la cena me aburrió hasta la saciedad con una disertación de veinte minutos sobre los carburadores. Así que se la devolví explicándole cómo íbamos a cambiar los mensajes publicitarios basándonos en la demografía del área suburbana de la costa este —me explicó mamá con suficiencia.

Me reí. Mis padres tenían una de esas relaciones en las que no importaba lo diferentes que fueran el uno del otro ni cuánto tiempo llevaran casados: aún eran el mayor apoyo del otro... y el mayor incordio.

—Es típico de los dos —añadí.

—La clave es la consistencia —canturreó mamá.

Oí como alguien le hacía una pregunta rápida.

—Utiliza la segunda presentación. Hice algunos cambios anoche. Ah, y ¿puedes comprarme un agua con gas antes de entrar? Gracias. —Mamá se aclaró la garganta—. Perdona, cariño.

La diferencia entre la voz de jefa y la voz de madre siempre me divertía.

—No pasa nada. Eres una jefaza muy ocupada.

Pero no tanto como para olvidarse de llamar a su hija en los días designados.

Sí, entre el férreo itinerario de mi madre y la necesidad de mis padres de asegurarse de que estaba bien en todo momento, hablaba con uno de mis padres casi todos los días. Si los evitaba durante mucho tiempo, no sería la primera vez que se presentarían en mi puerta sin avisar.

—Sigues en D. C., ¿no? —preguntó.

Hice una mueca al saber lo que venía a continuación.

—Cerca. Es un pueblo pequeño al norte de D. C.

—Es en los pueblos pequeños donde los propietarios toscos de los negocios locales seducen a mujeres profesionales muy ocupadas. ¡Oh! O los *sheriffs*. ¿Ya has conocido al *sheriff*?

Hacía unos años que una compañera de trabajo había enganchado a mi madre a las novelas románticas. Todos los años, se iban juntas de vacaciones a destinos que coincidían con alguna firma de libros. Ahora, mamá tenía la esperanza de que mi vida se convirtiera en el argumento de una comedia romántica en cualquier momento.

—Al jefe de policía —la corregí—. Y en realidad es mi vecino, vive en la puerta de al lado.

—Me siento mil veces más tranquila al saber que tienes a la policía al lado. Porque saben hacer la reanimación cardiopulmonar y esas cosas.

—Y tienen otra serie de habilidades especiales —le dije con ironía mientras hacía un esfuerzo por no molestarme.

—¿Está soltero? ¿Es mono? ¿Algo alarmante?

—Creo que sí. Sin duda. Y no lo conozco lo suficiente como para haber notado algo. Es el hermano de Knox.

—Oh.

Mamá se las arregló para decir mucho con una sola sílaba. Mis padres nunca habían conocido a Knox, solo sabían que habíamos salido (durante muy poco tiempo) cuando estaba en la universidad y que habíamos sido amigos desde entonces. Mamá lo culpaba por error de que su hija de treinta y siete años siguiera soltera y sin compromiso.

No es que estuviera desesperada porque me casara y tuviera hijos. Tan solo es que mis padres no respirarían aliviados hasta que hubiera alguien en mi vida que fuera a asumir el papel de protector cuando ellos no estuvieran. No importaba lo autosuficiente que me hubiera vuelto, para mi madre y mi padre seguía siendo una niña de quince años en una cama de hospital.

—¿Sabes? Tu padre y yo estábamos pensando en hacer una escapadita este fin de semana. Podríamos tomar un avión e ir a verte.

Lo último que necesitaba era que mis padres fueran mi sombra por el pueblo mientras intentaba trabajar.

—No sé cuánto tiempo estaré aquí —le dije con tacto—. Podría volver a casa en cualquier momento. —Era poco probable, a menos que encontrara algo que llevara el caso en otra dirección. Aun así, no era del todo mentira.

—No entiendo cómo es posible que las formaciones empresariales tengan unos plazos tan poco definidos —dijo mamá, pensativa. Por suerte, antes de tener que inventarme una respuesta plausible, oí otro comentario amortiguado en su línea—. Tengo que colgar, cariño. Va a empezar la reunión. Ya me dirás cuándo regresas a Atlanta y bajaremos a visitarte antes de que vuelvas a casa para Acción de Gracias. Si lo organizamos bien, te acompañaremos al médico.

Sí, porque seguro que iba a ir al médico con mis padres. Claro.

—Ya lo hablamos después —le respondí.

—Te quiero, cariño.

—Yo también te quiero.

Colgué y lancé un suspiro que se convirtió en un gruñido. Incluso a cientos de kilómetros de distancia, mi madre se las arreglaba para hacerme sentir como si estuviera sujetándome una almohada sobre la cara.

25

Llamaron a la puerta y le lancé una mirada recelosa al tiempo que me preguntaba si mi madre estaría al otro lado para darme una sorpresa.

Pero entonces se oyó un golpe que sonó como una patada irritada en la parte inferior de la puerta, seguido por una voz brusca:

—Abre la puerta, Lina. Esto pesa, hostia.

Crucé la habitación, abrí la puerta de un tirón y me encontré a Knox Morgan, a su preciosa prometida, Naomi, y a la sobrina de esta, Waylay, en el pasillo.

Naomi sonreía y sostenía una maceta. Knox tenía el ceño fruncido y cargaba lo que parecían cien kilos de ropa de cama. Waylay sujetaba dos almohadas y tenía aspecto de estar aburrida.

—¿Así que esto es lo que ocurre cuando me mudo del motel de las cucarachas? ¿Que la gente empieza a presentarse en mi casa sin avisar? —les dije.

—Apártate. —Knox se abrió paso bajo un edredón de color crudo.

—Sentimos irrumpir así, pero queríamos darte unos regalos de bienvenida —añadió Naomi. Era morena y alta y su vestuario era más bien tirando a femenino. Todo en ella era delicado: su corte de pelo ondulado, el tejido de jersey del vestido de manga larga que le abrazaba las generosas curvas, e incluso la forma en que observaba el bonito trasero de su prometido, que se dirigía a mi dormitorio.

Los culos bonitos eran un rasgo típico de la familia Morgan. Según la madre de Naomi, Amanda, el culo de Nash se consideraba un tesoro local cuando llevaba puestos los pantalones del uniforme.

Waylay cruzó el umbral de lado. Llevaba el pelo rubio recogido en una cola de caballo que dejaba entrever unas mechas azules temporales.

—Toma —dijo, y me entregó las almohadas de un empujón.

—Gracias, pero no me mudo para siempre —señalé antes de lanzarlas al sofá.

—Es fácil que Knockemout se convierta en tu hogar sin que te des cuenta —dijo Naomi mientras me entregaba la planta.

Ella lo sabía bien. Había llegado unos meses atrás pensando que venía a ayudar a su hermana gemela a salir de un bache y había acabado metida en uno ella misma. En tan solo unas semanas, Naomi se había convertido en la tutora de su sobrina, había conseguido dos trabajos, la habían secuestrado y había hecho que Knox «no me van las relaciones» Morgan se enamorara de ella.

Ahora vivían en una casa grande a las afueras de la ciudad, rodeados por sus perros y su familia, y planeaban una boda. Anoté mentalmente presentarle a Naomi a mi madre algún día. Se volvería loca al conocer un caso de «vivieron felices y comieron perdices» en la vida real.

Knox regresó del dormitorio con las manos vacías.

—Bienvenida a casa. La cama llegará esta tarde.

Pestañeé.

—¿Me habéis comprado una cama?

—Es lo que hay —dijo. Le rodeó los hombros a Naomi con el brazo y la atrajo hacia él.

Naomi le dio un codazo en la barriga.

—Sé amable.

—No —gruñó él.

Eran una imagen curiosa.

El cascarrabias alto, tatuado y con barba y la morena voluptuosa y sonriente.

—Lo que el vikingo pretende decir es que nos alegramos de que te quedes en el pueblo y hemos pensado que una cama hará que tu estancia aquí sea más cómoda —lo tradujo Naomi.

Waylay se dejó caer encima de las almohadas del sofá.

—¿Dónde está la tele? —preguntó.

—Todavía no tengo una, pero cuando la compre, te llamaré para que me ayudes a instalarla, Way.

—Quince dólares —añadió, y se llevó las manos detrás de la cabeza. La niña era un genio de la electrónica y no dudaba en ganar dinero gracias a sus talentos.

—Waylay —la regañó Naomi, exasperada.

—¿Qué? Le he hecho el descuento para amigos y familiares.

Intenté recordar si alguna vez me había llevado lo bastante bien con alguien para que me hicieran un descuento para familiares y amigos.

Knox le guiñó el ojo a Waylay y volvió a achuchar a Naomi.

—Tengo que hablar con Nash de una cosa —dijo, y señaló la puerta con el pulgar—. Leens, si necesitas alguna cosa más, dímelo.

—Me vale con no tener que pelearme con un ejército de cucarachas para ducharme. Gracias por dejar que me mude temporalmente.

Me hizo un saludo militar y me dedicó una media sonrisa mientras se dirigía a la puerta.

Naomi se estremeció.

—Ese motel es un peligro para la salud.

—Por lo menos tenía televisión —añadió Waylay desde el dormitorio vacío.

—¡Waylay! ¿Qué estás haciendo? —Su tía le llamó la atención.

—Husmear —respondió la doceañera. Apareció en el umbral de la puerta, con las manos en los bolsillos adornados con lentejuelas de los vaqueros—. No pasa nada, todavía no tiene nada aquí dentro.

Se oyeron unos golpes desde el rellano.

—Abre, capullo —gruñó Knox.

Naomi puso los ojos en blanco.

—Te pido disculpas por el comportamiento de mi familia. Al parecer, se han criado con lobos.

—Ser poco civilizado también tiene su encanto —señalé. Me di cuenta de que todavía sujetaba la planta, así que la llevé a la ventana y la puse encima de una de las cajas vacías. Tenía las hojas verdes y brillantes.

—Es lirio del valle. No florecerá hasta la primavera, pero es un símbolo de felicidad —explicó Naomi.

Pues claro que sí. Naomi era considerada a nivel experto.

—El otro motivo por el que hemos irrumpido así es que queríamos invitarte a cenar el domingo por la noche —continuó.

—Vamos a asar pollo a la parrilla, pero seguramente también habrá unas cien verduras —advirtió Waylay mientras se dirigía a la ventana para mirar a la calle.

¿Una cena que no tendría que pedir y la oportunidad de disfrutar de un Knox domesticado? No iba a rechazar esa invitación.

—Claro, ya me dirás qué puedo llevar.

—Con tu presencia será suficiente. Entre mis padres, Stef y yo, será un banquete —me aseguró Naomi.

—¿Y alcohol? —me ofrecí.

—A eso no te diríamos que no —admitió.

—Y una botella de refresco de limón —añadió Waylay.

Naomi le lanzó una mirada de advertencia materna a Waylay.

—Por favor —lo arregló la niña.

—Si te vas a beber una botella entera de ese refresco que te pudrirá los dientes, hoy vas a comer ensalada con la *pizza* y esta noche acompañarás la cena con brócoli —insistió Naomi.

Waylay me puso los ojos en blanco y avanzó de lado hasta la mesa.

—La tía Naomi está obsesionada con las verduras.

—Créeme, hay cosas peores con las que obsesionarse —le dije.

Le echó un vistazo a la caja de documentos y me arrepentí de no haberla vuelto a cerrar cuando la niña extrajo una carpeta con rapidez.

—Buen intento, chafardera —le dije, y se la quité con una floritura.

—¡Waylay! —la regañó Naomi—. Lina se dedica a los seguros, lo más probable es que sea información confidencial.

No tenía ni la menor idea.

Tomé la tapa de la caja y se la volví a poner.

Se siguieron oyendo golpes en el rellano.

—¿Nash? ¿Estás ahí?

Al parecer no era la única que se escondía de la familia.

—Venga, Way. Vámonos antes de que Knox tire el bloque abajo. —Naomi le ofreció el brazo a su sobrina. Waylay se acercó a su tía y aceptó la muestra de cariño.

—Gracias por la planta… y por la cama… y por ofrecerme un sitio en el que quedarme —le dije.

—Estoy muy contenta de que te quedes un poco más —respondió Naomi mientras nos dirigíamos a la puerta.

Pues era la única.

Knox estaba delante de la puerta de Nash y rebuscaba en un llavero.

—Creo que no está en casa —dije con rapidez. Fuera lo que fuera lo que le pasara a Nash, dudaba que quisiera que su hermano irrumpiera en su apartamento.

Knox levantó la mirada.

—He oído que se había ido del trabajo y venido a casa.

—Técnicamente, hemos oído que se había ido del trabajo e iba a fisioterapia, pero Neecey del Dino's lo ha visto en la puerta —añadió Naomi.

Los cotilleos de un pueblo pequeño corrían como la pólvora.

—Lo más probable es que haya venido y se haya ido. He hecho mucho ruido mientras trataba de subir las maletas hasta aquí arriba y no lo he visto.

—Si lo ves, dile que lo estoy buscando. —Knox se guardó las llaves.

—Yo también —añadió Naomi—. He intentado llamarlo para invitarlo a la cena del domingo, pero ha saltado el buzón de voz.

—Ya que estás, dile que yo también lo busco —intervino Waylay.

—¿Para qué? —preguntó Knox.

Waylay se encogió de hombros en su jersey rosa.

—No sé, me sentía excluida.

Knox le hizo una llave de cabeza y le despeinó el pelo.

—¡Uf! ¡Por eso tengo que usar laca industrial! —Waylay se quejó, pero vi cómo las comisuras de la boca se le curvaban hacia arriba cuando mi amigo gruñón y tatuado le dio un beso en la coronilla.

Entre Naomi y Waylay habían conseguido lo imposible y convertido a Knox Morgan en un blandengue. Y yo tenía un asiento de primera fila para ver el espectáculo.

—La cama llegará hoy a las tres. Y la cena es a las seis el domingo —dijo Knox con brusquedad.

—Pero puedes venir antes, sobre todo si traes vino —añadió Naomi con un guiño.

—Y refresco de limón —insistió Waylay.

—Os veo entonces.

Los tres se dirigieron a las escaleras. Knox iba en medio y rodeaba a sus chicas con los brazos.

30

—Gracias por dejar que me quede aquí —repetí tras ellos.

Knox levantó la mano en señal de reconocimiento.

Los miré mientras se marchaban y después cerré la puerta. El verde brillante de la planta me llamó la atención. Era el único detalle hogareño en un espacio vacío.

Nunca había tenido plantas. Ni plantas, ni mascotas. Nada que no pudiera sobrevivir días o semanas sin mis cuidados.

Esperaba no cargármela antes de terminar los asuntos que tenía pendientes aquí. Con un suspiro, tomé la carpeta que Waylay había sacado y la abrí.

Duncan Hugo me devolvió la mirada.

—No puedes esconderte para siempre —le dije a la fotografía.

Oí cómo Nash abría la puerta de al lado y la cerraba con suavidad.

CAPÍTULO TRES

MUERTO EN UNA CUNETA

NASH

Cuando desvié el coche hacia el lateral de la carretera, el sol se elevaba por encima de la línea de árboles y convertía las puntas congeladas de las briznas de hierba en diamantes relucientes. Ignoré el martilleo de mi corazón, las palmas sudorosas y la presión del pecho.

La mayoría de los habitantes de Knockemout seguirían en sus camas. Por lo general, en el pueblo éramos más habituales los bebedores nocturnos que los madrugadores, lo cual significaba que las posibilidades de encontrarse con alguien aquí a esta hora eran muy bajas.

No necesitaba que todo el pueblo hablara de que el jefe Morgan había conseguido que le dispararan y después había perdido la cabeza tratando de recuperar la maldita memoria.

Knox y Lucian se involucrarían y meterían las narices de civiles donde no les incumbía. Naomi me lanzaría miradas compasivas mientras ella y sus padres me agobiaban con comida y la colada limpia. Liza J. actuaría como si no hubiera ocurrido nada y, como Morgan, esa sería la única reacción con la que me sentiría cómodo. Al final, me presionarían para que pidiera la baja. ¿Y qué narices me quedaría entonces?

Por lo menos, con el trabajo tenía un motivo para seguir en movimiento. Tenía una razón para levantarme de la cama, o del sofá, cada mañana.

32

Y, si iba a levantarme del sofá y ponerme el uniforme todos los días, lo mejor sería que hiciera algo de utilidad.

Puse el vehículo en punto muerto y apagué el motor. Apreté las llaves con el puño, abrí la puerta y salí a la cuneta de grava.

Era una mañana fresca y luminosa. No tan húmeda y oscura como aquella noche. Por lo menos esa parte la recordaba.

La ansiedad me formó un nudo de terror en la boca del estómago.

Tomé aire para estabilizarme. Inhalé durante cuatro segundos. Contuve la respiración durante siete. Exhalé durante ocho.

Estaba preocupado. Me preocupaba no recuperar nunca la memoria. Y también me preocupaba hacerlo. No sabía qué sería peor.

Al otro lado de la carretera había una maraña interminable de hierbajos y la vegetación exuberante de una propiedad abandonada.

Me concentré en el metal desigual de las llaves que se me clavaba en la piel, en el crujido de la gravilla bajo las botas. Caminé despacio hasta el coche que no estaba. El coche que no conseguía recordar.

La tensión me comprimía el pecho de forma dolorosa. Me detuve en seco. Puede que mi cerebro no lo recordara, pero algo en mi interior sí.

—Sigue respirando, capullo —me recordé.

«Cuatro. Siete. Ocho».

«Cuatro. Siete. Ocho».

Los pies por fin me obedecieron y volvieron a avanzar.

Me había acercado por detrás al coche, un sedán oscuro de cuatro puertas. No es que recordara haberlo hecho. Gracias a la grabación de la cámara del salpicadero, había visto el incidente cientos de veces con la esperanza de que me refrescara la memoria. Pero todas las veces me sentía como si estuviera viendo a otra persona dirigiéndose hacia su propia experiencia cercana a la muerte.

Había nueve pasos entre la puerta de mi coche y el guardabarros trasero del sedán.

Había tocado el piloto trasero con el pulgar. Tras años de servicio, había empezado a parecerme un ritual inofensivo, hasta que mi huella había servido para identificar el coche cuando lo encontraron.

Un sudor frío me caía por la espalda.

¿Por qué no conseguía recordarlo?

¿Me acordaría algún día?

¿Me daría cuenta si Hugo volvía para acabar conmigo?

¿Lo vería venir?

¿Me importaría lo bastante para impedírselo?

—A nadie le cae bien un capullo deprimido y patético —murmuré en voz alta.

Con la respiración temblorosa, di tres pasos más para ponerme a la altura de la que habría sido la puerta del conductor. Había habido sangre allí. La primera vez que volví, no me había atrevido a salir del coche. Me había quedado sentado detrás del volante mirando fijamente la gravilla manchada de color herrumbre.

Ya había desaparecido. La había borrado la naturaleza, pero yo todavía la veía.

Seguía oyendo el eco de un sonido, entre un chisporroteo y un crujido. Se me aparecía en sueños. No sabía lo que era, pero parecía importante y alarmante.

—Mierda —murmuré en voz baja.

Me apreté el pulgar entre las cejas y froté.

Había sacado el arma demasiado tarde. No recordaba las dentelladas de las balas en la carne. Ni los dos disparos rápidos. La caída. O cómo Duncan Hugo salía del coche y se cernía sobre mí. No recordaba lo que me dijo cuando me pisó la muñeca de la mano que sostenía la pistola. No recordaba que me había apuntado con el arma a la cabeza una última vez. No recordaba lo que dijo.

Solo sabía que habría muerto.

Debería haber muerto.

De no ser por esos faros.

«Afortunado». Solo la suerte se había interpuesto entre esa última bala y yo.

Hugo salió corriendo. Veinte segundos más tarde, una enfermera que llegaba tarde a su turno en urgencias me vio y se puso manos a la obra de inmediato. No dudó ni entró en pánico. Solo echó mano de destreza. La ayuda solo tardó seis minutos más en llegar. Los servicios de emergencia, hombres y mujeres a los que conocía de casi toda la vida, siguieron los procedimientos e hicieron su trabajo con experimentada eficiencia. No habían olvidado su formación. No habían metido la pata ni reaccionado demasiado tarde.

Todo mientras yo yacía casi sin vida a un lado de la carretera.

No recordaba que la enfermera había utilizado mi propia radio para pedir ayuda mientras presionaba la herida. No recordaba a Grave arrodillándose junto a mí y susurrándome mientras los técnicos de emergencias me abrían la camiseta. Tampoco recordaba que me colocaran en una camilla y me llevaran al hospital.

Una parte de mí había muerto allí, justo en ese lugar.

A lo mejor el resto debería haber muerto.

Le di una patada a una piedra, fallé y me golpeé el dedo gordo contra el suelo.

—Ay, joder —masculló.

Todo este círculo vicioso de autocompasión empezaba a enfadarme, pero no sabía cómo salir de él. No sabía si podía hacerlo.

No me había salvado a mí mismo aquella noche.

No había vencido al malo, ni siquiera lo había tocado.

Seguía aquí por pura suerte. Tuve suerte de que el sobrino con autismo de la enfermera hubiera tenido una crisis antes de irse a la cama, mientras su tía debía arreglarse para ir a trabajar. Suerte de que ayudara a su hermana a tranquilizarlo antes de irse.

Cerré los ojos y volví a respirar hondo para tratar de luchar contra la tensión. La brisa de la mañana evaporó el sudor frío que me empapaba el cuerpo y un escalofrío me recorrió la espalda.

—Relájate. Piensa en otra cosa. En cualquier cosa que no te haga odiarte más, hostia.

«Lina».

Me sorprendió adónde me había llevado la mente, pero allí estaba. De pie, en los escalones de mi apartamento, con ojos brillantes. Agachada junto a mí en aquel sucio almacén, con la boca curvada en un gesto divertido. Todo coqueteo y seguridad en sí misma. Cerré los ojos y me aferré a esa imagen. A la ropa ceñida que exhibía su figura atlética. A su piel bronceada y suave. A los ojos marrones a los que no se les escapaba nada.

Podía oler el perfume limpio de su detergente y centré toda mi atención en sus labios carnosos y rosados, como si solo ellos pudieran anclarme a este mundo.

Algo se me removió en el estómago. Un eco de las ascuas de ayer.

Un ruido a mi derecha me sacó de mi extraña fantasía de carretera.

Llevé la mano a la culata de la pistola.

Era un aullido. O tal vez un gemido. Los nervios y la adrenalina hicieron que el zumbido de mis oídos se hiciera más fuerte. ¿Era una alucinación? ¿Un recuerdo? ¿O una puta ardilla rabiosa que venía a arrancarme la cara a bocados?

—¿Hay alguien ahí? —dije en voz alta.

Lo único que recibí a modo de respuesta fue silencio.

La propiedad que había en paralelo a la carretera tenía una cuesta de unos metros que conducía a un desagüe. Más allá había matorrales de espinas, hierbajos y zumaques que al final se convertían en un trozo de bosque. Al otro lado estaba la granja de Hessler, que ganaba mucho dinero con el laberinto de maíz anual y el campo de calabazas.

Escuché con atención mientras trataba de calmar mi corazón y mi respiración.

Mis instintos estaban bien afinados. O, por lo menos, pensé que lo estaban. Ser el hijo de un adicto me había enseñado a evaluar los estados de ánimo, a buscar indicios de que todo fuera a irse al garete. Mi formación como agente de policía los había acentuado y me había enseñado a leer las situaciones y a las personas mejor que la mayoría.

Pero eso era antes. Ahora tenía los sentidos nublados y los instintos amortiguados por el rugido del pánico que fermentaba en mi interior; por el crujido incesante y sin sentido que oía una y otra vez en la cabeza.

—Si hay ardillas rabiosas por aquí, será mejor que os vayáis —advertí al campo vacío.

Y entonces lo oí de verdad. El leve tintineo del metal contra el metal.

Eso no era una ardilla.

Desenfundé el arma de servicio y descendí por la pendiente ligera. La hierba helada me crujía bajo los pies. Cada uno de mis jadeos dibujaba una nube plateada en el aire. El corazón me tamborileaba en los oídos.

—Policía de Knockemout —comenté, y peiné la zona con la mirada, pistola en mano.

Una brisa fría removió las hojas e hizo que los bosques susurraran y el sudor se me congelara sobre la piel. Estaba solo. Era un fantasma.

Me sentí como un idiota y guardé la pistola en la funda.

Me pasé el antebrazo por el ceño cubierto de sudor.

—Esto es absurdo.

Quería volver al coche y largarme. Quería fingir que este lugar no existía, que yo no existía.

—Vale, ardilla. Este asalto lo ganas tú —refunfuñé.

Pero no me fui. No se oía nada ni se veía el borrón de la cola de una ardilla rabiosa que corriera hacia mí. Solo había una señal de *stop* invisible que me ordenaba que me detuviera.

Sin pensarlo, me llevé los dedos a la boca y emití un silbido corto y agudo.

Esta vez, fue imposible no oír el aullido lastimero y el ruido del metal contra el metal. Vaya, puede que mis instintos no se hubieran frito después de todo.

Volví a silbar y seguí el ruido hasta la entrada de una tubería de desagüe. Me agaché y allí, a un metro y medio de la apertura, lo vi. Sobre las hojas y los escombros había un perro sucio y desaliñado. Era más bien pequeño y era probable que en algún momento hubiera sido blanco, pero ahora estaba cubierto de manchas de barro y tenía el pelaje rizado en mechones apelmazados.

Me invadió una oleada de alivio. No estaba como una cabra y no era una maldita ardilla con la rabia.

—Hola, colega. ¿Qué haces ahí dentro?

El perro inclinó la cabeza y movió la punta de la cola con vacilación.

—Voy a encender la linterna y a examinarte un poco mejor, ¿vale? —Con movimientos lentos y cuidadosos, me saqué la linterna del cinturón y enfoqué al perro con la luz.

Tembló de forma lastimera.

—Te las has arreglado para quedarte atrapado, ¿eh? —observé. Llevaba una cadena corta y oxidada que parecía haberse enredado en una rama nudosa.

El perro volvió a gimotear y levantó la pata delantera.

—Me voy a acercar muy despacio, ¿vale? Puedes venir hasta aquí si quieres. Soy buena gente, te lo prometo. —Me tumbé bocabajo sobre la hierba e introduje los hombros en la entrada de la tubería. Era estrecha e incómoda, y estaba oscura como la boca del lobo, salvo por el haz de luz de la linterna.

El perro lloriqueó y retrocedió unos centímetros.

—Lo pillo. A mí tampoco me gustan los espacios oscuros y pequeños, pero tienes que ser valiente y venir hasta aquí. —Di unas palmaditas al metal corrugado y embarrado—. Venga. Ven aquí, colega.

Se había puesto de pie sobre las cuatro patas, bueno, las tres, ya que aún alzaba la pata delantera en el aire.

—Buen chico, apestoso. Ven conmigo y te compraré una hamburguesa —le prometí.

Sus uñas grotescamente largas golpetearon el suelo en un ritmo nervioso cuando se removió en el sitio, pero siguió sin acercarse.

—¿Y qué tal unos *nuggets* de pollo? Te compraré una caja entera.

Esa vez inclinó la cabeza hacia el otro lado.

—Mira, colega. No me apetece conducir hasta el pueblo, tomar un gancho y volver a darte otro susto de muerte. Sería mucho más fácil si arrastraras el culo desaliñado hasta aquí.

La bola de pelo desaliñada me miró fijamente, desconcertada. Entonces, dio un paso vacilante hacia mí.

—Buen perro.

—¡Nash!

38

Oí mi nombre un segundo antes de que algo cálido y sólido chocara contra mi torso. El impacto hizo que me incorporara y me golpeara la cabeza con la parte superior de la tubería.

—¡Ay, joder!

El perro, completamente atemorizado, dio un salto hacia atrás y se encogió de miedo en su nido de suciedad.

Salí del desagüe con dificultad mientras la cabeza y el hombro me daban punzadas de dolor. Por puro instinto, me abalancé sobre mi atacante y utilicé el impulso para sujetarlo contra el suelo.

Sujetarla.

Lina era toda calidez y suavidad debajo de mí. Tenía los ojos como platos y me agarraba de la camiseta con los puños cerrados. Estaba sudando y llevaba auriculares.

—¿Qué narices haces? —pregunté, y le arranqué uno de los auriculares.

—¿Yo? ¿Qué narices haces tú tumbado en un lateral de la carretera?

Me empujó con los puños y las caderas, pero, a pesar de todo el peso que había perdido, no consiguió apartarme.

En ese momento me di cuenta de la posición en la que me encontraba. Estábamos pecho contra pecho, abdomen contra abdomen. Y tenía la entrepierna entre sus piernas largas y torneadas. Sentía el calor que emanaba de su centro como si estuviera bocabajo en un horno.

Mi cuerpo actuó en consecuencia y se me puso dura al instante.

Me sentí aliviado y horrorizado a partes iguales. Horrorizado por razones respetuosas y legales, pero el hecho de que el paquete me siguiera funcionando era una buena noticia, teniendo en cuenta que no lo había probado desde el tiroteo. Había tantas cosas de mí que estaban rotas que no quería tener que añadir el miembro a la lista.

Lina jadeaba debajo de mí y me fijé en que le palpitaba el pulso en el cuello grácil y esbelto. El latido de mi erección se intensificó. Le pedí a Dios un milagro para que no la sintiera.

—¡Creía que estabas muerto en la cuneta!

—Me pasa mucho —dije entre dientes.

Me dio un manotazo en el pecho.

—Muy gracioso, capullo.

Hizo un movimiento sutil de las caderas. Mi pene se percató de inmediato y no hubo profesionalidad ni modales que valieran para evitar que las imágenes de lo que quería hacerle me invadieran la mente.

Quería moverme, embestir su calor y utilizar su cuerpo para volver a la vida. Quería ver cómo abría los labios y cerraba los ojos mientras me introducía en ella. Quería sentir cómo se apretaba a mi alrededor y oírla susurrar mi nombre con la voz ronca y cargada de placer.

Quería estar tan dentro de ella que, cuando me soltara, me llevara con ella, envuelto en todo ese calor.

Era más que un encaprichamiento, más que atracción común y corriente. Lo que sentía por ella se acercaba más a un anhelo incontrolable.

Las imágenes que se me pasaban por la cabeza eran suficientes para ponerme en riesgo de vivir una situación todavía más humillante. Tomé las riendas raídas de mi autocontrol y me obligué a alejarme del borde.

—No me jodas —murmuré en voz baja.

—¿Por qué no?

Abrí los ojos de golpe y los posé en los suyos. En esas profundidades marrón oscuro divisé un deje de diversión y algo más. Algo peligroso.

—Es broma, cabeza loca. Más o menos.

Volvió a moverse debajo de mí y apreté la mandíbula. Me ardían los pulmones y recordé tomar aire. La capa de sudor que me cubría era de todo menos fría.

—Me estás clavando la pistola.

—No es la pistola —le dije con los dientes apretados.

Curvó los labios con malicia.

—Ya lo sé.

—Pues deja de moverte.

Tardé otros treinta segundos, pero conseguí separarme de ella. Me puse en pie y me agaché para ayudarla a levantarse. Nervioso, tiré más de la cuenta e hice que se me estrellara contra el pecho.

—Hala, tiarrón.

—Lo siento —respondí. Le puse las manos en los hombros y di un paso muy prudente hacia atrás.

—No te disculpes. Solo te pediría que lo hicieras si no hubieras tenido una reacción biológica saludable al sujetarme contra el suelo.

—¿De nada?

Por el aspecto que tenía, era evidente que había salido a correr. Llevaba unas mallas y un top de manga larga ligero y ambos se le ajustaban como una segunda piel. El sujetador de deporte era de color turquesa y las zapatillas, naranja chillón. Llevaba el móvil sujeto a un brazo y un bote pequeño de espray de pimienta guardado en una funda en la cinturilla.

Ladeó la cabeza y me devolvió el vistazo silencioso. Sentí su mirada como si fuera una caricia. Buenas noticias para mis entrañas muertas y malas noticias para la erección que intentaba hacer desaparecer.

Nos quedamos ahí de pie más cerca de lo que debíamos y mirándonos con la respiración entrecortada durante un instante largo e intenso.

Las chispas del estómago se habían despertado, extendido por el cuerpo y calentado desde dentro. Quería tocarla otra vez. Lo necesitaba. Pero cuando levanté la mano para extenderla hacia ella, un pitido estridente me hizo volver a la realidad.

Lina retrocedió con un salto y se dio un manotazo en la muñeca.

—¿Qué narices ha sido eso? —pregunté.

—Nada. Solo ha sido… una alerta —respondió trasteando el reloj.

Mentía. Estaba seguro, pero antes de poder exigirle una respuesta, se oyó el eco de un gemido lastimero que provenía de la tubería.

Lina arqueó las cejas.

—¿Qué narices ha sido eso?

—Un perro. O al menos creo que es un perro —le dije.

—¿Eso es lo que hacías? —me preguntó. Me rodeó y se dirigió a la cañería.

—No. Me meto en tuberías de desagüe dos o tres veces a la semana. Es uno de los requisitos del empleo.

—Eres muy gracioso, cabeza loca —comentó Lina por encima del hombro, y se apoyó sobre las manos y las rodillas delante de la tubería.

Me apreté la piel del entrecejo e intenté no prestar atención a su postura provocativa, dado que mi excitación estaba a flor de piel en ese momento.

—Te vas a estropear la ropa —le advertí, con la vista fija en el cielo al tiempo que trataba de no mirarla mientras se arrastraba hacia delante a cuatro patas.

—Para eso están la lavadora y las compras —respondió, e introdujo la cabeza en la abertura.

Le lancé una mirada asesina a mi erección, que se me clavaba en la cremallera y en el cinturón.

—Hola, cariño. ¿Quieres salir de ahí para que haga que te sientas mejor?

Le hablaba y canturreaba al perro. Lo sabía, pero algo estúpido y desesperado en mi interior respondió a su tono ronco y tranquilizador.

—Yo me ocupo —le comenté, principalmente, a su culo curvilíneo en esas mallas gris pizarra.

—Qué buen chico o chica —dijo Lina antes de volver a salir. Tenía manchas de tierra en la mejilla y en las mangas—. ¿Tienes algo de comer en el coche, cabeza loca?

¿Por qué no se me había ocurrido a mí?

—Tengo un poco de cecina en la guantera.

—¿Te importa compartir el aperitivo con nuestro nuevo amigo? Creo que con algo sabroso conseguiré que se acerque lo bastante para atraparlo.

Ella sí que era algo sabroso. Yo me habría arrastrado bocabajo por barro gélido solo para verla mejor, pero eso era yo, no un perro callejero medio congelado.

Volví al coche y recé para que la sangre me abandonara la entrepierna. Encontré la cecina y saqué algunas cosas más del kit de supervivencia del maletero que podríamos necesitar, como una correa de adiestramiento, un cuenco para perros y una botella de agua.

Cuando volví con el botín, Lina se había adentrado todavía más en el desagüe, bocabajo, y solo se la veía de cintura para abajo. Me agaché junto a ella y eché un vistazo al interior. La sucia bolita de pelo se había acercado un poco y ya casi estaba a distancia suficiente de lamer o morder.

—Ten cuidado —le advertí. Me vinieron a la cabeza imágenes de ardillas rabiosas.

—Esta chiquitina no va a atacarme. Me va a estropear esta camiseta tan bonita cuando la achuche, pero valdrá la pena. A que sí, ¿princesa?

La ansiedad me invadió el pecho. No me molesté en intentar averiguar qué me la había provocado, ya que todo parecía causármela últimamente.

—Lina, lo digo en serio. Es un asunto policial, deja que me ocupe yo —añadí con firmeza.

—No me creo que hayas recurrido a la excusa de los asuntos policiales por un perro abandonado. —Su voz resonó de forma siniestra.

—No quiero que te haga daño.

—No me va a hacer daño y, si pasa, yo lo he decidido y ya lo manejaremos. Además, tú y tus hombros anchos de héroe nunca cabríais aquí dentro.

Tendría que haber llamado a la protectora de animales del condado. Deke el Delgado cabría perfectamente en la tubería.

No veía con claridad, pero parecía que el perro se había acercado unos centímetros para olisquear con delicadeza la mano extendida de Lina.

—Dame la cecina, Nash —dijo Lina, que extendió el brazo opuesto hacia atrás y meneó los dedos.

A mi pene semisólido le estaba costando mucho ignorar la forma en que se le ceñían las mallas al trasero, pero me las arreglé para desgarrar la bolsa de cecina y entregarle unos trozos.

Lina los aceptó y se los ofreció al perro.

—Aquí tienes, bonita.

La bolita de pelo embarrada se arrastró con cuidado hacia su mano.

Los perros pequeños también mordían. Lina no podría bloquear el ataque. Y, además, había otras cosas de las que preocuparse, como las infecciones. A saber qué parásitos vivirían en ese fango medio congelado. ¿Qué pasaría si acababa pillando una infección o necesitando una cirugía facial reconstructiva? Y todo bajo mi supervisión.

Lina continuó haciendo ruiditos de besos y el perro se siguió acercando a ella. El corazón amenazaba con atravesarme el esternón.

—Mira, un trozo muy rico de cecina. Es todo tuyo —dijo, y sacudió la cecina delante del perro para tentarlo.

Agarré a Lina de las caderas y me preparé para tirar de ella.

—No, este hombre tan simpático solo me está abrazando desde atrás. No te está asustando con su rollo siniestro.

—No tengo un rollo siniestro —protesté.

—Nash, si me clavas los dedos con más fuerza, me van a salir moratones. Y no de los divertidos —dijo ella.

Bajé la mirada y vi que tenía los nudillos blancos de apretarle las curvas de las caderas. Reduje la presión.

—¡Buena chica! —Lina continuó y yo me acerqué para ver qué ocurría, pero el hombro me entorpecía y el culo bonito ya mencionado me bloqueaba la vista—. Tengo a la bolita adorable acurrucada y bien sujeta —informó Lina—. Solo hay un problema.

—¿Qué?

—No puedo salir y sostenerla al mismo tiempo. Vas a tener que sacarme.

Volví a mirarle el culo. Tendría que ir con muchísimo cuidado a la hora de escribir el informe de este incidente o Grave se lo pasaría en grande.

—Venga, jefe. No te voy a morder. Sácame de esta ciénaga asquerosa antes de que empiece a pensar en la rabia o las pulgas.

Tenía dos opciones. Podía levantarme y arrastrarla por los tobillos, o podía tirar de ella por las caderas.

—Solo para que lo sepas, voy a escoger la opción que te haga menos daño en la parte baja de la espalda.

—Tú agárrame bien y tira de mí.

—Vale, pero dime que pare si te sientes incómoda o si el perro se pone como loco.

—Madre mía, Nash. Te estoy dando consentimiento para que me saques de esta tubería de desagüe por el culo. ¡Hazlo!

Mientras me preguntaba cómo un simple ejercicio de salud mental me había hecho llegar a este punto, la agarré por las caderas y tiré de ella hasta que chocó con mi entrepierna. Apenas pude contener un gruñido antes de que el torso de Lina saliera del desagüe.

—¿Todo bien? —le pregunté con los dientes apretados.

—Sí. Es una perrita adorable. Huele como una bolsa de fertilizante, pero es simpática.

Me aferré a sus caderas con más fuerza.

—¿Cómo sabes que es una hembra?

—Lleva un collar rosa debajo de toda la mugre.

Deseé con todas mis fuerzas que lo que había oído en la carretera no hubiera sido el motor de un coche.

—Juro por Dios que como venga alguien... —masculló.

—Venga, cabeza loca. Enséñame de qué eres capaz —me animó Lina. El perro ladró con entusiasmo, como si estuviera de acuerdo con su heroína.

Me eché hacia atrás de rodillas y la arrastré hacia mí por las caderas. Una vez más, sus curvas perfectas se posaron en el sitio correcto. Pero esta vez, su cabeza, brazos y el perro salieron de la tubería y aterrizaron en la hierba helada. Estaba apoyada en las rodillas y los codos y tenía el trasero pegado a mi entrepierna. La velocidad de mis latidos se triplicó y me sentí aturdido por motivos que, para variar, no tenían nada que ver con la ansiedad.

Un Porsche pequeño y vistoso cruzó la doble continua y se detuvo detrás de mi coche.

—¿Necesitas ayuda, jefe? —El mejor amigo de Naomi, Stefan Liao, sonreía de satisfacción detrás del volante.

Bajé la mirada hacia Lina, que arqueó las cejas y me miró por encima del hombro. Parecía que la estaba montando en la cuneta.

—Creo que lo tenemos controlado, Stef —le respondió ella.

Stef hizo un pequeño saludo militar y sonrió con malicia.

—Bueno, pues me voy a explicarle a todo el que me cruce cómo ha empezado la mañana del sábado para el jefe Morgan.

—Te voy a detener por ser un grano en el culo —le advertí.

—De eso entiendes tú mucho, jefe —dijo Stef. Con un guiño y un gesto de la mano, se marchó en dirección al pueblo.

—¿Nash?

—¿Qué? —escupí la palabra.

—¿Crees que podrías soltarme? Estoy empezando a hacerme algunas ideas que harían que nuestra nueva amiga se sonrojara.

Maldije en voz baja, le quité las manos (y la entrepierna) de encima y le puse la correa al perro alrededor del cuello delgado. En efecto, llevaba un collar rosa muy sucio sin chapa. Parecía que tanto el collar como el perro habían sobrevivido a una carrera de dieciséis kilómetros por el barro.

No sabía si levantar a la mujer o a la perrita, y decidí que lo más seguro era decantarme por la segunda opción. Se estremeció de forma lastimosa en mis brazos, mientras tamborileaba con nerviosismo la cola andrajosa contra mi barriga. Lina se puso en pie.

—Felicidades, papá. Es una niña —dijo. Sacó el teléfono de la funda de la manga y me hizo una foto.

—Para —le ordené con brusquedad.

—No te preocupes, te he sacado hasta la cintura para que nadie vea la clase de arma que llevas —se burló de mí, se acercó para ponerse a mi lado e hizo un selfi de los tres. Fruncí el ceño para la foto y ella se rio.

El perro me trepó por el pecho y siguió temblando en mis brazos.

—Lina, te juro que…

Me puso una mano en el pecho y la confusión de mi interior se calmó.

—Relájate, Nash —dijo en tono suave, como si estuviera hablando con el desastre de perro desaliñado otra vez—. Solo me estaba quedando contigo. Estás bien, yo estoy bien. No pasa nada.

—Es inapropiado. Yo he sido inapropiado —insistí.

—Te empeñas en machacarte, ¿eh?

La perra enterró la cabeza debajo de mi barbilla, como si de algún modo pudiera protegerla.

—A ver qué te parece esto —añadió Lina mientras acariciaba a la perrita con suavidad con la otra mano—. Dejaré de tomarte el pelo… por un tiempo. Si reconoces que hay cosas peores que hacerme sentir atractiva físicamente incluso cuando estoy sudada y cubierta de barro. ¿Hecho?

El chucho apestoso escogió ese preciso momento para lamerme la cara desde la mandíbula hasta el ojo.

—Creo que le gustas —observó Lina.

—Huele como una planta de aguas residuales —protesté. Pero los ojos de la perrita se posaron sobre los míos y sentí algo. No el ardor de las llamas que me invadían cada vez que Lina estaba cerca, sino otra cosa. Algo más dulce y triste.

—¿Cuál es el plan, jefe? —preguntó Lina.

—¿El plan? —repetí sin dejar de mirar esos ojos marrones lastimosos.

CAPÍTULO CUATRO

SUMAMENTE SUCIA

LINA

Con nuestro premio desaliñado ya alimentado, saciado y envuelto en una camiseta de manga corta limpia, me subí al asiento del copiloto con la sudadera de Knockemout del jefe de policía. No era exactamente cómo había imaginado que sería mi mañana. Había pensado que una carrera larga me ayudaría a despejar la mente, no que terminaría haciendo «la postura del perrito» con Nash Morgan.

El hombre del autocontrol impresionante me cerró la puerta, rodeó el capó y se puso detrás del volante. Se quedó quieto un momento. Me fijé en el cansancio y la tensión que emanaban de él mientras miraba fijamente a través del parabrisas.

—¿Aquí es donde ocurrió? —le pregunté. Había leído los artículos y los informes sobre el control rutinario que había resultado ser una trampa.

—¿Donde ocurrió qué? —contestó con evasivas y fingió ingenuidad mientras se abrochaba el cinturón.

—Ah, ¿con que esas tenemos? Vale. Así que has pasado por el punto en el que te dispararon por casualidad y después has utilizado tu visión de rayos X para descubrir que había un perro atrapado en una tubería de desagüe.

—No —respondió, arrancó el motor y encendió la calefacción—. Ha sido gracias al superoído, no a la visión de rayos X.

Me mordí el labio y decidí lanzarme:

—¿Es cierto que no te acuerdas de nada?

48

Gruñó e invadió los dos carriles para hacer un cambio de sentido y dirigirse al pueblo.

Pues vale.

Nash estacionó en la plaza que había junto a mi Charger rojo cereza en la parte trasera del edificio. El aparcamiento del Honky Tonk, el bar de moteros *country* de Knox, estaba desierto salvo por el puñado de coches que habían dejado los bebedores responsables la noche anterior.

Miramos a la bola de pelo y hojas maloliente que llevaba en brazos, y después Nash levantó la mirada hacia mí. Había preocupación en sus ojos azul vaquero y sentí el deseo irritante y muy femenino de hacer que se sintiera mejor.

—Gracias por ayudarme en la carretera —dijo al fin.

—No hay de qué. Espero no haberte escandalizado demasiado —bromeé.

Desvió la mirada y se frotó el punto entre las cejas, señal de que estaba nervioso.

—Ni se te ocurra volver a empezar a disculparte —le advertí.

Volvió a mirarme con un amago de sonrisa.

—¿Qué quieres que te diga? —preguntó.

—¿Qué tal «Vamos a darle un baño a esta bola de pelo»? —sugerí, y abrí la puerta. Él salió justo después.

—No tienes que hacerlo, puedo ocuparme yo a partir de ahora.

—Me he encaprichado. Además, ya estoy hecha un asco. Y por los recuerdos de mi infancia, cuatro manos son mejor que dos cuando de bañar perros se trata.

Me dirigí hacia la puerta de las escaleras traseras y disimulé la sonrisa cuando lo oí maldecir en voz baja antes de seguirme.

Me alcanzó, se pegó a mí algo más de lo necesario y me aguantó la puerta. La perra asomó la cabeza por el fardo hecho con la camiseta y noté los golpecitos de la cola despeinada contra el abdomen.

Subí las escaleras más despacio de lo habitual, consciente del bulto que llevaba en brazos y del hombre que me acompañaba.

—¿Te importa si la bañamos en tu casa? —le pregunté cuando llegamos a las escaleras. Encima de mi mesa había una caja de documentos que no quería que Nash viera.

—No, claro —respondió tras un instante.

Llegamos a lo alto de las escaleras y nuestros hombros se rozaron cuando introdujo la mano en el bolsillo para sacar las llaves. Volví a sentirla. Esa chispa de sensaciones cada vez que nos tocábamos. No debería ocurrir. No me gustaba el contacto físico espontáneo; siempre era muy consciente de él. Pero con Nash era... diferente.

Abrió la puerta y retrocedió para que yo pasara primero.

Pestañeé. Su casa era la viva imagen de la mía y nuestros dormitorios y baños compartían pared. Pero mientras que el mío era un lienzo en blanco sin reformar, el de Nash lo habían modernizado en algún momento de esta década. Y también lo habían puesto patas arriba.

A simple vista no había nada en él que me hiciera pensar que era un cerdo, pero había pruebas innegables de ello tiradas por todas partes.

Las cortinas de las ventanas estaban corridas y bloqueaban la luz y las vistas a la calle. Había una pila de ropa a medio doblar sobre la mesita de café. Daba la sensación de que se había cansado de doblarla y se había vestido con ropa limpia del montón durante unos días. El suelo estaba cubierto de ropa sucia, bandas de resistencia, seguramente de las sesiones de fisioterapia, y tarjetas en las que le deseaban que se mejorara. En el sofá había una manta arrugada y una almohada.

La cocina tenía electrodomésticos nuevos y encimeras de granito y estaba abierta al salón, por lo que nada me impidió ver los platos sucios, los envases viejos de comida para llevar y por lo menos cuatro adornos florales marchitos. La mesa del comedor, que era como la mía, estaba cubierta de archivos y más correo sin abrir.

Toda la casa tenía un olor sofocante, como si hubiera permanecido cerrada y sin usar. Como si nadie la habitara.

—Normalmente... eh... no está tan desordenado. He estado ocupado últimamente —dijo ligeramente avergonzado.

Ahora estaba segura al millón por ciento de que sus heridas eran más profundas de lo que dejaba entrever.

—¿Y el baño? —le pregunté.

—Por allí —respondió. Señaló en dirección a la habitación y pareció solo un poco avergonzado.

La habitación no estaba tan desordenada como el resto de la casa. De hecho, parecía una habitación de hotel libre. Los muebles (una cama, una cómoda y un par de mesillas de noche) iban a conjunto. Sobre la cama hecha con esmero había una colección de pósteres de música *country* enmarcados. En una de las mesitas había una serie de botes de medicamentos recetados alineados como soldados y una fina capa de polvo cubría la superficie.

Era evidente que dormía en el sofá.

El baño era el típico baño de soltero. Había pocos productos y ni siquiera se había molestado en darle un poco de personalidad. La cortina de la ducha y las toallas eran de color *beige*, por el amor de Dios.

Mi bañera de patas era mejor, aunque las baldosas que rodeaban la suya eran más modernas. Había una pila de ropa sucia en el suelo, justo al lado de un cesto para la ropa sucia que parecía funcionar bien. Si no fuera evidente que estaba luchando contra algunos demonios interiores, su atractivo habría caído varios puntos por esa infracción.

—¿Puedes cerrar la puerta? —le pregunté.

Aún parecía un poco aturdido. Por algún motivo, el hecho de ver a Nash Morgan herido me hacía sentirme más atraída por él. Y la tentación de dejarme llevar era casi abrumadora.

—¿Nash? —Alargué la mano y le apreté el brazo.

Se asustó y después sacudió la cabeza ligeramente.

—Sí, perdón. ¿Qué?

—¿Puedes cerrar la puerta para que nuestra amiguita apestosa no se escape?

—Claro. —Cerró la puerta con suavidad y volvió a frotarse el entrecejo—. Siento el desastre.

Parecía tan perdido que tuve que resistirme a la tentación de abalanzarme sobre él y besarlo para que se sintiera mejor. En lugar de eso, levanté a la perra hasta su línea de visión.

—El único desastre que me preocupa es este de aquí.

La dejé en el suelo y desenrollé la camiseta. Acercó el hocico a las baldosas de inmediato y empezó a olisquearlas. Era una chica muy valiente que investigaba su nuevo entorno.

Nash cobró vida como una marioneta de madera que se hubiera convertido en un niño de verdad. Se agachó y abrió el grifo de la bañera. Mientras me pasaba su sudadera por la cabeza, decidí que el pueblo no se equivocaba respecto a su trasero.

Levanté la camiseta sucia con la que había envuelto al perro.

—Lo más seguro es que tengas que quemarla.

—Lo más seguro es que tenga que quemar el baño. —Hizo un gesto con la cabeza hacia la perra, que estaba dejando huellas de barro diminutas por todas partes.

Me quité la camiseta corta manchada y la añadí a la pila de ropa sucia.

Nash le echó un largo vistazo al sujetador de deporte que llevaba puesto y casi se lesionó el cuello al darse la vuelta de golpe para comprobar la temperatura del agua con la mano y reacomodar, innecesariamente, la cortina.

«Dulce y todo un caballero».

Sin duda, no era mi tipo, pero tenía que admitir que me gustaba verlo nervioso.

Todavía sin mirarme directamente, Nash sacó una pila de toallas del armario, dejó caer dos en el suelo junto a la bañera y cubrió el fregadero con otra.

—Será mejor que te quites la camiseta, cabeza loca —le aconsejé.

Bajó la vista hacia la camisa del uniforme, que estaba cubierta de manchas de barro y hierba. Se desabrochó los botones con una mueca, se la quitó y la dejó caer en el cesto. Después recogió la pila de ropa sucia del suelo y la puso encima.

Llevaba una camiseta interior blanca que se le ceñía al pecho. Bajo la manga izquierda, divisé una tira de cinta adhesiva de colores de las que los atletas utilizan para las lesiones.

—¿Por qué no vas a por una taza grande o algo de la cocina? No quiero usar el cabezal de la ducha con ella, le vamos a dar un susto de muerte —sugirió.

—Claro. —Los deje a él y a la perra y comencé mi misión de encontrar un recipiente para lavado de perros.

Una búsqueda rápida en los armarios me dejó claro que la mayoría de los platos que tenía estaban o en el fregadero o en el lavavajillas rebosante que, a juzgar por el olor, hacía tiempo que no ponía. Puse detergente en el lavavajillas, inicié un ciclo de lavado y después fregué a mano una taza grande de plástico de la pizzería Dino's.

Solo sentí un ligero golpe de culpabilidad cuando pasé junto a la mesa para examinar los documentos.

Fue cuando volvía al baño, así que no es que me desviara a propósito hacia allí. Además, tenía trabajo que hacer. Y no era culpa mía que los hubiera dejado a la vista de todos, razoné.

Tardé menos de treinta segundos en identificar tres de las carpetas.

HUGO, DUNCAN.

WITT, TINA.

217.

217 era el código policial para la agresión con tentativa de homicidio. No hacía falta ser un genio para deducir que seguramente se trataba del informe policial del tiroteo a Nash. Sentía curiosidad, pero solo tenía tiempo de echar un vistazo rápido, por lo que debía priorizar. Miré rápidamente en dirección al baño y levanté la tapa de la carpeta de Hugo con un dedo. La carpeta tenía un tacto arenoso y me di cuenta de que, al igual que la mesita de noche de su habitación, estaba cubierta por una fina capa de polvo.

Apenas había echado un ojo al papel de arriba, una foto policial poco favorecedora de hacía unos años, cuando oí:

—¿Has encontrado algo?

Me sobresalté y se me escapó la tapa de la carpeta. El corazón empezó a latirme a mil por hora hasta que me di cuenta de que Nash me había hablado desde el baño.

Me alejé un paso de la mesa y exhalé.

—Voy —respondí con voz débil.

Cuando volví al baño, el corazón me dio un vuelco. Nash se había quitado la camiseta interior que llevaba, que estaba empapada y en el suelo, junto a la bañera. Y sonreía. Una sonrisa de buenorro total.

Me detuve en seco para apreciar las vistas de su cuerpo medio desnudo y su sonrisa.

—Si no dejas de lanzar agua por todas partes, vas a inundar la barbería —le advirtió Nash a la perra, que corría de un extremo de la bañera al otro. La salpicó con el agua del grifo y la perra respondió con una serie de ladridos roncos, pero alegres.

Se me escapó una carcajada. Tanto el hombre como la perra se giraron a mirarme.

—He pensado que lo mejor sería meterla en la bañera para asegurarnos de que no se volvía loca —me explicó Nash.

Puede que su vida estuviera criando polvo, pero por dentro era todo heroísmo. La punzada de culpabilidad que sentía creció y se intensificó, y di gracias porque no me hubiera pillado mientras fisgoneaba.

Entre los riesgos necesarios y la estupidez había una línea muy fina.

Me arrodillé junto a él en el suelo sobre una de las toallas dobladas y le pasé la taza.

—Parece que os lo estáis pasando bien —le dije, y traté de sonar como una mujer que no acabara de invadir su privacidad.

El monstruito empapado posó las patas delanteras en el borde de la bañera y nos miró con adoración. Meneó la cola andrajosa de felicidad y salpicó gotitas de agua sucia por todas partes.

—A ver si puedes sujetarla mientras la mojo —sugirió Nash, y llenó la taza de agua limpia.

—Ven aquí, sirenita peluda.

Trabajamos hombro con hombro, restregamos, enjabonamos, enjuagamos y reímos.

Cada vez que el brazo desnudo de Nash rozaba el mío, se me ponía la piel de gallina. Y cada vez que sentía la necesidad de acercarme más a él en lugar de poner algo de distancia entre nosotros, me preguntaba qué narices me pasaba. Estaba lo bastante cerca para ver las muecas que hacía cuando movía el hombro y se le resentían los músculos lesionados. Pero no se quejó ni una sola vez.

Tuvimos que cambiar el agua en cuatro ocasiones y tardamos media hora en dejar a la perra limpia por fin.

Tenía casi todo el áspero pelaje blanco con una serie de manchas oscuras esparcidas por las patas. Tenía una oreja manchada y otra marrón y negra.

—¿Cómo la vas a llamar? —le pregunté a Nash cuando sacó a la perra de la bañera. Le lamió la cara con entusiasmo.

—¿Yo? —Apartó la cabeza de la lengua rosada del animal—. Deja de lamerme.

—No la culpo. Tienes una cara que pide a gritos que la chupen.

Me obsequió con una de sus miradas de resentimiento antes de dejarla con cuidado en el suelo. La perra se sacudió y salpicó agua en un radio de dos metros.

Tomé la toalla y la envolví con ella.

—Tú la has encontrado, te mereces ponerle el nombre.

—Llevaba collar, lo más seguro es que ya tenga uno.

Se removió bajo mis manos mientras le frotaba el cuerpecito peludo para secarla.

—A lo mejor se merece un nombre nuevo. Para empezar de cero.

Nash me observó durante un rato largo, hasta que quise escapar de su escrutinio. Entonces dijo:

—¿Tienes hambre?

—¿Scout? ¿Lucky? —Miré a la perra, ahora limpia, mientras programaba la cafetera.

Nash nos miró desde donde revolvía los huevos.

—¿Scrappy?

—No. No ha reaccionado. ¿Lula? —Me agaché y di una palmada. La perra se acercó a mí dando saltitos y aceptó con alegría las caricias afectuosas.

—¿Gizmo? ¿Splinter?

—¿Splinter? —me mofé.

—De las Tortugas Ninja —respondió, y un atisbo de sonrisa le volvió a asomar a los labios.

—Astilla era una rata de cloaca.

—Una rata de cloaca con habilidades de artes marciales —señaló.

—Esta jovencita necesita un nombre de debutante —insistí—. Como por ejemplo Poppy o Jennifer.

El can siguió sin reaccionar, pero el hombre de la habitación terminó por esbozar una sonrisa divertida.

—¿Qué te parece Buffy?

Sonreí contra el pelaje de la perra.

—¿Cazavampiros?

Me apuntó con la espátula.

—La misma.

—Me gusta, pero parece indecisa con el nombre de Buffy —observé.

Podría haberme ido a casa a cambiarme mientras Nash preparaba el desayuno, pero había optado por ponerme su sudadera otra vez y quedarme allí con él. Por desgracia, él sí que se había cambiado y se había puesto una camiseta limpia y unos vaqueros.

Y ahora interpretábamos una especie de escena doméstica e íntima en la cocina. Estábamos haciendo café. Un hombre guapísimo y descalzo hacía el desayuno en los fogones y la perra fiel bailaba a nuestros pies.

Nash sirvió una porción de huevos en uno de los tres platos de papel que había alineado y lo dejó a un lado. La perrita saltó de mi regazo para darle golpecitos a Nash con la pata.

—Para el carro, deja que se enfríe primero —le advirtió. El ladrido áspero con el que respondió dejó claro que no estaba interesada en parar el carro de nadie.

Me puse en pie y me lavé las manos. Nash me lanzó el paño de cocina que llevaba encima del hombro y empezó a esparcir queso encima de los huevos. Me sentí generosa, así que encontré dos tazas sucias sobre la encimera y las lavé.

La tostadora escupió dos trozos de pan bien tostado justo cuando servía la primera taza de café.

—¿Qué te parece Piper? —sugirió Nash de repente.

La perra se activó, después se sentó y ladeó la cabeza.

—Ese le ha gustado —afirmé—. ¿A que sí, Piper?

Meneó el trasero en reconocimiento.

—Creo que tenemos un ganador —coincidió Nash.

Serví la segunda taza y observé cómo depositaba el plato de huevos en el suelo.

—Aquí tienes, Piper.

La perra se abalanzó, las dos patas traseras aterrizaron sobre el plato, y empezó a engullir el desayuno.

—Va a necesitar otro baño —dije con una carcajada.

Nash dejó una tostada en cada uno de los platos restantes y después utilizó la mano derecha para servir con torpeza la mezcla de queso y huevos encima de ellas.

—Y más comida —observó, y me entregó uno de los platos.

Nash Morgan haría muy feliz a alguna mujer algún día.

Comimos de pie en la cocina, lo cual me pareció más seguro y menos doméstico que despejar un hueco en la mesa. Aunque no me habría importado echarle otro vistazo a esas carpetas.

Estaba allí para trabajar, no para complicar las cosas intimando con un vecino injustamente atractivo.

Incluso aunque preparara unos huevos con queso buenísimos. Y estuviera guapísimo con esa camiseta limpia y esos ojos conmovedores y heridos. Cada vez que nuestras miradas se encontraban, sentía… algo. Como si el espacio que nos separaba estuviera cargado de una energía que no dejaba de intensificarse.

—¿Qué hace que te sientas viva? —preguntó de pronto.

—¿Eh? —Fue la respuesta ingeniosa que le ofrecí, ya que tenía la boca llena hasta arriba con el último pedazo de tostada.

Sujetaba la taza y me miraba atentamente. La mitad de su desayuno permanecía abandonado en el plato. Tenía que comer. El cuerpo necesitaba combustible para sanar.

—En mi caso era entrar en la comisaría. Todas las mañanas, no sabía lo que me depararía el día, pero me sentía preparado para todo —dijo, casi para sí mismo.

—¿Ya no sientes lo mismo? —le pregunté.

Encogió un solo hombro, pero la forma en que me miró fue de todo menos despreocupada.

—¿Y tú?

—Conducir deprisa. La música alta. Encontrar el par de zapatos perfecto en rebajas. Bailar. Correr. Seducir a alguien. El sexo sudoroso y desesperado.

Su mirada se volvió abrasadora y la temperatura de la habitación pareció aumentar varios grados.

«Deseo». Era la única palabra que se me ocurrió para describir lo que vi en sus ojos azules, y ni siquiera esa le hacía justicia.

Dio un paso hacia mí y se me cortó la respiración con una mezcla feroz de expectación, adrenalina y miedo. «Madre. Mía».

El corazón se me iba a salir del pecho. Pero, por una vez, en el buen sentido.

Tenía que recomponerme. ¿No era yo la que intentaba evitar las decisiones impulsivas?

Antes de que pudiéramos decir o, madre mía, hacer algo, me empezó a sonar el móvil de forma estridente y me sacó de golpe de la mala idea hacia la que estaba a punto de precipitarme.

—Eh, tengo que responder —le dije, y le enseñé el teléfono.

Su mirada seguía clavada en la mía y hacía que sintiera algo de desesperación en mi interior. Bueno, vale. Mucha desesperación. Y un calor abrasador.

—Sí —dijo al final—. Gracias por la ayuda.

—Cuando quieras, cabeza loca —conseguí responderle débilmente, e intenté no correr hacia la puerta.

—Hola, Daley —respondí la llamada después de cerrar la puerta del piso de Nash detrás de mí.

—Lina —dijo mi jefa a modo de saludo.

Daley Matterhorn era una mujer eficiente que no pronunciaba dos palabras cuando le bastaba con una. Tenía cincuenta y dos años y supervisaba un equipo de un montón de investigadores, era cinturón negro de karate y participaba en triatlones por diversión.

—¿Qué pasa? —Nuestra línea de trabajo no respetaba la jornada laboral de lunes a viernes de nueve a cinco, así que no era preocupante que me hubiera llamado un sábado por la mañana.

—Sé que estás en mitad de una investigación, pero me gustaría que la dejaras de momento. Nos vendría bien tu ayuda en Miami. Ronald ha seguido la pista de la pintura de Renaux desaparecida hasta la casa de un capo de la droga al que han detenido hace poco. Necesitamos que alguien lidere un equipo de rescate mañana por la noche, antes de que algún agente de la ley decida que el cuadro es una prueba o un activo que deba congelarse. Solo hay un puñado de guardias de seguridad *in situ*. Para ti estaría chupado.

Noté esa aceleración del pulso familiar, la emoción de pensar en cruzar otra meta de puntillas.

Pero planear una operación en veinticuatro horas no solo era arriesgado, también era sumamente peligroso. Y Daley lo sabía.

«Mierda».

—¿Me estás pidiendo que lidere un equipo después de lo que ocurrió en el último trabajo?

—Alcanzaste el objetivo. El cliente estaba entusiasmado. Y no te oí quejarte cuando ganaste la prima.

—Alguien salió herido —le recordé. «Por mi culpa».

—Lewis conocía los riesgos. No vendemos pólizas de seguros de vida ni hacemos papeleo. Este empleo conlleva ciertos riesgos y cualquiera que no tenga las narices de enfrentarse a ellos puede buscarse un trabajo en otra parte.

—No puedo. —No sé cuál de las dos se sorprendió más cuando pronuncié esas palabras—. Estoy progresando aquí y no es buen momento para marcharme.

—Lo que haces allí no es más que una investigación *in situ*. Puedo mandar a otra persona a que haga preguntas y busque los registros de la propiedad. A cualquiera.

—Me gustaría acabar lo que he empezado —respondí con firmeza.

—Ya sabes que hay una vacante disponible en el departamento de bienes de altos ingresos. —Daley me ofreció el trabajo de mis sueños de pasada, como si fuera un par de Jimmy Choos brillantes.

—He oído rumores —afirmé. El corazón me latía con más rapidez.

El departamento de bienes de altos ingresos implicaba más viajes, proyectos más largos, mayor cobertura y primas mayores. También implicaba más trabajos en solitario. Era un objetivo grande y que me daba miedo, y acababan de proponérmelo.

—Para que lo tengas en cuenta: se necesitará alguien con agallas, alguien que no se deje intimidar por las situaciones peligrosas, alguien que no tenga miedo de ser el mejor.

—Lo entiendo —dije.

—Bien. Si cambias de opinión respecto a mañana, llámame.

—Lo haré. —Colgué y resguardé las manos en el bolsillo delantero de la sudadera de Nash.

Una parte de mí quería decir que sí. Subir a un avión, indagar en la información que teníamos y encontrar una forma de entrar. Pero otra más grande y ruidosa sabía que no estaba preparada para liderar un equipo. Lo había demostrado rotundamente.

Y había otra parte más pequeña, apenas audible, que se estaba cansando de los moteles de poca monta y de las interminables horas de vigilancia. La parte que cargaba con la culpa y la frustración de una operación que había salido mal. La que tal vez estaba perdiendo su toque.

CAPÍTULO CINCO

LO QUE PASA EN LA DUCHA SE QUEDA EN LA DUCHA

NASH

—Deja de comerte la colada, Pipe —la regañé sin ganas desde el suelo de la cocina. Estaba rodeado de pétalos de flores muertas del montón de arreglos florales que la gente me había regalado mientras me recuperaba para expresar que lamentaban que me hubieran disparado. Me recordaba ligeramente al funeral de mi madre.

La maldita perra rodeó la isla a toda prisa con uno de mis calcetines limpios en la boca.

Estaba agotado y exasperado.

Había llamado a la protectora de Lawlerville para ver si podía dejar a Piper allí, pero me habían dicho que estaban completos después de haber rescatado a un montón de perros perdidos durante el huracán que había arrasado el estado de Texas, y que probara en algún otro refugio de D. C. Pero tras un par de llamadas, lo único que había conseguido eran más respuestas como «lo siento, estamos hasta arriba» o advertencias de que los perros con problemas médicos o a los que no adoptaban lo bastante rápido corrían el riesgo de ser sacrificados.

Así que me había convertido a regañadientes en el padre adoptivo de un chucho desaliñado y con ansiedad.

Apenas podía cuidar de mí mismo. ¿Cómo narices iba a cuidar de un perro?

Habíamos hecho una visita al veterinario para que le hicieran una revisión, durante la cual Piper se había encogido de miedo detrás de mí como si la amable veterinaria con chuches fuera el demonio. Después de que nos dijeran que estaba en perfectas condiciones, fuimos a la tienda de animales de Knockemout para comprar algunas provisiones básicas. Pero el astuto propietario y vendedor, Gael, había visto venir lo tonto que era a un kilómetro de distancia. Al ver la carita de felicidad de Piper cuando entró en el pasillo lleno de animales de peluche, Gael tuvo que colgar el cartel de «vuelvo en quince minutos» en la puerta para ayudarme a transportar a casa todo lo que había comprado.

Comida sana de calidad, chuches *gourmet,* correas con collares a juego, juguetes y un colchón para perros ortopédico que parecía mucho mejor que el mío. Incluso había añadido un maldito jersey para que la «princesa Piper» estuviera calentita durante los paseos.

Piper se acercó a mí dando saltitos y emitió un ladrido sordo a través del calcetín y el cordero de peluche que había conseguido meterse en la boca.

—¿Qué? No entiendo qué quieres.

Escupió el cordero encima del montón de flores muertas.

Me froté la cara con las manos. No estaba preparado para esto. Un ejemplo de ello era mi apartamento.

Se parecía al dormitorio de Knox durante la adolescencia. Y olía igual. No me había dado cuenta de verdad hasta que vi cómo Lina, y después Gael, se fijaban.

Así que, en lugar de seguir con el papeleo en la comisaría como había planeado, puse un partido de fútbol, abrí las malditas cortinas y me puse manos a la obra.

El lavavajillas iba ya por la tercera y última carga. Tenía una montaña más alta que el Everest de ropa limpia que guardar… si conseguía que la perra dejara de robármela. Había abordado las capas de polvo y las marcas pegajosas que los vasos habían dejado en los muebles, había tirado la comida para llevar mohosa que había acumulado durante semanas e incluso me las había ingeniado para pedir una pequeña compra a domicilio.

Piper me hizo compañía mientras lavaba, frotaba, organizaba, tiraba y guardaba. La aspiradora no le gustó demasiado, pero luego caí en que no tenía muchos motivos para quejarse si tenía en cuenta que, hasta esa misma mañana, había estado viviendo en un desagüe.

Ladeó la cabeza, se removió en el sitio y sus uñas recién cortadas dieron golpecitos en el suelo de madera.

Con una palabrota, le lancé el cordero de peluche hacia el salón y observé cómo la perra echaba a correr detrás de él con alegría.

Me dolía el hombro y me iba a estallar la cabeza. El cansancio hizo que sintiera los huesos débiles, como si sufriera un caso de gripe permanente. ¿Cómo de fácil sería permanecer sentado en el suelo durante todo el tiempo que me quedara?

Se oyó el fuerte ruido del palo de la escoba al caer al suelo, seguido de un ladridito lastimero y el jaleo de las uñas al arañar el suelo. Piper reapareció sin el calcetín o el cordero y se lanzó temblando a mi regazo.

—No me fastidies —murmuré entre dientes—. ¿De verdad crees que soy capaz de protegerte de algo? Ni siquiera puedo protegerme a mí mismo.

Eso no pareció preocuparla, ya que estaba demasiado ocupada tratando de esconderse todavía más en mi regazo.

Suspiré.

—Vale, rarita. Vamos. Te salvaré de la escoba malvada.

Me la metí debajo del brazo y me crujió todo al levantarme, como si tuviera cien años. Tiré el resto de pétalos de flores a la basura a rebosar, tomé la última cesta de la colada y me dirigí al dormitorio.

—Ya está. ¿Contenta? —le pregunté a Piper, y las dejé a ella y a la cesta sobre la cama.

Trotó hasta el cabezal de la cama, hacia la almohada, se hizo una bola apoyando la cola en el morro y suspiró por la nariz.

—No te acostumbres. Acabo de gastarme ochenta y seis dólares en una cama para ti, por no mencionar que en cuanto encuentre una familia de acogida saldrás por la puerta.

Cerró los ojos y me ignoró.

—Vale, pues quédate la cama.

Tampoco es que hubiera estado durmiendo en ella. En su lugar, había acampado en el sofá y dejado que el zumbido de los presentadores de la teletienda me arrullara hasta dormirme, solo para que después me invadieran las pesadillas y me despertara otra vez envuelto en esa nube oscura que nunca dejaba pasar la luz.

Era un ciclo divertido y productivo.

La montaña de ropa doblada (casi el armario entero) seguía en el dormitorio, desde donde me desafiaba a que la ignorara.

—Madre mía. —¿Cuántas camisetas de manga corta grises necesitaba? ¿Y por qué narices nunca salía un número par de calcetines de la secadora? Otro gran misterio de la vida que nunca se resolvería. Como qué sentido tenía todo y por qué los conejos esperaban a que los vieras antes de pasar disparados por delante de ti.

Los botes de pastillas de la mesita de noche me llamaron la atención.

No había tocado las que eran para el dolor. Pero las otras, las de la depresión y las de la ansiedad, me habían ayudado al principio. Hasta que había decidido recibir el vacío frío y oscuro con los brazos abiertos. Regodearme en él. Averiguar durante cuánto tiempo podría sobrevivir en las turbias profundidades.

Arrastré los botes hasta el cajón y lo cerré.

La perra emitió un fuerte ronquido y me di cuenta de que fuera había oscurecido.

Había superado otro día.

Había comido.

Había limpiado.

Me había dirigido a la gente con algo más que gruñidos malhumorados.

Y no había dejado que nadie notara el abismo profundo que tenía en el pecho.

Si conseguía hacer un hueco para ducharme y afeitarme, bastaría.

Las patas de Piper se tensaron y dejó escapar un ladrido adormilado. Soñaba, y me pregunté si sería un buen sueño o una pesadilla. Con cuidado de no despertarla, puse el cordero junto a ella para ahuyentar los malos sueños y después me dirigí al baño.

Abrí el agua de la ducha, ahora limpia, y subí la temperatura antes de quitarme la ropa. Las cicatrices rosas y abultadas me llamaron la atención en el espejo. Una en el hombro y la otra en la parte baja del abdomen, la del disparo limpio que me había atravesado.

Mi cuerpo estaba sanando, al menos por fuera. Pero era la cabeza lo que me preocupaba.

Por desgracia, perder la cabeza y aceptar el deterioro era cosa de familia.

No podías huir del todo de lo que llevabas tatuado en el ADN.

El vapor me atraía hacia la ducha. Dejé que el agua me cayera por encima y que el calor me relajara la tensión de los músculos. Apoyé las palmas de las manos contra los fríos azulejos e introduje la cabeza debajo del chorro.

«Lina».

Me vino a la mente una imagen de su risa mientras llevaba puesto el sujetador deportivo mojado y poco más, seguida rápidamente por el resto de nuestra mañana juntos. Lina con los ojos como platos y preocupada. Lina a cuatro patas mientras yo tiraba de su espalda hacia mí. Lina, que sonreía desde el asiento del copiloto cuando nos llevaba a casa.

Mi miembro, que hasta hacía un segundo me colgaba entre las piernas, cobró vida cuando mis pensamientos sobre ella se convirtieron en fantasías.

Era un deseo depravado. Uno que casi saboreé, porque sentir algo, cualquier cosa, era mejor que no sentir nada. Y porque esa maldita necesidad me había dado algo que temía haber perdido.

No había tenido una erección desde el tiroteo. No hasta esta mañana… gracias a ella.

La excitación que se había despertado en mi interior había hecho que se me pusiera dura.

No me había permitido pensar en el tema. Después de todo, ¿qué clase de capullo se preocupaba más por el funcionamiento de su pene que por su salud mental? Así que había enterrado la preocupación y fingido que todo lo que tenía por debajo del cinturón solo estaba cansado, o aburrido, o lo que fuera que le pasara a los penes.

Pero al tener a Lina Solavita de rodillas delante de mí, todas mis fantasías se habían despertado. Pensé en la sensación de tener sus caderas bajo las manos. En la curva de su trasero cuando la atraje hacia mí. El deseo me había agarrado por la garganta y por las pelotas. Me arrastraba de la oscuridad hacia el fuego. Hacia ella.

No pude evitarlo. Necesitaba más.

Apoyé una mano en los azulejos, me agarré el duro miembro con la otra y solté una palabrota. El contacto me hizo sentir alivio y decepción a partes iguales. Quería que fueran su mano y su boca las que me rodearan. Agarrarla del pelo para guiarla cuando se pusiera de rodillas para mí y volviera a convertirme en humano.

Su entrega me haría sentir poderoso, fuerte, vivo.

Me prometí a mí mismo que ya me sentiría culpable por la fantasía después. Solo serían un par de movimientos para asegurarme de que seguía estando entero, de que todo seguía funcionando. Un par de movimientos y accionaría el agua fría.

Imaginé esos labios carnosos abriéndose, dándome la bienvenida y moví el puño apretado hasta la punta mientras el agua me golpeaba la parte posterior de la cabeza. Mi agarre hizo que la humedad se acumulara y manara de la hendidura. Imaginé que Lina me pasaba la lengua impaciente por ella para probarla y deslicé la mano con brusquedad hasta la base.

—Joder —musité, y cerré en un puño la mano que tenía apoyada contra la pared.

Estaba mal. Pero, madre mía, me hacía sentir bien y lo necesitaba.

Impotente, me imaginé bajándole el cuello en forma de U del jersey corto para descubrir que no llevaba sujetador. Y sus pezones duros exigirían mi atención mientras tenía el pene en la boca.

Mis caderas se sacudieron hacia delante con brusquedad, como si tuvieran mente propia, para embestirme el puño.

—Uno más. —Solo un movimiento más y pararía.

Pero, en mi fantasía, Lina ya no estaba de rodillas. Estaba sentada a horcajadas sobre mí. Lo único que protegía al calor húmedo de su sexo era una tira de seda inútil, y yo le cubría uno de los pechos con la boca. Tragué con fuerza al pensar en meterme una de las cumbres rosa oscuro entre los labios y chuparla.

Mi mano se había olvidado del límite de un movimiento que le había impuesto y se movía en sacudidas rápidas y cortas de arriba abajo. Embestía las caderas al mismo tiempo y sentí una pesadez en los testículos que sabía que no desaparecería solo por follarme la mano. Pero sentir ese deseo oscuro era mejor que el vacío.

Me imaginé apartando a un lado la seda de su tanga, agarrándola de las caderas e introduciéndome en casa.

—Sí, ángel, joder.

Casi podía oír su inhalación mientras la llenaba. Golpeé el otro puño contra los azulejos. Una vez, y dos.

Ya no podía parar. El puño no era más que un borrón mientras complacía a mi pene agradecido.

Le lamería y chuparía el otro pezón hasta que se endureciera mientras la agarraba por las caderas para ayudarla a moverse arriba y abajo sobre mi miembro. Mientras se aferraba a mí por dentro y por fuera. Mientras necesitara que hiciera que se corriera.

«Nash».

Casi podía oírla suspirar mi nombre mientras nos acercábamos; mientras su bonito coño se estrechaba cada vez más a mi alrededor.

Podía ver cómo los ojos marrones se le ponían vidriosos, saborear la cumbre sedosa de su pezón contra la lengua, sentir esa presión dolorosa cuando sus músculos ávidos se aferraran a cada centímetro de mí.

—Ángel. —Volví a golpear la pared.

Se correría mucho, y con fuerza. Sería uno de esos orgasmos que la dejaría lo bastante floja para que tuviera que llevarla en brazos a la cama después. No tendría más remedio que seguirla en picado y vaciarme en su interior. Marcarla como mía.

Pero en lugar de la liberación que perseguía, encontré otra cosa.

Se me nubló la vista y el sonido de la ducha quedó amortiguado por el rugido de la sangre en los oídos. El corazón me latía con fuerza en el pecho tenso. Me solté el pene y tomé una bocanada de aire temblorosa mientras trataba de luchar contra la presión, contra la ola de terror que me inundaba.

—Joder, joder —musité con voz ronca—. Me cago en la puta.

Me flaquearon las rodillas y me las arreglé para dejarme caer en la bañera.

Seguía excitado. Seguía deseándola. Seguía teniendo miedo. Me llevé las manos a la cabeza y me arrodillé bajo el chorro de agua hasta que se enfrió.

CAPÍTULO SEIS

EN MITAD DE UNA CONFRONTACIÓN

LINA

La biblioteca pública de Knockemout estaba situada delante del departamento de policía, en el Edificio Municipal Knox Morgan, un nombre que era fuente de entretenimiento sin fin para mí.

Le saqué una foto a las letras doradas y llamativas y se la envié por mensaje de texto al hombre, al gruñón, a la leyenda misma.

La respuesta de Knox fue inmediata. El emoticono de la peineta.

Con una sonrisa, guardé el móvil y entré.

El edificio se había fundado en parte gracias a una «donación» considerable que provino de las ganancias de la lotería que Knox había intentado darle a Nash por la fuerza. En mi opinión, era un «que te den» nivel experto.

Al parecer, también había abierto una brecha entre los dos hermanos, que se había visto reforzada por la terquedad y la pésima comunicación familiar que habían heredado.

Aunque no es que Knox y yo hubiéramos tenido conversaciones íntimas en todos nuestros años de amistad. Hablábamos de nimiedades, no nos agobiábamos con temas importantes. No intentábamos sacar las cosas a la luz para examinarlas inútilmente.

Y así, damas y caballeros, era como hacías que una relación durara mucho tiempo.

Sin agobios. Sin carga emocional.

Que hubiera pocas necesidades y el tiempo de calidad fuera divertido.

Con eso en mente, puse mucho empeño en no mirar a través del cristal hacia la comisaría. No estaba preparada para hablar de cosas sin importancia con el jefe de policía apenas unas horas después de oír, a través de una pared no muy insonorizada, cómo se llevaba al clímax en la ducha.

Solo pensar en ello hacía que me ardieran las mejillas y me palpitaran las partes bajas.

Nunca en mi vida había pasado tanto tiempo frente al fregadero mientras me lavaba los dientes.

Una cosa era evidente, el jefe Morgan era una bomba de relojería. Y fuese quien fuese ese ángel, esperaba no tener que odiarla.

Entré en la biblioteca. Había más bullicio y ruido del que esperaba. Gracias a la hora de cuentos de las reinas del *drag*, la sección infantil tenía la energía de una guardería a la hora del almuerzo. Niños y adultos por igual escuchaban con mucha atención a Cherry Poppa y Marta Stewhot leer sobre las familias diversas y la adopción de mascotas.

Me quedé allí y escuché un cuento entero antes de recordar que había ido para algo.

En la segunda planta encontré a Sloane Walton, la bibliotecaria extraordinaria, junto a las estanterías, donde discutía sobre algo relacionado con los libros con el anciano pero moderno Hinkel McCord.

Sloane no se parecía a ninguna bibliotecaria de las que había conocido. Era diminuta, con temperamento y el pelo rubio con reflejos lilas. Vestía como una adolescente guay, conducía un Jeep Wrangler trucado y era la anfitriona de una hora feliz con libros y alcohol mensual. Por lo que había deducido, ella sola había convertido el desastre de biblioteca pública de Knockemout en el corazón de la comunidad gracias a su coraje, determinación y una serie de subvenciones.

Había algo en ella que me recordaba a las chicas guais y simpáticas del instituto. Yo había formado parte de ese club exclusivo una vez.

—Solo digo que le dé una oportunidad a Octavia Butler. Y después venga con un ramo de flores y tequila para disculparse, porque no puede estar más equivocado —le decía al hombre.

Hinkel sacudió la cabeza.

—Lo intentaré. Pero cuando la odie, tendrás que prepararme una de esas hogazas de pan con tomate seco.

Sloane extendió la mano.

—Trato hecho. Tequila del bueno. No de esa mierda que robabas del armario de licores de tus padres para la fogata del instituto.

Hinkel asintió con astucia y le estrechó la mano.

—Trato hecho.

—¿Siempre sobornas a los clientes con productos horneados? —le pregunté.

Hinkel sonrió y me mostró los dientes blancos mientras se quitaba el sombrero.

—Señorita Lina, si no le importa que se lo diga, deja a las hojas de otoño en evidencia con su belleza.

Tomé un ejemplar de tapa blanda de la estantería y me abaniqué con él.

—Señor mío, es evidente que sabe cómo llamar la atención de una dama —le respondí con un acento sureño.

Sloane se cruzó de brazos y fingió irritación.

—Disculpe, señor McCord. Pensé que su ligue de los domingos por la mañana era yo.

Él se señaló el traje de rayas y la pajarita.

—Hay bastante Hinkel para todas. Ahora, si me disculpan, bellas señoritas, voy a bajar a coquetear con una reina o dos.

Observamos cómo el centenario vivaz se dirigía a las escaleras, con el bastón en una mano y el libro en la otra.

—Los hombres de Knockemout son encantadores —puntualicé.

—La verdad es que sí. —Sloane me dio la razón e hizo un gesto para que la acompañara.

Entramos a una sala de conferencias espaciosa y ella se dirigió a la pizarra blanca magnética para borrar varios dibujos groseros de penes.

—¿Adolescentes? —adiviné.

Sacudió la cabeza y le bailó la coleta.

—Han sido los urólogos del norte de Virginia. Ayer celebraron aquí su reunión trimestral. He pensado que era mejor borrar las pruebas antes de que termine la hora de los cuentos.

—Esa no la he visto venir.

Sloane me obsequió con su mejor sonrisa.

—Espera a que los del PVaNo celebren su reunión en enero.

Pensé en todas las posibilidades.

—¿Los proctólogos de Virginia del Norte?

—Siempre dejan culos por todas partes. —Sloane guardó el borrador y empezó a organizar los rotuladores por color—. ¿Qué te trae a mi bonito establecimiento hoy?

Decidí ser de ayuda y tiré los folletos de penes que había por todas partes en la papelera de reciclaje.

—Quería un par de recomendaciones de libros.

«Y algo de información», añadí en silencio.

—Has venido al sitio adecuado. ¿Cuál es tu droga? ¿Los *thrillers*? ¿Viajes en el tiempo? ¿Las autobiografías? ¿La poesía? ¿Novelas policíacas, fantasía o autoayuda? ¿Las novelas de romances en pueblos pequeños son lo bastante picantes para hacer que te sonrojes?

Pensé en Nash en la ducha anoche. En los golpes del puño contra la pared mojada. En la palabrota entrecortada que profirió. Me sentí un poco mareada.

—Algo de asesinatos —decidí—. Y, por cierto, ¿hay alguna base de datos del condado que pueda usar para buscar propiedades?

—¿Vas a hacer que tu visita sea permanente?

—No —dije con rapidez—. Tengo una amiga en D. C. que quiere mudarse y abrir un negocio.

Era una mentira patética, pero Sloane era una bibliotecaria muy ocupada y la gente de por aquí era bastante peculiar. No iba a perder el tiempo en buscarle trabas a mi historia.

—¿Qué clase de negocio?

«Mierda».

—¿Un taller de coches? Bueno, creo que es algo de coches por encargo.

Sloane se subió las gafas por la nariz.

—Seguro que tu amiga sabe usar las páginas web de búsqueda de viviendas en venta.

—Sí que sé… sabe. Pero ¿y si la propiedad no estuviera en venta? Tiene mucho dinero y ya ha hecho ofertas difíciles de rechazar en más de una ocasión.

Técnicamente esa parte no era mentira… del todo.

Me lanzó una mirada curiosa. Por lo general, se me daba mucho mejor inventarme cuentos más apropiados. Todo eso de haber oído a Nash en la ducha debía de haberme desconcertado. Nota para mí misma: evita a los hombres que te vuelvan estúpida.

—En ese caso, podrías probar una base de datos de tasaciones. La mayoría contiene sistemas de información geográfica de las propiedades, los registros y la estimación de la base imponible. Puedo darte los enlaces.

Veinte minutos más tarde, hice todo lo posible por atravesar la hora de cuentos de las reinas del *drag* sin molestar con la pila de novelas de asesinatos nada atractivas, un libro sobre superar las tendencias autodestructivas y notas adhesivas de colores con los nombres de tres bases de datos de propiedades del condado.

Había conseguido llegar a la puerta y salir al vestíbulo cuando una voz familiar me hizo detenerme.

—Detective Lina Solavita.

Frené en seco y me giré poco a poco sobre los talones de las botas.

Un fantasma del pasado me sonrió mientras la puerta de la comisaría se cerraba a sus espaldas. Se había dejado bigote desde la última vez que lo había visto y había engordado unos cuatro kilos y medio, pero le sentaba bien.

—Jefe de policía Nolan Graham. ¿Qué haces…? —No tuve que terminar la pregunta. Solo había un caso local que requeriría la presencia de un jefe de policía de los Estados Unidos.

—Tengo un caso. —Tomó la primera novela de la pila y apartó las notas adhesivas para echarle un vistazo a la portada—. Esta no te gustará.

—¿Solo pasamos juntos un fin de semana hace unos cinco años y crees que sabes qué libros me gustan?

Me dedicó una sonrisa.

—¿Qué puedo decir? Eres memorable.

Nolan era un creído y un grano en el culo. Pero era bueno en su trabajo, no era un idiota misógino y, si no me fallaba la memoria, también era un gran bailarín.

—Ojalá pudiera decir lo mismo. Bonito bigote, por cierto —me burlé de él.

Se pasó el índice y el pulgar por él.

—¿Te apetece darte una vuelta en él después?

—Veo que sigues siendo un imbécil incorregible.

—Yo lo llamo tener confianza en uno mismo. Y se construye a base de años de experiencia con mujeres satisfechas.

Sonreí.

—Eres lo peor.

—Sí, lo sé. ¿Qué narices haces aquí? ¿Alguien ha robado la *Mona Lisa*?

—He venido a visitar a unos amigos y a ponerme al día con la lectura. —Levanté la pila de libros.

Entrecerró los ojos.

—Y una mierda. Tú no te tomas vacaciones. ¿Qué busca Seguros Pritzger en este sitio?

—No sé de qué hablas.

—Venga ya. Necesito algo de diversión. Básicamente estoy vigilando al comisario de un pueblucho de mala muerte mientras esperamos a que un idiota venga a rematarlo.

—¿Crees que Duncan Hugo lo volverá a intentar? ¿Sabes algo al respecto?

—Vaya, estás muy bien informada.

Puse los ojos en blanco.

—Es un pueblo pequeño. Todos estamos muy bien informados.

—Entonces no me necesitas para atar cabos.

—Venga. Hugo intentaba completar una especie de lista para impresionar a papá, pero metió la pata. Lo último que sé es que huyó. No tiene motivos para volver y acabar lo que empezó.

—A menos que el comisario Amnesia recuerde el tiroteo de repente. Lo único que tenemos es la palabra de una exnovia gemela malvada que está como una cabra y encerrada en la cárcel. Y el testimonio de una niña de doce años. Las pruebas físicas no se sostienen. El coche era robado. El arma no estaba registrada. Y no había huellas.

Duncan Hugo se había aliado con la hermana gemela de Naomi, Tina, para mentir, engañar y robar por todo el norte de Virginia antes de que él cometiera el funesto error de disparar a Nash.

—¿Y qué pasa con las imágenes de la cámara del coche? —insistí.

Nolan se encogió de hombros.

—Estaba oscuro. El tipo llevaba una sudadera con capucha y guantes. Apenas se distingue el perfil, pero un abogado medio decente debatiría que es cualquier otra persona.

—Pero aun así... ¿Por qué te envían a hacer de canguro? Hugo no es tan importante, ¿verdad?

Nolan arqueó una ceja.

—Ohhh. Los federales van a por el padre.

Anthony Hugo era un capo del crimen que operaba en Washington D. C. y Baltimore. Aunque al hijo le interesaban la electrónica y los coches robados, su querido padre tenía la fea reputación de dedicarse a las estafas, las drogas y el tráfico sexual.

—No puedo hablar del caso —dijo, y tintineó las monedas que llevaba en el bolsillo—. Ahora te toca a ti, suéltalo. ¿Detrás de qué tesorito vas?

Esbocé una sonrisa felina.

—No puedo hablar del caso.

Nolan apoyó la mano en la pared que había detrás de mí y se inclinó hacia mí como el *quarterback* de un instituto hacia la alegre capitana de las animadoras.

—Venga, Lina. A lo mejor podríamos trabajar juntos.

Pero yo no era una animadora alegre. Y tampoco me gustaba trabajar en equipo.

—Lo siento, jefe. Estoy de vacaciones. E igual que con el trabajo, prefiero hacerlo sola. —Así era más seguro.

Sacudió la cabeza.

—Las mejores siempre se empeñan en seguir solteras.

Ladeé la cabeza para estudiarlo. Con el traje y la corbata del uniforme, parecía el mejor vendedor de biblias del distrito.

—¿No estabas casado? —le pregunté.

Me mostró la mano izquierda desnuda.

—No funcionó.

Bajo el tono bravucón, identifiqué un deje de tristeza.

—¿Culpa del trabajo? —adiviné.

Se encogió de hombros.

—¿Qué puedo decir? No todo el mundo lo lleva bien.

Lo entendía. Los viajes. Las largas semanas de obsesión. La sensación de victoria cuando un caso salía bien. No todos quienes lo vivían desde fuera podían soportarlo.

Arrugué la nariz en un gesto de compasión.

—Siento que no saliera bien.

—Sí, yo también. Podrías hacer que me sintiera mejor. ¿Cenamos? ¿Tomamos algo? He oído que a unas manzanas de aquí hay un sitio llamado Honky Tonk que tiene un *whisky* escocés decente. Podríamos ir a tomar unas copas por los viejos tiempos.

Imaginé la reacción de Knox si entraba en su bar con un alguacil de los Estados Unidos. Aunque su hermano era aficionado a la ley y al orden, Knox tenía un lado rebelde cuando se trataba de seguir las normas.

—Mmm. —Necesitaba un momento. Necesitaba un plan, una estrategia.

La puerta de la comisaría se abrió y me ahorró tener que formular una respuesta. Y después fue el ceño fruncido de Nash el que me dejó con la lengua tan trabada que fui incapaz de contestar.

—¿Te has perdido, alguacil? —preguntó Nash. Su tono de voz parecía moderado y tenía un toque más sureño de lo habitual. Llevaba el uniforme de la policía de Knockemout, una camisa gris oscura y unos pantalones tácticos, y ambos tenían aspecto de haberse lavado y planchado. También eran cincuenta millones de veces más atractivos que el traje de Nolan.

Malditas paredes finas de la ducha. Iros al infierno.

Se me secó la garganta y mi cerebro se atontó: el gruñido grave de Nash de la noche anterior no dejaba de repetirse en mi cabeza.

Si el Nash herido y melancólico ya me parecía *sexy*, el mandón del comisario Morgan hacía que se me derritieran las bragas.

Desvió la mirada hacia mí y me recorrió de arriba abajo.

Nolan dejó la mano donde la tenía, apoyada encima de mi cabeza, pero se giró para mirar a Nash.

—Solo me ponía al día con una vieja amiga, comisario. ¿Tienes el placer de conocer a la investigadora Solavita?

Ahora le debía a Nolan un rodillazo en las pelotas.

—¿Investigadora? —repitió Nash.

—Investigadora de seguros —dije enseguida, antes de fulminar con la mirada a Nolan—. El comisario Morgan y yo ya nos conocemos.

Normalmente me defendía bien bajo presión. No. No solo bien. Me defendía genial bajo presión. Era paciente, lista y astuta cuando era necesario. Pero la mirada que Nash me lanzó, firme y autoritaria, como si quisiera arrastrarme hasta una sala de interrogatorios y gritarme durante una hora, me había desconcertado.

—Supongo que no tan bien como nos conocemos tú y yo —me dijo Nolan con un guiño.

—¿En serio? —le solté—. Déjalo ya.

—El ángel y yo somos íntimos. —Nash arrastró las palabras sin apartar la mirada de mí.

¿Ángel? ¿Yo era el ángel de la fantasía de Nash en la ducha? Mi cerebro se lanzó de lleno a una repetición gráfica de lo que había oído por la noche. Me sacudí mentalmente y decidí lidiar con esa información más adelante.

—Compartimos una pared —añadí. No sabía por qué sentí la necesidad de explicarlo. Mi pasado con Nolan no era asunto de Nash. Y mi presente con Nash no era asunto de Nolan.

—Y ayer compartimos un baño —comentó Nash.

Me quedé boquiabierta y se me escapó un sonido como el que hace un acordeón cuando lo aprietas.

Ambos hombres me miraron. Cerré la boca de golpe.

Decidí que le daría un rodillazo a Nolan en la entrepierna y empujaría a Nash por las escaleras.

—Siempre le pierden los cuerpos policiales —dijo Nolan, que se balanceaba sobre los talones y con aspecto de estar disfrutando de la situación.

Estaba que echaba humo, pero antes de que pudiera darles su merecido a los dos idiotas cargados de testosterona, la puerta de la biblioteca se abrió. Nash se acercó para sujetarla.

—Señora —le dijo a Cherry Poppa cuando salió.

—Qué encantador —respondió ella con voz soñadora.

Nolan inclinó la cabeza.

—Se está de rechupete por aquí —observó la reina *drag* cuando se dirigía a la puerta.

—Bueno, ha sido divertido —les gruñí a los dos idiotas que obstruían el pasillo antes de seguir a la preciosa reina *drag* hasta el exterior.

—¿Sabes qué es lo que nadie te cuenta sobre que dos hombres se peleen por ver quién la tiene más grande? —me dijo Cherry con una sacudida de los rizos rubios.

—¿El qué? —le pregunté.

—Que tú eres la que sale perjudicada.

CAPÍTULO SIETE
NO NOS RESTREGÁBAMOS

LINA

Todavía seguía bastante furiosa cuando me subí al coche y me dirigí a casa de Knox y Naomi para cenar. Vale, ¿qué mujer no había soñado con que dos hombres se pelearan por ella? Pero no era tan *sexy* cuando la discusión no era más que un concurso para ver quién la tenía más grande y yo no era más que un peón.

Pisé un poco el acelerador y el robusto Charger cobró vida en el tramo abierto de carretera. Me encantaban los motores grandes y los coches rápidos. Había algo en el hecho de circular por carretera y en el rugido de un V8 que me hacía sentir libre.

Reduje la velocidad hasta los catorce kilómetros por encima del límite a los que conducía habitualmente. Era bastante para divertirse un poco, pero no tan molesto para que un policía me parara.

Por el sistema de sonido brotaba música enfadada de mujeres de armas tomar y el viento me sacudía el pelo.

Demasiado pronto, tuve que reducir la velocidad para entrar en un camino de tierra que serpenteaba por el bosque. Una parte de mí se sintió tentada de seguir. De conducir rápido y cantar a pleno pulmón hasta que desaparecieran todas las frustraciones que había ido acumulando.

Pero por muy enfadada que estuviera, seguiría apreciando el espectáculo que causaba el otoño. Los bosques estaban repletos de color. El follaje rojo, dorado y naranja se aferraba a las ramas y caía y cubría el acceso a la casa. Tenía sentimientos encontrados respecto al otoño. La época que en el pasado había representado la reunión con los amigos y el comienzo de nuevas aventuras ahora solo significaba que me perdería las dos cosas.

—Madre mía, sí que estoy cabreada hoy —me quejé a Carrie Underwood, que cantaba sobre rayarle los laterales a la furgoneta de su ex.

Bajé el volumen del equipo y dejé que el susurro del arroyo entre los árboles irrumpiera en el coche.

La casa de Knox y Naomi apareció en la siguiente curva. Estaba construida en madera y cristal y se camuflaba entre los árboles como si fuera parte del bosque. Aparqué detrás del todoterreno ligero de Naomi y salí antes de poder convencerme para quedarme en el coche y regodearme en el enfado. Cuanto antes entrara, antes me marcharía, volvería a casa y estaría de mal humor en paz.

Caminé por el sendero de piedra que serpenteaba entre arbustos bajos y flores tardías hasta los amplios escalones del porche.

En un trozo de césped había una bicicleta de niño y las mecedoras tenían cojines de rayas. De las vigas del porche colgaban helechos. En la puerta de entrada había tres calabazas de Halloween talladas.

Estaba dispuesta a apostar mi dinero a que la calabaza de Knox era la aterradora con aspecto macabro que vomitaba sus propias tripas. La de Naomi sería la de la sonrisa dentuda tallada con precisión. Y la de Waylay la torcida, serrada y con cejas siniestras con aspecto de haberse hecho con poca paciencia.

Todo indicaba que allí vivía una familia, lo cual me parecía dulce y divertido cuando pensaba en el Knox al que conocía de toda la vida.

Desde detrás de la mosquitera se oyó un aullido de emoción, seguido de inmediato de una cacofonía de ladridos. Perros de todas las formas y tamaños salieron al porche y bajaron las escaleras para envolverme en un frenesí amigable.

Me agaché para saludarlos.

Los perros de la abuela de Knox eran una *pitbull* pequeña con un solo ojo llamada Minina y un *beagle* revoltoso que se llamaba Cachondo. Los padres de Naomi, que ahora vivían en la cabaña de la propiedad, habían traído a su perra, Busca, una mestiza rescatada que parecía un ladrillo desaliñado con patas.

El perro de Knox, un *basset hound* robusto llamado Waylon, me apoyó las patas en los muslos para destacar por encima del combate y recibir gran parte de la atención.

—¡Waylon! ¡Para ya! —gruñó Knox desde el porche mientras abría la mosquitera de un empujón. Llevaba un paño de cocina sobre el hombro, un par de pinzas de parrilla en la mano y algo muy parecido a una sonrisa en su bonito rostro.

—¡Estoy poniendo la mesa como me has dicho! —El grito ofendido de una niña de doce años provino del interior de la casa.

—¡Waylon, no Waylay! —le respondió Knox a gritos.

—¿Y por qué no lo has dicho antes? —gritó Waylay.

Sonreí.

—La vida familiar te sienta bien —dije, y me abrí paso entre los perros para llegar al porche.

Sacudió la cabeza.

—Anoche me pasé una maldita hora en Google mientras buscaba cómo resolver ejercicios de matemáticas de sexto y llevo una semana oyendo a mujeres cuchichear sobre arreglos florales. —Un coro de risas brotó de la casa—. Nunca hay silencio. Siempre hay gente por todas partes.

Puede que estuviera quejándose, pero estaba más claro que el agua que Knox Morgan estaba más feliz que nunca.

—Parece que necesitas una de estas —respondí, y le enseñé el lote de seis cervezas que había traído.

—Vamos a beber en el patio antes de que alguien nos encuentre para pedirme que arregle el conducto de la secadora o que vea otro «TikTok divertidísimo» —afirmó. Se metió las pinzas en el bolsillo trasero, sacó dos de las cervezas y les quitó las chapas con la barandilla del porche. Me ofreció una—. Última oportunidad de salir huyendo —ofreció.

—Oh, por nada del mundo me perdería la ocasión de ver al Knox domesticado —le respondí.

Rio por la nariz.

—¿Domesticado?

—Solo me estoy quedando contigo. Te pega.

—¿El qué? —Apoyó los antebrazos en la barandilla.

Señalé la puerta principal con el cuello de la botella.

—Esas dos mujeres te necesitaban, así que tú te hiciste cargo y ahora sois tan felices que los demás no podemos ni miraros directamente sin cegarnos.

—¿Crees que son felices? —me preguntó Knox.

Volvió a oírse un estallido de carcajadas en el interior de la casa. Los perros corrían por el jardín, con los hocicos pegados al suelo en busca de una nueva aventura.

—Sin duda —le dije.

Se aclaró la garganta.

—Quería comentarte una cosa, y no quiero que montes un numerito al respecto.

—Estoy intrigada.

—Quiero que seas mi padrino de boda o lo que sea.

Pestañeé.

—¿Yo? —Excepto en la boda de mi tía Shirley con mi tía Janey, en la que había clavado mi papel de hada de purpurina arcoíris cuando tenía ocho años, nunca había formado parte de un cortejo nupcial. Nunca había tenido una relación tan cercana con alguien para que me lo pidieran.

—Naomi se lo va a pedir a Sloane, Stef, Fi y Way. Yo tengo a Nash, Luce y Jer. O los tendré cuando se lo pida. Y a ti.

«Nash». La mera mención del nombre de su hermano hizo que volviera a entrar en mi espiral de mal humor, pero la felicidad que sentía en el pecho atemperó el enfado.

—¿Quieres que me ponga traje?

—Me da igual si llevas un chándal manchado de cerveza, aunque seguro que Flor te pondrá alguna pega. Solo quiero que estés allí. —Le dio un trago a la botella—. Y no dejes que meta la pata.

Sonreí.

—Será un honor ser tu padrino… ¿O madrina?

—Naomi dice que eres mi padrina, pero no pienso decirlo así en público. Stef es su hombre de honor, eso sí que lo digo.

Los dos sonreímos mientras el atardecer caía sobre el patio.

—Gracias por pedírmelo —le dije al final—. Aunque en realidad no lo hayas hecho.

—Si le dices lo que quieres a la gente en lugar de pedírselo, es más probable que acepten —respondió él.

—Knox, el filósofo domesticado.

—Cierra el pico o te haré llevar tafetán de color mandarina.

—Me sorprende que conozcas esas palabras.

—La boda es en tres semanas, estoy aprendiendo todas las palabras posibles.

—¿En tres semanas?

Esbozó una sonrisa relajada.

—Me siento como si llevara esperando a Flor y Way toda la vida. Iría al juzgado esta misma noche si las convenciera.

—Bueno, pues si ya no estoy en el pueblo, volveré para la boda —le prometí.

Asintió.

—Te lo advierto, habrá un montón de abrazos.

—Pues entonces no. —Hice una mueca.

Para mí, el afecto físico quedaba entre que los de la compañía telefónica te pongan en espera y que te hagan una endodoncia. Hubo una parte de mi vida en la que mi cuerpo había pertenecido más al personal médico que a mi persona. Desde entonces, prefería evitar todo el contacto por sorpresa a menos que fuera yo quien lo instigara. Lo cual hacía que mi reacción hacia El Innombrable fuera todavía más confusa.

—Ya tengo la solución —respondió él—. Pondré «no le van los abrazos» junto a tu nombre en el programa.

Todavía me estaba riendo cuando la luz de los faros de un coche se abrió paso entre los árboles que bordeaban el camino. La camioneta de Nash, una Nissan azul, aparcó en la entrada junto a mi coche.

Me invadió el enfado, además de la preocupación de que sacara a relucir el tema de la investigación. No necesitaba que lo difundiera por ahí.

—No sabía que iba a venir —comenté.

Knox me miró de reojo.

—¿Tienes algún problema con mi hermano?

—Sí, la verdad es que sí. ¿Tienes algún problema con que tenga un problema?

Se le curvaron las comisuras de los labios hacia arriba.

—No. Ya era hora de que alguien más aparte de mí se enfadara con él. Pero no dejes que vuestro desacuerdo fastidie la boda, o Naomi se disgustará. Y nadie aparte de mí puede disgustar a Naomi.

Los perros rodearon el vehículo con entusiasmo.

Mi mirada acalorada se cruzó con los ojos fríos de Nash a través del parabrisas. No parecía entusiasmarle la idea de salir del coche. «Bien».

—Creo que voy a entrar. A ver si puedo ayudar en algo —decidí.

Knox me intercambió las pinzas por una tercera cerveza.

—Échale un vistazo al pollo de la parrilla, si Lou no ha empezado a revolotear por ahí —respondió, y después fue hacia su hermano.

¿Echar un vistazo al pollo? Mis conocimientos sobre carne blanca se limitaban a lo que me ponían en el plato en los restaurantes. Entré en la casa y me dirigí hacia el ruido.

El lugar era precioso, robusto y rústico, pero con toques hogareños que hacían que cualquiera quisiera sentarse, apoyar los pies sobre alguna superficie y disfrutar del caos.

Las paredes estaban decoradas con fotos familiares que se remontaban un puñado de generaciones y había alfombrillas de colores que suavizaban los suelos de parqué rayados.

La mayoría del ruido y de la gente estaban en la cocina. La abuela de Knox y Nash, Liza J. (la anterior inquilina de la casa antes de que se mudara a la casita que había al final del camino) supervisaba a la madre de Naomi, Amanda, mientras preparaba una tabla de embutidos.

Por suerte, Lou, el padre de Naomi, ya estaba en el porche trasero, donde echaba un vistazo bajo la tapa de la parrilla y removía el pollo con su propio par de pinzas.

Naomi y su mejor amigo, el guapísimo y moderno Stefan Liao, discutían mientras él abría una botella de vino y ella removía en el fuego algo que olía muy bien.

—Díselo, Lina —comentó Naomi, como si yo hubiera estado allí todo el rato.

—¿Decirle qué a quién? —le pregunté. Busqué un hueco en la nevera para lo que quedaba del lote de cervezas y los dos litros del refresco pudredientes de Waylay.

—Dile a Stef que debería pedirle salir a Jeremiah —respondió ella.

Jeremiah era el socio de Knox en el Whiskey Clipper, la barbería del pueblo que había debajo de mi apartamento. Igual que todos los hombres solteros del pueblo, también era extremadamente atractivo.

—Witty está intentando hacer lo que hacen las mujeres creídas que están a punto de casarse: emparejar a todos sus amigos para que ellos también sean unos capullos creídos que están a punto de casarse —protestó Stef. Llevaba prendas de cachemira y pana y parecía recién salido de las páginas de una revista de moda para hombres.

—¿Y tú quieres ser un capullo creído que esté casi casado? —le pregunté.

—Ni siquiera vivo en el pueblo de forma oficial —me respondió, y agitó las manos con expresividad sin verter una gota del *syrah*—. ¿Cómo voy a saber si quiero ser un capullo?

—Genial, eso son tres dólares más para el tarro de las palabrotas —lamentó Waylay en voz alta desde el salón.

—Ponlo en mi cuenta —le respondió Stef a gritos.

El tarro de las palabrotas era un bote de pepinillos de tres litros y medio que vivía en la encimera de la cocina. Siempre estaba a rebosar de dólares gracias al colorido vocabulario de Knox. El dinero iba destinado a la compra de productos frescos. La única manera con que Naomi lograba que Waylay dejara de decir palabrotas era amenazando a la familia con comer ensaladas.

—Por favor —se mofó Naomi—. Pasas más tiempo en Knockemout que en tu casa de Nueva York o con tus padres. Sé que no estás aquí solo porque te encante el caos canino.

Justo en ese momento, los cuatro perros entraron corriendo en la cocina y atravesaron el umbral de la puerta del comedor precisamente cuando Waylay aparecía en él. Se hizo a un lado de un salto, lo cual los agitó todavía más.

—¡Largo de aquí! —vociferó Amanda, y abrió la puerta del porche para ahuyentar a los borrones de pelo hacia el exterior.

Waylay se coló en la cocina y robó una rodaja de peperoni de la tabla de embutidos.

—La mesa ya está puesta —anunció.

Naomi entrecerró los ojos, tomó un trozo de brócoli de la bandeja de verduras y se lo metió a su sobrina en la boca.

Waylay se resistió con todas sus fuerzas, pero su tía, decidida, le ganó con un abrazo asfixiante.

—¿Por qué estás tan obsesionada con las cosas verdes, tía Naomi? —se quejó Waylay.

—Estoy obsesionada con tu salud y tu bienestar —respondió Naomi, que le revolvió el pelo.

Waylay puso los ojos en blanco.

—Estás loca.

—Loca de amor por ti.

—Vamos a seguir tomándole el pelo al tío Stef por ser demasiado gallina para pedirle salir a Jeremiah —sugirió Waylay.

—Buena idea —coincidió Naomi.

—Un chico así no estará soltero mucho tiempo —le advirtió Liza J. a Stef mientras le daba un pedazo de salami a Waylay con disimulo.

—Es muy atractivo —añadió Amanda.

Todo el mundo se giró hacia mí con expectación.

—Es guapísimo —coincidí—, pero solo si te van las relaciones y la monogamia.

—Cosa que a mí no —insistió Stef.

—A Knox tampoco —señalé—. Y míralo ahora. Es tan feliz que es enfermizo.

Naomi me pasó el brazo por el hombro y apenas pude ocultar el estremecimiento ante el contacto inesperado. El anillo de compromiso que llevaba en el dedo relució a la luz.

—¿Lo ves, Stef? Tú también podrías ser tan feliz a un nivel enfermizo.

—Creo que preferiría estar enfermo.

Me aparté del abrazo afectuoso de Naomi y me dirigí a la bandeja de carne.

Waylay se metió otro trozo de salami robado en la boca cuando Naomi no miraba. Casi oí la voz de mi madre en la cabeza.

«¿Sigues sin comer carnes procesadas, verdad, Lina?».

«¿De verdad crees que es buena idea beber alcohol con tu enfermedad?».

Di un trago desafiante a la cerveza, me acerqué a Waylay de lado y me serví una rodaja de mortadela de Bolonia.

—¿Qué? ¿Como soy atractivo y gay, la conclusión inevitable es que salga con el barbero atractivo y bisexual? Los gais y los bis tenemos más cosas en común que ser gais y bis. —Stef resopló.

—Creía que habías dicho que era el hombre más atractivo del planeta con una voz como el helado derretido que hacía que quisieras arrancarte la ropa y oírle recitar la lista de la compra —terció Naomi.

—¿Y no decías que el rollo empresarial que lleva te parecía intrigante porque estás cansado de salir con modelos de *fitness*? —añadió Amanda.

—¿Y no sois los dos fanáticos de las marcas de lujo, Luke Bryan y las soluciones energéticas respetuosas con el medio ambiente? —insistí yo.

—Os odio a todas.

—No salgas con él porque sea bisexual, Stef. Sal con él porque es perfecto para ti —dijo Naomi.

Knox y Nash entraron; ambos parecían ligeramente molestos. Para ser justos, era el aspecto que solían tener después de hablar entre ellos. Nash también parecía cansado. Y estaba muy atractivo con sus tejanos y la camisa de cuadros... Madre mía.

«Mierda». Había olvidado que ya no lo encontraba atractivo.

Me centré en que había hecho todo lo posible por humillarme delante de Nolan y recibí mi ira femenina interior con los brazos abiertos.

Tenía una cerveza en la mano y con la otra sujetaba a una temblorosa Piper, que llevaba un ridículo jersey con dibujos de calabazas. Los dos tenían aspecto de encontrarse en el último lugar del planeta en el que querían estar.

—Buenas tardes —saludó a todo el mundo, pero sus ojos azules se posaron en mí.

Lo fulminé con la mirada y él me devolvió el gesto.

Se desató una nueva oleada de caos cuando las mujeres se abalanzaron sobre Nash para ver mejor a Piper. Knox atravesó la sala y le dio un beso en la mejilla a Naomi antes de ir derecho hacia la bandeja de carne.

—Hola, bonita —dijo Naomi, que saludó a la perra con suavidad—. Me gusta tu jersey.

—¿Quién es esta cosita tan preciosa? —canturreó Amanda mientras le acariciaba la cabeza a Piper con cuidado.

Los perros del patio, que sintieron que había una posible nueva amiga, apretaron los hocicos contra la puerta del porche y gimotearon lastimosamente.

—Esta es Piper. Me la encontré en un desagüe a las afueras del pueblo ayer. ¿Quién quiere acogerla? —dijo Nash, que no dejaba de mirarme enfadado.

Lo ignoré a propósito.

—Eso no es lo que parecía que hacíais —dijo Stef en tono de «yo sé algo que vosotros no».

Nash y yo le lanzamos una mirada de irritación. Stef esbozó una sonrisa traviesa.

—Lo siento, chicos. Tengo que vender a alguien más o nunca me dejarán en paz.

—¿Qué parecía que hacían? —exigió saber Liza J.

—Pues era una postura algo comprometida…

—¿Por qué no dejamos la historia para después? —dijo Naomi en voz muy alta al tiempo que miraba hacia Waylay.

—¿Qué estabais haciendo? —preguntó Knox, que había centrado toda su atención en la conversación.

—Me preocupa que la falta de ya sabes qué te esté haciendo sufrir alucinaciones, Stef. A lo mejor sí que tendrías que pedirle salir a Jeremiah —sugerí.

—*Touché*, guapa. *Touché* —dijo él.

Nash nos ignoró y dejó a la perra temblorosa en el suelo. Ella intentó esconderse detrás de sus piernas, y entonces me vio desde detrás de las botas.

Le hice un gesto con las manos y dio un paso tentativo en mi dirección. Me agaché y di unas palmaditas en el suelo, justo delante de mí.

Piper se movió un ápice detrás de las botas de Nash y después corrió como loca hacia mí.

La tomé en brazos y me rendí ante sus lametones.

—Hueles mucho mejor de lo que olías ayer —le dije.

—¡Ohh! Le gustas —observó Naomi.

—Volvamos a la postura comprometida —sugirió Amanda.

Stef le rellenó a Liza J. la copa de vino que agitaba en su dirección.

—Volvía al pueblo ayer por la mañana, temprano, y ¿sabéis qué vi en el lateral de la carretera?

Knox le tapó las orejas a Waylay.

—¿Un oso? —adivinó Liza J.

—Mejor todavía. Vi al jefe de policía de Knockemout de rodillas sobre la hierba en, digamos, una «postura de embestir» detrás del c-u-l-o voluptuoso de la señorita Solavita.

Nash tenía aspecto de estar considerando seriamente correr hacia la puerta principal.

—¿Qué coj… cojines? —espetó Knox.

Suspiré.

—¿En serio, Stef? ¿Dices embestir pero deletreas culo?

—Embestir no es una palabrota —intervino Waylay con conocimiento de causa.

—¡Oye! Tápale mejor las orejas —le dijo Naomi a Knox.

Él obedeció, le dio la vuelta a la niña y la envolvió en un abrazo de oso a la altura de la cabeza.

—¡No puedo respirar! —El grito quedó amortiguado por el pecho de Knox.

—Si puedes quejarte, sí que puedes —insistió Knox.

—¡Tus estúpidos músculos me van a romper la nariz! —se quejó Waylay.

Knox la soltó y le revolvió el pelo.

—Waylay, ¿por qué no vas a ver cómo va el abuelo con el pollo? —sugirió Naomi.

—Solo me estás echando para poder hablar de cosas asquerosas de mayores.

—Sí —respondió Stef—. Ahora vete para que podamos llegar a lo asqueroso.

Knox le puso la mano en la coronilla a Waylay y la guio hasta la puerta trasera.

—Venga, peque. Ninguno de los dos tenemos por qué oír esto. —Ambos se marcharon hacia el porche y cerraron la puerta.

—Volvamos a la embestida —insistió Amanda, que se subió de un salto a un taburete y se contoneó un poco.

—Paré, como buen samaritano —continuó Stef.

—¿Así lo llaman hoy en día? —dijo Nash con brusquedad.

—Y les ofrecí mi ayuda, pero Lina, sonrojada, me aseguró que no necesitaban ayuda con su restregón.

—¡No nos restregábamos! —insistí.

—Seguro que podrían arrestaros por algo así —reflexionó Liza J. con algo más de orgullo en la voz del necesario.

Le lancé una zanahoria de la bandeja de verduras a Stef, que le rebotó en la frente.

—¡Ay!

—Estábamos completamente vestidos y estábamos sacando a una perra, a esta perra, de la tubería de desagüe, idiota. —Levanté a Piper hacia la multitud al más puro estilo *El rey león*.

—Y hablando de ella, ¿quién la acogerá hasta que la protectora le encuentre un nuevo hogar? —preguntó Nash.

—Nunca pensé que oír la historia del rescate de un animal me decepcionaría tanto —anunció Amanda tras un instante de silencio.

—Volvamos a hablar de que Stef es un gallina —sugerí.

Un trozo de coliflor me rebotó en la mejilla y cayó al suelo.

Lou abrió la puerta y una marea de perros se coló en la cocina. El *pitbull* de Liza J., Minina, se sentó a mis pies y levantó la mirada hacia el perro del jersey de calabazas que llevaba en brazos. Waylon se zampó la coliflor del suelo y Busca dio saltitos a los pies de Lou.

—El pollo está listo —anunció este—. ¿Qué me he perdido?

—Nada —dijimos Nash y yo al unísono.

CAPÍTULO OCHO

JUDÍAS VERDES Y MENTIRAS

NASH

La cena fue tan caótica como solían ser todas las reuniones familiares de los Morgan. Sin embargo, algo de lo que una vez había disfrutado, ahora me resultaba completamente agotador.

Las conversaciones iban de aquí para allá a lo largo de la mesa, por encima de la música *country* que sonaba de fondo. Iban muy rápido para que pudiera seguirlas, mucho menos participar en ellas, incluso aunque tuviera energías, que no era así. Había pasado todo el día en la comisaría y con un jefe de policía de los Estados Unidos que parecía disfrutar de tocarme las narices al pisarme los talones.

Estaba exhausto, pero había venido por un motivo: obtener respuestas de Lina «los seguros son aburridísimos» Solavita. Nos había mentido a mi familia y a mí, e iba a descubrir por qué.

Me había traído a Piper para que me hiciera compañía. La perra parecía tan cansada como yo. Se había dormido hecha un ovillo contra Minina en la cama para perros del rincón. El resto de la pandilla canina había sido demasiado escandalosa para unirse a la fiesta y los habían desterrado al patio.

Se pasaba la comida y se rellenaban las copas, a veces incluso sin que lo pidieras. Yo me aferré a la única cerveza que había tomado y me obligué a comer lo suficiente para no llamar la atención de nadie. A los Morgan se nos daba fatal hablar de

91

sentimientos, lo cual significaba que me libraría de los comentarios de mi hermano o de mi abuela. Pero Naomi y sus padres eran de los que notaban cuando había algún problema y querían hablar de ello hasta la saciedad mientras intentaban hacer todo lo posible por solucionarlo.

Cuando me dieron el alta en el hospital, me encontré con un apartamento limpio, la colada hecha y la nevera llena de comida. Los Witt habían dejado claro que no solo habían adoptado a Knox y Waylay, sino también a mí.

Tras una vida entera sufriendo la disfunción familiar de los Morgan, era más que desconcertante.

La mitad de la mesa estalló en carcajadas por algo que yo me había perdido. Fue tan repentino que me sobresaltó. Y, al parecer, a Piper también, pues dejó escapar un ladrido de preocupación, pero Minina, que no se inmutó, apoyó la cabeza sobre el cuerpo de Piper y en cuestión de segundos ambas estaban dormidas otra vez.

No había habido tanta vida en la vieja casa desde mi infancia, y era más de lo que podía soportar. Me había preparado para hacer lo que había aprendido: sufrir la velada en silencio, pero la presencia de Lina a mi izquierda me producía una serie de sensaciones que se me alojaban en el centro del pecho, donde ahora vivía ese vacío permanente. El ardor de una atracción que no comprendía seguía ahí, junto a algo de culpa por haberla utilizado para darle unos cuantos golpes bajos al imbécil de Nolan. Pero más que nada, estaba enfadado.

Había engañado a todo el mundo a propósito en lo que a su trabajo se refería. Y para mí, eso era tan malo como mentir. No soportaba las mentiras ni a los mentirosos.

Nuestra conversación de la mañana me había llevado a hacerme algunas preguntas.

Había indagado un poco entre el papeleo y ayudar a los de Control Animal a atrapar un incordio de caballo de las Cuadras Bacon que se había dado a la fuga, no sin antes cagarse por toda la calle secundaria.

Sin embargo, la mesa del comedor no era el mejor lugar para iniciar el interrogatorio. Así que decidí esperar y traté de limitar el número de veces que miraba en su dirección.

Llevaba unos tejanos ajustados y una rebeca gris que parecía tan suave como una nube. Verla hacía que quisiera estirar el brazo, tocarla y frotar el rostro contra la tela. Que quisiera... «Vale, tío raro. Contrólate. Estás deprimido y cabreado. No eres un acosador de los que huelen los jerséis de los demás».

Me obligué a salir de la neblina e hice un intento débil de unirme a la conversación.

—Lou, ¿qué tal el golf? —le pregunté.

A mi derecha, Amanda me dio una patada debajo de la mesa. Naomi se atragantó con el café.

Lou me apuntó con el tenedor desde el extremo de la mesa.

—Pues mira, es imposible que el hoyo nueve sea un par 3.

—Y ahora tenemos que sufrirlo todos —susurró Amanda mientras su marido iniciaba una disertación sobre sus vicisitudes en la hierba.

Intenté alejar mi atención de Lina mientras Lou nos describía los diez motivos por los que creía que el hoyo nueve estaba mal señalizado.

Piper emitía ese silbido nasal tan extraño que había hecho que me despertara sobresaltado en dos ocasiones la noche anterior. Movió la punta de la cola una o dos veces, como si sus sueños fueran felices. Por lo menos había sido mejor que despertarse con el otro ruido, el que solo oía en mi cabeza.

A Naomi le brillaron los ojos cuando Knox le puso la mano en la nuca y le susurró algo al oído. Waylay esperó a estar segura de que sus tutores estaban ocupados antes de envolver dos judías verdes en la servilleta. Me pilló mirándola y puso cara de inocente.

Al otro lado del cristal había caído la noche, por lo que el bosque y el arroyo se habían desvanecido. Dentro de la casa la iluminación era tenue y el parpadeo de las velas hizo que el ambiente fuera más acogedor.

—Pásame el pollo, Nash —me pidió Liza J. desde el extremo de la mesa. Tomé la fuente y me giré hacia la izquierda. Los dedos de Lina se enredaron en los míos y casi dejamos caer el plato.

Nuestras miradas se encontraron. Había una chispa de irascibilidad en esos ojos marrones y fríos, seguramente a causa de nuestro encuentro de la mañana. Pero en el recuento general, yo tenía más motivos para estar molesto que ella.

Se había maquillado y se había arreglado el pelo de otra forma. Era un peinado atrevido. Llevaba unos pendientes de campanitas que le colgaban coquetos de las orejas y tintineaban cada vez que se reía, pero ahora no lo hacía.

—Cuando te vaya bien —dijo Liza J. con impaciencia.

Me las arreglé para pasarle el plato sin tirar el pollo al suelo. Sentía la calidez de su contacto en los dedos y cerré la mano sobre el regazo para aferrarme al calor.

—Tienes una cara que da pena —me comentó Knox.

—¡Knox! —le gritó Naomi, exasperada.

—¿Qué? Si te vas a dejar barba, déjate una en condiciones, o ten la decencia de pedir cita y venir a mi maldita barbería. Sea lo que sea, hazlo bien. No vayas por el pueblo con esa estúpida barba incipiente en la cara. Das mala imagen al Whiskey Clipper —protestó mi hermano.

Waylay enterró el rostro en las manos y murmuró algo acerca de un tarro y unas verduras.

Me pasé la mano por la mandíbula. Me había vuelto a olvidar de afeitarme.

—Come más judías verdes, Nash —insistió Amanda a mi derecha, y volcó una cucharada encima del montón que todavía no había tocado.

Waylay me miró desde el otro lado de la mesa.

—Esta familia está obsesionada con las cosas verdes.

Se me curvaron las comisuras de la boca. La niña todavía se estaba acostumbrando al concepto de «familia» después de su corta vida con malas influencias.

—Waylay, ¿no tenías que pedirles algo a Knox y Nash? —apuntó Naomi.

Waylay bajó la mirada al plato durante un segundo antes de encogerse de hombros al más puro estilo irritación preadolescente.

—Es una tontería. No tenéis que hacerlo. —Realizó el numerito de pinchar una judía verde con el tenedor y arrugar la cara después de darle el mordisquito más pequeño posible.

—Te sorprendería. Nos gustan las tonterías —le dije.

—Bueno, hay un reto en TikTok para padres de niñas en el que los padres dejan que sus hijas les maquillen y les pinten las uñas. Y algunas también los peinan —comenzó.

Knox y yo compartimos una mirada de puro terror.

Nos dejaríamos.

Odiaríamos cada segundo, pero nos dejaríamos si Waylay nos lo pidiera.

Knox tragó saliva.

—Vale, ¿y? —Su voz sonó como si lo estuvieran estrangulando.

Naomi suspiró.

—¡Waylay Witt!

La sonrisa de la niña fue diabólica.

—¿Qué? Solo los estaba preparando con algo peor, para que acepten lo que quiero que hagan de verdad.

Me relajé cuando se disipó la amenaza de llevar pintalabios y pestañas postizas.

Knox balanceó la silla hacia atrás y alzó la mirada al techo.

—¿Qué coño voy a hacer con ella cuando tenga dieciséis años?

—¡Jo, tío! —gruñó Waylay.

—¡Al bote! —dijo Stef.

—Si dejaras de decir palabrotas con cada frase, a lo mejor podríamos comer patatas fritas y bolitas de peperoni en vez de judías verdes —se quejó Waylay.

A Lina le tintinearon los pendientes mientras trataba de contener la risa.

—¿Qué quieres que hagamos de verdad?

—A ver. En el colegio celebran esa tontería del Día de las Profesiones y supongo que había pensado que no estaría tan mal que tú y Knox vinierais y le hablarais a mi clase de vuestros trabajos y eso. Os podéis negar —dijo enseguida.

—¿Quieres que el tío Nash y yo hablemos en clase? —le preguntó Knox.

Me froté la frente e intenté ahuyentar todos los «ni de coña» que me resonaban en la cabeza. Las relaciones públicas formaban gran parte de mi trabajo, pero ya había evitado todos los eventos públicos incluso antes del accidente.

—Sí, pero solo si lo vais a hacer bien, porque la madre de Ellison Frako es jueza del distrito y va a organizar un juicio de mentira y todo eso. Así que no vengáis y habléis de cosas como papeleo y extractos bancarios.

Sonreí con suficiencia. El papeleo y los extractos bancarios eran el noventa por ciento del trabajo de mi hermano.

Waylay me miró.

—Había pensado que a lo mejor podrías hacer algo guay como disparar a uno de los niños más pesados con la táser.

A mi lado, a Lina se le escapó la risa y un poco de cerveza con ella. Sin mediar palabra, le pasé una servilleta.

Naomi me lanzó una mirada de súplica.

Como si no supiera ya lo mucho que le costaba a Waylay pedir lo que quería.

—Puede que no haga uso de ninguna arma en la clase, pero ya se me ocurrirá algo —le respondí. Una gota de sudor frío me cayó por la espalda, pero la expresión de felicidad y estupefacción de Waylay hizo que valiera la pena.

—¿De verdad?

—Sí, de verdad. Aunque te lo advierto, mi trabajo es más guay que el de Knox.

Knox bufó por la nariz.

—Oh, ya lo verás, ya.

—¿Qué harás? ¿Hacer que ganas la lotería? —bromeé.

Me lanzó un pedazo de patata roja desde el otro lado de la mesa.

Le respondí con una cucharada de judías verdes.

—Chicos —nos advirtió Amanda.

Waylay me obsequió con una de esas sonrisitas que adoraba. Una cosa era hacer sonreír a un niño feliz, pero sacarle una sonrisa a una niña que tenía muchos motivos para no hacerlo era como ganar una medalla de oro.

—Ahora en serio, ¿quién quiere llevarse a Piper? —volví a preguntar.

—Oh, venga, Nash. Sabes que no sería justo para la perrita. Es evidente que ya se ha encariñado contigo —señaló Amanda.

Después de la tarta y los cafés, la velada terminó con una canción de Patsy Cline, una de las favoritas de mi madre.

Knox fue a fregar los platos y Naomi subió a supervisar a Waylay mientras hacía los deberes. Lou y Amanda se ofrecieron para llevar a Liza J. a casa. Piper lloriqueó de forma lastimosa en la puerta cuando Minina desapareció en la noche.

Yo también quería esfumarme, pero los buenos modales no me permitirían largarme hasta que echara una mano. Volví al salón y me encontré a Lina recogiendo los platos de postre vacíos.

—Dámelos —le dije—. Tú coge los cubiertos.

Dejó los platos en la mesa en lugar de dármelos a mí.

—Parece que te llevas bien con el alguacil Graham.

Era lo peor que podría haber dicho.

Dejó caer los tenedores y cuchillos que había recogido en una bandeja vacía y estos repiquetearon.

—¿En serio? —Los ojos le brillaron de ira y se cruzó de brazos—. ¿Qué problema tienes con Nolan?

El problema era que para ella era Nolan, no el alguacil de los Estados Unidos Graham.

—El problema es que tu amiguito Nolan me pisa los talones. Me ha seguido hasta aquí. Joder, lo más seguro es que esté aparcado ahí fuera ahora mismo.

Tamborileó las uñas rojo oscuro contra las mangas del jersey. Duro y afilado contra suave.

—No es mi amiguito. Y podrías haberle invitado a entrar.

Y una mierda.

Se oyó un estruendo en la cocina, seguido de medio minuto de palabrotas.

—¿Por qué cojones resbalan tanto los putos platos mojados? ¿Dónde coño está la escoba? —rugió Knox.

—Tres billetes más para el bote —gritó Naomi desde el piso de arriba.

—Siéntate —dije.

Lina entrecerró los ojos.

—¿Disculpa?

Aparté una silla y la señalé.

—He dicho que te sientes.

Waylon entró en la habitación al trote, dejó caer el culo en la alfombra a mis pies y miró a su alrededor en busca de una chuche. Piper se le unió con gesto esperanzador.

—Ya la has liado —dijo Lina.

Farfullé en voz baja, saqué las dos chucherías que tenía en el bolsillo y le di una a cada perro. Después aparté otra silla y me senté.

—Por favor, s-i-é-n-t-a-t-e —le dije, y señalé la silla vacía.

Se tomó su tiempo, pero me hizo caso.

—Esto no es una sala de interrogatorios, cabeza loca. Y no soy sospechosa. Mi relación con Nolan, pasada o actual, no es asunto tuyo.

—Ahí es donde te equivocas, Angelina. Verás, yo no creo en las coincidencias y menos cuando son tantas. Nunca habías visitado el pueblo de mi hermano, pero, de repente, decides darle una sorpresa y vienes de visita sin fecha de partida. Poco probable, pero vale. Apareces después de que me disparen y justo antes de que secuestren a Naomi y Waylay. Puede que sea solo coincidencia.

—Pero no lo crees —respondió ella, y se cruzó de brazos.

—Y luego resulta que tienes un pasado con el alguacil a cargo de tocarme las narices.

Lina entrelazó los dedos sobre la mesa y se inclinó hacia mí.

—Nolan y yo tuvimos una aventura desnuda y sudorosa de cuarenta y ocho horas en un motel de Memphis hará cinco o seis años.

—Fue más o menos cuando recuperaste ciento cincuenta mil dólares en joyería robada para tus jefes de Pritzger, ¿no? Y solo fue casualidad que los tipos de los que las recuperaste fueran los sujetos de una investigación federal, ¿verdad?

Me examinó largo y tendido.

—¿De dónde has sacado esa información?

—Fue una redada importante. Hubo varios titulares.

—No mencionaban mi nombre en ninguno de ellos —respondió con frialdad.

—Ah. Pero sí que lo mencionaron en el informe del incidente del departamento de la policía local.

Vale, puede que hubiera indagado un poco más de lo que había dicho.

Exhaló a través de los dientes apretados.

—¿Qué quieres?

—¿Por qué has venido? Y no me vengas con excusas de que echabas de menos a tu viejo amigo Knox —le advertí cuando abrió la boca—. Quiero la verdad.

La necesitaba.

—Te lo diré despacio para que te quede claro a la primera. No soy asunto tuyo. Mis cosas, incluido quién soy, con quién «me llevo bien», a qué me dedico o por qué estoy en el pueblo, no son asunto tuyo.

Me acerqué a ella hasta que nuestras rodillas se rozaron por debajo de la mesa.

—Con el debido respeto, Angelina, yo soy el que tiene los agujeros de bala. Y si estás aquí por algún motivo relacionado con eso, entonces sí, joder, sí que es asunto mío.

Le sonó el teléfono y en la pantalla apareció la palabra «Papá».

Le dio con fuerza al botón de ignorar y apartó el móvil. Había tensión en sus movimientos.

—Habla. Ya —insistí.

Enseñó los dientes y su mirada se volvió oscura y peligrosa. Durante un instante, pensé que me iba a atacar, y disfruté de la idea de que su enfado aumentara y chocara contra el mío para despertarlo y convertirlo en un infierno.

Pero el infierno quedó interrumpido por un pitido estridente.

Lina le dio un manotazo al reloj inteligente que llevaba en la muñeca, pero no antes de que entreviera los números de la pantalla, junto a un corazón rojo.

—¿Es una alerta de frecuencia cardíaca? —le pregunté.

Se levantó de la silla tan de repente que asustó a los perros. Me puse en pie.

—Eso, igual que todo lo que me incumbe, tampoco es asunto tuyo, jefe —dijo, y se dirigió a la puerta.

Casi llegó hasta ella, pero los dos habíamos subestimado mi nivel de enfado. La atrapé por la muñeca y la hice retroceder.

Se dio la vuelta. Di un paso adelante. Y así es como acabé apretado contra ella y ella de espaldas contra la pared.

Los dos jadeábamos y nuestros pechos se movían el uno contra el otro con cada inhalación. Era una mujer alta y de piernas largas, pero aun así la superaba unos centímetros y tenía que levantar la cabeza para mirarme. Le vi el pulso en la base del cuello.

«Sí». Era como un susurro en la sangre. Cuanto más me acercaba a ella, más ruido hacía.

De manera controlada, descendí la mano por su brazo opuesto hasta la muñeca y la levanté. Me observó sin apartarse y yo rompí el contacto visual para echarle un vistazo al reloj.

—Es una frecuencia cardíaca bastante alta para una simple conversación —comenté.

Intentó zafarse, pero la sujeté.

—No es una simple conversación, intentaba no romperle la nariz a un policía.

Todavía le sujetaba una mano, y con la otra me agarraba de la camisa en un puño cerrado. Pero no me apartó, solo se aferraba a mí.

—Vamos a calmarnos —dije con suavidad.

—¿Calmarnos? ¿Quieres que me calme? Anda, ¿por qué no se me habrá ocurrido a mí?

Había escalado el volcán y ahora tenía la lava derretida y pura delante de mí. Y lo único que deseaba hacer era saltar hacia ese magnífico calor.

—Dime qué te ocurre —insistí—. ¿Necesitas que llame a un médico?

—Madre mía, Nash. Si no me sueltas ahora mismo, no va a haber un jurado en todo el mundo que me haga responsable del daño que te voy a infligir en los testículos con la rodilla.

La amenaza, junto con la forma en que se movió contra mí, hizo que pasara de estar un poco excitado a poder izar una bandera, alzar una tienda de campaña y jugar el punto de partido con mi erección.

«Hostia puta».

Entonces comenzamos a movernos.

La sujetaba contra la pared, con una mano en la cintura, justo debajo de un pecho, y la otra apoyada en el muro junto a su cabeza. Mientras tanto, ella me sostenía de la camisa para atraerme hacia sí con tanta fuerza que se le habían puesto los nudillos blancos.

Podía seguir su respiración, inhalaba, se le expandía el pecho, y la exhalación me calentaba la cara y el cuello. Respiré su olor y me moví contra ella.

Tenía que apartarme. No solo era una idea espantosa involucrarme con una mujer que sabía que me mentía, sino que también estaba el hecho de que mi mente interfería con mi pene.

—¿Quieres que me aparte? —le pregunté, y le recorrí la mandíbula con la nariz.

—Sí —respondió entre dientes. No obstante, sus manos me atrajeron más hacia ella.

—¿Quieres que deje de tocarte, ángel? —Recé a todas las deidades religiosas que se me ocurrieron y añadí a un par de celebridades y músicos por si acaso. «Por favor, estimada Dolly Parton, no dejes que diga que sí».

Pestañeó. La sorpresa y algo más le chisporrotearon en los preciosos ojos marrones.

—No. —Fue un susurro, una súplica nublada que hizo que me hirviera la sangre.

Nos miramos a los ojos fijamente mientras subía la mano un centímetro hasta que los dedos le rozaron la parte inferior del pecho. El pene me latía de forma dolorosa detrás de la cremallera y las llamas me calentaban los músculos.

Lina dejó escapar un gemidito muy *sexy* y juro por Dolly que casi me corro ahí mismo. Guardé el sonido en mi memoria, y supe que haría uso de él una y otra vez. Sabía que, aunque el pene no me volviera a funcionar nunca más, seguiría recurriendo al sonido que se le había escapado de los labios entreabiertos cuando me lo rodeara con las manos.

Movió las caderas contra mí y casi me mata. A lo mejor debería haberlo hecho. A lo mejor debería haberla arrastrado al suelo y usado los dientes, la lengua y los dedos hasta que estuviera desnuda y me suplicara.

Pero no estaba escrito.

—¿Se puede saber qué cojones estáis haciendo? —masculló Knox. Sujetaba la escoba en una mano y una cerveza en la otra, y parecía que quería romperme ambas cosas en la cabeza.

—Estamos teniendo una conversación privada —le espeté.

101

—Y una mierda —gruñó mi hermano.

—En realidad, yo ya me iba —intervino Lina. Tenía las mejillas ruborizadas con un tono rosado tentador—. Si quieres que me preste a otro interrogatorio privado, comisario, me aseguraré de que mi abogado esté presente.

—Te juro por Dios, Nash, que si no te apartas de una puta vez, te voy a romper esta botella en la cabeza y después haré que lo limpies con esta maldita escoba.

Sin duda, estar felizmente comprometido estaba afectando a la capacidad de hacer amenazas del idiota de mi hermano.

Aun así, no era muy inteligente seguir dándole la espalda. Aparté la mano de la cintura de Lina e intenté dar un paso atrás, pero ella seguía aferrada a mi camisa.

—Eres tú la que tiene que soltarme, nena —le susurré.

Ella bajó la mirada hacia las manos con las que me sujetaba y se soltó poco a poco.

—¿Estás bien para conducir? —le pregunté.

—Se ha tomado una puñetera cerveza. ¿Vas a poner un control de alcoholemia en mi salón? —espetó Knox.

—No hablaba de la cerveza —le respondí con los dientes apretados.

—Estoy bien. Gracias por la cena, Knox. Nos vemos. —Pasó por mi lado y se marchó por la puerta principal.

—¿Qué. Narices. Ha. Sido. Eso? —Knox puntuó cada palabra con un golpe con el palo de la escoba en las costillas.

—Ay.

—No —dijo.

—¿No qué?

Con el palo de la escoba, Knox señaló la puerta por la que había salido Lina y después a mí.

—Eso. No va a pasar.

Ignoré el comentario.

—¿Qué sabes de Lina?

—¿A qué coño te refieres? La conozco de toda la vida.

—¿Sabes a qué se dedica?

—Trabaja en una aseguradora.

—No. Es una investigadora de seguros en Seguros Pritzger.

—No veo la diferencia.

—Es básicamente una cazarrecompensas de la propiedad privada.

—¿Y qué?

—Pues que se presenta en el pueblo justo después de que yo reciba dos balazos. Miente sobre cómo se gana la vida y conoce al alguacil de los Estados Unidos que tengo metido por el culo. ¿No crees que son unas coincidencias muy interesantes?

—¿Por qué todas las malditas personas de mi vida quieren hablar las cosas? —dijo Knox entre dientes.

—¿Por qué lleva un reloj que le controla la frecuencia cardíaca?

—¿Cómo narices quieres que lo sepa? ¿No lo llevan todos los idiotas que corren por diversión? Me preocupa más saber por qué mi hermano tenía a una de mis mejores amigas sujeta contra la pared.

—¿Es que te molesta?

—Sí. Mucho.

—¿Me puedes explicar por qué? —le pregunté.

—Ni de broma. No habrá nada entre tú y Lina. Punto final. No tengo nada que explicar.

—¿Esa estrategia te ha funcionado alguna vez con tus chicas?

Con aire cansado, Knox apartó una de las sillas y se sentó.

—De momento no, pero espero que uno de estos días me dejen ganar. Siéntate de una vez. —Señaló la silla que Lina había dejado libre.

En cuanto me senté, Piper me arañó las espinillas y la tomé en brazos. Se acurrucó contra mi pecho y soltó un suspiro. Como si la hubiera hecho sentirse segura. Maldita perra.

—Si quieres hablar, vale. Cállate y escúchame. Confía en mí cuando te digo que Lina es de esa clase de amiga a la que quieres tener de tu lado. No solo porque sea una pesadilla cuando la haces enfadar, sino porque es de las buenas. Si no te explica nada sobre su trabajo o sobre un estúpido reloj inteligente, tiene motivos para no hacerlo. Puede que no te hayas ganado su confianza. O tal vez no te cuente nada porque no sea asunto tuyo.

Pero algo me decía que sí que era asunto mío.

—Ya sé…

Knox me interrumpió.

—Cállate. Es una de las mejores personas que conozco. Y tú también. Arregla las cosas con ella y déjala en paz. No permitiré que os andéis con jueguecitos. Y para de sujetarla contra las puñeteras paredes. No soporta que la toquen. No me creo que no te haya arrancado las pelotas de camino a la salida.

¿Lina no soportaba que la tocaran? Primera noticia.

—Vamos a salir mañana por la noche. Lucy, tú y yo —continuó mi hermano.

Sacudí la cabeza.

—Tengo muchas cosas que...

—Vamos a salir mañana por la noche —repitió—. Iremos al Honky Tonk. A las nueve. Es tu día libre, así que si intentas cancelarlo, Lucy y yo nos presentaremos en tu casa y te arrastraremos. Tenemos asuntos de los que hablar.

CAPÍTULO NUEVE

UNA VECINA CORTARROLLOS

NASH

Le hice un corte de mangas a mi sombra federal en el aparcamiento, dejé a Piper en casa y me dirigí al piso de al lado a regañadientes. La puerta de Lina se alzaba imponente frente a mí como el muro de un castillo. Se oía música en el interior, una canción con un ritmo fuerte que dejaba muy claro el mensaje: «cuidado: mujer cabreada». Dudé un instante y, después, llamé con fuerza.

La puerta se abrió de golpe casi de inmediato, y pestañeé sorprendido cuando la señora Tweedy apareció en el umbral de la puerta. Sujetaba su vaso de *whisky* americano con hielo y llevaba su uniforme habitual: mallas de deporte, una túnica y el pintalabios de color rosa escarchado. Tenía el pelo blanco alto y cardado, lo cual le añadía diez centímetros a su metro y medio de altura.

Comprobé el número de apartamento y me pregunté cómo narices había podido llamar a la puerta equivocada.

—Vaya, si es el agente Macizo —dijo en su típico acento sureño y nasal. El hielo del vaso tintineó con alegría.

2B. El apartamento que había junto al mío. No me había equivocado, era la señora Tweedy la que había contestado a la puerta equivocada.

—¿Está Lina? —pregunté.

—No, es un allanamiento de morada. ¿Quieres esposarme? —Levantó las manos con las muñecas juntas y agitó las cejas de forma sugestiva.

January Tweedy era tan peleona a los setenta y seis años que me estremecía solo de pensar en cómo habría sido de adolescente.

Lina apareció en el umbral de la puerta detrás de ella y solté un suspiro de alivio.

—¿Qué puedo hacer por ti, jefe? —preguntó Lina en tono glacial—. ¿Vienes a preguntarme qué he comido hoy? ¿O quieres una lista de todas las personas con las que he hablado desde que llegué?

—Yo estoy en la lista. Somos APS —respondió la señora Tweedy.

—¿APS? —repetí.

—Amigas para siempre —explicó—. ¿Tienes un problema con Lina? Pues tienes uno más gordo conmigo. Ah, necesito que te pases a sacar mi reloj del triturador de basura otra vez.

Lina curvó los labios en una sonrisa, pero la diversión le desapareció del rostro cuando me pilló observándola.

—Señora Tweedy, si me deja hablar con Lina en privado, me pasaré a sacar el reloj del fregadero después.

—Y a colgarme la nueva cortina de ducha.

—¿Otra cortina nueva? ¿Qué narices le ha pasado a la última?

Le dio un trago rebelde al *bourbon*.

—Eso suena a que no, ¿verdad, Lina?

—No ha sido un sí —coincidió ella.

—Vale. El reloj y la cortina de la ducha. Ahora lárguese —le dije.

La señora Tweedy me dio unas palmaditas en la mejilla.

—Eres un buen chico, Nash. Intenta no dejarte la cabeza metida en el culo durante demasiado tiempo. Tarde o temprano, la afección se vuelve permanente. —Se volvió hacia Lina—. Nos vemos mañana en el gimnasio. ¡A primera hora!

—Ha sido un placer conocerla —dijo Lina tras ella.

Su buen humor desapareció en cuanto se cerró la puerta al otro lado del rellano.

—Si has venido a seguir con el interrogatorio…

Apoyé el antebrazo en el marco de la puerta.

—No, señorita.

106

—No te atrevas a llamarme «señorita». Estamos en Virginia del Norte, aquí no habláis así. No te vas a librar solo por decir cosas como «cáspita».

La señora Tweedy abrió ligeramente la puerta a mis espaldas.

—He venido a disculparme —dije, e ignoré al público cotilla.

Lina se cruzó de brazos.

—No me lo vas a poner fácil, ¿eh?

—¿Por qué iba a hacerlo?

Decidí tentar a la suerte. Le puse la mano en el hombro con suavidad, pero con firmeza, la hice recular hasta el interior del apartamento y cerré la puerta detrás de mí.

—Claro, pasa. Siéntete como en casa —respondió fríamente.

No parecía que ella hubiera hecho lo mismo. Los únicos objetos personales que divisé fueron una planta de interior sobre una de las ventanas principales y la caja de archivos que había sobre la mesa.

La hice retroceder un paso más y después aparté la mano.

—Baja la música. Por favor —añadí cuando me fulminó con la mirada.

Me hizo esperar tanto que pensé que tendría que hacerlo yo mismo, pero al final se dirigió a la mesa y tomó el teléfono. Bajó el volumen hasta que la música no fue más que un ruido apagado.

No pasé por alto que había dado un rodeo para cerrar la tapa de la caja de documentos.

—¿Alguna vez has tenido una experiencia cercana a la muerte? —le pregunté.

Se quedó muy quieta.

—Pues la verdad es que sí —respondió con serenidad.

—Me lo vas a tener que explicar —le advertí tras una pausa—. Pero, por ahora, supondré que sabes mejor que la mayoría lo que se siente cuando despiertas y te das cuenta de que sigues aquí cuando has estado a punto de no estarlo.

No me respondió con nada más que con una mirada penetrante con esos ojos del color del *whisky*.

Dejé escapar un suspiro entrecortado.

—Ángel, casi me desangro en una cuneta. Una gran parte de mí sigue aquí, pero el resto no salió de allí. Si estás aquí por algo relacionado con eso, merezco saberlo.

Cerró los ojos durante un instante y las pestañas largas le acariciaron la piel morena.

Cuando volvió a abrirlos, me sostuvo la mirada.

—No he venido por ti.

Sonó sincero.

—¿Eso es todo lo que estás dispuesta a decirme? —insistí.

Frunció los labios.

—Ya veremos cómo va la parte de la disculpa de tu discurso. Y espero que incluya un «siento ser un capullo y haber hecho creer a un alguacil que nos hemos acostado».

—Siento el interrogatorio. No sé qué me pasa e intento hacerlo lo mejor que puedo en una situación de mierda. Pensaba que me ocultabas algo, en especial cuando he visto al Grano En El Culo Con Bigote intentar ligar contigo esta mañana. Antes confiaba en mis instintos y sigo intentando acostumbrarme al hecho de que ya no puedo hacerlo.

Entrecerró los ojos.

—¿Por qué no?

—Porque fui directo hacia el coche.

Lina dejó caer los brazos a los lados y emitió un sonido de irritación.

—¿Cómo va una chica a guardarte rencor con ese numerito de héroe melancólico y herido?

—Espero que no pueda —admití.

Inhaló y expulsó el aire.

—Vale. Estoy buscando algo. —Abrí la boca y levantó un dedo en mi dirección—. No he venido porque alguien te disparara una o dos veces. Estoy buscando algo que le robaron a un cliente. Un par de pistas señalaban en esta dirección. Nolan y yo cruzamos caminos hace años en otro trabajo; no sabía que estaba en el pueblo y viceversa.

—¿Y planeas cruzar caminos con él mientras estéis los dos aquí?

Había casi un metro de distancia entre nosotros y juro que sentí que el aire chisporroteaba como cuando está a punto de caer un rayo.

—Me pregunto por qué crees que es de tu incumbencia —respondió.

—Te lo diré si aceptas mis disculpas.

—Vale. Disculpas aceptadas.

—Qué rápida —observé.

—Deja de andarte con rodeos —me ordenó.

—Voy a ser sincero y es probable que no te guste.

—Solo hay una forma de descubrirlo.

—Me gusta meter cizaña. Te provoqué y es de lo que más me arrepiento —admití.

—¿Por qué?

—¿Que por qué lo siento?

—No. Por mucho que hayas actuado como un imbécil esta mañana y esta noche, no eres tonto. Sabes que doy miedo si me haces enfadar. ¿Por qué me has provocado? —preguntó.

—Me haces sentir cosas. Y tras haber pasado un tiempo sin sentir nada, sentir algo… Aunque sea enfado o adrenalina… Es mejor que nada.

La chispa de luz de sus ojos empezó a arder.

Di un paso hacia ella.

—Cada vez que estoy cerca de ti, cada vez que te ríes o me miras como lo estás haciendo ahora o cada vez que te enfadas, siento cosas.

—¿Qué clase de cosas?

Di otro paso y acorté la distancia que nos separaba.

—Cosas buenas —respondí. Decidí arriesgarme y le posé las manos en los bíceps con suavidad. No se apartó—. Aunque, para ser sincero, cualquier cosa que no me haga sentir igual que en los últimos días me parece buena. Puede que esté intentando reunir el valor suficiente para luchar por el derecho a estar a tu lado. Y no podré hacerlo si tienes a otro hombre en la cama.

Ella frunció los labios y sopesó la respuesta.

—Ahora mismo no hay nadie que ocupe ese espacio —dijo al fin.

—¿Te molesta que te toque? —le pregunté.

Puso los ojos en blanco.

—Supongo que Knox ha abierto la bocaza.

109

—Es probable que mencionara que había algún problema.

—Y, aun así, aquí estás, tocándome —señaló—. Eso demuestra que tienes pelotas.

—A mi hermano le sorprendió que me hubieras dejado acercarme tanto a ti y que no me las hubieras arrancado. Me ha hecho preguntarme una cosa.

—¿El qué?

—¿Y si te gusta que te toque tanto como a mí me gusta tocarte?

Estaba lo bastante cerca de ella para besarla. Habría sido tan fácil como inclinarme hacia ella y acortar la distancia que nos separaba. Sentir esa boca tan inteligente bajo la mía y saborear esos secretos. Había algo bueno en todo esto. Era inevitable.

—Muy bien, cederé. ¿Y qué si es así? —Los ojos marrones que me estudiaban tenían motas de color topacio y dorado.

—¿Qué te parece si dejas que me acerque más?

Arqueó una ceja.

—¿Cuánto exactamente?

Di medio paso hacia ella y apreté el cuerpo contra el suyo. Todos los nervios de mi cuerpo cobraron vida con el contacto, como si estuviera hecha de cables de arranque y yo fuera una batería gastada.

—Tanto como me permitas. No solo quiero esto, Angelina, lo necesito.

—¿Te refieres a que quieres que sea una especie de polvo de apoyo emocional?

—Me refiero a que quiero estar tan cerca de ti como me dejes. Cuanto más cerca estoy, mejor me siento. Como ahora mismo —añadí con suavidad—. Siento que por fin puedo respirar.

Me apoyó una mano en el pecho y presionó.

—Es… mucha presión.

—Lo sé —admití. No buscaba un rollo de una noche. Buscaba un ancla. Algo a lo que aferrarme durante la tormenta—. ¿Puedo poner las cartas sobre la mesa?

—¿Por qué ibas a parar ahora?

—Hay muchos motivos por los que deberías decir que no. El principal es que estoy tan dañado que existe la posibilidad de que nunca vuelva a estar bien.

110

—Nadie es perfecto —respondió con la sombra de una sonrisa en los labios carnosos y suaves.

Le subí las manos por los brazos y las volví a bajar, solo para sentir la suavidad de su jersey y el calor de su cuerpo.

—Knox no quiere que nos acerquemos el uno al otro.

—Pues qué pena que no soporte que me digan lo que tengo que hacer —respondió. Me puso la otra mano en el pecho y la apretó. Me incliné hacia su tacto.

—Odio las sorpresas y no tolero las mentiras. Ni siquiera las piadosas.

—Detesto el aburrimiento y la rutina. Algunos dirían que incito al drama.

—Hasta este verano, quería una esposa. Empezar una familia —confesé.

Se le escapó una risa nerviosa.

—Vale, esa me ha asustado un poco. ¿Y ahora qué quieres?

—Sentirme vivo.

Su mirada se posó sobre la mía y sentí como si el sol del mediodía me calentara hasta el núcleo.

—¿Y crees que yo puedo ayudarte? —me preguntó.

El corazón me latía con fuerza contra el esternón. El pulso me resonaba por todo el cuerpo, me calentaba la sangre y me estimulaba la entrepierna.

—Ángel, ya lo has hecho.

Puso los ojos como platos y me pregunté si había ido demasiado lejos.

—No eres mi tipo —respondió al fin.

—Lo sé.

—No tengo pensado quedarme.

—Eso también lo he captado.

—Acabas de decir que buscabas una esposa, Nash.

—Antes. Ahora solo busco superar el día a día.

Expulsó el aire y lo sentí.

Nos acercábamos cada vez más. Estábamos de pie en el centro de su apartamento casi vacío y llenábamos el espacio que nos rodeaba de calor. Sus senos me rozaban el pecho y sus pies descalzos me rozaban la punta de las botas. Mi respiración le removía el pelo.

—Tengo que preguntarte algo más —comenté.

—Si es el apellido de soltera de mi madre y los últimos cuatro dígitos de mi número de la seguridad social, comprenderé que todo esto es una estafa muy elaborada.

Le pasé un dedo por la mandíbula afilada.

—¿Te gusta que te toque?

Un escalofrío le recorrió el cuerpo.

—¿Por qué?

—Ya sabes por qué, pero quiero que lo digas. Las cartas sobre la mesa.

Suavizó el gesto.

—Al parecer, no me importa cuando son tus manos las que me tocan, cabeza loca.

—Si la cosa cambia, quiero que me lo digas. De inmediato.

Vaciló y después asintió.

—¿Vale? —insistí.

—Vale. —Volvió a asentir.

Le tomé una de las manos con las que me acariciaba el pecho y la deslicé hasta mi hombro. Después, hice lo mismo con la otra. La sentía cálida, viva y muy suave contra mí. Desplacé el peso a un pie para mecernos hacia el lado.

—No podemos bailar lento al son de The Struts —señaló mientras resonaba el ritmo fuerte de «Could Have Been Me».

—Pues creo que es precisamente lo que hacemos.

Dejó escapar un suspiro entrecortado. Le pasé la yema del dedo por el pulso del cuello. A pesar de la calma exterior, le palpitó bajo mi caricia.

—¿Lo de monitorizar la frecuencia cardíaca tiene que ver con la historia de la experiencia cercana a la muerte? —le pregunté.

Se detuvo en medio de un balanceo y se mordió el labio. Por primera vez desde que la conocía, pareció insegura.

—Creo que ya ha habido suficiente honestidad por una noche —comentó.

No estaba de acuerdo, pero era un hombre paciente. Desenmarañaría todos y cada uno de los secretos que había guardado hasta que estuviera tan al desnudo como yo. Le apoyé la barbilla en la cabeza y después le pasé las manos por el dobladillo de la chaqueta de punto para acariciarle la piel de la espalda. La sujeté contra mí como si fuera una carga muy valiosa y nos mecí mientras olía la fragancia de su perfume y el detergente.

Volvía a estar excitado. Una cosa estaba clara, Lina Solavita sabía cómo hacer que un hombre se sintiera vivo.

Estaba tan centrado en asimilar toda la suavidad y el calor que me ofrecía que Lina reaccionó al sonido de la puerta antes que yo.

—La cortina de la ducha no se va a colgar sola, jefe —bramó la señora Tweedy.

—Mierda —musité.

—Creo que será mejor que vayas —añadió Lina, y se zafó de mi cuello.

—Supongo. ¿Pensarás en lo que te he dicho?

—Puede que no piense en otra cosa —confesó con una sonrisa irónica.

Le tomé el rostro con suavidad y me acerqué a ella. Pero, en lugar de ir a por sus labios carnosos, que se separaron cuando estaba a solo una inhalación de ella, le planté un beso en la frente.

—Gracias por el baile, ángel.

CAPÍTULO DIEZ
SUDAR CON LAS VIEJAS GLORIAS

LINA

El gimnasio de Knockemout era como el resto del pueblo: algo tosco y muy interesante. Era un edificio largo y bajo, de metal y con un aparcamiento de gràvilla. A las siete de la mañana, estaba bastante lleno de motos, camionetas y todoterrenos de lujo.

Había pasado gran parte de la noche dando vueltas en la cama, pensando en la proposición de Nash. No estaba acostumbrada a que un hombre se me metiera bajo la piel y en la mente de ese modo. Esperaba que una buena sesión de entrenamiento me ayudara a evitar obsesionarme con lo cerca que quería estar Nash de mí. O cuánto estaba dispuesta a dejar que se acercara.

Me sentía tentada. Muy tentada. Era exactamente el tipo de proposición a la que se habría lanzado mi antiguo yo. Pero ¿no había llegado el momento de romper los viejos patrones? ¿De aprender a tomar mejores decisiones?

Además, si dejaba que el hombre se metiera en mi cama, querría acercarse más a mí. Y que se acercara significaría que correría el riesgo de que Nash descubriera mi omisión prácticamente insignificante de la verdad, que a él seguro que le parecería un acto de guerra. Y ese era el motivo por el que no hacía cosas que se parecieran remotamente a tener una relación.

¿Y qué si cuando me ponía las manos encima me hacía derretirme y sentirme tan exquisita como el queso fundido de alta cocina? Era un desafío que no necesitaba superar. Un misterio que no necesitaba resolución. Lo más sensato sería evitarlo. Apartarme de su camino, terminar el trabajo e irme a casa.

Dentro sonaba *rock* clásico duro en lugar del pop animado por el que se decantaban en la mayoría de los gimnasios. No había camas solares ni sillas de masaje, solo filas de máquinas, mancuernas y gente sudada.

—¿Eres nueva? —La chica que había tras la mesa de metal ondulado de la recepción tenía un aro en la nariz, un tatuaje en el cuello y el cuerpo de una diosa del yoga.

—Sí, he quedado con la señora Tweedy y sus amigos.

Esbozó una sonrisa rápida.

—Que te diviertas. Y firma esto. —Empujó un portapapeles con un documento de exención hacia mí.

Garabateé mi nombre al final y se lo devolví mientras me preguntaba cómo de mala podía ser una sesión de entrenamiento con unos septuagenarios.

—Intenta no hacerte daño cuando trates de seguirles el ritmo —me advirtió—. Los vestuarios están detrás de mí y tu equipo está por allí. —Señaló el extremo del gimnasio.

—Gracias —respondí, y fui derecha hacia donde me indicaba.

El centro del espacio estaba ocupado por una serie de máquinas de cardio. Cintas de correr, elípticas, máquinas de remo y bicicletas. Había un estudio grande al fondo en el que estaban realizando una clase de entrenamiento intenso. Alguien vomitaba en una papelera y otra persona estaba tumbada de espaldas con una toalla sobre la cara al mismo tiempo que el instructor dirigía al resto de la clase mientras hacían un número excesivo de burpis.

Los alumnos eran un crisol de vaqueros con ropa de deporte de marca y relojes de alta tecnología mezclados con motoristas que exhibían sus tatuajes en camisetas de tirantes con desgarrones y bandanas. En cintas contiguas, corrían un chico blanco y delgado de unos veintitantos que iba vestido de la marca Under Armour de los pies a la cabeza y una mujer negra con trenzas y una camiseta de tirantes de Harley-Davidson a la que ya le había sacado mucho partido. Él tenía el rostro retorcido por el esfuerzo. Y ella sonreía.

Agatha y Blaze, dos moteras lesbianas de mediana edad que frecuentaban el Honky Tonk de Knox, me saludaron desde las escaladoras en las que se encontraban, una al lado de la otra.

—¡Lina!

La señora Tweedy me saludó desde la sección de las mancuernas. La media docena de ancianos en chándales a juego que había detrás de ella me observaron mientras me acercaba.

—Buenos días.

—Pandilla, esta es mi nueva vecina y mejor amiga, Lina. Lina, esta es la pandilla —dijo ella.

—Hola, Lina —respondieron todos al unísono.

—Hola, pandilla. —Eran la pandilla más variopinta que había visto nunca. Si no me equivocaba, sus edades oscilaban entre los sesenta y cinco y los ochenta. Exhibían arrugas y pelos canosos, pero también músculos y zapatillas deportivas de primera.

—¿Lista para trabajar? —preguntó la señora Tweedy con voz nasal.

—Claro. —Desde que había llegado al pueblo, me había centrado sobre todo en correr. Seguir un plan de ejercicio agradable y sencillo sería una buena forma de volver a empezar los entrenamientos de fuerza.

—¡No empecéis sin mí! —Stef trotó hasta nosotros vestido con ropa de deporte de marca.

—Hola de nuevo —le dije.

—Ya era hora, Steffy —comentó la mujer que había a la derecha de la señora Tweedy. Tenía unos mechones plateados en el cabello negro azabache y el eslogan de su camiseta rezaba: «Mi calentamiento es tu entrenamiento».

—Me estaba dando un discurso motivacional en el aparcamiento —respondió él. Después me miró—. ¿Estás segura de que estás dispuesta?

—Corro ocho kilómetros al día —me burlé de él—. Creo que me las apañaré.

La señora Tweedy dio una palmada.

—Venga, vamos a calentar estos huesos viejos.

—Madre mía, me muero. Sálvate tú, sigue sin mí —le supliqué a Stef.

Se agachó y tiró de mí para levantarme de la larga tira de colchoneta que cubría una de las paredes del gimnasio. Me cedieron las rodillas. No era más que una cáscara deshidratada de ser humano. Tenía los músculos demasiado débiles para que me mantuvieran en pie. Milagrosamente, mi corazón se había mantenido a salvo durante el infierno de entrenamiento, aunque el resto de mi cuerpo se había rendido.

—Tienes que recomponerte, mujer. Si te rindes ahora, te lo recordarán siempre —jadeó Stef. Le goteaba el sudor por la barbilla y llevaba el pelo, casi siempre perfectamente arreglado, revuelto en mechones negros húmedos por toda la cabeza.

Tomé aire.

—No entiendo cómo es posible que un anciano de setenta años le dé tanta caña a las cuerdas. ¿Es que el bigote le da superpoderes?

Stef estrujó la botella de agua y se la vertió por la cara.

—Vernon era infante de Marina. Estar jubilado lo aburría y empezó a entrenar para hacer ironmans. No es humano.

Me apoyé en la pared junto a la fuente y utilicé el dobladillo de la camiseta de tirantes para secarme el sudor de los ojos.

—¿Y la señora Bannerjee? Acaba de levantar noventa kilos de peso muerto. Ocho veces.

—Aditi empezó a levantar pesas cuando tenía cincuenta años. Tiene tres décadas de experiencia.

—¡Venga! Ya descansaréis cuando estéis muertos —bramó la señora Tweedy.

—No puedo hacerlo —gemí.

Stef me puso las manos en los hombros, pero estaba tan sudada que era difícil sujetarme. Se rindió y se apoyó en la pared a mi lado.

—Escúchame. Podemos hacerlo. Lo conseguiremos. Y cuando acabemos, iremos al Café Rev, nos pediremos unos cafés Línea Roja y nos comeremos nuestro peso en pasteles.

—Necesito más motivación que unos pasteles.

—Mierda. —Se apartó de la pared de un empujón y se puso frente a mí con aspecto de estar enfermo.

—¿Mierda qué? ¿Han añadido más balones medicinales? En la última ronda me he dado a mí misma en la cara.

El ejercicio con balones medicinales era un tipo de infierno especial que incluía hacer sentadillas con una pelota de ejercicio muy pesada y después levantarse con mucha energía para lanzar la pelota a varios metros por encima de tu cabeza. Era peor que los burpis. Lo odiaba.

Stef se pasó las manos por el pelo y, con una mueca, se limpió las palmas en los pantalones cortos.

—¿Qué tal estoy?

—Como si un tritón muy sobón te hubiera arrastrado a la parte honda de una piscina.

—¡Joder!

—Pero muy guapo, muy al estilo Henry Golding —intenté arreglarlo.

—¿Debería quitarme la camiseta?

—¿A qué viene esto ahora? —le exigí, y le quité la botella de agua de las manos para llevármela a la boca.

—Jeremiah acaba de arrastrar su bonito culo hasta aquí para entrenar los bíceps.

No dejé de beber agua, pero sí que miré por encima del hombro de Stef. No me costó encontrar al guapísimo barbero, que levantaba pesas de veinte kilos delante del espejo… al lado de Nash Morgan.

Me atraganté y casi me ahogo.

—Mierda. —Me arranqué la diadema de la cabeza, la empapé con el agua y volví a ponérmela.

Stef me dio un codazo.

—¡Perdona! No puedes quedártelo, es mío. Si alguna vez reúno el valor para pedirle una cita de verdad.

—No lo decía por Jeremiah, tonto. Lo decía por Nash «vaya culo» Morgan —siseé.

Un aleteo en el pecho hizo que le echara un vistazo al reloj. El corazón me latía a un ritmo constante. El pálpito me bajó hasta el estómago. Al parecer, no se trataba de un defecto estructural, era algo peor.

Stef miró por encima del hombro y después giró la cabeza hacia mí con brusquedad, con lo que esparció una lluvia de sudor por todas partes.

118

—Alguien está encaprichada —canturreó.

—En primer lugar, qué asco. Se me ha metido tu sudor en los ojos. En segundo lugar…, no estoy encaprichada —repliqué—. Solo estoy… interesada.

Mi concentración cayó en picado como en una montaña rusa cuando la mirada de Nash se encontró con la mía mientras se situaba delante de una barra cargada con pesas. No había nada amistoso en la forma en que me recorrió con la mirada. Todo era deseo.

Esta vez, la fatiga muscular no tuvo nada que ver con que me cedieran las rodillas.

—No te ofendas, pero ¿no se supone que eres una tía dura y provocadora? —me preguntó Stef.

Aparté la mirada del ardiente comisario de policía.

—¿Eh?

—Admito que parece que el macizo quiere venir hasta aquí para desnudarte y reclinarte sobre un banco de pesas.

Mi sexo se estremeció por el deseo involuntario.

—Pensaba que eras de las que se hacen las frías y los obligan a suplicar.

No había nada frío en la forma en que reaccionaba a Nash Morgan. Era puro deseo fundido mezclado con toques glaciales de miedo.

—No me creo que vaya a decir esto, pero al parecer hay algunos hombres que hacen que sea imposible hacerse la dura —admití.

—¡Vosotros dos! ¿Vais a estar charlando todo el día o vais a terminar la rutina de ejercicios? —gritó la señora Tweedy—. ¡No me obliguéis a añadir más sentadillas!

—Y ahora nos está mirando todo el mundo —musitó Stef. Jeremiah y Nash incluidos.

—Tenemos que hacerlo. —Erguí los hombros.

—Y tenemos que estar *sexys* mientras lo hacemos.

—Entonces será mejor que te quites la camiseta —le dije.

—Lo mismo digo. A lo mejor se quedan tan hipnotizados con mis pectorales y tus tetas que no se dan cuenta cuando nos dé un paro cardíaco.

—Mejor intentemos evitar esa parte —le sugerí.

—No te prometo nada.

—¡Venga, chicos! —nos llamó Vernon.

—¡La última serie es la mejor! —añadió la señora Tweedy.

Stef apretó los dientes.

—Venga. Vamos a desnudarnos y a desfilar de forma sensual.

—Bebe.

Abrí los ojos y me encontré contemplando el azul deslumbrante de los ojos de Nash. Una botella de agua me flotaba delante de la cara.

Estaba demasiado cansada y sedienta para sentirme ofendida porque me mangonearan.

Me esforcé por sentarme. Nash estaba agachado a mi lado. Una capa de sudor le brillaba en la piel y hacía que se le pegara la camiseta al pecho. Jeremiah estaba de pie detrás de él con expresión divertida.

Le di una patada en la pierna a Stef.

—Déjame morir en paz, mujer —me respondió. Estaba a mi lado, bocabajo sobre una esterilla.

Lo volví a patear con más fuerza.

—No podemos morir delante de testigos.

Despegó la parte superior del cuerpo del caucho y parpadeó ante el público.

—¿Te echo una mano? —le preguntó Jeremiah a Stef.

Hice acopio de energía para sonreír cuando el amor platónico de mi compañero de gimnasio lo ayudó a ponerse en pie.

—Estoy impresionado —dijo Nash cuando empecé a beberme de un trago el agua que me ofrecía—. Nadie sobrevive a la primera sesión de entrenamiento con las viejas glorias.

—No puede decirse que haya sobrevivido —grazné.

—Has acabado todas las repeticiones —insistió—. Cuenta.

—Y casi vomito en la papelera.

Relajó la boca con una de esas medias sonrisas que hacían que el estómago me diera volteretas.

—Aun así, cuenta.

—Son superhumanos. Todos y cada uno de ellos.

—La verdad es que sí —coincidió.

Me di cuenta de que algunos de los presentes se fijaban en nosotros.

—Una de dos, o no llevo camiseta o tú vas por ahí sin pantalones. Es lo único que justificaría que nos presten tanta atención.

Levantó la mirada y echó un vistazo al entorno, después puso una mueca.

—Es un pueblo pequeño. Últimamente no han tenido mucho sobre lo que cotillear.

—Además de que dispararan al comisario de policía, secuestraran y rescataran a dos vecinas y que un alguacil merodee por el pueblo. ¿Dónde está tu perrito faldero con placa?

Nash señaló por encima del hombro con el pulgar hacia Nolan, que sudaba en una bicicleta estática y parecía enfadado y aburrido.

—Un día cualquiera en Knockemout —comentó Nash, y me ofreció la mano.

La acepté y dejé que me ayudara a ponerme en pie.

Mis músculos protestaron con una mezcla de cansancio tras el ejercicio y euforia.

—Si quieres una respuesta a tu oferta… —comencé.

Pero me interrumpió con una sacudida de la cabeza.

—Preferiría que te lo pensaras durante más tiempo y no solo una noche. Es mucho pedir. Y tengo otro favor más pequeño que pedirte que necesito que aceptes primero.

—¿Qué?

—¿Te importa vigilar a Piper esta noche? Nunca la he dejado sola durante más de unos minutos.

—Claro.

—No tardaré mucho —prometió.

No iba a preguntarle por sus planes. Y ni de broma iba a preguntarle si tenía una cita.

—Voy a tomar algo con Knox y Lucian —añadió, como si me leyera la mente.

Deduje que las mujeres del pueblo se pondrían como locas con un cuadro así de atractivo.

—Vale, no hay problema —le aseguré, y fingí que no había sentido una oleada de alivio estúpida al descubrir que solo era una noche de chicos.

Inclinó la cabeza hacia mí de esa forma tan *sexy* e íntima que lo caracterizaba. El pulso me trastabilló y me fijé en que la mujer que había en la cinta de correr que teníamos detrás tropezaba. Me lanzó una sonrisa triste y un gesto de desdén cuando se recuperó.

Nash Morgan era un peligro para todas las mujeres.

—Te lo agradezco. La dejaré un poco antes de las nueve —dijo.

Juré que para entonces estaría duchada, arreglada y llevaría algo que no estuviera empapado en sudor. Si conseguía que me funcionaran las piernas.

—Vale.

Se miró el reloj.

—Tengo que irme. Le prometí a Liza J. que le limpiaría las canaletas.

—Toma. —Le entregué la botella.

—Quédatela. Sé dónde vives.

—Gracias —grazné.

—Nos vemos luego, Angelina. —Antes de girarse, me dio un repaso con la mirada de los que hacían que se me pusiera la piel de gallina.

—¿Nash?

Se detuvo y se dio la vuelta.

Miré al público no tan sutil a nuestro alrededor y acorté la distancia que nos separaba con la cojera más *sexy* que pude conseguir.

—¿Cuánto quieres de mí exactamente?

Su mirada se convirtió en fuego helado.

—La respuesta caballerosa sería tanto como estés dispuesta a darme.

—¿Y eres un caballero?

—Antes sí. —Después levantó la barbilla—. Bebe más agua y no te olvides de estirar, o mañana te arrepentirás.

Menos mal que ya me ardía la cara por el esfuerzo.

Me guiñó un ojo y me dedicó una de sus sonrisas rápidas antes de dirigirse a los vestuarios. Lo observé mientras se marchaba, igual que el resto de las mujeres del gimnasio y también unos cuantos hombres.

Nolan se levantó y limpió la bicicleta. Me ofreció un saludo breve antes de seguir a Nash.

Stef apareció a mi lado.

—¿Todavía te apetecen un café y unos carbohidratos? —Esbozaba una sonrisa bobalicona.

—Sí, por favor. ¿Por qué pareces tan contento? ¿Estás delirando?

—Creo que sí. Jeremiah me ha dado una toalla para el sudor.

—Nash me ha dado su agua. ¿Somos tan patéticos como creo?

—Oh, mucho peor —insistió Stef.

Vernon me dio una palmadita en el hombro de camino a las cintas de correr.

—No has estado tan mal.

—Gracias —respondí.

—Lo has hecho muy bien —añadió Aditi.

—Si te apetece, mañana es el día de pecho y espalda —ofreció la señora Tweedy.

—No te atrevas a decirles que sí o tendré que venir yo también. Y necesito tres días para recuperarme —susurró Stef.

Mi risa no fue más que un resoplido apenas audible.

CAPÍTULO ONCE
ENTRAR EN PÁNICO NUNCA AYUDA

NASH

Apreté los puños cuando oí el ruido sordo de la música en el interior del Honky Tonk. Había dado una vuelta a la manzana solo para animarme a entrar. Al otro lado de la puerta principal, había risas y vida. Y se suponía que yo debía participar en el bullicio cuando lo único que quería era quedarme en casa, en la oscuridad. En el silencio.

El día había comenzado mejor que la mayoría. Había ido al gimnasio con el único propósito de ver a Lina. Y, al ver cómo movía ese bonito cuerpo y yo ejercitar el mío, me había animado. Pero en algún momento de la lista kilométrica de tareas de Liza J., me había golpeado esa oleada fría y oscura sin previo aviso. Me había arrastrado y ni siquiera el antidepresivo que había recordado tomarme esa mañana me había ayudado a luchar por salir a la superficie.

Había empezado media docena de excusas por mensaje de texto para decirle a Knox que no podía ir esta noche, pero sé que mantendría su palabra. Se presentaría en mi casa e intentaría sacarme a rastras.

Lo más fácil era acudir y dejarme llevar.

En el piso de arriba, había conseguido pronunciar una serie de palabras forzadas antes de empujar a Piper a los brazos de Lina. Utilizaría a la perra como excusa para volver en una hora.

Podía fingir durante sesenta minutos. Cincuenta y seis, teniendo en cuenta que ya llegaba cuatro minutos tarde.

Me preparé, abrí la puerta y entré en el mundo de los vivos.

Era un lunes por la noche, con lo cual había menos clientes y los clásicos del *country* provenían de una gramola, no de un grupo en directo.

Como de costumbre, escaneé la multitud. Tallulah y Justice St. John ocupaban una de las mesas con el dueño de la tienda de animales, Gael, y su marido, Isaac, en su cita doble mensual. Sherry Fiasco, la hermana de Jeremiah y mano derecha de Knox, se estaba poniendo el abrigo tras la barra junto a Silver, la camarera rubia y atrevida.

Mi hermano me fichó antes de que hubiera dado dos pasos en el interior del bar. Llevaba el uniforme habitual: vaqueros, botas moteras maltrechas, barba y un aire de «atrévete y verás».

Knox siempre tenía aspecto de buscar pelea.

A su lado se encontraba Lucian Rollins con un traje que seguramente costaba más que mi primer coche. Era alto, moreno y también peligroso, pero de una forma distinta.

Mientras que era más probable que Knox te diera un puñetazo en la cara si le hacías enfadar, Lucian era de los que te destrozaban la vida de forma metódica y creativa.

Por suerte para mí, ambos solían mantener sus habilidades a raya.

Había un taburete vacío entre los dos, lo cual me demostró que sería el centro de atención aunque no quisiera.

La puerta del local se abrió a mis espaldas y mi sombra entró.

—Sabes que esto sería muchísimo más fácil si me dijeras adónde vas y cuánto tiempo piensas estar allí —se quejó.

—Ya, bueno, pues mi vida sería muchísimo más fácil si no te tuviera metido en el culo todo el día.

—Mientras lo pasemos mal los dos… —dijo, antes de desaparecer en busca de un cubículo vacío desde el que pudiera vigilar la puerta.

Knox se separó de la barra.

Mierda.

Cincuenta y seis minutos. Bébete una cerveza. Dale a la sin hueso. Evita que tu hermano ataque a un federal. Después podrás irte a casa y esconderte del mundo.

Me abrí camino entre las mesas y asentí a los que me saludaron.

—Buenas tardes, chavales —dije cuando los alcancé.

Lucian me ofreció la mano y me rodeó con un brazo.

—Me alegro de verte.

—Y yo a ti, Lucy.

Knox fulminaba a Nolan Graham por encima de mi hombro.

—Creo que voy a ir a darle una paliza a tu sombra —comentó por encima del borde del vaso.

—Aprecio el detalle, pero no me apetece ayudarte a enterrar un cadáver esta noche —le respondí.

Knox desvió la atención del alguacil hacia mí.

—Estás hecho una mierda. ¿Te afeitas con un cuchillo de mantequilla?

—También me alegro de verte, capullo —le respondí, y me senté en el taburete que había entre los dos. No tenía fuerzas para quedarme de pie.

—Has estado ignorando mis llamadas —intervino Lucian. Tomó asiento y me lanzó una de sus miradas penetrantes que habían hecho que a las mujeres se les cayera la ropa interior hasta los tobillos durante más de dos décadas.

—He estado ocupado —respondí mientras le hacía un gesto a Silver para pedirle que me sirviera.

Me guiñó un ojo ahumado.

—Ahora mismo, jefe.

Una de las ventajas de vivir en un pueblo pequeño en el que habías crecido era que nunca tenías que decirle a nadie qué querías beber. Lo recordaban.

—Espero que no estés ocupado con tu nueva vecina —respondió Knox, que se sentó a horcajadas sobre el taburete y se volvió hacia mí.

—Si hemos quedado por eso, te ahorraré una hora y te diré que lo que hagamos o no hagamos Lina y yo no es asunto tuyo.

—Eres mi hermano. Y ella, mi amiga. Eso hace que sea asunto mío.

—Ahórratelo. No ha pasado nada… todavía —añadí con una sonrisa de suficiencia.

—¿Sí? Bueno, pues mejor que siga siendo así. No pegáis. A ella le va la adrenalina y ver mundo, y a ti te sale urticaria si sales del condado. No tenéis nada en común.

—Dice el experto que lleva comprometido... ¿cuánto? ¿Un par de semanas? Con una mujer que es demasiado buena para ti, debo añadir. Gracias, Silver —le dije cuando me sirvió una cerveza de barril.

—Caballeros, sugiero que pospongamos esta parte de la conversación —comentó Lucian—. Tenemos otros asuntos que discutir.

Cuanto antes soltaran prenda, antes podría irme a casa.

Lucian dejó la copa de *whisky* escocés en la barra y le hizo un gesto con la cabeza a mi hermano.

—¿Cómo va la investigación? Lucian cree que los federales están ignorando a Duncan Hugo porque les interesa más el hijo de puta de su padre —comentó Knox.

Vale, preferiría seguir hablando de Lina y de mí si la alternativa era hablar de Duncan Hugo.

—Es una investigación en curso. Sin comentarios —dije.

Knox se rio por la nariz.

—No me digas que no estás investigando por tu cuenta. Si los federales se han centrado en el padre, nosotros iremos a por el hijo. El problema es que el hijo se ha escondido y nadie sabe dónde está.

—Nuestra teoría es que Anthony ha ayudado a su hijo a huir del país —comentó Lucian.

Si el Hugo hijo había salido del país, eso significaba que las posibilidades de que viniera a rematar el trabajo eran mínimas.

El alivio que sentí se vio reemplazado de inmediato por una oleada de vergüenza. Como agente de la ley, estaba programado para luchar por la justicia. Como Morgan, estaba destinado a pelear. Y ahí estaba, demasiado deprimido para entrar en acción.

—Habría apostado todo mi dinero a que ese imbécil no tiene dos dedos de frente, pero Naomi y Way insisten en que es más listo de lo que le concedo. Dicen que cuando las tenía...

—Knox perdió el hilo y se agarró a la barra con tanta fuerza que se le pusieron los nudillos blancos.

Me di cuenta de que Hugo no solo me había arrebatado algo a mí, también a mi familia. Y ni siquiera eso era suficiente para ayudarme a salir de la oscuridad.

Mi hermano se aclaró la garganta mientras Lucian y yo hacíamos lo educado y varonil: ignorarlo.

—Way dijo que era astuto como un zorro con la rabia —comentó Knox al fin.

Levanté la comisura del labio. Waylay sería muy buena policía algún día, pero dudaba que Knox quisiera oír eso sobre su pequeña.

—Espero por su bien que esté en Sudamérica y se lo estén comiendo vivo los mosquitos —añadió.

—No se me ocurre ninguna situación en la que tuviera sentido que se haya quedado por aquí. Lo más seguro es que se esté dando la gran vida muy lejos de aquí.

—Pero si suponemos que no es así —comentó Lucian—, tienes que ir con cuidado. Eres un cabo suelto, con independencia de dónde esté. Eres el único que puede identificarlo como el tirador.

—¿Y tú cómo lo sabes? —exigí.

Lucian levantó las manos en un gesto de inocencia.

—No puedo evitar que me llegue información de primera mano.

—¿Qué clase de información?

—De la que resume las imágenes de la cámara de tu patrulla.

Apreté la mandíbula. Fue más un reflejo que una respuesta a una emoción real.

—Más vale que la filtración no provenga de mi departamento.

—Te prometo que no —me aseguró él.

—¿Recuerdas algo? —exigió Knox.

Miré fijamente las botellas que había tras la barra. La gente se ahogaba en ellas a diario para adormecer el dolor, el miedo y el malestar que les provocaba la vida. Algunos se adormecían de otras formas más peligrosas. Otros nunca salían.

Pero yo ya me sentía adormecido. Tenía que sentir. Y el alcohol no me ayudaría a salir de este vacío absorbente. Solo había una cosa que podía hacerlo. Una mujer.

—No —respondí al final.

Noté que Knox y Lucian se comunicaban en silencio.

—¿Has pensado en hablar con uno de esos... eh... psicólogos? —espetó Knox.

Lucian y yo giramos la cabeza en su dirección y lo miramos fijamente.

—Oh, que os den a los dos. Lo ha sugerido Naomi y soy lo bastante hombre para admitir que no es una idea horrible... si no te importa desahogarte con un completo desconocido. No es que papá nos enseñara ningún mecanismo para afrontar los problemas de manera saludable.

—Ya fui a un loquero. Me lo exigió el departamento —le recordé.

«El trauma puede dañar la memoria», había dicho ella. «En algunos casos, las víctimas nunca recuperan los recuerdos».

Trauma. Víctimas. Eran etiquetas que les había aplicado a otras personas a causa de mi profesión. A mí me habían arrancado la etiqueta de «héroe» y la habían reemplazado por la de «víctima». Y no sabía si lo soportaría.

—Yo voy al psicólogo —anunció Lucian.

Knox se irguió.

—¿«Voy»? ¿En presente?

—De vez en cuando. Era mucho más joven, estaba menos... interesado en la ley y empecé a ir para conseguir acceso a los expedientes de los pacientes.

Miré por encima del hombro. Nolan levantó el botellín de cerveza en un brindis silencioso.

—¿Podemos no hablar de esto ni de cualquier otro delito hipotético cuando estamos sentados a menos de seis metros de un alguacil? No podéis jugar a Scooby-Doo en mitad de una investigación federal.

—Me ofendes —anunció Lucian.

—Tú oféndete, yo me pondré como loco —decidió Knox.

Tomé la cerveza a pesar de que no quería beber.

—¿Y qué es lo que te parece tan ofensivo?

—Que dudes de mis habilidades.

Para ser justos, Lucian era prácticamente un 007 corporativo. Excepto por el hecho de que era estadounidense, prefería

129

el *whisky* americano a los martinis y trabajaba en el despiadado mundo de la consultoría política, que probablemente tenía ciertas similitudes con el espionaje internacional.

Era reservado en cuanto a los detalles de lo que su empresa hacía por los clientes, pero no tenía que ser un genio para adivinar que no todo era legal.

—No puedo hablar de tus habilidades, pero sé que, de los tres, eres el único que ha estado en la cárcel.

Era un golpe bajo y los tres lo sabíamos. Joder, quería darme un puñetazo en la cara a mí mismo por haberlo dicho.

—Lo siento, tío —le dije, y me clavé el pulgar en el punto entre las cejas—. Tengo la mecha corta últimamente.

Lo más seguro era que la paciencia se me hubiera derramado junto a ese charco de O negativo en el lateral de la carretera. Por eso no me gustaba estar con gente.

Levantó una mano con desdén.

—Da igual.

—No, no da igual. Siempre has estado ahí para apoyarme, Lucy, y he sido un capullo al atacarte. Lo siento.

—Si empezáis a abrazaros, me voy —amenazó Knox.

Para fastidiarle, envolví a Lucian en un abrazo de oso. El hombro protestó, pero casi de un modo positivo.

Lucian me golpeó la espalda dos veces. Sabía que solo nos estábamos quedando con mi hermano, pero que mi amigo más antiguo me perdonara al instante me tranquilizó. Era insignificante si lo comparaba con el calor que el contacto de Lina despertaba en mi interior, pero aun así significaba algo.

Nos volvimos hacia Knox con una sonrisa.

—¿Te vas a llevar la cerveza? —le pregunté.

—Imbéciles —murmuró Knox.

—Lo siento, Lucy —repetí.

—Te perdono. Has pasado por mucho.

—¿Por eso estás en el pueblo un lunes por la noche en lugar de estar dirigiendo tu imperio corporativo del mal?

A mi amigo se le curvaron los labios.

—En serio, tío, si solo estás aquí para echarme un ojo, ya tengo a un bigote armado pegado al culo —comenté, y señalé a Nolan con la cabeza—. No tienes que acampar aquí y perder todo el dinero.

—Dirigir un imperio corporativo del mal significa que tengo un equipo listo para cubrirme cuando estoy ocupado.

—No vienes hasta aquí todos los días, ¿verdad? —El tráfico en el norte de Virginia era un círculo del infierno especial.

Knox se rio por la nariz.

—No te emociones por el gesto. El imperio tiene un helicóptero. Luce solo te usa como excusa para probar su juguetito.

—Mientras no lo aparques en el tejado de la escuela primaria… No me hace falta tener a los federales, a los alguaciles y a la Administración Federal de Aviación detrás.

—¿Cómo van los planes de boda? —preguntó Lucian para cambiar de tema.

—¿Os podéis creer que Flor quería poner manteles de lino blanco? Por el amor de Dios, es una fiesta en Knockemout, van a estar toda la noche derramando cosas. No quiero que en el banquete parezca que las mesas están cubiertas con las sábanas de la víctima de un asesinato que se meaba en la cama.

Mi hermano sabía cómo crearte una imagen muy viva en la mente.

—¿Y por cuál os habéis decantado? —preguntó Lucian.

—Por el azul marino —respondió Knox con orgullo.

—Muy bonito —contestó Lucian con un gesto de aprobación.

—Por cierto, los dos seréis padrinos de la boda. —Mi hermano me miró—. Supongo que tú serás el principal.

Me quedé una hora y quince minutos y me sentí muy orgulloso de mí mismo. Me había bebido la segunda cerveza, había respondido correctamente en la mayor parte de las ocasiones y me había despedido cuando Naomi llamó a Knox para decirle que Waylon había perseguido a la mofeta que le gustaba y esta lo había rociado. Otra vez.

Nos despedimos e intenté que no pareciera que echaba a correr hacia la puerta.

Incluso me detuve junto a la mesa de Nolan mientras se ponía el abrigo de nuevo.

—Solo voy a recorrer los tres metros que hay hasta mi casa. Creo que puedo sobrevivir solo —le dije.

—Es tu decisión, jefe. Intenta no acabar en una zanja llena de agujeros.

—Haré lo que pueda —mentí.

Me escabullí hacia la fría noche y cerré la puerta a la luz y la música a mis espaldas. Algo no iba bien. Allí de pie, bajo la luz de la farola y a solo unos metros de la puerta de casa, me sentí expuesto, vulnerable, tenso. Había algo o alguien ahí fuera.

¿Era él? ¿Duncan Hugo había vuelto para terminar el trabajo? ¿O todo era fruto de mi imaginación?

Eché un vistazo a ambos lados de la calle para buscar la causa de la maldición que se cernía sobre mí.

Sentí un hormigueo en las manos. Empezó en las palmas y se me extendió hasta los dedos.

—Joder, ahora no —murmuré en voz baja—. Aquí no.

No había ningún tirador en la oscuridad. El único villano que había era el fallo en mi cerebro.

El hormigueo se convirtió en ardor. Cerré las manos en puños muy apretados para intentar que la sensación desapareciera. Ya la había frenado antes, pero sabía que ya era demasiado tarde.

Un sudor ligero comenzó a cubrirme el cuerpo, mientras que, por dentro, el frío me calaba los huesos.

—Venga, tío. Contrólate —dije con los dientes apretados.

Pero la presión que me comprimía el pecho se cerraba cada vez más. La respiración que había contenido se me escapó de los pulmones. Mis oídos dejaron de captar sonidos, que fueron reemplazados por el golpeteo amortiguado de los latidos de mi corazón.

Mi respiración no era más que un resuello débil.

No había forma de pararlo ni de convencerme de que era cosa de mi cabeza. El sudor frío comenzó a correrme por la espalda.

—Mierda.

La presión del pecho me comprimía cada vez más y apreté los puños. El corazón se me aceleró bajo las costillas y el dolor se esparció. Conseguí cruzar la puerta y llegar al pie de la escalera antes de que me cedieran las piernas. Choqué contra la pared y me deslicé hasta las frías baldosas.

—No es real, no es real, joder —repetí entre cada inhalación débil.

Entrar en pánico nunca era la solución. Nunca serviría en momentos de crisis. Como policía, me lo habían grabado a fuego en la mente. Me habían entrenado para mantener la calma, seguir los procedimientos y dejarme llevar por el instinto. Sin embargo, ningún procedimiento ni entrenamiento me había preparado para este tipo de ataques.

Sentía calor y frío al mismo tiempo. Me dolía el pecho y la visión se me oscurecía por los laterales. Unos puntos de luz me bailaban delante de los ojos.

Me odiaba a mí mismo. Odiaba la debilidad, la falta de control. Odiaba pensar que todo estaba en mi cabeza. Que me ocurriría en cualquier parte. No podía hacer mi trabajo si estaba hecho un maldito ovillo en el suelo. No podía proteger este pueblo si ni siquiera era capaz de protegerme a mí mismo de los monstruos de mi propia cabeza.

CAPÍTULO DOCE

BIENVENIDA A LA ZONA DE PELIGRO

LINA

—Enhorabuena por hacer caca en la hierba y no en la acera —le comenté a Piper mientras nos apresurábamos hacia la entrada de los apartamentos. Se acercó a la puerta dando saltitos y con seguridad, como si hubiera sido su casa durante más de tres días.

Era una noche fría y silenciosa en Knockemout. El aire era fresco y tranquilo.

Metí la llave en la cerradura, empujé la pesada puerta y me quedé helada.

—¿Nash? —Guie a Piper al interior del portal, dejé que la puerta se cerrara detrás de nosotras y corrí a su lado.

Estaba sentado en el suelo, al pie de las escaleras, con la espalda apoyada en la pared y los brazos alrededor de las piernas dobladas. Tenía los puños apretados.

—¿Te encuentras bien? ¿Estás herido?

Le pasé las manos por los hombros y le recorrí los brazos. Me tomó la mano y la apretó con fuerza.

—Solo… intento… respirar —consiguió decir.

Me aferré a su mano y utilicé la que tenía libre para apartarle el pelo de la frente. Sudaba y tiritaba al mismo tiempo. O bien tenía la gripe o había sufrido un ataque de pánico.

—¿Estás bien? —me preguntó.

134

—Estoy bien. Y tú también —insistí—. No te falta el aire.
Muy serio, apretó la mandíbula y asintió.

Con un gemido, Piper coló el rostro bajo el brazo de Nash y se le subió al regazo.

—Hemos salido a pasear. He pensado en sacarla una última vez para que no tuvieras que hacerlo tú cuando volvieras. Ha hecho sus necesidades y hemos dado una vuelta a la manzana. Creo que ya no cojea tanto. ¿Te ha sugerido el veterinario que haga fisioterapia? He leído un artículo sobre acupuntura en perros.

Balbuceaba. El hombre me había dado un susto de muerte, otra vez.

—Relájate, ángel —respondió con voz ronca. Ya no se aferraba a mi mano con tanta fuerza—. No pasa nada. —Levantó la otra mano y le acarició la espalda a Piper.

Sin soltarle la mano, me senté en el suelo junto a él, con el hombro y el brazo pegados a los suyos. Los últimos temblores de su cuerpo pasaban al mío y yo los absorbía.

—Me relajaré cuando dejes de darme sustos de muerte. —Le golpeé el hombro con el mío—. ¿Se te pasa?

Asintió despacio.

—Sí.

—Pues vamos a subir antes de que te dé el bajón —le dije. Me puse en pie, le arranqué a Piper del regazo y la dejé en el suelo. Después, le tendí la mano.

La miró fijamente con la cabeza ladeada mientras se presionaba entre las cejas con el pulgar.

—Venga. Sabes tan bien como yo que el bajón que te da después es casi igual de malo. Puedes apoyarte en mí o llamaré a tu hermano.

—Qué cruel —protestó antes de tomarme la mano. Nos costó mucho esfuerzo a los dos, pero conseguí levantarlo al pie de las escaleras.

—Los niños del colegio me llamaban Cruella porque era muy mandona —confesé. Me colé por debajo de su brazo y le rodeé la cintura.

—Los niños son unos cabrones —jadeó.

Abordamos juntos el primer escalón. Piper se nos adelantó sin dejar de mover el rabo. Nash se contenía e intentaba no dejar caer mucho peso sobre mí, pero había un tramo de escaleras muy largo entre nosotros y su apartamento.

—Todo empezó con unas gemelas en primaria, Darla y Marla. Eran guapas, populares y llevaban ropa de marca a juego —le expliqué.

—Suenan horribles —bromeó Nash—. ¿Quieres que busque sus antecedentes penales para ver cuántas veces las han arrestado?

Me reí y sentí cómo apoyaba un poquito más de su peso sobre mí.

Me temblaban las piernas del entrenamiento de la mañana. No quería ni pensar en lo que sufriría para tener que sentarme a hacer pis al día siguiente.

—¿Qué probabilidades hay de que mañana olvides por arte de magia lo que ha pasado? —me preguntó Nash cuando paramos a descansar a medio camino.

Piper volvió con nosotros y, preocupada, nos olfateó los zapatos, primero a Nash y luego a mí, antes de volver a subir a toda prisa.

—Me puedes sobornar.

—¿Qué quieres? —preguntó, y dio un paso más.

—Palitos de queso —decidí.

—¿Esas tiras de queso frías que se pelan o de los que te obstruyen las arterias?

Todavía le faltaba el aire mientras avanzábamos, pero no como si estuviera luchando por obtener cada molécula de oxígeno.

—No te discutiré —resoplé—. Me gusta todo lo frito.

—Te daré *mozzarella* frita durante el resto de tus días si nunca le cuentas esto a nadie.

—Al contrario que otros, respeto la privacidad de los demás —le dije con segundas cuando por fin llegamos al último escalón. Piper bailó delante de nosotros como si estuviera orgullosa de nuestro logro.

Suspiró.

—Ya estás otra vez, Cruella. Haciendo leña del árbol caído.

Fuimos hacia su puerta.

—Dame las llaves, cabeza loca.

Utilizó la mano izquierda para rebuscar en el bolsillo, pero no consiguió esconder una mueca.

Agujeros de bala y ataques de pánico. Nash Morgan era un completo desastre. Aunque no físicamente.

Le quité las llaves y abrí la puerta. Piper cruzó el umbral como un rayo hacia el apartamento oscuro.

Nash me arrastró con él cuando se estiró hacia el interruptor para encender la luz.

—Vaya, parece que alguien se ha puesto las pilas —comenté al notar la transformación del interior. Hasta olía a limpio.

—Sí, seguro —dijo con los dientes apretados.

—Venga, hombretón —le respondí. Cerré la puerta de una patada y lo llevé hasta el sofá.

Se dejó caer en él y cerró los ojos. Estaba pálido y tenía el ceño cubierto de sudor. Piper saltó a su lado y le puso una patita en el muslo.

—Es hora del especial de Lina —decidí, y dejé la correa en la mesita del café.

—Por favor, dime que es algo relacionado con el sexo —respondió sin abrir los ojos.

—Muy gracioso. Vuelvo en un minuto.

—No te vayas. —El humor relajado de hacía un instante se desvaneció y sus ojos azules me suplicaron que me quedara—. Cuando estás cerca me siento mejor.

Ahora era yo la que tenía problemas para respirar. Nunca había estado con un hombre que me necesitara. ¿Que me deseara? Sí. ¿Que disfrutara de mí? Sin duda. Pero ¿que me necesitara? Era un territorio nuevo y aterrador.

—Voy a mi casa y vuelvo en menos de un minuto —le prometí.

La sutil tensión de su mandíbula casi fue mi perdición, pero al final asintió.

Salí al rellano, dejé la puerta abierta e hice el recorrido de dos segundos hasta mi apartamento. Una vez dentro, enseguida encontré lo que necesitaba. Cuando volví, Nash seguía en la misma postura y miraba hacia la puerta.

—Cincuenta y siete segundos —dijo.

Hice malabares para volver a cerrar la puerta con el botín en la mano.

—Prepárate para relajarte por completo —le comenté mientras encendía las luces, incluida la lamparita que había junto a Nash, y después lo llevé todo a la cocina y lo dejé en la encimera—. Supongo que tu móvil se conecta a este altavoz tan masculino de aquí.

—Supones bien —dijo, sin dejar de observarme—. Lo tengo en el bolsillo del abrigo.

Todavía llevaba la chaqueta puesta, una ajustada de color verde militar.

—Voy a matar dos pájaros de un tiro —decidí—. Inclínate hacia delante.

Con mi ayuda, Nash sacó los brazos de la chaqueta. Llevaba una camiseta térmica que se le ceñía a los músculos. Era una observación innecesaria, teniendo en cuenta las circunstancias actuales. Innecesaria, pero de algún modo inevitable. Podría haber estado en mi lecho de muerte y aun así me habría detenido para apreciar la forma física de este hombre.

Encontré el móvil y se lo puse frente a la cara para desbloquearlo.

—Oh, ¡venga ya! Tienes una lista de reproducción que se llama «*Country* para bailar lento» —protesté, y le di a reproducir.

—¿Algún problema? —preguntó mientras la voz de George Strait comenzaba a canturrear en voz baja.

—¿Cómo es que no estás casado y con un puñado de críos?

Se señaló el cuerpo con la mano derecha.

—Cariño, por si no lo has notado, no soy más que una cáscara frágil de hombre.

Me senté en la mesita del salón, delante de él.

—Lo de la cáscara es algo temporal. Eres de los que se casan con sus novias del instituto. ¿Cómo es posible que no te pescara una animadora de Knockemout?

—Quería disfrutar con algunas mujeres primero. Y me lo pasé bien durante un tiempo. Después me enamoré del trabajo. Y tenía muchas cosas que arreglar antes de sentir que podía darle a alguien la atención que merecía.

—Y creíste que ese alguien sería Naomi —adiviné. ¿Por qué no? Era guapa, amable, leal y dulce. No tenía ninguno de los puntos negativos que tenía yo.

—Durante unos cinco segundos. Me quedó bastante claro que era la persona indicada para Knox.

Le señalé los pies.

—Las botas —le ordené.

Bajó la mirada con aspecto cansado, como si la tarea le pareciera colosal.

Me llevé uno de sus pies al regazo y le desaté los cordones de las botas.

—Sé que se supone que esto tiene que ser humillante y todo eso, pero ¿es normal que también esté un poco excitado? —preguntó con la cabeza echada hacia atrás y los ojos cerrados.

—Eres un encanto, cabeza loca. No te lo voy a negar. —Le quité la otra bota y me levanté para reemplazar mi trasero con un cojín—. Levanta los pies.

—Mandona.

—Levanta los pies, por favor. —Sonreí cuando me obedeció—. Buen chico. —Le di una palmadita en la pierna y volví a la cocina con Piper pisándome los talones.

Mientras la cafetera escupía una taza de agua caliente sobre la bolsita de té, abrí el congelador de Nash y encontré una bolsa de brócoli congelado.

Llevé la taza y el brócoli al sofá.

—La infusión es una especie de brebaje *hippie* para que te relajes. Sabe como si masticaras un ramo de novia, pero surte efecto. El brócoli es para el pecho.

—¿Y de qué sirven los cogollos congelados? —me preguntó mientras le colocaba la bolsa. A Piper no le gustó la bolsa de verduras y bajó del sofá para inspeccionar la cesta de juguetes.

—Gracias a la ciencia que me han enseñado las redes sociales, he descubierto que presionar el esternón con algo frío estimula el nervio vago.

—¿Y queremos que se me estimule el nervio vago?

Me senté en el otro extremo del sofá.

—Es el que le dice a tu cerebro que te relaje el cuerpo.

Giró la cabeza sobre el cojín para mirarme.

—¿Puedes sentarte un poco más cerca? —me preguntó.

No se me ocurría un excusa lo bastante buena para no hacerlo, además de que me asustaba a más no poder que con su atractiva vulnerabilidad lograra que me rindiera a sus pies. Me acerqué a él por encima del cojín, hasta que nuestros hombros volvieron a tocarse y entré en la zona peligrosa.

Suspiró de alivio.

—Prueba la infusión —le dije.

Tomó la taza, la olió y se puso pálido.

—Huele como los parterres de Liza J. después de echarles fertilizante.

—Bébetelo. Por favor.

—Hay que ver las cosas que hago por ti —murmuró, y después le dio un sorbo a la bebida—. Madre mía. Sabe como si alguien hubiera pisado pétalos de rosa con los pies descalzos. ¿Por qué no puedo tomarme una cerveza?

—Porque, como seguramente habrás adivinado, el alcohol no va muy bien para los ataques de pánico.

Se oyeron unos pitidos.

Piper se acercó al sofá con un juguete en la boca. Se lo quité y lo lancé al otro lado de la habitación. Se quedó desconcertada y regresó a la cesta de juguetes.

—Todavía no entiende el concepto de buscar. ¿Cómo sabes tanto del tema? De los ataques de pánico, no de jugar a buscar —aclaró Nash, que se arriesgó a darle otro trago a la infusión y volvió a esbozar una mueca.

—Solía tenerlos —dije simplemente.

Nos quedamos en silencio mientras contemplábamos la pantalla apagada del televisor. Sabía que estaba esperando a que hablara y llenara el hueco con respuestas, pero a mí no me incomodaban los silencios incómodos.

—¿Alguien te ha dicho alguna vez que hablas demasiado? —bromeó.

Sonreí.

—¿De dónde viene Nash?

—Silencio y un cambio de tema —observó.

Me incliné hacia él y le di la vuelta a la bolsa de brócoli.

—Sígueme el rollo.

—Mamá era fan de la música *country*. De todo tipo, desde Patsy Cline a Garth Brooks. Ella y papá pasaron la luna de miel en Tennessee.

—Y entonces vinieron Knoxville y Nashville —supuse.

—Eso es. Ahora me toca a mí preguntar.

—Se está haciendo bastante tarde, debería irme —respondí. Pero antes de que mis músculos doloridos se contrajeran para ponerme en pie, Nash me agarró del muslo.

—No. No puedes dejarme solo con el brócoli descongelado y esta infusión tan asquerosa. Estarás demasiado preocupada por mí y no podrás dormir.

—Tienes una seguridad en ti mismo excesiva para alguien que dice no ser más que una cáscara de hombre.

—Dime por qué sabes todo lo que hay que hacer.

Quería darle una respuesta ingeniosa y así conservar mis secretos, pero, por algún extraño motivo, no quería que sintiera que era el único que se había abierto.

Exhalé.

—Parece el comienzo de una historia muy larga —comentó.

—Una historia muy larga y aburrida. Todavía estás a tiempo de mandarme a casa —le recordé esperanzada.

Dejó la taza y, con cuidado, me rodeó los hombros con el brazo.

—Es tu hombro malo —le recordé cuando utilizó la otra mano para apoyarme la cabeza en su pecho, junto al brócoli.

—Ya lo sé, cariño. Solo necesitaba un sitio en el que apoyarlo.

No sabía qué hacer con el hecho de que no odiara que me rodeara con el brazo. Cálido y sólido. Protector. Por lo general, no me gustaba abrazar o acurrucarme, ni ningún otro verbo que se aplicara a los mimos platónicos. Ese tipo de contacto era innecesario. Y lo que es peor, le daba ideas a los hombres sobre el futuro.

Y ahí estaba, acurrucándome en la zona de peligro, con la cabeza apoyada en el pecho de un hombre que quería una esposa e hijos. Era evidente que no había aprendido nada.

«Venga, Lina "tomo malas decisiones" Solavita. Incorpórate y sal de aquí cagando leches», me advertí a mí misma.

Pero no moví ni un músculo.

—Eso está mejor —dijo, con tono sincero—. Ahora habla.

—La versión corta es que a los quince años tuve un paro cardíaco en el campo de fútbol y tuvieron que resucitarme.

Se quedó callado durante un instante y después dijo:

—Vale, ángel. Voy a necesitar la versión extendida con comentarios.

—No seas ridículo.

—Angelina —dijo con un tono de policía gruñón en la voz.

—Uf, vale. Era una noche fría de otoño de mi cuarto año de secundaria y se celebraba la final del distrito. El estadio estaba hasta arriba. Era la primera vez que el equipo llegaba tan lejos en el torneo. Quedaban dos minutos de partido y estábamos empatados a dos. Acababa de interceptar un pase y corría a toda velocidad hacia la portería con toda la confianza y energía de una adolescente.

Prácticamente podía estirar el brazo y acariciar el momento. Sentir el golpe afilado del aire frío en los pulmones, la soltura de los músculos. Oír el rugido distante del público.

Nash me acarició el brazo con el pulgar, de un lado a otro, y, por una vez, el contacto me resultó reconfortante.

—Y después no había… nada. Fue como si pestañeara y, de repente, estaba tumbada de espaldas en la cama de un hospital rodeada de desconocidos. Pregunté si había marcado, porque eso era lo que más me importaba. No sabía que mis padres estaban en la sala de espera, preocupados por si volvía a despertar. No sabía que un estadio repleto de gente, incluidas mis compañeras de equipo, habían sido testigos de mi infarto.

—Madre mía, nena —murmuró Nash. Me acarició la coronilla con la barbilla.

—Sí. El entrenador comenzó la reanimación cardiopulmonar hasta que los paramédicos llegaron al campo. Mis padres estaban en las gradas. Papá saltó la cerca. Las otras madres formaron un círculo alrededor de la mía y la abrazaron.

Se me llenaron los ojos de lágrimas al recordarlo y me aclaré la garganta para deshacerme del molesto nudo que se me había formado a causa de la emoción.

—Me revivieron en la ambulancia de camino al hospital, pero la información no viajaba tan rápido como hoy en día —dije con suavidad.

—Así que todos los que se quedaron atrás creyeron que habías muerto. —Nash rellenó el hueco que yo había dejado.

—Sí. Era un partido importante, había cámaras y prensa. Vi la grabación… después. Da igual el tiempo que viva, nunca olvidaré el sonido que hizo mi madre cuando el entrenador se dejó caer de rodillas y empezó la reanimación cardiopulmonar. Fue… primitivo.

Llevaba conmigo el eco del grito dondequiera que fuera. Y junto a él, la imagen de mi padre arrodillado junto a mi cuerpo sin vida mientras los paramédicos intentaban traerme de vuelta.

Nash me pasó la boca por el pelo y murmuró:

—Es oficial. Tú ganas en nuestro combate de experiencias cercanas a la muerte.

—Aprecio que me concedas la victoria.

—¿Qué lo provocó? —preguntó.

Dejé escapar un suspiro entrecortado.

—Es otra larga historia.

—Cariño, has recogido mi culo patético y sudoroso del suelo. Ni de broma estamos en paz.

No había nada de patético en su culo, pero ahora no era el momento de hablar de eso. Volvía a recorrerme el brazo con el pulgar. El calor de su pecho me calentaba un lado del rostro y el ritmo constante de los latidos de su corazón me tranquilizaba. Piper terminó con su juguete, subió al sofá de un salto y se acurrucó a mi lado.

—Vale, pero igual que de tus aventuras de esta noche, no volveremos a hablar de esto. ¿Hecho?

—Trato hecho.

—Enfermedad de la válvula mitral mixomatosa con prolapso y regurgitación.

—¿Vas a hablar en cristiano o voy a tener que ir a por un diccionario?

Sonreí contra su pecho.

—Tenía un defecto en una de las válvulas del corazón. No están seguros de qué lo causó, pero puede que fuera debido a una amigdalitis que tuve de pequeña. La válvula no cerraba bien, así que la sangre fluía hacia atrás. Algo falló en el sistema eléctrico, la sangre fue por donde no debía y, básicamente, morí delante de cientos de personas.

—¿Sigues teniendo el mismo problema? ¿Por eso te controlas la frecuencia cardíaca?

—Ya no. Me operaron para reemplazar la válvula cuando tenía dieciséis años. Sigo visitando a un cardiólogo y controlando la frecuencia cardíaca, pero es sobre todo para recordarme que debo ir con cuidado con el estrés. Y sigo notando una especie de palpitación. Contracciones ventriculares prematuras o CVP.

Me llevé la mano al pecho y me froté las pequeñas cicatrices de forma distraída.

—Notas como si el corazón se tropezara o cojeara. Como si se desincronizara y no consiguiera retomar el ritmo. Son inofensivas. Solo son molestas, pero…

—Pero te recuerdan lo que te pasó.

—Sí. Antes del partido estaba estresada por el instituto, por los chicos y por cosas hormonales normales. Me presionaba demasiado, no dormía lo suficiente y vivía a base de bebidas energéticas y rollitos de *pizza*. No les había mencionado los pálpitos ni la fatiga a mis padres. A lo mejor, si lo hubiera hecho, no me habría desplomado delante de todo el colegio.

—¿Cuánto tiempo estuviste en el hospital? —preguntó Nash.

El hombre tenía la habilidad extraordinaria de sacar a la luz lo que yo quería que permaneciera oculto.

—Estuve entrando y saliendo durante unos dieciocho meses. —Contuve un escalofrío.

Fue entonces cuando dejé de pensar que el contacto físico fuera un consuelo. Mi cuerpo ya no era mío. Se había convertido en un experimento científico.

—Hubo un montón de pruebas, agujas y máquinas. —Le di una palmadita animada en la pierna a Nash—. Y así es como me convertí en una experta en ataques de pánico. Empecé a sufrirlos. Lo bueno de sufrirlos rodeada de personal médico es que te dan consejos bastante decentes.

Nash no respondió a mi intento de broma. En lugar de eso, siguió acariciándome el brazo.

—Tus padres te llaman todos los días —observó.

—No se te escapa nada, ¿verdad? —protesté.

—Cuando algo me importa, no.

El corazón me dio un vuelco, y no de los que causan las CVP. No. Era de los más peligrosos, de los causados por hombres heridos y atractivos con la mirada melancólica.

—Debería irme. Deberías dormir un poco —le dije.

—Son muchos deberías. Háblame de tus padres.

—No hay mucho que contar. Son geniales. Buena gente. Amables, generosos, listos, comprensivos. —«Asfixiantes», añadí en silencio.

—De los que llaman a su hija todos los días —apuntó.

—Yo pasé página, pero mis padres no. Supongo que el hecho de que tu única hija esté a punto de morir delante de tus ojos te cambia como padre. Así que se preocupan. Todavía. Apúntalo en la lista de cosas que nunca dejamos atrás.

Nunca habían superado verme morir delante de ellos. Y yo nunca había superado la condena asfixiante en la que se habían convertido durante el resto de mi adolescencia.

Porque tras haber descubierto el problema, arreglarlo y recuperarme, mis padres no me habían permitido correr riesgos.

Seguían sin hacerlo. Y por ese motivo creían que me dedicaba al papeleo en una agencia de seguros y que acudía a muchos cursillos. Esas mentiras piadosas hacían que hubiera paz entre nosotros y me permitían vivir mi vida.

—¿Knox sabe algo de todo esto? —preguntó Nash. Su voz no era más que un gruñido grave contra mi oreja.

Fruncí el ceño.

—No, ¿por qué iba a saberlo?

—Teniendo en cuenta que habéis sido amigos durante casi dos décadas, uno pensaría que habríais compartido algunas historias.

—Eh, ¿has conocido a tu hermano? Knox no es de los que quieren hablar las cosas. Y, a juzgar por cómo finges que estás bien ahora mismo, deduzco que tú tampoco eres un libro abierto.

—Es cosa de los Morgan. ¿Para qué vamos a arrojar luz sobre las cosas cuando podemos fingir que no existen?

—Estoy de acuerdo con eso. Hace que todo sea más sencillo. Pero, solo para que lo sepas, puede que sea algo que deberías solucionar antes de buscarte una esposa.

—Es bueno saberlo.

Me incorporé y me escurrí por debajo de su brazo.

—Es la hora de las opiniones no solicitadas.

—¿Quién ha invitado a la señora Tweedy? —dijo en broma.

—Ja. Es tu vida y no es asunto mío, pero hazte un favor. En lugar de malgastar energías tratando de ocultarle lo que te pasa a todo el mundo, a lo mejor deberías intentar solucionarlo. Las dos cosas te quitarán un montón de energía, pero solo una de ellas te permitirá seguir adelante.

Asintió, pero no dijo nada.

Le di otra palmadita amistosa en la pierna.

—Me voy a ir a casa y tú te vas a acostar. Y cuando digo que te vas a acostar, me refiero a que vas a dormir en la cama, debajo de las sábanas. No aquí, en el sofá, con la televisión encendida.

Sentí el peso de su mirada y la caricia caliente de su deseo como si fueran sensaciones físicas.

—Lo haré con una condición —dijo.

—¿Qué?

—Que pases la noche aquí.

CAPÍTULO TRECE

COMPAÑEROS DE CAMA

LINA

Vale, incluso mi yo más atrevido, al que le gustaba hacer las cosas sin pensar, sabía que era una idea terrible. Lo sabía igual que sabía que los palitos de *mozzarella* eran malos para la salud. Pero igual que con los palitos de *mozzarella,* me sentía tentada.

—Nash, no es buena idea.

—Escúchame —dijo, estrechándome la mano con más fuerza—. Te prometo que estoy demasiado cansado para intentar ligar contigo.

—No es la primera vez que oigo esas palabras —respondí con frialdad.

—Entiendo. ¿Qué tal esto? Cuando estás cerca de mí, todo es mejor. Cuanto más cerca estás, menos me cuesta respirar, menos me siento como si la vida no fuera más que echar zumo de limón a una herida abierta que no consigue sanar. Te llevas la oscuridad y el frío. Y me recuerdas lo que es querer estar aquí.

—¡Madre mía, Nash! ¿Cómo se supone que voy a ser responsable y decir que no a eso?

La media sonrisa cansada que esbozó fue mi perdición. Le creía, porque era de esa clase de hombres que decía la verdad. Y, en ese momento, me la decía a mí.

—Estoy tan cansado, ángel, joder. Solo quiero cerrar los ojos a tu lado. ¿Podemos preocuparnos por las consecuencias después?

El hombre sabía cómo convencerme de la mejor forma posible.

—Vale, pero ninguno de los dos dormirá desnudo. No habrá sexo ni se llegará a ninguna base. No habrá abrazos, ni cucharitas ni besuqueos. Y no te voy a hacer el desayuno. No porque sea una regla no escrita, sino porque no tengo ni idea de lo que hago en la cocina y acabaría envenenándote.

—Si te quedas, yo me encargo del desayuno.

Me mordí el labio mientras lo consideraba.

—Y una cosa más.

—Lo que quieras.

—Que quede entre nosotros.

La cabeza de Piper asomó a mis pies. Nash se inclinó hacia delante, le revolvió las orejas con cuidado y juro que vi que aparecían corazones en sus ojitos de perra.

—Perdón, que quede entre los tres —lo arreglé.

—Estoy de acuerdo con los términos. Pero si quieres que un notario dé fe de ello, tendremos que llamar a Nancy Fetterheim y no se la conoce por guardar secretos.

—¿Y si chocamos los cinco? —Levanté la mano.

La media sonrisa se amplió un poco más.

—¿Sueles chocar los cinco para cerrar tratos?

Era un gesto menos íntimo. No consistía en un apretón prolongado de las palmas, ni una caricia intencional de los dedos. Era sencillo, casual y para nada *sexy*.

—No me dejes colgada, cabeza loca.

Me chocó la palma.

—Ahora que hemos cerrado el acuerdo, vas a ir a ducharte y yo a cambiarme.

—No te vayas, por favor. Te dejaré algo que ponerte. Pero… no te vayas.

Durante un segundo, la encantadora faceta de confianza en sí mismo desapareció y entreví al hombre que había debajo.

Suspiré. Ya me había lavado los dientes y me había aplicado mi rutina del cuidado de la piel de cinco pasos, así que, técnicamente, no necesitaba nada de mi casa.

—Siento ponerte en esta situación, Angelina. Sé que no es justo. Y quiero que sepas que, en circunstancias normales, estaría intentando que te metieras en mi cama sin duda. Pero lo haría con flores, una cena y con otro objetivo en mente.

—¿Siempre eres tan sincero?

—No tiene sentido no serlo —respondió. Enterró las manos en el cojín y se puso en pie poco a poco. Se le notaba el cansancio en la curva de los hombros.

Me puse en pie con él y le rodeé la cintura con el brazo. Él dejó caer el peso de este sobre mis hombros. Estaba demasiado cansado para esconder el hecho de que necesitaba apoyarse en mí.

—Ah, y por eso le has contado a tu hermano y a Liza J. lo que te está pasando —le comenté mientras nos dirigíamos al «territorio muy mala idea», es decir, su dormitorio.

—Hay una diferencia entre ser sincero y mantener los asuntos privados en privado.

Me alegré de oírle decir eso. Por mí, claro está. No por él, porque era obvio que debería ser honesto con las personas que se preocupaban por él. Mi situación era completamente diferente.

—No estoy aquí para decirte qué debes hacer. Ya eres mayorcito, ya sabes qué es lo mejor para ti.

Se detuvo frente a la cómoda y abrió un cajón. Estaba lleno de camisetas dobladas con esmero.

—¿De manga larga o corta?

—Corta.

Para ser sincera, prefería dormir desnuda, pero no era momento de divulgar esa información.

Nash me dio una camiseta de color gris claro en la que ponía «Libro o trato, Knockemout 2015».

—Gracias —le dije.

Me había puesto su ropa dos veces en los últimos tres días. Había coqueteado con él y me había peleado con él. Le había hecho un favor y le había cubierto las espaldas cuando me había necesitado. Y ahora estaba a punto de meterme en la cama con él. Parecía que las cosas iban demasiado rápido, incluso para mí.

—Puedes entrar en el baño primero —comentó, atento.

—Gracias, compi de cama.

«¿Compi de cama?» articulé en silencio delante del espejo después de cerrar la puerta entre nosotros. ¿Qué me pasaba?

Hice mis cosas en el baño por última vez y después me quité la ropa. La camiseta me llegaba hasta la mitad del muslo, pero el hecho de que no llevara ropa interior hacía que el conjunto fuera menos recatado y más atrevido. Tendría que intentar no dar tantas vueltas en la cama como hacía normalmente para mantener el dobladillo en su sitio. Aunque seguramente no pegaría ojo. Ser tan ferozmente independiente solo era uno de los motivos por los que no dejaba que los hombres pasaran la noche conmigo. Tenía el sueño ligero, lo cual significaba que cualquier ruido o movimiento que hubiera en un radio de treinta metros me despertaba.

Recogí toda la ropa, volví al dormitorio y, por un momento, me quedé sin palabras. Nash estaba sin camiseta y descalzo, y llevaba los vaqueros desabrochados.

—Salgo en cinco minutos —dijo.

Asentí, todavía incapaz de mediar palabra.

Me fijé en que el dormitorio no se había librado del frenesí de limpieza. La fina capa de polvo había desaparecido, igual que los botes de medicamentos. Había corrido las cortinas y abierto la cama. Piper estaba hecha un ovillo justo entre las dos almohadas.

Oí cómo abría el grifo en el baño y durante un breve momento me planteé la idea de ir de puntillas hasta la mesa y echar otro vistazo a los documentos, pero la descarté de inmediato. Lo traicionaría si utilizaba esa oportunidad para mi beneficio personal.

En su lugar, me acomodé en el lado derecho de la cama y revisé algunos correos del trabajo hasta que la puerta del baño volvió a abrirse.

Madre mía. Tenía el pelo mojado y parecía más oscuro de lo normal. Las cicatrices, una en el hombro y la otra en el torso, eran un recuerdo rosa y arrugado de lo que había sufrido. Solo llevaba unos calzoncillos azul marino.

Tenía los muslos y los gemelos musculosos. Una fina capa de vello le bajaba por el pecho en forma de V y desaparecía bajo la cinturilla de la prenda.

Piper sacudió el rabo sobre la colcha con alegría. Si yo hubiera tenido cola, habría hecho lo mismo.

—Ese es mi lado —dijo Nash.

Tuve que apartar la mirada para ser capaz de responderle.

—¿Tienes un lado de la cama?

—¿Tú no?

—Yo duermo sola.

Arqueó una ceja en un gesto interrogativo y rodeó el pie de la cama para acercarse a mí.

—¿Qué? —Me encogí de hombros.

Nash me dio un empujoncito en la cadera y me hizo señas para que me pasara al otro lado.

—¿No compartes la cama? ¿Nunca? —me preguntó.

—No soy virgen —resoplé mientras me movía hacia el otro lado del colchón por encima de Piper—. Pero no suelo dormir con nadie. Me gusta dormir sola. Y como no tengo que compartir cama con nadie, duermo en el centro y utilizo todas las almohadas. ¿Siempre duermes en la derecha?

Sacudió la cabeza.

—Siempre duermo en el lado que esté más cerca de la puerta.

Me dejé caer sobre los cojines.

—Uf. ¿Eres el héroe buenazo hasta la médula, no?

—¿Por qué dices eso? —Me escrutó con esos ojos azules fríos mientras abría las sábanas y se metía en la cama.

—Duermes en el lado de la puerta para que cualquiera que entre tenga que pasarte por encima antes de llegar a la señora de cabeza loca.

—No hay señora de cabeza loca.

—Todavía no, pero parece que has pensado mucho en ella.

El movimiento del colchón bajo su peso hizo que sintiera algo raro en el corazón. Igual que la mirada cansada de su atractivo rostro cuando se volvió hacia mí.

Piper se acurrucó contra él y apoyó la cabeza en el hombro herido. No era de las que se dejaba embelesar, pero, si lo fuera, me habría derretido sobre el colchón.

—A lo mejor antes sí —respondió al final—. Pero ahora mismo, lo único que se me pasa por la cabeza es irme a dormir y despertar a tu lado.

—No seas adorable, esto no es más que un acuerdo platónico —le recordé.

—Entonces no te diré lo mucho que me gusta verte con mi camiseta en mi cama.

—Cállate y duérmete, Nash.

—Buenas noches, ángel.

—Buenas noches, cabeza loca.

Piper emitió un ladridito de protesta.

Sonreí y le di unas palmaditas.

—Buenas noches a ti también, Piper.

Nash estiró el brazo, apagó la lamparita de la mesilla de noche y sumergió la habitación en la oscuridad.

De algún modo, lo empeoró. Ahora, además de verle casi desnudo y acurrucado junto a un perro de forma adorable, mis sentidos se acentuaron y detectaron cada respiración y cada movimiento de su cuerpo.

Me buscó en la oscuridad y entrelazó la mano con la mía encima de las sábanas.

Sí. No iba a pegar ojo en toda la noche.

Algo me despertó de golpe de un sueño húmedo totalmente exquisito. Algo caliente y duro.

Abrí los ojos tan deprisa que me preocupó haberme hecho un esguince en los párpados. Un brazo fuerte y masculino me rodeaba la cintura, me subía por el torso y se metía por debajo de mi camiseta, y una mano fuerte y masculina me agarró uno de los pechos desnudos.

«Nash».

Estaba a punto de exigirle que me soltara cuando su cuerpo se puso rígido contra el mío. Como si se preparara para enfrentarse a una amenaza. Apretó más la mano con la que me agarraba el pecho y me di cuenta de que no estaba enfadada. Estaba cachonda.

La tensión abandonó su cuerpo con la misma rapidez con la que había aparecido y, cuando sacudió las caderas de forma involuntaria, me di cuenta de por qué me sentía la mujer más cachonda de todo el norte de Virginia.

Tenía cada centímetro de la espalda pegado al torso de Nash. Tenía los talones apoyados en sus pantorrillas y la parte trasera de los muslos alineada contra sus cuádriceps. Llevaba la camiseta que había utilizado como barrera inútil arremangada alrededor de la cintura y toda mi parte inferior estaba expuesta. Y estaba casi segura de que tenía la cara enterrada en mi pelo.

Y por último, pero ni por asomo menos importante, tenía otra extremidad masculina cálida y rígida pegada al trasero desnudo. Espera. Hice un ejercicio de Kegel para comprobarlo y caí en la cuenta de que estaba en una situación mucho más peligrosa de lo que pensaba. Dicha extremidad se había abierto paso entre la cima de mis muslos.

Las partes nobles me latían con fuerza. La extraordinaria erección de Nash estaba completamente arrimada a mí. Es decir, el miembro me había separado los labios del sexo y la punta descansaba justo debajo de mi muy necesitado clítoris. Uno de los dos estaba muy pero que muy húmedo.

¿Qué narices le había pasado a su ropa interior? ¿Es que su pene se había abierto camino hacia la libertad?

Tenía que moverme, pero no conseguía decidirme entre apartarme de él o darme la vuelta, montarle y acabar con mi sufrimiento.

«Ni sexo, ni abrazos», me recordé a mí misma. Él había sufrido mucho y yo quería hacer borrón y cuenta nueva, joder. Además, Nash era el que había roto el acuerdo. Había cruzado la línea central del colchón y... Ay, mierda.

Yo era la que estaba en su lado del colchón. Y yo le bloqueaba con ambos brazos el suyo, con el que me rodeaba el pecho. No había podido arrastrarme hasta el otro extremo de la cama. Me habría despertado si me hubiera movido y, como mínimo, le habría dado un codazo en la cara.

Oh, Dios.

¿Me había arrastrado yo hasta allí? ¿Le había pegado el trasero a Nash en la entrepierna mientras dormía?

Todo esto estaba muy pero que muy mal.

Vale. Necesitaba un plan. Siempre tenía uno y un plan B, y dos o tres de contingencia.

Solo tenía que ignorar el deseo demencial que sentía por Nash e inclinar las caderas hacia arriba. Sí. Solo ignorar las

153

punzaditas de necesidad y centrarme en cómo salir de esa situación sin verme humillada.

Madre mía.

Había un océano de humedad en las sábanas. ¿Qué era peor, que mi vecino atractivo pensara que me había meado en la cama o que se diera cuenta de que nos había puesto en esta situación tan comprometida, me había excitado y después lo había mojado todo con mi humedad?

«A lo mejor podía echarle la culpa a la perra».

Estaba sopesando las opciones y posibles soluciones de cómo limpiarnos a los dos sin que se despertara cuando Nash emitió un gemido a mis espaldas.

Estaba segura de que podría haber lidiado con la sensualidad inherente de ese gemido ronco si no hubiera ido acompañado de un movimiento suave de las caderas.

El glande de su pene se deslizó hacia delante y me golpeó las terminaciones nerviosas del clítoris. Al mismo tiempo, flexionó la mano con la que me sujetaba el pecho y me rozó el pezón erecto con la palma áspera.

No necesité nada más.

Me corrí contra la punta caliente de su erección y amortigüé un gemido con la mano. Sacudí las caderas de forma involuntaria mientras el orgasmo me recorría el cuerpo, encogí los dedos de los pies y contraje todos los músculos.

Felicidades, Lina. Nunca habías caído tan bajo. Llegar al orgasmo con el pene de un hombre dormido. Era básicamente una agresión sexual.

—Mmm. ¿Estás bien, ángel? —preguntó Nash adormilado, todavía con el rostro enterrado en mi pelo y rozándome el cuello con los labios.

«Mierda». Se había despertado. Ya no habría manera de limpiarle la entrepierna sin que se enterara.

—Sí —chillé—. Superbién. Solo ha sido un… calambre. —«En la vagina», añadí en silencio.

Tardó unos segundos, pero Nash volvió a tensarse detrás de mí, lo que provocó que esa erección tan prodigiosa me volviera a golpear el clítoris.

Otro gemido me subió por la garganta.

—Mierda, lo siento —dijo Nash, y se alejó de mí con dificultad debajo de las sábanas—. No pretendía...

—¿Sabes qué? Creo que paso del desayuno —respondí con un tono de voz agudo que me recordó al de «finjo que no estoy disgustada a pesar de que es evidente que lo estoy» de mi madre. Rodé dos veces para llegar al borde de la cama e intenté incorporarme.

Pero no llegué tan lejos.

Nash me agarró de la camiseta y tiró de mí hacia atrás.

—Nena, ¿estás bien?

Muerta de vergüenza, me aferré con los dedos al filo del colchón.

—Estoy muy bien. Es solo que tengo que apartarme de ti ahora mismo.

—Ángel, por favor, mírame —suplicó Nash—. Lo siento mucho. No era mi intención tocarte así.

Me puso de espaldas y me sujetó con una mano. Vi el momento en que se dio cuenta de que se le había salido el pene. Ese pene espectacular, abultado, de diez.

—Joder, pero ¿qué cojones...? —Bajó la otra mano entre los dos y se subió la cinturilla de los calzoncillos para cubrir la erección.

Me ardían tanto las mejillas que podría haber frito unos huevos en ellas si hubiera sabido cómo hacerlo.

—Madre mía. ¿Por qué te disculpas? —le respondí, y me llevé las manos a las mejillas encendidas.

—Prometí que no haría... eso —contestó él. Estaba tan enfadado, tan horrorizado, que no iba a dejar que cargara con la culpa.

Su boca se disculpaba conmigo sin necesidad, pero yo solo podía prestarle atención a su miembro y al hecho de que parecía costarle que se le bajara.

Llevé las manos de mis mejillas a las suyas.

—Nash. He sido yo la que ha invadido tu lado de la cama. Has sido un caballero durmiente. Te lo prometo. Me he despertado hace unos minutos y he sido yo la que no ha apartado el cuerpo del tuyo enseguida.

Sus músculos perdieron algo de rigidez.

—¿Te has abalanzado sobre mí? ¿Mientras dormías?

También me había corrido sobre él mientras dormía.

—¿Dónde está Piper? —le pregunté, desesperada por cambiar de tema.

—En su cama, con uno de mis calcetines —me respondió sin mirarme—. Volvamos al hecho de que te hayas vuelto una cariñosa en mi cama.

—¡No me he vuelto una cariñosa! Lo más seguro es que solo buscara mi postura habitual en el centro de la cama y puede que nos hayamos enredado o lo que sea. No lo sé. No le demos más vueltas. O hablemos más del tema. Deja que me escabulla con mi vergüenza y olvidaremos que todo esto ha pasado.

Cambió el peso de un lado al otro encima de mí, con cuidado de no tocarme con la erección. Si hubiera sabido lo que había pasado hacía dos minutos, se habría dado cuenta de que era inútil.

Me acarició la mejilla con suavidad con los nudillos y me obligó a cuestionarme si de verdad no era de las que se quedaban embelesadas.

—¿Seguro que estás bien?

Madre mía, Nash era adorable por la mañana. Tenía el pelo revuelto y la barba de unos días le otorgaba un encanto disoluto que contrarrestaba con su rollo de buen chico. Tenía una marca de la almohada debajo del ojo izquierdo, por no mencionar el aspecto adormilado y serio que le cubría el hermoso rostro.

—Además de sentirme avergonzada por haberte deshonrado en sueños, estoy bien —le aseguré.

—¿Has podido dormir? —insistió.

—Sí. ¿Y tú?

Asintió.

—Sí.

—¿Cómo te encuentras? —le pregunté.

El atractivo de la curva de sus labios era innegable.

—De puta madre.

—¿De verdad?

—Sí, de verdad. Gracias a ti. —En un movimiento veloz como un rayo, me dio un beso en la frente y se levantó de la cama—. Las tortillas estarán listas en diez minutos —comentó, y se dirigió al baño—. Oh, y ¿ángel?

Me volví para apoyarme sobre el codo.

—¿Qué?

—Si intentas largarte, te la llevaré personalmente. Y haré mucho ruido.

CAPÍTULO CATORCE

ROBO DE BOLLITOS Y MANZANAS PODRIDAS

NASH

Los ladrones tenían un aspecto todavía más patético que el del botín, que consistía en unos bollitos y unas patatas fritas chafadas.

Tres críos de menos de catorce años en distintas etapas de la pubertad estaban sentados en las sillas frías de metal que había fuera del despacho del gerente de la tienda, con aspecto de estar a punto de vomitar. Unos metros más allá, por el pasillo de las galletas, rondaba Nolan Graham.

Después de la colisión de tres vehículos en la carretera por la mañana, del «robo» de la bordeadora del escaparate de la ferretería que había aparecido en la trastienda y de que alguien que aseguraba ser su nieto casi estafara a los señores Wheeler por teléfono, ya había tenido un día bastante movidito.

Por suerte había dormido del tirón toda la noche por primera vez en semanas.

Gracias a Lina.

Normalmente, me despertaba sobresaltado por el sonido que obsesionaba a mi cerebro. Y, aunque lo había recordado en sueños, esa mañana me había levantado con Lina entre mis brazos. Me había buscado mientras dormía. Ese hecho, y la forma en que yo había reaccionado a él, me hizo pensar que a lo mejor seguía vivo, que todavía se podía confiar en mí.

158

Se lo debía a la mujer que se había apoderado de todas las neuronas de mi cerebro que no estaban ocupadas con el trabajo o con respirar. Gracias a nuestra charla y a que había dormido bien, me sentía más esperanzado de lo que había estado en mucho tiempo. Se había abierto un poquito y lo que había visto más allá de su atractivo físico hacía que quisiera examinarla durante más rato y en profundidad.

—Siento haberte llamado por un par de bollitos, jefe, pero tengo que dar ejemplo —comentó el Gran Nicky. Había sido el gerente de Supermercados Grover casi desde que nací y se tomaba su trabajo muy en serio.

—Entiendo el aprieto, Nicky. Lo único que digo es que creo que hay formas de solucionar esto que no impliquen presentar cargos. Todos cometemos estupideces, en especial a esa edad.

Resopló y miró a los niños por encima de mi hombro.

—Joder, cuando yo tenía esa edad, le robaba los cigarrillos a mi padre y me saltaba las clases para ir a pescar.

—Y atravesaste la infancia sin antecedentes —señalé.

Asintió de forma pensativa.

—Mi madre me asustó para que dejara de hacerlo. Supongo que no todos tenemos la suerte de tener unos padres que se preocupen lo bastante para aterrorizarnos.

Yo sabía lo que era. Todavía sentía el vacío que mi madre, que había sido el pegamento, la diversión y el amor de nuestra familia, dejó cuando abandonó este mundo, y a nosotros.

—Los padres de Toby y Kyle los van a castigar hasta que tengan edad para conducir —predije.

—Pero Lonnie... —El Gran Nicky dejó el resto de la frase en el aire.

Lonnie.

A los habitantes de Knockemout no se les daba bien guardar secretos. Por eso sabía que Lonnie Potter era un chico alto y duro cuya madre los había abandonado a él y a sus hermanos hacía dos años. Su padre trabajaba de noche, así que tenía muy poco tiempo para criar a los niños. También sabía que Lonnie se había apuntado al club de teatro en el colegio. En primer lugar, seguramente para tener un sitio al que ir cuando no hubiera nadie en casa y, en segundo lugar, porque le gustaba interpretar la vida de otras personas. Y según Waylay, se le daba bien. Pero ninguno de sus familiares se encontraba entre el público el día del estreno.

—Me he fijado en que se está cayendo la pintura de la fachada —dije, pensativo.

—Eso me pasa por contratar a esos paletos de Lawlerville. Hicieron un trabajo de mierda con pintura de mierda porque no les importa una mierda. Con perdón. Ninguno vive aquí, así que no tienen que avergonzarse al ver cómo se desconcha su trabajo mal hecho.

—Apuesto a que unos trabajadores jóvenes y motivados harían un buen trabajo por el coste de los materiales. —Señalé el pasillo con la cabeza.

El Gran Nicky esbozó una sonrisa lenta.

—Vaya, puede que tengas razón, jefe. No hay nada como el trabajo manual para evitar meterte en líos.

Inserté los pulgares en el cinturón.

—Si la opción te parece bien, lo hablaré con sus padres. Tengo la impresión de que no será difícil convencerlos.

—Yo también estoy bastante seguro de ello —dijo él.

—Entonces te los quitaré de encima y lo solucionaremos con los padres.

—Te lo agradezco, jefe.

Encontré a Grave vigilando a los chavales con el ceño fruncido como un espectro aterrador.

—De acuerdo, chavales. Tengo una oferta única para vosotros que os va a salvar de una vida de castigo y a mí de una montaña de papeleo...

Grave y yo sacamos a los chicos por la puerta de atrás y los metimos en el coche para evitar dar más de qué hablar al pueblo. Piper recibió a los alborotadores con vistazos nerviosos entre los asientos.

Repasamos la situación con los padres de Toby y después con los de Kyle. Se repartieron los castigos y se acordaron el servicio comunitario y las disculpas.

—Mi padre no está en casa —comentó Lonnie, el miembro del trío de delincuentes que seguía en el asiento trasero—. Hoy tiene turno doble.

Piper meneaba la cola sobre el regazo de Grave.

—Ya pillaré a tu padre en el trabajo —le dije.

Lonnie miró por la ventanilla trasera con aspecto sombrío.

—Me va a matar.

Ese exterior tan duro no era tan grueso como él creía.

—Se enfadará, pero que lo haga significa que le importa —le respondí.

—La he cagado. —El chaval hizo una mueca—. Lo siento. Quería decir que he metido la pata.

Grave y yo intercambiamos una mirada.

—¿Alguna vez le has prendido fuego a la cabaña de tu padre con los fuegos artificiales que le robaste a tu vecino borracho? —le preguntó Grave.

—¡No! ¿Por qué? ¿Alguien os ha dicho que lo he hecho?

—¿Alguna vez te han pillado peleándote con cuatro chicos en el patio del colegio solo porque dijeron que tu hermano era un capullo cuando no se equivocaban y tu hermano era un capullo? —le pregunté.

—No, solo tengo hermanas.

—La cuestión es, chico, que todos la cagamos —añadió Grave.

Mi mirada se cruzó con la de Lonnie a través del espejo retrovisor.

—Lo importante es lo que hagamos después de haber metido la pata.

—Espera. ¿Vosotros hicisteis eso?

Grave sonrió.

—Y más.

—Pero aprendimos que uno se cansa de meterse en líos y que las malas decisiones acarrean consecuencias que duran muchísimo tiempo. —Pensé en Lucian. Todos estos años me había preguntado qué camino habría seguido si su vida hubiera sido más fácil al principio. Una cosa estaba clara, no habría acabado detrás de unos barrotes a los diecisiete años si alguien le hubiera dado una oportunidad—. Y eso también se puede aplicar a la vida, a las mujeres y a todo lo demás.

161

—Deberías estar tomando nota, chico. Esa mierda vale oro —le dijo Grave a nuestro pasajero.

Después de dejar a Lonnie en casa y llamar a su padre al trabajo, me pasé por el Pop 'N Stop a por unos refrescos. Aparqué en una zona escolar para asustar a los que excedieran el límite de velocidad... y para fastidiar a Nolan, que me pisaba los talones con su Tahoe negro.

Grave se quitó la gorra del departamento y se pasó una mano por el cuero cabelludo desnudo.

—¿Tienes un minuto?

Eso nunca era buena señal.

—¿Qué pasa? —Supuse que tenía que haber algún motivo por el que no había querido hablar de esto en la comisaría.

—Dilton.

Y ahí estaba el motivo. Tate Dilton era un agente de policía de patrulla novato cuando yo le quité las riendas al viejo comisario Wylie Ogden, cuyas décadas de «liderazgo» habían ensuciado la imagen del departamento.

Yo había calificado a Dilton como el *«quarterback»* de la profesión. Buscaba adrenalina, persecuciones y confrontaciones. Le gustaba presumir de autoridad. Sus derribos eran más agresivos de lo necesario. Daba más citaciones a la gente que le caía mal personalmente. Y también pasaba más tiempo en el gimnasio y en el bar que en casa con su mujer e hijos.

En resumen, no me caía bien.

Cuando tomé el mando, no podía limpiar todo el departamento, así que me lo quedé y dediqué tiempo a intentar convertirlo en la clase de policía que necesitábamos detrás de la placa. Lo había emparejado con un policía sólido y experimentado, pero el entrenamiento, la supervisión y la disciplina no lo resolvían todo.

—¿Qué pasa con él? —le pregunté. Tomé el refresco para tener algo que hacer con las manos.

—Tuvimos algunos problemas con él mientras estabas en el hospital.

—¿Como cuáles?

—Era como un perro sin correa mientras estabas de baja. Hace un par de semanas, después del partido de fútbol del instituto, le dio una paliza a Jeremy Trent en el aparcamiento por intoxicación pública. Sin provocación. Delante del hijo del tipo, el defensa, que se abalanzó sobre Dilton con la mitad del equipo. Y con motivo. La cosa se habría puesto fea si Harvey y un par de sus colegas moteros no hubieran intervenido.

«Joder».

—¿Jeremy está bien? ¿Ha presentado cargos?

—Se lo tomó a risa. Pagó la multa. Se llevó las rodillas magulladas y algunos arañazos del asfalto de regalo. No se acordaba de nada tras haber dormido la mona, pero habría habido mucho más que recordar si la cosa hubiera ido a más.

Jeremy Trent había sido capitán del equipo de béisbol y le arrebató el puesto de rey del baile a Dilton en su último año de instituto. Desde entonces, habían tenido un buen puñado de encontronazos a lo largo de los años. Jeremy era un tipo afable que trabajaba para la compañía del agua y bebía demasiado los fines de semana. Pensó que Dilton y él eran amigos, pero parecía que Dilton todavía pensaba que había una especie de competición entre ellos.

Grave miraba por el parabrisas con los labios apretados en una línea muy fina.

—¿Qué más?

—Intentó que una parada fuera demasiado lejos. Un Mercedes muy bonito que superaba por muy poco el límite de velocidad en la autopista. Una furgoneta tuneada que iba veinte kilómetros por encima del límite de velocidad pasó de largo. Dilton ignoró la furgoneta, que conducía su compañero de cervezas Titus, y paró al Mercedes. El conductor era negro.

—Me cago en la puta.

—La centralita me llamó en cuanto Dilton emitió el aviso. Me dio mala espina, así que fui hasta allí con Bannerjee. Y menos mal. Había sacado al conductor del coche y lo tenía esposado, y le gritaba a la mujer, que lo estaba grabando todo con el móvil.

—¿Y por qué me entero ahora?

163

—Como he dicho, estabas en el hospital. Y te lo cuento ahora porque anoche lo oyeron hablar en ese antro de mala muerte, el Hellhound, de que iba a por el puesto de comisario porque tú no sabes hacer bien tu trabajo.

Grave no se andaba con rodeos.

—Yo me ocupo —le dije. Puse el coche en marcha y le di un susto de muerte a Tausha Wood, de diecisiete años, cuando me coloqué detrás de su camioneta.

—¿Ahora? —preguntó Grave.

—Ahora —respondí con seriedad.

Un día antes no habría tenido fuerzas para lidiar con algo así, pero me había despertado con una Lina casi desnuda pegada a mi yo casi desnudo. Era más potente que cualquier pastilla que hubiera probado.

Llevaba un departamento pequeño y sólido que servía a una comunidad pequeña y sólida. Unas pocas miles de personas que tenían más historia entre ellas que la mayoría de familias. Vale, éramos una comunidad tosca y era más probable que resolviéramos una discusión a base de puñetazos y alcohol, pero estábamos muy unidos. Y éramos leales.

Eso no quería decir que no hubiera problemas. Estar tan cerca de Baltimore y de D. C. significaba que, de vez en cuando, los problemas se propagaban por las fronteras del pueblo. Pero ¿que provinieran de un miembro de mi departamento? No lo iba a permitir.

Éramos hombres y mujeres buenos, dedicados a servir y proteger. Y mejorábamos con cada respuesta y con cada entrenamiento.

Había cientos de motivos que se escapaban de nuestro control por los que las cosas podían irse a pique. Cientos de formas en que podíamos cometer errores peligrosos. No había espacio ni motivos para añadir la mala actitud y el prejuicio a la lista.

Así que entrenábamos, machacábamos, informábamos y analizábamos.

Pero un departamento solo era tan bueno como se lo permitía el peor policía que servía en él. Y Dilton era el nuestro.

—Aquí viene. —Grave nos puso en aviso.

Tate Dilton no se molestó en llamar. Entró a mi despacho como si fuera el dueño del lugar. Era un tipo considerablemente guapo a pesar de las entradas y la barriga cervecera. Su bigote me molestaba, seguramente porque me recordaba al alguacil Graham, que se había hecho con un cubículo vacío y estaba haciendo un puñetero sudoku.

—¿Qué puedo hacer por ti, jefe? —preguntó Dilton, que tomó asiento e ignoró al resto de los ocupantes de la estancia.

Cerré la tapa de la carpeta del caso que había estado leyendo y la añadí a la pila del escritorio.

—Cierra la puerta.

Dilton pestañeó antes de ponerse en pie y cerrarla.

—Siéntate —le pedí, y señalé la silla que acababa de desocupar.

Volvió a dejarse caer en ella, se puso cómodo y entrelazó los dedos encima de la barriga como si estuviera en el sofá de un colega viendo un partido.

—Agente Dilton, esta es Laurie Farver —le presenté a la mujer que había junto a la ventana y a la que todavía no había saludado.

—Señora —respondió con un gesto desdeñoso de la cabeza.

—¿Sabes, Tate? Cuando era pequeño, mi vecino tenía un perro al que siempre llevaba con correa. De lejos, el perro parecía amigable. Tenía el pelaje suave y dorado y una cola grande y peluda. Siempre que estuviera atado, se portaba bien. Pero en cuanto se soltaba de la correa, se acababa todo. No podías confiar en él. Aprendió a soltarse. Empezó a perseguir a los críos y a morder a la gente. Mi vecino no reforzó el agujero de la valla. No apretó la correa. Al final, un día, el perro atacó a dos niños que iban en bicicleta. Tuvieron que sacrificarlo y denunciaron al dueño.

Dilton respondió con desdén sin dejar de mascar chicle:

—No te ofendas, jefe, pero me importan una mierda el vecino y su perro.

Bajo el escritorio, Piper emitió un gruñido bajo desde su cama.

165

—Verás, agente Dilton, tú eres el perro. No siempre estaré ahí para sujetarte la correa. En resumidas cuentas, si no puedo confiar en lo que harás sobre el terreno cuando estés solo, no puedo confiar en ti. Tus últimas acciones me han dejado claro que no estás preparado para servir, ni mucho menos para proteger. Y si no puedo confiar en que harás tu trabajo lo mejor posible, tenemos un grave problema.

Dilton entrecerró los ojos y vi un destello de maldad en ellos.

—A lo mejor no lo entiendes porque lo único que haces últimamente es permanecer detrás del escritorio, pero tengo cosas que hacer ahí fuera. Alguien tiene que mantener el orden.

Pensé en lo que había dicho durante un instante. Había sido descuidado y eso acarreaba consecuencias. Dilton se había aprovechado de la correa suelta, lo cual no solo significaba que sus acciones recaían sobre mí, sino que también dependía de mí solucionarlo.

—Me alegra que lo menciones. Vamos a hablar de las cosas que has estado haciendo. Como ponerle la zancadilla a Jeremy Trent a la salida de un partido de fútbol, darle un rodillazo en la espalda y esposarlo delante de su hijo y la mitad del estadio cuando lo único que hizo fue recordarte que le debías veinte dólares del partido de los Ravens. O cosas como dejar que tu colega Titus conduzca superando el límite de velocidad veinte kilómetros y parar a un ingeniero aeroespacial negro y a su mujer abogada de derechos civiles por superarlo solo por cinco. Y después proceder a sacar al conductor del coche porque... Deja que lea tu informe para asegurarme de decirlo bien... —Bajé la mirada hacia los papeles que tenía delante y leí—: «Se parecía a un delincuente huido de prisión de un cartel de se busca que ha estado colgado en el tablón de anuncios durante tres años».

Dilton torció el rostro en una mueca muy fea.

—Tenía la situación bajo control hasta que llegaron tus perritos falderos.

—Cuando el sargento Hopper y la agente Bannerjee llegaron a la escena, tenías al conductor esposado, amoratado y tumbado bocabajo en el suelo, vestido de traje mientras su mujer grababa todas tus acciones con el móvil. Según su informe, te olía el aliento a alcohol.

—Eso es mentira. Hop y esa zorra me la tienen jurada. Vi que el sospechoso conducía de forma errática superando el límite de velocidad y...

Sentí como si alguien me hubiera encendido un interruptor en el interior. El aturdimiento y el oscuro vacío desaparecieron. En su lugar, me invadió una ira ardiente que me calentó desde dentro.

—La cagaste. Pusiste el ego y los prejuicios por delante de tu trabajo y, al hacerlo, pusiste en riesgo tu puesto y al departamento. Y lo que es peor, también pusiste vidas en riesgo.

—Eso es una tontería —dijo Dilton entre dientes—. ¿Es que la zorra de la mujer va mostrando por ahí que tiene una carrera en Derecho para amenazarme?

—Agente Dilton, quedas suspendido de empleo, pero no de sueldo, solo porque es el procedimiento que debo seguir, a la espera de una investigación de tu conducta como agente de policía. Yo no me acostumbraría al sueldo.

—No puedes hacer eso, joder.

—Vamos a abrir una investigación oficial. Hablaremos con los testigos, las víctimas y los sospechosos. Y si encuentro cualquier cosa que parezca un patrón de abuso de poder, te retiraré la placa de forma permanente.

—Esto no pasaría si Wylie siguiera aquí. Le robaste el puesto a un buen hombre y...

—Me gané el puesto y he trabajado muy duro para asegurarme de que hombres como tú no abusen de su poder.

—No puedes hacer esto, no sin un representante del sindicato policial. No puedes amenazarme con una suspensión sin mi representante.

—La señora Farver es tu representante. Aunque imagino que no le debe de hacer mucha ilusión representarte tras haber escuchado tus estupideces. ¿Señor Peters? ¿Alcaldesa Swanson? ¿Siguen aquí? —pregunté.

—Así es, jefe Morgan.

—Sí, lo he oído todo. —Se oyó por el manos libres.

—Agente Dilton, el señor Peters es el procurador de Knockemout. Es un abogado que representa al pueblo, por si necesitas que te dé la definición. Señor Peters, ¿Knockemout necesita que discuta algo más con el agente suspendido Tate Dilton? —pregunté.

—No, jefe. Creo que ya está todo hablado. Estaremos en contacto, agente Dilton —dijo el abogado en tono amenazador.

—Gracias, Eddie. ¿Y usted, alcaldesa Swanson? ¿Tiene algo que decir?

—Hay muchas cosas malsonantes que me gustaría decir —respondió ella—. Tienen suerte de que vaya con mis nietos en el coche conmigo. Basta decir que espero que se lleve a cabo una investigación exhaustiva y si, como dice el jefe Morgan, encontramos un patrón de a-b-u-s-o, no dudaré en darle una patada en el c-u-l-o.

—Gracias, señora. Mensaje recibido. —Miré a Dilton, que se estaba poniendo del color de una langosta—. Quiero la placa y el arma de servicio, ahora.

Se levantó de la silla como si se hubiera sentado sobre un muelle. Apretó los puños a los costados con un fogonazo de ira en la mirada.

—Si quieres pegarme, hazlo. Pero que te quede claro que eso traerá consecuencias, y ya estás hasta el cuello de problemas —le advertí—. Piénsatelo.

—Esto es inaceptable —rugió. Lanzó la placa y la pistola sobre mi escritorio y volcó la placa con mi nombre en el proceso—. Se supone que esto es una hermandad. Se supone que deberías cubrirme las espaldas, no confiar en la palabra de un par de forasteros capullos o un borracho patético que tuvo su mejor momento en el instituto.

—Puedes hablar de hermandad todo lo que quieras, pero al final trabajas aquí para tu beneficio. Por los alardes de poder que crees que puedes hacer aquí. Eso no es hermandad. No eres más que un niño patético que intenta sentirse como un hombre. Y tienes razón, no lo voy a aceptar. Y ellos tampoco.

Señalé la ventanilla, donde se encontraban el resto de los agentes de Knockemout, incluidos los que tenían el día libre.

De brazos cruzados y con las piernas abiertas, Grave gruñó de satisfacción detrás de Dilton.

—Ahora lárgate de mi comisaría.

Dilton abrió la puerta con tanta fuerza que rebotó contra la pared. Salió a la oficina dando zancadas y fulminó con la mirada al resto del departamento.

Se acercó a Tashi y se puso frente a ella en actitud amenazadora.

—¿Tienes algún problema, niñita?

Ya me estaba levantando de la silla y Grave estaba en la puerta cuando Tashi le respondió con una sonrisa:

—Ya no, capullo.

Bertle y Winslow se pusieron detrás de ella con una sonrisa. Dilton levantó un dedo y le señaló la cara.

—Que te den. —Miró furioso a los otros agentes y los señaló—. Y a vosotros también.

Dicho esto, salió de la comisaría hecho una furia.

—¿«Ya no, capullo?». Bannerje, eso ha sido muy de teniente O'Neil —dijo Winslow, que le dio unas palmaditas en el hombro.

Sonrió de oreja a oreja como si un profesor le acabara de dar una pegatina dorada. Ni siquiera yo pude evitar sonreír.

—Será mejor que me vaya —comentó la representante del sindicato con una falta de entusiasmo evidente.

—Buena suerte —le respondí.

Puso los ojos en blanco.

—Gracias.

—Qué bien que hayas vuelto, jefe —dijo Grave antes de salir del despacho tras ella.

Piper me arañó las piernas. Me incliné y me la puse en el regazo.

—Bueno, ha ido bien —le dije a la perra.

Me dio un lametón entusiasta antes de volver a bajar al suelo de un salto.

Tomé la placa de identificación y pasé los dedos sobre las letras. Comisario Nash Morgan.

No había vuelto. No del todo, pero tenía la sensación de que por fin había dado un paso en la dirección correcta.

A lo mejor había llegado el momento de dar otro.

CAPÍTULO QUINCE

SATANÁS EN TRAJE

LINA

Naomi: Recordad que vamos a comprar los vestidos de dama de honor el miércoles. Se me ha ocurrido que podrían ir acorde con la temporada: ¡de otoño, divertidos y favorecedores!
Sloane: Lina, creo que eso quiere decir que nos va a disfrazar de calabazas.
Yo: Ni el color... ni la forma de las calabazas me sientan bien.

No me hacía gracia perder toda la mañana tachando posibles propiedades de la lista sin resultados. No cuando tenía la impresión de que el tictac de un reloj me flotaba sobre la cabeza. Necesitaba progreso. Un cambio en el caso. Necesitaba dejar de pensar en Nash Morgan.

Eso implicaba deshacerme de todos mis pensamientos sobre su oferta, sus confesiones y su pene caliente y duro. Vale, esto último ya se había buscado un lugar permanente en mi cabeza, pero el resto tenía que desalojarme el cerebro de inmediato.

Estaba masticando una ensalada Cobb en un restaurante de carretera a cuarenta minutos de Knockemout cuando un pecado de metro noventa vestido de traje se sentó frente a mí en el reservado.

Lucian Rollins llevaba el peligro dondequiera que estuviera como si fuera un traje hecho a medida.

—Lucian.

—Lina. —El timbre de voz grave, la mirada penetrante... Todo en este hombre era vagamente amenazante... y, por lo tanto, una distracción aceptable para mi obsesión con todo lo que tuviera que ver con Nash.

—¿Qué te trae por mi reservado?

Estiró el brazo sobre el respaldo del sillón de vinilo para ocupar todavía más espacio.

—Tú.

La camarera alegre de veintitantos que me había traído la comida y hablado de mi chaqueta de cuero durante cinco minutos se acercó a la mesa a toda prisa y sostuvo la cafetera en un ángulo precario. Tenía los ojos y la boca muy abiertos.

—¿C-café?

—Sí, gracias —respondió él, que introdujo un dedo por el asa de la taza que estaba bocabajo delante de él y le dio la vuelta.

La camarera abrió los ojos todavía más y me pregunté si se le saldrían de la cabeza. Por si acaso, aparté la ensalada lejos de la zona de explosión y salpicadura.

—¿Me puedes traer un poco más de aliño, por favor? —le pregunté cuando por fin consiguió servir el café.

—Un poco más de leche, de acuerdo —susurró con voz soñadora y se alejó.

—Genial, ahora nunca conseguiré el aliño extra.

Lucian esbozó una sonrisa helada.

—Esperaba que esta conversación no fuera necesaria.

—Me encanta cuando los hombres me localizan y empiezan la conversación con esa frase.

—Nash Morgan —dijo.

Arqueé una ceja, pero no añadí nada.

—Está pasando una mala racha. No me gustaría que nadie se aprovechara de ello.

—¿Yo? —Me señalé.

—Nadie —repitió Lucian.

—Es bueno saberlo. —Para no ponerle fácil la conversación, pinché otro mordisco de ensalada con el tenedor, lo mastiqué a conciencia y sin romper el contacto visual con él, que no movió ni un músculo.

Intentamos intimidarnos con la mirada y que el otro cediera primero.

Era el tipo de situaciones sociales en las que sobresalía. No se me daba bien hablar de cosas de chicas sin importancia, pero ¿ir cara a cara con un hombre reservado cuando había información importante en juego? Estas eran mis olimpiadas y yo era una maldita medallista de oro.

Le di un sorbo teatral al té helado.

—Ahhhh.

Frunció los labios.

—¿Te gustaría hacer alguna otra afirmación confusa o solo vas a dar advertencias de mesa en mesa?

—Ambos sabemos que estás aquí porque te traes algo entre manos. Sé para quién trabajas, igual que soy consciente del momento oportuno en el que llegaste al pueblo.

Fingí escandalizarme.

—¿Hay alguna ordenanza en el pueblo que prohíba trabajar en los seguros?

—¿De verdad tenemos que andarnos con jueguecitos?

—Escucha, colega. Eres tú el que ha decidido jugar al gato y al ratón y perseguirme fuera del pueblo solo para demostrar que puedes. Me gusta que jueguen conmigo lo mismo que a ti. Así que ve al grano o me harás enfadar —le dije con una sonrisa perversa.

Lucian se inclinó hacia mí y entrelazó los dedos sobre la mesa.

—Como quieras. Sé quién eres, para quién trabajas y lo que pasó en tu último trabajo.

Mantuve una expresión de aburrimiento, aunque lo último que dijo me había impresionado e inquietado.

—A pesar de que mantienes un perfil bajo —continuó él—, te has labrado una reputación impresionante por encontrar cosas que otros no pudieron. Se te conoce por ser valiente hasta la temeridad, un rasgo que tus jefes recompensan. No estás en el pueblo para visitar a tu viejo amigo Knox durante unas semanas, estás aquí porque buscas algo… o a alguien.

172

Dejó que la acusación flotara en el aire entre nosotros. Le di otro mordisco casual a la ensalada seca.

—¿Y por qué estamos teniendo esta conversación ahora y no cuando llegué al pueblo?

—Porque el daño que causa una herida de bala es diferente al daño que causa un corazón roto.

Lo señalé con el tenedor.

—¿Hablas desde la experiencia?

Lucian ignoró la pregunta.

—No solo llegaste al pueblo justo antes de que secuestraran a Naomi y a Waylay, sino que, además, da la casualidad de que te has mudado al lado de Nash.

—No pareces el tipo de hombre que pasa tiempo en moteles infestados de cucarachas, así que no voy a malgastar el tiempo en intentar explicarte la mudanza. Pero ya que tienes más dinero del que hay en algunos presupuestos del Estado, deberías plantearte seriamente comprar el motel y reformarlo... o a lo mejor solo prenderle fuego.

—Lo tendré en cuenta —dijo fríamente—. Ahora prométeme que Nash no sufrirá más daños por tu culpa.

Sentí la extraña necesidad de proteger al hombre en cuestión. Dejé el tenedor en la mesa.

—Para que quede claro, yo no tuve nada que ver con el tiroteo de Nash ni con el secuestro de Naomi y Waylay. No es asunto tuyo ni de nadie si he venido al pueblo a buscar algo o no. Y, por último, Nash ya es mayorcito. Puede defenderse solito.

—¿Es eso lo que le dijiste a Lewis Levy?

Era oficial, estaba enfadada.

Sonreí.

—Eres como uno de esos niños de parvulario que te enseña el dibujo que ha pintado con los dedos y espera que quedes impresionado. Si lo cuelgo en la nevera, ¿me dejarás en paz?

—Tarde o temprano alguien más de tu círculo saldrá herido, y más vale que no sea Nash.

—¿Y qué harás al respecto? ¿Ponerle un guardaespaldas que vaya a juego con el alguacil? —le sugerí de forma irónica.

—Si es necesario... Sé que pasaste la noche en su casa.

—No te preocupes, papá. Los dos somos mayores de edad. Lo llevaré a casa antes del toque de queda.

Lucian golpeó la mesa con la palma de la mano y provocó que la cuchara tintineara en el platillo y el café se derramara por el borde de la taza.

—No le quites importancia —comentó con frialdad.

—Por fin. Madre mía, ¿a qué distancia tienes enterrado en el hielo al ser humano? Pensaba que tendría que amenazarte con un embarazo «accidental» para que estallaras.

Me robó la servilleta y limpió el café que se había vertido antes de devolvérmela.

—Felicidades. Si mi equipo estuviera aquí, habrías hecho que alguien ganara mucho dinero.

—¿Os apostáis cuánto tardas en estallar? No me digas que Lucian Rollins tiene sentido del humor.

—No tengo.

Me recliné sobre el reservado.

—Te diré lo que veo: o creías que iba a ser un blanco muy fácil de manipular, o tienes miedo de tener una conversación abierta y honesta con tu amigo. Sea como sea, es evidente que tomas muy malas decisiones, Lucian.

Emitió lo que sonó como un gruñido grave, pero el hombre sabía que yo tenía razón.

—Mira, haces bien en preocuparte por tu amigo. No te ha contado, ni a nadie, por lo que está pasando. Y eso me incluye a mí, porque apenas nos conocemos. Y lo que sí me ha explicado quedará entre él y yo, porque, al contrario que otras personas de esta mesa, sé cómo respetar la privacidad de los demás. Sí, he pasado la noche en su casa. No, no nos hemos acostado. Y no te lo estoy diciendo porque crea que es asunto tuyo, porque no lo es.

—¿Y por qué me lo cuentas?

—Porque sé lo que es tener a la gente tan preocupada por ti que hacen estupideces a tus espaldas.

Tensó los músculos de la mandíbula y me pregunté en qué llaga había metido el dedo.

—Nash es una buena persona, lo que automáticamente impide que sea mi tipo. Pero eso no quiere decir que no vaya a hacer una excepción.

—Decir eso no juega a tu favor.

—No intento ganarme tu favor —le respondí—. Me importa una mierda lo que pienses de mí. Crees que el problema soy yo, pero eres tú.

—Yo no soy el que intenta aprovecharse de…

—Voy a cortarte antes de que me hagas enfadar. Si crees que me estoy aprovechando de tu amigo o que te está ocultando cosas, tienes dos opciones.

—¿Y cuáles son?

—O confías en que puede cuidar de sí mismo o tienes esta conversación con él. Por lo menos ten la decencia de cubrirle las espaldas cara a cara.

El gesto de Lucian era sumamente escalofriante, pero el calor de la ira que me envolvía me protegía.

—No entiendes nuestra historia —comentó con frialdad.

—Oh, sí que la entiendo. ¿Dices que se te da bien conseguir información? Pues a mí se me da bien leer a las personas. Los tres os criasteis juntos sin llegar a crecer nunca del todo. Knox intentó esconderse del amor para que no volvieran a hacerle daño. Nash no confía en ninguno de los dos para que le cubráis las espaldas, así que no os va a contar lo que le pasa en la cabeza. Y tú… Bueno, dejémoslo para otro día.

—Ni de broma.

—Vale. —Me encogí de hombros—. Tú lo has querido. Eres un asesor político misterioso al que se ha relacionado con la caída de varios hombres y mujeres prominentes en la capital de la nación, por no mencionar que se te considera la fuerza que hay detrás del ascenso de muchos otros. La palabra que más se susurra para describirte es «maquiavélico». Y te gusta. Te gusta que te tengan miedo. Supongo que sentiste miedo una vez y eso te hizo sentir indefenso. Así que ahora tienes el poder de mover los hilos que quieras, pero sigues sin ser feliz.

Entrecerró los ojos.

—Te permites fumar un solo cigarrillo al día para demostrar que nada te retiene. Eres leal a tus amigos y me da la impresión de que harías cualquier cosa por ellos. Y «cualquier cosa» implica cosas que están fuera de la ley. Pero ¿querrías que Knox o Nash resolvieran cosas por ti a tus espaldas?

175

—Esto es distinto —insistió.

—Es lo que quieres creer, pero no lo es —le respondí—. Deja que te lo explique en términos que creo que entenderás. Te podías haber ahorrado la cantidad de tiempo y energía que has malgastado yendo a espaldas de tu amigo para intentar «arreglar» las cosas por él con una conversación de diez minutos. Imagina a cuántos políticos podrías arruinar o cuántas manzanas podrías comprar si no tuvieras que perseguir a mujeres inocentes para amenazarlas vagamente.

Su expresión pétrea no cambió un ápice, pero aun así lo vi. Un destello de algo parecido a la diversión en su mirada glacial.

—Nunca emplearía el término «inocente» para referirme a ti, y mis amenazas han sido más abiertas que vagas —respondió.

—Era un decir —comenté con despreocupación.

Me observó mientras me terminaba la ensalada.

—Sugiero que esta conversación quede entre los dos.

Guardar secretos era mi especialidad, el problema era que, en el pasado, había estado en el lugar de Nash. Mis padres no habían confiado en que pudiera defenderme de lo malo por mí misma. Odiaba lo que se sentía cuando los demás discutían mi bienestar a mis espaldas, como si no fuera lo bastante fuerte para formar parte de mi propia vida. Suponía que Nash se sentiría igual.

—¿A cuál de los dos intentas proteger, Luce? ¿Puedo llamarte Luce?

—Espero que no pretendas hacerle daño a mi amigo, Lina. Porque no me gustaría tener que destrozarte la vida.

—No puedo esperar a ver cómo lo intentas. Ahora vete a molestar a otra persona.

CAPÍTULO DIECISÉIS

UN PAR DE AGRADECIMIENTOS

NASH

Me rodeé la mano con la correa de Piper y tomé uno de los dos ramos del portavasos de mi coche.

—Venga, Pipe. Una parada rápida.

Salimos a la calle justo cuando Nolan paraba junto al bordillo detrás de mí. Le hice un saludo militar sarcástico y él me devolvió una peineta poco entusiasta.

El tipo casi empezaba a caerme bien.

Piper iba la primera de camino al dúplex. Era un edificio de dos plantas de ladrillo y vinilo. Los dos apartamentos tenían un porche delantero pequeño y maceteros.

Subí los tres escalones hacia la puerta de la izquierda. Había un gato gris y blanco embutido contra la mosquitera de la ventana delantera por la que se filtraba música clásica. Saludé con la mano al gato escéptico y llamé al timbre.

Piper se sentó a mis pies y meneó la cola con entusiasmo. Llevarla conmigo al trabajo no era tan molesto como pensaba. Sus peticiones de atención rutinarias impedían que se me fueran las horas con el papeleo y, aunque todavía no se sentía lo bastante cómoda para dejar que los demás agentes la acariciaran, había empezado a pasearse por la comisaría cada hora tras darse cuenta de que llevaban chuches para ella en los bolsillos.

Se oyeron unos pasos al otro lado de la puerta, seguidos de un irritado:

—Ya voy, ya voy. ¡Un segundo!

La puerta se abrió y ahí estaba mi ángel de la guarda.

Xandra Rempalski tenía una melena negra entrelazada con mechones violetas, rizada y tupida. Llevaba la mitad recogida en un moño torcido y el resto le caía en cascada por los hombros. Tenía la piel morena y unos ojos marrones por los que pasaron expresiones de irritación, curiosidad y, por último, reconocimiento.

En lugar del uniforme de enfermera, llevaba un delantal vaquero con herramientas y alambre enrollado en los bolsillos. De las orejas le colgaban unos pendientes de plata largos hechos de aros entrelazados. El collar que llevaba estaba formado por una serie de cadenitas que le dibujaban una V entre las clavículas. Me recordaba a una cota de malla.

—Hola —dije. De repente me sentí como un estúpido por no haber hecho esto hacía tiempo.

—Hola —respondió, y se apoyó en el marco de la puerta.

El gato le pasó de forma perezosa entre los pies descalzos. Piper se escondió detrás de mis botas y fingió que era invisible.

—No sé si se acuerda de mí…

—Comisario Nash Morgan, cuarenta y un años, dos heridas de bala en el hombro y el torso, O negativo —recitó del tirón.

—Supongo que sí se acuerda de mí.

—Una no encuentra todas las noches al comisario de la policía desangrándose en una cuneta —dijo, y esbozó una sonrisa rápida.

Piper se arriesgó a echar un vistazo desde detrás de las botas. El gato atigrado y gordinflón bufó, se sentó en el umbral de la puerta y se lamió el ano.

—No hagáis caso a la antipática de Gertrude —comentó Xandra—. Tiene muy mala actitud y le falta sentido del decoro.

—Son para usted —le dije, y le entregué el ramo de girasoles—. Debería haber venido antes a darle las gracias. Pero todo ha sido…

Levantó la mirada de las flores y la sonrisa se transformó en una mueca comprensiva.

—Es muy duro. Verlo durante los turnos no es fácil, pero estoy segura de que vivirlo no es moco de pavo.

—Siento que debería ser inmune a todo esto —le confesé, y bajé la mirada hacia Piper, que había vuelto a pegarse a la parte trasera de mis piernas.

Xandra sacudió la cabeza.

—Cuando empiezas a ser inmune, significa que ha llegado el momento de dejarlo. El sufrimiento y la empatía son lo que nos hacen ser buenos en nuestros trabajos.

—¿Cuánto hace que trabaja en el hospital?

—Desde que me gradué como enfermera, ocho años. Nunca me aburro.

—¿Alguna vez se ha preguntado durante cuánto tiempo puede permitir que le importe?

Volvió a sonreír.

—No me preocupo por ese tipo de cosas. Vivo día a día. Mientras que lo bueno compense lo malo, estaré preparada para el día siguiente. Nunca será fácil, pero no lo hacemos porque queremos que sea fácil, sino por marcar la diferencia. Estas cosas, el agradecimiento de los que sobreviven, significa mucho.

Debería haberle comprado una tarjeta.

O algo que durara más que un montón de girasoles.

Pero no tenía más que la voz, así que le dediqué unas palabras:

—Gracias por salvarme la vida, Xandra. Nunca podré devolverle el favor.

Se apoyó el ramo en la cadera. La luz se le reflejó en los pendientes y los hizo brillar.

—Por eso debe seguir con la cadena de favores, jefe. Vivir día a día. Seguir haciendo el bien y equilibrando la balanza.

Esperaba con todas mis fuerzas que haber retirado a Dilton del servicio fuera un paso en esa dirección, porque ahora mismo, como todo lo demás que hacía, no me parecía lo suficiente.

—Haré lo que pueda.

—Tener algo más aparte del trabajo ayuda, ¿sabe? Algo bueno. Yo, por ejemplo, salgo con hombres inapropiados y hago joyas —comentó, y se pasó una mano por el delantal lleno de herramientas.

Ahora mismo, sentía que no tenía nada salvo un perro de acogida muy dependiente y un agujero o dos que nunca se curarían.

Se oyó un estruendo en la casa de al lado, seguido de un gemido alto y largo. Me sobresalté y me llevé la mano al arma de servicio de forma automática.

—No —me advirtió Xandra de golpe. Guardó las flores y al gato en casa e intentó empujarme para que pasara.

—Tiene que entrar en casa —insistí, y estuve a punto de tropezarme con Piper cuando bajé los escalones a toda prisa. Nolan recorrió el camino de la entrada a toda prisa, con la funda de la pistola abierta.

—¡Esperen! Es mi sobrino. Es no verbal —explicó Xandra, y me siguió hasta la puerta de al lado.

Me vinieron a la cabeza los detalles de su declaración. Llegaba tarde al trabajo porque se había quedado a ayudar a su hermana a calmar a su sobrino.

Me detuve e intercambié una mirada con Nolan. Dejé que Xandra me adelantara en los escalones.

—Tiene autismo —dijo, y entró en casa de su hermana sin llamar.

—Vigila al perro —le pedí a Nolan, y le lancé la correa de Piper antes de seguirla al interior de la casa.

Me seguía bombeando la sangre y estaba desconcentrado. Había un hombre, no, un chaval, hecho un ovillo de costado en mitad de la alfombra gris del salón, que se cubría las orejas mientras se balanceaba y aullaba a causa de un dolor que solo él sentía. A su lado había los restos hechos pedazos de un castillo de bloques de construcción.

—¿Has llamado a la policía? ¿En serio, Xan? —Una mujer con un parecido extraordinario a Xandra estaba arrodillada fuera del alcance de las patadas violentas de las piernas larguiruchas del chico.

—Muy graciosa —respondió Xandra con ironía—. Yo me ocupo de las cortinas.

—¿Puedo hacer algo para ayudar? —pregunté con cautela mientras Xandra cerraba las cortinas de las ventanas frontales.

—Todavía no —respondió la hermana de Xandra por encima de los gritos lastimeros de su hijo—. Tenemos visita con el médico en una hora y sus auriculares se están cargando.

Me quedé junto a la puerta, impotente, mientras las dos mujeres se movían de forma simultánea para que la habitación fuera más oscura y silenciosa. Me fijé en que era como un protocolo.

El chico dejó de gritar y su madre le pasó una especie de capa pesada por los hombros.

No tardó en erguirse. Era alto para su edad, con la piel morena y las extremidades larguiruchas típicas del principio de la pubertad.

Le echó un vistazo al castillo destrozado y soltó un gemido grave.

—Ya lo sé, colega —dijo su madre, que le pasó un brazo por los hombros con cuidado—. No pasa nada, lo arreglaremos.

—Amy, este es el comisario Morgan —intervino Xandra—. Jefe, estos son mi hermana Amy y mi sobrino Alex.

—Hola, jefe —respondió Amy mientras mecía a Alex en sus brazos.

—Hola. Solo he venido a darle las gracias a Xandra por…

—¿Salvarle la vida? —dedujo con una leve sonrisa.

—Sí, eso.

—Siento el alboroto —dijo, y aceptó el libro que Xandra le ofreció.

—No hace falta que se disculpe.

—Y te preocupaba cómo iba a ir tu primera interacción con la policía —se burló Xandra de su hermana.

Los labios de Amy volvieron a curvarse antes de plantarle un beso a su hijo en la cabeza y empezar a leer.

—Es otra estrategia. Reír incluso cuando no tenga gracia —dijo Xandra, y me entregó una bolsa de tela.

Hice lo que debía y ayudé a restaurar el orden, bloque a bloque, mientras Alex lanzaba miradas de preocupación en mi dirección.

Cuando la habitación quedó limpia y el cuento se acabó, le hice un gesto a Amy con la cabeza y seguí a Xandra hasta la puerta. Alex se puso en pie y se acercó a nosotros poco a poco.

Era alto y de hombros anchos, y me agarró el brazo con fuerza. Pero me miró el pecho y una sonrisa de niño dulce le recorrió la cara.

—No cree en el espacio personal —me advirtió Xandra, divertida.

Alex estiró el brazo y trazó mi placa con el dedo, de una punta a otra y luego a otra. Cuando hubo trazado la estrella dos veces, asintió y me soltó.

—Yo también estoy encantado de conocerte, Alex —le dije con suavidad.

Con las manos ocupadas, le di dos leves patadas a la puerta y esperé.

Se abrió unos segundos después y una sensación de calidez me inundó en cuanto la vi. Lina llevaba unas mallas lila oscuro y un jersey de color marfil lanoso que le llegaba un centímetro por encima de la cintura de los pantalones. Llevaba el pelo recogido con una cinta ancha desteñida. Iba descalza.

—Buenas noches —le dije, crucé el umbral y le di un beso en la mejilla. Piper me siguió y fue directa al sofá.

—Vaya, hola. Eh… ¿Qué es todo esto? —preguntó, y cerró la puerta detrás de mí.

Entré en la cocina y dejé las bolsas en la encimera.

—La cena —respondí.

Apareció en el umbral.

—No se parece a la comida tailandesa para llevar que iba a pedir.

—Lista además de preciosa. —Saqué las flores silvestres de una de las bolsas de la compra—. ¿Tienes un jarrón?

Señaló las encimeras vacías.

—¿Te parece que tenga un jarrón por ahí?

—Nos apañaremos. —Empecé a abrir las puertas de los armarios hasta que encontré un recipiente de plástico muy feo. Lo llené de agua y corté el plástico alrededor de las flores—. Son flores silvestres porque me han recordado a ti —le expliqué. Y porque los lirios del valle me hacían pensar en mi madre.

Lina me dedicó una de esas miradas complicadas de mujer antes de ceder y enterrar el rostro en las flores.

—Es muy dulce por tu parte. Dulce pero innecesario —dijo.

Me di cuenta de que evitaba acercarse a mí en el espacio reducido. Era adorable que pensara que sería capaz de reconstruir las paredes que había derribado la noche anterior.

—¿Te importa darle agua a Piper mientras lo preparo todo?

Vaciló un instante, después abrió un armario y encontró un bol de comida rápida vacío.

—No hace falta que me prepares la cena, de verdad. Estaba a punto de pedir comida —dijo mientras abría el grifo.

—He tenido un día muy largo —le respondí para conversar mientras sacaba una botella de vino, un sacacorchos y dos copas de una de las bolsas—. Y gracias a ti, por primera vez en mucho tiempo, he tenido energía para afrontarlo. —Abrí el vino con un pop y dejé la botella a un lado.

—He oído que ha pasado algo con uno de tus agentes —admitió, y dejó el cuenco de agua en el suelo—. La señora Tweedy me ha dicho que habéis descubierto que uno de los vuestros ha robado billetes falsos de pruebas después de habérselos gastado en un club de *striptease*.

—Ya me gustaría —le respondí.

Piper apareció en el umbral de la puerta con un sujetador deportivo en la boca, que escupió en el bol y bebió a su alrededor.

—Venga ya, Pipe. Deja de comerte la colada. —Agarré el sujetador—. Creo que esto es tuyo.

Lina lo tomó y lo lanzó sobre la encimera, junto al brócoli.

—Y a Neecey le ha faltado hacerme un placaje en la acera delante del Dino's —continuó Lina, y se subió a la encimera de un salto—. Me ha dicho que le has dado un cabezazo al inútil de Tate Dilton en el pasillo de las golosinas del supermercado.

—A veces me preocupa la comprensión oral de la gente de este pueblo.

Sonrió.

—Neecey también me ha contado que ha oído que os habéis chocado contra una pirámide de sopa preparada mientras forcejeabais y que el gerente de la tienda ha encontrado dos latas de *minestrone* al otro lado de la tienda, en la sección de congelados.

—Si sirves tú el vino, te contaré la historia real y mucho menos intensa.

—Hecho.

La puse al corriente de mi día, de todo lo que había pasado. Me gustó compartir la cocina y contarle mi día. Lina parecía interesada de verdad. Permaneció sentada en la encimera y hablamos mientras salteaba el pollo, los pimientos y la cebolla. Piper se unió a nosotros con un desfile interminable de juguetes y ropa.

Tuve que contenerme más de una docena de veces para no situarme entre las piernas de Lina, subirle las manos por los muslos e ir a por sus bonitos labios rojos.

La conexión que sentía entre nosotros era real, tangible y profunda, pero no sabía hasta qué punto ella sentía lo mismo. Y no iba a asustarla con la intensidad de mi deseo por ella.

—¿Por qué llevas unos pantalones de pijama en la bolsa? ¿Es una especie de postre moderno que no conozco? —preguntó cuando fisgoneó en la última bolsa.

—Ya, en cuanto a eso… —comencé.

—Nash —pronunció mi nombre como una advertencia suave.

—Sé que se supone que lo de anoche fue una excepción. Sé que sentiste lástima por mí porque era un puto desastre. —Apagué el fuego y le puse la tapa a la sartén de pollo antes de volverme hacia ella—. Pero también sé que no he dormido tan bien en… toda mi vida.

—No podemos seguir haciéndolo —dijo con suavidad.

Me limpié la mano en el paño que había traído y después hice lo que me moría de ganas de hacer. Me coloqué entre sus rodillas y le subí las manos por los muslos hasta apoyárselas en las caderas.

Me plantó las manos en los hombros y las dejó allí. No me apartó. Ni me atrajo hacia ella.

Era una posición íntima. Y quería más, sentía como si mi sangre hubiera pasado de estar caliente a hervir en un instante.

—Mira, ya sé que no es justo que te lo pida, que te haga responsable de este pedazo de mi bienestar, pero estoy desesperado. Te necesito, Angelina.

—¿Por qué no dejas de llamarme Angelina?

Le apreté las caderas.

—Es tu nombre.

—Ya lo sé, pero nadie me llama así.

—Es un nombre bonito para una mujer bonita y complicada.

—Eres encantador, no te lo voy a negar. Las flores. La cena. Y esa dulzura. Pero ¿cuánto tiempo vamos a seguir jugando a este juego?

—Cariño, para mí no es un juego. Es mi vida. Eres lo único de toda mi existencia que me hace sentir que tengo la oportunidad de volver a ser yo. No lo entiendo y, francamente, no me hace falta. Lo único que sé es que me siento mejor cuando te toco. Cuando me he despertado esta mañana, no me sentía como un fantasma o una sombra. Me sentía bien.

—Yo me he sentido... eh... bien, también —confesó, sin mirarme a los ojos—. Pero estamos jugando con fuego. Tarde o temprano te encariñarás demasiado y tendré que destrozarte el frágil corazón masculino. Por no mencionar el hecho de que nos hemos despertado restregándonos, básicamente.

Sonreí.

—Por eso he traído pantalones. Con cordón.

—Este no es el tipo de presión social del que me advirtieron las películas de la televisión. «Oye, Lina. Duerme abrazada a mí para que me sienta vivo otra vez» —dijo imitando un barítono grave.

Le volví a apretar las caderas y la acerqué un centímetro más a mí.

—«No hay nada que me apetezca más que meterme contigo en la cama sin acostarme contigo, Nash» —susurré en una imitación de Marilyn Monroe.

Lanzó un suspiro ofendido.

—Me fastidia que seas tan mono.

—¿Tanto que vas a dejar que duerma contigo esta noche?

Me apretó los hombros y apoyó la frente sobre la mía.

—Intento tomar mejores decisiones, pero no me lo estás poniendo fácil.

Me dejé llevar por la tentación y le di un beso en la nariz.

—¡Uf, eres imposible! —protestó.

—¿Qué tenían de malo tus decisiones anteriores?

Se mordió el labio.

—¿Tengo que recordarte que he sido asquerosamente vulnerable contigo durante, qué, cuarenta y ocho horas? Me he pasado veinte minutos contándote qué tal me ha ido el día. Ahora te toca a ti. Tiene que ser recíproco. Habla, ángel.

Frunció la nariz.

—No me gusta compartir. En especial cuando lo que digo no me hace quedar bien.

—Te lo repito: posición fetal al pie de las escaleras.

—Llevaba un equipo en una operación. El ladrón volvió a casa antes de tiempo y tuvimos que huir rápido y de improviso por el tejado. No sabía que el tío con el que iba tenía miedo a las alturas. Salté y aterricé en el canal. Cuando miré atrás, él seguía allí, paralizado. Le grité, entró en pánico y aterrizó de culo en el capó de un coche.

—Ay —dije, y decidí que no tenía que saber exactamente qué clase de peligro requería escapar por el tejado.

—Solo se rompió el coxis, así que tuvo suerte. Pero tendría que haber sido más sensata. Como mínimo, no debería haberlo obligado a correr el riesgo.

Me trazó circulitos en el pecho con los dedos.

—El caso es que hacer bien mi trabajo tiene recompensas: bonificaciones, estatus, la emoción de la persecución. Ser la heroína y llevarte la victoria. Donde trabajo, alaban las tácticas agresivas. Yo conseguí una bonificación y Lewis un culo roto. Me di cuenta de que, por muy buena que sea, a veces solo es cuestión de suerte. Y no quiero contar con ella para siempre.

—Excepto en lo del dinero, lo entiendo. —Me molestaba saber que solo estaba en aquella cocina gracias a la suerte.

—Es mucho más heroico ser un héroe por algo más que ganar un cheque bien gordo —respondió.

—¿Cómo de gordo estamos hablando? —bromeé.

Esbozó una sonrisa felina.

—¿Por qué? ¿Te molesta ganar mucho menos que tu compi de cama de apoyo emocional?

—No, señora. La verdad es que no. Solo tengo curiosidad por saber cuánto es «mucho menos».

—Tengo una cuenta de corretaje y un vestidor lleno de trapos de diseño muy bonitos. ¿Y ese Charger tan *sexy* que tengo en el aparcamiento? Lo pagué al contado con la bonificación del año pasado.

Emití un silbido bajo.

—No puedo esperar a ver qué me regalas por mi cumpleaños.

—Si no me falla la memoria, tu hermano y tú apenas hablasteis durante años porque te dio dinero.

—Oye, eso es una mentira sucia —le dije, y tomé la copa de vino—. Apenas hablamos durante años porque me obligó a aceptar un dinero que no quería, me dijo lo que tenía que hacer con él y no le gustó lo que decidí hacer al final.

—Bueno, en ese caso, voy con el Equipo Nash —comentó.

—Sabía que te convencería.

—¿Qué quería Knox que hicieras con el dinero?

—Jubilarme.

Arqueó las cejas de golpe.

—¿Jubilarte? ¿Por qué?

—No soporta que creciera y me hiciera policía. De pequeños tuvimos bastantes roces con la ley y Knox nunca superó su recelo a la autoridad. Se ha relajado, pero todavía le gusta meterse en cosas turbias. Como en esas partidas de póquer ilegales de las que se supone que no sé nada.

—¿Y tú? ¿Por qué ya no te metes en cosas turbias?

—Si le preguntas a mi hermano, porque les mandé a la mierda a él y a nuestra infancia. Éramos nosotros contra el mundo.

—Pero no es cierto.

Sacudí la cabeza.

—Pensé que, en lugar de operar fuera del sistema, era mejor intentar cambiarlo desde dentro. Nuestros líos con la ley fueron bastante menores. Pero ¿Lucian? No había nadie que lo sirviera o protegiera a él. Lo metieron en la cárcel con diecisiete años y pasó una semana allí, algo que nunca debería haber pasado. Ese fue el punto de inflexión para mí. Por mucho que la armáramos o rompiéramos las reglas, no íbamos a conseguir sacarlo de ese aprieto. Y lo único que habría necesitado era que un buen policía hiciera lo correcto.

—Así que haces lo que haces por los futuros Lucian —dijo.

Me encogí de hombros, un tanto avergonzado.

—Y por el uniforme gratis. Corre el rumor de que los pantalones me hacen buen culo.

Lina sonrió y volví a sentir el ardor como el de una fogata en el pecho.

—Oh, agente Macizo, ese rumor está más que corroborado. Es un hecho oficial.

—¿Agente Macizo?

—¿Por fin algo del pueblo que no sabes? —bromeó.

Cerré los ojos.

—Dime que no me llaman así.

Batió las largas pestañas en mi dirección.

—Pero Nash, sé lo importante que es la sinceridad para ti.

—Madre mía.

CAPÍTULO DIECISIETE

CONVERSACIONES EN LA CAMA

LINA

—¿Así que pasaste de un encargo en equipo muy importante en el que tuviste que saltar de un tejado a estar aquí? —preguntó Nash.

Estábamos en mi cama, mirando al techo. Nash estaba tumbado en el lado izquierdo, el que estaba más cerca de la puerta. Piper roncaba hecha un ovillo bajo su axila. Yo había metido una almohada entre los dos para prevenir que se repitiera lo de la noche anterior.

Vacilé, sorprendida por la necesidad de confesarle la verdad, de contarle por qué los dos buscábamos al mismo hombre, pero la aplasté. Ya me había comprometido a ceñirme al plan, no necesitaba malgastar energías en dudar de mí misma.

—Quería algo de tiempo para respirar y sopesarlo todo. Van a abrir un puesto nuevo que conlleva más viajes, trabajos más largos. Es mi trabajo ideal, pero... —Dejé la frase en el aire.

—¿Tu familia sabe a qué te dedicas?

—Creen que recorro el país ofreciendo formación corporativa. Prefiero vivir mi vida sin cargar con la opinión de otras personas. En especial la de las que creen que debería encontrar una forma más fácil y segura de conseguir un sueldo.

—Es comprensible. ¿Qué hay en las cajas de documentos?

—Nash, esto de dormir juntos solo funciona si te callas y te vas a dormir.

—Solo le estoy dando vueltas.

No me gustaba hacia dónde iba la conversación. Me sentía como si me estuviera obligando a contarle una mentira piadosa tras otra y cada vez estaba más incómoda. Así que hurgué en mi arsenal y desplegué mi arma favorita: la distracción.

—Me he encontrado con Lucian hoy —declaré, y me giré de lado para ponerme de cara a él en la oscuridad.

—¿Aquí?

«Qué interesante». Así que el incordio sobreprotector no había querido que Nash supiera de nuestra charla.

—No, en una cafetería de carretera en Lawlerville.

—¿Lucian ha comido en una cafetería de carretera? ¿Estás segura de que era él y no algún doble?

—En realidad, él no ha comido. Se ha tomado un café mientras yo comía —le expliqué.

—¿De qué habéis hablado?

—No me digas que el macizo está celoso —me burlé, y estiré el brazo por encima de la almohada para hacerle cosquillas. Nash me atrapó la mano y se la llevó a la boca.

—Pues sí. —Me dio un mordisquito en la yema del dedo índice.

—Hemos hablado de ti. Creo que está preocupado.

Se quedó en silencio durante un instante y noté que su preocupación aumentaba en la oscuridad.

—No le has contado nada, ¿verdad?

—Pues claro que no, me pediste que no lo hiciera. He supuesto que tienes un motivo para contarle a tu vecina desconocida lo de tus ataques de pánico en lugar de a tu amigo más antiguo o a tu hermano.

—No somos desconocidos —insistió. Se puso mi mano sobre el pecho y la sostuvo en esa posición.

—Entonces… ¿somos amigos? —le pregunté. Sentía el calor de su pecho bajo la palma de la mano.

Se quedó callado durante un buen rato.

—Parece más que eso —admitió.

—¿A qué te refieres con más?

«A ver qué te parecen a ti las preguntas molestas e incómodas, señor».

—A que si estuviera en mejor forma, estarías desnuda y ni de broma habría una almohada entre nosotros.

—Ah.

—¿Ah? ¿No vas a decir nada más?

—Por ahora no.

Una alarma estridente me sacó de golpe de un sueño buenísimo que nos incluía a mí, a Nash y una desnudez que sin duda parecía guiarnos hasta algo muy *sexy*.

Debajo de mí se oyó un gruñido grave y por un segundo temí haberme dado la vuelta y pisado a la perra mientras dormía.

Pero Piper era mucho más peluda y pequeña que lo que fuera sobre lo que había apoyado la cabeza. La alarma se detuvo y el gruñido se convirtió en un bostezo. Una mano cálida me acarició la cara externa del muslo hasta la cadera. Mientras tanto, la parte interna se acurrucaba a más no poder contra una erección.

—Tiene que ser una broma —protesté.

—Has saltado la valla, ángel —comentó Nash con tono engreído y adormilado.

Estaba tumbada encima de la almohada que había colocado entre los dos. Tenía la cabeza y la mano apoyadas en el pecho ancho de Nash y le había pasado la pierna por encima del… eh… área del pene.

—Esto empieza a ser vergonzoso —murmuré.

Intenté apartarme de él y hacer el revolcón de la vergüenza hasta mi lado de la cama, pero me tenía rodeada con los brazos. Con un tirón rápido, acabé despatarrada sobre su cuerpo, pecho contra pecho, entrepierna contra entrepierna.

No había postura más *sexy*.

—Por lo menos esta vez no he perdido los pantalones —dijo de forma alegre.

—No tiene gracia —me quejé. No me gustaba que me abrazaran, y ningún hombre, en especial el que dependía de mí para que fuera su apoyo emocional, cambiaría eso.

—Oh, cariño, estoy de acuerdo. El sitio en el que estás sentada no tiene nada de gracioso. —Su erección se movió contra mí e hizo que mi vagina tuviera un berrinche porque los pantalones cortos que había insistido en ponerme para dormir le impedían el acceso.

Hice un intento considerable por apartarme de él, pero las vueltas y la fricción solo me excitaron más.

Nash me agarró por las caderas.

—Relájate, ángel. —Tenía la voz ronca y sonaba mucho menos dormido y más excitado mientras me sujetaba para impedir que me moviera.

Mientras tanto, coloqué las manos y los brazos entre nosotros para que hubiera la mayor distancia posible. Mi orgasmo era de gatillo fácil y si efectuaba una ligera arremetida en esa dirección, no podría ocultarlo.

—Dios, estás preciosa por las mañanas —comentó, y me apartó un mechón de pelo de la frente—. Nunca me he despertado mejor.

Para mí solo un día superaba al de hoy, el de ayer. Pero ni de broma iba a compartirlo con él.

—Deja de ser adorable —lo regañé.

Pero esos ojos azules, delicados y soñadores me atraían. Ya no peleaba por escapar. Me cernía sobre él, con nuestras miradas entrelazadas y los labios demasiado cerca para tomar buenas decisiones.

Levantó la otra mano. Me recorrió la mandíbula con los dedos y me agarró el pelo.

—Te voy a besar, Angelina.

«Ni de broma». Es lo que tendría que haberle dicho. O: «Creo que es una mala idea y que deberíamos tomarnos un tiempo para sopesar las consecuencias». Por lo menos, podría haberle dicho que tenía que lavarme los dientes y podría haberme encerrado en el baño hasta que mis partes nobles espabilaran.

En lugar de eso, asentí tontamente y respondí:

—Sí, vale.

Pero justo cuando levantaba la cabeza, cuando lo único que veía eran esos ojos azules que se acercaban a mí, justo cuando empezaba a separar los labios, alguien comenzó a golpear la puerta principal.

Piper se sobresaltó a los pies de la cama y emitió unos cuantos ladridos agudos.

Nash frunció el ceño.

—¿Esperas a alguien a las seis de la mañana?

—No. ¿Crees que es la señora Tweedy que intenta que vaya con ella al gimnasio? —No descartaba esconderme debajo de la mesa.

Volvieron a llamar a la puerta.

—Es bajita. Ella golpea la puerta desde más abajo.

No iba a mentir. Sentí una punzada de alivio por el hecho de que era probable que no fuera mi vecina anciana, que intentaba volver a darme una paliza en el gimnasio.

—Quédate aquí —me ordenó Nash, que me apartó de encima de él y me dejó sobre la cama.

—Ni de broma. Es mi casa. Quienquiera que esté llamando me busca a mí.

—¿Entonces no será una sorpresa muy divertida que me encuentre a mí en vez de a ti? —replicó, y sonó menos como un amante adormilado y más como un policía con carácter.

Tomé la bata y me apresuré tras él.

—Nash —siseé—. A lo mejor no quiero que quien sea que esté al otro lado de la puerta sepa que hemos vuelto a pasar la noche juntos.

—Demasiado tarde —respondió el barítono grave e irritado desde el otro lado.

Nash abrió la puerta de un tirón y Lucian entró en la casa con otro de esos trajes a medida y con aspecto de llevar en pie unas cuantas horas.

—Tiene que ser una broma —refunfuñé.

—¿Es que duermes en traje? —le preguntó Nash.

—No duermo —bromeó él.

Mi vagina odiaba a Lucian Rollins.

—¿Qué haces aquí? —espeté.

—Seguir tu consejo —replicó con algo de ira en el tono—. Venga, Nash. Vamos a desayunar.

—No te ofendas, Lucy, pero estaba en medio de algo que preferiría seguir haciendo antes que comerme unos huevos contigo.

Lucian me lanzó una mirada que habría incinerado a una mujer más débil.

—Puedes volver a lo que hacías cuando te diga lo que tengo que decirte.

—Necesito un café —murmuré, y me dirigí a la cocina.

—Te lo advertí —añadió Lucian a mis espaldas.

—Ah, ¿sí? Y yo a ti. —Le hice una peineta por encima del hombro.

—¿Se lo advertiste? ¿De qué narices va todo esto, Lucy? —exigió Nash.

—Tenemos que hablar —respondió Lucian—. Vístete.

—Yo me ocupo del perro —repliqué—. Y tú te ocupas del pesado de tu amigo.

CAPÍTULO DIECIOCHO

HUEVOS BENEDICTINOS PARA CAPULLOS

NASH

No estaba de humor para desayunos ni para la música pop alegre que sonaba por los altavoces del restaurante. Por segundo día consecutivo, no me había despertado con el eco de ese crujido tan desagradable en la cabeza.

En su lugar, me había despertado con Lina. Y el capullo de mi amigo lo había estropeado.

—¿Dónde está ese alguacil que es tu sombra? —me preguntó el capullo.

—Pues seguramente en la cama, donde yo debería estar. Has interrumpido algo.

—Y deberías agradecérmelo.

—¿Has perdido la puta cabeza? —le dije justo cuando se acercaba el camarero.

—Puedo darles un minuto más —comentó este con vacilación.

—Café. Solo. Por favor —añadí, y deslicé el menú hasta el borde de la mesa mientras fulminaba a Lucian con la mirada.

—Los dos tomaremos los huevos benedictinos con salmón ahumado y yogur con frutos del bosque —añadió el cortarrollos de mi amigo.

—De acuerdo —respondió el chico antes de largarse a toda prisa.

195

Lucian tenía el don de intimidar e impresionar a la gente, a menudo al mismo tiempo. Hoy, sin embargo, solo me estaba haciendo enfadar.

Me pasé una mano por el rostro.

—¿Qué narices te pasa?

—Estoy aquí para hacerte la misma pregunta —respondió. Miró el teléfono y frunció el ceño antes de guardárselo en la chaqueta.

—Eres como un vampiro que se queda despierto para tramar cómo cortarle el rollo a sus mejores amigos.

—Has pasado dos noches en la cama con ella y…

—¿Cómo sabes que he pasado dos noches con ella? —lo interrumpí.

—¿Dos noches con quién? —Mi hermano se deslizó en el banco del reservado junto a mí con aspecto de estar molesto y de acabar de salir de la cama.

—¿Qué haces tú aquí? —espeté.

Bostezó e hizo un gesto para que le trajeran un café.

—Me ha llamado Lucy. Ha dicho que era importante. ¿Dos noches con quién?

—No voy a hablar del tema. Y ¿cómo sabes con quién me voy a la cama? —pregunté, y me volví hacia Lucian.

—La información siempre me acaba llegando.

—Juro por Dios que si la señora Tweedy escucha delante de mi puerta con un vaso…

—¿Qué narices os pasa a los dos? —intervino mi hermano.

El camarero regresó con café para todos.

—¿Quiere desayunar algo? —le preguntó a Knox.

—Cuando descubra a quién se está llevando mi hermano a la cama.

—Joder. A nadie le importa con quién me acuesto. Lo que quiero saber es por qué cojones se ha presentado Lucian en casa de Lina a las seis de la mañana y me ha sacado a rastras de la cama por un puñetero desayuno.

—¿Estabas en casa de Lina a las seis de la mañana? —Knox no parecía muy contento de oírlo.

—Sinceramente, no tendría que haber ido si la comida que tuve ayer con tu compañera de cama hubiera ido mejor —dijo Lucian con tono molesto.

Me estaba planteando abalanzarme sobre él por encima de la mesa y agarrarlo por las solapas de su traje pijo cuando el camarero tomó la sabia decisión de desaparecer.

—¿Por qué hemos venido? ¿Qué hacías comiendo con Lina? ¿Y qué tiene que ver todo eso con tu deseo repentino de comerte unos huevos benedictinos?

—¿Qué narices hacías en casa de Lina a las seis de la mañana? Y más vale que la respuesta no sea que te la estás tirando —gruñó Knox.

Lucian arqueó una ceja en mi dirección y levantó la taza.

—Te ha dicho que comimos, pero no por qué. Qué interesante.

—Nada de esto me parece interesante. O vas al grano o ya puedes quitarte del medio —le dije.

—Si ninguno de los dos empieza a responder a las preguntas, me voy a liar a puñetazos con los dos —advirtió Knox.

—Le pasa algo —respondió Lucian, y me señaló—. No ha estado bien desde el tiroteo.

—No me fastidies, Sherlock. Un cabrón me metió dos balazos. Cuesta un poco recuperarse de algo así.

—Lo dices como si lo intentaras.

Una ira incandescente se abrió paso en mi interior. Mi hermano se tensó a mi lado.

—Que te den, Lucy —le contesté—. Lo intento. Voy a fisioterapia. Voy al gimnasio. Y voy a trabajar.

Sacudió la cabeza.

—Físicamente estás sanando, pero ¿mentalmente? No eres el mismo. Intentas esconderlo, pero las grietas empiezan a verse.

—Voy a necesitar algo más fuerte que el café si vamos a tener esta conversación —murmuró Knox.

Tomé el café y me planteé arrojárselo a la cara.

—Ve al grano, Lucy.

—No necesitas distracciones, lo que necesitas es pasar página. Necesitas recordar. Necesitas encontrar a Hugo y sacarlo de las calles.

—Sacar a Hugo de las calles no cambiará una mierda de lo que ya ha pasado. ¿Y cómo cojones me va a ayudar a recuperarme recordar lo que pasó?

197

¿Es que acaso el vacío de mi mente era la clave? Si por fin recordaba lo que se sentía al enfrentarse a la muerte, ¿estaría listo para volver a vivir? ¿No era eso parte de lo que me costaba sobrellevar? Podía meter a delincuentes entre rejas, pero eso no enmendaba lo que ya habían hecho. Podía impedir que lo volvieran a hacer, pero no prevenir la primera vez que lo hacían.

Debí de haber alzado la voz porque la pareja de la mesa de al lado se giró hacia mí.

—No me creo que me hayas hecho dejar a Naomi en la cama para esto —protestó Knox.

—Lo mismo digo.

—Tu hermano estaba en la cama con Lina —me delató Lucian.

—Y una mierda. No me fastidies —dijo Knox, que se volvió hacia mí.

—Hostia puta, no empieces —le advertí.

—Te dije que te alejaras de ella.

—Y yo se lo dije a ella —intervino Lucian.

—¿Qué? ¿Por qué? —Knox y yo saltamos a la vez.

—Estamos en el mismo bando, Knox —le recordó Lucian.

—¿La amenazaste? —le pregunté con voz grave y peligrosa.

—Pues claro que sí, joder.

—¿Qué narices te pasa? A los dos —exigió mi hermano.

—Se está aprovechando de ti —insistió Lucian.

—Estás empezando a hacerme enfadar de verdad, Lucy —le advertí.

—Bien, es un comienzo.

—No te volverás a acercar a Lina —le dije—. No puedes ir amenazando a la gente de mi parte. Y en especial a ella.

—No puedo creer que te estés acostando con Lina cuando te dije que no lo hicieras —gruñó Knox.

—Y no puedes enterrar la cabeza en la arena y esperar que las cosas vayan a mejor. Tu padre pasó las últimas décadas de su vida intentando anestesiarse. Lo que estás haciendo tú no es muy distinto —dijo Lucian.

Un silencio cargado cayó sobre la mesa y nos fulminamos unos a otros con la mirada.

—Estoy deprimido, vale, ¿capullos? Mi vida no ha sido más que un agujero negro gigante desde que me desperté en la cama del hospital. ¿Ya estáis contentos? —Era la primera vez que lo admitía en voz alta. Y no me importaba.

—¿Te parece que estoy contento?

En su defensa, Lucian parecía destrozado.

—Dime qué tiene que ver todo esto con Lina —pidió mi hermano con la cara enterrada en las manos.

—No creo que esté siendo sincera. Me preocupa que pueda aprovecharse de ti cuando estás… así. Se presenta en el pueblo un día antes de que Hugo se lleve a Naomi y a Waylay. No te dice en qué consiste su trabajo de verdad. Se muda al piso de al lado. Y da la casualidad de que tiene un pasado con el alguacil que han asignado a tu caso.

—También me levantó el culo del suelo, me cargó hasta el piso de arriba y me ayudó a superar un ataque de pánico hace dos noches. No sé qué narices tiene, pero cuanto más cerca estoy de ella, mejor me siento. Más fácil me resulta salir de la cama y seguir con mi vida. Así que, aunque aprecio tu preocupación, me gustaría remarcar que ha estado ahí para apoyarme como nadie más lo ha estado. Ni tú, ni Knox. Nadie.

Lina me hacía sentir como un hombre, no como lo que quedaba de él.

Lucian apretó la mandíbula bajo la barba cuidadosamente recortada.

—Los huevos benedictinos con salmón ahumado. —El camarero apareció con nuestro desayuno.

—Gracias —dije con tono inexpresivo cuando me quedó claro que Lucian no iba a decir nada.

—¿Puedo traerles algo más? ¿Más café? ¿Servilletas para limpiar el próximo derramamiento de sangre? ¿No? Vale.

—Te está mintiendo —insistió Lucian—. Ha venido aquí por ti.

—Callaos la puta boca los dos —nos ordenó Knox—. Lina es de las buenas.

—Tú tampoco confías en sus intenciones con tu hermano —señaló Lucian.

—Porque le va a romper el puñetero corazón, por eso —dijo mi hermano, exasperado—. No porque ella se esté aprovechando o cualquier tontería que se haya inventado tu mente desconfiada. No sentará la cabeza. No será la mujer de un policía y se encargará de un puñado de críos. Así que si te enamoras hasta las trancas de ella y te da una patada en el estómago de camino a la puerta, yo seré el que tendrá que aguantar quejas y reniegos sobre el tema.

Me sentí curiosamente conmovido, pero seguía muy enfadado por encima de todo.

Los miré a los dos. Mi hermano y mi mejor amigo creían que era demasiado débil para sobrevivir a todo esto.

—Si volvéis a acercaros a ella, os arrepentiréis —les advertí. Se me pusieron los nudillos blancos de sujetar el asa de la taza con tanta fuerza.

—Te digo lo mismo —me dijo Knox.

—No es asunto tuyo —le recordé.

—No confío en ella —comentó Lucian tercamente.

—¿Sí? Pues yo no confiaba en esa higienista dental con la que saliste durante un mes hace tres años.

—Y tenías razón. Me robó el reloj y el albornoz —admitió mi amigo.

—Lina no va detrás de mí por mi reloj y no tengo albornoz.

—No, pero va detrás de algo. Un mentiroso sabe reconocer las mentiras.

—Deja de investigarla.

—Si consigues que deje de comerte la cabeza, dejaré de vigilarla —dijo Lucian.

Cuando Lucian Rollins investigaba algo, significaba que sabía lo que había en el cubo de la basura antes de que lo sacaras a la calle. Significaba que sabía lo que ibas a cenar antes que tú. El hombre tenía un don para recabar información y no debería haberme sorprendido que lo utilizara en mi contra. En especial si pensaba que era por mi propio bien.

—No tengo por qué escuchar todo esto.

—Sí, tienes que hacerlo —insistió—. He oído más rumores de que Duncan Hugo no ha huido con el rabo entre las piernas.

—¿Y qué? —repliqué.

—Pues que eres un cabo suelto, una amenaza para él. No puedes esconderte para siempre en los vacíos de tu memoria. Tienes que funcionar al cien por cien. Porque si vuelve a ir a por ti, si consigue acabar contigo… Solo tendré a Knox como amigo.

—Qué gracioso.

—Que te den —musitó Knox.

—Eres demasiado bueno para dejar que esto acabe contigo. Si es necesario, tendrás que salir de la oscuridad con uñas y dientes y vencerlo. Y no lo lograrás si te distraes con una mujer en la que no puedes confiar.

—Todo esto tiene una solución muy sencilla. Que los dos os mantengáis alejados de Lina —dijo Knox.

—Que os den a los dos.

CAPÍTULO DIECINUEVE

EL CAQUI NO ES SU COLOR

LINA

—¿Lo de siempre, querida Lina? —preguntó Justice desde detrás del mostrador del Café Rev cuando entré.

—Sí, por favor. ¿Te importa que se una mi amiga peluda? —le pregunté, y levanté a Piper, que llevaba el jersey de calabazas. El perro olfateó el aire con olor a café y tembló ante la emoción del trajín de buena mañana.

Justice sonrió.

—No hay problema. Le prepararé algo extraespecial a la señorita Piper.

Por supuesto que el querido barista se sabía el nombre de la perra. Y por supuesto que sabía lo que pedía siempre. Durante los dos últimos años, había ido a la misma cafetería cerca de mi casa y seguían equivocándose con el pedido y el nombre.

—¿Va todo bien? —me preguntó por encima del jaleo de la concurrida cafetería mientras yo pagaba el café.

Pestañeé. Eso sí que no pasaba en mi cafetería de siempre.

—Sí, claro. Todo va de maravilla —le respondí.

Era una mentira bien gorda.

Pero no iba a explicarle a Justice que estaba histérica porque Nash Morgan era tan irresistible que me hacía actuar de una forma totalmente impropia de mí. Lo abrazaba. Le contaba mis secretos. Lo apoyaba emocionalmente. Y desde luego no iba a explicarle que me preocupaba que Lucian fuera a estropearlo todo, incluso aunque no estuviera segura de que lo quisiera «todo» para empezar.

Habían sido amigos durante años y, si Lucian le decía que yo no era de fiar, Nash lo escucharía.

Debería alegrarme. La intromisión de Lucian me sacaría de una situación que no sabía cómo manejar y me permitiría centrarme en lo que había venido a hacer. Debería estar eufórica. En lugar de eso, me sentía como aquella vez en la universidad en que había insistido en subirme a la montaña rusa después de haberme tomado cuatro chupitos de tequila.

—¿Segura? Porque tu cara no dice que estés de maravilla —me presionó Justice.

—Mi cara y yo estamos bien —le aseguré—. Solo… intento solucionar algunas cosas.

Tomó una taza y la hizo girar alrededor del dedo por el asa.

—A veces, lo mejor que puedes hacer es distraerte y dejar que la respuesta llegue hasta ti.

Introduje un billete de veinte dólares en el tarro de las propinas.

—Gracias, Justice.

Me guiñó el ojo.

—Toma asiento. Te avisaré cuando lo tuyo esté listo.

Me dirigí a la primera mesa vacía que vi y me dejé caer en la silla.

Justice tenía razón. Nash no era una operación que pudiera planear y llevar a cabo. Era un hombre adulto y podía tomar sus propias decisiones. Pero era probable que debiera saber toda la información para tomarlas. Si le contaba la verdad y aun así creía que no era de fiar, sería él quien saldría perdiendo. No yo.

Entonces, ¿por qué sentía que era yo la que perdía? La vocecita de mi cabeza protestaba. No me estaba enamorando del tipo, ¿verdad? Antes de este fin de semana, solo había bebido en un bar con él y lo había curado después de un tiroteo. Apenas nos conocíamos. Solo era un encaprichamiento, nada más.

—Parece que estés a un millón de kilómetros de aquí —dijo Naomi, que apareció con varias bebidas.

—¿Cuánto café bebes por la mañana? —le pregunté mientras tomaba asiento a mi lado.

—Dos son tuyos —respondió. Deslizó hacia mí un café con leche y un vaso de cartón con nata montada con el nombre de Piper escrito—. No has oído a Justice cuando te ha avisado.

Piper se olvidó del miedo y metió el morro en la nata montada.

—¿Cómo supiste que Knox era el indicado? —formulé la pregunta sin querer.

Pero si a Naomi le sorprendió, no lo demostró.

—Fue una sensación, una especie de magia. Una sensación de pertinencia, supongo. Te aseguro que no tenía ningún sentido lógico. En teoría, no podíamos ser más inadecuados para el otro, pero cuando estaba con él, tenía la impresión de que todo encajaba.

Mierda. Lo que había dicho me sonaba... familiar.

Me mantuve ocupada con un chute de cafeína.

—Pero no puedes enamorarte de alguien en cuestión de días, ¿verdad?

—Pues claro que sí. —Se rio.

Deseé haber ido a un bar en vez de a una cafetería.

—Pero hay varias capas. Puedes enamorarte perdidamente de alguien en la superficie, puedes encontrarlo atractivo o interesante o, como en el caso de Knox, irritante. Y la cosa puede quedarse ahí. Pero cuanto más ahondes, cuantos más pedazos veas de esa persona, más caerás. Y eso también puede ser rápido.

Pensé en nuestras confesiones nocturnas, en la intimidad extraña y frágil que habíamos creado entre los dos al confiarnos cosas que nadie más sabía. Me preguntaba si esa intimidad se desvanecería si le contaba toda la verdad. ¿O había una fuerza invisible en esa clase de honestidad?

—O, si sois como Knox y yo, puede que necesites un cincel y un martillo para arrancar la capa del «eres atractivo, vamos a acostarnos» —añadió Naomi.

—Esa capa me gusta —admití.

—¿Cómo no iba a gustarte? —bromeó.

—¿Las capas de dentro pueden compararse a esa? —Solo lo preguntaba medio en broma.

Esbozó una sonrisa de oreja a oreja.

—Oh, cariño. No hacen más que mejorar. Cuanto más conoces, quieres y respetas a tu pareja, más vulnerables sois juntos y todo mejora. Y me refiero a todo.

—Suena... aterrador —decidí.

—No te equivocas —coincidió ella—. ¿He esperado el tiempo apropiado antes de exigir que me cuentes quién te está haciendo sentir esas cosas?

—Todo es hipotético.

—Ya. Y por eso no estás aquí sentada con el perro de Nash. Y tú y Nash no estuvisteis a punto de prenderle fuego a la mesa de mi comedor con las chispas que sobrevolaban entre los dos en la cena. Y Knox no se enfadó porque Nash te arrinconara después.

—Veo que no tenéis ningún problema de comunicación de pareja —comenté.

Trató de intimidarme con la mirada para que cediera, pero me mantuve firme.

—Uf, vale —dijo—. Pero que sepas que si necesitas hablar, hipotéticamente o no, aquí estoy. Y os apoyo.

—Gracias —le respondí, y le acaricié el pelo áspero a Piper—. Lo aprecio mucho.

—Para eso están las amigas —comentó antes de echarle un vistazo al reloj—. Si me disculpas, ha llegado el momento de dejar que Sloane me convenza para utilizar el dinero de la venta de mi casa para el bien de la comunidad, ya que mi futuro marido se niega en redondo a dejar que pague por la boda, la luna de miel o la universidad de Waylay.

—¿Y por qué no lo ahorras?

—Ya estoy ahorrando una parte, pero utilicé la herencia de mi abuela para la entrada de la casa, y me parece bien invertirlo en el futuro de algo que me importe. Sloane dice que ha encontrado la causa perfecta. —Tomó el café del tamaño de un cubo y se puso en pie—. ¡No olvides que iremos a comprar vestidos!

Nos despedimos y observé a Naomi mientras salía al frío de la mañana de otoño.

Bajé la mirada hacia Piper. Tenía nata montada en el bigote perruno.

205

—Creo que tengo que contarle la verdad a tu padre —le dije.

La perra ladeó la cabeza y mantuvo tanto el contacto visual conmigo que me incomodó.

—¿Algún consejo? —le pregunté.

Sacó la lengua rosada con rapidez y se limpió la nata del morro.

Si durante el desayuno Lucian no había conseguido convencer a Nash de que era una mujer fatal conspiradora y manipuladora, a lo mejor, durante la comida, podría contarle por qué había venido y que a lo mejor me gustaba un poquito.

—¿Sabes? Aunque al principio se enfade conmigo, todavía te tendré a ti —le dije a la perra—. A lo mejor puedo tomarte como rehén y pedirle que me perdone como rescate.

Piper estornudó y esparció nata montada por toda la mesa. Me lo tomé como una señal afirmativa y, en cuanto terminé de limpiar el desastre, le envié un mensaje.

Yo: ¿Tienes tiempo para salir a comer hoy? Quiero contarte algo.

Dejé el teléfono en la mesa y miré la pantalla fijamente mientras esperaba a que aparecieran los tres puntos. Pero no apareció ninguno.

Lo más seguro era que estuviera ocupado. O a lo mejor ya había decidido que no era de fiar y mi honestidad tardía no iba a arreglarlo. ¿Qué estaba haciendo? Había venido a hacer mi maldito trabajo y a descubrir una forma de dejar de tomar decisiones arriesgadas.

—Mierda —murmuré en voz baja.

Volví a coger el teléfono.

Yo: Me acabo de dar cuenta de que no tengo tiempo de salir a comer, así que olvida lo que he dicho. Tengo algunos recados que hacer. Dejaré a Piper con la señora Tweedy.

Hala, ya está.

Lo más sensato era acabar con esto de una vez. No importaba lo que Nash pensara de mí. No estaría aquí el tiempo suficiente para lidiar con las consecuencias.

—Hola, preciosa. —Tallulah, la mujer de Justice, sujetaba un vaso grande de café y una manga pastelera—. Solo quería decirte que si ese coche tan *sexy* que tienes necesita un cambio de aceite, me lo mandes. Me encantan los coches potentes.

—No se lo confiaría a nadie más —le aseguré.

Me guiñó el ojo y se fue.

Me quedé paralizada con la taza de café a medio camino de la boca.

Tallulah sabía qué coche conducía. Formaba parte de un chat grupal de mujeres divertidas y amables que parecían empeñadas en acogerme en su círculo de amistades. El propietario de la cafetería local sabía cómo me llamaba y cómo me gustaba el café. Y tenía unos compañeros de gimnasio jubilados a quienes la edad no les impedía levantar peso muerto.

Miré a mi alrededor y reconocí media docena de caras.

Sabía dónde encontrar mis productos preferidos en el supermercado local y recordaba evitar la calle número cuatro entre las tres y las tres y media, cuando los niños salían del colegio. Iría a la boda de alguien. Y cuidaba del perro de otra persona. Me había despertado dos mañanas seguidas en la misma cama que Nash.

Sin que me hubiera dado cuenta, el campo gravitacional de Knockemout me había absorbido. Y dependía de mí decidir si quería librarme de él o no. Si era lo bastante valiente para ver cómo eran esas otras capas.

—Joder —murmuré, y volví a coger el teléfono.

Yo: Soy yo otra vez. La oferta sigue sobre la mesa. Literal y metafóricamente. Es decir, si estás disponible para comer. Espero que hablemos pronto.

—Madre mía, ¿espero que hablemos pronto? —Dejé caer el teléfono y me pasé las dos manos por la cara—. ¿Qué me pasa? ¿Qué me está haciendo este hombre?

Piper emitió un pequeño gimoteo. La miré.

—Gracias por tus comentarios, ahora voy a dejarte con la señora Tweedy para ir a visitar a alguien horrible.

—Vaya, mira quién ha vuelto.

Tina Witt tenía un aspecto muy engreído para llevar un mono de prisionera de color caqui.

La primera vez que la vi, pensé que el parecido con su hermana gemela, Naomi, era asombroso. Me sentí literalmente como si estuviera conociendo a una gemela malvada. Solo que, en lugar de una perilla diabólica, Tina solo exhibía la superioridad de una delincuente con poco cerebro.

—Tina —le respondí, y me senté en una silla plegable de metal delante de ella.

Ya había estado aquí dos veces y en ambas ocasiones había vuelto con absolutamente nada. O Tina sentía una extraña lealtad hacia Duncan Hugo o de verdad no sabía nada de... bueno, nada. Y al ver cómo había delatado a su ex frente a los federales, intuía que era lo segundo.

—Ya os he dicho a ti y a tus colegas federales cincuenta millones de veces que no sé dónde está Dunc.

Había llegado el momento de probar una táctica nueva.

—Yo no trabajo para los federales —le dije.

Entrecerró los ojos.

—Dijiste...

—Dije que era investigadora.

—¿Y qué narices estás investigando si no es adónde ha ido ese idiota inútil y descerebrado?

—Trabajo para una agencia de seguros —le expliqué.

—¿Intentas venderme alguna de esas tonterías de garantías de coche? Estoy en la cárcel, tía, ¿es que me ves conduciendo?

Era evidente quién se había llevado todas las neuronas en el vientre.

—No vendo seguros, Tina. Me encargo de localizar bienes asegurados cuando desaparecen.

—¿Eh?

—Soy como una cazarrecompensas, pero en lugar de buscar personas, busco objetos robados. Creo que Duncan le robó algo muy valioso a mi cliente mientras conspiraba contigo para dominar el mundo.

—¿Cómo de valioso?

No centrarse en los detalles e ir directamente a lo básico era muy propio de Tina.

—¿Para mi cliente? Incalculable. ¿En el mercado? Medio millón.

Tina resopló por la nariz.

—¿Incalculable como una bolsita ridícula de dientes de leche? Nunca he entendido esas chorradas. El ratoncito Pérez, Santa Claus...

Sentí una punzada de tristeza por Waylay y por la forma en que se había criado. Por lo menos mis padres me habían asfixiado con su amor; que hubieran mostrado desinterés me habría hecho mucho más daño. Menos mal que Waylay tenía a Naomi, a Knox y a sus familias. Ahora tenía a un ejército de seres queridos a sus espaldas.

—Incalculable como un Porche 356 descapotable de 1948 que ha estado en la familia durante tres generaciones.

—Así que lo que me quieres decir es que el muy cabrón no solo dejó que yo cargara con la culpa de todo, ¿sino que además se ha quedado con mi parte de un botín fácil?

—Más o menos.

—¡Qué hijo de puta!

—Sin gritar, Tina —exclamó el guardia que había tras la puerta.

—¡Gritaré si me da la puta gana, Irving!

—¿Recuerdas si Duncan estaba contigo este fin de semana de agosto? —le pregunté, y le enseñé el calendario del móvil.

La última vez que vine y le pregunté, me sugirió que le preguntara a su «secretaria social» y después me mandó a la mierda.

—¿Es cuando robaron el coche caro de narices que buscas?

Asentí.

—He hecho memoria desde la última vez. Dunc y sus colegas se fueron de juerga ese fin de semana. Volvieron con seis coches. Ninguno era un Porsche viejo de narices, pero Dunc volvió más tarde que los demás. Me acuerdo porque lo ataqué después de que esos capullos se presentaran sin él y se bebieran toda mi puñetera cerveza. Y entonces llegó él, pavoneándose como uno de esos pájaros con la cola tan grande y elegante.

—¿Un pavo?

Tina puso los ojos en blanco.

—Joder, no. Los que tienen las plumas azules y chillan. —Inclinó la cabeza hacia atrás e imitó un gorjeo.

Irving el guardia abrió la puerta.

—Una advertencia más e irás de vuelta a la celda, Tina.

—¡Un pavo real! —la interrumpí.

Tina me señaló.

—¡Sí! Eso. ¿De qué estábamos hablando?

Irving cerró la puerta con un suspiro muy sufrido.

—De que Duncan llegó tarde a casa después de robar seis coches —le recordé—. ¿Cómo de tarde?

Se encogió de hombros.

—Lo bastante para que esos capullos se bebieran una caja entera de Natural Light. ¿Una o dos horas?

Refrené la sensación creciente de triunfo. Lo sabía. Tenía razón. Había guardado el Porsche en alguna parte a una hora del otro taller. Puede que no siguiera allí, pero si había encontrado esa primera pista, daría con la segunda.

—¿Y nunca viste un Porsche *vintage* en el taller? —le pregunté.

Sacudió la cabeza.

—Nop. Le gustaban más los coches nuevos como los de *Fast & Furious*.

—¿Duncan te llevó alguna vez a conocer a su padre? —comenté.

—¿A Anthony? —Puso una mueca en un gesto de burla—. Dunc y yo estábamos más en la etapa de follar en un callejón que en la de conocer a sus padres antes de que me la jugara.

—Pero hablaba de él —insistí.

—Sí, joder, hablaba de él. El tipo estaba obsesionado con conseguir la aprobación de papá. Al menos hasta que Dunc la cagó con ese objetivo.

La forma tan casual en la que mencionó el tiroteo de Nash hizo que me tensara. Hice todo lo posible por mantener una

210

expresión neutra, pero, por dentro, el corazón me golpeaba con fuerza contra el esternón.

Algunas personas no entendían que sus acciones tenían consecuencias. Y a otras simplemente no les importaba.

—No sabía que intentaría cargarse a ese Morgan, ¿sabes? Habría intentado convencerle de que no lo hiciera —dijo Tina mientras se encendía un cigarrillo.

—¿Por qué?

—Bueno, primero porque los pantalones de policía le quedaban muy bien con ese culo que tiene.

Puede que Tina Witt fuera una persona horrible, pero en ese punto en particular no se equivocaba.

—Y segundo, porque era un tipo decente. Y no solo de mirar. No me trató como el cabrón de su hermano y todos los demás ni una sola vez. Incluso cuando me arrestó en aquella ocasión, me metió la cabeza en el coche con mucho cuidado.

—Una expresión soñadora le cruzó el rostro terco.

—Es un buen tipo. Y muy guapo también —apunté.

—Ahí no te equivocas. Considerando lo mucho que evito a los policías en general, está claro que el tío tiene que estar bueno si no salgo corriendo en dirección contraria cuando lo veo en el supermercado, incluso cuando llevo pavo desmechado metido en el sujetador. Y apuesto a que tiene un pene enorme —dijo pensativa.

Genial. Ahora estaba pensando en Nash, en sus increíbles erecciones matutinas y en que quizá no volvería a experimentar ninguna más.

—Volvamos a Duncan —le respondí con desesperación.

Tina agitó la mano en un gesto de desdén.

—Oh, el suyo era de tamaño medio y no sabía muy bien cómo usarlo. Era más de clavar que de embestir, si sabes a lo que me refiero.

No lo sabía, y mi cara debió de dejarlo claro porque Tina se puso en pie y comenzó una demostración de movimientos muy lascivos con el cigarrillo colgado de la boca.

—¿Crees que Anthony Hugo ayudaría a su hijo a esconderse? —le pregunté, e interrumpí el espectáculo.

Tina se rio por la nariz y volvió a sentarse.

—¿Estás de broma? ¿Después de lo mucho que la ha cagado Dunc?

—Los padres perdonan toda clase de errores —señalé. Un claro ejemplo eran los suyos propios.

Tina sacudió la cabeza.

—Anthony Hugo no. Dunc vino a casa enfadado e histérico. Me dijo que había intentado cargarse a un policía y no había ido como esperaba. Estaba poniéndolo firme cuando se presentaron dos de los matones de Anthony para llevarse a Dunc para tener una «charla». Y estaba en casa cuando arrastró el culo hasta allí, hecho polvo y sangrando.

—¿Qué pasó durante esa charla?

—Oh, ya sabes. Hubo gritos, humillaciones, amenazas. Anthony estaba hecho una furia porque Dunc había atraído «atención indeseada» a sus negocios. Dunc dijo que su padre le había insultado y dado una paliza, y eso le sentó como una bofetada, nunca mejor dicho. Se dice que hace muchísimo tiempo que Anthony no se mancha las manos para darle una paliza a nadie, sus gorilas ya se ocupan de ello. Pero con Dunc hizo una excepción.

—¿Y cómo le sentó a Duncan?

Me miró como si fuera estúpida.

—Le pareció que la relación prosperaba. ¿Cómo narices crees que le sentó?

—Así que no crees que el padre de Duncan lo haya ayudado a ocultarse —insistí.

—Me sorprendería que el viejo no lo esté buscando para acabar con él antes de que lo encuentre la poli —respondió ella.

Eso era nuevo, así que tomé nota.

—¿De verdad?

—A ver, Dunc es un idiota. Demasiado impulsivo. Pero su padre da mucho miedo. Después de que Anthony se pusiera tan engreído con él con que le había estropeado los planes y puesto en peligro el negocio familiar, sabía lo que iba a pasar. Que el viejo enviaría a alguien a limpiar el desastre. Y con «limpiar el desastre» me refiero a meterle dos balazos a Dunc en la cabeza. Y seguramente a mí también.

—¿Y qué pasó?

—Bueno, un hombre que está triste porque su papá no lo quiere lo suficiente no tiene nada de *sexy*. Le dije que tenía que pasar página, que debía labrarse un nombre. Así que lo convencí para que nos escondiéramos. Hizo algunas llamadas, nos mudamos a ese almacén de Lawlerville y empezamos a inventar un plan. Necesitábamos dinero, y rápido. Dunc creyó que la mejor forma de hacerlo era revender una copia de la lista. Mucha gente entre aquí y D. C. estaría interesada en una lista de policías y sus soplones.

—Y entonces secuestrasteis a tu hija y a tu hermana.

Las malas decisiones de Tina Witt hacían que las mías parecieran simples faltas de juicio en comparación. Yo había estado allí para ver las consecuencias inmediatas: un rastro de tipos malos ensangrentados. Knox en el suelo con Naomi y Way. Nash, apoyado en la pared de forma heroica, con la pistola en la mano, el hombro ensangrentado y aspecto de estar exhausto y cabreado. El corazón me golpeteó de forma patética.

—Esa fue otra cagada en la que me metió ese inútil. No iba a ser un secuestro, ¿sabes? Se suponía que solo iba a asustarlas un poco, obligarlas a darnos la lista. Después íbamos a soltarlas. Pero no, tenía que hacer las cosas a su manera. Dunc es un idiota, pero no es estúpido. Podía ser listo cuando quería, pero era impulsivo. Un segundo estaba planeando algún golpe y al siguiente se distraía jugando a videojuegos hasta las cuatro de la mañana.

—Una vez empezasteis a trabajar por vuestra cuenta, ¿quién trabajaba con él? Había hombres en el almacén la noche en que te arrestaron. ¿Eran de Anthony? ¿Otros miembros de la familia? ¿Amigos?

«Para eso están las amigas». Las palabras que había pronunciado Naomi esa mañana me volvieron a la cabeza. Nadie estaba solo en el mundo. Siempre había alguien a quien acudir cuando se necesitaba ayuda.

—Oh, sus socios conocidos, ¿no? Me estoy quedando con la jerga policial de ver NCIS y cosas así, por si el jefe Morgan viene a visitarme alguna vez —respondió orgullosa.

Me pregunté qué sentiría Nash al saber que Tina Witt estaba colada por él. Y también si eso significaba que nunca la visitaría en la cárcel.

—Sí, los socios conocidos —coincidí.

—Oí que la policía detuvo a la mayoría —respondió Tina.

—A la mayoría, pero no a todos. Alguien tuvo que ayudarlo a escapar.

—Había un par de matones que trabajaban en su desguace de coches robados. Después estaban el tío de la cara tatuada y el regordete de la perilla. Ese tío era capaz de comerse un bocadillo de queso y ternera de treinta centímetros en menos de diez minutos. Eran colegas de Dunc en el instituto antes de que lo dejara. Todos empezaron a trabajar para el viejo al mismo tiempo, pero eran amigos de Dunc primero.

Tomé nota de todo con cuidado y esperé que las descripciones fueran suficientes para llevarme a alguna parte.

—¿Se te ocurre alguien más?

Frunció los labios y apagó el cigarrillo.

—Había un tipo al que nunca conocí. El tío del teléfono de prepago. No creo que fueran colegas o, por lo menos, no hablaban como si lo fueran. Pero fue al que Dunc llamó cuando tuvo que salir por patas del pueblo después de dispararle al jefe Morgan.

—¿Cómo lo ayudó el tipo del teléfono de prepago? —le pregunté.

Tina se encogió de hombros.

—No lo sé. Estaba demasiado ocupada gritándole por ser un idiota para prestar atención.

Cerré la libreta y me la guardé en el bolsillo de la chaqueta.

—Una pregunta más. ¿Por qué Duncan fue primero a por el comisario Morgan?

Tina volvió a encogerse de hombros.

—A lo mejor porque mencioné el culo que tenía algún día o porque le dije que el jefe no me había tratado mal como cualquiera de los putos habitantes de Knockemout. Nunca me miró como si fuera una doña nadie.

Hizo girar un mechón de pelo como el estropajo alrededor de los dedos. Se había cortado y teñido el pelo durante el secuestro para parecerse más a su hermana y ahora le asomaban las raíces grises y necesitaba un tratamiento nutritivo con urgencia.

—Aunque también puede que fueran los dos asteriscos que había junto a su nombre los que llamaron la atención de Dunc.

Luché contra el deseo de tamborilear los dedos sobre la mesa.

—¿Te contó qué significaban los asteriscos?

Tina se encogió de hombros.

—No lo sé, tendrás que preguntarle a Dunc.

—Bueno, gracias por tu tiempo, Tina —dije, y me levanté.

—Es lo único que me queda gracias a ese capullo. Si lo encuentras, dile que te he enviado yo.

Salí al sol brillante del otoño con la misma sensación que siempre tenía cuando salía de la cárcel: necesitaba una ducha.

Pero, esta vez, al menos tenía un par de pistas que seguir.

Contuve el aliento mientras echaba un vistazo al teléfono. No tenía mensajes ni llamadas perdidas de Nash. Suspiré y marqué el número de la oficina mientras cruzaba el aparcamiento y dejaba atrás las verjas altas y el alambre de espino.

Zelda, mi investigadora favorita, respondió al segundo tono.

—¿Diga?

—Hola, soy yo. Necesito que encuentres todo lo que puedas sobre los socios conocidos de Duncan Hugo. Céntrate en los que conoce desde hace más tiempo. En especial en alguno que tenga un tatuaje en la cara y otro más bien rechoncho.

Oí el crujido de una bolsa de patatas fritas.

—Voy —respondió Zelda, que masticó ruidosamente en mi oreja—. ¿Qué tal la vida por Knockemup? ¿Estás ya lista para salir pitando hacia el área metropolitana más cercana?

—Knockemout —la corregí mientras me dirigía hacia el coche.

—Lo que sea. Oye, ¿te has enterado de lo de Lew?

Me detuve en mitad del aparcamiento.

—¿Qué le pasa?

—Mañana vuelve a la oficina.

—¿Está bien? —le pregunté.

—Sí. Dijo que haría falta más que un culo roto para acabar con él. Además, Daley le dijo que más le valía mover el culo estropeado hasta aquí si quería seguir cobrando.

Esperé a que me invadiera el alivio, pero lo único que quedó fue la culpa.

CAPÍTULO VEINTE

CONFESIONES EN EL COCHE

NASH

Cuando por fin llegué a la comisaría, seguía enfadado por la emboscada del desayuno. No sabía con quién estaba más molesto: con Lucian por pasarse de la raya, con Knox por ser un capullo testarudo o con Lina por seguir ocultándome cosas cuando yo no había sido más que sincero con ella.

Me había enviado tres mensajes para decirme que quería hablar conmigo.

Suponía que estaba preocupada por lo que hubiera podido contarme Lucian. Y ahora mismo me apetecía dejar que se preocupara.

O a lo mejor esa ira que me enturbiaba iba dirigida a mí mismo.

Llegados a ese punto, ya no importaba. Todo el mundo me hacía enfadar.

—Se supone que tienes que decirme dónde vas a estar, Morgan.

Me di la vuelta y me encontré con un alguacil con un cabreo equiparable al mío, que se acercaba a zancadas por la acera a la puerta lateral de la comisaría.

No estaba de humor.

—Ya estoy enfadado con dos capullos que me han sacado de la cama a rastras esta mañana. Si yo fuera tú, no tendría prisa por añadir tu nombre a esa lista.

—Mira, imbécil, a mí tampoco me gusta este encargo. ¿Acaso te crees que me gusta vivir en territorio hostil y vigilarte las espaldas desagradecidas para protegerte de una amenaza que probablemente ni existe? —replicó Nolan.

—Vaya, siento que te aburras, Graham. ¿Quieres un libro para colorear y unas ceras? Te los compraré cuando vaya a buscarte una tarjeta de agradecimiento y unos putos globos.

Nolan sacudió la cabeza.

—Joder, eres un capullo. Si no hubiera visto cómo lidiaste con esos chicos ayer y cómo hiciste que ese policía cabrón se meara en los pantalones, pensaría que es un problema permanente.

—Sí, bueno, a lo mejor lo es.

Para demostrarlo, no le aguanté la puerta.

Respondí a la ronda de «buenos días, jefe» con un gesto brusco de la cabeza mientras iba directo al despacho, donde podría cerrarle la maldita puerta a todo el maldito mundo.

Nadie le dijo nada a Nolan cuando entró dando grandes zancadas detrás de mí.

—¿Dónde está Piper? —pregunto Grave, que alzó una bolsa de chucherías *gourmet* para perros.

«Mierda».

Lina tenía a la perra. Puede que no la quisiera, pero ni de broma iba a dejar que Lina se la quedara.

—Está con una vecina —le respondí.

El agente Will Bertle me detuvo cuando casi había llegado a la puerta del despacho. Era el primer agente negro al que había contratado como jefe. De voz suave e imperturbable, era muy querido en la comunidad y respetado en el departamento.

—Tienes visita, jefe. Te está esperando en el despacho —me dijo.

—Gracias, Will —le respondí, e intenté apisonar la exasperación que sentía. El mundo no parecía dispuesto a dejarme en paz hoy.

Entré al despacho y me frené en seco cuando vi al visitante.

—¿Papá?

—Nash. Me alegro de verte.

Duke Morgan había sido tiempo atrás el hombre más fuerte y divertido que conocía, pero los años habían borrado a ese hombre casi por completo.

No tenías que mirar mucho más allá de la ropa limpia y ancha y el pelo y la barba cuidadosamente recortados para ver la verdad del hombre sentado en la silla de visitas.

Parecía mayor de sesenta y cinco años. Tenía la piel curtida y llena de arrugas debido a los años de descuido y exposición a los elementos. Estaba demasiado delgado, era la sombra del hombre que una vez me había llevado sobre los hombros y me había lanzado al arroyo sin ningún esfuerzo. Bajo los ojos azules, del mismo tono que los míos, tenía bolsas de un lila tan oscuro que casi parecían moretones.

Se pasaba los dedos de manera nerviosa por las costuras de los pantalones una y otra vez. Era un gesto que había aprendido a reconocer de pequeño.

A pesar de mis mejores esfuerzos por salvarlo, mi padre era un adicto sin techo. Era un fracaso que nunca se me había hecho más fácil de soportar.

Me sentí tentado de darme la vuelta y salir por la puerta. Pero igual que había reconocido el gesto, también había identificado la necesidad de enfrentarme a lo malo. Era parte de mi trabajo, parte de quién era.

Me desabroché el cinturón y lo colgué junto a la chaqueta en el perchero que había detrás de la mesa antes de sentarme. Los Morgan no dábamos abrazos, y por un buen motivo. Los años de decepciones y traumas habían convertido el afecto físico entre nosotros en un idioma extranjero. Siempre me había prometido a mí mismo que cuando tuviera mi propia familia sería diferente.

—¿Cómo estás? —le pregunté.

Duke se frotó el punto entre las cejas de forma distraída.

—Bien. Por eso he venido.

Me preparé para la pregunta. Para la negativa que tendría que darle por respuesta. Había dejado de darle dinero hacía mucho tiempo. Ropa limpia, comida, habitaciones de hotel y un tratamiento, sí. Pero había aprendido muy pronto adónde iba el dinero en cuanto le ponía las manos encima.

Ya no me hacía enfadar. Hacía mucho tiempo que no. Mi padre era quien era. No podía hacer nada para cambiarlo. Ni sacar mejores notas, ni tener éxito en el campo de fútbol, ni graduarme con honores. Y, sin duda, tampoco darle dinero.

—Me marcho una temporada —dijo al final, y se frotó la barba con una mano.

Fruncí el ceño.

—¿Estás en un lío? —le pregunté. Ya había movido el ratón del ordenador, tenía una alerta programada por si su nombre aparecía en el sistema.

Sacudió la cabeza.

—No, no es nada de eso hijo, voy a… eh… empezar un programa de rehabilitación en el sur.

—¿En serio?

—Sí. —Se pasó las palmas de las manos por las rodillas y las subió hasta los muslos—. Llevo un tiempo pensándolo. No he tomado nada en una temporada y me encuentro bastante bien.

—¿Cuánto es una temporada? —le pregunté.

—Tres semanas, cinco días y nueve horas.

Pestañeé.

—¿Sin ayuda?

Asintió.

—Sí. Pensé que ya era hora de cambiar.

—Me alegro por ti. —Había aprendido a no tener esperanzas, pero también sabía el esfuerzo que significaba para un adicto llegar a adoptar esa actitud.

—Gracias. En fin, es un sitio diferente a los que he ido antes. Cuenta con terapia y planes de tratamientos médicos. Hasta tienen trabajadores sociales que te ayudan después. Ofrecen programas de apoyo a los pacientes no hospitalizados e inserción laboral.

—Tiene buena pinta —le dije.

No era optimista. Ni con él, ni con la rehabilitación. Me había decepcionado mucho a lo largo de los años. Había aprendido que tener expectativas en lo que a él respectaba solo me garantizaba desilusiones. Así que había decidido aceptarlo siempre como fuera, no como yo quería que fuera. Ni como había sido antes.

También me ayudaba en el trabajo. Había aprendido a tratar a las víctimas y a los sospechosos con respeto, sin juzgarlos.

A pesar de que se había convertido en una figura paterna tóxica, Duke Morgan me había hecho mejor policía. Y, por eso, me sentía agradecido.

—¿Necesitas algo antes de irte?

Sacudió la cabeza despacio.

—No, ya lo tengo todo listo. Tengo el billete de autobús justo aquí —dijo, y se dio unas palmaditas en el bolsillo delantero—. Me voy esta tarde.

—Espero que sea una buena experiencia para ti —le comenté de corazón.

—Lo será. —Metió la mano en el mismo bolsillo y sacó una tarjeta de visita—. Estos son el número y la dirección del lugar. Durante las primeras semanas limitan las llamadas solo para emergencias, pero puedes enviar cartas... si quieres.

Puso la tarjeta bocarriba en el escritorio y la deslizó hacia mí. La tomé, la miré y después me la guardé en el bolsillo.

—Gracias, papá.

—Bueno, será mejor que me vaya —añadió, y se puso en pie—. Tengo que ir a ver a tu hermano antes de ponerme en camino.

Me levanté.

—Te acompaño a la puerta.

—No es necesario. No quiero avergonzarte delante del departamento.

—No me avergüenzas, papá.

—A lo mejor no en unos meses.

No sabía cómo responder a eso, así que le di una palmada en el hombro y apreté.

—¿Te estás curando bien? —me preguntó.

—Sí. Hace falta más que un par de balazos para retenerme —le respondí con confianza fingida.

—Algunas cosas son más difíciles de superar que otras —insistió, y sus ojos azules se clavaron en los míos.

—Pues sí —coincidí.

Los agujeros de bala y los corazones rotos.

—No me porté como es debido contigo y con tu hermano.

—Papá, no tenemos que hablar de eso. Entiendo por qué las cosas ocurrieron como ocurrieron.

—Solo desearía haber intentado recurrir a la luz en lugar de hundirme en la oscuridad —dijo él—. Un hombre puede aprender a vivir en la oscuridad, pero eso no es vida.

Pasé la siguiente hora revisando informes de casos, solicitudes de tiempo libre y presupuestos con las palabras de mi padre todavía resonándome en la cabeza.

A lo mejor vivir en la oscuridad era una existencia vacía y sin sentido, pero la luz podía quemarte. Necesitaba algo de Lina que ella no parecía dispuesta a darme. Algo que era tan esencial para mí como el oxígeno: honestidad.

Sí, había compartido fragmentos conmigo. Pero había matizado y le había dado la vuelta a lo que me había contado para que fuera la clase de historia que quería contar. Había hecho que pareciera que se había encontrado con Lucian y había tenido una conversación inocente con él. No me había contado que mi amigo más antiguo la había perseguido y la había amenazado por el tiempo que pasaba conmigo.

Estaba casi tan enfadado por el hecho de que hubiera decidido manejarlo ella sola como lo estaba por las acciones sobreprotectoras y estúpidas de Lucian.

No obstante, a pesar de que sabía que Lina no me estaba contando toda la verdad, sentía algo que no era capaz de identificar, algo que se parecía muchísimo a la necesidad. Y la balanza no estaría equilibrada a menos que ella también me necesitara a mí.

Algo para lo que Lina Solavita no estaba programada.

Algo para lo que yo no estaba preparado. ¿Quién iba a necesitarme en este estado? Era un puñetero desastre.

Incluso acababa de escribir mal mi nombre en una solicitud de vacaciones pagadas.

—Joder —murmuré, y me aparté del escritorio de un empujón.

Estaba demasiado inquieto para esconderme del mundo. Necesitaba hacer algo productivo.

Descolgué la chaqueta y el cinturón del gancho y salí del despacho.

—Voy a salir —anuncié a la sala en general—. Os traeré comida del Dino's si me enviáis un mensaje con lo que queréis. Invito yo.

Hubo un arrebato de emoción entre los policías ante la idea de comida gratis.

Me paré frente al escritorio de Nolan.

—¿Te apetece dar una vuelta?

—Depende. ¿Me vas a llevar al bosque y a dejarme allí para que me ataquen las fieras?

—Seguramente hoy no. He pensado en hacerle una visita a una reclusa.

—Voy a por la chaqueta.

—¿Por qué has cambiado de idea? —me preguntó Nolan cuando entré en la autopista.

—A lo mejor solo quería compartir coche para salvar el medio ambiente.

—O tal vez te apetece hablar con Tina Witt y no quieres que ninguno de tus agentes se meta en problemas con los federales.

—No eres tan tonto como te hace parecer ese bigote —le dije.

—A mi mujer, exmujer, le gustaba mucho *Top Gun* —comentó, y se pasó el índice y el pulgar por el mostacho.

—Las cosas que hacemos por las mujeres.

—Hablando de…

—Si mencionas el nombre de Lina, te abandonaré con las fieras —le advertí.

—Lo pillo. ¿Y qué me dices de su amiga? ¿La bibliotecaria rubia?

—¿Sloane? —le pregunté.

—¿Está soltera?

Pensé en Lucian esa mañana durante el desayuno y esbocé una sonrisa lenta y vengativa.

—Deberías pedirle salir.

Condujimos en silencio hasta que tomé la salida de la cárcel.

—Los chavales de ayer —comentó Nolan—. Convenciste al encargado para que no presentara cargos.

—Sí.

—Y después le diste una patada en el culo al agente Capullo.

—¿Intentas decirme algo, Graham?

Se encogió de hombros.

—Solo que no se te da tan mal tu trabajo. Algunos policías locales habrían castigado a esos niños y dejado correr lo del policía.

—La gente del pueblo ya ha sufrido bastante ese estilo de liderazgo. Merecen algo mejor.

—Supongo que eres más listo de lo que te hacen parecer esos agujeros de bala.

El Centro Penitenciario para Mujeres Bannion era la típica cárcel de mediana seguridad. Estaba en medio de la nada y el perímetro estaba protegido por vallas altas, kilómetros de alambre de espino y torres de vigilancia.

—¿Vas a ir corriendo a chivarte a los federales? —le pregunté al estacionar en una plaza de aparcamiento cerca de la entrada.

—Supongo que dependerá de cómo vaya. —Nolan se desabrochó el cinturón—. Yo también voy.

—Tendrás menos problemas si no sabes lo que hago ahí dentro.

—No tengo nada mejor que hacer que preguntarme cuántos capullos están haciendo cola para tirarle los tejos a mi ex desde que se mudó a D. C. y esperar a que un delincuente de poca monta quiera ir a por ti otra vez. Yo también voy.

—Como quieras.

—¿Has conseguido sacarle ya algo de utilidad? —me preguntó.

—No lo sé, es la primera vez que vengo.

Me miró de reojo.

—Parece que el agente Macizo se toma en serio las órdenes.

—Me encantaría que ese apodo desapareciera de una vez.

—Lo dudo. Pero, en serio, ¿Idler te dice que dejes que se ocupen los peces gordos y te quedas de brazos cruzados? Si estuviera en tu lugar, te aseguro que llevaría mi propia investigación. Joder, son locales. Es más probable que hablen contigo que con un puñado de federales.

—Ya que lo mencionas —dije, y analicé el traje del departamento—. Quítate la chaqueta y la corbata.

Nolan acababa de lanzar la chaqueta entre los asientos y se estaba subiendo las mangas de la camisa cuando una morena de piernas largas salió de la prisión en dirección al aparcamiento.

—Tienes que estar de puta broma.

—Vaya, vaya, vaya. Parece que la investigadora Solavita sí que tramaba algo después de todo —reflexionó mi copiloto—. ¿Qué posibilidades había…?

—Cero entre un millón —respondí mientras fulminaba su reflejo por el retrovisor. Observé como colgaba la llamada y entraba en el coche.

Abrí el último mensaje que me había enviado Lina.

—¿No la vas a detener? —preguntó Nolan.

—No —le dije, y tecleé en el móvil con los pulgares.

Yo: Me parece bien ir a comer. ¿Quedamos en el Dino's en diez minutos?

Me sonó el móvil unos segundos más tarde. Lina.

—Hola —respondí, y traté de mantener un tono neutral.

—Hola —dijo Lina.

—¿Te va bien vernos en el Dino's en diez minutos? —le pregunté, pues sabía de sobra que no le iba bien. Nolan rio con disimulo en el asiento del copiloto.

—Pues la verdad es que estoy haciendo unos recados. ¿Te va bien quedar en una hora?

Me estaba mintiendo a la cara… bueno, a la oreja. Me subió la presión sanguínea.

—No creo que esté disponible para entonces —le mentí—. ¿Qué clase de recados?

—Oh, ya sabes, los típicos. La compra, ir a la farmacia.

225

Una visita al correccional de mujeres.

—¿Qué tal ha ido el desayuno esta mañana? —me preguntó para cambiar de tema.

—Ha ido bien —mentí—. ¿Has dejado a Piper con la señora Tweedy?

—Sí. Está durmiendo en el sofá de la señora Tweedy hasta que le baje el *puppyccino*.

Había llevado a mi perro a por golosinas y ahora me estaba mintiendo. Lina Solavita era exasperante.

—Oye, si no has ido a la farmacia todavía, ¿te importaría comprarme un bote de ibuprofeno? —le pedí.

Los dos íbamos a necesitarlo después.

—¡Claro! Sí que puedo, no hay problema. ¿Va todo bien? —Parecía nerviosa. «Bien».

—Sí, bien. Tengo que ir a hacer cosas de polis. Nos vemos luego. —Colgué.

Treinta segundos más tarde, el Charger de color cereza pasó volando por nuestro lado y dejó atrás el aparcamiento con un chirrido de las ruedas.

Salí y cerré la puerta del coche con más fuerza de la necesaria.

Nolan salió y trotó para ponerse a mi paso.

—Eso ha sido cruel, amigo mío —comentó con un deje de alegría.

Gruñí y apreté con fuerza el botón del interfono de la entrada principal.

La puerta pesada se abrió con un zumbido y entramos en un vestíbulo impecable. Los guardias nos hicieron pasar por el detector de metales y nos señalaron la recepción, cubierta con un cristal protector. Ya había estado allí antes para acudir a vistas e interrogatorios, pero esta vez era personal.

—Vaya, hola, caballeros. ¿Qué les trae a mi bonito establecimiento hoy? —Minnie había trabajado en la recepción de la cárcel desde que yo tenía uso de razón. Había amenazado con retirarse durante los últimos cinco años, pero aseguraba que su matrimonio no sobreviviría a la jubilación.

Lo cierto es que la cárcel se desmoronaría sin ella. Era una figura maternal para reclusos, visitantes y agentes de policía por igual.

Le enseñé la placa.

—Me alegro de verte otra vez, Minnie. Necesito una lista de todas las visitas que ha recibido Tina Witt.

—La señorita Witt está muy solicitada hoy —respondió Minnie, que nos hizo ojitos—. Dejad que hable con la jefa, a ver qué os puedo conseguir.

CAPÍTULO VEINTIUNO
SE ARMÓ LA GORDA

NASH

Llamé a la puerta de Lina con porte oficial y esperé.

Al fin, la puerta se abrió ligeramente y me miró, después sonrió y abrió la puerta un poco más.

—Hola. Me estaba dando un baño.

La rocé al pasar y entré en su casa.

—Eh, pasa —dijo, desconcertada. No llevaba más que una toalla y un par de zapatillas peludas. Unas gotitas de agua le brillaban en la piel. Tuve que apartar la mirada porque no confiaba en mí mismo. Me sentía como un volcán a punto de estallar. Traición y deseo. Esas dos fuerzas opuestas se mezclaban en mi sangre y avivaban mi necesidad de explotar.

No debería haber venido tan exaltado.

—Tienes el ibuprofeno en la encimera —comentó Lina, con un tono algo más vacilante.

La caja de documentos me llamó la atención. Estaba abierta y había pilas de papeles ordenados alrededor.

Me dirigí hacia ella.

—¡Nash, espera!

Me alcanzó justo cuando me hice con la primera carpeta. Se chocó contra mi espalda y me rodeó con el brazo para arrebatármela, pero me la quité de encima y la abrí de golpe. Noté una punzada en el estómago y la absorbí como haría con un puñetazo.

—Puedo explicarlo —comentó en voz baja.

Dejé la carpeta en la mesa con un golpe y la cara de Duncan Hugo me miró fijamente.

—Habla. Ahora.

—Nash.

—Puedes empezar por explicarme por qué has ido a visitar a Tina Witt a la cárcel hoy. O a lo mejor deberías contarme por qué tienes una carpeta sobre el tipo que me disparó. Tú decides. —Quería sentir el frío, la oscuridad. Pero ella había desbloqueado algo en mi interior y, en lugar de la nada a la que me había acostumbrado, la ira me quemaba vivo.

Se cruzó de brazos en un gesto desafiante.

—Esto no tiene nada que ver contigo.

«Respuesta incorrecta».

—No se te ocurra mentirme, Angelina. Sí que tiene que ver conmigo, y no me voy a ir hasta que me digas por qué.

—¿Es un interrogatorio, jefe? ¿Necesito un abogado?

Le lancé una mirada firme, inflexible.

—Dímelo tú —le respondí. Buscaba pelea, la necesitaba más que respirar.

Me devolvió una mirada cargada de ira.

Sucumbí a la necesidad y le rodeé el codo con los dedos. No me gustó la forma en que reaccioné al sentir su piel bajo la palma de la mano, así que separé una silla y la empujé hacia ella.

—Siéntate. Habla.

Levantó la barbilla, desafiante.

—Si las siguientes palabras que pronuncias no son una explicación de por qué narices has estado visitando a Tina Witt y buscando a Duncan Hugo, entonces juro por Dios que te arrastraré hasta la comisaría ahora mismo y haré que te quedes en una celda con solo esa toalla puesta durante el resto de la noche.

—Estás haciendo una montaña de...

—Confiaba en ti, Angelina. Me he abierto a ti y has jugado conmigo.

Vi la mueca que hizo antes de que la suavizara con un gesto de ira e indignación.

—No he jugado contigo. Siento que te haya sentado mal, no era mi intención.

—Por Dios, las disculpas se te dan peor que a Knox —observé.

—¡Solo hago mi trabajo! No es un delito.

Golpeé la mesa con la palma de la mano.

—¡Maldita sea! ¿Por qué buscas a Hugo?

Debería haber estado asustada, pero no. Parecía dispuesta a derribarme de un puñetazo.

—¿Qué buscabas al venir hasta aquí? Quiero saber qué ha hecho que te acurruques conmigo para preguntarme por el tiroteo. Qué te hizo meterte en mi cama para que te hablara de mis putos ataques de pánico y pérdidas de memoria.

—Vas a querer retirarlo —dijo con una calma glacial.

—No intentes decirme lo que puedo y no puedo hacer, Lina. He tenido un día muy largo y estás haciendo que sea más largo todavía, joder.

—Te lo iba a contar.

La miré de arriba abajo y me obligué a no sentirme afectado por la forma en que el pecho le subía y bajaba con cada aliento que tomaba.

—¿Ese es el enfoque que le vas a dar?

—No le estoy dando ningún enfoque. Por eso te he escrito hoy, pedazo de idiota.

—Ah, ¿así que no te preocupaba que Lucian fuera a ponerme en tu contra con la verdad?

—Él no sabía la verdad. Y, tonta de mí, he pensado que debía ser yo la que te lo contara.

Empujé el papel con la cara de Duncan Hugo hacia ella.

—Habla. Ahora.

Se quedó callada y prácticamente oí cómo calculaba sus opciones.

—Como quieras. —Me moví rápido para que no me viera venir. Agaché el hombro, le rodeé la cintura con el brazo bueno y me la acarreé al hombro. Las zapatillas peludas salieron volando en direcciones opuestas.

—¡Nash!

—Te he dado la oportunidad de resolverlo aquí —le dije mientras caminaba hacia la puerta.

—¡Ni se te ocurra! —chilló. Forcejeó contra mí y le di una palmada en el trasero para que se quedara quieta. Le rodeé el muslo desnudo con la otra mano. Se me puso dura al instante, algo que hizo que me enfadara más todavía. Pero a mi pene no parecía importarle la traición.

Conseguí llegar hasta la puerta antes de oír lo que quería.

—¡Vale! Madre mía, tú ganas, pedazo de imbécil.

—¿Qué tal la frecuencia cardiaca? —le pregunté. Casi no conseguí esquivar la patada que me dirigió a la entrepierna.

—Te juro por Dios que voy a hacer que cantes con voz de soprano —espetó con los dientes apretados.

Volví a caminar hasta la puerta.

—Tendrás que ir en la parte de atrás y está claro que tendré que esposarte —le dije en tono amigable—. Espero que la toalla aguante. Lo más seguro es que se corra la voz muy rápido. No puedo prometerte que la foto policial no vaya a salir en los periódicos.

—¡Vale! ¡Dios santo! —Se quedó quieta contra mí—. Déjame en el suelo y te lo contaré todo.

—Es lo único que quiero, ángel.

Me incliné por la cintura y dejé que me resbalara por el hombro hasta que los pies le tocaron el suelo.

Llegados a este punto, la toalla apenas se le sujetaba contra el cuerpo. Si inhalaba con fuerza o yo le daba un pequeño tirón, se le caería hasta los tobillos. Y el hecho de que los ojos le brillaran de ira no hizo nada para aliviar la presión que sentía en los testículos.

—Joder. Ve a ponerte una bata —le ordené, y aparté la mirada.

Giró sobre los talones y se fue hacia el dormitorio a zancadas.

—Si tardas más de treinta segundos, entraré a por ti —añadí a sus espaldas.

Miré hacia atrás justo a tiempo de ver la peineta que me enseñaba por encima del hombro.

Durante los veintiocho segundos que tardó en reaparecer, fantaseé con irrumpir en la habitación, sujetarla contra la cama y arrojar la toalla al suelo.

La bata no era mucho mejor que la toalla. Le cubría más piel, pero la tela sedosa apenas le cubría esos pezones insolentes que rogaban mi atención.

Con la mirada cargada de ira, volvió a la mesa y se sentó.

Tomé asiento en la silla de al lado y tomé la carpeta de Hugo.

—Habla.

—¿Lo preguntas en calidad de oficial?

—Te aseguro que no se lo estoy pidiendo a una amiga. ¿Cuántas veces has visitado a Tina Witt? Ten en cuenta que tengo la lista de visitas, así que no te molestes en mentirme.

Exhaló a través de los dientes.

—Tres.

—¿Y de qué hablasteis?

—Intentaba conseguir información sobre el paradero de Duncan Hugo —respondió a la pared de ladrillo que había enfrente de la mesa.

Agarré otra carpeta de la pila y la abrí. Alargó el brazo hacia ella, pero la retiré de su alcance.

—No puedes examinarlas sin una orden —insistió.

Arqueé una ceja.

—¿Quieres que consiga una? Porque lo haré. Hasta puede que me ayude tu viejo amigo el alguacil Graham. No se alegró mucho más que yo de ver tu nombre en la lista de visitas. De hecho, ¿por qué no quedamos los tres en la comisaría y aclaramos todo esto mientras el juez aprueba la orden?

—¡Joder, Nash!

—¿Por qué estás buscando a Hugo?

—No lo estoy buscando a él, busco algo que robó —respondió.

Me recliné sobre el respaldo de la silla.

—Te escucho.

La mirada asesina que me dedicó habría incinerado a alguien que tuviera la piel mucho más fina que yo.

—No te perdonaré esto en la vida.

—Lo mismo digo, cariño. Ahora desembucha.

Casi podía ver el humo que le salía de las orejas.

—Ya sabes que la empresa para la que trabajo asegura bienes para clientes adinerados. Cuando roban bienes asegurados, investigamos en paralelo a la policía. Uno de nuestros clientes vive en un barrio de D. C. y le robaron el coche unos días antes de que te dispararan. Me asignaron el caso y empecé a indagar.

—Un coche. Persigues a alguien que intentó cometer un asesinato por un puñetero coche.

—Como policía, tú harías lo mismo.

—Yo lo haría para servir y proteger. Tú lo haces para ahorrarle una indemnización a tu empresa y obtener una bonificación.

—Supongo que no todos podemos ser héroes, ¿verdad?

—Bajo la frialdad con la que me trataba, había fuego.

—¿Qué te hace pensar que fue Hugo quien robó el coche?

—El descarte. Hubo un aumento en los casos de robos de coches en un radio de dieciséis kilómetros del almacén de Hugo. El mismo día robaron otros seis coches, dos en el mismo vecindario de mi cliente. Todos los coches, o al menos pedazos de ellos, fueron encontrados en el almacén de Hugo después de que escapara.

—¿Así que decides presentarte en una situación con rehenes, desarmada y con una civil, por un puto coche? —Había llegado a la escena con Sloane. Todavía la veía entrando por la puerta a cámara lenta. Vino directa hacia mí. Y en cuanto me puso las manos encima, supe que quería que las mantuviera allí.

Era como un puñetazo en toda la boca.

Era oficial: había perdido el instinto. No había conseguido calar a una seductora de piernas largas y la mirada llena de secretos.

—En primer lugar, no sabía que al inútil de Duncan Hugo le iban los secuestros además de desguazar coches robados. Pero he estado en situaciones arriesgadas con y sin ayuda de la policía y, si no hubiera entrado en el coche de Sloane, lo más seguro es que hubiera ido hasta allí ella sola y se hubiera puesto en peligro.

—No viniste aquí y acabaste en mitad de la oleada de crímenes de Hugo por casualidad.

—Los robos sucedieron a menos de una hora de aquí. El plan era pasarme por el pueblo y ver a mi antiguo amigo de camino. Iba a quedarme aquí el tiempo suficiente para ponerme al día y todo se fue al traste al día siguiente, cuando se llevaron a Naomi y Way.

—¿Y por qué debería creérmelo? —le pregunté.

—Me da igual lo que creas —replicó.

—Ya, de eso también me he dado cuenta, cariño. ¿Consigues que todas tus fuentes te cuenten las cosas como has hecho conmigo? —le dije.

—La sutileza no va contigo, jefe.

Me incliné hacia ella.

—Confiaba en ti, Lina.

Se cruzó de brazos con actitud desafiante.

—Actúas como un amante despechado cuando solo somos...

—¿Qué? ¿Qué somos, Angelina? ¿Quieres decir vecinos? ¿Conocidos? —Dejé la carpeta en la mesa con un golpe en una demostración de mal genio—. Conoces mi peor secreto, joder. Hiciste que te lo contara.

Levantó los brazos.

—¿Crees que alguien más aparte de mi familia conoce mi historia? No eres el único que se ha abierto, Nash.

—Entonces o eres una mala persona o, como mínimo, éramos amigos.

—¿Éramos?

—Ya te dije que no toleraba a los mentirosos. Todo lo que teníamos o podríamos haber tenido ya no es posible.

Apretó la mandíbula.

—Me has mentido deliberadamente —le dije.

—No te he mentido. He omitido parte de la verdad.

—Has utilizado mi vulnerabilidad en mi contra.

—Venga ya —espetó—. Estaba paseando a tu perro y te encontré en el suelo. Yo no te provoqué el ataque de pánico.

—No, pero te aprovechaste de él.

—¿Cómo? —farfulló—. ¿Es que acaso te he sonsacado secretos de la policía? ¿O te estoy haciendo chantaje con los tuyos?

—Puede que no, pero te aseguraste de acceder a mí, a mi casa. Empezaste a presionarme sobre lo que pasó aquella noche —señalé, y comencé a encajar las piezas.

—Por tu propio bien, capullo. Si quieres bloquearlo para siempre, es cosa tuya. Pero acabarás en el suelo más veces si no consigues superarlo con el tiempo.

Sacudí la cabeza.

—Yo tengo otra teoría. Creo que el único motivo por el que has fingido que te importaba ha sido porque pensabas que conseguirías sonsacarme algo que te llevara hasta Hugo y ese maldito coche. —Saqué otra carpeta y la abrí, pero no dejé de mirarla—. Apuesto a que no pudiste resistirte a echar un vistazo a los documentos que tengo en la mesa, ¿verdad?

Su rostro se volvió imperturbable, pero no sin que viera un destello de culpabilidad en él.

—Sí, por eso accediste a que durmiéramos juntos. Cuanto más acceso tuvieras a mí, más tiempo podrías pasar en mi casa.

Lina me miró con los ojos llenos de ira. Se rio con amargura.

—Y yo que pensaba que Knox era el hermano cabrón.

—Supongo que debe de ser cosa de familia. Será mejor que te mantengas alejada de ellos a partir de ahora —le advertí.

—Eso va a ser un poco complicado, ya que Knox me ha pedido que forme parte del cortejo nupcial —replicó.

—No me fío de ti y no te quiero cerca de mi familia. Eres imprudente y usas a la gente para conseguir lo que quieres. Harás que alguien salga herido.

Palideció, pero lo ocultó de inmediato.

—Puede que mi hermano sea un imbécil —continué cuando no dijo nada—. Y puede que no siempre nos llevemos bien. Pero ¿de verdad quieres ir en mi contra si ponemos a prueba su lealtad? Porque no dudaré en asegurarme de que pierdas a tu amigo más antiguo.

—Fuera —dijo en un susurro.

—No he acabado contigo —le advertí.

Golpeó la mesa con la palma de la mano.

—Que te vayas.

Me quedé sentado un instante y la examiné.

—Si me entero de que acosas a mi familia para conseguir información o de que estás interfiriendo en una investigación oficial, no dudaré en meterte entre rejas.

No dijo nada, pero me miró con expresión pétrea hasta que me puse en pie.

—Lo digo en serio, Lina.

—Vete a casa, Nash. Déjame en paz.

Me fui, pero solo porque mirarla hacía que me doliera el pecho, como si me hubiera hecho más daño que los dos balazos que había recibido.

Cuando abrí la puerta, Piper no me esperaba. Estaba escondida debajo de la mesa y me miraba como si de algún modo todo fuera culpa mía.

CAPÍTULO VEINTIDÓS

CONFRONTACIÓN EN EL PARTIDO DE FÚTBOL

LINA

Naomi: Necesito una reunión de emergencia con los expertos de la boda. ¿Podéis venir al partido de fútbol de Waylay mañana por la mañana?

Stef: ¿Por qué no puede hacer deporte por las tardes? Esto de quedar los sábados por la mañana me estropea la vida social de los viernes por la noche.

Naomi: ¿Qué vida social? Todavía no le has pedido salir a Jeremy. 🗯️

Stef: A nadie le gustan las *bridezillas,* Witty.

Sloane: Yo puedo ir siempre y cuando escondamos *bloody mary* en las copas.

Yo: Lo siento, chicos. No puedo ir.

Naomi: 😣 Lina, esta semana has estado demasiado ocupada para la comida y te echaste atrás para la compra de vestidos de dama de honor. Me temo que voy a tener que tirar de mandato de novia e insistir en que te unas a nosotros... a menos que de verdad estés haciendo algo más importante que discutir los atuendos del cortejo de boda y decidir entre la tarta de bodas tradicional y una mesa de pasteles. En ese caso, lo entiendo perfectamente y olvida que haya intentado exigirte nada.

Stef: Perdona a Witty. La han galardonado con un premio a la trayectoria en complacer a los demás.

Sloane: Puedo confirmar que Lina no tenía planes para el sábado por la mañana ayer por la noche, cuando recogimos los pedidos para llevar en el Dino's a la vez.

Naomi: Es oficial. Lina nos está evitando.

Stef: Vamos a secuestrarla y descubrir por qué. Espera. ¿Es demasiado pronto para bromear sobre secuestros?

Yo: Oh, ESTE sábado. Pensaba que te referías a otro. ¿Quién va a ir?

Sloane: Tengo la misma pregunta. Estoy cansada de ir a sitios en los que tengo que cruzarme con el señor alto, misterioso e irritado.

Stef: Se refiere al buenorro trajeado y pecaminoso.

Naomi: Mis padres, Liza J. y Knox estarán allí. No hay ningún otro familiar o amigo en la lista.

Yo: Supongo que puedo ir. Siempre y cuando lo de los *bloody mary* no fuera broma.

—Deberías ver las hojas. —La voz de mi padre resonó por los altavoces del coche—. Nunca las había visto de tantos colores. Deberías tomar un vuelo este fin de semana y venir a verlas.

Giré para entrar en el aparcamiento de gravilla de los campos de fútbol y maniobré lentamente entre el gentío de jugadores y familias.

—El otoño también está en pleno apogeo aquí —le comenté—. ¿A que no adivinas lo que estoy haciendo ahora mismo?

—¿Ganando un premio en el trabajo? No, espera. ¿Dando clases de baile de salón? ¡Oh! Ya lo sé, ¿comiendo *sushi* mientras compras un billete de avión para darme una sorpresa por mi cumpleaños?

Hice una mueca.

—Casi aciertas, pero no. Voy a un partido de fútbol de niños.

—Ah, ¿sí?

—Apuesto a que no echas de menos pasar frío los sábados por la mañana temprano —le dije con suavidad. Observé cómo los cinco miembros de una familia, envueltos en capas de ropa, corrían hacia los campos.

A papá siempre le había gustado el fútbol. Había presionado a un bar deportivo local de nuestro barrio para que transmitiera partidos ingleses mucho antes de que David Beckham pusiera una de sus botas de oro en Estados Unidos. Su amor por ese deporte era el motivo por el que había empezado a jugar de pequeña. Entrenábamos durante horas en el jardín trasero, conocía a todas mis compañeras de equipo por sus nombres y era el padre del equipo que se aseguraba de que todas llegáramos bien a casa de los partidos y entrenamientos.

El «incidente» nos había afectado a todos de formas distintas.

Mamá revoloteaba a mi alrededor, convencida de que estaba a un latido de la muerte.

Mi regreso a la «normalidad» había tardado tanto que ya no pertenecía a ninguna parte. Así que había centrado toda mi energía en ponerme al día académicamente, con el objetivo de empezar de cero en otra parte.

En cuanto a mi padre, nunca lo había visto volver a ver otro partido de fútbol.

—Al parecer, aquí los acontecimientos sociales están vinculados a eventos deportivos infantiles. Mi amigo Knox me ha pedido que vaya a su boda, y he quedado con la novia para hablar de tartas en la banda.

—¿Una boda? ¿Cuánto tiempo piensas quedarte allí?

—No estoy segura. El proyecto que me han asignado en el trabajo se está alargando.

—Bueno, si no puedes venir a vernos, siempre podemos ir nosotros.

—Ahora mismo todo está en el aire, pero quizá pueda ir a casa pronto. Ya te contaré.

—¿Estás bien? Pareces un poco alicaída.

—Estoy bien —le respondí, incapaz de ahondar en el motivo por el que había pasado los últimos días balanceándome entre la ira y la tristeza—. Tengo que colgar, creo que el partido está a punto de empezar.

—Vale, cielo. Oh, una cosa más. Tu madre me mataría si no te preguntara. ¿Todo bien con el corazón?

239

—Todo bien —respondí, y metí la exasperación a la fuerza en la misma caja que la ira y la tristeza.

Solo ha recibido un par de golpes emocionales por parte de un agente de la ley herido y enfadado.

—Te quiero, papá.

—Y yo a ti, Leens.

Colgué la llamada y me desplomé sobre el asiento climatizado. Lo había llamado de forma preventiva para quitármelo del medio durante el día. Garantizar a mis padres que seguía viva y que era capaz de cuidar de mí misma y a la vez darme la libertad de ser una adulta independiente era hacer malabarismos constantes.

Tener unos padres demasiado cariñosos no era algo que pudiera subestimar, pero tampoco algo que me entusiasmara.

Salí del coche y me dirigí al campo a regañadientes mientras escaneaba a la multitud en busca del hombre al que esperaba no volver a ver nunca más.

Había conseguido evitar a Nash desde que había amenazado con arrestarme. Mi equipo de investigación intentaba localizar a los socios conocidos de Hugo y vigilaba las subastas de coches antiguos. Yo seguía tachando las propiedades de la lista. En mi tiempo libre, había conseguido sobrevivir a otra sesión de entrenamiento con la señora Tweedy y ayudar con otras dos investigaciones del trabajo.

Necesitaba que hubiera algún giro en el caso, y rápido, sino tendría que hacer algo que nunca había hecho antes: rendirme.

Encontré a Naomi y Sloane sentadas en sillas plegables y tapadas con mantas en la banda.

—Ahí estás —dijo Naomi cuando me acerqué a ellas. Sujetaba un café enorme en una mano y un vaso de aspecto inofensivo en la otra—. Te hemos traído una silla.

—Y alcohol —añadió Sloane, y me ofreció un vaso rojo pequeño.

—Gracias. —Acepté la bebida y la silla—. ¿Dónde está Stef?

—Está comprando, y cito textualmente, «todo el café del mundo». Tenía una llamada con inversores de Hong Kong sobre vete a saber qué —respondió Naomi.

—¿A qué se dedica Stef? —le pregunté, y eché un vistazo a la multitud. El padre de Naomi y Knox estaban junto a Wraith, un motero que daba miedo y era una elección algo dudosa para ser el entrenador de un equipo de fútbol de niñas. Los únicos tatuajes que el madurito llevaba expuestos eran los que le asomaban por el cuello de la chaqueta de cuero. Estaba de pie en la banda, con las piernas separadas como si estuviera listo para enfrentarse a una banda de moteros rival.

Me fijé en que Knox no se molestó en saludarme. Solo me lanzó una mirada asesina antes de mirar para otro lado.

Maldito Nash y su maldita bocaza.

—Nadie lo sabe, es como Chandler de *Friends* —comentó Naomi.

Sloane me estudió desde debajo del gorro con borla. Era negro e iba a juego con las manoplas que llevaba.

—Siempre tienes aspecto de heroína malota de un videojuego que está lista para abrir una puerta de una patada o abalanzarse sobre un tipo armado y *sexy* para tirárselo hasta el olvido.

Naomi escupió un chorro de café al aire fresco mientras yo me reía.

—Eh, ¿gracias? Supongo.

—Dile lo del vestido —exigió Sloane.

—Te lo hemos elegido de color escarlata —me dijo Naomi—. Estarás cañón.

—Es evidente que echarás un polvo en la boda con él puesto —insistió Sloane.

—¿Te encuentras bien? —le pregunté.

La bibliotecaria gruñó con dramatismo y echó la cabeza hacia atrás. El gesto hizo que tuviera vía libre para ver cómo Lucian Rollins se acercaba tras ella. El abrigo de cachemira que llevaba se sacudía al viento como una especie de capa de vampiro. Su mirada no era agradable, en especial cuando se fijó en mí.

—Uf, necesito sexo —anunció Sloane, sin ser consciente de que su archienemigo estaba casi al alcance del oído—. Mire donde mire, veo sexo en potencia. Naomi tiene un brillo orgásmico permanente muy molesto y tú tienes aspecto de poder entrar en cualquier habitación y salir de allí con un tío en menos de cinco minutos.

—¿Y por qué no te lo tiras a él? —Señalé y las tres nos volvimos a mirar a Lucian, que parecía un modelo con sus tejanos, el jersey y la gorra de béisbol.

—¡Maldita sea! Naomi, ¡me dijiste que no vendría! —exclamó Sloane entre dientes.

—No me dijo que fuera a venir, no tengo ni idea de qué hace aquí —insistió ella.

—Pasa tanto tiempo en la casa de al lado y por el pueblo que empiezo a cuestionarme que tenga un trabajo de verdad —se quejó Sloane.

—¿En la casa de al lado? —le pregunté.

—Al parecer, Sloane y Lucian crecieron uno al lado del otro. Sloane le compró la casa a sus padres cuando se mudaron y Lucian se quedó la casa de su madre —explicó Naomi.

—Vete a saber por qué —murmuró Sloane.

—A lo mejor ha venido para acostarse contigo. Como un hada madrina *sexy* y misteriosa que concede deseos guarros —bromeé.

Me fijé en que Knox no se molestó en saludar a Lucian cuando se unió a él. Al parecer, el enfado era contagioso.

—Preferiría ir al ginecólogo y al dentista el mismo día —replicó Sloane—. Además, tengo una cita.

—¿Tienes una cita? —preguntó Naomi en voz tan alta que todos los hombres se giraron y nos miraron fijamente.

Parecía que Lucian iba a prenderle fuego al mundo con el humo que desprendía.

—Gracias, bocazas —murmuró Sloane—. Sí, tengo una cita.

—¿Una cita o un ligue? —le pregunté a un volumen normal.

Lucian apretó el puño con tanta fuerza que aplastó el vaso del café para llevar y lo esparció por todas partes.

Sonreí cuando fijó la mirada oscura y peligrosa sobre mí. «Uy», articulé con suficiencia.

—Aquí no hay nada que ver —dijo Naomi, e hizo un gesto como si los espantara con las manos. O al menos es lo que creo que intentaba hacer, ya que era difícil de discernir dado que llevaba una bebida en cada mano—. Sigan con sus asuntos, caballeros.

Knox le hizo un guiño pícaro a su prometida y después me miró con frialdad antes de volver la atención al campo donde el equipo calentaba.

—Eh, ¿qué pasa con los vacíos y las miradas frías? —preguntó Sloane.

—Solo intentas cambiar de tema. ¿Con quién vas a liarte?

Sloane miró por encima de los dos hombros y nos hizo un gesto para que nos acercáramos más. Cuando hubimos hecho un corrillo que olía a vodka, esbozó una sonrisa.

—Os daré una pista, tiene bigote y placa.

—¿Vas a salir con Nolan? ¿Nolan Graham? ¿El alguacil? —le pregunté.

—Es muy mono —comentó Naomi.

—Es muy buen tipo —añadí.

—Saliste con él, ¿verdad? ¿Hay algo malo que deba saber antes de dejar que vaya a por todas después de la tercera cita? —me preguntó Sloane.

—Tuvimos una aventura muy corta hace unos años. Es muy buena persona y buen bailarín.

—Tal vez sea mi pareja en la boda —rumió Sloane.

Los hombres nos observaban otra vez. O, más bien, nos fulminaban. Lucian parecía incapaz de decidir si me odiaba más a mí o a Sloane. Y la mejor forma de describir la expresión de Knox era decir que tenía cara de pocos amigos.

—Vale, ya sé que Sloane y Lucian compiten para ver quién odia más al otro, pero ¿qué pasa contigo y Knox? —preguntó Naomi, que miró a su prometido con el ceño fruncido—. No te habrá dicho nada malo u ofensivo, ¿verdad? Se supone que está intentando mejorar en ese aspecto.

Bajé la mirada a la bebida.

—Que yo sepa, todo va bien.

—Oh, mira. Ahí está Nash. Pensaba que le tocaba trabajar.

Giré la cabeza tan de golpe que casi me caigo de la silla y derramo el *bloody mary*.

—Mierda —murmuré, y me agaché más en la silla cuando lo vi. Llevaba puesto el uniforme, tiraba de Piper con una correa rosa y parecía más furioso que Knox y Lucian juntos. Nolan caminaba unos metros tras él con el teléfono en la oreja.

243

—Señoritas —gruñó Nash. Posó la mirada sobre mí y no hice ni el intento de disimular la furia que me provocaba.

—Buenos días, Nash. —Naomi lo saludó animada.

—Hola, jefe —dijo Sloane.

—Creí que te había dicho que no te acercaras a mi familia —me dijo Nash.

Oh, estupendo. Íbamos a hablar del tema. En público. Con testigos.

—Yo me lo pensaría muy bien antes de empezar esta conversación ahora mismo. A menos que quieras que saque todos los trapos sucios —le respondí, y le lancé una mirada de odio.

Todo el mundo nos miraba como si Nash y yo nos hubiéramos convertido en una telenovela delante de ellos.

—Te dije que la dejaras en paz, no que fueras un capullo con ella —saltó Knox.

—No necesito que me defiendas, y menos cuando ni siquiera me diriges la palabra —le recordé.

—Vale, voy a necesitar una explicación de inmediato —intervino Sloane.

—Me alegro de que por fin hayas entrado en razón —le dijo Lucian a Nash.

—Que te den, Lucy —gruñó Nash—. Y a ti también, Knox.

Amanda se acercó furtivamente.

—Huele a drama. ¿Qué pasa?

—Todo el mundo está enfadado con todo el mundo —respondió Sloane—. ¿Puede alguien explicarme, por favor, qué mosca os ha picado para que pueda escoger un bando? *Spoiler:* no será el equipo de Lucian.

Lucian desvió la mirada de acero hacia ella.

—Hoy no tengo energía para aguantarte, Sloane.

Naomi estiró la mano para evitar que Sloane se levantara de la silla de un salto.

—Oíd, solo puedo lidiar con las riñas de amigos una por una. —Se volvió hacia mí—. ¿Qué pasa contigo y Nash? Y contigo y Knox. Y con Lucian y, bueno, con todo el mundo.

Todos me miraron. Las mujeres me observaban expectantes y los hombres, con varios grados de irritación. Una de las

244

madres del equipo apuntaba el móvil en nuestra dirección; era probable que lo estuviera grabando todo.

Stef escogió ese preciso momento para llegar hasta nosotros con un vaso de café del tamaño de un cubo. Se detuvo en seco cuando se dio cuenta del enfrentamiento.

—¿Qué me he perdido?

—Lina nos ha estado mintiendo a todos —anunció Nash.

Era el momento de replicar. Y se me daba muy bien, no era una de esas personas a las que se les ocurrían las frases en la ducha días después de una confrontación. Era de las que respondían con todo lo que tenían.

El único problema era que no me sentiría bien si revelaba su secreto. Puede que Nash estuviera actuando como un cabronazo, pero había visto el verdadero dolor que ocultaba bajo la superficie y la conciencia no me permitía traicionar su confianza. A menos, claro está, que me presionara demasiado, en cuyo caso sería culpa suya.

Naomi bajó una de las bebidas y alargó el brazo para apretarme la muñeca.

—Si Lina no ha sido del todo sincera, entonces supongo que debe de tener un buen motivo para ello.

Era algo muy propio de Naomi. Y lo decía de verdad. Al menos por ahora, antes de que lo confesara todo, pero si alguien iba a contarlo, debía ser yo.

—He venido en busca de Duncan Hugo —expliqué.

La madre de Naomi, Amanda, soltó un gritito ahogado muy dramático. Knox dijo una palabrota en voz baja y se le dilataron las fosas nasales. Lucian, por supuesto, no mostró ninguna reacción.

Sloane fue la primera en recuperarse.

—¿Por qué? ¿En qué andas metida, Lina?

—Es trabajo. No vendo seguros, me dedico a recuperar bienes robados. Hugo le robó algo a un cliente y le seguí la pista hasta la zona, sin saber que también estaba metido en otros asuntos. Vine al pueblo solo para ver a Knox durante un día, pero después sucedió todo.

—¿Qué es lo que robó? —preguntó Amanda—. Seguro que joyas. ¿Eran joyas?

—Un coche —admití.

—¿Qué clase de coche? —quiso saber Knox.

—Un Porsche 356 descapotable de 1948.

Emitió un silbido bajo.

—Es un buen coche.

—Nos ha mentido a todos —intervino Nash, y sus palabras me golpearon como un martillo—. Hizo que le ofrecieras vivir a mi lado para tener acceso a mí y a mis documentos.

Sentí que la adrenalina me invadía el sistema. El corazón me dio un vuelco, y después otro. Me llevé la palma de la mano al esternón y me obligué a no abrir la boca y no soltar el torrente de insultos que me obstruía la garganta.

—Pero ¿qué narices dices? —replicó Knox.

Me preparé para el fin de la amistad más larga que había tenido, pero Knox miraba a su hermano.

—Ella no hizo que le ofreciera vivir a tu lado. Me pasé por el motel para llevarla a desayunar y me la encontré echándole laca a una cucaracha del tamaño de un puñetero castor —continuó—. Le dije que recogiera sus trastos y se negó. Nos gritamos durante media hora mientras pisoteábamos a una orgía multigeneracional de cucarachas hasta que accedió a mudarse.

—Tiempo muerto —le dijo Naomi a su futuro marido—. Vikingo, si no estás enfadado con Nash y Lina por eso, ¿por qué estás tan cabreado?

Knox se pasó una mano por el pelo y el gesto tan delicado no se correspondió con su expresión turbulenta.

—Estoy cabreado porque estos dos idiotas no hacen caso al sentido común con el que estoy hablando.

Le di tres buenos tragos al *bloody mary* y empecé a planear mi fuga.

—¿Qué sentido común? —preguntó Stef. Apartó una silla y la puso lo más cerca que pudo de la acción.

—¿En serio? ¡Venga ya! —Knox nos señaló a mí y a Nash.

—Vas a tener que ser más comunicativo, querido —le dijo Amanda.

—Hostia puta. No pueden liarse. —Señaló a Nash—. Este idiota prácticamente lleva tatuada la expresión «le voy a comprar un puto anillo» en el culo. —Después hizo un gesto con

246

la barbilla en mi dirección—. Y ese incordio lleva tatuado «los hombres son de usar y tirar» en el suyo.

Naomi se inclinó hacia mí y susurró:

—¿Lo dice literalmente o es una metáfora?

—Una metáfora, pero sí que tengo un sol tatuado en el omoplato.

Nash me miró con los ojos entrecerrados.

—Si se lían y ella se tiene que ir, a él se le romperá el estúpido corazón y ella se sentirá mal. Y los dos se acabarán desquitando conmigo. Así que le dije a Nash que lo dejara estar y luego voy y descubro que se está metiendo en la cama con ella.

—Todo el mundo se está acostando con alguien menos yo —murmuró Sloane en voz baja.

—Ahora sí que se está poniendo interesante —comentó Amanda, que le tendió la mano a Stef.

—Y que lo digas —respondió él, y le entregó su *bloody mary*.

—No nos estábamos acostando y nunca lo haremos. Me lo podrías haber dicho —le espeté a Knox.

Hizo una mueca, como si le hubiera sugerido que se arrancara las uñas de los pies y las lanzara como confeti.

—Sí, claro, Leen —se mofó él—. Y después habríamos tenido una conversación íntima sobre nuestros sentimientos y esas mierdas.

No le faltaba razón.

—¿Es mal momento? —Nolan se había acercado a nosotros con su cazadora y un café de tamaño normal en la mano.

—Sí. —Nash y yo respondimos al unísono, lo cual hizo que nos fulmináramos todavía más con la mirada.

Le guiñó el ojo a Sloane.

—Hola, bombón. Estoy contando los minutos que quedan para nuestra cena.

La bibliotecaria esbozó una sonrisa coqueta. Lucian gruñó.

—Entonces, si Lina y Nash no están… —Naomi hizo una pausa cuando una parte del equipo de Waylay pasó corriendo por la banda— haciéndose cosquillitas de adultos, que por cierto es un tema que volveremos a tratar, ¿por qué sigues enfadado con ellos?

247

—Porque él actúa como si todo esto no fuera conmigo y ella no ha sido sincera conmigo. Me podrías haber contado por qué has venido —me dijo Knox.

Asentí.

—Podría haberlo hecho, seguramente debería. No se me da muy bien sincerarme —confesé.

—Pero, en cambio, no te importa que se sinceren contigo —dijo Nash.

—Tú sigue insistiendo, jefe. Que contigo todavía no han ahondado lo suficiente —le advertí.

Su mirada asesina me habría calcinado si hubiera usado un poco más de laca esa mañana.

—¿Qué narices significa eso? —preguntó Sloane en un susurro.

—Espera un momento, todavía no hemos acabado. Aún no habéis explicado el motivo por el que el Buenorro Trajeado, digo Lucian, está metido en estos chanchullos emocionales tan inmaduros —señaló Stef.

—Métete, Lucian. Que el agua está calentita —le dije.

—Bueno, no te queda otra —añadió Naomi con tono alentador.

—Sabía que había algo que no cuadraba en la historia de Lina. Y cuando Knox expresó su preocupación respecto a ella, indagué un poco. Entonces di con su paradero y la amenacé.

Lo dijo con la misma despreocupación como quien describe un encuentro divertido en el supermercado.

—Es increíble —murmuró Sloane en voz baja.

—Lucian, las cosas no se resuelven así. —Amanda lo reprendió como si fuera un niño de seis años en mitad de una rabieta.

—¿Así que técnicamente Lucian tenía razón y aun así sigues enfadado con él? —preguntó Naomi.

Nash se encogió de hombros irritado. Naomi se volvió hacia Knox.

—Y tú tenías razón con que harían daño a Nash y ahora estáis los dos enfadados el uno con el otro.

—Bueno, el desayuno no ayudó mucho —admitió Knox.

Naomi cerró los ojos.

—¿Por eso te pusiste en modo *bridezilla* con la florista ayer?

—Usar gipsófilas me parece una tontería. Me da igual lo que diga —respondió.

—¿Qué pasó en el desayuno? —preguntó Stef.

—Invité a Knox y Nash a desayunar para hablar de todo esto como adultos responsables —explicó Lucian.

—Te presentaste en mi casa sin avisar y me sacaste de la cama a las seis de la mañana —le corrigió Nash.

—De nada —le replicó.

—Espera un momento —interrumpió Sloane—. Tú, Lucian Rollins, ¿quisiste hablar las cosas por voluntad propia?

Le lanzó una mirada gélida.

—Lo hago cuando algo me importa.

Ella se puso en pie. Temblaba tanto que la borla del gorro se movía.

—Eres la peor persona que he conocido —replicó entre dientes. Por lo general, se le ocurrían insultos mucho más creativos.

Sentí el peligro inminente, me levanté de la silla de un salto y me puse entre ellos antes de que Sloane se abalanzara sobre él.

—Tiene muchos abogados —le recordé—. Y por muy satisfactorio que pudiera resultar borrarle la sonrisa de un puñetazo, no soportaría ver cómo su equipo legal te deja sin un duro.

Sloane gruñó. Lucian enseñó los dientes en un gesto que sin duda no era una sonrisa.

—¿Me echas una manita, alguacil?

Nolan le rodeó la cintura a Sloane con el brazo y la apartó.

—¿Qué te parece si nos ponemos por allí? —le preguntó a la chica en tono amigable.

Lucian emitió algo parecido a un rugido salvaje y me golpeó la mano levantada con el pecho. Incluso después de que clavara los talones en el suelo, se las arregló para hacerme retroceder casi treinta centímetros antes de que Nash se interpusiera entre nosotros.

—Apártate de una puta vez —espetó Nash, que invadió el espacio personal de Lucian.

—Nos van a expulsar de un partido de fútbol infantil —le dije a nadie en particular.

—¿Y qué tal el sexo? —me preguntó Stef con una sonrisa pícara.

—¡Por el amor de Dios! No ha habido sexo. Ni siquiera nos hemos besado —repliqué.

—¿Así que solo dormíais juntos? —preguntó Amanda—. ¿Es una nueva moda entre los jóvenes? ¿Amigos con derechos parciales? ¿Netflix y abrazos?

—No somos amigos —respondí, y le lancé una mirada asesina a Nash—. Y, al contrario que otros, yo respeto la privacidad de los demás, en especial cuando se trata de cosas que han compartido en confianza.

Madre mía, qué bien sentaba ser la buena de la película. Sobre todo porque sabía que la familia de Nash estaba a punto de sonsacarle la verdad con una palanca. Eso hacía que todo fuera mucho más satisfactorio.

De inmediato, le lanzaron un torrente de preguntas.

—¿De verdad que solo habéis dormido? ¿De qué va todo eso?

—¿Tiene algo que ver con el hecho de que estés deprimido?

—¿Estás deprimido? ¿Por qué no nos has dicho nada?

—¿Dormíais desnudos o llevabais pijama?

—¡A ver, gente!

Todos nos volvimos hacia Waylay, que estaba en la banda con las manos en las caderas. Tenía a todo el equipo detrás en línea e intentaban, sin mucho éxito, reprimir las risitas.

—¡Intentamos jugar un partido, pero estáis distrayendo a todo el mundo! —exclamó.

Todos nos las ingeniamos para mascullar un coro de disculpas.

—Si tengo que volver, estaréis metidos en un lío —comentó Waylay, e hizo contacto visual con todos nosotros.

—Caray, ¿desde cuándo da miedo? —susurró Sloane después de que Waylay y el resto del equipo volvieran al campo.

—Es culpa tuya —respondieron Knox y Naomi al mismo tiempo. Se sonrieron el uno al otro.

El corazón me volvió a dar un vuelco, así que respiré hondo y exhalé despacio hasta que los pálpitos se disiparon.

—¿Estás bien? —me preguntó Nash, aunque no pareció que le importara mucho—. ¿O eso también era mentira?

—No. Empieces —le advertí.

—¿Qué le pasa? —susurró Naomi.

Tenía que salir de allí. Tenía que ir a algún lugar en el que pudiera respirar y pensar y no querer darle un puñetazo a unos hombres estúpidos y atractivos en esas caras estúpidas y atractivas. Tenía que llamar a mi jefa y dejar la investigación. No solo la había comprometido, sino que la idea de quedarme en Knockemout, que se había convertido en otro lugar al que no pertenecía, me dolía de verdad.

—Siéntate, Angelina —me ordenó Nash. Seguía enfadado, pero el tono que había empleado esta vez era uno o dos niveles más amable.

—¿Qué pasa? —exigió saber Knox.

—Seguro que a Nash le encantará poneros al corriente —respondí, entonces me volví hacia Naomi y Sloane—. Las dos habéis sido maravillosas conmigo desde que llegué y siempre os estaré muy agradecida. Merecíais algo mejor por mi parte y lo siento. Gracias por la amistad y mucha suerte con la boda. —Le entregué el *bloody mary* a Sloane.

El corazón se me aceleró dos veces más. Unas manchas aparecieron en mi campo de visión durante el rato que tardé en volver a los latidos normales.

No más cafeína. Ni carne roja. Ni estrés por los hombres, me prometí a mí misma. Abriría la aplicación de meditación del móvil y haría yoga cada vez que saliera a correr. Practicaría ejercicios de respiración cada hora y pasearía por la naturaleza. Saldría de Knockemout enseguida y no volvería a mirar atrás.

No confiaba en ser capaz de despedirme de forma más oficial, así que empecé a caminar hacia el aparcamiento.

—Lina —dijo Nash a mis espaldas. No Angelina, ni ángel. Ahora solo era Lina para él.

Lo ignoré. Cuanto antes me olvidara de la existencia de Nash Morgan, mejor.

Incrementé la velocidad y atajé por un campo de fútbol vacío. No había llegado ni hasta la mitad del campo cuando una mano me agarró del codo.

—Lina, para —me ordenó Nash.

Me zafé de él.

—No tenemos nada que decirnos y ya no tenemos ningún motivo para preocuparnos por el otro.

—El corazón…

—No te incumbe —gruñí.

Una serie de pálpitos hicieron que se me oscureciera el campo de visión a los laterales y me obligué a no dejar que se me notara.

—Vale, voy a intervenir con mucha reticencia —comentó Nolan, que había corrido hacia nosotros.

—No te metas, Graham —saltó Nash.

Nolan se quitó las gafas de sol.

—Mi trabajo consiste en protegerte, tonto del culo. Y estás a un segundo y medio de que una mujer muy enfadada te dé un puñetazo en la cara.

—No permitiré que te pongas detrás del volante si no te encuentras bien —me dijo Nash, que ignoró por completo al alguacil que se había interpuesto entre nosotros.

—Nunca he estado mejor —le mentí.

Intentó dar otro paso hacia mí, pero Nolan le puso una mano en el pecho.

Me di la vuelta y me dirigí al aparcamiento. Estaba a medio camino del coche cuando noté que alguien fijaba su atención en mí. Localicé a un tipo con bigote y una gorra del departamento de policía de Knockemout apoyado contra las gradas, con los brazos cruzados y una mirada cruel en los ojos.

CAPÍTULO VEINTITRÉS

EQUIPO LINA

LINA

Intentaba meter el último jersey en la maleta que estaba a rebosar cuando llamaron a la puerta. Y lo habría ignorado, como había hecho las otras veces que habían llamado desde el partido de fútbol lleno de bombazos de ayer, si no hubiera venido acompañado de un torrente de mensajes de texto.

Sloane: Somos nosotras. Déjanos entrar.
Naomi: Venimos en son de paz.
Sloane: Date prisa antes de que alertemos al gruñón de tu vecino con tanto jaleo.

No estaba de humor para tener compañía, para el chantaje emocional o para otra ronda de disculpas.

Naomi: Debo añadir que Knox me dio la llave maestra, así que vamos a entrar pase lo que pase. Por lo menos que sea decisión tuya.

Mierda.
Lancé el jersey sobre la cama y me dirigí a la puerta.
—Hola —dijeron alegremente cuando la abrí.
—Hola.
—Gracias, sí que queremos pasar —anunció Sloane mientras empujaba la puerta.

—Si habéis venido a discutir, siento deciros que me he quedado sin fuerzas —advertí.

Había pasado media noche con verduras congeladas sobre el pecho mientras escuchaba meditaciones guiadas e intentaba que el estrés abandonara mi cuerpo.

—Hemos venido a decirte que hemos escogido un bando —dijo Naomi. Llevaba unos tejanos ajustados y una blusa de seda de color esmeralda. Llevaba el pelo en ondas sueltas que le enmarcaban el rostro.

—¿Un bando de qué?

—Lo hemos pensado mucho y somos del Equipo Lina —comentó Sloane. Ella también iba muy bien vestida para una tarde informal de domingo. Llevaba unos pantalones tejanos gastados, unos tacones y un maquillaje de ojos ahumado muy bien hecho—. Quería hacer unas camisetas, pero Naomi pensó que era mejor que nos presentáramos en tu casa y acabáramos con esto.

—¿Acabar con esto? —repetí—. ¿Me vais a asesinar?

—No habrá asesinatos, te lo prometo —respondió Naomi, que fue hacia mi dormitorio—. ¿Por qué has hecho la maleta?

—Porque no puedo llevar toda la ropa en las manos.

—Tenías razón con lo de no esperar a las camisetas —comentó Sloane, y siguió a Naomi hasta mi habitación.

Naomi rebuscó en la maleta.

—Este es mono. Ah, y, sin duda, estos tejanos también.

—¿Me estáis robando? —Sabía que los habitantes de Knockemout eran un poco toscos, pero todo esto me parecía excesivo.

—Te vas a vestir y vamos a pasar una «tarde de chicas más Stef», que probablemente se alargue hasta la noche, dependiendo de cuánto alcohol y fritos consumamos —explicó Sloane, y me entregó un par de tejanos y un jersey rojo de escote bajo.

—Todavía no hemos acabado de decidir el nombre —añadió Naomi.

—Pero no he sido sincera con vosotras, os he ocultado cosas —señalé, y me pregunté si a lo mejor se habían olvidado de mi traición.

—Los amigos se dan el beneficio de la duda. Puede que tuvieras buenos motivos para no ser sincera. O a lo mejor nunca has tenido unas amigas tan increíbles como Sloane y yo —comentó Naomi, y me lanzó el neceser de maquillaje—. Sea como sea, ¿qué clase de amigas seríamos si te ignoráramos cuando más nos necesitas?

—¿Así que no estáis enfadadas conmigo? —les pregunté lentamente.

—Estamos preocupadas —corrigió Naomi.

—Y queremos saber más detalles de tus fiestas de pijamas con Nash —añadió Sloane con un movimiento de cejas juguetón.

—Está destrozado, por cierto —dijo Naomi, que señaló en dirección al baño.

—Su miseria no es asunto mío —insistí.

Había llamado a mi puerta dos veces el día anterior, después del desastre del partido de fútbol. La tercera vez, había amenazado con echarla abajo si no le confirmaba por lo menos que estaba bien.

Para ahorrarme los gastos de cambiar la puerta, le había enviado un mensaje muy conciso: «Estoy bien. Pírate».

—Date prisa y arréglate. No podemos pasar el día bebiendo si no empezamos ya —comentó Sloane mientras le echaba un vistazo a otro jersey—. Oye, ¿me lo prestas para la cita con Nolan?

Y así es como una tarde de domingo acabé en el Hellhound, un bar de moteros lóbrego, con el Equipo Lina.

La música estaba muy alta y el suelo, pegajoso. Las mesas de billar estaban todas ocupadas y había más carteras con cadenas que sin ellas.

—Cada vez que vengo aquí quiero usar un cubo de lejía y un palé de desinfectante antes de sentarme —se quejó Naomi cuando nos dirigíamos a la barra.

Stef hizo una mueca y se arremangó el jersey de Alexander McQueen antes de apoyar los antebrazos en la madera con cuidado.

—Vaya, hola, camarero buenorro —dijo en voz baja.

Joel, el amable camarero, era alto, musculoso, estaba cubierto de vello facial e iba ataviado de negro de la cabeza a los pies. Se había peinado la melena plateada hacia atrás para apartársela de la cara morena.

—Bienvenidas de nuevo, señoritas —comentó con una sonrisa de reconocimiento—. Veo que habéis traído a un amigo.

Naomi le presentó a Stef.

—¿Qué queréis tomar? ¿Chupitos? ¿Licor? ¿Vino?

—Chupitos —respondió Sloane.

—¿Vino? —preguntó Naomi.

—Vino, sin duda —coincidió Stef.

Los ojos grises de Joel se posaron en mí.

—Yo tomaré agua.

—¡Buuuuuu! —dijeron Naomi y Sloane al mismo tiempo.

Stef me miró con el ceño fruncido.

—¿Te has caído de cabeza?

—Voy a empezar a preparar las bebidas. Mientras tanto, intentad no pegar a nadie —nos advirtió Joel, en especial a mí.

—¿Por qué no vas a beber? —preguntó Sloane.

—El agua es bebida.

—Lo que Sloane quiere decir es ¿por qué te vas a hidratar en vez de ser irresponsable y pedir bebidas para adultos? —intervino Naomi.

—Alguien tiene que conducir —señalé.

—Alguien tiene un prometido muy *sexy* preparado para recoger a nuestro grupo encantadoramente intoxicado —explicó Naomi.

—¿Knox no te ha dado la murga por volver aquí? —le pregunté.

La última y, bueno, única vez que estuvimos aquí fue el día en que llegué al pueblo. Knox y Naomi estaban en mitad de una ruptura que ninguno de los dos cabezas huecas quería de verdad. Había arrastrado a Naomi de su turno en el Honky Tonk hasta aquí, el peor antro de todos los antros.

Sloane se había unido a nosotras y el día casi había acabado en una trifulca de bar cuando algunos de los clientes más tontos y borrachos creyeron que tenían alguna oportunidad con nosotras.

—Por eso ha venido Stef —explicó Naomi.

—Me ha hecho prometerle que le pondría al día cada treinta minutos. —Stef me enseñó el móvil.

—¿Sigue enfadado conmigo? —pregunté, e intenté que pareciera que no me importaba.

—Lo estará si descubre que pensabas irte del pueblo sin despedirte de nadie —dijo Naomi.

Por eso no tenía amigos. Las relaciones de cualquier tipo eran demasiado complicadas. Todo el mundo creía que tenía derecho a decirte que lo que hacías estaba mal y a indicarte cómo arreglarlo a su manera.

—No iba a irme del pueblo. Iba a volver al motel y después irme del pueblo.

—Como amiga tuya que soy, la conciencia no me permite que deje que pilles una enfermedad transmitida por las cucarachas cuando tienes un apartamento perfectamente bonito y limpio a tu disposición —insistió Naomi.

—Preferiría vivir con las cucarachas que al lado de Nash.

Joel volvió con las bebidas. Dos chupitos de vete a saber qué para Sloane, dos copas de vino llenas hasta el borde y un agua con limón.

Sloane alargó las manos hacia los chupitos como un niño que pide que le des su juguete.

—Gracias, Joel —le dije cuando me dejó el agua delante.

—¿Cómo vas? —me preguntó.

—Estoy bien.

—¡Piiiiip! —Sloane, que ya se había bebido uno de los chupitos, hizo un ruido de pulsador de concurso—. Va contra la ley mentir durante la noche de chicas más Stef.

Naomi asintió.

—Estoy de acuerdo. Regla número uno: no mentir. No hemos venido hasta aquí a fingir que todo va bien. Estamos aquí para estar aquí para los demás. He dicho aquí demasiadas veces, ahora ya no suena como una palabra de verdad. Aquí. ¿Aquí?

—Aquí —probó Sloane con el ceño fruncido.

—¿Han bebido antes de venir? —me preguntó Joel, arqueando una de las cejas *sexys* y plateadas.

Sacudí la cabeza.

—No.

Por prudencia, rellenó dos vasos más de agua y los dejó delante de mis amigas antes de dirigirse al otro extremo de la barra.

—Aquíííííí —enunció Naomi.

—Madre mía. ¡Vale! No estoy bien —admití.

—Ya era hora. Me preocupaba que nos obligaras a seguir — dijo Sloane. Tomó el segundo chupito y se lo bebió de un trago.

—El primer paso es admitir que estás hecha un desastre —dijo Stef con sabiduría.

—No estoy bien. Estoy hecha un desastre. Ni mi familia sabe a qué me dedico porque no soportan la idea de que me exponga al más mínimo peligro. Si supieran lo peligroso que es mi trabajo, vendrían volando hasta aquí, formarían un escudo protector a mi alrededor y me obligarían a volver a casa con ellos.

Mi público personal me observó por encima del borde de sus vasos.

—Y bebo agua porque tuve un problema cardíaco que casi me mata cuando tenía quince años. Me perdí todas las cosas normales de la adolescencia gracias a las cirugías y al hecho de convertirme en la rarita que se había muerto delante de un estadio repleto de gente. Ahora ya está solucionado, pero sigo teniendo extrasístoles ventriculares cuando me estreso. Y ahora mismo estoy estresada de narices. Cada estúpido pálpito me recuerda cómo fue estar a punto de morir y después vivir una media vida sofocante de educación en casa, citas médicas y padres controladores a los que no podía culpar por ello porque, básicamente, me vieron morir en un campo de fútbol.

—Vaya —dijo Sloane.

—Necesitamos más alcohol, Joel —suplicó Naomi, y levantó la copa de vino, ahora vacía.

—Así que disculpad si no le cuento los detalles de mi vida a todo el que conozco. Durante la mayor parte de mi existencia, me han controlado y explicado que no soy normal y que nunca lo seré. Hasta que llegué aquí y conocí al agente Capullo.

—Esa es buena —comentó Sloane con un gesto de aprobación.

—¿Qué pasó cuando llegaste aquí y conociste a Nash? Lo siento, ¿al agente Capullo? —preguntó Naomi, muy pendiente de lo que decía.

—Fue echarle un vistazo a ese algo herido y melancólico...

—¿Con «algo» te refieres a su pene? —preguntó Stef.

—No.

—Deja de interrumpirla —gruñó Naomi—. ¿Le echaste un vistazo a su algo-no-pene herido y melancólico y qué?

—Me gustó —confesé—. Me gustó mucho. Me hacía sentir especial y no en el sentido de eres especial porque te ha dado un ataque al corazón delante de todo el mundo. Me hizo sentir que me necesitaba. Nadie me había necesitado nunca, siempre me han protegido, mimado o evitado. Dios, mis padres quieren entrar a la fuerza en mi siguiente visita con el cardiólogo solo para oír al médico decir que sigo estando bien.

Más bebidas aparecieron delante de Naomi y Sloane. Joel deslizó un cuenco de frutos secos en mi dirección.

—Recién salidos de la bolsa. Nadie les ha metido mano todavía —me aseguró.

—Gracias por los frutos secos a los que nadie les ha metido mano —respondí.

—Después de que lo regañáramos un poco, Nash confesó lo de los ataques de pánico que ha sufrido últimamente y cómo lo ayudaste —dijo Naomi.

—No me he aprovechado de él —insistí.

—Cariño, ya lo sabemos. Nadie lo piensa, ni siquiera él. Es un Morgan, dicen cosas estúpidas cuando se enfadan. Aunque debo reconocer que me alegro de verlo así —confesó Naomi.

—¿Por qué?

—Antes de conocerte, no estaba cabreado, ni contento, ni nada. Era como una fotocopia de sí mismo. Apagado, sin vida. Y entonces llegaste tú y le diste algo que le importaba lo suficiente para molestarse.

—Le mentí. Os mentí a todos.

—Y a partir de ahora lo harás mejor —respondió Naomi, como si fuera así de sencillo.

—Ah, ¿sí?

—Si quieres que sigamos siendo amigos, lo harás —dijo Sloane. Llevaba tres chupitos y ya se inclinaba hacia un lado como si estuviera en la cubierta de un barco.

—Los amigos te ayudan a mejorar. Aceptan las partes malas, celebran las buenas y no te torturan por tus errores —explicó Naomi.

—Siento no haber sido sincera con vosotros —dije con suavidad.

—Pero tiene sentido —señaló Sloane—. Si tuviera que mentir a mis padres para llevar una vida normal, me resultaría muy fácil convertirlo en un hábito.

—Lo entiendo —dijo Naomi con simpatía—. Yo mentí a mis padres acerca de todo cuando llegué aquí por primera vez porque intentaba protegerlos de mis líos y de los de Tina.

—Sé lo que se siente. —Removí el agua con la pajita—. Hasta había empezado a preguntarme qué pasaría sí...

—¿Qué pasaría si qué? —intervino Stef.

—¿Qué pasaría si lo nuestro funcionara? ¿Qué pasaría si me quedara aquí? ¿Y si era la señal que había estado esperando para dejar el trabajo y probar algo nuevo? ¿Y si pudiera tener una vida normal?

Naomi y Sloane me miraban fijamente con los ojos muy abiertos y llorosos.

—Ni se os ocurra —les advertí.

—Oh, Lina —susurró Naomi.

—Sé que no te gusta que te toquen, y lo respeto —dijo Sloane—. Pero que sepas que te estoy abrazando en mi mente.

—Vale, se acabaron los chupitos para ti —decidí.

Ambas me miraron con ojos de corderito degollado, como unos personajes de dibujos animados necesitados.

—Haz que pare —le supliqué a Stef. Este sacudió la cabeza.

—Solo hay una forma de que paren.

Puse los ojos en blanco.

—Uf, vale. Podéis abrazarme, pero no me echéis nada encima.

—¡Bien! —dijo Sloane.

Me abrazaron una a cada lado. Y allí, atrapada entre una bibliotecaria borracha y una coordinadora de promoción sociocultural, me sentí un poquito mejor. Stef me dio unas palmaditas torpes en la cabeza.

—Te mereces ser feliz y una vida normal —comentó Naomi, y se apartó.

—No sé lo que merezco. Nash ha dado en el clavo con todas mis vergüenzas y culpas.

—A mí también me soltó un bombazo en uno de los partidos de Waylay al principio de la temporada —se compadeció Naomi.

—Menos mal que la temporada está a punto de acabar —bromeó Stef.

—Sabes por qué la sinceridad es tan importante para él, ¿no? —preguntó Naomi.

Me encogí de hombros.

—Supongo que es importante para todo el mundo.

—El padre de Knox y Nash es adicto. Duke empezó a tomar drogas, sobre todo opioides, tras la muerte de su mujer. Knox me dijo que todos los días que pasaban con su padre eran como una mentira. Les juraba que estaba sobrio o les prometía que no volvería a meterse nada. Se comprometía a recogerlos después del colegio o les decía que iría a sus partidos de fútbol, pero no dejaba de decepcionarlos. Una y otra vez. Una mentira tras otra.

—Qué mal —admití. Mi infancia había tenido sus retos… como, bueno, morir delante de todos mis amigos y sus familias, pero no lo podía comparar con cómo habían crecido Knox y Nash—. Aun así, voy a decir algo controvertido: no tienes la culpa de cómo te criaron, pero sí eres responsable de tus acciones y reacciones cuando eres un adulto.

—Eso es cierto —admitió Naomi antes de dar otro trago de vino.

—La mujer preciosa de piernas muy largas tiene razón —intervino Sloane—. ¿Cuánto mides? ¡Vamos a comprobarlo!

Le acerqué un poco más el vaso de agua.

—A lo mejor deberías parar con los chupitos.

—Vamos a seguir el hilo —anunció Stef—. Tuviste una adolescencia de mierda, y eso que ya es horrible de por sí gracias a la pubertad.

—Cierto.

—Sígueme el rollo —continuó él—. Así que te haces mayor, te mudas, te conviertes en una mujer tremendamente independiente y aceptas un trabajo peligroso. ¿Para qué?

—¿Para qué? —repetí—. Supongo que para demostrar que soy fuerte. Que no soy la misma niña débil e indefensa de antes.

—Eres una malota —coincidió Stef.

—Por las malotas —dijo Naomi, que alzó la copa de vino casi vacía.

—Ahórrate el brindis, Witty. Estoy a punto de dejaros locas —insistió Stef.

—Dispara —dijo Sloane, y apoyó la barbilla en las manos.

—¿A quién quieres demostrarle algo? —me preguntó Stef. Me encogí de hombros.

—¿A todo el mundo?

Stef señaló a Sloane.

—Vuelve a hacer el sonido del pulsador de concurso.

—¡Piiiiiip!

La mitad del bar se volvió hacia nosotros.

—¿Intuyo que no estás de acuerdo? —incité a Stef.

—Y ahora viene cuando os impresiono: si tu familia no sabe a qué te dedicas, no son conscientes de tu «malotismo» profesional. Y si tus compañeros de trabajo no conocen tu historia, no tienen ni idea de lo impresionante que eres en realidad porque no son conscientes de los obstáculos que tuviste que superar para llegar hasta donde estás.

—¿Adónde quieres llegar?

—La única persona a la que te queda por demostrarle algo es a ti misma. Y si no te has dado cuenta de lo malota, fuerte y capaz que eres, no has estado prestando atención.

—Me ha parecido un poco decepcionante, pero no se equivoca —dijo Naomi.

—No he acabado todavía —la interrumpió Stef—. Creo que en realidad no intentas demostrar que eres una malota. Creo que malgastas toda tu energía en intentar sofocar cualquier atisbo de vulnerabilidad.

—¡Oooooh! Y Nash te hace sentir vulnerable —adivinó Sloane con alegría.

—Así que saboteas cualquier oportunidad de intimar de verdad, porque no quieres volver a sentirte vulnerable —añadió Naomi—. Vale, eso sí que ha sido trascendental.

Stef fingió una reverencia.

—Gracias por apreciar mi genialidad.

Ya había sido vulnerable. Tumbada en el campo de fútbol. En todas aquellas camillas de hospital. En aquel quirófano. No podía protegerme o salvarme. Estaba a merced de otras personas, mi vida estaba en sus manos.

Sacudí la cabeza.

—Espera un momento. Ser vulnerable es una debilidad, ¿por qué querría volver a ser débil? Échame un cable, Joel.

El camarero me miró mientras deslizaba dos vasos de chupito por la barra hacia un cliente con una cresta rosa.

—Ser vulnerable no quiere decir que seas débil. Significa que confías en que eres lo bastante fuerte para soportar el dolor. En realidad, es la forma más pura de fortaleza.

Sloane movió los dedos junto a las sienes y emitió un sonido de explosión.

—Me ha estallado la cabeza —dijo, arrastrando las palabras.

—Eso ha sido precioso, Joel, hostia —comentó el motero de la cresta. Se secó los ojos con una servilleta.

Había pasado toda mi vida adulta demostrando que era invencible, capaz e independiente. Vivía, trabajaba y me iba de vacaciones sola. La única forma de ser más independiente era entrar en una relación monógama con mi vibrador. Y no me sentó bien que me dijeran que estaba eligiendo el camino de los cobardes.

—Mirad, aprecio el juego superdivertido de «vamos a analizar qué es lo que Lina hace mal», pero la cuestión es que cada vez que debo vivir dentro de los límites de una relación, ya sea personal o profesional, alguien sale herido.

—Eso no quiere decir que no puedas tener una. Solo que no se te dan bien —dijo Naomi, que me señaló con la copa de vino.

—Vaya, gracias —le respondí con ironía.

Naomi levantó un dedo y le dio otro trago al vino.

—A nadie se le da bien al principio, nadie tiene un talento natural para las relaciones. Todo el mundo debe aprender a manejarlas. Las relaciones requieren mucha práctica, perdón y vulnerabilidad.

—Mierda —murmuró Stef. Se puso en pie y estiró los hombros—. Señoritas, si me disculpáis, tengo que hacer una llamada. ¿Te importaría vigilarlas, Joel?

El camarero le respondió con un saludo militar.

—No es solo que se me den mal las relaciones —continué, y volví al punto de partida—. No quiero estar atada a nadie. Quiero ser libre para hacer lo que quiera, para llevar una vida que se adapte a mí.

—No creo que esas cosas sean mutuamente excluyentes.

—¡Boom! —exclamó Sloane, y golpeó la barra con la palma de la mano. Cuanto más bebía, más ruidosos eran los efectos de sonido de la bibliotecaria.

—No voy a encontrar a un hombre que esté conforme con seguirme a todas partes, dispuesto a trabajar en remoto en moteles de mala muerte mientras localizo bienes robados. Y si lo encontrara, seguramente no me gustaría.

Naomi hipó.

—¿En serio? ¿Tú también? ¿Es que ya habéis bebido antes de venir a buscarme? —les pregunté.

Se encogió de hombros y sonrió.

—Me he preparado un burrito para comer y Waylon me lo ha robado del plato mientras no miraba. Soy un peso pluma con el estómago vacío.

Le pasé el bol de los frutos secos.

—Absorbe todo ese alcohol.

Un motero alto que llevaba un parche en el ojo y una bandana se acercó a nosotras con paso tranquilo.

—No —le dije en cuanto abrió la boca.

—Si ni siquiera sabes lo que iba a decir —protestó él.

—No queremos una cita, que nos lleves a casa o que nos digas el apodo que le has puesto a tu pene —le respondí.

Sloane levantó la mano.

—En realidad, a mí sí que me gustaría saber el apodo del pene.

El motero sacó pecho y se subió los pantalones.

—Es John Silver el Largo... porque llevo un *piercing*. ¿Quién quiere que se lo presente personalmente?

—¿Ya estás contenta? —le pregunté a Sloane.

—Estoy contenta y asqueada.

Me volví hacia el motero.

—Pírate a menos que quieras formar parte de una sesión de terapia.

—Lárgate, Spider —le dijo Joel desde detrás de la barra.

—Uno solo intenta conseguir un poco de acción y todo el mundo se enfada —murmuró Spider mientras se alejaba a zancadas.

—Esperad, creo que estaba a punto de decir algo superinteligente —dijo Naomi. Arrugó la' nariz y, absorta en sus pensamientos, se tragó el resto del vino—. ¡Ajá!

—¡Ajá! —repitió Sloane.

Naomi se removió en el taburete y se aclaró la garganta.

—Como decía, estás comparando lo que haces ahora mismo con lo que podrías estar haciendo en el futuro.

—Eh… ¿No es eso lo que hace todo el mundo?

—Hay una diferencia muy sutil —insistió ella, y pronunció un poco mal la palabra sutil—. Pero me he olvidado de cuál es.

Sloane se inclinó hacia mí por el otro lado. Bueno, más bien se cayó sobre la barra.

—Lo que intenta decir mi estimada colega es que el hecho de que quieras tener la libertad de tomar tus propias decisiones no significa que debas estar sola.

Naomi chasqueó los dedos justo delante de la cara de Sloane.

—¡Sí! Eso. Eso es lo que se me había olvidado. Lo que hagas o tengas y cómo te sientas son dos constructos diferentes. Por ejemplo, la gente dice que quiere un millón de dólares, pero lo que en realidad quieren es sentirse seguros económicamente.

—Valeeeeeee —dije, alargando la palabra.

—Quieres sentir que tienes el poder de tomar tus propias decisiones. Eso no significa que tengas que ser una cazarrecompensas independiente para siempre. O que no tengas que encontrar a un gran tipo con el que darte revolcones picantes y comer comida para llevar en la cama. Solo significa que tienes que encontrar una relación en la que puedas ser tú misma y asegurarte de que tus necesidades queden cubiertas.

—Me alegro de que te hayas acordado, porque ha sido algo muy inteligente y eres muy guapa —le dijo Sloane a Naomi.

—Gracias. ¡Tú también haces que lo inteligente sea guapo!

—¡Ohh! ¡Abrazo de grupo!

—Estáis abusando de los privilegios del abrazo —protesté cuando las dos se abalanzaron sobre mí otra vez.

—No podemos evitarlo. Estamos muy orgullosas de ti —dijo Naomi.

—¿Quieres que las rocíe? —se ofreció Joel, y levantó la manguera de refresco.

Suspiré.

—Deja que disfruten del momento.

CAPÍTULO VEINTICUATRO

TARTAS DE NUECES Y CODOS PUNTIAGUDOS

LINA

—No quiero irme a casa —protestó Sloane mientras la guiaba por el aparcamiento hacia el coche.

—Tengo hambre —canturreó Naomi.

—¿Adónde crees que vas? —le pregunté a Stef cuando empezó a separarse de nosotras.

Parecía culpable y nervioso.

—Yo... he llamado a Jeremiah y le he preguntado si quería salir a cenar. Y ha dicho que sí. Así que... voy a salir a cenar con un barbero atractivo.

Naomi se abalanzó sobre él.

—Estoy. Muy. Orgullosa. De. Ti —enfatizó cada palabra con un manotazo en el pecho.

—Ay. —Stef se frotó los pectorales.

—Escríbenos cada treinta segundos. O mejor todavía, ¡retransmite la cita en directo! —dijo Sloane, que brincaba de la emoción.

—¡Ohh! ¡Sí! Te comentaremos si creemos que está yendo bien —intervino Naomi.

—¿Estás segura de que puedes con las gemelas piripis? —me preguntó Stef.

—No, pero...

—Fingiré que has dicho que sí —contestó, y retrocedió con una sonrisa malvada.

267

—Diviértete e intenta no asustarlo —dije a sus espaldas.

A lo mejor Stef estaba listo para que lo aplastaran como a una mosca linterna, pero yo no estaba convencida de que la vulnerabilidad fuera la mejor fortaleza. Más bien, me parecía que era la mejor forma de que te pisotearan el corazón.

Sloane agarró a Naomi del brazo y el gesto hizo que casi se cayeran al suelo.

—Madre mía. Nos hemos olvidado de contarle lo otro.

—¿Contarle qué a quién? ¿A mí? —les pregunté, y las ayudé a recobrar la estabilidad.

Naomi lanzó un gritito de sorpresa acompañado de una nube de aliento con olor a *chardonnay*.

—¡Lo había olvidado por completo! Se nos ha ocurrido alguien con quien podrías hablar para averiguar dónde podría haber escondido un coche Duncan Hugo.

—¿De verdad? ¿Con quién?

—Con Grim —respondió Naomi.

—¿Quién es Grim?

—Es el líder… eh, ¿jefe? ¿Primer ministro? De un club de moteros. Se entera de todo lo que pasa —respondió Naomi.

—Sabía dónde estaba Naomi cuando la secuestraron porque vigilaba a Duncan Hugo —intervino Sloane.

—Además, es supersimpático y me enseñó a jugar al póquer —añadió Naomi.

—¿Y cómo me pongo en contacto con Grim, el primer ministro del club de moteros? —les pregunté.

—Tengo su número de teléfono. O el número de otra persona. Nunca he llamado, pero me lo dio él —explicó Naomi.

A Sloane se le iluminó la mirada como si acabara de venirle la inspiración.

—¡Chicas! Conozco un sitio en el que hacen la mejor tarta de nueces del universo.

Naomi chilló.

—Me encanta la tarta.

—¿Está dentro del área triestatal?

Volví a la mesa justo cuando la camarera nos servía tres porciones de una tarta de nueces que debía reconocer que tenía bastante buena pinta.

—¿Has hablado con el motero *sexy* y peligroso? —preguntó Sloane.

—No. —Había llamado al número que me había dado Naomi, pero después de tres tonos, se oyó un pitido. Había dejado un mensaje impreciso para pedir que me devolvieran la llamada sin saber si lo que decía se estaba grabando.

—Madre mía —dijo Naomi, todavía con el tenedor en la boca—. Es la mejor tarta de la historia.

Me senté y estaba a punto de coger el tenedor cuando me sonó el teléfono. Miré la pantalla.

—Mierda.

—¿Es él? —preguntaron mis amigas en el mismo tono agudo.

—No —les aseguré, y volví a levantarme de la silla.

—Hola, Lewis —respondí, y pasé junto al mostrador de la entrada para dirigirme al vestíbulo—. ¿Cómo va todo?

—Genial. Bien. Normal. Bueno, en realidad está siendo una mierda —dijo mi compañero de trabajo.

La culpabilidad me provocó un dolor de cabeza tensional de inmediato.

—He oído que has vuelto a trabajar.

—Es un trabajo de escritorio —aclaró él—. Lo cual es parte del problema. Tengo un problema y necesito tu ayuda.

Otro motivo más por el que no me iban las relaciones.

—¿Qué necesitas, Lew?

—Vale, ¿te acuerdas de aquella vez en que salté de un tejado y me rompí el culo?

Hice una mueca.

—Lo recuerdo. —Claramente.

—¿Y recuerdas que dijiste que si podías hacer algo para ayudarme, lo harías?

—Vagamente —respondí con los dientes apretados. A mis espaldas, Naomi y Sloane habían entablado conversación con una pareja de ancianos que llevaban jerséis a juego.

—Pues hoy es tu día de suerte —anunció Lewis.

Suspiré.

—¿Qué necesitas?

—Un FDC acaba de aparecer en el mapa por tu zona.

FDC eran las siglas para referirse a «falta de comparecencia» en la jerga de los cazarrecompensas. Era una etiqueta que utilizábamos con las personas que no se presentaban en los tribunales cuando debían y ponían en peligro las fianzas que las empresas habían pagado para ponerlos en libertad.

—Ya sabes que me pasé a los bienes por un motivo —le recordé.

Ya había cumplido con mi deber como agente de ejecución de fianzas antes de pasarme a la investigación de recuperación de bienes.

—Ya, pero se te da muy bien. Y lo que es más importante, estás allí mismo. No conseguiré que vaya nadie más hasta mañana.

—Ahora mismo estoy a cargo de dos mujeres borrachas. No puedo dejar que se apañen ellas solas o acabarán con sombras de ojo tatuadas a juego.

—Pues llévatelas. El tipo no es peligroso, solo es un idiota. Bueno, técnicamente es muy listo, lo cual lo convierte en un idiota.

Estaba familiarizada con ese tipo de personas.

—Enséñales a tus amigas de lo que es capaz Piernas Solavita a la hora de encontrar a los tipos malos.

—¿De qué se ha escaqueado?

—De una fianza de dos millones.

—¿Dos millones? ¿Qué narices ha hecho?

—Hackear la web del Departamento de Vehículos Motorizados del Estado, crear un montón de carnés falsos y venderlos por internet.

Por lo general, era menos peligroso arrestar a los frikis de los ordenadores que, por ejemplo, a los asesinos u otros delincuentes violentos. Solo tenías que quitarles el portátil y usarlo para atraerlos hasta el asiento trasero del coche. Pero no iba a correr el riesgo con mis muy nuevas y muy borrachas amigas.

—No creo que sea buena idea, Lew.

—Mira, odio tener que recurrir a esto, pero me lo debes. Te daré la mitad del pago.

—Os odio, a ti y a tu culo roto —gruñí—. Lo haré mañana.

—En realidad, tiene que ser en una hora. Se va a marchar y no sé a dónde irá después. Necesito que lo detengan.

—Maldita sea, Lew. —Eché un vistazo a Naomi y a Sloane a través del cristal—. ¿Me prometes que no es peligroso?

—Enviaría hasta a mi abuela a recogerlo si viviera más cerca.

Suspiré.

—Vale, pero después estaremos en paz.

—Claro que sí —prometió.

—Y se acabaron las bromas sobre que te rompí el culo —añadí.

—Te enviaré la dirección y una foto. Gracias. Eres la mejor. Voy a colgar antes de que cambies de opinión, ¡adiós! —exclamó rápidamente para acto seguido colgar la llamada.

Maldije en voz baja y volví a entrar en el local. El dolor de cabeza me florecía como una maldita rosa.

—¡Hola, Lina Bo-Bina! ¿Quieres patatas fritas? —preguntó Sloane.

Miré hacia la mesa. Naomi y Sloane se habían comido sus porciones de tarta y el mío, y después habían pasado a comerse las patatas fritas que se había dejado la pareja de ancianos.

Paré a la camarera.

—¿Si te doy cien dólares de propina, podrías vigilar a estas dos mientras voy a hacer un recado?

Sopló para apartarse el flequillo castaño rojizo de la cara.

—Lo siento, cielo. No volveré a caer. —Señaló un cartel que había en la pared. Rezaba: «Se arrestará a los borrachos sin supervisión».

Mierda.

—¿Qué pasa, Lina Weena? —preguntó Naomi—. Pareces triste.

—O estreñida —sugirió Sloane—. ¿Necesitas añadir más fibra a la dieta?

—Tengo que ir a trabajar durante una hora, más o menos, y no sé qué hacer con vosotras dos. ¿Qué os parece si os registro en un hotel y os quedáis en silencio en la habitación hasta que vuelva?

Sloane levantó un pulgar, después le dio la vuelta e hizo una pedorreta.

271

—Me lo tomaré como un no.

—¿Has encontrado a Huncan Dugo? —preguntó. Llevaba las gafas torcidas.

—No, tengo que encontrar a otra persona para ayudar a un compañero de trabajo.

—¡Deja que te ayudemos! Se me da muy bien encontrar cosas. Ayer, Knox estuvo buscando el kétchup en la nevera durante diez minutos, ¡y yo lo encontré en medio segundo! —anunció Naomi.

—Gracias, pero no quiero que me ayudéis. Solo quiero que os quitéis de en medio mientras atrapo a un prófugo. ¿Creéis que podéis fingir estar sobrias durante el tiempo que tarde Knox en llegar hasta aquí y recogeros?

Intercambiaron una mirada, después sacudieron la cabeza y se deshicieron en risitas.

—Me lo tomaré como un no.

—Vamos contigo —dijo Naomi con firmeza.

—No, claro que no —respondí de la misma forma y sin arrastrar las palabras.

—Os he dicho que os quedéis en el coche —insistí mientras empujaba al FDC por la acera. Me dolían la cara y la cadera, sudaba profusamente y me había destrozado mi jersey favorito.

—Lo siento —respondió Naomi, e intentó parecer arrepentida.

—Te hemos ayudado a atraparlo —dijo Sloane en tono desafiante. Naomi le dio un codazo—. Ay, quiero decir que lo siento.

—Tendría que haberme ido del pueblo cuando tuve la oportunidad —murmuré mientras cojeaba por la manzana.

—¡Ay! ¡Estas bridas duelen!

Melvin Murtaugh, también conocido como ShadowReaper, no era un delincuente violento. En cuanto me había visto echar mano a las bridas, había salido despavorido de la fiesta que había organizado su primo. Lo había seguido por la puerta trasera, el porche desvencijado y el callejón.

El chaval llevaba unas deportivas y yo unas botas con tacón, pero mis capacidades atléticas y mi resistencia cardiovascular eran mucho más efectivas en una carrera que sus habilidades con el teclado.

También había cometido el error monumental de parar en la entrada del callejón, ya que algo lo había distraído.

Ese «algo» habían resultado ser Naomi y Sloane haciendo de compinches borrachas.

Me habían conseguido el margen de tiempo suficiente para que lo placara. Empezaba a estar oxidada: antes sabía exactamente cómo realizar un placaje y usar al tipo en cuestión como cojín al aterrizar. Esta vez, la cadera y el hombro habían hecho contacto directo y doloroso con el asfalto y la cara me había rebotado en el codo afilado de Melvin.

Por eso había pasado de cazar recompensas a recuperar bienes. La gente era como un dolor en el culo… y en la cara.

—¿Dónde están mis gafas? ¡No veo nada sin ellas!

—Deberías haberlo pensado antes de echar a correr cuando te he dicho que no lo hicieras —le recriminé. Parecía una madre molesta que tenía que lidiar con su hijo adolescente, que nunca se molestaba en recoger la ropa interior del suelo.

Lo agarré por la parte trasera de la camisa y nos encaminé hacia el coche. Gracias a Dios que no era un vecindario plagado de ladrones de coches, porque las dos borrachas a mi cargo habían dejado las puertas del Charger abiertas de par en par.

—Uy —dijo Naomi cuando vio el coche—. Supongo que nos hemos olvidado de cerrar las puertas.

—Ha sido por la emoción de la persecución —añadió Sloane.

—Se suponía que vosotras no ibais a formar parte de la persecución. Teníais que esperar en el coche. Y en cuanto a ti —dije, y agarré con más fuerza al *hacker* que intentaba escabullirse—, se suponía que tenías que presentarte en los tribunales.

—Si voy, me meterán en la cárcel —gimoteó él.

—Pues sí. Es lo que pasa cuando cometes un crimen.

—Mi madre me va a matar —gruñó.

—La forma en que lo has placado en el aire ha sido una pasada. —Sloane se entrometió en la conversación—. ¿Me enseñas a hacerlo?

—No —respondí secamente, y empujé a Melvin por la cabeza al asiento trasero del coche—. Quieto. —Cerré la puerta y me volví hacia mis amigas, que no parecían lo bastante arrepentidas—. Este trabajo es peligroso y no estáis entrenadas para lidiar con este tipo de situaciones. Así que cuando os digo que os quedéis en el coche, os tenéis que quedar en el coche.

—Los amigos no dejan que sus amigos se pongan en peligro solos —dijo Naomi con severidad—. Cuando nos secuestraron a Waylay y a mí, tú y Sloane vinisteis a ayudarnos. Y Sloane y yo hemos venido a ayudarte a ti.

—La diferencia es que a mí no me han secuestrado, Naomi. Yo estaba haciendo mi trabajo, bueno, el de Lewis. Pero me han entrenado para esto, tengo experiencia en este tipo de situaciones. Y vosotras dos no.

Sloane hizo un puchero.

—¿Ni siquiera quieres saber cómo lo hemos distraído?

—Le he lanzado una bolsa de caca de perro que he encontrado en la acera —se enorgulleció Naomi.

Eso explicaba el olor. Tendría que hacer que me limpiaran el coche a fondo.

—Y yo he gritado y le he enseñado las tetas —anunció Sloane con orgullo.

Si hubieran sido otras civiles, me habrían impresionado. Pero solo podía pensar en el hecho de que Naomi y Sloane se habían puesto en peligro por mí por voluntad propia. Y en que ahora tenía que hacer una llamada que no me apetecía nada hacer.

Suspiré.

—Tengo que hacer una llamada. Quedaos aquí y vigilad a Melvin. No entréis en el coche. No os mováis. No os hagáis amigas de ningún maníaco homicida que deambule por la calle.

—Está enfadada porque no ha podido comerse la tarta —le susurró Sloane a Naomi mientras marcaba.

Knox contestó al primer tono.

—¿Qué ha pasado? ¿Por qué Stef ha dejado de ponerme al día y por qué mi prometida no responde a mis mensajes?

—No ha pasado nada. Stef ha tenido que irse antes, y en cuanto a Naomi… —Miré por encima del hombro y vi que Naomi y Sloane estaban posando para hacerse selfis…— no responde a tus mensajes porque ella y Sloane están ocupadas probando todos los filtros de Snapchat.

—¿Por qué me llamas? ¿No estamos peleados?

—No estoy segura, ya he perdido el hilo.

—Bien. Pues si estábamos enfadados, vamos a dejarlo estar.

Por eso me gustaba tener amigos hombres. Era mucho más fácil.

—Me parece bien. Necesito un favor. Dos, en realidad. Necesito que no te enfades con razón y necesito que vengas a buscar a dos mujeres ebrias que se niegan a escucharme.

—¿Qué le pasa a tu coche?

—Ahora mismo está ocupado por un genio criminal con bridas.

—Joder.

—Si dejas que me vaya, hackearé el Servicio de Impuestos Internos para que no tengas que volver a pagar nunca más —ofreció Melvin desde el asiento trasero.

—Ni una palabra —gruñí.

Íbamos por la autopista con las ventanillas bajadas y el aire nos golpeaba por todos lados. Servía para disimular el olor a mierda de perro.

—Parecía que el tío tatuado de la barba iba a arrancarme los brazos y a darme una paliza de muerte con ellos. Pensaba que iba a romper el cristal solo para llegar hasta mí.

Como suponía, Knox no estaba muy contento. Primero conmigo, por haber permitido que Naomi y Sloane me convencieran para acompañarme, después con Naomi y Sloane, por ponerse en peligro a propósito, y también con Melvin, por haberme dado un golpe en la cara.

Todavía no me había mirado al espejo con detenimiento, pero, a juzgar por la reacción de Knox y la sensación de hinchazón y calor que notaba debajo del ojo, suponía que no tenía buen aspecto.

—Es la cara que tiene normalmente —le aseguré.

—Me ha echado la culpa por lo que te ha pasado en la cara, ¿te lo puedes creer? Yo no te he pegado —resopló Melvin.

—Ha sido tu codo inquieto.

—Es tu cara la que se ha chocado contra mi codo inquieto. Seguro que a mí también me sale un moratón.

Pisé el acelerador y deseé que el rugido de las revoluciones por minuto acallara a mi pasajero. Cuanto antes entregara a este tío, antes iría a ponerme hielo por todo el cuerpo.

—Me aseguraré de enviar un médico a tu celda —le dije con frialdad.

—¿Adónde me llevas?

—A la comisaría de Knockemout. —No era lo ideal, pero teníamos que entregar a los FDC a la policía, y el departamento de Knockemout era el más cercano con una plantilla completa. Además, puede que hubiera llamado para avisarles… y para asegurarme de que Nash no trabajara esta noche.

Lo último que necesitaba era un altercado con él.

—¿Podemos escuchar algo de música por lo menos? —se quejó Melvin.

—Sí, podemos. —Subí el volumen de la radio y cogí la salida hacia Knockemout.

Estábamos a unos tres kilómetros del pueblo cuando unas luces rojas y azules me iluminaron el retrovisor.

Bajé la mirada hacia el indicador de velocidad e hice una mueca.

—¡Ja! Te han pillado —se burló mi pasajero.

—Cállate, Melvin.

Me aparté al arcén de la carretera, encendí los cuatro intermitentes y saqué los papeles antes de que el agente llegara a mi ventanilla.

Cuando Nash Morgan me apuntó a los ojos con la linterna, supe que no era mi noche.

CAPÍTULO VEINTICINCO

MULTA POR EXCESO DE VELOCIDAD

NASH

—Sal del coche.

—Se suponía que no trabajabas esta noche —murmuró, y agarró el volante con fuerza.

—Que. Salgas. Del. Coche. Angelina —le ordené con los dientes apretados.

—¡Socorro! ¡Esta mujer me ha secuestrado! —gritó el idiota del asiento trasero.

—Cállate, Melvin —espetó Lina.

Abrí la puerta de un tirón.

—No me toques los cojones, ángel.

Se desabrochó el cinturón y, al salir del coche, chocó contra mi cuerpo. Era más sensato que eso. Sabía que no podía confiar en mí mismo cuando estaba tan cerca de ella, pero, en cuanto Grave me había puesto al día de la situación, había sido inevitable llegar a este extremo.

De algún modo había sabido que acabaría así.

—¿Vas a apartarte o te vas a quedar ahí parado y a agobiarme toda la noche? —dijo entre dientes. Hacía todo lo posible por plantarse delante de mí con actitud desafiante y, aun así, evitar el contacto físico conmigo. Eso me mató.

Se le había roto una de las rodillas de los tejanos y el jersey y la chaqueta estaban sucios. Y me pareció ver que cojeaba. Pero fue su rostro lo que hizo que se me disparara la presión sanguínea.

—¿Ha sido él? —le pregunté, la agarré de la barbilla y le giré la cabeza para echarle un vistazo al moratón. La ira me ardía bajo la piel. Me comía por dentro y necesité todo mi autocontrol para que no se desatara.

Levantó la mano y me agarró con fuerza la muñeca con la que le sujetaba la cara, pero no se la solté.

—Lo único de lo que es culpable, además de hackear las bases de datos del estado, es de tener unos codos muy puntiagudos.

—¿Por qué has traído tú a un FDC?

Puso los ojos en blanco con insolencia.

—¿Podemos saltarnos la parte en la que finges que te importa para que pueda irme? He tenido un día muy largo.

—¡No la escuche! ¡No soy un prófugo! Volvía a casa inocentemente de leerle a los perros del refugio cuando me ha placado en un callejón y me ha amenazado —protestó el pasajero.

—Cállate, Melvin —espetamos Lina y yo al unísono.

Le hice rodear el maletero de su coche y la examiné a la luz de los faros del mío.

—¿Te ha hecho daño en algún otro sitio? —El cardenal de debajo de la mejilla tenía mal aspecto y estaba hinchado. Lo odiaba con cada fibra de mi ser.

Me apartó las manos de un manotazo.

—¿Todas tus paradas son así?

Tenerla tan cerca no solo me estaba friendo los circuitos, me los estaba destrozando.

La ira que me bullía por dentro quería desgarrarme la garganta para salir y liberarse. Ya no estaba frío. Ya no estaba vacío. Era un volcán a punto de entrar en erupción.

—Ha sido un accidente —comentó Lina en tono calmado, casi aburrido. Su voz era como veneno en mis venas.

—Me dijiste que te dedicabas a recuperar bienes robados, no a capturar personas —le recordé.

—Eso hago. Y antes de que me llames mentirosa otra vez, alguien me ha pedido un favor. Aunque no es que sea asunto tuyo.

No dejaba de decir cosas así. Cosas que técnicamente eran ciertas.

Sin embargo, a pesar de que estaba furioso con ella, de que había insistido en que no quería saber nada más de ella, necesitaba saber que estaba bien. Necesitaba saber qué había pasado. Joder, necesitaba ayudarla.

Ella era asunto mío y no había acabado con ella. Solo acababa de empezar. Acepté la verdad, como si hubiera tenido elección.

—¿Quién te ha pedido un favor? ¿Quién te ha pedido que hagas esto?

—Madre mía, Nash. Relájate. No he quebrantado ninguna ley y tu cuñada y tu amiga (a pesar de que son como un grano en el culo y que se han negado a cumplir órdenes) están a salvo. Knox las ha recogido y llevado a casa.

—Ya me he dado cuenta. —El hecho de que a mi hermano le hubiera parecido sensato dejar que Lina se encargara sola de un delincuente era otro aspecto que generaría conflicto entre los dos. Seguramente de los que acababan a puñetazos.

Joder.

Las emociones que me hacía sentir eran peligrosas. El agente del orden equilibrado y con placa había desaparecido. La sombra de hombre que era había desaparecido. En su lugar, había un dragón *escupefuego* que quería asolarlo todo.

Me pregunté si así era como se sentía Knox la mayor parte del tiempo.

Alargué la mano y le volví a ladear el precioso rostro para examinarle el moratón. Tocarla, aunque fuera en estas circunstancias, prendió algo en mi interior.

—Necesitas hielo.

—Y lo conseguiría más rápido si no me estuvieras entreteniendo.

Lancé un suspiro malhumorado.

—Sácalo del coche.

—¿Qué?

—Que lo saques del coche —repetí, y pronuncié las palabras lentamente.

—Oh, no. No voy a picar. Voy a arrastrar el culo de este cabrón hasta la comisaría y quiero un justificante. Luego es todo tuyo.

—No quiero que lo lleves tú —dije. Un sentimiento de posesión se llevó por delante todo pensamiento racional. No me importaba. Solo quería tenerla cerca y que estuviera a salvo.

—Me importa una mierda lo que quieras —gruñó.

—Pues ya me importará una mierda a mí por los dos. Saca su culo de tu coche.

Se cruzó de brazos.

—No.

—Vale. —Retrocedí un paso y rodeé el coche—. Ya lo hago yo.

Me agarró del brazo y me regodeé en el tacto.

—Si das otro paso más hacia mi FDC, te juro que…

—¿Que qué? —la desafié cuando se interrumpió. Quería que replicara. Quería que nos encontráramos a medio camino en una maraña de ira y deseo.

—¿Por qué haces esto? —preguntó entre dientes, y se enredó los dedos en el pelo.

—Ojalá lo supiera, cariño. —Pero sí que lo sabía. Podía mentirme. Podía ponerse en peligro. Podía evitarme, u odiarme. Pero, aun así, no sería capaz de dejarla en paz, porque no había acabado con ella.

Me odiaba por lo mucho que la deseaba.

—No te pertenezco. No he infringido ninguna ley. Lo único que podía haberme herido al derribar a ese idiota era el ego. Así que, a menos que quieras abusar de tu autoridad y detenerme, te sugiero que me dejes hacer mi trabajo.

—No quiero que me importe, ¿sabes?

—Pobre Nash. ¿Te sientes obligado a hacerte el héroe por culpa de la villana?

La sujeté contra el coche con las caderas. Se le dilataron las pupilas y las delicadas fosas nasales como a una cierva que huele el peligro, pero sus manos actuaron por su cuenta: me agarró de la camisa y se aferró con fuerza.

—Estás jugando a un juego muy peligroso, ángel.

—Bajo mi punto de vista, parece que tú eres el único que va a salir herido —replicó.

Estaba en un lateral de la carretera y tenía a una mujer enfadada atrapada contra un coche rápido. Oía los latidos de mi corazón en la cabeza, era un tamboreo firme que coincidía con las pulsaciones que sentía en el miembro. Ella no era la elección segura, ni la inteligente, pero, por algún motivo estúpido y electrizante, mi cuerpo creía que esa mujer, que vivía su vida en la zona gris, era la elección acertada.

La sujeté por la mandíbula y le acaricié el labio inferior con el pulgar. La luz de sus ojos pasó de ser de furia a algo igual de peligroso. Yo temblaba de necesidad. No confiaba en mí mismo si estaba tan cerca de ella.

Pero justo cuando casi me había convencido de apartarme de ella, me mordió la yema del pulgar.

Una punzada de dolor diminuta se extendió por mi cuerpo, me bajó por la columna vertebral y acabó en mis testículos.

Sentí cómo se le aceleraba el corazón contra mi pecho.

Los dos nos movimos al mismo tiempo. Doblé las rodillas justo cuando ella separó las piernas para hacerme sitio.

«Esto. Ahora. Ella».

La sangre me pedía más. El miedo a no dar la talla que sentía se evaporó en la noche gracias al calor del deseo. Tenía que hacerla mía. Demostrarle que solo me pertenecía a mí. Le pasé las manos por debajo de las rodillas y tiré de ella hacia arriba y hacia afuera, para separarle las piernas hasta que le arrimé la erección al punto de unión entre los muslos. Incluso vestidos, me resultó muy difícil de soportar el hecho de sentir cómo su cuerpo recibía al mío.

—Necesito que…

—No quiero desearte, pero lo hago —le respondí, y enterré el rostro en la piel suave como la seda de su cuello.

—Maldita sea, Nash —exhaló—. Necesito que te apartes y me dejes respirar.

Me quedé quieto contra ella, pero no me alejé. No podía. Se le agitó el pulso de la garganta, justo debajo de mis labios.

—Nash. ¿Por favor? Apártate y deja que respire.

El por favor me condenó. Le daría lo que fuera, siempre y cuando ella también me lo diera a mí.

Contuve una palabrota y di un paso atrás para dejar que se deslizara hasta el suelo.

—Si no voy a ser tu polvo de apoyo emocional, tampoco me acostaré contigo mientras nos odiemos.

—Ángel.

Levantó una mano.

—Ya hemos demostrado que no podemos confiar el uno en el otro. Y estoy casi segura de que acabamos de demostrar que no podemos confiar en nosotros mismos cuando estamos juntos.

—No sé cuánto podré luchar contra esto —le confesé.

Me fulminó con la mirada.

—Pues inténtalo con más ganas.

—Ya lo hago. Estoy furioso contigo, traicionaste mi confianza.

—Oh, venga ya —se burló—. He sido más honesta contigo de lo que lo he sido con nadie. Eres tú quien se niega a reconocer que hay todo un mundo más allá del blanco y el negro.

—Como te decía, no dejo de pensar en lo enfadado que estoy contigo. Pero lo único que quiero hacer es arrodillarme y enterrar la cara entre tus…

Me tapó la boca con la mano.

—No termines esa frase. Somos peligrosos el uno para el otro. No pienso con claridad cuando me tocas. Somos la peor decisión que podemos tomar. Y que sea yo la que lo diga significa algo.

Pero, por una vez en la vida, no me importaban las consecuencias. No veía más allá. Lo único que sabía con seguridad era que la deseaba. Aunque hubiera mentido. Aunque me hubiera hecho daño. Aunque quisiera llevarme la contraria en absolutamente todo.

Deseaba a Angelina Solavita.

—Perdón. Sé que estáis en mitad de una pelea, pero tengo que mear.

—¡Cállate, Melvin!

Conduje pegado al trasero del Charger rojo todo el camino hasta la comisaría, no le di ni un centímetro de respiro. Cuando llegamos, había salido del coche y abierto la puerta del suyo incluso antes de que ella hubiera apagado el motor.

—Apártate, cabeza loca —me advirtió Lina.

Pero yo ya estaba sacando al delincuente flacucho del asiento trasero.

—Vamos, capullo —le dije.

—Me parece que los insultos sobran —se quejó él.

—Lo que sobran son los moratones que tiene en la cara —repliqué, y le di la vuelta para que la mirara. Verla herida desencadenaba algo muy feo dentro de mí. Algo que quería que ignorara todas sus infracciones. Algo que quería que la mantuviera cerca para que nadie más se acercara a ella.

—Ya te lo he dicho, ha sido ella la que se me ha echado encima después de que la morena me lanzara la mierda de perro y la rubia me enseñara las tetas. No es culpa mía que se haya dado un golpe.

Le eché un vistazo a Lina y esta se encogió de hombros.

—Naomi y Sloane —dijo a modo de explicación.

—Oye, tengo mucha hambre —se quejó Melvin—. He salido a toda prisa de casa de mi primo antes de la cena. ¿Creéis que podéis conseguirme unos *nuggets* crujientes o esas patatas con forma de caritas sonrientes? Ya sabéis, algo rico para que me sienta mejor. Estoy muy estresado.

Madre mía. ¿Es que su madre todavía le cortaba la corteza del pan?

—Si te disculpas con la señorita por agredirla, te daré de comer.

—Siento que tu cara se haya estrellado contra mi codo, Lina. Te lo juro. Mi madre me daría una paliza si se me ocurriera hacerle daño a una señorita.

—Disculpas aceptadas —respondió ella, que se volvió hacia mí—. Ahora dame el justificante.

—Vamos —murmuré, y empujé a Melvin para que caminara delante de nosotros.

—Madre mía, preciosa. ¿Qué narices te ha pasado en la cara? —le preguntó Grave a Lina cuando entramos en tropel.

—Ha sido un codo puntiagudo —explicó ella.

—Los he heredado de mi padre. La mayoría de las partes de mi cuerpo son afiladas y puntiagudas —anunció Melvin—. En cuanto a esos *nuggets*...

Empujé a Melvin hacia Grave antes de que me sintiera tentado de darle un codazo en la cara.

—Hazme el favor y ocúpate de él. Yo me encargo del papeleo.

Parecía que Lina iba a disparar láseres con la mirada y a partirme por la mitad.

—Tengo que hacer una llamada —dijo, y salió al pasillo.

—Cojea bastante —observó Grave, como si yo no hubiera catalogado ya todos sus movimientos.

Para cuando Lina volvió a entrar, ocultando la cojera tanto como pudo, ya tenía listo su papeleo.

—Este es el de Murtaugh —le dije, y le pasé la primera hoja—. Y este es para ti.

Tomó la segunda hoja y después volvió a lanzarme una mirada asesina.

—¿Una multa por exceso de velocidad? Tiene que ser una broma.

—Te he parado por sobrepasar el límite de velocidad en catorce kilómetros por hora —le recordé.

Estaba tan enfadada que balbuceaba:

—Tú... tú...

—Tienes dos semanas para pagarla o recurrirla. Aunque, si te estás planteando recurrirla, yo no lo haría. Dado que te he parado yo, y no tendré reparos en tomarme un día libre para sentarme en la jefatura de tráfico.

Respiró hondo y, cuando pareció que eso no la calmaba, volvió a tomar aire. Hecha una furia, me señaló con el dedo y sacudió la cabeza antes de salir por la puerta.

—¿Estás seguro de que sabes lo que haces, jefe? —preguntó Grave.

—Ni puñetera idea, Hopper.

En lugar de irme a mi casa, porque no confiaba en que fuera capaz de dejar tranquila a Lina, me llevé mi mal humor lejos del pueblo. Los neumáticos levantaron una nube de polvo hacia el cielo de la noche mientras conducía a toda velocidad por el camino de tierra. Las luces de la casa principal estaban encendidas, así que pisé el freno y salí del coche.

Subí al porche dando zancadas y golpeé la puerta delantera hasta que se abrió.

—Joder, ¿qué cojones te...?

No le di tiempo a mi hermano de terminar la frase. Mi puño conectó con su mandíbula y le impulsó la cabeza hacia atrás.

—¡Hijo de puta! —gruñó.

Un puñetazo no me pareció suficiente. Me puse tan contento como un cerdo que se revuelca en la mierda cuando me golpeó el estómago con el hombro. Salimos volando, destrozamos la barandilla del porche y aterrizamos en un arbusto frondoso.

Le di un rodillazo en la zona de la entrepierna y me di la vuelta para ponerme encima de él.

Me dejó darle otro puñetazo en la cara antes de cruzar mi línea de defensa. Noté el sabor de la sangre, y esta, la ira y la frustración formaron un cóctel delirante.

—¿Qué narices te pasa? —espetó mientras le golpeaba la cara contra los matorrales.

—Has dejado que se ocupe de un delincuente ella sola.

—Por Dios, pedazo de idiota. ¿Lo has visto? Lina come tipos como ese para desayunar.

—Le ha hecho daño, joder.

Le di un golpe en las costillas. Mi hermano gruñó y después me apartó con un movimiento de piernas elaborado.

Me agarró del pelo y me estampó la cara contra el mantillo.

—Solo le ha hecho un moretón. Tú eres el imbécil que le ha hecho daño.

Di un codazo por encima del hombro y noté que conectaba con su mandíbula.

Knox volvió a gruñir y después escupió.

—Si alguien tiene que darle una paliza al otro, debería ser yo el que te patee el culo por intentar confundirla. Es mi amiga.

—Y yo soy tu maldito hermano —le recordé.

—¿Y entonces por qué nos estamos peleando?

—¿Cómo narices quieres que lo sepa? —Todavía sentía la ira. La impotencia. La necesidad de tocarla cuando sabía que ya no tenía derecho a hacerlo.

—¿Knoxy? —canturreó Naomi, borracha, desde alguna parte del interior de la casa.

—Está fuera, peleándose con el tío Nash en el patio. Se han cargado el porche —la informó Waylay.

—Genial. Ahora me vas a meter en problemas —se quejó él.

Los dos nos dejamos caer de espaldas sobre la vegetación aplastada. Las estrellas eran puntitos brillantes en el cielo del color de la tinta negra.

—La has dejado sola —le repetí.

—Sabe cuidar de sí misma.

—Pero eso no significa que deba hacerlo.

—Mira, tío, ¿qué quieres que te diga? Necesitaba que me llevara a Flor y a Sloane, que estaban como una cuba. Si no vuelvo a escuchar una canción de karaoke de las Spice Girls en mi vida, será demasiado pronto.

Lina necesitaba a Knox. Dejé que ese hecho vagara por mi mente.

Cuando se había metido en líos, había llamado a Knox, no a mí. Y por un buen motivo. No era tan tonto como para no darme cuenta. Y aun así, ahí estaba, tumbado en el barro, enfadado porque había sido artífice de un mundo en el que Lina acudía a otra persona cuando necesitaba ayuda.

—¿Qué has hecho para cagarla? —me preguntó Knox.

—¿Qué te hace pensar que la he cagado?

—Estás aquí, revolcándote por el campo conmigo en lugar de ponerla de vuelta y media. ¿Qué has hecho?

—¿Qué crees que he hecho? La he parado, le he puesto una multa por exceso de velocidad y la he puesto verde.

Se quedó callado un rato y después comentó:

—Por lo general, se te dan mejor las mujeres.

—Que te den.

—Si quieres mi consejo…

—¿Y por qué narices iba a quererlo? No fuiste capaz de decirle a Naomi que la querías hasta que su hermana y ese cabrón la secuestraron con unas esposas sexuales.

—Tenía que resolver algunas cosas, ¿vale?

—Sí, pues yo también.

—Mi consejo es que las resuelvas más rápido si quieres tener una oportunidad con ella. Hoy estaba haciendo la maleta. Naomi me ha dicho que Sloane y ella prácticamente han tenido que obligarla para que se quedara lo suficiente para salir de copas.

—¿Haciendo la maleta?

—Ha dicho que volvería al motel hasta que alguien la reemplazara en el caso. Y después se iría a casa.

«¿Irse?».

Ni de puta broma.

Lina no se marcharía a ninguna parte. No hasta que resolviera todo esto. No hasta que descubriera por qué se me había metido bajo la piel y en la sangre. No hasta que descubriera una forma de echarla o de tenerla cerca.

Pero no eran cosas que los hombres Morgan dijeran en voz alta.

En lugar de eso, me quedé en nuestra zona de confort.

—¿Así que ahora te parece bien que me acueste con tu amiga? Joder, tío, sí que eres volátil.

—Que te den, capullo. Según Naomi, lo que Lina siente por ti es verdadero y todavía no la has fastidiado del todo, a menos que esa multa haya sido la gota que colma el vaso. Y dado que estás aquí haciendo el ridículo por ella, creo que es algo que merece la pena que exploréis.

Me quité una hoja de la cara.

—¿Lina siente algo por mí? ¿Qué ha dicho?

—Ni puñetera idea —respondió Knox, irritado—. Flor y Sloane lo estaban cantando con acento británico junto a la letra de «Wannabe». Pregúntales cuando se les haya pasado la borrachera y no me metas en todo esto.

Nos quedamos callados durante un rato. Dos hombres adultos tumbados sobre un lecho de flores estropeadas con la mirada fija en el cielo nocturno.

—He oído que Naomi le tiró mierda de perro al tipo al que Lina perseguía y después Sloane lo distrajo enseñándole las tetas —le conté.

287

Knox se rio por la nariz junto a mí.

—Señor. Se acabaron las noches de chicas. A partir de ahora, solo saldrán juntas con un maldito escolta.

—Estoy de acuerdo.

Oímos el chirrido de la mosquitera, pero no vimos venir el cubo de agua helada que nos golpeó a ambos en la cara.

Mientras escupíamos y maldecíamos, nos pusimos de pie para enfrentarnos al enemigo y nos topamos con Naomi, Waylay y Waylon en el porche, quienes nos miraban desde arriba.

—Ya basta de peleas —dijo Naomi, muy seria. Entonces hipó.

Waylay soltó una risita y nos apuntó con la manguera.

CAPÍTULO VEINTISÉIS

¿QUÉ NASH?

LINA

Nash Morgan ya no existía para mí.

Era el mantra que me repetía mientras me esforzaba por acabar la última serie de sentadillas. Así me centraría por completo en el entrenamiento y no en el comisario cubierto de sudor que, por el cosquilleo que sentía en la base de la columna, no había dejado de fulminarme con la mirada desde que había llegado.

La atracción física que sentía por el hombre era abrumadora y, para ser franca, me irritaba bastante.

—Baja más el trasero —ordenó Vernon, y me hizo volver al sufrimiento del presente.

—Baja… tú… el… tuyo —resollé mientras me armaba de valor para explotar las últimas moléculas de energía que me quedaban en las piernas.

—A por todas, Solavita —gritó Nolan desde el banco de pesas que tenía detrás. Al parecer, él y Nash habían llegado a una especie de tregua y ahora entrenaban juntos.

Me las arreglé para separar los dos dedos corazón de la barra y mover los músculos para levantarme.

Los hurras de aprobación de mis compañeros de entrenamiento ancianos me resonaron en los oídos mientras dejaba la barra en la repisa y me doblaba por la cintura para recuperar el aliento.

Por desgracia, olvidé cerrar los ojos y entreví cómo el Hombre Que No Existía me miraba el culo con avidez.

Knox, sudado y malhumorado después de su entrenamiento de la mañana, se dirigió hasta su hermano, se fijó en la dirección de su mirada y le dio un codazo en la barriga.

Los dos tenían cardenales en la cara que ya estaban desapareciendo, pero como ya había superado lo de Nash, tenía cero interés por descubrir qué había pasado.

Bueno, a lo mejor tenía un diez por ciento de interés. Vale. Un cuarenta por ciento, como máximo.

Aunque tampoco es que fuera a preguntarle a ninguno de los dos. Knox y yo manteníamos nuestra tregua indefinida siempre y cuando ninguno mencionara a Nash. Y parecía que Nash por fin había captado que no existía. Después de tres días en los que me había negado a contestar a la puerta o al teléfono, había dejado de acudir y de llamar.

Era mejor así. Habíamos demostrado en múltiples ocasiones que no podíamos confiar en nosotros si estábamos cerca del otro.

Calcular mis idas y venidas para asegurarme de que no nos cruzábamos en las escaleras no me convertía en una cobarde. Y pasar de puntillas por delante de su puerta no me convertía en una gallina gigante. Por una vez en mi vida, estaba tomando una decisión segura e inteligente.

Me enderecé y le di un trago largo a la botella de agua mientras fingía que no sentía que Nash tenía toda su atención puesta sobre mí.

Del mismo modo que decidí ignorar el entusiasmo que me recorría las venas cuando sabía que estaba en el apartamento de al lado, a solo una pared de distancia.

Bueno, todavía intentaba oír el ruido de su ducha.

Al fin y al cabo, era humana, ¿vale?

Me había comprometido con la Lina nueva, mejorada, más sana y algo más aburrida, pero sin duda con un mejor estado mental. Había reducido la ingesta de cafeína y alcohol, comía más verduras y había meditado durante dos días seguidos. Las extrasístoles casi habían desaparecido. Y ahora no había nada más que me distrajera de la investigación.

Había dejado otros tres mensajes más en el extraño contestador de Grim, pero todavía no había recibido respuesta.

Por suerte, mi equipo de investigación no me había abandonado. Morgan había hecho su magia de friki y había identificado a los dos secuaces que Tina había descrito de forma imprecisa. El del tatuaje en la cara se llamaba Stewie Crabb, había estado en la cárcel dos veces y llevaba una daga tatuada debajo del ojo izquierdo. El regordete de la perilla, Wendell Baker, era un hombre blanco fornido con la cabeza rapada y un bigote de Fu Manchú a juego con la perilla. Solo había cumplido condena una vez por agresión.

Ambos habían trabajado para Anthony Hugo desde la adolescencia gracias a su amistad con Duncan. Morgan todavía no había tenido suerte al identificar al tipo misterioso del móvil de prepago, pero por lo menos les había seguido la pista a Crabb y Baker.

Había dejado a un lado la búsqueda de propiedades para centrarme en la vigilancia. Por desgracia para mí, vigilar a dos delincuentes de pacotilla que sabían que seguramente los vigilaban los federales implicaba en su mayoría estar parada en el aparcamiento de un montón de clubs de *striptease*.

—Buen trabajo —resolló Stef. Llevaba la camiseta empapada de sudor del cuello al dobladillo y el pelo negro se le había quedado de punta en una cresta falsa en mitad de la cabeza.

—Gracias —le respondí, y engullí más agua—. Sigo esperando que se vuelva más fácil, pero siempre siento que me voy a morir.

Stef gruñó.

—Bueno, ¿vas a contarme cómo te fue la cita del domingo después de que me abandonaras con las gemelas piripis?

Cerró los ojos y se echó agua por encima, pero aun así noté que se le curvaban las comisuras de los labios.

—Estuvo... bien.

—¿Bien? —repetí.

—No estuvo mal. —La curva de los labios era cada vez más pronunciada, a pesar de sus esfuerzos por ocultarla—. No me lo pasé mal.

Le di un codazo.

—Te gustaaaaa. Quieres enrollaaaaaarte con él.

—No seas cría.

—¿Os habéis b-e-s-a-d-o bajo un árbol? —bromeé.

—Hizo lo de ponerme la mano en la parte baja de la espalda cuando entrábamos al restaurante.

—Eso es muy *sexy*.

—Mucho —dijo, y dio un sorbo al agua. Todavía tenía el atisbo de sonrisa en los labios.

—¿Vas a quedar con él otra vez?

—Puede —respondió con suficiencia.

—Así que esa pequeña terapia de taburete en realidad fue para ti, no para mí.

Stef le lanzó una mirada al jefe de policía que tenía el ceño fruncido.

—Pensé que uno de los dos debía echarle valor y dar el salto.

—Oye, capullo. Ese hombre me paró, me gritó y me puso una multa por exceso de velocidad solo por hacer mi trabajo.

—Estoy seguro de que te habías saltado el límite de velocidad.

—Esa no es la cuestión.

Stef volvió a mirar a Nash y después a mí. Sonrió.

—Te guste o no, entre vosotros hay algo volcánico. Y estoy ansioso por ver cuál de los dos explota primero.

—Solo has tenido una cita. No tienes derecho a presumir de relación seria conmigo.

—Dos citas. Ayer comimos juntos. Me encantaría seguir un rato aquí y ver cómo finges que no te mueres por llevarte a Nash Morgan a la cama, pero he quedado con Jer para tomar un café. No te resistas demasiado, puede que te pierdas algo bastante bueno.

—Que te den, ojitos.

Se fue hacia el vestuario y me dejó sola con mis pensamientos.

—Oye, ¡APS! —La señora Tweedy caminó tranquila hasta mí con una toalla colgada del cuello—. Tienes mejor cara.

—Gracias —dije con ironía. El morado del ojo había empezado a volverse de un color amarillo verdoso pálido. En unos días, ya no tendría que cubrírmelo con maquillaje.

—Hoy me vas a llevar a hacer la compra —anunció la señora Tweedy.

—Ah, ¿sí?

—¡Sí! Quedamos en diez minutos. —Se quitó la toalla del cuello y me dio un toque en el trasero con ella.

Recogí mis cosas mientras me frotaba la nalga maltratada. Supuse que el hecho de que los malos no se molestaran en salir de la cama antes del mediodía jugaba a mi favor.

—Lina. —Nolan hizo un gesto con la cabeza para que me acercara a él.

Evité a Nash y me uní a Nolan delante del espejo.

—¿Qué pasa?

Nash me pasó por un lado para dejar las mancuernas en el estante y sentí la perturbación de su proximidad.

Nuestras miradas se encontraron en el espejo y la aparté a propósito. No quería ver qué escondían esos ojos azules preocupados.

—¿Quieres ir a tomar algo esta noche después de que acueste al niño? —Señaló a Nash con el pulgar.

—Depende.

—¿De qué?

—De si es solo una copa, dado que acabas de tener una cita con mi amiga.

Puso los ojos en blanco.

—No intento acostarme contigo, Solavita.

Tomar algo con un amigo era la única interacción social que me apetecía. No íbamos a hablar de sentimientos. No tendría que lidiar con la tensión sexual. Y no me tocaría hacer de niñera de ninguna amiga borracha.

—Entonces nos vemos esta noche.

—Es una cita —respondió, luego sonrió.

—Eres un capullo —le dije con cariño.

La temperatura del gimnasio disminuyó veinte grados de repente. Me di cuenta de que no era un problema del sistema de climatización, sino de que Nash estaba justo a mi lado. No nos miramos ni tocamos, pero el cerebro me advertía del peligro como si hubiera entrado en el recinto de los gorilas en el zoo.

—¿Vas a entrenar algo más que esa boca hoy? —le preguntó a Nolan.

—Mira, colega. No hace falta que te piques solo porque te he dado una paliza en el ejercicio de hombros —respondió Nolan.

Tenía cosas más importantes que hacer con mi tiempo que ver cómo florecía un *bromance* entre esos dos. Como llevar a una culturista anciana a comprar.

—Nos vemos —le dije a Nolan, e ignoré a Nash.

Conseguí llegar hasta la fuente antes de volver a sentir la presencia oscura del agente Capullo.

—No puedes ignorarme para siempre —comentó cuando se detuvo justo delante de mí. Paré en seco para no chocarme contra su pecho sudado. No podía permitirme fantasear.

—No tengo que ignorarte para siempre —respondí con suavidad—. Cuando termine con la investigación, no nos veremos nunca más.

—¿Y qué pasa con la boda?

Mierda. La boda.

—No puedo hablar por ti, pero soy adulta. Aunque cada vez que te veo me apetece estamparte una silla plegable en la cara, eso no significa que no pueda fingir que te tolero aunque sea solo por un día.

Enseñó los dientes y me pregunté si me había imaginado el gruñido grave y peligroso que emitió.

—No dejas de ponerme a prueba.

—Y tú no dejas de hacerme enfadar. —El duelo de miradas intimidantes duró unos treinta segundos, hasta que al fin le pregunté—: ¿Qué te ha pasado en la cara?

—Se chocó contra mis puños. Varias veces —comentó Knox mientras pasaba dando pisotones a nuestro lado de camino a la fuente.

—¿En serio? ¿Cuándo vais a dejar de comportaros así?

—Nunca —respondieron al unísono.

No sabía cuál de los dos se había acercado, pero Nash y yo estábamos frente a frente. Estaba lo bastante cerca de él para estirar el brazo y recorrerle el torso sudado con los dedos, una idea que debería haberme parecido repugnante, pero no lo era. Empezaba a pensar que estaba muy pero que muy mal de la cabeza.

—Tenemos que hablar —dijo Nash. La mirada que me lanzó quemaba como el sol.

—Lo siento, jefe. Ya hemos hablado bastante. Vas a tener que buscarte a otra persona a la que cabrear.

—Maldita sea, Angelina.

Esa vez me quedó claro que no me había imaginado el gruñido. Ni la mano firme y cálida que me extendió sobre el abdomen y me empujó al estudio oscuro y vacío. Olía a sudor y a desinfectante industrial.

—¿Qué haces? —le pregunté entre dientes mientras cerraba la puerta tras él y se colocaba delante de ella.

Dentro de la sala había armas: pesas de dos kilos y pelotas de ejercicio grandes. Ambas serían fáciles de estampar contra un cráneo grueso.

—Deja de ignorarme —me ordenó.

No sabía muy bien qué esperaba, pero no era eso. Sin duda, iba a ir a por las pesas.

La ira me ardía como el fuego bajo la piel.

—Tienes dos opciones: o te ignoro o descargo toda mi ira sobre ti. Y deja que te diga, jefe, que me alegraría mucho que escogieras la ira.

—¿Qué narices quieres que haga? —preguntó—. Te has aprovechado de mi confianza, me has traicionado y ¿se supone que tengo que aceptarlo?

Esa vez fui yo la que recortó la distancia que nos separaba.

—¿Te estás oyendo? ¿Que me he aprovechado de ti? ¿Que te he traicionado? Apenas nos conocemos, y no lo suficiente para que haya hecho ninguna de esas cosas. Por mucho que me duela admitirlo, no eres tan tonto como para dejar que alguien a quien acabas de conocer se aproveche de ti. Ya estabas cabreado y querías descargar el enfado sobre mí. Bueno, pues ¿sabes qué, capullo? He sido más sincera contigo de lo que lo he sido con nadie e hiciste que me arrepintiera de inmediato.

Le di un manotazo en el pecho sudado y lo empujé. No se movió ni un centímetro. Pero me agarró la muñeca y después tiró de mí hacia él.

Era un muro de calor, músculo e ira. Mi enfado se mezcló con el suyo y noté que todo se derretía en mi interior.

—Odio lo mucho que sigo queriendo estar cerca de ti. —Su voz no fue más que un rugido grave y enfadado, como los rasguños de la gravilla en los pies descalzos. Justo lo que toda chica soñaba con oír.

—Y yo odio haberme abierto a ti —repliqué entre dientes.

Era cierto. No soportaba haber compartido partes de mí con él y que ahora conociera una parte de mi historia. Una que no le había contado a nadie en mucho tiempo. Odiaba que, por muy enfadada que estuviera, por muy dolida que me sintiera, seguía queriendo que me tocara. Era como mi compañera de piso de la universidad, que era intolerante a la lactosa y tenía una relación tóxica con la tarta de queso.

Los dos jadeábamos, respirábamos el mismo aire, inhalábamos la misma ira, avivábamos las mismas llamas. La música y la cacofonía de sonidos del gimnasio parecían muy lejanas.

Quería darle un puñetazo. Quería besarlo. Morderle el labio hasta que perdiera el control.

Agachó la cabeza, pero se detuvo a escasos milímetros de mis labios y me rozó la mejilla con la nariz.

Me rodeó los bíceps con las manos y las deslizó hasta las muñecas.

—¿Y por qué me siento tan bien cuando te toco? —preguntó con la voz ronca.

Casi me derrito. Casi lanzo todos mis principios por la ventana y me arrojo a sus brazos rencorosos. Yo lo entendía tan poco como él. Había un fallo en mi ADN que hacía que me sintiera como en casa bajo su tacto.

El corazón me martilleaba contra las costillas. Lucha o huida. Quería escoger la lucha, quería dejarme llevar por la ira y dejar que se esparciera. Quería ver qué ocurriría si entrábamos juntos en erupción.

Pero ya no tenía ganas de ser así.

Por mucho que mi cuerpo deseara al hombre furioso que tenía delante, mi cabeza sabía que era un error.

—Aléjate de mí, Nash —le pedí, y traté de invocar el frío de la Antártida en mi tono.

—Lo he intentado. —La confesión fue como una caricia ilícita.

—Pues esfuérzate más. —Aparté las manos de un tirón. En un momento de cruel rencor que me hizo sentir muy bien, le di un golpe con el hombro antes de salir por la puerta.

—No he podido evitar fijarme en que Nash y tú ya no hacéis fiestas de pijamas últimamente —comentó la señora Tweedy mientras dejaba una caja de vino en el carrito, junto a un paquete de latas de atún rebajado y la docena de dónuts casi caducados de la panadería.

Se podían descubrir muchas cosas de las personas por el contenido de su cesta de la compra. Y el carrito de la señora Tweedy era puro caos.

—Es evidente que ve mucho desde esa mirilla —le dije. Seguía en caliente, alterada y furiosa por mi encuentro con Nash en el gimnasio. Ni cinco minutos en el congelador de los helados bastarían para enfriarme.

—No cambies de tema. Ya estoy metida de lleno en vuestros asuntos. Os ponéis el uno al lado del otro en una habitación y de repente parece que algo está a punto de explotar. De un modo *sexy.* —Añadió una caja de seis cervezas *light* a la compra.

—Sí, bueno. Somos esa clase de personas que no deberían ni intentar estar juntos —le respondí. No podíamos ni siquiera estar al lado del otro sin perder el control.

La atracción que sentía por Nash era como un campo gravitacional. Inevitable. Tenía el poder de superar todos los excelentes motivos por los que debería alejarme de él: el primero, que era un capullo mandón y dañado emocionalmente.

—¿Qué es lo que no te gusta? Tiene la cabeza en su sitio, dispara como un vaquero, rescata perros y tiene un trasero que no pierde su toque con esos pantalones de uniforme. Mi amiga Gladys deja caer el bolso cada vez que lo ve para que se agache a recogerlo.

—También lo ve todo en blanco y negro, actúa como si tuviera derecho a decirme qué puedo hacer y me trata mal.

—Sé que no va a sonar políticamente correcto, pero a mí me gusta que me traten mal si es consentido —comentó la señora Tweedy, y arqueó las cejas de forma sugerente.

Vale, a mí tampoco me desagradaba. Si otra persona que no fuera Nash me hubiera arrastrado hasta esa sala en el gimnasio, ahora estaría respirando con una pajita en la sala de espera de un cirujano plástico. Pero no me apetecía pensar en eso. En su lugar, tomé un tarro de mantequilla de cacahuete y lo dejé en el carrito.

—También tiene ese aire melancólico, como si tuviera nubarrones de tormenta en la cabeza y buscara un poco de alegría.

—Sí, bueno, pues ya puede ir a que le den esa alegría en otra parte.

Y yo también lo haría. Ja. Hasta en mi monólogo interior hacía bromas sexuales.

Mi compañera de compras anciana chasqueó la lengua.

—Si dos personas no dejan de atraerse como imanes, no puede estar mal. Es la ley de la naturaleza.

—Esta vez la naturaleza se ha equivocado —le aseguré, y añadí una caja de agua con gas al carrito.

La señora Tweedy sacudió la cabeza.

—Lo miras desde el punto de vista equivocado. A veces, el cuerpo reconoce lo que la cabeza y el corazón son demasiado estúpidos para ver. Esa es la verdad. El cuerpo no miente. Eh, a lo mejor debería ponerlo en una pegatina —dijo con aire pensativo.

—Prefiero confiar en la cabeza antes que en el cuerpo. —En especial, si tenía en cuenta que mi cuerpo parecía haberse puesto en modo autodestructivo. Nunca me había sentido atraída por un hombre tan exasperante.

Era desconcertante, frustrante y rozaba el masoquismo. Era otra señal de que tenía que comprometerme a cambiar. Ese era el mensaje que me mandaba el universo, no «oye, aquí tienes a un tío muy atractivo. Acuéstate con él y todo tendrá sentido».

La señora Tweedy se rio por la nariz de forma indiscreta.

—Si yo tuviera tu cuerpo, escucharía todo lo que me dijera.

—Creo recordar que tu cuerpo le ha dado una paliza al mío en el gimnasio hace media hora —le recordé.

Se ahuecó el pelo mientras nos metíamos en el pasillo de los cereales.

—La verdad es que estoy muy bien para mi edad.

Un hombre empujaba su carrito en nuestra dirección desde el extremo opuesto del pasillo.

—Si estás empeñada en no hacerle caso a Nash, ¿qué te parece si te ayudo a pescar a ese? —se ofreció la señora Tweedy.

Era un hombre en la treintena, musculoso, con gafas y el pelo corto y oscuro.

—Ni se te ocurra —le susurré por la comisura de los labios.

Pero era demasiado tarde. La señora Tweedy se detuvo delante de la sección de cereales con malvaviscos y personajes de dibujos animados y comenzó a estirarse hacia el estante superior. Un estante al que yo habría llegado fácilmente.

—Disculpa, jovencito. ¿Te importaría darme una caja de Marshmallow Munchies? —preguntó la señora Tweedy mientras batía las pestañas.

Fingí sentirme fascinada por la falta de valor nutricional de una caja de Sparkle Pinkie O's.

—No hay problema, señora —dijo él.

—Es muy dulce por tu parte —respondió—. ¿A que sí, Lina?

—Mucho —le dije con los dientes apretados.

El hombre bajó la caja y esbozó una sonrisa de complicidad.

Era unos cuarenta y cinco centímetros más alto que la señora Tweedy. De cerca parecía un contable que iba mucho al gimnasio. Según el contenido de su carrito, parecía que el grandote se tomaba en serio la nutrición. Llevaba pollo asado, ingredientes para un par de ensaladas, un paquete de seis batidos de proteínas y... una bolsa grande de gominolas. Bueno, nadie era perfecto.

—¿Estás casado? —preguntó la señora Tweedy.

—No, señora —respondió.

—Qué coincidencia. Mi vecina Lina tampoco —comentó, y me dio un empujón hacia él.

—Vale, señora Tweedy. Vamos a dejar tranquilo a este hombre amable y de brazos largos —intervine.

—Aguafiestas —murmuró.

—Lo siento —articulé mientras arrastraba a la entrometida de mi vecina y el carrito por el pasillo.

—Suele pasar —dijo con un guiño.

—¿Le sucede algo a tu libido? —me preguntó la señora Tweedy cuando seguramente seguíamos al alcance de su oído.

Me acordé de cuando me desperté con la erección de Nash entre las piernas.

—Sin duda. Ahora vámonos, tengo que meter la cabeza en el congelador de los helados.

CAPÍTULO VEINTISIETE

SERPIENTES Y ESTRATEGIAS

NASH

—Voy a quemar la casa hasta los cimientos —se quejó la alcaldesa Hilly Swanson mientras le sacaba las botas y los zuecos de jardinería del armario.

—No debería decir esas cosas delante de los agentes de la ley —le respondí. Agité una bota de nieve y la lancé a un lado.

Estaba detrás de mí, subida a una banqueta en el vestíbulo, y retorcía las manos.

El agente Troy Winslow estaba arrinconado contra la puerta principal y sujetaba la escopeta de calibre 12 que le habíamos quitado a la alcaldesa al llegar a la escena. Tenía aspecto de querer echar a correr.

—Debería denunciar a ese condenado agente inmobiliario. Si hubiera mencionado la «migración de serpientes» en algún momento durante el proceso de compra, le habría dicho que no, gracias —dijo Hilly.

Había vivido en esa casa durante veinte años y el departamento de policía de Knockemout llevaba a cabo ese ritual dos veces al año. En primavera, las serpientes migraban de los acantilados de caliza al área cenagosa de los parques naturales cercanos para pasar el verano. En otoño, volvían a subir a los acantilados para esperar a que terminara el largo invierno.

Y la casa de Hilly Swanson se encontraba precisamente en mitad de la ruta migratoria. A lo largo de los años se había gastado una pequeña fortuna en hacer que los cimientos fueran a prueba de serpientes, pero una o dos siempre se las arreglaban para colarse.

Eché a un lado el zapatero y miré detrás de él.

—Esto es como esperar a que se endurezcan las galletas en la nevera —dijo Winslow—. Sabes que viene pero eso no quiere decir que estés preparado. —A Winslow no le gustaban las serpientes. El tipo no tenía problemas en echar a los osos de las áreas de acampada, pero si el animal reptaba, no se acercaría.

Yo, al contrario que él, había crecido cerca del arroyo, lo cual me había dado muchísima experiencia a la hora de lidiar con serpientes.

—Le pedí a Mickey que no dejara la puerta abierta mientras guardaba la compra, pero me dijo que estaba loca. Y ahora ha arrastrado el culo hasta el campo de golf y soy yo la que tiene que lidiar con las consecuencias. Si fuera más valiente y no estuviera a punto de mearme en los pantalones, pondría una de esas malditas serpientes en su lado de la cama para darle una lección.

Estiré el brazo hacia el cinturón de la gabardina que había en el rincón y me di cuenta de que se movía.

—Te tengo.

—Madre mía, voy a matar a Mickey.

Apunté al reptil con la linterna y estiré el brazo como un rayo hacia él para sujetarlo justo por detrás de la cabeza. Estaba frío y era sorprendentemente escurridizo bajo el tacto, como si, sin importar la fuerza con la que lo agarrara, los músculos que había bajo la piel suave fueran a resbalarse.

—Es prácticamente un bebé —comenté, y metí el metro y medio de culebra ratonera enfadada en la funda de almohada que guardaba en el coche patrulla para este tipo de ocasiones.

Me aparté del armario y me puse en pie.

Hilly dio un paso atrás.

—Por el amor de Dios.

Parecía que Winslow intentaba retroceder con todas sus fuerzas por la puerta principal sin abrirla.

—Pues creo que ya está —dije, mientras la funda de almohada se retorcía en mi mano.

—Gracias, gracias, gracias —coreó Hilly. Cuando nos acompañó hasta el porche delantero, todavía se retorcía las manos—. ¿Tienes un segundo para hablar de otra cosa relacionada con serpientes?

—Claro. ¿Winslow, te importa llevarte a nuestra nueva amiga al coche? —Le entregué la funda de la serpiente, en gran parte para meterme con él—. Vigila dónde pisas, el suelo está muy escurridizo en esta época del año —le advertí.

Tragó saliva con fuerza, sujetó la funda con cautela y con el brazo extendido y se fue de puntillas hacia el coche.

—¿Qué sabes de Dilton? —Hilly había vuelto a su papel de tipa dura habitual ahora que la culebra ya no estaba en sus inmediaciones.

—La investigación sigue en curso —le respondí.

—Eso es lo que se dice siempre—protestó.

—Es lo único que puedo decir.

—Bueno, pues dime algo extraoficial para que pueda empezar a preparar qué narices le voy a decir al concejo del pueblo.

—Extraoficialmente, hasta ahora solo hemos ahondado en sus casos de los últimos, hemos entrevistado a víctimas y sospechosos.

—¿Pero?

—Pero las llamadas a las que acudió él cuando me dispararon son las únicas que siguen un patrón. Que hubiera un hombre menos en el departamento fue una buena oportunidad para él y se aprovechó. No va a salir de esta.

—¿Qué responsabilidad tiene el pueblo en todo esto? ¿Cómo lo arreglamos?

Esperaba la primera pregunta y respeté a la alcaldesa a más no poder por la segunda.

Exhalé.

—Estamos siguiendo el procedimiento al pie de la letra. No se nos escapará por un tecnicismo. Pero hay una parte que no le va a gustar.

—Lo veía venir.

—Me puse en contacto con los Kennedy, el marido y la mujer a los que Dilton hostigó durante la parada de tráfico. Hablé con los dos, sin abogados.

Arqueó las cejas castañas rojizas.

—¿Y qué tal fue?

303

—Depende de cómo se mire. Le diré lo mismo que les dije a ellos: Dilton era mi responsabilidad. Ocurrió cuando yo estaba al mando. El marido fue más comprensivo de lo que debía y la mujer menos, lo cual es totalmente comprensible. Pero lo arreglamos. Me deshice en disculpas y asumí toda la responsabilidad.

—Al abogado le va a encantar.

—Sí, bueno. A veces pedir disculpas es mucho más importante que cubrirte las espaldas. Sea como sea, era lo que debía hacer. La señora Kennedy me llamó ayer y me facilitó la información de contacto de una organización de formación que ofrece cursos de resolución de conflictos y diversidad. Es caro pero, en mi opinión, necesario. Y nos sale más barato que la demanda judicial que tendríamos que negociar.

—¿De cuánto dinero estamos hablando?

Señalé en dirección al coche y a Piper, que asomaba la cabeza por la ventanilla del copiloto.

—Digamos que ese va a ser el único agente canino que nos vamos a poder permitir en una temporada.

Sacudió la cabeza.

—Puñetero Dilton. Con un mal policía basta.

—Lo sé. Es culpa mía al cien por cien por no habérmelo quitado de encima. Por pensar que podía hacerle cambiar.

Se llevó las manos a las caderas y clavó la mirada en el bosque.

—Sí, bueno, ahora ya sabes lo que siente una mujer que se enamora de un tonto con potencial. El noventa y nueve por ciento de las veces no se alcanza ese potencial.

—¿Mickey tenía potencial? —bromeé.

Esbozó una sonrisa rápida.

—Vaya que si lo tenía. Y yo no le he dado la opción de alcanzarlo.

—He estado pensando… —empecé.

—Cada vez que un agente dice algo así, sé que las cosas van a ponerse caras.

—No necesariamente. Como ya vamos a tener que acudir a varias formaciones, ¿qué le parecería si dejamos que los servicios sociales también organicen una?

—¿Qué clase de formación?

—Para los casos de salud mental. ¿Conoce a Xandra Rempalski?

Me lanzó una mirada de reproche como si pensara que era tonta.

—¿La enfermera que le salvó la vida a mi jefe de policía? No, nunca he oído hablar de ella. Ni tengo cuatro de sus collares y tres pares de sus pendientes.

—Vale, de acuerdo. Su sobrino tiene autismo.

—Sí, lo sé. Conozco a Alex.

—Es no verbal, mide como un metro ochenta y es negro —comenté mientras me balanceaba sobre los talones.

Hilly suspiró.

—Ya sé a qué te refieres. Las madres de bebés negros tienen muchas conversaciones con ellos sobre cómo interactuar con la policía.

—Y yo quiero que los agentes formemos parte de conversaciones sobre cómo interactuar con esos bebés de forma segura y con respeto. Con todos. En especial con aquellos que no pueden defenderse. No me gusta que una parte de nuestros vecinos no se sienta segura en el pueblo. Es el motivo exacto por el que acepté este trabajo y todavía me queda mucho por aprender y por hacer.

—Como a todos, jefe. ¿Y qué quieres hacer para remediarlo?

—Me gustaría hablarlo con Yolanda Suarez. Ha sido asistenta social durante muchos años y tendrá algunas ideas. Se me ha ocurrido combinar la formación regular del departamento con la asistencia de llamadas de salud mental junto a los trabajadores sociales. Es una idea que han introducido en otras comisarías de ciudades más grandes y ya están viendo resultados positivos. A lo mejor podríamos incluir a Naomi Witt, ya que es la coordinadora de promoción sociocultural.

—Es una idea muy buena.

—Yo también lo creo.

—¿Por qué no organizas primero una reunión para que tú y yo hablemos con Yolanda? Y a partir de ahí ya veremos.

—Se lo agradezco. Supongo que será mejor que lleve a su escurridiza compañera de cuarto a su nuevo hogar.

Hilly se estremeció.

—Jefe, cuando haya acabado de quemar la casa hasta los cimientos y de asesinar a mi marido, voy a sugerir que le den un aumento.

Me detuve en seco. Si había algo que Hilly protegía con su vida, eran los presupuestos de Knockemout.

—No me parecería correcto con todo lo que ha ocurrido en estos últimos meses.

Alargó el brazo y me dio unas palmaditas en la mejilla.

—Y por eso mismo te subiremos el sueldo, hijo. Te preocupas. Asumes tu responsabilidad. Y buscas soluciones. Este pueblo tiene mucha suerte de tenerte. Estoy muy orgullosa del hombre en que te has convertido.

No era de los que se quedaba sin palabras por recibir un par de cumplidos, pero haber crecido sin una madre que había sido tan generosa con ellos durante mi infancia me había dejado un vacío. Uno muy profundo que solo había empezado a reconocer ahora.

Había pasado mucho tiempo desde que alguien a quien quería se había sentido orgulloso de mí.

Nos sorprendí a los dos cuando me incliné hacia ella y le di un beso en la mejilla.

—Gracias, alcaldesa.

Se sonrojó.

—Venga. Llévate esa maldita serpiente de mi propiedad y vuelve al trabajo. Hay gente a la que servir.

Le hice un saludo y me dirigí al coche.

—Búsquese una buena coartada antes de empezar a incendiar y asesinar.

—Lo haré, jefe.

CAPÍTULO VEINTIOCHO

LA HORA INFELIZ DE LA SEMANA DEL TIBURÓN

LINA

Llegué temprano a la no-cita para tomar algo con Nolan, más por evitar a Nash cuando él y Piper volvieran a casa del trabajo que porque me entusiasmara la idea. Sin embargo, después de un día muy largo vigilando desde el coche cómo un matón de poca monta iba al gimnasio, al bufé chino y al club de *striptease,* hasta me apetecía charlar sobre el trabajo con el alguacil.

En el Honky Tonk, la mayoría de la clientela eran mujeres y las mesas tenían un cartelito en el que advertían: «Peligro: semana del tiburón». Sonreí con suficiencia. Solo Nolan era capaz de escoger una noche en la que se le habían sincronizado los ciclos menstruales al personal femenino del bar.

Como sabía lo que había que hacer, escogí una mesa para dos vacía y no intenté hacerle señas a Max, la camarera, que estaba ocupada reajustándose el parche de calor adhesivo en el abdomen con una mano mientras se metía una magdalena de chocolate en la boca con la otra.

Max me tomaría nota cuando estuviera lista, y recibiría la bebida cuando la camarera, Silver, hubiera terminado de darle descargas en los abdominales a un motero fornido con la máquina de electroterapia.

Era una nueva incorporación a la hora infeliz de la semana del tiburón. Los impulsos eléctricos de los electrodos simulaban el dolor menstrual. Los habitantes de Knockemout no huían de un desafío y tenía que reconocer que era muy entretenido ver a unos moteros tatuados y unos granjeros musculosos hacer cola para intentar caminar con un dolor menstrual de nivel diez.

Tardó un minuto, o cinco, pero al final Max se acercó a mí sin prisa y se dejó caer en la silla que tenía justo delante. Tenía glaseado en la barbilla.

—Lina.

—Max.

—Tu ojo tiene mejor aspecto.

—Gracias.

—He oído que te lo hiciste peleando contra dos asesinos que habían intentado atacar a Sloane y Naomi mientras rodabas el episodio piloto de un programa sobre la caza de recompensas.

Atrás quedó el anonimato profesional… y las cosas inoportunas como la verdad.

—No fue nada tan interesante —le aseguré.

—¿Qué quieres tomar? ¿Te apetece probar uno de los especiales de la hora infeliz? Tenemos *bloody mary* a mitad de precio y un cóctel que ha inventado Silver llamado Muerte Roja. Sabe como el culo y te dejará hecha mierda.

—Creo que tomaré un *whisky* americano. —Tomaría solo una copa hasta que estuviera segura de tener el estrés bajo control.

—Como quieras. —Max suspiró y se levantó con mucho esfuerzo—. Volveré cuando me hayan hecho efecto los analgésicos.

Se dirigió a la barra arrastrando los pies y yo aproveché la oportunidad para echar un vistazo a algunos correos del trabajo en el móvil hasta que un grupo de hombres estalló en carcajadas estridentes en un rincón.

Había pasado mucho tiempo viendo cómo interactuaba la gente en muchos bares. Sabía cuándo algo no iba bien. Y no me cabía la menor duda de que los cuatro hombres tramaban algo horrible. La mesa estaba repleta de botellines de cerveza y vasos de chupito vacíos. Su lenguaje corporal era agitado y rozaba la agresividad, como si fueran tiburones que debían decidir si atacaban o no.

Max se acercó a la mesa y empezó a colocar los vasos vacíos en la bandeja. Uno de los hombres, el que parecía más mayor, con barriga cervecera y un bigote blanco y poblado, y que no era tan bonito como el de Vernon ni por asomo, dijo algo que a Max no le gustó y la mesa volvió a estallar en carcajadas.

Max volcó la bandeja, dejó que los vasos vacíos volvieran a rodar sobre la mesa y, con un corte de mangas de despedida, volvió a la barra dando zancadas.

Reconocí a uno de los alborotadores más jóvenes: era el hombre que me había mirado fijamente cuando me iba del partido de fútbol de Waylay.

—Venga ya, Compresa Maxi, no seas tan susceptible. Solo es una broma —gritó tras ella.

El cuarteto juntó las cabezas para contar lo que seguramente sería un chiste verde y volvieron a partirse de la risa.

—Baja la voz, Tate —le advirtió Tallulah desde la mesa de al lado. Estaba sentada con otros tres clientes habituales que, al igual que yo, no parecían muy entretenidos con las bromas de los hombres.

Así que ese era Tate Dilton, el policía corrupto y con influencias caído en desgracia.

—Es muy duro bajar las cosas cuando te tengo al lado, preciosa —dijo uno de los colegas de Dilton, y se señaló la entrepierna de forma obscena.

Los hombres de la mesa volvieron a reírse y la tensión de la sala aumentó.

Miré a Dilton fijamente desde el otro lado de la habitación y esperé. No tardó mucho. Por lo general, a las personas no les llevaba mucho tiempo sentir las amenazas si estaban lo bastante sobrias.

Me devolvió la mirada durante un rato y después le dijo algo a sus amigotes. Todos se volvieron hacia mí. Estiré las piernas y las crucé por los tobillos.

Se puso en pie y echó a andar hacia mí con su mejor mirada intimidatoria. Caminaba con la seguridad de un hombre que había alcanzado su época dorada en el instituto y no se daba cuenta de que sus días de gloria se habían acabado.

Cuando llegó a la mesa, se detuvo y me miró un rato más.

—¿Algún problema, encanto? ¿A lo mejor puedo satisfacerte algún deseo?

Llevaba un bigote corto parecido al de Hitler que se le retorcía cada vez que abría y cerraba la mandíbula para mascar chicle.

—Dudo que pudieras hacer mucho.

—Eres la putita de Morgan, ¿verdad? —Llevaba una camiseta del departamento de policía de Knockemout, y eso me molestó todavía más que el insulto.

—No. ¿Y tú? —le pregunté con dulzura.

Entrecerró los ojos, que casi le desaparecieron tras las mejillas coloradas, y apartó la silla que tenía delante. La giró en un movimiento que jamás impresionaría a ninguna mujer de cualquier edad y se sentó sin que yo se lo pidiera.

—Os vi peleando en los campos de fútbol. Dile a tu novio policía que a muchos no nos gusta la mierda que nos está intentando imponer. Podrías comentarle que, si no va con cuidado, tendremos que bajarle los humos.

—A lo mejor deberías plantearte explicar a los altos cargos de la cadena de mando tu aversión a que te impongan bañarte de forma habitual.

—¿Eh? —Pestañeó y mascó el chicle con furia durante unos segundos.

—Oh, a lo mejor tu problema tiene relación con los asuntos públicos. Déjame adivinar. No crees que debas llevar pantalones en el Piggly Wiggly cuando vas a comprar los paquetes de seis cervezas baratas.

Se inclinó hacia mí y olí el licor de su aliento.

—Ya veo que vas de listilla.

—¿Te está costando no perder el hilo con tantas palabras polisilábicas?

—Sigue hablándome así y te irás de aquí muy arrepentida. —Me miró el ojo—. Parece que alguien ha querido enseñarte algunos modales.

—Lo han intentado. ¿Por qué no os vais tú y tus amigos a casa antes de que alguno haga algo más estúpido de lo habitual?

—¿Quieres que te lleve a comisaría por abrir esa bocaza tan bonita delante de un poli? —Pronunció la p de poli de forma marcada y casi pongo los ojos en blanco.

—¿Sabe el jefe Morgan que vas por ahí haciéndote pasar por agente de policía? Porque estoy bastante segura de que para ser poli, debes tener la placa. Y he oído el rumor de que ahora mismo la tuya está guardada bajo llave en uno de los cajones de la mesa de Nash.

Se puso en pie de un salto y golpeó la mesa con las manos rollizas justo delante de mí. No moví ni un músculo cuando invadió mi espacio personal y me llenó las fosas nasales de olor a licor barato.

Fi, Max y Silver venían hacia nosotros con aspecto de estar listas para ir a la guerra. Pero no era necesario que se convirtieran en blancos fáciles, no cuando yo era la que permanecería en el pueblo durante poco tiempo.

Levanté la mano.

—Lo tengo controlado —les aseguré, y me puse en pie despacio para plantarle cara al abusón hinchado.

—Vete a casa, Tate. —Fi se había sacado la piruleta de la boca para utilizar su voz de madre terrorífica.

Silver apretó la mandíbula, con una mano sobre el abdomen y la otra en un puño. Max tenía la bandeja apoyada en el hombro como si fuera un bate de béisbol.

—¿Quieres pegarme, Dilton? —le susurré con suavidad.

Enseñó los dientes… y el chicle.

Le dediqué una sonrisita malvada.

—Atrévete. Porque si lo haces, no saldrás intacto de aquí. No es solo porque me muera de ganas de añadir «nariz rota» a tu lista de rasgos físicos junto a «barriga cervecera» y a «entradas», pero toda la población femenina de Knockemout está surcando la marea roja ahora mismo y apuesto a que hay más de una mujer de la zona a la que has hecho enfadar a lo largo de los años.

Hizo una mueca, y su rostro se volvió más duro y feo con el esfuerzo.

—Así que adelante, capullo. Dame el primer golpe, porque es el único que me darás. Cuando acabemos contigo, no quedarán restos a los que ponerles una placa —le dije.

Se irguió y apretó ambos puños a los costados. Vi cómo barajaba las opciones que tenía en el cerebro ebrio y diminuto, pero antes de que me alegrara el día al escoger la opción equivocada, alguien le puso una mano enorme en el hombro.

—Creo que ya va siendo hora de que te vayas a casa, colega.

Levanté la mirada, y después tuve que levantarla un poco más, para mirar al hombre que había intervenido. El tipo del pasillo de los cereales había venido al rescate.

Dilton se volvió para mirarlo.

—¿Por qué no te metes en tus malditos…?

El resto de la frase quedó en el aire en cuanto Dilton se dio cuenta de que le estaba hablando a la nuez del hombre, no a la cara.

Sonreí con suficiencia y a nuestro alrededor se oyó un coro de risitas nerviosas.

—¿Quieres acabar la frase? —le preguntó el tipo del pasillo de los cereales.

Dilton lo fulminó con la mirada.

—Que te den —escupió.

—Si yo fuera tú, no querría hacer el ridículo. Estás llamando la atención de forma innecesaria —dijo el tipo del pasillo de los cereales.

Parecía que Dilton quería decir algo más, pero su panda de capullos lo interrumpió.

—Vámonos a otro bar donde haya menos zorras —sugirió uno de los idiotas de sus amigos.

No exagero cuando digo que las mujeres de las mesas que teníamos más cerca empezaron a sisear.

Alguien lanzó los restos de sus patatas fritas y golpeó a Dilton directamente en el pecho.

—Ahora no es el momento, Tate —intervino el hombre mayor del bigote—. Sé sensato.

Había algo amenazante en la forma en que lo dijo.

—Si no te lo llevas de aquí, Wylie, voy a llamar a la policía. A la de verdad —gruñó Fi.

—Ya está aquí. —Todo el bar se giró para mirar al alguacil Nolan Graham, que estaba detrás de mí con la placa y la pistola expuestas—. ¿Hay algún problema?

—Creo que es la señal de que te vayas, encanto —le dije a Dilton, que estaba cubierto de kétchup.

—¿Por qué no salimos a la calle? —sugirió Nolan. El tono que empleó era casi amigable, pero su mirada era fría como el acero.

—Nos vemos pronto —me prometió Dilton mientras sus amigos lo agarraban uno de cada brazo y salían por la puerta con Nolan. El hombre mayor del bigote se detuvo delante de mí, me miró de arriba abajo, se rio por la nariz y caminó hacia la puerta con una sonrisa de suficiencia.

Las mujeres que no estaban demasiado ocupadas apretándose el abdomen adolorido con las dos manos irrumpieron en vítores cuando la puerta se cerró detrás de ellos.

Saqué la tarjeta de crédito y la levanté al aire.

—Fi, yo me encargo de esta ronda.

El caos alcanzó niveles de histeria y alguien puso «Man! I Feel Like a Woman!», de Shania Twain, en la máquina de discos.

Me volví hacia el hombre que había sido mi caballero de brillante armadura dos veces.

—Tipo del pasillo de los cereales —le dije.

Curvó los labios en un amago de sonrisa.

—Amiga soltera de la anciana.

—Tu apodo es mejor que el mío.

—Podría llamarte Buscaproblemas.

—No serías el primero.

Señaló la puerta con la cabeza.

—No deberías provocar a hombres así.

Hasta el tipo del pasillo de los cereales se había formado una opinión sobre mi modo de vida.

—Ha empezado él.

—Parece que tiene algún problema con la policía local. ¿No dispararon al jefe hace un par de semanas?

—Sí.

El tipo sacudió la cabeza con tristeza.

—Y yo que pensaba que la vida sería más tranquila en un pueblo pequeño.

—Si quieres tranquilidad, no creo que la vayas a encontrar en Knockemout.

—Supongo que no. ¿Han encontrado al tipo que disparó al policía? Porque al que acaban de llevarse parece que no le importaría meterle un balazo o dos a alguien —comentó.

—El FBI lo está investigando, pero todavía no han detenido a nadie. Estoy segura de que el que lo hizo ya se habrá ido. O, por lo menos, lo habrá hecho si tiene dos dedos de frente.

—He oído que el jefe ni siquiera recuerda lo que pasó. Tiene que ser raro.

No me apetecía hablar de Nash con nadie, y menos con un desconocido, así que arqueé la ceja a modo de respuesta.

Esbozó una sonrisa avergonzada.

—Lo siento. Los cotilleos vuelan aquí. En casa no sabía ni cómo se llamaban mis vecinos y aquí parece que todo el mundo se sabe tu número de la seguridad social y el apellido de soltera de tu bisabuela.

—Bienvenido a Knockemout. ¿Puedo invitarte a algo para agradecerte el acto heroico? —le ofrecí.

Sacudió la cabeza.

—Debería irme.

—Bueno, gracias por intervenir. Aunque ya tenía la situación controlada.

—De nada, pero ten más cuidado la próxima vez. No deberías convertirte en un objetivo.

—Estoy segura de que ese cerdo tiene problemas mayores que preocuparse por mí. Por ejemplo, lo más seguro es que esta noche aparezcas en sus pesadillas.

Volvió a sonreír.

—Dejemos la copa para otro día.

—Cuenta con ello —le comenté, y lo observé mientras se iba.

—Invita la casa —dijo Max cuando apareció con el *whisky* americano que había pedido.

—Gracias. Y gracias por no decirme que tendría que haberme metido en mis asuntos.

Max se rio por la nariz.

—Por favor. Eres la heroína del Honky Tonk. Tate no tiene ni idea de la suerte que ha tenido, esta noche le habríamos pateado bien el culo. Y luego Knox se habría enfadado por todos los daños a la propiedad. Y el Macizo se habría cabreado por la sangre y el papeleo.

—Los hermanos Morgan nos deben una —coincidí.

Nolan volvió a entrar, se pasó el índice y el pulgar por el bigote y frunció el ceño.

—¿Qué pasa? —le pregunté.

—Creo que voy a tener que afeitarme.

Contuve una sonrisa.

—Yo creo que deberías dejártelo. Recuperar el mostacho.

Se sentó en la silla que Dilton había dejado libre y le hizo señas a Fi.

—Si yo fuera tú, no lo haría —le advertí, y señalé el cartel de la mesa.

—La semana del tiburón es en verano, ¿no?

—No es esa clase de semana del tiburón. Esta da más miedo.

Fi apareció con una piruleta nueva. Me lanzó la tarjeta de crédito justo delante y después se clavó las palmas de las manos en la parte baja de la espalda.

—Madre mía, tengo la sensación de que los riñones quieren atravesarme la piel. ¿Por qué es tan zorra la naturaleza?

—Oh, esa clase de semana del tiburón —dijo Nolan cuando lo entendió.

—Sí, así que espero que lo que estés a punto de decir merezca el tiempo y el sufrimiento que he pasado para llegar hasta aquí —comentó Fi.

—Solo quería sugerirte con mucha educación y respeto que saques las imágenes de esta noche de la cámara de seguridad y las guardes en alguna parte.

—¿Por algún motivo en especial?

—No sé qué se ha difundido de la investigación y qué no —evadió Nolan.

—¿Te refieres a que Nash ha despedido a Tate por ser un mal policía y un ser humano de mierda? —apuntó Fi.

—Aquí las noticias vuelan. Incluso a veces son ciertas —comenté.

—Si el conflicto escala, no estaría mal que pudiéramos demostrar un patrón —dijo Nolan.

—No me sorprendería que el conflicto escalara lo que pueda y más —respondió Fi con un gruñido—. Basa una gran parte de su autoestima en la placa. Sin ella, a saber lo que hará para sentirse un mandamás.

—Ten cuidado —le aconsejó Nolan.

—Lo tendré. Ahora, si me disculpáis, voy a tumbarme en el asiento trasero de la camioneta durante diez minutos. Le pediré a Max que te traiga la bebida, alguacil.

La observamos mientras se alejaba cojeando.

—No me imagino pasar por algo así todos los malditos meses —dijo Nolan, y sacudió la cabeza.

—¿Crees que nosotros somos así con nuestros trabajos? —le pregunté.

—¿A qué te refieres?

—A que basamos nuestra autoestima y nuestras metas en nuestras carreras.

—Ah, quieres que te mienta. Vale. No, no todos somos así, Solavita.

—Venga ya.

—Nena, mi matrimonio se fue a pique por el trabajo y ni siquiera me gusta lo que hago.

—¿Y por qué no lo dejas?

—¿Y hacer qué?

—No lo sé. ¿Recuperar a la chica?

—Claro, porque lo único que es más atractivo que un hombre casado con su trabajo es que un exmarido en el paro te suplique que le des una segunda oportunidad —dijo con sarcasmo—. No. Algunos estamos destinados a vivir para el trabajo.

—¿No crees que haya algo mejor que esto? —le pregunté.

—Pues claro que hay algo mejor que esto, joder. Pero quizá no para ti y para mí. O por lo menos para mí. Si crees por un segundo que no dejaría el trabajo para pasar el resto de mi vida haciéndole masajes en los pies a mi ex y preparándole la comida, si quisiera volver conmigo, te equivocas. Pero no puedes rechazar a alguien tantas veces y esperar que no se canse de intentar formar parte de tu vida.

—Pero ¿vale la pena? ¿Dejar que alguien entre en tu vida cuando sabes que así será mucho más fácil que te hagan pedazos? En serio, ¿qué puede ser tan bueno que haga que un riesgo así valga la pena?

—Le preguntas al tipo equivocado. No sé qué hay al otro lado, pero estoy segurísimo de que estaría dispuesto a arriesgarme a descubrirlo si tuviera una segunda oportunidad.

Las palabras de Nolan me hicieron sentir un poco cobarde. No me importaba enfrentarme a un abusón borracho, pero la idea de abrirme a alguien hacía que me temblaran las piernas.

—¿Cómo fue la cena con Sloane?

—Bien. Es una buena chica. Lista. Adorable. Un poco salvaje.

—¿Pero? —insistí al leer su expresión.

—Pero ¿parecería un nenaza si te dijera que puede que no haya superado lo de mi ex?

—Sí —me metí con él—. Si te vas a sentir mejor, creo que nuestra bibliotecaria solo busca pasárselo bien, no campanas de boda.

—No soy de los que revelan los detalles, pero cuando le conté lo de mi ex, me dijo que lo único que buscaba era el sexo de después de la tercera cita.

Me atraganté con el *whisky* americano.

—Bueno, mientras los dos estéis de acuerdo...

—Aquí tienes, alguacil. Es un Muerte Roja —dijo Max, y dejó un vaso lleno de una bebida roja y turbia con hielo en la mesa.

—En realidad, ¿podrías...?

Le di una patada debajo de la mesa y sacudí la cabeza mientras Max entrecerraba los ojos en un gesto amenazador.

—¿Disculpa? —preguntó con frialdad.

—Quería decir que tiene muy buena pinta. Muchas gracias. Aquí tienes veinte dólares por las molestias —respondió Nolan, y le pasó un billete enseguida.

Max asintió de forma majestuosa y agarró el dinero de un tirón.

—Es lo que suponía.

Nolan le dio un trago a la bebida e hizo una mueca de inmediato.

—Por Dios, sabe a resaca.

—¿Qué te parecería probar cómo se siente el dolor menstrual? —le pregunté.

Más tarde, esa misma noche, estaba acurrucada en el sofá con otro libro de asesinatos de la biblioteca mientras intentaba no pensar en lo que había dicho Nolan cuando oí un golpe contra la puerta de entrada. Eran las once pasadas, que era cuando normalmente ocurrían las cosas malas.

Me levanté del sofá y fui en silencio hasta la puerta.

Se necesitaba una llave para entrar en el edificio, pero, en mi línea de trabajo, sabía que ni una puerta exterior robusta ni vivir al lado del jefe de policía pararían a un idiota borracho y decidido al que le habían herido el ego.

Aguanté la respiración y eché un vistazo por la mirilla. No había nadie. Al otro lado del recibidor, la puerta de la señora Tweedy estaba cerrada. Me planteaba si sacar el bate de béisbol de confianza e ir a investigar cuando oí un leve sonido de rasguños que provenía de la parte baja de la puerta, acompañado de un tintineo familiar.

Abrí la puerta y me encontré a Piper dando saltos en el mismo sitio, nerviosa. A su lado, desplomado contra la pared, estaba Nash. Iba sin camiseta y estaba sudado y tembloroso.

Se le daba bien llevar a una chica por una montaña rusa de emociones.

—Hola —jadeó, y levantó la cabeza para mirarme—. ¿Te importa… quedarte… a Piper… un rato?

No dije nada y lo ayudé a ponerse en pie. No había nada que decir. Nos habíamos hecho daño, pero había acudido a mí cuando necesitaba ayuda. Y no era lo bastante mala para mirar a otro lado. Sin decir nada, me pasó un brazo por el hombro mientras yo le rodeaba la cintura con el mío.

Me resultó familiar, pero se suponía que no debía tener una rutina con nadie, y mucho menos con él.

Mientras entrábamos en casa con Piper danzando nerviosa a nuestros pies, los temblores le sacudieron el cuerpo.

—¿A la cama o al sofá? —le pregunté. Tenía la piel cálida y pegajosa contra la mía.

—Cama.

Nos guie hasta el dormitorio y, como sabía lo que prefería, lo empujé hasta el lado que estaba más cerca de la puerta. Piper saltó sobre el colchón de forma heroica y desfiló de un lado al otro, al tiempo que inspeccionaba a Nash de la cabeza a los pies descalzos.

—Voy a por un poco de hielo —le dije. No tenía verduras congeladas en el congelador, y no creía que la comida para llevar fría bastara.

Nash se aferró a mi muñeca.

—No, quédate. —Su mirada azul me atraía. No había muros ni heridas viejas en ella. Solo había una súplica honesta, y me sentí indefensa contra ella—. Por favor.

—Vale. Pero eso no quiere decir que no siga furiosa contigo.

—Lo mismo digo.

—No seas capullo.

Intenté rodear el pie de la cama, pero me detuvo y me hizo retroceder. Se incorporó hasta quedarse sentado, me agarró por debajo de los brazos y me hizo caer sobre él.

—Nash.

—Solo te necesito cerca —susurró.

Se dejó caer sobre las almohadas y me acomodó a su lado, hasta que le puse el muslo sobre las caderas y le apoyé la cabeza en el pecho, justo debajo de la cicatriz del hombro.

Podía oír el fragor del latido de su corazón y abrí la mano sobre su pecho. Se estremeció una vez y después sus músculos parecieron desprenderse de parte de la tensión que los agarrotaba.

Dejó escapar un suspiro tembloroso y me rodeó con ambos brazos, enterró el rostro en mi pelo y se aferró a mí con fuerza.

Piper reclamó su puesto a los pies de Nash, apoyó la cabecita en un tobillo y nos lanzó miradas de tristeza.

A falta de algo más que hacer, respiré con él.

Cuatro. Siete. Ocho.

Cuatro. Siete. Ocho.

Una y otra vez hasta que la tensión abandonó su cuerpo.

—Estoy mejor —me susurró Nash contra el pelo. Nos quedamos allí tumbados, respirando juntos, hasta que nos dejamos vencer por el sueño.

CAPÍTULO VEINTINUEVE

VICTORIA EN EL DÍA DE LAS PROFESIONES

NASH

Me desperté con la luz mortecina del amanecer y el sonido que me atormentaba, ese crujido frágil y persistente que me volvía loco en sueños. Esa mañana, iba acompañado del suave clic de la puerta principal de Lina al cerrarse.

A mi lado, las sábanas seguían calientes, con el rastro de la mujer que había estado ahí toda la noche, acurrucada contra mí, y que había sido mi ancla con la subida y la bajada de su pecho.

Había estado conmigo cuando más la había necesitado. Y después no había tardado en abandonar su propia cama para que me despertara solo.

Me pasé las manos por la cara. Algo necesitaba cambiar entre nosotros y tenía la sospecha de que ese «algo» debía ser yo.

Un peso movió el colchón y, un segundo después, Piper me saltó sobre el pecho. Gruñí. Tenía manchas de pienso en el morro blanco, lo cual quería decir que Lina le había dado el desayuno.

—Buenos días, colega —le dije con voz ronca y me froté el sueño de los ojos.

Me dio unos empujoncitos hasta que la acaricié con poco entusiasmo.

—No me mires así. Estoy bien —le respondí.

320

Daba la sensación de que Piper no me creía.

Pero a mí me parecía cierto. Sí, tenía un dolor de cabeza persistente en la base del cuello y sentía como si todos los músculos de mi cuerpo hubieran peleado unas cuantas rondas en el *ring*, pero había dormido profundamente y me había despertado con la mente despejada.

La tomé en brazos y la sujeté encima de mi cabeza.

—¿Lo ves? Todo va bien —Movía la colita con tanto entusiasmo que se veía borrosa y daba golpecitos al aire con las patas—. Vale, vamos a empezar el puñetero día.

La perra me siguió dando saltitos hasta el baño, en el que encontré una nota pegada en el espejo.

N:

He paseado a Piper y le he dado de comer. Vete antes de que vuelva.
L

La nota brusca de Lina me hizo gracia hasta que volví al dormitorio y vi la maleta abierta en el suelo. Por suerte, estaba vacía. Pero tenía la sensación de que el hecho de que la hubiera dejado ahí significaba que todavía consideraba marcharse. Si creía que se iría a alguna parte, a Lina Solavita le esperaba una sorpresa desagradable. Teníamos asuntos que resolver. Balanzas que equilibrar. Tratos que hacer.

Cualquier duda que hubiera tenido sobre lo que sentía por ella se había esfumado la noche anterior. No tenía que abrirme la puerta. No tenía que dejarme entrar. Y, sin duda, no tenía que dormirse en mis brazos. Pero lo había hecho, porque, a pesar de que estaba enfadada conmigo, se preocupaba por mí.

E iba a usarlo a mi favor.

—Venga, Pipes. Vámonos a casa. Tenemos muchas cosas en las que pensar —le dije con un bostezo.

Todavía seguía bostezando cuando salimos de casa de Lina y nos encontramos a Nolan, que había levantado un puño para llamar a mi puerta.

—Te he traído un café —comentó, y después echó un vistazo a mi aspecto. Solo llevaba un pantalón de chándal y necesitaba una ducha con desesperación—. Tendría que haberlo traído extragrande —observó.

Acepté el café y abrí la puerta.

—¿Una noche larga? —me preguntó, y me siguió al interior de la casa mientras yo me bebía el café de un trago.

Gruñí.

—¿Para qué has venido? Aparte de para ser mi hada del café.

—Me he encontrado con tu futura cuñada en la cafetería, ella sí que se ha pedido el café extragrande. Me ha dicho que Knox va a tirar la casa por la ventana para el Día de las Profesiones.

—No me fastidies. ¿Es hoy?

—Hoy en... —Hizo una pausa y se miró el reloj—... dos horas y veintisiete minutos. He pensado que, dado que voy a tener que ir contigo igualmente, podríamos elaborar una estrategia. No podemos permitir que los cuerpos policiales queden en segundo plano detrás de un barbero ganaloterías de un bar. Sin ánimo de ofender.

—Es mi hermano —dije con brusquedad—. No me ofendes. ¿Cómo va a hacer que el papeleo parezca interesante?

—Naomi no comprende lo seria que es la competencia entre hombres, porque me ha contado todo el plan. Va a dejar que los niños preparen cócteles sin alcohol y que después le rapen la cabeza al subdirector.

—Joder, es muy bueno.

—Nosotros podemos hacer algo mejor —dijo Nolan con mucha seguridad.

—Pon la sirena, Way —le indiqué, y me agarré al volante con fuerza.

Waylay esbozó una sonrisa malvada y apretó el botón. La sirena cobró vida.

—¿Alguno se marea en el coche? —pregunté a los pasajeros del asiento trasero.

—¡No! —respondió el coro entusiasmado.

—Entonces agarraos fuerte.

Viré el volante con brusquedad y la parte trasera del coche patrulla rodeó suavemente el último cono de tráfico. Entonces pisé a fondo el acelerador.

—¡Venga! ¡Venga! ¡Venga! —chilló Waylay.

Crucé la línea de meta improvisada unos centímetros por delante de Nolan y su coche patrulla lleno de niños.

El asiento trasero irrumpió en hurras desenfrenadas.

Paré el coche y ese gesto que me hacía daño en la cara, que me estiraba los músculos que hacía tiempo que no utilizaba, era una sonrisa sincera.

Podíamos decir con seguridad que le habíamos dado mil vueltas a la estúpida presentación de Knox.

—¡Madre mía! ¡Ha sido una pasada! —exclamó la amiga de Waylay, Chloe, cuando le abrí la puerta trasera. Ella y otros dos alumnos de sexto salieron en tropel del coche mientras hablaban al unísono.

—Te habría adelantado en el último cono si el Potas no me hubiera pedido que bajara las ventanillas. —Nolan protestó mientras se acercaba a mí, y señaló con el pulgar en dirección a un niño pelirrojo con pecas.

—No seas mal perdedor y le eches la culpa a Kaden. El chico conduce karts los fines de semana.

—¿Crees que hemos ganado? —me preguntó Nolan.

Inspeccionamos el aparcamiento de la escuela primaria.

Los niños armaban alboroto y les suplicaban a mis agentes que empezara la siguiente carrera. Los profesores sonreían de oreja a oreja. Y Knox me estaba haciendo un corte de mangas.

—Y tanto que sí. Tengo que reconocer que la carrera de obstáculos en coche no ha sido una idea terrible.

—Tu juego de misterio tampoco ha estado nada mal —reconoció.

—No esperaba que Way fuera tan dramática con la escena de su muerte.

—Hablando de los que han muerto hace poco —dijo Nolan, e hizo un gesto con la cabeza hacia mi sobrina, que se acercaba a nosotros dando saltitos.

Se detuvo delante de mí y levantó la mirada.

—¿Tío Nash?

—Dime, Way.

—Gracias. —No dijo nada más, pero me abrazó por la cintura y después echó a correr hacia sus amigas, que no dejaban de reírse.

Me aclaré la garganta, sorprendido por la emoción que sentía. Un abrazo de Waylay Witt era como uno de los de Lina. Inesperado, conseguido con mucho esfuerzo y muy significativo.

—Todavía te encanta lo que haces —observó Nolan.

—Sí, supongo que sí —admití.

—No lo pierdas —me aconsejó.

—¿Qué? ¿Es que a ti no te encanta pasar los días haciéndome de niñera?

—Ni un poquito.

—A lo mejor deberías hacer algo al respecto.

—De eso mismo hablamos Lina y yo anoche.

—¿Anoche estuviste con Lina? —Fue lo único que pude preguntar antes de que nos interrumpiera el profesor de Waylay.

—Felicidades, caballeros. Sé a ciencia cierta que este ha sido de lejos el Día de las Profesiones más memorable, jefe —dijo el señor Michaels, y me entregó la correa de Piper.

Resultó que, a pesar de que Piper era muy tímida con los adultos, le encantaban los niños; cuanto más ruidosos y locos, mejor. Nunca había visto a la maldita perra tan contenta.

—Me alegro de haber ayudado —respondí.

—Me da la sensación de que habéis inspirado a la siguiente generación de agentes de policía de Knockemout —comentó, y estiró un brazo para abarcar el frenesí de los de sexto.

El señor Michaels se fue a hablar con otros perdedores del Día de las Profesiones y Knox ocupó su lugar.

—Bonita forma de dejarme en evidencia delante de mi propia niña, imbécil.

Le sonreí con suficiencia.

—No puedo hacer nada si mi trabajo es más guay que el tuyo.

—Tu trabajo consiste en hacer papeleo el noventa por ciento de las veces.

—Mira quién fue a hablar. El Señor Inventario e Infierno de Nóminas.

Mi hermano se rio por la nariz y se volvió hacia Nolan.

—Gracias por la ayuda con Dilton y su pandilla anoche. A lo mejor no das tanta pena como pensaba.

—Lina hizo la mayor parte del trabajo sucio. Yo solo llegué justo a tiempo para ayudar con la limpieza.

—¿De qué narices estáis hablando? —les pregunté.

Nolan me miró.

—¿Has salido de su apartamento esta mañana medio desnudo y despeinado y no lo sabes?

—Habla. Ya —le exigí.

—¿Ya has arreglado la cagada? —me preguntó Knox.

—¿Qué pasó con Dilton? —repetí, e ignoré a mi hermano.

—Él y sus colegas estaban un poco revolucionados en el Honky Tonk. Hicieron enfadar a Max, la camarera, y, teniendo en cuenta el momento del mes que era, fue una estupidez. Entonces le llamó la atención Lina —explicó Nolan.

Pues claro que sí. Llamaría la atención de cualquier hombre.

—¿Qué pasó? —Me llevé la mano al móvil. Iba a localizar a Dilton y a darle una paliza. Después localizaría a Lina y le gritaría durante una hora más o menos por no haberme dicho que se había involucrado en mi problema.

—Para el carro, Romeo. Fi me ha dicho que Lina aniquiló al cabrón con palabras. Ahora volvamos al motivo por el que salías de su casa a hurtadillas. No me ha dicho nada sobre ti esta mañana cuando le he prestado la camioneta —comentó Knox.

—Joder, ¿para qué necesitaba tu camioneta?

—Lina se estaba defendiendo sola —continuó Nolan—. Pero otro cliente, un tío muy grandote, intervino cuando pareció que Dilton iba demasiado borracho para tomar buenas decisiones. Tu encargada amenazó con llamar a la policía justo cuando entraba yo. Así que acompañé al caraculo a la puerta.

—¿Qué le dijo?

—No lo sé. Solo me contó que se estaba comportando como un capullo —dijo Nolan—. Después de hablar con él, deduje que era misoginia causada por la bebida. Oye, ¿creéis que debería quitarme el bigote?

—Sí —respondió Knox—. Hace que quiera pegarte un puñetazo en la cara.

—Joder, se suponía que debía simbolizar mi libertad. Ya sabéis, te divorcias, te dejas crecer el vello facial y, por arte de magia, te conviertes en otra persona.

—Tengo una barbería y una cuchilla afilada. Solo tienes que pedírmelo.

Los dejé a los dos con el vello facial y empecé a marcar el número nada más alejarme.

CAPÍTULO TREINTA

VIGILANCIA CON UN POCO DE DRAMA

LINA

El olor a *pizza* se coló por las ventanillas abiertas de la camioneta de Knox. Estaba acampada en el aparcamiento de un centro comercial en Arlington. Al otro lado de la calle había una manzana de casas adosadas que habían visto días mejores.

Esperaba a Wendell Baker, también conocido como el regordete de la perilla. Era un hombre fornido, blanco, que se estaba quedando calvo, trabajaba como matón para la familia Hugo, llevaba demasiadas cadenas de oro y siempre tenía un palillo en la boca. Según la información cuestionable de Tina, Anthony Hugo le pagaba a Baker, pero estaba lo bastante unido a Duncan para que su lealtad estuviera dividida.

Las autoridades no habían sido capaces de vincular a Baker con el secuestro y el tiroteo, lo cual quería decir que tenía libertad total para campar a sus anchas. Y yo tenía la libertad de perseguirlo… con un poco de suerte hasta un Porsche descapotable 356 de 1948 inmaculado.

No obstante, de momento Baker había salido de la cama a las once de la mañana, se había comprado un burrito en Burritos to Go y le había hecho una visita a la novia de su hermano que había incluido desabrocharse la bragueta en el porche delantero antes incluso de que ella abriera la puerta.

Todo un caballero.

Volvió a sonarme el teléfono.

—¿En serio, gente? ¿Cuándo me he vuelto tan popular?

Ya me había llamado mi madre para hablar del regalo de cumpleaños de mi padre, Stef para preguntarme si pensaba unirme a las viejas glorias en el gimnasio esta semana y Sloane, que me había obligado a presentarme voluntaria para un evento llamado Libro o Trato la noche siguiente en la biblioteca. Por no mencionar el mensaje de texto de Naomi en el que me decía que le había dado mi número a Fi y que esperaba que no me importara. El mensaje fue seguido de un chat grupal que incluía a Fi, Max y Silver, del Honky Tonk, donde comentaban las mejores versiones ficticias que se habían contado de mi encuentro con Tate Dilton.

Al parecer, le había roto una botella en la cabeza y después lo había empujado de espaldas a una cuba de aceite para freír. Nadie sabía de dónde provenía la cuba de aceite, pero todo el mundo estaba de acuerdo en que había sido tronchante ver cómo salía a rastras del bar como un caracol humano.

Entonces me fijé en quién llamaba.

Casi dejé que saltara el buzón de voz, pero decidí que era de cobardes.

—Supongo que habrás conseguido salir de mi apartamento —le dije a modo de saludo.

—¿Por qué me he enterado de lo que pasó con Dilton por un alguacil y por el idiota de mi hermano antes que por ti? —exigió saber Nash.

—En primer lugar, quiero una confirmación de que te has ido de mi apartamento. Segundo, ¿en qué momento de la noche tuvimos la oportunidad de conversar? Y en tercer lugar, y es lo más importante, así que presta atención... ¿a ti qué te importa?

—Hemos pasado la noche juntos, Angelina. —Su voz se volvió áspera cuando pronunció mi nombre e ignoré el delicioso escalofrío que me recorrió la columna vertebral—. Es tiempo suficiente para que me digas: «Oye, Nash, me ha abordado en público el capullo al que has suspendido».

La imitación de mi voz fue muy mala.

—¿Y luego qué? ¿Me habrías dicho: «No te preocupes, pequeña. Me aseguraré de que nunca te quedes sola para que el lobo grande y borracho no pueda ser un capullo contigo»? Además, que te presentes en mi puerta en mitad de un ataque de pánico no fomenta un ambiente muy adecuado para la conversación.

—Dilton es problema mío, no tuyo. Si intenta convertirlo en tu problema, quiero que me lo digas.

Por lo menos eso tenía sentido.

—Vale.

Que accediera le hizo bajar la guardia temporalmente.

—Bueno, vale. He oído que se te acercó y lo lanzaste por una ventana cerrada —dijo con tono divertido.

Reí por la nariz.

—¿De verdad? Porque yo he oído que lo metí en una cuba llena de aceite de freidora.

—Lo que me interesa saber es por qué se te acercó y empezó a hablar más de la cuenta. ¿Por qué y sobre qué?

—Hice contacto visual con él. Estaba borracho y alterado y empezó a alborotar el bar, así que lo miré hasta que me devolvió la mirada.

—¿Tengo que recordarte que un gran poder femenino conlleva una gran responsabilidad femenina?

Puse los ojos en blanco.

—No intentaba convertirme en un objetivo o liarla, jefe. Solo intentaba distraerlo para que dejara de sacar de quicio al personal. Te aseguro que Max lo habría frito en aceite anoche.

—Sigue sin gustarme, pero me parece justo.

—Qué generoso por tu parte.

—Dime qué te dijo.

—Me preguntó si era tu putita y me dijo que te diera un mensaje. Me dijo que había llegado el momento de bajarte los humos. Y yo, por supuesto, insulté su inteligencia.

—Por supuesto —respondió Nash con brusquedad.

—Después intentó fingir que era policía y que podía detenerme hasta que encontrara mis modales. Puede que mencionara que sabía que ya no tenía la placa y que me preguntaba qué te parecería que se hiciera pasar por agente de policía. Entonces me insultó a mí y a todas las mujeres de Knockemout y, justo cuando las cosas empezaban a ponerse interesantes, es decir, cuando empezó a volar la comida rápida, intervinieron un testigo y Nolan.

Se produjo un silencio glacial en el extremo de Nash.

—¿Sigues ahí, cabeza loca?

—Sí —respondió al fin.

No sabía que era posible meter tanta ira en una sílaba diminuta.

Dejé caer la cabeza contra el asiento.

—No pasó nada, Nash. Él no iba a llegar a las manos. No allí. Y no conmigo. Estaba borracho y es estúpido, pero no estaba tan borracho ni es tan estúpido como para olvidarse de que tener un altercado físico en público y con una mujer sería su fin.

Él siguió en silencio.

—¿Nash? ¿Te estás apretando el punto entre las cejas?

—No —mintió. Sonó avergonzado.

—Es un gesto que te delata. Deberías hacer algo al respecto.

—¿Angelina?

—¿Qué?

—Lo decía en serio. Dilton es problema mío. Si intenta ponerse en contacto contigo otra vez, tengo que saberlo.

—Entendido —le respondí con suavidad.

—Bien.

—¿Cómo te encuentras? No es que me importe —añadí con rapidez.

—Mejor. Estable. Le he dado una paliza a Knox en el Día de las Profesiones —dijo con tono engreído.

—¿Metafórica o literalmente? Porque con vosotros dos pueden ser ambas cosas.

—Un poco de las dos. ¿Has dormido bien? —me preguntó Nash.

Había dormido como un muerto. Como cada vez que me metía en la cama con Nash.

—Sí —comenté; no estaba dispuesta a decirle más.

—¿Qué te enseñó la asignatura de psicología sobre la chica a la que no le gusta que la toquen excepto si lo hace el chico que no deja de hacerla enfadar?

—Que tiene problemas emocionales serios que debería abordar.

Rio con suavidad.

—Ven a comer conmigo, ángel.

Suspiré.

—No puedo.

—¿No puedes o no quieres?

—Más que nada, no puedo. No estoy en el pueblo.

—¿Dónde estás?

—En Arlington.

—¿Por qué?

No iba a caer en el tono de «venga, puedes contarme lo que sea» que había empleado, pero tampoco tenía nada que ocultar.

—Estoy esperando a Wendell Baker —le dije.

—¿Estás haciendo qué? —Había vuelto a utilizar la voz de agente de policía.

—No seas dramático. Ya sabes a lo que me refiero y quién es.

—¿Estás vigilando a uno de los matones de una familia del crimen organizado? —preguntó.

Y ahí estaba otra vez el incordio cabreado, sobreprotector sin ningún motivo, que vivía justo al lado.

—No te estoy pidiendo permiso, Nash.

—Mejor. Porque te aseguro que no te lo daría —respondió.

—Eres irritante y quiero salir de este carrusel de emociones en el que me has metido.

—Convénceme de que es buena idea.

—No tengo que hacerlo. Es mi trabajo y mi vida —insistí.

—Vale. Pues iré para allí con las luces y las sirenas puestas.

—Por Dios, Nash. Enseño estrategias de vigilancia a otras personas. Se me da de muerte. No tengo que justificar mi trabajo ante ti.

—Es peligroso —contraargumentó él.

—¿Tengo que recordarte que es a ti a quien dispararon en el trabajo?

Se oyó un ruido al otro lado de la línea.

—¿Acabas de gruñirme?

—Joder —murmuró—. No lo sé. Desde que te conocí, cada día es una puta sorpresa.

331

Me apiadé un poquito de él.

—Mira, debido a la presión que los federales están ejerciendo sobre las actividades de Anthony Hugo, nadie está haciendo nada. He vigilado a dos de estos tipos durante días. Lo único que hacen es comer, acostarse con mujeres que deberían ser más sensatas e ir al gimnasio. Además de eso, como mucho van a un club de *striptease*. No busco pillarlos mientras cometen un crimen. Lo único que necesito es que uno de los dos me conduzca a un almacén ilegal. Aunque Duncan se haya ido, puede que el coche siga por aquí.

—Sigo sin creerme que estés haciendo todo esto por un maldito coche.

—No es un maldito coche cualquiera. Es un Porsche 356 descapotable de 1948.

—Vale. Todo esto por un coche antiguo y pequeño.

—Ese coche antiguo y pequeño vale más de medio millón de dólares. E igual que todo lo demás que aseguramos, su valor en efectivo es uno, pero su valor sentimental es algo completamente diferente. Ese coche forma parte de la historia de una familia. Las tres últimas generaciones lo condujeron después de casarse. Hay un vial que contiene las cenizas de su abuelo en el maletero.

—Joder. Vale, maldita sea. Quiero que te pongas en contacto conmigo cada media hora. Si tardas un minuto más, me plantaré allí y te desenmascararé tan rápido que te dará vueltas la cabeza.

—No tengo por qué aceptar —señalé—. Sigues actuando como si tuviéramos una relación cuando es evidente que no.

—Nena, los dos sabemos que aquí hay algo, aunque tú estés demasiado asustada para admitirlo.

—¿Asustada? ¿Crees que soy yo la que está asustada?

—Creo que te tengo temblando en esas botas de tacón alto tan *sexys*.

No se equivocaba, lo que me irritó aún más.

—Sí, temblando de rabia. Gracias por hacer que me arrepienta de haberte respondido.

—Quiero que me envíes un mensaje cada treinta minutos.

—¿Y qué saco yo de todo esto?

—Revisaré todos los documentos que pueda conseguir sobre el almacén. Veré si hay algo en ellos que te lleve hasta el maldito coche.

—¿De verdad?

—Sí, de verdad. Te daré lo que encuentre esta noche durante la cena.

Era como si nos hubiéramos quedado bloqueados en un número de baile. Dos pasos hacia delante, dos pasos hacia atrás. Nos atraíamos. Nos enfadábamos. Y vuelta a empezar. Tarde o temprano, uno de los dos tendría que dar el número por finalizado.

—No me gusta que pienses que soy incapaz de hacer bien mi trabajo.

—Ángel, sé que tu trabajo se te da de puta madre. Sé que sabes defenderte mejor que la mayoría. Pero, al final, alguien se saltará esas defensas. Y en tu línea de trabajo, las consecuencias son muchísimo más graves.

Hablaba desde la experiencia.

—Tengo que irme.

—Cada treinta minutos. Y cenamos esta noche —dijo.

—Vale, pero será mejor que me traigas algo de utilidad y que la comida esté buena.

—No te involucres. No hagas nada que llame la atención hacia tu persona —me advirtió.

—No soy una aficionada, Nash. Ahora déjame en paz.

—No hagas nada que llame la atención hacia tu persona —imité a Nash. Estaba en el mismo sitio, solo que una hora más aburrida e incómoda. Le había enviado a Nash dos fotos haciéndole una peineta para cumplir con la estúpida y obligada prueba de vida que me pedía. Me había respondido con fotos de Piper. Baker todavía no había vuelto a aparecer. Y se me había dormido el culo.

Empezaba a preguntarme si la persecución solo me parecía excitante porque el resto del trabajo era superaburrido en comparación. ¿De verdad valía la pena?

Pensé en el puesto que había quedado vacante en el departamento de altos ingresos, que suponía más riesgos, más recompensas y más emoción. Pero ¿de verdad quería dedicar el resto de mi vida laboral a ir en busca de emociones fuertes? Por otro lado, la idea de hacer trabajos de supervisión me provocaba escalofríos. ¿Tener que manejar a tanta gente? Uf.

Pero ¿qué más podía hacer? ¿Qué más se me daría bien?

Eran preguntas que tendrían que esperar a otro día, porque un hombre vestido con unos tejanos y cuero que llevaba un ramo de flores de supermercado subió el escalón de entrada de la casa adosada como si fuera la suya.

Al parecer lo era, porque sacó una llave y abrió la puerta principal.

Me erguí y tomé los binoculares justo cuando el hermano de Wendell Baker entraba en la casa.

—Mierda. Esto no es bueno.

Los gritos empezaron poco después.

Vale. No era lo ideal. Pero mientras fuera solo una disputa verbal…

El hermano salió de la casa… por la ventana delantera… que estaba cerrada.

—Joder —gruñí, y busqué el teléfono mientras se rompía el cristal.

Wendell Baker salió en pelotas por la puerta principal. Una mujer que llevaba únicamente una camiseta de un grupo de *rock* apareció detrás de él y empezó a chillar. El hermano que llevaba tejanos y cuero se puso en pie justo a tiempo para recibir un derechazo en la mandíbula.

—911. ¿Cuál es su emergencia?

—Soy Lina Solavita. Soy investigadora de Seguros Pritzger. Hay un hombre desnudo agrediendo a alguien en la calle. —Le di la dirección a la operadora y, mientras la repetía, la mujer saltó por encima de la barandilla sobre la espalda de Baker y le rodeó el cuello con el brazo. Este se sacudió hacia delante para intentar volcar a su atacante, un gesto que por desgracia me ofreció un asiento de primera fila para ver los dos traseros desnudos.

—Ahora una mujer está agrediendo al hombre desnudo.

—Dos de las unidades de la zona se dirigen para allá —dijo la operadora—. ¿La mujer también está desnuda?

—Lleva una camiseta de Whitesnake y nada más.

—Ah. Buen grupo.

El hermano se levantó otra vez y embistió a Baker por la barriga con el hombro, que chocó contra los escalones de hormigón. Pensé en la mandíbula magullada de Nash y en el ojo morado de Knox y me pregunté si todos los hermanos se peleaban así.

—¿Alguno lleva armas? —preguntó la operadora.

—No que yo vea. Sin duda, el que va desnudo no va armado.

Los hombres se separaron y la mujer de la camiseta de Whitesnake se deslizó por la espalda de Baker. El hermano se llevó las manos a la espalda y sacó un cuchillo enorme.

—Mierda —murmuré—. Ahora hay un cuchillo en juego.

Justo en ese momento, dos niños salieron de la casa de al lado y se quedaron embelesados con la escena que se desarrollaba delante de ellos.

—Y ahora hay dos niños mirando.

—Los agentes van en camino. Están a dos minutos.

En dos minutos se podían dar muchas puñaladas.

El hermano saltó hacia delante y dio una cuchillada en el aire propia de un aficionado.

Las palabras de Nash me resonaron en la cabeza. Pero tenía que escoger entre no hacer nada o dejar que dos idiotas se mataran el uno al otro delante de los niños.

Lancé el móvil al asiento, abrí la puerta y me apoyé sobre el claxon.

Cuando tuve su atención, me puse en pie en el estribo de la camioneta y grité:

—¡La policía está en camino!

Los dos hermanos corrieron hacia mí.

—¿En serio? —murmuré—. ¿Por qué los delincuentes son tan estúpidos?

Empecé a tocar el claxon otra vez mientras cruzaban la calle y por fin oí el ruido distante de las sirenas.

Se detuvieron en mitad de la calle y se plantearon si les daba tiempo a llegar hasta mí.

Oí el chirrido de unos neumáticos a mis espaldas. Una furgoneta blanca se detuvo detrás de la camioneta de Knox y la puerta corredera se abrió.

Un hombre con un pasamontañas saltó, me agarró por la muñeca y me arrastró hacia la furgoneta.

Los hermanos corrían hacia nosotros.

—Entra —me dijo el del pasamontañas, y sacó una pistola de la cintura de los pantalones. Pero no me apuntó con ella, sino en dirección a los hermanos.

—Eh, vale.

CAPÍTULO TREINTA Y UNO

¿QUIERES UNOS AROS DE CEBOLLA PARA ACOMPAÑAR?

LINA

—No me habéis secuestrado solo para matarme, ¿verdad? —pregunté a los ocupantes de la furgoneta—. Porque podríais haber dejado que esos tipos os hicieran el trabajo sucio.

El conductor y el copiloto que me había agarrado intercambiaron una mirada a través de los agujeros de los pasamontañas.

—No vamos a matar a nadie —me aseguró el conductor. El ruido de las sirenas se oía cada vez más cerca.

—Será mejor que te agarres —sugirió el copiloto. Justo entonces, el conductor hizo un giro brusco hacia la izquierda que me tiró al suelo.

—Ay.

—Lo siento.

Para ser unos secuestradores, eran bastante educados.

—Hemos oído que intentabas reunirte con Grim —dijo el conductor.

—¿Y eso supone un problema o vosotros sois la furgoneta de bienvenida? —Rodé hasta quedar sentada y me apoyé contra la pared.

La furgoneta giró con brusquedad hacia la derecha cuando el conductor atravesó dos carriles para tomar un acceso.

—Vía libre —anunció el copiloto.

Los dos se quitaron los pasamontañas.

—Esperad. ¿No os los queréis dejar puestos para que no os identifique? ¿O habéis mentido cuando me habéis dicho que no ibais a matarme?

El conductor era una mujer con un cabello grueso y natural que se le ondulaba de forma voluminosa alrededor de la cabeza.

—Relájate —dijo, y me miró por el retrovisor—. Eran para las cámaras de vigilancia, no para ti.

El copiloto, un hombre flaco y tatuado con la cabeza rapada y una barba rubia, sacó el móvil y marcó.

—Oye, llegamos en quince minutos.

Colgó, apoyó los pies en el salpicadero y encendió la radio. Coldplay resonó por todo el vehículo.

No me llevaron a un almacén frío y abandonado o a la sede de un club de moteros de mala muerte. No. Mis amigables secuestradores me llevaron a un Burger King.

La conductora estacionó en una plaza de aparcamiento y ambos salieron de la furgoneta. Un segundo después, se abrió la puerta corredera y el hombre hizo una reverencia de broma para indicarme que saliera.

Los seguí al interior del local y me invadió un antojo instantáneo de aros de cebolla.

Pasamos las cajas registradoras de largo, en dirección a los baños.

En el último reservado antes de llegar a los servicios se encontraba el mismísimo Grim. Iba tatuado de los nudillos al cuello. Parecía que llevaba la camiseta de manga corta de color gris sellada al vacío contra el torso. Lucía el pelo plateado peinado hacia atrás y gafas de sol, a pesar de que el cielo estaba cubierto y se encontraba en el interior. Picoteaba una ensalada con un tenedor de plástico.

Señaló con el tenedor el asiento que tenía delante y me senté. Con un movimiento de cabeza, pidió a mis secuestradores que se fueran.

—¿Qué puedo hacer por usted, investigadora Solavita? —Tenía la voz barítona tan áspera como el papel de lija.

—En primer lugar, dígame cómo me ha encontrado.

Se le curvaron los labios en un gesto de diversión.

—Los míos cerraban la procesión.

—¿Qué procesión?

—Os vigilábamos a vosotros y a los federales mientras vigilabais a los hombres de Hugo. Tengo que estar al corriente de lo que pasa en mi territorio.

—¿Dónde estaban los federales?

—Instalados en un escaparate vacío a una manzana de allí.

—¿E iban a dejar que los hermanos Baker se liaran a cuchilladas en plena calle?

Encogió los enormes hombros.

—Yo no malgasto tiempo intentando entender lo que hacen los agentes de la ley. Me despierta más curiosidad tu interés en el asunto.

—Estoy buscando algo que Duncan Hugo robó y que seguramente escondió por la zona antes de largarse del pueblo.

—El Porsche. Es bonito.

—Está bien informado.

—Saber lo que pasa en mi patio trasero da sus frutos.

—¿Supongo que no puede decirme dónde encontrar ese coche? —me aventuré.

Grim pinchó un tomate con el tenedor y se lo comió.

—No llegó al taller antes de la redada y tampoco apareció por el almacén antes de su pequeño maratón de secuestros. No sé dónde está.

Lancé un suspiro de irritación.

—Bueno, pues gracias por su tiempo. Solo para que lo tenga en cuenta en el futuro, este secuestro podría haber sido un mensaje o un correo.

Empujó lo que le quedaba de la ensalada hacia el borde de la mesa. En segundos, apareció un motero y se la llevó.

—¿Y qué gracia tendría eso? —preguntó Grim—. Además, tengo algo más importante que información sobre un coche.

—¿El qué?

—Rumores. Murmullos.

—No metí a aquel tipo en aceite de freidora. No sé a qué clase de juego del teléfono juegan en ese pueblo, pero se pierden muchas cosas en la traducción —insistí.

Se le volvieron a curvar las comisuras de los labios.

—No me refiero a eso. Hablo de que Duncan Hugo sigue por aquí y está tramando jugadas bastante importantes.

Pestañeé.

—¿Hugo sigue aquí? Pero eso sería…

—¿Una estupidez? —Grim completó la frase—. No necesariamente. No si todo el mundo, incluido su padre, cree que se ha largado del país. No si está tan oculto que nadie lo ha visto desde que salió pitando de aquel almacén.

—Pero ¿para qué iba a quedarse? Todo el mundo, desde su padre hasta el FBI, lo está buscando.

—Si fuera él, ¿se quedaría por aquí?

Me mordí el labio y me planteé todos los escenarios posibles.

—O soy un idiota y creo que todo el mundo se olvidará del tema o…

—O… —repitió Grim.

—Oh, mierda. O lo veo como la oportunidad de asumir el negocio familiar. Si puedo deshacerme de papá, le quitaré su lugar en el trono.

Grim asintió con aprobación.

—Chica lista. Y ni siquiera tiene que pelear para conseguirlo. Solo tiene que esperar a que los federales den el paso. Lo único que tiene que hacer es atar algunos cabos sueltos por ahí.

Sentí un mal presentimiento en el estómago.

—¿Qué clase de cabos sueltos?

—Nash Morgan.

«Mierda». Bajé la mirada hacia el reloj e hice una muca.

—¿Me presta su teléfono?

CAPÍTULO TREINTA Y DOS

UNA ADVERTENCIA DE CORTESÍA

NASH

Quería darle un puñetazo a algo. A lo que fuera.

Miré a la derecha. A Knox todavía le quedaban indicios del ojo morado que le había dejado. Lucian se encontraba a mi izquierda, con las piernas separadas y los brazos cruzados. En todos nuestros años de amistad, nunca le había pegado un puñetazo. Y tampoco lo había visto llegar a las manos. Sabía que era capaz de hacerlo. Había visto las secuelas, pero nunca lo había visto en acción.

Hoy en día, prefería desatar la ira que había contenido durante la adolescencia de otras formas.

Pero, en mi caso, sabía que solo había una forma de sacármela de dentro.

—Aquí vienen —dijo Knox.

El semicírculo de moteros entrecanos que teníamos delante se separó y una moto rugió al entrar en el aparcamiento. Reconocí a Grim enseguida, pero fue la pasajera la que hizo que cerrara los puños.

El vehículo se detuvo justo delante de mí. Lina le soltó la cintura al motero y levantó una de las largas piernas para bajarse con elegancia.

Apenas le había dado tiempo de quitarse el casco cuando tiré de ella y la empujé para que se escondiera detrás de mí.

—Nash…

—No empieces —le ordené.

Knox, Lucian y Nolan cerraron filas y juntos formamos una barrera entre ella y Grim.

Le lancé una mirada intimidante que duró unos segundos.

—Dame un motivo por el que no debería arrestarte ahora mismo —gruñí.

—Pues en primer lugar, he salvado a tu chica de una paliza —respondió Grim con suficiencia.

En cuanto no me envió el mensaje cada media hora, Nolan y yo fuimos a por el coche. Ni siquiera habíamos salido del aparcamiento cuando Grave me avisó de la llamada a emergencias en Arlington. Y ya estaba en la carretera cuando Lina me había llamado… desde el teléfono de Grim.

Knox y Lucian se presentaron en la sede del motero unos cinco minutos después que nosotros.

—Caballeros, siento interrumpir este apasionante juego de miradas —comentó Lina—. Pero tengo muchas ganas de mear y Grim posee información que está dispuesto a compartir con nosotros de forma muy generosa.

—Vamos dentro —dijo Grim—. Excepto él. —Todas las miradas se volvieron hacia Nolan—. Con un policía me basta, no necesito que dos me apesten el local.

A Nolan no pareció gustarle mucho la idea.

—No pasa nada —le aseguré.

—No hagas nada estúpido ahí dentro —musitó.

Asentí.

—Pues nada, chicos y chicas, ¿qué hacemos mientras esperamos? ¿Echamos unas canastas? ¿Jugamos al Scrabble? —le preguntó Nolan a los moteros restantes mientras seguíamos a Grim hacia el interior del edificio.

Knox me agarró del brazo.

—Intenta no ser un ciudadano ejemplar capullo ahí dentro, ¿vale? No queremos que Grim se convierta en nuestro enemigo.

—Y tú intenta no ser un cabrón. —Me zafé de él.

—Comportaos —dijo Lina entre dientes.

Le tomé la mano para mantenerla cerca de mí. No iba a dejar que nadie se le acercara.

Debía admitir que no era lo que esperaba de la sede de un club de moteros. En lugar de pladur manchado por el humo y baldosas cubiertas de cerveza, el interior del edificio de una planta se parecía más a una galería de arte. El suelo era de hormigón pulido. Las paredes eran de colores blanco crudo y gris oscuro con unos lienzos grandes y caóticos que le daban toques de colores brillantes a las paredes.

Grim le indicó a Lina dónde estaba el baño y monté guardia en la puerta mientras los demás entraban en lo que parecía una especie de sala de reuniones.

Cuando se abrió la puerta del baño y Lina salió de él, me separé de la pared.

—¿Estás bien?

—Estoy bien, lo prometo. En realidad, Grim y sus compinches motoristas son bastante majos. Y antes de que me lo digas, nada de lo que ha pasado ha sido culpa mía.

Cada vez que la miraba, su belleza me golpeaba como un martillo. Cada vez que posaba la mirada en ella, algo en mi interior se iluminaba. Quería tocarla, hacerla retroceder hasta que chocara contra la pared, no dejarla escapar y acariciarle cada centímetro del cuerpo. Pero si empezaba, no sabía si sería lo bastante fuerte para detenerme. Así que mantuve los brazos a los lados.

—¿Nash? —me insistió.

—Lo sé —respondí.

Se quedó quieta y a continuación sacudió la cabeza con incredulidad.

—¿Que lo sabes? ¿Qué sabes?

Apreté los dientes.

—Que no ha sido culpa tuya.

—Tengo que serte sincera, eso no me lo esperaba.

—En primer lugar, eso no significa que me alegre de que te hayan puesto en esa situación, joder. Aunque pueda decirte que te lo dije. Porque te lo dije. Y te aseguro que eso no quiere decir que me haya gustado no tener ni puñetera idea de qué te había pasado después de que llamaras a emergencias. Y puedes apostar todos los pares de zapatos caros que tienes que me he sentido todo lo contrario a entusiasmado al descubrir que dos hombres con pasamontañas te habían sacado de esa situación.

—En realidad, la conductora era una mujer —señaló ella.

Pero no había terminado de hablar.

—Y te aseguro que no me ha gustado nada verte llegar a un puñetero club de moteros en la parte trasera de la moto de un delincuente muy conocido.

—Míralo por el lado bueno, cabeza loca. ¿Recuerdas que no soportabas la insensibilidad? Mira la gama de emociones que sientes ahora mismo.

Empecé a frotarme el pulgar entre las cejas y después me detuve.

—Creo que prefiero volver a no sentir nada.

—No, no quieres. —La sonrisa tenue que exhibía desapareció y su mirada se volvió seria—. Tienes que escuchar lo que Grim sabe. Por eso te he llamado.

Esta vez me había llamado, algo era algo.

—Lo escucharé, pero no sé si seré capaz de evitar pegarle o esposarlo.

—Estoy casi segura de que es algo insólito que el presidente de un club de moteros invite a un agente de policía a su guarida por voluntad propia. Lo mejor será que dejes de lado las esposas —sugirió.

Encontramos a los demás en lo que, efectivamente, era una sala de reuniones, sentados a una mesa de madera larga de bordes afilados y patas de metal.

Grim estaba sentado a la cabecera de la mesa con dos de los miembros de su pandilla a sus espaldas: un hombre blanco bajito y tatuado de pecho fuerte y una mujer negra, alta y esbelta con las uñas pintadas de color rojo sangre.

Lina saludó a la mujer con la mano y esta le devolvió un gesto con la cabeza.

Knox y Lucian estaban sentados frente a la mesa, a la izquierda de Grim. Yo tomé asiento en el extremo derecho y aparté la silla de al lado para que Lina se sentara.

—Acabemos con esto. No me gusta tener policías en mi casa —anunció Grim.

—Para mí tampoco es plato de buen gusto —repliqué.

Knox puso los ojos en blanco y Lina me dio una patada por debajo de la mesa.

Le apreté el muslo en un gesto de advertencia.

—Lo que Nash quiere decir es que agradece que compartas lo que sabes con nosotros —comentó Lina sin rodeos.

Grim gruñó.

—¿Qué sabes? —le pregunté en un tono ligeramente más educado.

—Mi club se ha interesado por todas las operaciones de Duncan Hugo desde que dejó el negocio familiar. Estamos al tanto de cualquier información y con la vista pegada a tipos como ese capullo —comenzó Grim.

—En especial, después de que decidiera poner un desguace de coches robados en tu territorio —señaló Knox.

Hubo una redada en el primer taller de Hugo, por lo que había establecido otro en el almacén donde habían llevado y atemorizado a Naomi y Waylay. Grim fue el que alertó a Knox de dónde las retenían.

Eso, combinado con el hecho de que Lina estaba intacta, eran los dos únicos motivos por los que mi puño no había hecho contacto con la cara del hombre.

—Fue uno de los factores —admitió Grim—. Seguimos interesados en él incluso después de que desapareciera. Y cuando cierta investigadora de seguros muy persistente dejó claro que quería hablar de Hugo, nuestro interés aumentó y empezamos a prestar atención a los rumores.

No tenía paciencia para tantos rodeos.

—¿Qué rumores?

Grim apoyó los codos en la mesa y juntó las yemas de los dedos.

—La versión oficial que se dice por ahí es que Duncan Hugo se largó del pueblo de inmediato después de toda la mierda que ocurrió y se compró un billete solo de ida a México.

—¿Y cuál es la versión extraoficial? —Lucian intervino por primera vez.

—Que nunca se fue. Que se escondió y empezó a planear.

—Eso sería muy estúpido por su parte —dijo Knox.

—Los federales siguen buscándolo, tengo a un alguacil pegado al culo, ¿y Hugo decide quedarse? —apunté—. No tiene ningún sentido.

—Lo tiene si planea hacerse con el negocio familiar —dijo Grim.

Lucian y Knox intercambiaron una mirada.

Lina buscó la mano que le había puesto sobre la pierna y me la apretó.

—Estás hablando de una guerra del crimen organizado. No puedes reclutar un ejército sin que alguien hable más de la cuenta. Nadie mueve hilos tan en silencio —dije.

—No necesariamente —intervino Lina. Todas las miradas se posaron en ella—. Lo único que tiene que hacer Duncan es esperar hasta que los federales vayan a por su padre. Para eso no necesita un ejército, solo un par de soldados fieles que le faciliten la transición de poder dentro de la organización.

«Joder».

—¿Lo saben los federales? —pregunté.

—Según mis fuentes, han recibido información anónima que les está ayudando a elaborar un caso contra Anthony Hugo —comentó Lucian.

No quería pensar en cómo mi amigo había conseguido acceder a fuentes del FBI.

—Esa información podría provenir directamente de Duncan —señaló Lina.

—Joder. —Mi hermano se pasó la mano por la barba—. ¿Así que Duncan está dando información a los federales sobre los negocios de papá y, cuando lo encierren, ocupará su puesto?

—Eso parece.

—¿Y por qué no va el FBI a por los dos cabrones? —preguntó Knox.

—Anthony Hugo ha llevado un imperio criminal durante décadas. Su hijo no es más que un mindundi en comparación —comentó Grim.

—Intentó matar a mi hermano —escupió Knox.

—Los federales siempre hacen tratos para conseguir lo que quieren. Llevan años detrás de Hugo sénior. No van a malgastar recursos en un ladrón de coches de poca monta, sobre todo si no es un recurso lo bastante valioso para ellos —contestó Grim.

—¿Y qué narices se supone que debo hacer con toda esta información? —exigí saber.

—Pues se supone que debes cubrirte las putas espaldas —respondió Grim—. Si Duncan Hugo ha decidido que quiere convertirse en el cabecilla de la familia, lo único que necesita es deshacerse de algunos cabos sueltos.

La pierna de Lina se tensó bajo la palma de mi mano.

—¿Y de qué cabos sueltos tiene que deshacerse? —pregunté, aunque ya sabía la respuesta.

Grim me miró.

—De ti. —Entonces dirigió la mirada a mi hermano—. Y de tus chicas.

Knox gruñó.

—Es muy difícil acusar a alguien si ninguno de los testigos puede declarar —sentenció Grim con tono inquietante.

CAPÍTULO TREINTA Y TRES

LIBRO O TRATO

LINA

Yo: ¿Cómo está mi investigadora favorita del mundo entero?

Zelda: Déjame en paz a menos que sepas algo más del tipo del móvil de prepago.

Yo: ¿Deduzco que no lo has encontrado todavía?

Zelda: Hasta mis superpoderes tienen límites. Sin los registros de llamadas del móvil de prepago de Duncan o sin un nombre o por lo menos una descripción, tengo un montón de nadas.

Yo: Define nadas.

Zelda: Tengo una lista de 1217 personas (856 de ellas, hombres) asociadas a ese tipo o por familia, o por el colegio, deportes u otros. Dicha lista incluye a los vecinos de todas las direcciones que he encontrado en las que ha vivido, los dependientes de las bodegas del barrio, los empleados de su padre (encarcelados o no), los carteros, etc. A menos que se te ocurra una forma de reducirla, nos hemos quedado sin suerte.

Zelda: ¿Has tenido suerte con el informe del escenario del crimen? A lo mejor hay algo en él que nos sea de ayuda.

Yo: No. Nash está desaparecido en combate desde nuestra visita de ayer a Mundo Motero. Y ahora tengo que ir a disfrazarme de Nancy Drew.

Zelda: Tengo muchas preguntas.

El evento anual Libro o Trato de la biblioteca pública resultó ser una excusa para que todo Knockemout se reuniera a comer y beber tentempiés con temática de Halloween sin el caos de ir de puerta en puerta a pedir caramelos, algo que también llegaría muy pronto.

Cada octubre se cortaba el tráfico de la calle de la biblioteca durante una noche para hacerle un hueco a una banda, una pista de baile, una serie de furgonetas de comida y, por supuesto, un bar ambulante. Los clientes de la biblioteca compraban entradas para acceder a la fiesta, los negocios patrocinadores, acosados por Sloane, ponían la comida y las bebidas, y todos los beneficios iban destinados a la biblioteca.

Por desgracia para mí, el aroma de las palomitas de calabaza con especias recién hechas y de la sidra no me estaba ayudando a olvidar lo enfadada que estaba. Nash no solo se había saltado la cena la noche anterior, sino que además no me había dicho nada del informe del escenario del crimen.

Tampoco me había llamado, ni enviado mensajes ni aparecido en mi puerta para que durmiéramos juntos otra vez. A lo que le habría dicho que no rotundamente.

Según los pajaritos de Knockemout, él, Knox, Nolan y Lucian se habían refugiado en la guarida secreta de Knox.

Y era algo monumental porque, hasta la fecha, la única persona a la que Knox había permitido entrar en un territorio tan sagrado era Naomi.

Y, por supuesto, los pajaritos también habían elaborado sus propias teorías sobre por qué los cuatro insólitos amigos se habían encerrado. Dichas teorías incluían deshacerse en secreto de un cadáver, una partida de póquer de veinticuatro horas con apuestas muy altas o, mi favorita, que Knox por fin se las había arreglado para hacer enfadar a Naomi con los adornos florales y ahora estaba encerrado hasta que se le pasara el cabreo.

Pero yo estaba casi segura de que sabía la verdad. Estaban planteando una estrategia y a mí me habían dejado fuera.

Vale, sí. Yo prefería hacer las cosas por mi cuenta. Y sí, no me encantaba formar parte de un equipo, pero ya estaba involucrada. Era la única que llevaba una investigación activa. Y, aun así, a esos cuatro machitos no se les había ocurrido incluirme.

Me di cuenta de que había arrugado el papel que tenía en la mano.

—Eh, aquí tienes el recibo. Siento haberlo aplastado, gracias por tu donación —comenté, y le entregué el papel hecho una bola a Stasia. La estilista del Whiskey Clipper acababa de donar una bolsa gigante de libros de tapa dura a la biblioteca.

—¿Estás bien, Lina? —me preguntó mientras se metía el recibo en el bolso.

Madre mía. Tendría que trabajar en mi cara de póquer.

—Sí, estoy bien —insistí.

—Si estás preocupada por Knox y compañía, no lo estés —contestó ella—. He oído que están tomando clases de baile de salón para darle una sorpresa a Naomi en la boda.

Sonreí.

—¿Sabes qué he oído yo? —Hice una pausa y miré a ambos lados antes de inclinarme sobre la mesa.

Stasia también se inclinó.

—¿Qué? —susurró.

—He oído que están coreografiando un *flash mob*. Uno que incluye pantalones de *stripper*.

—Madre. Mía. ¡No puedo esperar a la boda!

Unos minutos más tarde, Doris Bacon de Cuadras Bacon, que había venido disfrazada del hombre que susurraba a los caballos, me relevó en mis tareas de donación de libros.

Decidí que me había ganado una copa de vino especiado por mis servicios a la comunidad. Y, una vez me la tomara, iría al despacho de Knox y golpearía la puerta hasta que los cuatro burros del Apocalipsis me dejaran entrar.

Acababa de conseguir el vino cuando una rubia guapa que me resultó vagamente familiar se detuvo delante de mí.

—¿Lina? ¿Lina Solavita? Soy Angie, del instituto.

Angie Levy había sido la segunda mejor goleadora del equipo de fútbol y el motivo por el que habían empezado a llamarme Lina en el instituto, ya que tener dos Angies en el equipo resultaba confuso. Era un as de la biología que llevaba a la mitad del equipo a por helados en el Ford Excusion que había heredado de su padre. Vivía a base de refrescos *light* y galletas saladas con mantequilla de cacahuete.

Era más mayor y estaba más guapa. Se había cortado el pelo largo y rubio en una melenita corta y suelta. Llevaba unos tejanos, un jersey de cachemira y un pedrusco bien gordo en la mano izquierda.

—¿Angie? ¿Qué haces aquí? —le pregunté, atónita.

—Mi marido y yo trabajamos en D. C. ¿Qué haces tú por aquí?

—Solo estoy... de paso —evadí.

—¡Estás preciosa! —exclamó, y abrió los brazos como si estuviera a punto de abrazarme.

—Gracias —respondí, y repelí el abrazo con un gesto de la copa de vino—. Tú también.

—No, de verdad. Tienes buen aspecto, estás deslumbrante.

Algo irónico, ya que era la chica que había dejado de invitarme a las fiestas de pijamas en su casa.

—Gracias —repetí.

Sacudió la cabeza, sonrió y el gesto hizo que apareciera el hoyuelo que había olvidado que tenía.

—Estoy hablando mucho, lo siento. Es que he pensado mucho en ti durante todos estos años.

No se me ocurría por qué. Ella y el resto del equipo, mis otras amigas, me habían abandonado, básicamente.

Las válvulas cardíacas defectuosas no se contagiaban, pero, al parecer, relacionarse conmigo era mortal para la reputación adolescente.

—¡Mamá! —Un niño con el pelo rojo como el fuego y la chaqueta manchada de batido se metió de lleno en medio de nuestra conversación—. ¡Mamá!

Angie puso los ojos en blanco, pero, de algún modo, lo hizo con afecto.

—Oye, ¿te acuerdas de la conversación sobre los modales que tuvimos ayer, y antes de ayer, y el día anterior? —le preguntó.

El niño puso los ojos en blanco y el gesto fue una copia exacta al de su madre. Lanzó un suspiro hastiado antes de volverse hacia mí.

—Hola, soy Austin. Perdón por interrumpir.

—Encantada de conocerte, Austin —le dije, incapaz de contener la sonrisa.

—Guay. —Se volvió hacia su madre—. ¿Puedo hacerte ya la pregunta superimportante y por la que valía la pena interrumpirte?

—Dispara —respondió Angie.

El niño respiró hondo.

—Vale, pues Davy ha dicho que ni de broma iba a ganarle en el juego de explotar globos con dardos. Y es una tontería porque se me da mejor lanzar cosas que a él. Pero la primera ronda no me ha salido muy bien porque ha hecho trampa y me ha hecho cosquillas. Y no es justo. Y necesito la revancha.

—Así que necesitas más dinero que los diez dólares que te he dado en el coche y que han venido con una clara advertencia de que no me pidieras más porque no iba a darte ninguno más —resumió Angie, y me lanzó una mirada divertida.

—¡Sí! —Asintió con entusiasmo.

—¿Por qué no se lo has pedido a tu padre?

—Está jugando la partida de revancha de aplasta al topo con Brayden.

Angie cerró los ojos y después levantó la mirada hacia el cielo nocturno.

—¿Era mucho pedir que hubiera un poco de estrógeno en mi casa? —le preguntó al universo.

—Mamá —se quejó Austin con desesperación.

—¿Sacaste la basura anoche?

—Sí.

—¿Has hecho todos los deberes para el lunes?

—Ajá.

—¿Estás dispuesto a arrancar las malas hierbas del parterre del jardín delantero sin protestar ni pedir más dinero?

Respondió con un gesto de la cabeza todavía más enérgico.

—Hasta doblaré mi ropa durante una semana.

—Cinco dólares —respondió Angie, y sacó el monedero del bolso.

—¡Bien! —Austin levantó el puño en un gesto victorioso.

Alargó el billete hacia él, pero apartó la mano justo cuando su hijo iba a cogerlo.

—Espera, machote. Cuando Davy vaya a lanzar el dardo, saluda con la mano y di: «Hola, Erika».

Austin frunció el ceño.

—¿Por qué?

—Porque a tu hermano le gusta, así se distraerá. —Volvió a ofrecerle el billete de cinco dólares.

Se lo arrancó de la mano y se le iluminó el rostro pecoso.

—¡Gracias, mamá! Eres la mejor.

Lo observé mientras se perdía entre la multitud con el billete en el aire, por encima de la cabeza de modo triunfal.

—Lo siento. Durante la última década, mi vida no ha sido más que una interrupción tras otra —dijo Angie—. Tres chicos se van a dormir por la noche y al día siguiente despiertan con todos los modales borrados del cerebro, así que es como volver a empezar con las fieras cada mañana. En fin, ¿qué estaba diciendo?

—Debería irme —comenté, y busqué una vía de escape.

—¡Ah, sí! Decía que he pensado mucho en ti.

Y vuelta a sentirme incómoda.

—Ah, sí. Eso —respondí.

—Siempre me he arrepentido de no haber intentado superar los muros que construiste a tu alrededor después de… ya sabes qué.

—¿De que sufriera un paro cardíaco delante de media ciudad? —completé su frase con tranquilidad.

El hoyuelo volvió a aparecer.

—Sí, eso. En fin, incluso con mi narcisismo adolescente sabía que tendría que haberme esforzado más. Debería haber insistido para que me dejaras estar ahí para ti.

—¿Dejarte? —Se me tensaron los hombros—. Mira, fue hace mucho tiempo y ya lo he superado. No voy a culpar a un grupo de niñas adolescentes por no querer juntarse con la «chica muerta».

—Uf. Si yo hubiera sido la madre de Wayne Schlocker, lo habría castigado hasta la universidad.

Wayne era un imbécil deportista que se creía un regalo para las mujeres y el fútbol. No me sorprendió que el apodo se le ocurriera a él.

—Sabes que Cindy le dio un puñetazo en mitad del comedor por ti, ¿no? Y Regina le vació una botella entera de kétchup encima. Después de eso, todo el equipo empezó a llamarlo Wayne Ketchlocker.

—¿En serio?

—Pues claro. Eras nuestra amiga y estabas en el hospital. Lo que te pasó nunca nos pareció divertido.

Tenía que preguntar. Necesitaba conocer la respuesta al primer misterio sin resolver de mi vida.

—Entonces ¿por qué desaparecisteis?

Angie ladeó la cabeza y me lanzó una mirada maternal.

—No lo hicimos, por lo menos no al principio. ¿No te acuerdas? Estuvimos allí todos los días mientras te recuperabas. En el hospital y después en tu casa.

Recordaba brevemente un tropel de niñas adolescentes que lloraban, y después reían, en mi habitación del hospital y más tarde en mi cuarto. Pero el tropel se fue haciendo cada vez más pequeño, hasta que dejó de haber visitas.

—¿Sabes qué? No importa, pasó hace muchísimo tiempo.

—La culpa fue mía. Mi yo adolescente esperaba que tu yo adolescente se recuperara rápido, que todo volviera a la normalidad —admitió Angie.

Pero volver a la normalidad no fue posible para mí, no hasta muchos años después.

—Yo también lo esperaba —confesé.

—Pero en lugar de la «normalidad» que esperaba, te sumiste en la oscuridad. Y ahora, después de lo de Austin, lo entiendo. Antes no lo comprendía. Y las otras tampoco. Y como no lo entendíamos, dejamos que nos apartaras de tu lado.

Se me vino otro recuerdo a la mente. Angie y nuestra amiga Cindy, tumbadas en mi cama, hojeando revistas y debatiendo cuánto escote era pasarse para un baile de instituto. Y yo, sentada junto a la ventana, con el pecho vendado, sabiendo que no iba a enseñar escote, y mucho menos iba a ir al baile.

En lugar de eso, iría a ver a un especialista.

Y lo que es peor, ningún chico me había invitado al baile con él, para empezar.

«Dios, ¿es que es lo único que os importa?», había estallado, «¿Las citas y la cinta adhesiva para el pecho? ¿Os dais cuenta de lo insípidas que parecéis?».

Hice una mueca al recordar lo que había enterrado.

Me había sentido abandonada, pero no había asumido mi responsabilidad ni el papel que había jugado. Casi había echado a mis amigas de mi vida.

—¿Qué le ha pasado a Austin? —le pregunté.

—Leucemia —respondió—. Tenía cuatro años. Ahora tiene siete y le siguen dando quimioterapia de mantenimiento. Pero es un niño increíble, excepto cuando es un capullo con los gemelos. Y me di cuenta cuando lo llevamos a jugar con otros niños por obligación, ya que mi marido y yo intentábamos darle tanta «normalidad» como fuera posible.

—Mis padres eligieron el camino contrario —respondí con ironía.

—Lo recuerdo. Tu pobre madre se asomaba al cuarto cada quince minutos cuando íbamos a visitarte. Por aquel entonces me parecía que era un agobio e innecesario, pero ¿ahora? —Exhaló—. No sé cómo era capaz de contenerse. Pensé que íbamos a perderlo. Y, por unos minutos, tu madre te perdió de verdad.

—Bueno, me alegro de que tu hijo esté mejor —le dije. Me sentía incómoda a más no poder.

—Ha sido con ayuda de sus amigos. Un día, él y sus dos mejores amigos estaban lanzando piedras al arroyo. Algo lo disgustó y Austin tuvo una rabieta bastante fuerte. Los insultó. Les dijo que ya no quería jugar con ellos nunca más. ¿Y sabes qué hicieron?

—¿Empezaron a tirarse piedras unos a otros?

Angie sonrió y sacudió la cabeza. Le brillaban los ojos.

—Esos renacuajos lo abrazaron. —Se le escapó una lágrima y le rodó por la mejilla. Se la enjugó enseguida—. Le dijeron que no pasaba nada porque se sintiera mal y que iban a ser sus amigos sin importar lo mal que estuviera.

Noté que me escocían los ojos.

—Vaya, joder.

—Uf. Lo sé. No pensarías que unos niños pequeños serían más maduros emocionalmente que un grupo de adolescentes, pero lo fueron. —Angie se limpió otra lágrima—. En fin, fue un momento de inflexión para Austin. Dejó de luchar tanto contra los tratamientos. Dejó de tener tantas rabietas y cada vez las tenía con menos frecuencia. Y empezó a disfrutar de la «normalidad». Fue entonces cuando me di cuenta de lo mucho que te habíamos estropeado el punto de inflexión a ti. Dimos nuestro brazo a torcer. No aceptamos lo malo y no tuvimos la paciencia suficiente para esperar a que volviera lo bueno. Y lo siento muchísimo. Lo que te pasó no fue justo y tampoco cómo lo llevamos nosotras, pero gracias a ti fui capaz de ser una mejor madre para mi hijo cuando más me necesitó.

No podía pestañear porque, si lo hacía, se me iban a escapar las lágrimas cálidas y me estropearían el impresionante maquillaje de ojos que llevaba.

—Vaya —conseguí decir.

Angie sacó un montón de pañuelos de papel de su bolso de mamá.

—Toma —me dijo, y me ofreció la mitad.

—Gracias —le respondí, y comencé a secarme los ojos.

—Bueno, no esperaba algo así esta noche —comentó con una risa ahogada.

—Yo tampoco. —Me soné la nariz y le di un trago al vino.

Un pelirrojo muy guapo que llevaba una gorra de béisbol se acercó a nosotras con paso firme.

—Oye, nena, los niños me han engañado para que... oh, mierda. —Miró a Angie, luego a mí, y después a Angie otra vez—. ¿Es uno de esos momentos que se arreglan con un abrazo y alcohol inmediatos o de los que requieren de un poco de pastel?

Angie dejó escapar otra risa ahogada.

—Con un poco de pastel, sin duda.

—Yo me ocupo —respondió, y la señaló con ambas manos—. Te quiero. Eres preciosa. Y los chicos y yo tenemos suerte de tenerte.

—Con extra de azúcar —dijo Angie tras él. Se volvió hacia mí—. Ese era mi marido. Es genial.

—Me lo imaginaba.

—¿Puedo darte un abrazo ahora? O, para ser más exactos, ¿puedes darme un abrazo? —me preguntó.

Dudé durante el más breve de los segundos y después accedí.

—Sí.

Abrí los brazos y fue directa a ellos. Me extrañó que no se me hiciera raro abrazar a una vieja amiga a la que creía que había perdido. Me vinieron a la cabeza montones de buenos momentos y me di cuenta de lo hondo que los debía de haber enterrado.

—¡Oye, Lina! Mueve el culo. Te necesitamos en el fotomatón —me gritó Sloane desde la acera. Iba disfrazada de Robin Hood y ya se le había roto la larga pluma del sombrero de fieltro.

—Date prisa antes de que se me congelen los dedos —intervino Naomi, que agitaba un batido alcohólico en mi dirección. Iba vestida de Elizabeth Bennet de *Orgullo y prejuicio,* con un vestido largo de cintura imperio y un escote impresionante.

—O antes de que atraigamos a todos los hombres —añadió Sloane.

Justo en ese momento, Harvey el motero se acercó a ellas a la carrera y empezó a bailar.

Me reí y solté a Angie.

—Será mejor que me vaya.

—Sí, yo también. A saber qué habrán conseguido los gemelos que haga mi marido.

—¿Gemelos? Pobrecita —me burlé.

—Es lo peor, no lo hagas —bromeó—. En fin, vivimos a cuarenta y cinco minutos de aquí. ¿Te parece bien que te dé mi número de teléfono y quedemos en algún sitio en el que no permitan la entrada a niños?

—Me encantaría.

—Me alegro de verte. Estoy feliz de que hayas encontrado amigas de verdad —comentó Angie con sonrisa de madre orgullosa.

Intercambiamos nuestros números de teléfono y cada una se fue por su lado.

Me sometí a dos rondas de poses en el fotomatón y probé el batido de Naomi. Sloane me entregó una copia de las fotos impresas y nos reímos ante las imágenes que había capturado.

«Amigas de verdad». Así las había llamado Angie. Naomi y Sloane me habían aceptado tal y como era, incluidas las partes de mí que no eran perfectas.

¿Seguía manteniendo las distancias con todo el mundo? ¿Había llegado el momento de cambiarlo?

—Deberíamos ir a bailar —anunció Sloane.

—No sé si puedo bailar. Con estos escudetes me cuesta respirar —dijo Naomi, y jugueteó con los cordoncillos que llevaba bajo el pecho.

Noté una sensación de hormigueo entre los omoplatos. Solo había dos cosas que me hacían sentir así: los problemas y Nash Morgan.

Me giré y vi a Nash, flanqueado por Knox, Nolan y Lucian. Se aproximaban a nosotras como un equipo de centinelas estoicos inmunes a la alegría que los rodeaba. Cuanto más se acercaban, más rápido me latía el corazón.

Naomi se arrojó a los brazos de Knox. Él cerró los ojos, apretó la nariz y la boca contra su pelo e inhaló. Sloane le lanzó una mirada asesina a Lucian como si fuera el *sheriff* de Nottingham antes de sonreír y saludar con la mano a Nash.

Mientras tanto, yo fingía no darme cuenta de que la mirada de Nash me atravesaba.

—Te he echado de menos —le dijo Naomi a Knox cuando la soltó—. ¿Va todo bien?

—Solo estábamos ocupándonos de unos asuntos. No quería preocuparte, Flor —respondió Knox casi con ternura.

—No estabais enterrando un cuerpo, ¿verdad? —bromeó ella.

—Angelina —dijo Nash en voz baja. Me recorrió el cuerpo con la mirada—. ¿De quién se supone que vas?

—Soy Nancy Drew y tú llegas tarde. —Me llevé las manos a las caderas y traté de decidir si le gritaba o lo ignoraba cuando el universo respondió por mí. La banda empezó a tocar los primeros acordes de «That's My Kind of Night», de Luke Bryan, y de repente no quise nada más que alejarme de ese lugar.

—Vamos a bailar. —Agarré a Sloane, que enganchó a Naomi, y nos fuimos. Dejamos a los hombres atrás, que nos miraban fijamente.

—No me sé los pasos —comentó Naomi.

—Son muy fáciles —le prometí, y arrastré a mis amigas hasta el centro de la multitud de bailarines, que empezaban a formar una fila—. Además, con esas tetas a nadie le va a importar que te saltes un paso. Tú solo imítalos.

Nos colocamos con Justice y Tallulah St. John a la izquierda y Fi y su marido a la derecha. Con Naomi atrapada entre nosotras, Sloane y yo empezamos a seguir el paso del resto de bailarines.

Me había enamorado de la danza en línea con veintipocos gracias a un bar de *honky tonk* que había cerca del campus. La música *country* todavía me recordaba a esos primeros años de libertad en los que fui la chica de la pista de baile y no una especie de milagro médico.

Estábamos rodeados de tela vaquera, cuero y un desfile de disfraces de Halloween. Los golpes secos de las botas hacían eco en el asfalto. Los colores se difuminaban mientras dábamos vueltas. Me olvidé de Duncan Hugo. De Nash Morgan. Del trabajo y de lo que llegaría después. Me centré en la risa de Naomi y en el brillo platino de la coleta de Sloane mientras bailábamos.

Pero no podía ignorar el mundo real durante mucho tiempo. En especial cuando esos ojos azules estaban centrados en mí.

Cada vez que me giraba, mi mirada se sentía atraída por Nash y compañía, que estaban al borde de la multitud, con las piernas abiertas y los brazos cruzados. Juntos formaban un muro de masculinidad injustamente atractivo. Dejar que tantos especímenes perfectos de macho alfa ocuparan el mismo territorio debería haber ido contra las leyes de la naturaleza.

Todos tenían el ceño fruncido.

—¿Por qué nos miran con tanto odio? —protesté entre pasos de baile.

—Oh, esa es la cara de felicidad de Knox —insistió Naomi, y dio un paso hacia el lado equivocado antes de corregir el rumbo.

Sloane dio una palmada al mismo tiempo que el resto de la multitud.

—Y esa es la cara de imbécil de Lucian.

Los bailarines gritaron de júbilo en cuanto se acabó la canción. Pero justo cuando nos separábamos de la fila, empezó la siguiente y Justice me agarró y me hizo girar y retroceder. Reí y me uní a él en un paso doble hasta que apareció Tallulah. Justice me volvió a hacer girar y agarró a su esposa. Me reí a carcajadas y otro par de brazos me encontraron. Era Blaze, una mitad de mi pareja favorita de moteras lesbianas.

Juntas bailamos como locas y cantamos con el resto de la multitud. Apenas oí el chillido de indignación por encima del estribillo, pero me resultó imposible no escuchar el grito estridente de «Quítame las manos de encima, imbécil». Blaze y yo nos paramos en seco en la pista de baile y vi a Sloane, que enseñaba los dientes y trataba de zafarse del agarre de uno de los amigos de Tate Dilton.

CAPÍTULO TREINTA Y CUATRO

INEVITABLE

LINA

Era un tipo grande y sudoroso, y era evidente que había bebido más cerveza de la que le correspondía. Tampoco tenía aspecto de ser de los que abrían un libro y me apostaba lo que fuera a que se había colado en la fiesta.

Me abrí paso entre la multitud a empujones.

—He dicho que te apartes —gruñía Sloane cuando llegué a su lado.

—¿Adónde vas, cariño? —dijo el grandote, que esbozó una sonrisa con un colmillo de oro. Intentó hacer una especie de paso de baile, pero lo único que consiguió fue retorcerle el brazo a Sloane y quitarle las gafas de un porrazo.

—Ya está bien. Lárgate, micropene —espeté. Me interpuse entre ellos y conseguí que le soltara el brazo a mi amiga.

El tipo centró toda su atención en mí.

—¿Por qué no lo compruebas tú misma, preciosa? —dijo, arrastrando las palabras. Me agarró por la muñeca con tanta fuerza que me hizo daño y, como un idiota, tiró de ella hacia su entrepierna.

—Yo de ti no lo haría, a menos que tengas bastante dinero ahorrado para una operación de reconstrucción de testículos —repliqué, y luché contra la trayectoria descendente.

—¡Vaya, vayaaa! Me gustan fogosas —contestó el borrachuzo, y me retorció la muñeca de forma dolorosa. Me lo puso en bandeja—. ¿Quién se supone que eres?

Cerré la mano libre en un puño.

—Adivínalo —concluí. Pero en lugar de obtener la satisfacción que esperaba al conectar los nudillos con su cara, un brazo fuerte me rodeó la cintura, me levantó por los aires y me soltó del tipo.

—¡Oye! —exclamé.

—Sujétala. —El jefe Nash Morgan le dio una orden brusca a su hermano mientras me empujaba hacia él.

—¡Suéltame! —le exigí a Knox, e intenté zafarme de su agarre.

A pesar de la ira que sentía, me fijé en que Lucian sujetaba a Sloane de la misma manera. El hombre casi estaba asesinando al motero con la mirada.

—¿Te ocupas tú? —le preguntó Knox a Nash mientras me sostenía los brazos a los lados para impedir que volviera a entrar en la pelea. Además de cabezotas, los Morgan eran muy fuertes.

—Yo me encargo.

El acero en la voz de Nash y el frío ártico de su mirada hicieron que me quedara inmóvil. Nunca lo había visto tan furioso.

¿Herido? Sí.

¿Divertido? Claro.

¿Encantador? Sin duda.

¿Obstinado hasta la estupidez? Mil veces sí.

Pero la máscara helada de ira que llevaba era algo nuevo.

Y resultaba evidente que no estaba bien, porque ver la cara que puso me excitó. Al nivel de «necesito un par de bragas nuevas».

Di una última sacudida, pero el abrazo de Knox era irrompible.

—Quería darle un puñetazo —protesté.

—Ponte a la cola, Leens —respondió Knox.

Y me di cuenta de que formábamos una fila. Nash estaba a la cabeza, seguido de Nolan y Lucian, que seguía sujetando a Sloane detrás de él. Knox y yo éramos los últimos.

—Quedas detenido. —La voz de Nash resonó con autoridad.

—¿Detenido? Que le pegara habría sido muchísimo más satisfactorio —me quejé.

—Ten paciencia —dijo Knox.

Sloane luchó contra el abrazo de Lucian.

—Si no me quitas las manos de encima, te voy a...

—¿A qué? —la interrumpió Lucian—. ¿Darme una patada en el tobillo e insultarme?

Esta gruñó a modo de respuesta.

—A lo mejor podrías dejar que Graham se encargara de Sloane —sugirió Knox, un poco tarde.

—No —replicó Lucian con la voz más fría que un iceberg.

—¡No puedes detenerme! No he hecho nada —respondió Aliento Apestoso.

Naomi apareció a nuestro lado con una bolsa de palomitas en la mano.

—Creo que ya puedes soltarla, vikingo —comentó.

—Flor, sé que lo piensas, pero no es la primera vez que me topo con Lina la Peleona. Si la suelto, va a empezar a partir caras.

—¡Venga ya! Solo fue una vez —escupí, y reanudé el forcejeo.

—Dos veces —sostuvo él, que apretó más el brazo con el que me rodeaba—. Te olvidas de la nariz de aquel capullo de Pittsburgh.

Conseguí hacerme hueco suficiente para darle un codazo en la barriga. Por desgracia, sus abdominales duros como una roca me hicieron más daño a mí en el codo que viceversa. ¿Qué les pasaba a los hombres de este pueblo y a sus músculos?

—¡Ay! ¡Joder! Tú eres el que lo tiró por una ventana.

—Cálmate de una puta vez, Lina —gruñó.

—Cielo, sabes que eso no funciona con las mujeres, ¿verdad? —dijo Naomi, que levantó un puñado de palomitas.

—Knox, si no me sueltas, voy a empezar por tu cara —le advertí.

—Le has puesto las manos encima a dos mujeres que te han dejado muy claro que no querían que las tocaras —le decía Nash a la cara no partida del motorista—. Estás detenido.

—¿Qué está pasando aquí?

—Joder —murmuró Knox cuando Tate Dilton se entrometió.

—Ahora será mejor que me sueltes —bufé.

—Yo me encargo —dijo Nolan por encima del hombro.

—Esto no tiene nada que ver contigo, Dilton —comentó Nash con la voz cargada de autoridad.

—Parece que abusas de tu poder. Alguien tiene que defender lo que es correcto —respondió Dilton con desprecio.

—¿Estás seguro de que sabes lo que es correcto? —le preguntó Nash.

—Ya estamos —murmuró Knox. Me levantó del suelo y me entregó a Harvey, el motero gigante con unos brazos del tamaño de mi cabeza—. Sujétame esto.

—Por supuesto, Knox. ¿Qué tal, Lina? —me preguntó Harvey mientras me rodeaba con esas pitones tatuadas. Me las arreglé para darle una patada en el culo a Knox mientras se iba, pero solo fue un golpe de refilón y no sirvió de mucho para calmar mi mal humor.

Lucian colocó a Sloane junto a Naomi.

—Muévete de aquí y tendremos problemas —le advirtió, y se alzó imponente sobre ella para agitar un dedo delante de su cara.

—Vete a la mierda, Lucifer.

Knox y Lucian tomaron posición junto a Nash y Nolan.

—Creo que tú eres el único al que están investigando por abuso de poder, pedazo de inútil —le dijo a Dilton alguien de la multitud, arrastrando las palabras.

—Cierra el maldito pico o te lo cerraré yo —rugió él.

Estaba borracho, por lo que era mucho más peligroso. Me fijé en que el sargento Hopper y otro agente avanzaban tras la primera línea de defensa, listos para intervenir en caso de que fuera necesario. Me di cuenta de que no iba a tener la oportunidad de vengarnos a Sloane o a mí misma, así que me quedé quieta contra Harvey.

Me soltó y me dio una palmadita en la cabeza antes de ponerse junto a Hopper.

Irritada, me uní a Naomi y a Sloane. Nuestra vista quedaba restringida por el anillo de habitantes de Knockemout que respaldaban a Nash.

—Venga —les dije, y señalé una mesa de pícnic que se había quedado vacía.

—Pero Lucian le ha dicho a Sloane que no se mueva de aquí —respondió Naomi, que se levantó el dobladillo del vestido.

—Lucian puede besarme el culo —dijo Sloane, y me siguió.

—Estoy casi segura de que le gustaría hacer algo más que besártelo —supuse.

Ignoró el comentario y entornó los ojos para echar un vistazo a la multitud.

—Solo veo borrones cabreados.

—Te buscaremos las gafas en cuanto Nash haya dejado de hablar con esos capullos hasta aburrirlos —le prometí.

Naomi sacudió la cabeza.

—Oh, no les está hablando hasta aburrirlos. Les está haciendo tener una falsa sensación de autocomplacencia. Observa.

—¿Tate? —Una rubia guapa se retorcía las manos en el lateral de la multitud.

—Vuelve al coche, Melissa —le espetó Dilton.

—Ha llamado mamá. Ricky tiene fiebre…

—¡Vuelve al puto coche!

La mujer se escabulló entre la multitud.

—Quedas detenido, Williams —le dijo Nash al tipo que había agarrado a Sloane—. Tienes derecho a un abogado.

Pero Nash no estaba echando mano a las esposas y tampoco había adoptado una postura defensiva. Desde mi perspectiva privilegiada, veía que Williams se estaba preparando para cometer una estupidez. Esperó a que Nash casi hubiera terminado de leerle los derechos antes de actuar.

Vi a cámara lenta cómo el puño del hombre impactaba contra la cara de Nash. Se me escapó un grito muy femenino cuando se le fue la cabeza hacia atrás por la fuerza del golpe. Pero no se tambaleó ni levantó las manos para defenderse.

Me dispuse a saltar de la mesa, pero Naomi me detuvo. Nadie más había movido un músculo.

—¿Qué narices hace? —gruñí—. Nash acaba de dejar que ese tío le pegue.

—Es una táctica —explicó Naomi—. Si le pegan a él primero es defensa propia y, según Lucian, las facturas legales son más pequeñas.

—Además, cuenta como resistencia al arresto —añadió Sloane.

—Vaya, creo que Bronte Williams acaba de agredir a un agente de policía mientras se resistía al arresto. —Harvey hizo bocina con las manos y gritó a través de ellas.

—Es lo que he visto —confirmó una mujer con una camisa de franela.

—Yo también.

—No me siento seguro con la actividad criminal que se está desarrollando ante mí. Puede que tenga que defenderme.

Un coro de aprobación recorrió la multitud.

—Ya has tenido una oportunidad. Ahora date la vuelta y pon las manos a la espalda o atrévete a intentarlo otra vez —le dijo Nash a Williams.

Williams y Dilton intercambiaron una mirada y después atacaron al mismo tiempo. Williams echó el brazo hacia atrás para golpear a Nash y se encontró con el puño de un jefe de policía furioso en la cara. Se vino abajo como un yunque. No se balanceó, ni se tambaleó. Con un solo golpe, se desplomó hacia atrás y perdió el sentido antes de llegar al suelo. Fue precioso.

—¡Toma! —dije, y levanté el puño en un gesto de victoria.

El derechazo de Dilton conectó con la mandíbula de Nolan. Este escupió, después sonrió y levantó los puños.

—¿Qué ha pasado? ¿El borrón gordo acaba de darle un puñetazo a Nash? ¿Quiénes son los otros dos borrones? —preguntó Sloane.

Naomi se lo explicó todo, jugada a jugada, mientras los puños de Nolan impactaban dos veces contra el rostro de Dilton y lo hacían tambalearse hacia atrás y tropezarse con sus propios pies. Aterrizó de culo y la muchedumbre se echó a reír.

Se terminó así de rápido.

—Buen golpe, Nolan —gritó Sloane.

—¿La violencia hace que quieras saltarte la norma de las tres citas? —bromeó Naomi.

En cuestión de segundos, Hopper y el otro agente estaban metiendo a los dos imbéciles ensangrentados y esposados en el asiento trasero de un coche patrulla. Williams estaba un poco grogui por su reciente viaje al mundo de los sueños y yo tuve una sensación de vindicación cuando Dilton aulló de dolor al sentar el culo en el asiento.

Me fijé en que Lucian se detenía en mitad de la calle a recoger algo del suelo. Lo examinó y después se lo metió en el bolsillo. Escrutó la multitud con la mirada y entrecerró los ojos cuando nos vio subidas a la mesa de pícnic.

—Oh, no —susurró Naomi.

—Oh, no, ¿qué? —preguntó Sloane—. ¡No veo una mierda!

—Lucian viene hacia aquí —expliqué.

—Y parece enfadado —añadió Naomi.

Sloane se rio por la nariz.

—Por favor. Siempre parece cabreado. Es un caso permanente de síndrome premenstrual.

—Ay, no. Estoy de acuerdo con Naomi. Parece que quiera asesinar a alguien y puede que ese alguien sea...

—Te he dicho que no te movieras —le espetó Lucian a Sloane.

—Y yo te he dicho que me beses el culo. Supongo que a ninguno de los dos se le da bien hacer lo que le ordenan —respondió, aprovechando la posición ventajosa en la que se encontraba.

—Vaya —susurró Naomi, e inclinó la bolsa de palomitas hacia mí.

Tomé un puñado.

Lucian alzó las manos, agarró a Sloane por debajo de los brazos y la levantó de la mesa. Ella gritó y forcejeó mientras él la sostenía a la altura de los ojos durante un instante antes de bajarla al suelo.

—Me encanta cuando un tío hace eso —dije.

—Ten más cuidado —gruñó Lucian. Era unos treinta centímetros más alto que Sloane y utilizó la diferencia de altura para cernirse sobre ella.

Sin embargo, mi amiga no tenía intención de dejarse intimidar.

Un fuego le brillaba en los ojos cuando se puso frente a él.

—Claro, porque que me ponga a bailar es una provocación. Básicamente, estaba pidiendo que un imbécil borracho me pusiera las manos encima.

Naomi masticaba con fuerza a mi lado.

—Si no quieres que me meta, deja de hacérmelo imposible —gruñó él.

—Que te quede claro, Lucian. No te necesito en mi vida. Así que puedes dejar de fingir que te preocupas, los dos sabemos la verdad.

—Madre mía —susurré, y volví a tomar más palomitas de Naomi—. ¿Soy yo o le acaban de cambiar los ojos de color y parece todavía más peligroso?

—Oh, sin duda —coincidió Naomi.

—Parece que quiera darle un mordisco —observé. El hecho de que ninguno de los dos se estuviera retorciendo en el suelo, electrocutado por las chispas que se enviaban el uno al otro, era un milagro.

—Sí, ¿verdad? No me creo que todavía no se hayan arrancado la ropa y echado un polvo de enemigos.

—Cuando lo hagan, apuesto a que moverán el eje de la tierra y nos mandarán volando al espacio —predije.

Nash dio unas palmadas en el centro de la que había sido la pista de baile y dejamos de prestarle atención al enfrentamiento en la mesa de pícnic.

—De acuerdo, escuchadme todos. Esto sigue siendo una fiesta. ¿Qué hacéis ahí parados?

Hizo una seña impaciente a la banda, que se puso a tocar «Die a Happy Man», de Thomas Rhett, de inmediato.

Knox se nos plantó delante. Tiró de la mano de Naomi y se la echó al hombro.

—Vamos, Flor. —Le puso una mano en el trasero y la llevó entre risas a la pista de baile.

Otras parejas se les unieron. Me quedé sola en la mesa de pícnic. Mientras pensaba en que no me vendría mal otro trago, alguien me agarró de la muñeca. Nash Morgan me miraba desde abajo.

—Baja ahora mismo —me ordenó. Tenía el ojo hinchado por el golpe de Williams y una gota de sangre seca en la comisura de la boca. Unas heridas abiertas le sangraban en dos de los nudillos. Tenía un aspecto tan condenadamente heroico que me habría desmayado… si el resto de él no hubiera sido tan irritante.

—Estoy bien donde…

Se movió muy rápido para alguien que se estaba curando de unas heridas de bala. Antes de que pudiera resistirme, me levantó de la mesa y me dejó en el suelo delante de él.

—No voy a bailar contigo —le dije cuando me puso las manos en la cintura.

—Es lo menos que puedes hacer después de tantas molestias —respondió, y me dio otro tirón que hizo que mis caderas se encontraran con las suyas. Me lanzó una mirada ardiente y me pregunté si mi ropa interior corría el riesgo de prenderse fuego.

—No parece que quieras bailar conmigo —comenté, y mis brazos se abrieron camino hasta rodearle el cuello.

—¿Y qué parece?

—Que quieras estrangularme.

—Oh, no, ángel. Estaba pensando en algo mucho peor.

Por una vez en mi vida, no me apetecía morder el anzuelo. Había visto mucho de él y sentido mucho por él. Estaba al borde de un precipicio del que no quería caerme.

Nos mecimos de lado a lado al ritmo de la canción sin romper el contacto visual en ningún momento. Me atrajo hacia él mientras yo utilizaba los codos para apartarlo de mí. Los dos aplicábamos cada vez más presión.

—¿Qué tal la cara? —le pregunté cuando empezaron a temblarme los brazos.

—Me duele.

—Me las estaba apañando sola, ¿sabes? Podría haberle pegado yo —le dije. Mis codos perdieron la batalla y me atrajo hacia su pecho. Una vez más, Nash Morgan se había acercado más de lo que quería.

Me acarició la oreja con la punta de la nariz.

—Ya lo sé, nena. Pero yo podía hacerle más daño.

—Es evidente que nunca has recibido uno de mis puñetazos.

Nos mecíamos el uno contra el otro. Le había apoyado los codos en los hombros y rodeado el cuello con los brazos.

—Williams tiene la mandíbula de cristal. Todo el mundo lo sabe. No hace falta más que un golpe en el sitio indicado y cae como un peso muerto. Le pegas justo ahí después de agredir a un agente y cuando ya han presentado cargos similares contra él en dos ocasiones y la situación se soluciona muy rápido.

Me aparté para mirarlo a la cara.

—Vale, a lo mejor estoy un poco impresionada.

—¿Con qué?

—Contigo. Estaba enfadada. Lo único que quería era hacerle sangrar. Pero a ti te impulsaba la ira y, aun así, has sido capaz de hacer todos esos cálculos.

—Tenía un buen motivo para hacerlo bien.

—¿Cuál?

—Te ha tocado.

Lo dijo con total tranquilidad, como si no acabara de decir la verdad como un golpe de martillo. Como si no la hubiera sentido por dentro como mil sacudidas eléctricas diminutas. Como si el estúpido de mi corazón no se me hubiera salido del estúpido pecho y le hubiera caído a los pies.

«Te ha tocado».

Y así, sin más, caí en picado por el precipicio.

Un Robin Hood bajito y rubio apareció de repente a nuestro lado.

—Oye, Lina. Se nos están acabando los boletos para el sorteo y no veo una mierda. ¿Sabes dónde…?

—Yo los traigo —me ofrecí voluntaria. Lo que fuera necesario con tal de salir de los brazos de Nash…, de su campo gravitatorio.

Sin esperar respuesta, moví el culo hacia la biblioteca. Una vez dentro, me llevé la mano al pecho y me dirigí a las escaleras. Me gustaban los muros que había construido. Me gustaba estar a salvo tras ellos. Pero Nash los estaba atravesando y eso me aterrorizaba.

Subí los escalones de dos en dos y me encontré el segundo piso a oscuras, pero no quería luz. No quería ver la verdad de lo que ocurría. No era posible que me estuviera enamorando de Nash. Apenas lo conocía. Habíamos tenido más peleas que conversaciones civiles. Dábamos dos pasos hacia delante y después dos hacia atrás.

Ni siquiera nos habíamos acostado.

Me dirigí al despacho, pero oí pasos en las escaleras detrás de mí y lo supe.

Era inevitable.

Éramos inevitables.

Pero eso no quería decir que estuviera preparada para afrontar ese hecho.

Tan en silencio como pude, corrí hacia el despacho. Al otro lado había un armario de suministros enorme en el que se encontraban los boletos del sorteo. En el que estaría acorralada.

Se acercaba muy rápido y tenía que decidir, pero el pánico me había vuelto imprudente. Me desvié hasta la pequeña sala de empleados.

No había dado dos pasos dentro de la sala y Nash ya me había atrapado. Apoyó las manos grandes y callosas en mi cintura como si me reclamara para él.

Tenía la espalda pegada a su torso, a cada glorioso centímetro de él. Y lo bien que me sentía hizo que me preguntara por qué había intentado escaparme en primer lugar.

—Te voy a dar la vuelta, ángel. Y cuando lo haga, tú dejarás de correr y yo de resistirme. —Su voz no fue más que un rugido apasionado contra mi oreja—. ¿Me has entendido? —insistió.

Un escalofrío me recorrió la espalda. Sí que lo había entendido. Perfectamente.

Asentí y me dio la vuelta sin vacilar para que estuviéramos frente a frente. Mis senos quedaron apretados contra su pecho y su erección, contra mi barriga. Notaba sus muslos duros contra los míos. La única separación que había entre nosotros era el centímetro infinitesimal entre nuestros labios.

Todo mi mundo había quedado invadido por Nash. Por su olor a limpio, el calor y la dureza de su cuerpo. El campo magnético de su atención.

—Vas a abrir la boca para mí.

—¿Perdona? —Intentaba que sonara arrogante, pero sonó entrecortado.

Agachó la cabeza y me atrajo todavía más hacia él.

—Y te voy a besar.

—No puedes esperar que…

Pero sí que lo esperaba. Y que me caiga un rayo si no abrí la boca en cuanto sus labios se posaron sobre los míos.

«Inevitable».

CAPÍTULO TREINTA Y CINCO

DEMASIADO LEJOS

NASH

Ya no sentía frío por dentro. No en ese momento. Y a lo mejor no volvería a sentirlo nunca más. No era más que un infierno de ira, frustración, deseo.

Ella era la clave de todo lo que necesitaba y había esperado toda la vida para encontrarla.

Choqué la boca contra la suya. Cálida. Húmeda. Fuerte. No era un beso, era un acto de desesperación. Esos labios suaves, que me habían provocado durante semanas, ya estaban abiertos e inhalé el gritito ahogado *sexy* que se le escapó cuando la empujé hasta la pared.

Robé y obtuve. La castigué con la lengua. Y cuando se rindió ante mí, sentí que el poder se me propagaba por las venas.

Me las arreglé para separar la boca de la suya por un instante.

—¿Te hago daño?

—No me trates como si fuera frágil —espetó con voz áspera un segundo antes de clavarme los dientes en el labio inferior.

Me hervía la sangre. Un deseo que no había sentido antes hizo que mi cuerpo cobrara vida. No sabía si sobreviviría a esto y me importaba una mierda.

Por lo menos esta vez la supervivencia era una elección.

Nos devoramos el uno al otro, nos inhalamos y nos zambullimos bajo la superficie una y otra vez.

Le acaricié las caderas y la cintura con las manos antes de llegar a la tierra prometida.

Le agarré los pechos con las manos y los pálpitos que sentía en la entrepierna se volvieron dolorosos. Tenía la piel suave, tentadora. Los pezones se le erizaron contra mis manos ásperas a través de la camiseta.

Se le escapó un gemido débil con el contacto. El sonido, el escalofrío que le recorrió el cuerpo y sentir que la cumbre de sus pechos me exigía más me volvieron loco. Quería que mis manos la tocaran; no las de nadie más. Me sentí poderoso. Y agradecido.

Lina me tiró con fuerza de la hebilla del cinturón. El ruido del cuero contra el metal me hizo querer más y me recordó lo que ese «más» suponía.

—Espera. —Le sujeté los dedos con los que se aferraba a mi cremallera.

—¿Qué? —susurró; el pecho le subía y bajaba contra mi otra mano.

—Necesito que esté bien. Necesito que te guste.

—No creo que tengas que preocuparte.

Sacudí la cabeza e intenté que me salieran las palabras.

—No he… desde aquello. No sé si puedo… Y necesito que te guste de verdad.

Suavizó el bonito rostro entre las sombras. No fue un gesto de pena, sino de dulzura. Me colocó una mano en la mejilla.

—Cabeza loca, confía en mí. Ya has hecho que me guste.

—Angelina, lo digo en serio.

—Y yo también. —Me miró con seriedad. Después puso una mueca—. Joder, me vas a obligar a decírtelo, ¿no?

—¿Decirme qué? —Me costaba concentrarme cuando tenía los dedos a un centímetro de mi pene expectante.

—Madre mía, que ya hiciste que me corriera, ¿vale? —pronunció las palabras a toda prisa y cerró los ojos con fuerza. Cuando no respondí, abrió uno de ellos.

—Nena, creo que me acordaría.

—No si estabas como un tronco. ¿Te acuerdas de la primera vez que dormimos juntos? ¿Cuando nos despertamos y prácticamente nos estábamos restregando?

Le sostuve la mirada y me aferré a sus palabras como si fueran un salvavidas.

Puso los ojos en blanco.

—Por el amor de Dios, me corrí, ¿vale? Por accidente. Se me había subido la camiseta y estabas empalmado y justo en el sitio indicado. Lo único que tuviste que hacer fue mover las caderas una vez y...

—¿Y qué?

—Perdí el control.

«Joder».

No necesité oír nada más. Le pasé las manos por debajo de los brazos y la levanté. Se le escapó una risita nerviosa cuando la apoyé sobre la encimera, le puse las piernas largas y torneadas alrededor de mi cintura y le entrelacé los tobillos a mi espalda.

Le abrí los botones de la blusa de un tirón mientras ella por fin me desabrochaba la cremallera.

El mundo se detuvo cuando sus dedos finos y fuertes hicieron contacto con mi erección.

—Joder, llevo esperando esto mucho tiempo —dijo con un gemido.

Yo también. Toda la vida.

Apreté la mandíbula y se me cortó la respiración. La subida y bajada de sus pechos grandes y firmes era hipnotizante. Quería probarlos y lamerlos. Quería olvidar todo lo que era y tomar lo que me ofrecía.

La presión que me ejercía sobre el pene aumentó y se me empezó a nublar la vista por los extremos. Deseo. Anhelo. Necesidad. Todo me subía por el miembro a un ritmo frenético por su contacto. Algo me arañaba el pecho y luchaba por salir, y me di cuenta de que era el aire que había estado conteniendo.

Ella me había convertido en algo primitivo, en un animal llevado por la necesidad de aparearse. Después de tanta insensibilidad, la oleada de emociones que sentía me aterrorizaba a más no poder. Al mismo tiempo, no deseaba más que saltar de cabeza. Pero tenía que tratarla con cuidado.

Me acarició la cara con la mano libre.

—Nash, mírame. —Tenía los ojos vidriosos por el deseo y unos jadeos breves y cortantes se le escapaban por los labios hinchados y separados—. Ahora mismo no quiero al chico bueno y dulce. Quiero que saques lo que llevas dentro.

Madre mía. Y quería dárselo. Quería abrirme y dejar que el dolor y el frío salieran a borbotones de mi interior para que ella pudiera llenarme de fuego y recomponerme.

—No es bonito —le advertí, y le mordisqueé la base del cuello.

Con los muslos, me apretó más las caderas.

—A mí no me preocupa romperte, cabeza loca. Hazme tú el mismo favor.

Tras esas palabras, me abalancé sobre ella, me metí uno de los pezones morenos en la boca y le pasé una mano por debajo de la falda corta de cuadros.

Joder. No llevaba medias hasta la cintura, solo le llegaban hasta la mitad del muslo. La ropa interior sedosa era lo único que se interponía entre mis dedos y su cálido centro. Le di un lametón fuerte y largo en el pezón para premiarnos a los dos y noté cómo se le hinchaba.

Se le escapó un gemido que hizo que me brotara humedad de la polla y le mojara los dedos. Iba a perder el control. Mi primera vez de vuelta en el ruedo y me iba a correr antes siquiera de haber empezado.

Le solté el pecho y me retiré para mirarla, sin querer perderme el más mínimo detalle de ella.

Llevaba un tanga blanco y liso. La inocencia de la prenda me volvió loco. Fascinado, le pasé los dedos por la mancha mojada transparente.

—Sí. —Lina gimió y utilizó los talones para atraerme hacia ella hasta que la punta de mi pene se alineó con la mancha húmeda de sus bragas.

Los dos nos estremecimos. La única barrera que nos separaba era una capa de seda blanca. Llevado por el deseo, tiré de la tela del tanga hacia arriba para separarle los labios suaves y húmedos. Y después pasé el nudillo entre ellos.

Se le contrajeron las piernas a mi alrededor y dejó caer la cabeza hacia atrás hasta que chocó contra el armario.

Lo volví a hacer una y otra vez y agaché la cabeza para lamerle el otro pezón duro.

No me cansaba de notar la curva suave y tentadora de su pecho contra la mejilla y la mandíbula.

Pero estábamos en público.

Cualquiera podía entrar y encontrarnos así.

Teníamos asuntos que resolver.

Pero nada de eso me importaba en ese momento. Lo único que quería era follármela hasta que los dos perdiéramos la cabeza. De algún modo, sabía que, cuando lo hiciera, todo tendría sentido.

Le pasé la punta de la polla entre los labios del sexo. De arriba abajo sobre la seda del tanga.

—Madre mía —exclamó—. Madre mía.

Hice un movimiento corto y fuerte hacia delante y los dos bajamos la mirada, absortos en la forma en que la cumbre desaparecía entre los pliegues. Lo único que me impedía profundizar más era la tira de seda blanca.

—Nash, te necesito —susurró Lina. Después me agarró por los hombros y me clavó las uñas.

Embestí una y otra vez, y empujé la punta del miembro contra el clítoris. Los pechos le rebotaban con cada impulso corto que daba con las caderas y hacían que se me escapara más líquido preseminal.

—Ni se te ocurra correrte hasta que esté dentro de ti —le ordené.

—Entonces será mejor que te des prisa —respondió con los dientes apretados.

No tuvo que decírmelo dos veces. Cuando le aparté la seda húmeda del tanga a un lado, la tenía más dura de lo que jamás la había tenido. Nunca había deseado nada con más ganas. Me tembló la mano cuando guie mi pene a través de su hendidura mojada y suave.

Quería ir despacio, introducirme con suavidad y darnos a ambos la oportunidad de habituarnos a la sensación. Pero en cuanto me envolvió su calor, las buenas intenciones se esfumaron.

La sujeté por la nuca y la cadera y entré en casa.

Nuestros gritos fueron de triunfo. Y lo bastante fuertes como para que me tapara la boca de golpe con la mano. Nuestras miradas se encontraron y las sostuvimos. Y en sus ojos vi mi futuro.

Apretado. Tan apretado que apenas veía, apenas podía respirar. Sus paredes interiores se estrechaban a mi alrededor con una fuerza que me provocaba agonía y éxtasis al mismo tiempo. Y no quería salir de allí.

—¡Joder! El condón —espeté contra la palma de su mano.

Nunca había olvidado usar protección. Liza J. nos había criado bien. Puede que nos hubiéramos tomado las normas a la ligera, pero siempre teníamos cuidado con lo que importaba.

Los músculos de Lina se aferraron a mí como si tuviera miedo de que me apartara, aunque no lo habría hecho ni aunque mi vida hubiera dependido de ello.

—¿De verdad crees que te habría dejado llegar tan lejos si no tomara la píldora? —jadeó.

—¿Estás segura? ¿Estás bien? ¿Te hago daño?

La palpitación de mi pene se volvía más insistente a cada segundo. Si me decía que lo sacara, me iba a correr sobre su ropa interior húmeda.

Cerré los ojos para librarme de la imagen. Sentía las pelotas tan tensas que me dolían. Pero notaba algo más. Algo que era pura magia.

Su calor me rodeaba. Era un fuego mojado y húmedo que me abrazaba con fuerza. Por fin sentía calor. Por todas partes. Era lo que necesitaba. Volver a la vida, que me reanimaran. Ella era un rayo que había conseguido atravesar el frío y la oscuridad. Que despejaba la neblina glacial que se había adherido a mí.

Lina palpitaba a mi alrededor y era un recuerdo innegable de que seguía vivo. De que era un hombre.

—Nash, por favor. Necesito más. —El susurro entrecortado que se le escapó entre los labios hinchados era música para mis oídos. Todos mis sentidos se despertaron y encendieron a la vez. El velo de insensibilidad desapareció como si nunca hubiera existido.

Fue por ella. Cerca. Me sentía más cerca de Lina de lo que nunca había estado de otro ser humano. No solo porque estuviera metido en ella hasta el fondo, sino porque tiraba de mí, me desmontaba y, de alguna manera, se las arreglaba para volver a juntar las piezas dañadas.

—Agárrate a mí. —Fue una orden y una súplica al mismo tiempo.

Cuando se aferró más a mí, gocé de la sensación. Era un ancla que impedía que me alejara flotando hacia el abismo. Era el norte verdadero. Me indicaba el camino a casa. Y la quería por ello, no tenía alternativa.

Para ponernos a prueba a los dos, me aparté un centímetro, luego dos, y volví a introducirme en ella.

El cielo y el infierno se entrelazaron y el placer se volvió una tortura exquisita. No iba a sobrevivir, pero ya sabía que no resistiría sin ella.

Tenía los ojos marrones nublados por el deseo, pero había algo más en ellos. Nerviosismo.

—Ángel.

Sacudió la cabeza como si me hubiera leído la mente.

—Ni se te ocurra parar.

—¿Te hago daño? —le pregunté otra vez.

—Más bien me estás asustando —admitió, y me clavó los dedos en los hombros—. No es... Nunca he sentido nada igual.

—Nena, si te sirve de consuelo, ahora mismo me aterra no ser capaz de respirar si no te tengo a mi alrededor.

Necesitaba a alguien que no me necesitara. A alguien que no tenía intenciones de quedarse. A alguien a quien estaba destinado a perder. Y, aun así, no podía evitarlo.

Me subió las piernas por las caderas y gruñí.

—No dejes de asustarme, Nash —susurró. Le tembló el cuerpo contra el mío y empecé a moverme otra vez.

Quería ir despacio. Quería mantener el control. Pero ninguna de las dos cosas era posible si tenía la polla enterrada en Lina Solavita por primera vez. Suponía que necesitaría cincuenta o sesenta intentos antes de conseguir tomármelo con calma.

Tenía la mirada clavada en la mía y esas largas piernas me rodeaban con fuerza. Me clavaba los dedos en la piel. Y me dejé llevar. Rápido y con fuerza. Lejos de mi mente mientras disfrutaba del calor resbaladizo que ella me ofrecía.

Era demasiado. Mis músculos protestaban mientras la embestía sin piedad con las caderas. El sudor me recubría la piel.

Tenía que cambiarla de postura, necesitaba ir más hondo. Así que la levanté de la encimera y, todavía dentro de ella, la llevé hasta la mesa. Me moví sobre ella y la empujé hacia atrás lo suficiente para cambiar el ángulo.

Y entonces lo sentí. Estaba cerca. La sujeté contra la mesa, me dejé llevar y la embestí como un animal salvaje. La mesa chocó contra la pared.

Sin embargo, ella no dejó de mirarme a los ojos.

Me invadió un placer tan intenso que sabía que no sobreviviría a él y no me importó lo más mínimo. Lo único que importaba era que Lina me había dejado entrar. Se había rendido ante mí. Se había entregado. Me había confiado su cuerpo.

La mesa golpeaba la pared de yeso con cada embestida.

Sus paredes despertaron a mi alrededor, sus músculos me acariciaban cada vez que me retiraba y luchaban contra mí con cada embestida. Me sentía poderoso.

—Angelina. —Su nombre no fue más que un gruñido que me raspó la garganta.

—¡Ahora, Nash, ahora!

Por puro instinto, le cubrí la boca con la mano mientras la empujaba.

—¡Joder, joder, joder, ángel!

No podía parar. La presión de mis testículos había ganado. El calor me bajó por la columna, me subió por el miembro e hizo erupción.

Cuando eyaculé, ella se tensó a mi alrededor como una abrazadera. Nuestros orgasmos, menos mal, detonaron al mismo tiempo.

El grito que se le escapó quedó ahogado por la palma de mi mano, pero lo sentí en las profundidades del alma.

Lina no se corrió con delicadeza. Todo su cuerpo se bloqueó y me arrancó más semen. Una y otra vez. Lo exigía todo, incluso cuando le fallaron los brazos y las piernas.

Seguí corriéndome, seguí llenándola mientras se tensaba a mi alrededor y me aferraba a ella. Era infinito, cálido, glorioso. Una puta preciosidad.

Nunca había sentido algo así. Nunca me había perdido así dentro de una mujer.

Angelina era mi maldito milagro. E iba a cruzar la línea de lo blanco y negro hacia la zona gris para protegerla.

CAPÍTULO TREINTA Y SEIS

ACUERDOS Y ORGASMOS

LINA

—Buenos días. —La voz de Nash sonó ronca a mis espaldas.

Abrí los ojos de golpe y la noche anterior, todo lo que había ocurrido, me golpeó en alta definición con sonido envolvente.

Cinco orgasmos.

«Vas a dejar de correr y yo voy a dejar de resistirme».

Nash, de rodillas entre mis piernas y su lengua obrando milagros.

«Te necesito».

Inevitable.

Y después volví a pensar en los cinco orgasmos.

No habían sido orgasmos comunes y corrientes, de los que crees que podrías haber superado con un vibrador. No. Nash Morgan había echado por tierra las mejores experiencias sexuales que había tenido. Joder, las había enterrado en el núcleo del planeta.

Era como si, en cuanto se sacaba el pene, mi cuerpo se preparara para explotar.

¿Qué demonios se suponía que podía hacer al respecto?

Ah, y después estaba el hecho de que me estuviera enamorando de…

Vale, mi cerebro no estaba dispuesto a pensar en ello. No podía ser real. Debía de ser una especie de delirio. ¿A lo mejor se había producido una fuga de gas radón en el pueblo? ¿O había algún alucinógeno en el agua?

Una carcajada le resonó en el pecho, que tenía apoyado contra mi espalda desnuda. Y mi estúpido cuerpo se puso muy feliz con la sensación.

—Noto cómo te pones histérica.

—No me estoy poniendo histérica —le mentí.

—Ángel, se te ha puesto el cuerpo tan tenso que puede que encuentre un diamante con el pene la próxima vez —comentó mientras me trazaba los bordes del tatuaje con un dedo.

—No habrá una próxima vez —decidí, e intenté arrastrarme hasta el borde de la cama.

Las sábanas estaban arrugadas del maratón de sexo que habíamos tenido antes de caer rendidos por la deshidratación y la sobresaturación orgásmica.

Apretó más el brazo con el que me rodeaba el vientre y me atrajo otra vez hacia él en una demostración de fuerza excitante. Había comenzado a tramar maniobras defensivas cuando me acarició el pelo con la cara y suspiró.

—Tenía razón.

Dejé de tramar.

—¿Sobre qué?

—Es la mejor forma de despertarse por la mañana, de lejos.

Me quedé quieta.

Genial. Después de pasar la noche con Nash el Dios del Sexo, ahora tenía que lidiar con Nash el Buenazo. No tenía armas suficientes para defenderme de ninguno, y mucho menos de los dos a la vez.

—No puedes retenerme aquí —le advertí, y estiré la pierna hasta que encontré el borde del colchón con el pie—. Tarde o temprano alguien vendrá a buscarnos a alguno de los dos y me veré obligada a decirle que me has mantenido prisionera.

Una pierna peluda y pesada se deslizó sobre la mía. Me enganchó el tobillo con el talón y lo arrastró hacia atrás.

Un segundo después me encontraba de espaldas y un Nash Morgan con una expresión divertida se cernía sobre mí. Me sujetaba contra el colchón con las caderas y lo que identifiqué como su habitual e impresionante erección matutina.

—Ángel, cualquier hombre que entrara y viera el aspecto que tienes ahora mismo no me culparía.

El plan de escape desapareció de mi cabeza.

Tenía los ojos azules soñolientos y satisfechos. El pelo enmarañado. Los nuevos moratones de la cara le quitaban el atractivo de buen tipo y le proporcionaban un encanto disoluto mucho más *sexy*. Y la sonrisa de satisfacción que le asomaba a los labios me había convertido en un charco retorcido de necesidad.

Sin pensar, le recorrí los pectorales con los dedos y la fina capa de vello rubio me hizo cosquillas. Madre mía, me encantaban los hombres con pelo en el pecho.

Las dos marcas de color rosa chillón le destacaban contra el resto de la piel suave y me recordaron que el hombre que tenía encima era un héroe. Tenía un cuerpo precioso.

—¿Qué se te está pasando por la cabeza, preciosa? —quiso saber.

—¿Cómo tienes el hombro? —le pregunté—. Anoche no tuve mucho cuidado.

—El hombro está bien —respondió—. Yo tampoco tuve cuidado contigo.

Sonreí contra mi voluntad. No, no me había tratado como si fuera una flor delicada en peligro de que la pisotearan. No me había sentido como una figurita de cristal. Me había usado. Con brusquedad. Y me había encantado.

—Supongo que no me importó.

Nash me bajó por el cuerpo y me plantó un beso suave en cada una de las tres cicatrices quirúrgicas que me rodeaban el pecho. Fue un gesto sumamente dulce. Se me contrajeron los dedos de los pies contra el vello de sus piernas.

—Dime qué necesitas —me pidió justo antes de utilizar la boca para acariciarme el pezón.

—Un café, un desayuno gigante e ibuprofeno.

Levantó la cabeza y vi que su mirada se había vuelto seria.

—Dime qué necesitas para sentirte segura con esto. Con lo nuestro.

Si no me hubiera enamorado de… si no me gustara, me habría encaprichado de él solo por eso. Nadie me había hecho nunca esa pregunta. No estaba segura de saber la respuesta.

—No… lo sé.

—Te diré lo que yo necesito —ofreció él.

—¿Qué?

Nash se quitó de encima de mí, se tumbó de lado y apoyó la cabeza en la mano. Me recorrió los pechos y el vientre con los dedos de la otra. El pene excitado le descansaba contra mi cadera y hacía que se me nublara el cerebro.

—Necesito saber que lo que pasó anoche te parece bien y que quieres que vuelva a ocurrir.

—Hecho y hecho. Vaya, ha sido fácil. En cuanto a ese café...

—Necesito saber que estás conmigo en esto durante el tiempo que dure —continuó—. Que estás dispuesta a admitir que hay algo entre nosotros que es muchísimo más que solo química.

—Pues estoy casi segura de que anoche experimentamos una reacción muy química —le recordé.

Me subió los dedos por el cuello, me los pasó por el pelo y me lo apartó de la cara.

—Necesito más pedazos de ti. Tantos como estés dispuesta a ofrecerme. Y necesito que seas sincera, incluso aunque creas que no me gustará lo que tengas que decir.

Me removí, incómoda.

—Nash, no sabemos adónde va esto o qué nos depara el futuro.

—Ángel, yo solo me alegro de haber vuelto al mundo de los vivos. Me interesa más disfrutar del ahora que preocuparme por el mañana. Pero necesito que estemos en sintonía.

No me pedía demasiado.

—Suena a que intentas convertir esto en una relación. —Le pasé la yema del dedo por la cicatriz del hombro.

La sonrisa que me obsequió era como un primer vistazo al sol de la mañana.

—Nena, ya tenemos una, te guste o no.

—Nunca he tenido una relación. O, por lo menos, no de adulta.

—Y yo nunca me había follado a nadie en una biblioteca pública. Siempre hay una primera vez para todo.

Consideré mis opciones y, por una vez, decir la verdad me parecía el camino más directo a lo que quería.

Necesitaba que Nash entendiera en qué se estaba metiendo, que reconociera las dificultades que estaban por venir.

—Vivo sola y me gusta. Odio compartir el mando de la tele. Me gusta no tener que consultar con nadie más antes de pedir comida para llevar. No me gusta tener que mover el asiento del coche cada vez que voy a conducir. La mera idea de tener que tomar decisiones con otra persona me produce náuseas. Adoro a mis padres, pero su necesidad constante de comprobar que estoy bien me vuelve loca y el problema podría pasar a ser tuyo si esto va a alguna parte. Me gusta derrochar en ropa, bolsos y zapatos, y no estoy dispuesta a justificarlo. Me levanto temprano y trabajo mucho. No quiero tener que cambiar nada para adaptarme a alguien más.

Nash esperó unos segundos.

—Vale, pues la única televisión que veo yo es algún partido de fútbol de vez en cuando, así que puedes quedarte el mando el resto del tiempo. No me importa cocinar, pero si me dices que quieres pedir hamburguesas para llevar, te conseguiré hamburguesas para llevar. Prometo que siempre colocaré el asiento del coche en su posición original después de conducir. No me importaría que unos padres entrometidos se preocuparan por mí para variar. Me gusta cómo vistes, así que no me preocupan tus hábitos de compra, siempre y cuando me permitas darte un capricho de vez en cuando. Y en cuanto a los horarios, creo que estás exagerando porque, ángel, soy policía. No hay más que decir. Y en cuanto a tomar decisiones juntos, necesito tener voz y voto cuando se trate de tu seguridad. Y espero que tú quieras tener voz y voto con la mía. Cualquier decisión que nos afecte a los dos, la tomaremos juntos.

Había dicho lo correcto en todos los puntos y me estaba asustando muchísimo.

—Viajo mucho por trabajo —le recordé.

—Y yo podría pasar la mañana de Navidad en la escena de un accidente. Nena, danos la oportunidad de lidiar con todo esto. O, por lo menos, dime que estás de acuerdo por el momento. Podemos volver a hablarlo cuando haya metido a Hugo entre rejas.

Quería esto de verdad. Y me quedé sumamente sorprendida cuando comprendí que yo también. Sin duda, iba a analizar el agua del pueblo.

—Hay una cosa más —comenté.

—Lo que sea.

—Necesito saber lo que Knox, Nolan, Lucian y tú habéis tramado desde nuestra charla con Grim.

No dudó en responder.

—Hemos estado ideando un plan para conseguir que Hugo salga de su escondite.

Me incorporé.

—¿Qué clase de plan?

—La idea es usarme a mí como cebo.

—¿Qué?

Me puse de rodillas, dispuesta a pelear contra él, cuando Nash atacó y me empujó contra el colchón. Me retuvo por los hombros con las manos y me sujetó contra la cama con las caderas. Y su erección se colocó en el sitio exacto, como la llave que encaja en una cerradura.

Los dos nos quedamos quietos.

Puede que mi mente estuviera en modo pelea, pero mi cuerpo estaba listo para el orgasmo número seis.

Me sonrió desde arriba.

—Sé que voy a parecer un capullo, pero me gusta que te preocupes por mí.

Intenté apartarlo de encima, pero las sacudidas solo sirvieron para que me insertara los dos primeros y provocadores centímetros de su miembro. Dejé de pelear e intenté centrarme en el problema a tratar y no en lo mucho que necesitaba el resto de sus centímetros.

—¡Nash! ¿A ti te preocupaban mis vigilancias y esperas que me parezca bien que hagas de cebo para un hombre que intentó matarte?

—Me decepcionaría que te pareciera bien. Y me gustaría señalar que conseguiste que te secuestraran mientras vigilabas.

Le enseñé los dientes.

—Si crees que no voy a discutir contigo mientras tengo tu pene dentro de mí, estás muy equivocado.

—Vamos a probar algo nuevo —sugirió él—. En lugar de pelearnos, que uno de los dos se vaya echando humo y fingir que el otro no existe, vamos a hablar para variar.

Empezaban a temblarme los muslos por el esfuerzo de sujetarlo por las caderas. Llegados a ese punto, no sabía si intentaba evitar que se introdujera más o impedir que se apartara.

—Muy bien. Habla.

—Si Hugo le está filtrando información al FBI para perjudicar a su padre, existe una buena posibilidad de que se lleven bien con él. A lo mejor, lo bastante para que le ofrezcan inmunidad. Pero, pase lo que pase, yo sigo siendo un cabo suelto para él. Igual que Naomi y Waylay. Ahora mismo, solo está esperando a que los federales actúen. Pero tarde o temprano tendrá que cortar esos cabos.

—¿Y quieres que lo intente antes?

—Así es. Y quiero que se centre en mí.

—Crees que si intenta matarte otra vez, el trato, si es que le han ofrecido alguno, se quedará en nada.

—Esa es la idea.

Juro que lo estaba escuchando, pero mi cuerpo estaba haciendo varias cosas a la vez. A cada segundo que pasaba, estaba más húmeda y mis paredes internas no dejaban de estremecerse alrededor de la punta de su pene.

Nash cerró los ojos y emitió un gruñido grave.

—Ángel, si quieres que sigamos hablando, vas a tener que dejar de pedirme más.

Para ser cruel con él, contraje los músculos del sexo tanto como pude.

—¿Cómo vas a obligarlo a salir?

Apretó los dientes.

—Joder, cariño. Te contaría lo que hiciera falta con tal de que siguieras apretándome así.

—Pues cuéntamelo —le exigí.

—Voy a recuperar la memoria.

Me quedé quieta debajo de él cuando me di cuenta de a qué se refería.

—Vas a fingirlo.

—Ese es el plan —dijo, y me acarició un pecho con la nariz—. ¿Hemos acabado de hablar?

Le deslicé las manos por la espalda y le clavé las uñas en ese culo tan perfecto.

—Todavía no. Quiero los detalles.

Tenía los ojos medio cerrados y apretaba la mandíbula cubierta de barba incipiente.

—Vamos a correr la voz de que he recuperado la memoria y de que tenemos una pista sobre el paradero del sospechoso.

Se me aceleró el pulso. Sentía la presión de su cuerpo encima de los muslos. No podría aguantar mucho más, y menos teniendo en cuenta que no quería.

—¿Y qué precauciones has tomado?

—Angelina, me corrí dentro de ti tres veces anoche. Así que ninguna.

Le pellizqué el trasero.

—Me refiero a qué vas a hacer para asegurarte de que Hugo no vuelva a dispararte.

Él estaba empezando a sudar. Y el fuego comenzó a refulgir en esos ojos azules del color de los tejanos.

—Todavía lo estamos pensando.

—Quiero formar parte.

—¿Qué? —preguntó con los dientes apretados.

Me temblaron los muslos y se introdujo un centímetro más en mí.

Estaba que ardía y se me empezaba a nublar la vista. Lo deseaba. Por completo. Pero primero necesitaba aclarar eso.

—Que quiero estar al tanto.

—¿Quieres estar al tanto porque quieres encontrar ese maldito coche o porque te preocupas por mí?

—Las dos cosas —admití.

—Me sirve. Te mantendré informada. ¿Trato hecho? —preguntó.

—Trato hecho —repetí, y abrí las rodillas hacia los lados.

Hundió el resto del cuerpo sobre mí y me cubrió con un gruñido largo y grave.

Ya me dolía todo de una forma exquisita debido a la noche anterior, pero eso no impidió que me gustara mucho.

—¿Cuándo dejarás que me ponga encima? —le pregunté mientras se retiraba casi por completo y después me volvía a embestir.

—Cuando esté seguro de que ver cómo tus tetas perfectas me rebotan en la cara no hará que me corra antes que tú. Estoy oxidado.

No había nada oxidado en la forma en que me embestía.

—La práctica hace al maestro —respondí, y lo empujé a un lado.

Rodó y me arrastró con él hasta que quedé a horcajadas sobre él con las rodillas clavadas en las sábanas y las manos apoyadas en sus hombros.

Clavó la mirada en mis pechos. Su erección palpitó una vez en mi interior y me clavó los dedos en las caderas.

—No aguantaré en esta postura a menos que te lo tomes con mucha calma.

Me incliné hacia él y rocé los pezones contra el glorioso vello de su pecho.

—Va a ser que no. —Le mordí el labio inferior y empecé a cabalgarle.

—Joder, me cago en la puta —maldijo, y se sacudió debajo de mí.

Sin embargo, aunque yo estuviera encima, se las arregló para recobrar el control. Me agarró las caderas y marcó un nuevo ritmo. Levantó las caderas y tiró de mí hacia abajo para que me encontrara con sus embestidas. Con fuerza. Rápido. Tenía el corazón en la garganta y todos los músculos de mi cuerpo se prepararon para el orgasmo que venía.

Me aferré al cabecero de la cama como si me fuera la vida en ello mientras Nash golpeaba ese punto secreto con una precisión brutal una y otra vez. Comencé a estremecerme y mis músculos internos se cerraron sobre sí mismos mientras los arrastraba por su miembro grueso y cálido.

—Está muy apretado, joder —murmuró contra mi pecho—. Siempre tengo que pelear para entrar.

—Nash. —Mi voz no fue más que un gemido entrecortado mientras mis paredes se cerraban sobre él y me embestía.

—Déjate ir, nena. Córrete para mí. —Se le marcaban las venas del cuello. Tenía la mandíbula apretada y le aleteaban las fosas nasales por el esfuerzo de resistirse a mi orgasmo.

No podía respirar, no veía nada. Lo único que podía hacer era sentir.

Tenía que ganar. Tenía que llevarlo al límite. Todavía temblando con el eco de mi propio clímax, hice presión sobre él.

—Joder, Angelina —gruñó.

El sudor nos cubría la piel a los dos. Lo sujeté más fuerte con los muslos. Él me lanzó una mirada salvaje y me clavó los dedos en las caderas. Sabía lo que hacía y dejó que hiciera lo que quisiera. Lo cabalgué con fuerza hasta que me ardieron los músculos. Entonces, se incorporó de repente y, con una mirada de éxtasis agónica, se puso rígido debajo de mí.

Noté cómo se corría y sentí el primer chorro caliente de su orgasmo en el interior. Fue infinito. Inevitable. Perfecto.

Nos desplomamos, le apoyé la cabeza sobre el hombro y él me acarició el pelo, ahora con dulzura.

No era lo que había estado buscando. No era lo que pensaba que necesitaba. Pero el cuerpo no mentía. Era incapaz de sentir una conexión así con un hombre si no había una base esencial y fundamental sobre la que construir.

—Discutamos siempre así —jadeó Nash.

—Ninguno de los dos podría caminar hasta pasada una semana —predije.

—Gracias —dijo tras un largo instante de silencio.

—¿Por qué? —le pregunté, y me moví para mirarlo.

—Por darme una oportunidad. Por estar conmigo ahora mismo. Ya nos preocuparemos por lo que viene después más adelante.

—¿Después? —repetí, y le acaricié el pecho.

—¿Trato hecho? —insistió.

El hombre seguía dentro de mí.

—Vale. Trato hecho.

—Choca esos cinco —ofreció con una sonrisa.

CAPÍTULO TREINTA Y SIETE

UN AGUJERO EN LA PARED

NASH

Entré en la comisaría con paso enérgico y una docena de pastelitos de crema y chocolate. Piper trotaba a mi lado con su nuevo juguete favorito, uno de los calcetines de Lina, entre los dientes.

Yo llevaba mi propio recuerdo: unas marcas de arañazos superficiales que me cruzaban la espalda como las rayas de un tigre. Y también tenía un chupetón morado y diminuto que quedaba parcialmente cubierto por el cuello de la camisa.

—Buenos días... jefe. —El saludo de Bertle sonó más a una pregunta.

—Buenos días —le respondí. Coloqué la caja de la panadería en el mostrador, junto a la cafetera.

Piper comenzó su vuelta habitual para olfatear la comisaría.

—¿Te has hecho algo en la... cara? —me preguntó Tashi con aspecto de estar preocupada.

Me pasé la mano por la mandíbula, ahora suave.

—Me he afeitado. ¿Por qué?

—Estás diferente.

—¿Diferente para bien o diferente en plan «por Dios, que le crezca el pelo rápido para tapar lo feo que es»?

Me miró como si hubiera llegado montado en un unicornio precedido por una banda musical de duendes.

—No estás haciendo que me sienta bien con mi cambio de imagen, Bannerjee.

391

—Diferente para bien —respondió enseguida.

Grave no tardó en abalanzare sobre la caja de pastelitos.

—¿Qué tal ha ido con nuestros invitados nocturnos? —le pregunté.

—Han protestado hasta que la mujer de Dilton ha aparecido y ha pagado la fianza —me informó Grave—. ¿Vas a presentar cargos?

—Si Dilton no se va sin rechistar, lo haré.

Grave asintió.

—Lo hemos pillado con las manos en la masa en tres casos y solo hemos revisado ocho semanas. Tienes las declaraciones juradas en la mesa. Si no se marcha en silencio, es más idiota de lo que creíamos.

Me alegraba de tener las pruebas que necesitábamos para abrir el caso y al mismo tiempo estaba enfadado por haberle dado la oportunidad de abusar de su poder. No había forma de saber qué clase de daños había provocado mientras se ocultaba detrás de la placa. Pero se había acabado.

Grave me examinó más de cerca.

—¿Por qué tienes cara de haber echado un polvo? ¿Eso que tienes en el cuello es un chupetón?

—Cierra el pico y cómete el pastelito.

Pasé una hora revisando papeles, incluidos el informe de la noche anterior y las tres declaraciones juradas de las víctimas de Dilton. En este momento, su presencia en el cuerpo de policía no era más que una formalidad. Nunca volvería a llevar una placa, yo mismo me aseguraría de ello.

Me rellené el café, me di un paseo por la comisaría y después le escribí una carta rápida a mi padre.

Cuando volví a mi despacho, Piper estaba como un tronco en la cama para perros que tenía debajo del escritorio. Tomé el móvil y le saqué una foto, después abrí los mensajes.

No había ninguno de Lina, tal y como había esperado.

Me había aprovechado de su estado satisfecho y vulnerable para conseguir lo que quería. Un compromiso. Por lo menos, uno temporal. Ahora que la había tenido, por completo, no la iba a dejar escapar. Solo tenía que esperar a que ella quisiera lo mismo.

Le envié la foto de Piper y lo rematé con un mensaje.

Yo: ¿Todavía sigues histérica? ¿O sigues en la cama, demasiado agotada por los orgasmos para moverte?

Contuve la respiración y exhalé cuando aparecieron los tres puntos chivatos debajo de mi mensaje.

Lina: ¿Qué me has hecho? He intentado salir a correr y no me funcionaban las piernas.

Sonreí, la respuesta tranquilizó mi ego inquieto.

Yo: Hopper acaba de decirme que tengo cara de haber echado un polvo.
Lina: Justice me ha dicho que estaba radiante y Stef me ha preguntado si me he hecho uno de esos tratamientos faciales con placenta.
Yo: Espero que no pensaras mantenerlo en secreto.
Lina: ¿Es que eso es posible en este pueblo?
Yo: No. Y por eso te voy a invitar a cenar esta noche.

Si le preguntaba si quería ir, le daría demasiado tiempo para pensar. Cuanto más sintiera y menos pensara, mejor.

Lina: ¿Con «cenar» te refieres a nada de desnudez y orgasmos?
Yo: Sí. A menos que quieras que nos arresten en nuestra primera cita.
Lina: *suspiro* Qué rápido se desvanece la emoción. ¿Qué será lo siguiente? ¿Una noche de juegos?

Mi pene exhausto se estremeció detrás de la cremallera. Doce horas antes, mi mayor preocupación había sido poder cumplir y ahora tenía que preocuparme por el uso excesivo.

Yo: Se me ocurren unos cuantos juegos a los que me gustaría jugar contigo.

Lina: Dado que me vas a invitar a cenar en vez de follarme hasta el olvido, asumo que te refieres a las charadas o a las damas.

Yo: Te recojo a las siete. Ponte algo que me dificulte dejar de pensar en lo que llevas debajo.

Con ese tema solucionado, pasé al siguiente punto de la lista.

—¡Lo sabía!

Me había pillado. Sloane estaba en el umbral de la puerta de la sala de descanso de la biblioteca con los brazos cruzados y una sonrisa triunfante en su cara bonita. Llevaba un par de gafas distinto. Era una montura de carey de color azul brillante.

Piper se escondió detrás de mí, como si no supiera qué hacer con la mujer que se regodeaba y bloqueaba la salida.

—¿El qué? —le pregunté mientras removía la pintura de color salvia. La marca de la pared necesitaría más de una capa de pintura, pero hasta que reparara el yeso, la pintura la disimularía un poco.

—¡Tú, jefe Morgan, me has hecho un agujero en la pared por tener relaciones encima de la mesa!

Le lancé una mirada irritada.

—Joder, Sloane. Baja la voz, estamos en una biblioteca.

Cerró la puerta y volvió a adoptar su postura vencedora.

—Sabía que anoche os pasaba algo. ¡Mi radar del sexo nunca falla!

—¿Lina no ha… mencionado nada? —pregunté con aire desinteresado.

Sloane se compadeció de mí.

—No ha tenido que hacerlo. Cuando se fue, caminaba raro y tenía pinta de estar aturdida y febril. Lo noté hasta sin las gafas.

Volví a centrar toda mi atención en la muesca de la pared para que no viera el orgullo varonil que exhibía.

—A lo mejor tenía algún virus estomacal.

—¿Crees que no sé diferenciar entre una mujer aplastada por un orgasmo y una que intenta no vomitar la cena? Sé lo que vi. Y después, ni treinta segundos más tarde, saliste tú sudado y hambriento... y no de comida, ya sabes. Parecía que estabas a punto de devorar algo... o a alguien.

—A lo mejor yo también tenía un virus estomacal.

—Te voy a decir esto con todo el cariño del mundo: mentiroso.

—Tenía asuntos policiales que atender.

Sloane se dio unos golpecitos en la barbilla con el dedo.

—Ajá. ¿Desde cuándo se considera que desnudarse sea un asunto policial?

Mojé el pincel en la pintura y después lo golpeé contra la pared. A lo mejor si la ignoraba, se iría.

—La pones nerviosa —dijo Sloane a mis espaldas.

Dejé de pintar y me giré a mirarla.

—¿Qué?

—A Lina. La pones nerviosa. Y cuesta mucho hacer algo así.

—Sí, bueno, pues el sentimiento es mutuo.

Esbozó una sonrisa radiante y engreída.

—Ya lo veo.

Devolví la atención a la pared con la esperanza de que la conversación hubiera acabado.

—Me alegra que hayas vuelto, Nash —comentó Sloane con suavidad.

Solté el pincel con un suspiro.

—¿Qué significa eso?

—Ya sabes a lo que me refiero. Me alegra volver a verte en la tierra de los vivos. Estaba preocupada. Creo que todos lo estábamos.

—Sí, bueno, supongo que a algunos nos cuesta más recuperarnos. ¿Qué pasa contigo y Lucian? —le pregunté para cambiar de tema, e introduje el pincel en la parte más profunda de la muesca.

—Querrás decir Nolan. Que, por cierto, ahora mismo está en mi despacho comiéndose todos mis dulces.

—No, me refiero a Lucian. Puede que Nolan y tú os estéis echando unas risas, pero no es Lucian.

Se quedó muy callada. Levanté la mirada y vi cómo había convertido su rostro en una máscara.

—No sé de qué me hablas —comentó.

—Se supone que no debes mentirle a la policía —le recordé.

—¿Es un interrogatorio oficial? ¿Necesitaré un abogado?

—Tú conoces mi secreto —le respondí, y señalé la pared con la cabeza.

La tensión le desapareció de los hombros y puso los ojos en blanco.

—Pasó hace mucho tiempo. Es agua pasada —insistió.

Piper me rodeó con sigilo para olisquearle los zapatos a Sloane con vacilación. La bibliotecaria se agachó y le ofreció la mano a la perra.

Volví a la pared.

—¿Sabes lo que recuerdo de por aquel entonces?

—¿El qué?

—Recuerdo que Lucy y tú intercambiabais miradas largas y llenas de significado en los pasillos entre clase y clase. Recuerdo que le arrancó el casco a Jonah Bluth y lo sentó de culo durante el entrenamiento de fútbol americano porque Jonah dijo algo sobre tu cuerpo que, como hombre adulto que siente un gran respeto por las mujeres, no voy a repetir.

—Fue sobre mis tetas, ¿no? —bromeó Sloane—. Es el precio que tienes que pagar por desarrollarte antes de tiempo.

Le lancé una mirada firme y larga hasta que hizo una mueca.

—¿De verdad Lucian hizo eso? —preguntó al fin.

Asentí una vez.

—Pues sí. Y también recuerdo ir de camino a casa, más tarde de mi toque de queda, después de una sesión intensa de enrollarme con Millie Washington y ver cómo alguien que se parecía muchísimo a Lucian escalaba el árbol que había junto a la ventana de tu habitación.

Sloane estaba en segundo curso y su vecino de al lado, Lucian, en el último. Por aquel entonces eran tan opuestos como ahora. El chico malo y melancólico y la empollona guapa y alegre. Y hasta donde yo sabía, ninguno había reconocido la existencia del otro más allá del ocasional saludo en los pasillos sagrados del instituto de Knockemout.

Pero fuera de esos pasillos era otra historia. Una que ninguno de los dos había explicado nunca.

Sloane se centró en persuadir a Piper para que se le acercara más a la mano.

—Nunca dijiste nada.

—Ninguno de los dos parecía querer hablar del tema, así que lo dejé estar. Pensé que era asunto vuestro —respondí.

Ella se aclaró la garganta y el sonido hizo que la perra se escabullera hasta estar a mi alcance para sentirse más segura.

—Bueno, como he dicho, fue hace mucho tiempo —respondió, y volvió a ponerse en pie.

—No sienta bien que otras personas metan las narices en tus asuntos, ¿verdad?

Me fulminó con una de esas miradas frías de bibliotecaria y se cruzó de brazos.

—Si meto las narices en alguna parte es porque alguien no está haciendo lo que debe.

—Ah, ¿sí? Bueno, pues desde mi punto de vista, el rencor que hay entre tú y Luce no es sano. Así que a lo mejor debería meterme en esa situación y ayudar a que lleguéis a un acuerdo.

Ella bufó por las fosas nasales como un toro que se enfrenta a una banderilla roja. Le brilló el aro de la nariz. El enfrentamiento duró treinta segundos.

—Uf, vale. No me meteré en tus asuntos y tú no te meterás en los míos —respondió.

—¿Qué te parece si yo respeto tu privacidad y tú la mía? —argumenté.

—Me suena completamente igual.

—Puede que parezca lo mismo, Sloaney, pero somos amigos. Hace años que lo somos. Y por lo que parece, seguiremos formando parte de la vida del otro. Así que, en lugar de discutir tanto y ser unos chafarderos, podríamos centrarnos más en estar allí para el otro cuando sea necesario.

—Yo no necesito a nadie —respondió con terquedad.

—Vale, pero puede que yo sí que necesite una amiga si no consigo convencer a Lina de que le dé una oportunidad a lo que tenemos. —Abrió la boca, pero levanté una mano—. Seguramente no quiera hablar mucho del tema si fracaso, pero te aseguro que me hará falta una amiga que me ayude a no volver a desaparecer.

Sloane suavizó el gesto.

—Allí estaré.

—Y yo estaré si me necesitas, o cuando me necesites.

—Gracias por arreglarme la pared, Nash.

—Gracias por ser como eres, Sloaney.

Estaba cerrando la lata de pintura cuando los de la centralita me llamaron por la radio.

—¿Está en ruta, jefe?

—Sí.

—A los de Cuadras Bacon se les ha vuelto a escapar un caballo. Hemos recibido un par de llamadas de que hay un semental negro suelto que se dirige al galope a la Ruta 317.

—Voy para allá —respondí con un suspiro.

—No me creo que te lo hayas ganado con una maldita zanahoria —repliqué cuando Tashi Bannerjee le ofrecía las riendas del gigante de Heathcliff a Doris Bacon, que se sujetaba una bolsa de hielo contra el trasero.

Estábamos enterrados hasta la cintura en la maleza de las pasturas de la granja desahuciada Red Dog, una propiedad para caballos de veinte hectáreas que había estado vacía durante casi dos años, desde que la empresa de *marketing* de productos de belleza de la dueña se había ido al garete.

Heathcliff, el semental, había decidido que hoy no le apetecía correr por el cercado y había tirado a Doris de culo antes de dirigirse al sur.

El hijo de puta de setecientos kilos le había dado una coz a la puerta del copiloto de mi coche y había intentado darme un bocado en el hombro antes de que Tashi lo distrajera con una zanahoria y lo agarrara por las riendas.

—Tú te encargas de las serpientes, jefe, y yo de los caballos.

—Creo recordar que en tu último año fuiste a un autoservicio montado en uno de los parientes de Heathcliff —bromeé.

Ella sonrió.

—Y mira qué bien me ha venido.

Mantuve las distancias mientras Tashi y Doris persuadían al inmenso caballo de que subiera la rampa del remolque.

Sentí un cosquilleo entre los omoplatos y me di la vuelta. Dos ciervos saltaron y después se perdieron en el bosque. No había nada más. Solo maleza, árboles y verjas rotas, pero aun así no pude librarme de la sensación de que algo o alguien nos observaba.

Doris cerró la puerta del remolque de un portazo. Se oyó un golpe de cascos contra el metal.

—Deja de portarte mal, pedazo de tonto.

—A lo mejor ha llegado el momento de vender a Heathcliff a una granja con cercas más altas —sugerí.

Ella sacudió la cabeza y cojeó hasta la puerta del conductor.

—Lo tendré en cuenta. Gracias por la ayuda, jefe, agente Bannerjee.

La saludamos con la mano y empezó a maniobrar la camioneta y el remolque por el acceso de la propiedad hacia la carretera.

El caballo emitió un relincho estridente.

—Creo que te acaba de maldecir —bromeó Tashi de camino al coche abollado.

—Que lo intente.

Me vibró el móvil en el bolsillo y lo saqué.

Lina: No te vas a creer lo que dicen los pajaritos del pueblo. Según una fuente no muy fiable, has pasado la tarde arreando a un caballo con tu todoterreno.

Yo: No ha sido cualquier caballo. Era Heathcliff el Horrible.

399

Adjunté una foto del caballo en cuestión y otra de la puerta abollada.

Lina: Más te vale no oler a caballo cuando vengas a recogerme para la cena.
Yo: A ver si puedo darme una ducha antes. ¿Has elegido ya con qué vestido me vas a torturar?

CAPÍTULO TREINTA Y OCHO

LA PRIMERA CITA

NASH

—Todo esto es muy cliché —dijo Lina cuando abrió la puerta.

—Una primera cita no es un cliché. —Me alegré de haber respondido porque, en cuanto me fijé en lo que llevaba puesto, perdí la capacidad del habla.

Arrugó los labios rojos en un puchero coqueto.

—Lo es cuando ya os habéis acostado.

Necesité un minuto para recobrar el aliento que me había quitado.

Llevaba un vestido corto y negro. Era de manga larga, pero la falda dejaba al descubierto tanta pierna que quería hacerla retroceder e inclinarla sobre la primera superficie plana que encontrara solo para ver de qué color era su ropa interior. Los zapatos seductores que llevaba eran de estampado de cocodrilo y la tachaban con orgullo de «devoradora de hombres». Se había puesto más maquillaje, había añadido una sombra de ojos de color bronce que hacía que sus ojos parecieran más grandes y pecadores si cabía.

Estaba preciosa y parecía segura de sí misma y algo resentida porque fuera a llevarla a cenar en lugar de a la cama.

Era el cabronazo con más suerte del mundo.

—Te has afeitado —comentó cuando me quedé callado.

Me pasé la mano por la barbilla y sonreí.

—He pensado que así sería un asiento más suave.

Le brillaron los ojos con picardía y un rubor rosado le cubrió las mejillas.

401

—Ya sabes que no me importa que duela —me recordó.

—Tengo los arañazos que lo demuestran, ángel —me metí con ella.

—¿Por qué no nos saltamos todo esto de la cita y vamos directamente a probar esa carita tan suave que tienes? —sugirió.

El pene me reaccionó como una marioneta a merced de las cuerdas de su titiritero.

—Buen intento, nena. Pero vas a experimentar la primera cita al completo.

—Uf, vale, pero me gustaría señalar que la sociedad indica que se supone que no debo acostarme contigo en la primera cita —me recordó.

—¿Y desde cuándo sigues las normas? —bromeé.

—Solo lo hago cuando me conviene.

Y precisamente por eso no podía permitirme jugar limpio.

Saqué la cajita de regalo que había escondido a mis espaldas.

—Te he comprado una cosa.

Miró la caja como si fuera una bomba.

—Venga, no tengas miedo.

—¿Miedo? —resopló, y me arrebató la caja de la mano.

Se le suavizó el rostro durante un segundo cuando abrió la tapa, pero después volvió a colocarse la máscara de prudencia. Me estaba dejando entrar, pero solo centímetro a centímetro, y yo no pensaba perder terreno.

—Se supone que no debo acostarme contigo en la primera cita y te aseguro que tú no deberías regalarme joyas.

Me había pasado por casa de Xandra otra vez para hablar con ella de la iniciativa que íbamos a lanzar y dejar una placa de ayudante del *sheriff* de juguete para Alex.

Bajé la mirada hacia los pendientes de la caja. Eran dos cadenas de oro delicadas que terminaban en forma de rayos de sol puntiagudos y brillantes.

—Los vi y pensé en ti. Los ha hecho la mujer que me salvó la vida y quiero que los lleve la mujer que me ha recordado que merece la pena vivirla.

La máscara volvió a desaparecer y no vi más que puro gozo femenino.

—¿Cómo voy a decir que no a eso?

—Solo son pendientes, ángel. No es un anillo de boda. Además, una parte de la venta va dedicada a la fundación local para el autismo.

Respiró hondo y me devolvió la caja.

—¿Por qué me da la sensación de que estás jugando conmigo? —me preguntó mientras se quitaba el aro de la oreja derecha y sacaba uno de los pendientes de la caja.

Encontró el agujero con pericia y aseguró el pendiente en su sitio, después hizo lo mismo con la oreja izquierda.

—¿Cómo me quedan? —me preguntó, y sacudió la cabeza.

—Estás preciosa.

Escogí un restaurante italiano de postín en Lawlerville. No porque tuvieran el mejor pan casero de toda el área en los tres estados o porque quisiera mantener lo nuestro en secreto. Solo quería que fuera una cena tranquila y sin distracciones. Si hubiera invitado a Lina a cenar en Knockemout, tendríamos que lidiar con todos los cotillas del pueblo, y si cocinaba algo para ella en mi casa, no habríamos pasado de los aperitivos antes de que la hubiera desnudado.

Por desgracia, eso significaba que debía sobornar a Nolan con su propia cena en la barra, ya que el alguacil se negaba a tomarse la noche libre.

Pero al menos estaba lo bastante lejos de nuestra mesa para fingir que no estaba allí. Nos habían sentado en un reservado circular escondido en uno de los rincones tranquilos del comedor, lo cual significaba que, en lugar de estar sentados uno frente al otro, estábamos juntos en el banco. Bajo el mantel impoluto, tenía el muslo apretado contra el suyo de una forma íntima. Y ella había enlazado el pie con mi tobillo con complicidad.

—¿Eres inmune a que todos los hombres de este restaurante te hayan observado mientras entrabas y te sentabas? —le pregunté mientras ella mojaba un trozo de pan en el aceite de oliva del plato.

Levantó la cabeza con un destello en esos ojos tan bonitos.

—Si me preguntas si me doy cuenta de que me prestan atención, pues sí. Si me preguntas si me gusta, depende de la situación. Hoy no me ha importado.

Me gustaba que no fingiera. Estaba empezando a entender su honestidad: no te mentía o decía la verdad. O se abría a ti o se cerraba en banda. Y había empezado a entender la diferencia.

—Eres tan preciosa que a veces no puedo mirarte directamente —le confesé.

Se le cayó el trozo de pan en el plato y aterrizó por el lado del aceite.

—Maldita sea, Nash. Deja de pillarme por sorpresa.

Sonreí, alargué la mano hacia mi propio pedazo de pan y me sorprendí cuando no sentí la punzada familiar en el hombro. Tampoco la había notado la noche anterior. Al parecer, los milagros de Lina no se limitaban únicamente a la salud mental.

—Se me ha ocurrido otra cosa que necesito de ti —anunció.

—Lo que sea.

—No quiero tener que quedarme en el banquillo mientras tú y los chicos os divertís. Quiero formar parte del equipo. Quiero ayudar a encontrar a Hugo.

—Ángel, encontrarás el coche —insistí.

Entrecerró los ojos, tomó el vaso y dio un sorbo.

—Ya sé que encontraré el coche. Quiero asegurarme de que tú encuentres al hombre. Que no tengas que vivir con el miedo de que, en cualquier momento, Duncan Hugo pueda despertarse por la mañana y decidir que ese día es el que eliminará a todos los testigos.

No dije nada, sobre todo porque me daba miedo espantarla. A lo mejor no se daba cuenta de lo que decía, pero yo sí. Quería que estuviera a salvo, y lo deseaba tanto que estaba dispuesta a jugar en equipo para asegurarse.

Tanto si lo veía como si no, se preocupaba por mí y a mí no me importaba aprovecharme al máximo de la situación para conseguir lo que quería.

—Ya te prometí que te mantendría informada —le recordé.

—Y ahora quiero que me prometas más. He planeado más de dos docenas de operaciones de recuperación de bienes —continuó—. He estado presente en la ejecución de la mitad

404

de esas operaciones. Se me da genial trabajar en conjunto con la policía. Y nunca me rindo.

—Hiciste la maleta —señalé.

Me miró fijamente.

—¿Qué? —le pregunté.

—Estoy debatiendo.

—¿Debatiendo qué?

—Si decirte la verdad.

—No malgastes energía debatiendo, ángel. Dime siempre la verdad.

—Vale —respondió con un encogimiento de hombros delicado—. Hice la maleta porque me dolía demasiado estar tan cerca de ti y que me odiaras. Iba a volver a mudarme al motel, a esperar a que enviaran a un sustituto para el trabajo y después iba a irme del pueblo.

Saber lo cerca que había estado de perderla para siempre fue como una puñalada en el estómago. Si Naomi y Sloane no la hubieran detenido, lo de anoche no habría pasado. Y esta conversación no habría sido posible. Les debía unas flores o un cheque regalo para un *spa*.

—Lo siento, ángel —respondí—. Me estaba enamorando muy rápido y me aferré a la primera excusa que pude para aminorar la caída. Siento haberte hecho sentir que no podías confiar en mí. No volveré a cometer el mismo error.

Sus pestañas gruesas y oscuras destacaban contra su piel y, cuando levantó esos párpados pesados para mirarme, me dejó sin aliento.

—Cuando dices enamorarte... —repitió con suavidad.

—Perdidamente, ángel. Me estoy arrepintiendo de haberte traído a cenar en lugar de haberte llevado a la cama otra vez.

Se le escapó una risa ronca y, cuando se inclinó hacia mí, noté su pecho suave y tentador contra el brazo.

—Misión cumplida. Ahora dime que no vas a desperdiciar mis talentos, Nash.

Apreté los dedos con fuerza alrededor del tallo de la copa de vino. Sabía a qué se refería, pero a mi pene le resultó imposible ignorar el doble sentido. Había llegado el momento de retomar el control.

—Lo primero es que quiero volver a oír esas palabras saliendo de tu boca cuando esté dentro de ti. Y quiero que las digas de verdad.

Abrió los labios y se le aceleró la respiración.

—Hecho.

—Y segundo, si quieres formar parte del plan, quiero que tomes cualquier precaución que yo considere necesaria para mantenerte a salvo. Es innegociable —le dije.

—Hecho —repitió.

Le lancé una mirada voraz.

—¿Sabes una cosa? La última vez que hicimos un trato, estaba dentro de ti.

—Y en lugar de estar desnudos en la cama, hemos salido a cenar para nuestra primera cita. Supongo que tendrás que conformarte con chocarme los cinco —respondió con suficiencia.

Era la primera cita que pondría fin a todas las demás primeras citas. Lo presentía. Lina Solavita tenía algo que me atraía y cautivaba. Quería que me contara todos sus secretos, quería toda su confianza. Y quería que me los entregara por voluntad propia. Para siempre.

No era solo atracción. Era algo más.

Hablamos, reímos, flirteamos y probamos los entrantes del otro. Cuanto más duraba la cena, más nos acercábamos al otro.

Para cuando el camarero nos estaba describiendo los postres, tenía la mano derecha sobre el muslo de Lina, justo debajo del dobladillo corto de su vestido, y le dibujaba círculos pequeños en la piel cálida con los dedos.

Lina parecía muy interesada en la descripción del pudin de pan con salsa al *whisky*, pero, bajo la mesa, mi chica mala abrió más las piernas para mí.

Para invitarme, ponerme a prueba, provocarme.

Quería bajar la mirada. Sabía que si lo hacía, por fin vería el color de la ropa interior y experimentaría un nuevo nivel de tortura. Sin embargo, había llegado el momento de que yo también la torturara un poco.

Ella no pensaba que fuera a hacerlo, pero Lina Solavita podía tentarme a hacer muchas cosas.

Mientras el camarero hablaba entusiasmado sobre la tarta de queso y avellanas, recorrí con los dedos el camino hacia la tierra prometida. Lina brincó e intentó cerrar las rodillas, pero era demasiado tarde. Había encontrado lo que andaba buscando, el punto húmedo de la seda que todavía no había visto. Pero lo sentía.

Le temblaron los muslos bajo la mano.

—¿Qué te apetece más, ángel? —le pregunté.

La mirada que me obsequió era una bonita combinación de impresión y deseo.

—¿Qué…?

—El postre —respondí, e hice presión en el tentador punto húmedo con dos dedos—. Dime qué te apetece.

Pestañeó dos veces y sacudió la cabeza. La sonrisa que le dedicó al camarero no era su sonrisa habitual de devoradora de hombres.

—Eh, querría un pedazo de tarta de queso y avellana. Para llevar.

—¿Y para usted, señor? —me preguntó.

Utilicé los dedos índice y corazón para apretarle los labios del sexo a través del tanga.

—Solo la cuenta.

Desapareció con un gesto de la cabeza y Lina apretó los puños sobre el mantel.

—Abre las piernas —le ordené en un susurro áspero.

No dudó en extender los muslos.

—Más —le ordené—. Quiero verlo.

Obedeció y deslizó el culo hasta el borde del cojín para darme permiso y libertad para jugar. La polla, dura como una piedra, me suplicaba que la dejara salir.

Rojo. El tanga que llevaba era rojo de chica mala. Le deslicé los dedos bajo la franja que le cubría el sexo.

—Nash —susurró con voz temblorosa.

Me encantaba la forma en que pronunciaba mi nombre cuando me deseaba.

—¿Te crees que puedes jugar a tus jueguecitos de chica mala en un restaurante pijo sin que pase nada?

—Pues… sí —admitió con una risita temblorosa. Debajo de la mesa, movió las caderas hacia delante en busca de más presión.

Quería inclinarla sobre la mesa y subirle el vestido hasta la cintura.

Le dibujé un círculo alrededor del botoncito resbaladizo con las yemas de los dedos.

—Si dejo que te corras aquí, ahora mismo, me tienes que prometer que…

—Lo que sea —gimoteó, y se retorció contra mi mano.

Dios, adoraba que se entregara. Hacía que me doliera el pene.

Me incliné todavía más hacia ella hasta que su pecho estuvo pegado contra mi brazo y le rocé la oreja con los labios.

—Prométeme que, aun así, me dejarás entrar hasta el fondo cuando lleguemos a casa.

—Sí —gruñó al instante. Después sonrió con malicia—. Si consigues que me corra antes de que me traigan el postre, me aseguraré de devolverte el favor.

«Reto aceptado».

—Abre las piernas todo lo que puedas, ángel.

Me puso una pierna encima del muslo para conseguirlo y, una vez estuvo completamente abierta, le introduje dos dedos en el canal húmedo y resbaladizo.

El gemido bajo que se le escapó hizo que se me estremeciera la polla de forma dolorosa. Así que añadí un tercer dedo.

—Oh, joder —gimió.

—No te muevas —le advertí, y le di lo que habría pasado por un beso inocente en el hombro—. Quédate quieta o todos los de este restaurante sabrán lo que está pasando debajo de la mesa.

Se mordió el labio y dejó de moverse.

—Esa es mi chica —susurré, y después le pasé el pulgar por el clítoris.

—Madre mía —gimoteó.

Los temblores reveladores que noté en los dedos me indicaron todo lo que debía saber.

—Estás a punto de correrte, ¿a que sí, Angelina?

—Es culpa tuya —dijo entre dientes—. Tuya y de ese maldito traje de chico bueno. Con tu maldita primera cita y tus malditos pendientes de «los he visto y me he acordado de ti».

Se mecía sutilmente contra los movimientos de mi mano y luchaba por mantener las piernas abiertas. Tenía los dedos cubiertos de su humedad. Añadí un poquito más de presión con el pulgar y fue como apretar el gatillo.

Cerró los ojos y tuve el privilegio de notar cómo todo en su interior se bloqueaba antes de correrse. Lina explotó como los fuegos artificiales contra mis dedos y me hizo sentirme como un maldito héroe. Le metí más los dedos y le pasé el pulgar por el botón sensible. Se le sacudieron las piernas y se apoyó en mí con fuerza mientras se corría sin parar.

Me apreté la otra mano contra la erección y recé por no estar tan cerca de explotar como me sentía.

—Joder —exclamó Lina. Seguía jadeando y me apretaba los dedos.

—La tarta de queso y la cuenta —dijo el camarero.

—¿Lo estoy malinterpretando o estás enfadado? —me preguntó Lina cuando me puse detrás del volante de su coche.

Había tenido que arrastrarla ligeramente y llevarla hasta el aparcamiento porque todavía le temblaban las piernas por la masturbación. Por suerte, Nolan estaba en el baño y se había perdido nuestra fuga.

—No estoy cabreado —espeté. Seguía teniendo su humedad en los dedos, un hecho que no ayudaba a mi puta situación.

—Solo intentaba provocarte, no esperaba que llegara tan lejos. Pero, madre mía, cabeza loca. No dejas de sorprenderme.

—Nena, lo único que está furioso ahora mismo es mi pene, por lo lejos que estamos de casa.

Notaba el martilleo del pulso en la cabeza. ¿Cómo narices iba a aguantar los treinta minutos que había hasta casa?

—Ahhhhh. —Alargó la palabra mientras yo ponía el coche en marcha y pisaba el acelerador. El coche patinó cuando salí del aparcamiento y entré en la carretera.

—¿No deberíamos esperar a Nolan? —preguntó.

Le respondí con un gruñido. Si no me aliviaba pronto, temía perder la puta cabeza. Había abierto mucho las piernas y se había corrido con mucha intensidad. En un restaurante lleno de gente. Y ahora yo llevaba una cremallera tatuada en el miembro.

—Creo que puedo ayudarte con eso —comentó, y se quitó el cinturón.

—¿Qué haces? —le pregunté con brusquedad—. Vuelve a ponerte el cinturón.

—Pero si lo hago, no puedo hacer esto.

Se inclinó sobre la consola del coche y, cuando se aferró a mi cinturón, supe que tenía serios problemas.

Contuve la respiración cuando la polla se me puso dura como el granito.

—Angelina —le advertí.

Sus dedos hábiles me habían abierto el cinturón y la cremallera en segundos.

—No vas a acatar todas las leyes esta noche, ¿verdad? —bromeó.

—Quítate el sujetador —le espeté, y aflojé la presión en el acelerador.

—No llevo. —Me informó de eso justo cuando me rodeó la erección palpitante con la mano.

—¡Joder!

—Mantén la vista en la carretera, cabeza loca.

Iba a ser imposible. En especial después de que le agarrara el cuello del vestido con la mano derecha y se lo bajara de un tirón para verle esos pechos tan perfectos.

Con una sonrisa traviesa, bajó la cabeza hasta mi regazo. En el instante en que sus labios cálidos se extendieron por mi glande, supe que estaba perdido. La lengua cálida, la boca suave y la forma en que me agarraba con el puño cerrado. Angelina Solavita estaba a punto de ofrecerme una experiencia religiosa.

Se me escapó un gruñido largo e irregular mientras usaba la boca y la mano contra mí. Limitado por los pantalones, el cinturón y el volante, no podía hacer nada más que dejar que me complaciera. La carretera solitaria e iluminada por la luz de la luna se extendía ante nosotros, pero apenas la veía.

Su boca cálida me robaba toda la atención.

Le pasé una mano por debajo solo para agarrarle una teta desnuda. El gemido que se le escapó hizo que me vibrara el miembro. Tenía la parte posterior de la cabeza clavada en el asiento y las rodillas apretadas contra la puerta en un lado y la consola en el otro.

Había encontrado el ritmo perfecto y sabía que estaba a punto de perder la cabeza y el semen. El clímax se me acumulaba de forma peligrosa en los testículos, que se me tensaron.

—Hostia puta.

Quería empujar hacia arriba. Quería moverme. Pero no podía.

Sin previo aviso, Lina despegó la boca de mi erección. Me miró con una ceja arqueada y los labios rojos y húmedos.

—¿En serio, cabeza loca? ¿Vas a sesenta en una carretera de noventa?

La agarré del pelo sin mucho miramiento y la empujé hacia mi regazo.

—Cállate y chupa, nena.

En cuanto volvió a tocarme el pene con la boca, giré el volante con brusquedad hacia la derecha y entré en el arcén de la carretera. Tuve que maniobrar para reducir la marcha a su alrededor, pero conseguí pararnos por completo. Puse el coche en punto muerto y accioné el freno de mano. La nube de polvo aún nos rodeaba cuando accioné la palanca del asiento para reclinarme.

Le puse las dos manos en la cabeza para marcar el ritmo. Se inclinó todavía más sobre la consola, sin apartar la boca del miembro, y las tetas le rebotaron bajo la luz del salpicadero.

Estaba a punto.

Quería advertirla, pero no conseguía mediar palabra. No era capaz ni de inhalar el aire que necesitaba para formar una frase. En cierto modo, así era como me sentía cuando me inundaba el pánico, pero esto era totalmente diferente. Era algo por lo que dejaría todo lo demás. Lina era alguien por quien lo dejaría todo.

Con ese pensamiento tan aterrador, eyaculé con fuerza. El éxtasis me subió por el miembro como fuego y brotó en su boca expectante. Debí de gritar. Debí de haber pisado el acelerador, porque el motor se aceleró hasta la línea roja. Le tiraba del pelo con demasiada fuerza, pero era incapaz de parar. No hasta que dejara de correrme.

Fue interminable. Me chupaba y se limpiaba con la boca cada chorro del clímax como si no pudiera vivir sin ellos.

—Nena —jadeé, y me desplomé contra el asiento.

Mantuvo la boca asegurada en la punta sensible hasta que la levanté de un tirón. Tenía el pelo hecho un desastre. Los ojos grandes y vidriosos. Los pechos se le movían de forma hipnótica cada vez que inhalaba. Y tenía la boca, esa maldita boca, hinchada, sonrosada y húmeda.

Nunca había visto nada tan hermoso en mi vida.

La agarré por debajo de los hombros, la arrastré por encima de la consola hasta mi regazo y le apoyé la cabeza en mi pecho. Se acurrucó contra mí y los dos respiramos como si hubiéramos corrido un kilómetro y media.

—Joder, nena. Tendrías que registrar esa boca como arma —le dije.

Se le escapó una risa grave y sensual.

—Considéralo la revancha por hacer que me corra en mitad de un restaurante.

Le pasé una mano por el pelo.

—No sé tú, pero diría que ha sido una primera cita bastante buena.

—No diría que no a una segunda.

Le agarré un pecho y apreté.

—Pediremos que nos traigan la comida a casa —decidí.

Fue justo en ese momento cuando me fijé en las luces parpadeantes que se reflejaban en el retrovisor.

—Joder.

CAPÍTULO TREINTA Y NUEVE

TODA LA PANDILLA PRESENTE

LINA

—Eres una mala influencia —protestó Nash, que agitó las llaves con torpeza.

—Por suerte solo era Nolan —le recordé mientras esperaba a que abriera la puerta del apartamento.

La niñera alguacil de Nash no se había alegrado mucho al volver del baño del restaurante y ver que no estábamos. Solo encontró la situación algo más divertida cuando se acercó a la ventanilla del lado del conductor. No tenías que ser neurocirujano para saber qué habíamos estado haciendo.

Nash abrió la puerta y me hizo un gesto para que pasara primero. Piper me saludó en la puerta, llevaba con orgullo un pequeño perro policía de peluche en la boca.

—Ese es nuevo —señalé, y me agaché para revolverle el pelo áspero.

—Lo vi en Amazon —respondió Nash. Cerró la puerta y colgó las llaves del gancho.

—¿Hay algún momento en el que no vayas empalmado? —le pregunté cuando noté la situación obvia de sus pantalones.

Esbozó una sonrisa malvada cuando se acercó a mí.

—Puedes escoger.

—Explícate.

—O te lo como aquí contra la puerta o en el dormitorio.
—Ya estaba alargando las manos hacia el dobladillo de mi vestido.

413

—Espera, espera, espera.

A su favor, se detuvo de inmediato.

—¿Qué ocurre?

—Por mucho que desee probar tu cara recién afeitada...
—Sacudí la cabeza—. No me creo que vaya a decir esto, pero creo que tenemos que hablar.

Nash frunció los labios.

—¿Qué narices te han puesto en el vino?

Me llevé las manos al pelo.

—Es evidente que he sido abducida por alienígenas y me han reemplazado por un clon no muy convincente. Pero hemos estado muy ocupados llegando al orgasmo para hablar.

—¿Sobre qué?

—Sobre el plan para acabar con Hugo. Iba en serio cuando te he dicho que quiero formar parte de ello. Y por mucho que quiera meterme en tus pantalones una y otra vez, es importante. Lo bastante como para que no deje que me distraigas con tu pene mágico.

Su mirada pasó de ser intensa y abrasadora a divertida.

—Eres una entre un millón, ángel.

—Ah, no, agente Macizo. Nada de distraerme con cumplidos. Reúne a la tropa mientras saco a Piper.

—¿Ahora?

Descolgué la correa de Piper del gancho.

—Sí, ahora —respondí con firmeza.

Volví del paseo por la manzana con Piper y unos remordimientos de conciencia persistentes.

—¿Nash? Antes de que llegue todo el mundo, tengo que contarte una cosa.

Nash estaba colgando la foto de Duncan Hugo en una pizarra que había colocado junto a la mesa.

—¿Qué pasa?

Estaba bastante segura de haber hecho lo correcto, pero tenía la sensación de que era posible que él no fuera a verlo así.

—A ver, en el instituto, después de que se me parara el corazón, no encajaba. Y, además de en el trabajo, nunca he encajado desde el punto de vista social.

Ahora me miraba con atención.

—Supongo que lo que intento decir es que todo esto es nuevo para mí. Lo que sea que está pasando entre nosotros es nuevo para mí y tener amigas como Naomi y Sloane también lo es.

Nash cerró los ojos despacio y los volvió a abrir. Se frotó el punto entre las cejas.

—¿Qué has hecho, Angelina?

—Tú escúchame —empecé, pero me interrumpió un golpe fuerte en la puerta. Piper salió a la desbandada hacia Nash.

—Son las nueve de la noche y mañana hay clase —se quejó Knox cuando lo dejé entrar.

—Elijo la casilla de «Cosas que diría el Knox Morgan domesticado» por 200 dólares —bromeé. Justo estaba cerrando la puerta cuando apareció Lucian.

—¿Cómo narices has llegado tan rápido? —le pregunté.

—Hoy he trabajado desde casa.

—¿Has teletrabajado en traje?

—Bonitos pendientes —comentó.

Entrecerré los ojos con sospecha.

—¿Por qué eres amable conmigo?

—Por eso. —Hizo un gesto con la cabeza por encima de mi hombro hacia Nash, que le ofrecía una cerveza a su hermano y sonreía mientras lo hacía—. No la cagues.

Se sumó a sus amigos y yo cerré la puerta, sintiéndome culpable.

—Chicos, antes de empezar, debería deciros que…

Me interrumpieron más golpes en la puerta. Lucian dejó de intentar convencer a Piper para que dejara de esconderse detrás de las piernas de Nash y frunció el ceño.

—¿Es Graham?

—Sabemos que estáis ahí. —La voz de Sloane nos llegó desde el otro lado de la puerta.

Nash se dirigió hacia mí y la puerta.

—Es lo que quería decirte —le expliqué, y lo agarré del brazo.

Echó un vistazo por la mirilla y me lanzó una mirada de «no has sido capaz».

—Lo he hecho —confesé.

—¿Hacer qué? —preguntó Knox, y se cruzó de brazos.

—Esto —respondió Nash, y después les abrió la puerta a Naomi, Sloane y la señora Tweedy.

—Vale, que quede claro, yo no he avisado a la señora Tweedy —comenté.

Knox parecía preocupado y Lucian tenía aspecto de estar listo para cometer un asesinato. Y Nash, bueno, Nash me miró y puso los ojos en blanco.

—Flor, cariño, ¿qué narices haces aquí? —exigió saber Knox, que cerró la distancia entre ellos.

Ella se cruzó de brazos por encima del bonito jersey violeta que llevaba.

—Nos ha avisado Lina.

Sloane, vestida con unos pantalones de pijama de cuadros y un top a juego, se llevó las manos a las caderas.

—No nos vais a dejar fuera de lo que sea que sea esto, penes.

—Yo solo he venido porque desde la mirilla parecía que estabais haciendo una fiesta. He traído alcohol —anunció la señora Tweedy, y enseñó una botella de *whisky* americano.

Hice una mueca cuando los tres hombres me miraron enfadados.

—Angelina —comenzó Nash.

Levanté las manos.

—Escuchadme. Esta situación nos involucra a todos de una forma u otra, excepto a la señora Tweedy. Y Naomi y Sloane merecen saber qué está pasando. Cuantas más cabezas seamos, más ojos y oídos tendremos repartidos por el pueblo y más preparados estaremos.

Los hombres no dejaron de fulminarme con la mirada.

—Nadie conoce el pueblo y lo que ocurre en él mejor que Sloane. Y Naomi se ha ganado el derecho a estar aquí solo por ser un objetivo. No deberíamos ocultárselo. Cuanto más sepa, más segura estará y mejor podrá proteger a Waylay —insistí.

—No me vais a dejar fuera de lo que sea esto. Si tiene algo que ver con mi hermana o con el imbécil de su ex, merezco saber qué está pasando —le insistió Naomi a Knox.

—No tienes que preocuparte, Flor —le aseguró él, y la sujetó por los bíceps con suavidad—. Yo me encargo. Yo os protegeré a ti y a Way. Tienes que confiar en mí.

Naomi suavizó el gesto por un momento antes de volver a ponerse de mal humor.

—Y tú tienes que confiar en mí. No soy una niña, merezco saberlo todo y una línea de comunicación abierta.

Sloane señaló a Naomi con el pulgar.

—Eso. Lo que ha dicho ella.

—Esto no tiene nada que ver contigo, ¿cuándo vas a aprender a meterte en tus asuntos? —Lucian se dirigió a Sloane en un tono tan frío que casi me hace estremecer.

Bueno, por lo menos el grandullón estaba cabreado con alguien más que conmigo para variar.

Sin embargo, Sloane parecía ser inmune al hielo de Rollins.

—Cierra el pico, Satanás. Si tiene que ver con mi pueblo y con la gente que me importa, tiene que ver conmigo. No esperaría que lo entendieras.

Empezaron un duelo de miradas y me pregunté a cuál de los dos se le cansaría el cuello primero, teniendo en cuenta la diferencia de altura.

Nash vino hasta mí en un par de zancadas y me agarró de la muñeca.

—Disculpadnos un segundo —anunció, y después me arrastró hacia el dormitorio. Cerró la puerta, me empujó contra ella y apoyó las palmas de las manos a ambos lados de mi cabeza para encerrarme—. Explícate.

—Pareces enfadado. ¿A lo mejor deberíamos hablar después?

—Vamos a hablar ahora, ángel.

—Tenían derecho a saberlo.

—Explícame por qué has hablado con ellas antes que conmigo.

—¿Quieres que sea sincera?

—Estaría bien, para variar —dijo en tono seco.

—No estoy muy segura de cómo aplicar la jerarquía de lealtad en esta situación. Naomi y Sloane son las primeras amigas de verdad que he tenido en mucho tiempo y he perdido la práctica, pero sé lo mucho que te dolió que te ocultara información. Me pasó lo mismo cuando empezaste a planear algo sin que yo estuviera presente. Y...

Me clavó las caderas a la puerta con las suyas de un golpe seco.

—¿Es que están follando ahí dentro? —oí que preguntaba Knox desde la otra habitación.

—¿Y qué? —me preguntó Nash.

—Y tienen que saberlo. Entiendo que estés enfadado y lo siento por no habértelo comentado primero.

—Lo agradezco y no te equivocas —respondió. Me apartó el pelo de la frente en un gesto tan dulce que me fallaron las rodillas.

—¿No?

Le asomó una sonrisa a la comisura de la boca.

—No, pero la próxima vez lo hablaremos primero.

Era tan atractivo y tan... bueno. No me extrañaba que sintiera... algo por él.

—Sí, entendido. —Conseguí asentir.

Me acarició la mejilla.

—Estamos juntos en esto. Cuando nuestras decisiones afectan al otro, las tomamos juntos. ¿Entendido?

Asentí de forma enérgica.

—Bien —dijo, y me apartó de la puerta. Después me dio una palmada aguda en el culo—. Considéralo un choca esos cinco bajo.

—¡Ay!

—O ella le ha dado un bofetón o él la acaba de azotar —comentó Sloane en la otra habitación.

—Ahora salgamos y solucionemos todo esto. Juntos —dijo Nash con firmeza.

—Vale.

Hizo una pausa.

—¿Hay algo más que quieras decirme antes de salir?

Abrí la boca justo cuando se oyó que alguien más llamaba a la puerta principal.

—Te juro que esta vez no he sido yo —insistí.

Sonrió y abrió la puerta del dormitorio.

Nolan entró en el apartamento y Knox cerró la puerta tras él. El alguacil se paró en seco y echó un vistazo a los reunidos, a la pizarra y a cómo la señora Tweedy preparaba una jarra de *old fashioneds*.

—Esto no me va a gustar, ¿verdad?

—No tanto como a mí —le respondió Knox.

—Hola, Nolan. —Sloane lo saludó con una bonita sonrisa.

—Hola, bombón.

Lucian permaneció callado, pero la energía de «estoy a punto de explotar» que emanaba de él era una presencia tangible en la sala.

—Voy a por más cervezas —comenté, y me interpuse a propósito entre Lucian y Nolan, que parecía no darse cuenta de que su vida pendía de un hilo.

—Ya sabes lo básico. Esta es tu última oportunidad de retirarte antes de que la cosa se ponga fea —le dijo Nash a Nolan mientras yo me dirigía a la cocina—. ¿Te unes o no?

—Sí —respondió sin dudar.

—Nolan, esto podría meterte en un buen lío —le advertí mientras sacaba un lote de seis cervezas de la nevera—. A tus jefes no les gustará que te involucres en esto.

Nolan extendió los brazos.

—No sé si os habéis dado cuenta, pero mi trabajo da asco. Me costó el matrimonio. Ha arruinado lo que espero del mundo en general. Y dormir en moteles de una estrella infestados de cucarachas me ha destrozado la espalda. Ya he escrito un borrador de mi dimisión, solo estoy esperando a emborracharme o hartarme lo suficiente para enviárselo a los de arriba. Además, estoy cansado de hacer de niñera.

Nash y yo intercambiamos una mirada y él asintió. Le ofrecí una cerveza a Nolan.

—Bienvenido al equipo.

—No sé de qué narices estáis hablando, jóvenes, pero yo también estoy en el equipo —anunció la señora Tweedy.

Me encogí de hombros y Nash, por su parte, puso los ojos en blanco. Ambos sabíamos que no había una forma fácil de echarla.

—Vale —le dijo Nash—. Pero no puede repetir nada de lo que oiga esta noche. Ni a sus compañeros del gimnasio, ni a sus colegas del póquer. A nadie.

—Que sí, ya lo he captado. Vamos al grano.

—Acabemos con esto —murmuró Knox, y apartó una silla para Naomi.

Nos sentamos alrededor de la mesa con el *whisky* y las cervezas y escuchamos a Nash mientras explicaba todo lo que había sucedido en los últimos días y exponía el plan básico que se les había ocurrido.

—No me gusta —anunció Sloane cuando terminó.

Naomi tenía los ojos muy abiertos y se aferraba a la mano de Knox.

—No puedes ir en serio, Nash. No puedes ofrecerte como cebo. Casi te mata una vez.

—Y esta vez lo estaré esperando —respondió Nash con suavidad.

—Lo esperaremos todos —prometí.

Naomi se volvió hacia Knox con una mirada de súplica.

—Pero si Nash es un objetivo, un cabo suelto, Way también lo es.

—Y tú —comentó Lucian.

Knox la atrajo hacia él.

—Mírame, Flor. Nadie se acercará a ninguna de las dos, te lo prometo. Primero tendrán que pasar por encima de mí y ni de broma voy a permitirlo.

—Disparó a Nash —respondió con los ojos llenos de lágrimas.

—Y en eso tampoco tendrá una segunda oportunidad —prometió Knox. Miró a su hermano y ambos intercambiaron una larga mirada.

Naomi cerró los ojos y se apoyó en el pecho de Knox.

—Todo esto está pasando por culpa de mi hermana. Siento que lo he provocado yo.

—No puedes hacerte responsable de las malas decisiones de otro adulto —le dijo Nash. Posó la mirada en mí—. Lo único que puedes hacer es intentar tomar buenas decisiones.

—Quiero que quede clara una cosa —intervino Knox—. Nada de esto va a pasar antes del sábado. Nadie le va a fastidiar el día a Flor.

—También es tu día, Knox —respondió Naomi, que se apoyó en él.

—Pues sí. Y nada ni nadie lo va a arruinar, ¿queda claro? —Miró a todos los de la mesa para asegurarse de que todo el mundo estuviera de acuerdo.

—Lo pondremos en marcha el lunes —añadió Nash.

—Vale, entonces deberíamos hablar de los preparativos —sugerí.

Nash asintió.

—Todos somos parte del equipo, así que todos tenemos algo que hacer, si no ¿por qué estamos aquí?

—Porque Lina ha abierto la bocaza y las ha metido de lleno —comentó Knox.

—Lina te ha salvado de dormir en el sofá una semana, que es lo que te merecerías si te hubieras salido con la tuya al ocultarme la información. Así que deberías agradecérselo —señaló Naomi.

Knox me miró y utilizó el dedo corazón para frotarse la comisura del ojo.

—Gracias, Leens —comentó.

—De nada —le dije con dulzura, y levanté el vaso con el mismo dedo extendido.

—Volvamos a las tareas —sugirió Nolan.

—Adelante —me animó Nash.

Pestañeé.

—No sé…, no me siento muy cómoda…

—Pero sabes lo que hay que hacer —insistió.

—Ya —respondí—. Vale, pues, Nash, conseguirás el archivo del caso que empezó la policía de Lawlerville antes de que los federales intervinieran. A lo mejor hay algo ahí que nos diga adónde fue Hugo.

Asintió para mostrar que estaba de acuerdo y yo exhalé.

—Continúa —me animó.

Me volví hacia Nolan.

—Nolan, tú usarás tu encanto y tus contactos para ver qué puedes conseguir del caso que los federales están construyendo contra Anthony Hugo. Quién les está dando información y cómo la consiguen.

—Me pongo a ello —respondió, y se frotó el bigote.

—¿Sloane?

—Dime —respondió, y sujetó un bolígrafo encima de la libreta que había sacado del bolso.

—Necesitamos que haya gente en el pueblo que esté atenta a la llegada de Duncan Hugo y sus matones. Cuanto antes nos den el aviso, más tiempo tendremos para prepararnos. Grim ya ha aceptado seguir pendiente de los hombres de Hugo. Si alguno viene hacia nosotros, lo sabremos. Pero necesitamos gente que mantenga los ojos y los oídos abiertos y las bocas cerradas.

—¡Ohhh! ¡Yo! ¡Escógeme a mí! —exclamó la señora Tweedy, que casi se incorporó del asiento mientras levantaba la mano como una estudiante impaciente.

—Vale, la señora Tweedy será la primera espía oficial —coincidió Sloane.

—Eso significa que no puede irse de la lengua con nadie —le recordó Knox a su inquilina anciana.

—Sé cuándo irme de la lengua y cuándo mantener la boca cerrada —replicó ella.

—Escoge a gente que sepas que no hablará. Lo último que queremos es que todo el pueblo busque pelea —le advirtió Nash a Sloane.

—A lo mejor podemos contarle algún bulo a un par de bocazas para que monten guardia sin saber exactamente por qué —sugirió la señora Tweedy.

—¿Cómo lo haríamos? —le pregunté.

—Por ejemplo, el tipo del tatuaje. Puedo mencionarle de pasada a Neecey del Dino's que he oído que un tipo con tatuajes en la cara busca comprar unas hectáreas de tierras de cultivo para construir apartamentos hípsters y tiendas de vapeo.

—No es mala idea —comentaron Lucian y Sloane al mismo tiempo. Intercambiaron una mirada asesina larga y ardiente.

—Knox —continué.

Este aún tenía a Naomi pegada al costado y le rodeaba los hombros con un brazo tatuado.

—Cuéntame, jefa.

—Seguridad local. Refuerza la alarma de tu casa y de la de Nash. Lucian, ¿se te ocurre alguna manera de localizar a Nash, Naomi y Waylay en caso de que se separen de los móviles?

Nash giró la cabeza hacia mí con brusquedad.

—Espera un minuto. Ya tengo una sombra federal...

—No te molestes en discutir —le dijo Naomi—. Si es una precaución que Waylay y yo tenemos que tomar, tú también.

—Tengo acceso a tecnología muy interesante que podría ayudar —ofreció Lucian.

—Genial. Knox, puedes ayudar a Lucian con eso —comenté.

—¿Y qué quieres que haga yo? —me preguntó Naomi—. Y ni se te ocurra dejarme fuera.

Miré a Nash para que me ayudara.

—Defensa personal —comentó él—. Tú y Waylay os apuntaréis a clases privadas con el instructor de *jiu-jitsu* de Fi. —Knox abrió la boca para protestar, pero Nash sacudió la cabeza—. Hugo no se acercará a ninguna de las dos, pero no vamos a correr riesgos.

—No puedo esperar a aumentar mi repertorio de golpes a la rodilla, pelotas y nariz —dijo Naomi.

Sloane bostezó y se miró el reloj.

—Vale, ya sabemos nuestras tareas. Vamos a pillar a ese cabrón.

Un murmullo de aprobación recorrió la mesa.

La señora Tweedy sorbió ruidosamente lo que le quedaba del *whisky*.

—Venga, Flor. Vamos a la cama —dijo Knox.

La forma en que él lo dijo y cómo lo miró ella me hicieron pensar que dormir era lo último que cualquiera de los dos tenía en mente.

Sloane se guardó la libreta en el bolso.

—Voy a crear un grupo de WhatsApp para que nos mantengamos informados.

—Bien pensado —respondió Nash. Después se volvió hacia Nolan e hizo un gesto con la cabeza a la cocina—. Graham.

—¿Podemos hablar? —dijo Lucian, que apareció detrás de mí.

—¿Qué pasa?

—¿Cuál es mi tarea en realidad?

Esbocé una sonrisa lenta y engreída.

—No quería pedírtelo delante de un alguacil, aunque sea de nuestro equipo.

—Lo imaginaba.

—¿Puedes utilizar tu espeluznante red de recolecta de información para encontrar a un hombre sin nombre y sin fotografía? —Le expliqué lo del amigo del teléfono de prepago de Duncan—. Es el único al que no he podido localizar y eso me hace pensar que es al que tenemos que encontrar.

—Envíame todo lo que tengas y haré que mi equipo se ponga a ello de inmediato.

—Genial. Oh, ¿y qué te parece vigilar a Sloane? El resto estamos preparados para lidiar con algo así o vivimos con alguien que lo está. Sloane está sola y, dado que vives a su lado cuando estás en el pueblo, eres el candidato más práctico.

Un fuego helado le recorrió la mirada.

—Nadie se le acercará —prometió.

—Seguramente te dará el coñazo por prestarle tanta atención —le advertí.

Algo casi parecido a una sonrisa le cruzó el atractivo rostro, pero desapareció muy rápido.

—Esta vez no me ahuyentará tan rápido.

Me moría de ganas por saber de qué otro momento hablaba y cómo era posible que una mujer de metro cincuenta y ocho hubiera ahuyentado a Lucian «Lucifer» Rollins. Pero no parecía el momento de hacer preguntas.

Nos despedimos de todo el mundo, excepto de Nolan, a medida que salían por la puerta, con la emoción del propósito y la expectativa entre ellos.

Sloane se detuvo en la puerta abierta.

—¿Todavía quieres ser mi acompañante en la boda del sábado? —le preguntó a Nolan, que estaba apoyado en la isla de la cocina.

—No me lo perdería por nada en el mundo, bombón.

—Recógeme a las…

Lucian cerró la puerta de un portazo e interrumpió a Sloane en plena frase.

—Esos dos van a implosionar algún día, ¿verdad, Pipe? —le pregunté a la perra, que daba saltitos juguetones a mis pies.

—Ángel, dame tu llave —me pidió Nash.

—La puerta está abierta —le dije, y me reuní con él y Nolan en la cocina.

—Genial. Pues ve a por tus cosas y trae la llave —respondió.

—¿Mis cosas?

—Graham se quedará en tu casa hasta que todo esto acabe. Ayudará tenerlo más cerca que en el motel.

—No os voy a mentir, me muero de ganas de dormir en una cama de verdad y no tener que pisotear media docena de cucarachas antes de ducharme —dijo Nolan con alegría.

—Eh, pues te quedas en el sofá, amigo mío —le comenté.

—No, se queda el piso —replicó Nash—. Y tú te quedas conmigo.

—¿Esperas que me mude contigo? —Mi tono de voz subió una octava y empecé a sudar al instante.

—Y, hablando de eso, voy a por mis cosas. Volveré en el tiempo que tarde en espantar a las ratas de mi maleta —anunció Nolan, y echó a correr hacia la puerta.

—Adelante, enfádate conmigo —me retó Nash.

—No puedo mudarme contigo Nash. Es una locura. Apenas hemos aguantado sin discutir un día entero y ¿quieres que compartamos baño? ¡No sonrías como si yo fuera la loca! —Oía el matiz de histeria en mis palabras, pero no había manera de contenerlo.

No dejaba de sonreír, pero ahora se acercaba a mí.

Levanté las manos y empecé a retroceder.

—Una cosa es quedarse dormidos después del sexo por accidente, pero traer mis cosas aquí y… ¿Acaso tienes espacio en el armario? No puedo dejar todas mis cosas en una maleta. Tienen que respirar.

Yo tenía que respirar.

Nash me atrapó. Me puso las manos en la cintura y me acercó a él. Odié el hecho de que me sintiera más tranquila al instante.

—Respira hondo —insistió.

Di una bocanada diminuta e inútil.

—Eres adorable cuando te pones histérica.

—No me estoy poniendo histérica. Estoy... procesando tu ridícula sugerencia.

—Si te hace sentir mejor, solo es temporal —dijo con la voz fastidiosamente tranquila.

Temporal. Temporal. Temporal. Igual que nuestra relación. Día tras días hasta... después.

Nash me tomó las manos y me las colocó en su nuca, después empezó a balancearse.

—¿Por qué no dejas de bailar lento conmigo?

—Porque me gusta estar cerca de ti incluso aunque tengamos toda la ropa puesta.

—Esta no puede ser la mejor solución —insistí—. ¿Por qué no nos mudamos todos al motel?

—Nolan no bromeaba sobre las ratas —señaló Nash.

—Bueno, vale. Pues nos mudamos todos con Naomi y Knox. Tienen espacio.

—¿Y no crees que eso hará que todo el pueblo hable? El objetivo de esto es que todo parezca lo más normal posible desde fuera.

—¿Y qué tiene esto de normal? —le pregunté—. Además, la gente empezará a hablar de que Nolan se quede en mi casa. Creerán que me estoy acostando con los dos. O que formamos parte de un trío muy raro.

—O creerán que la protección que me otorgaron los federales se queda aquí para protegerme. O creerán que tú y yo vamos en serio y que Nolan quería salir del motel de las cucarachas.

Maldita sea. El hijo de puta sigiloso y confabulador había pensado en todo.

Estaba impresionada.

Y aterrada.

—No voy a convertirme en ama de casa y a aprender a cocinar de repente —le advertí.

—Entendido.

—Y más te vale no usar el suelo del baño como cesto de la ropa sucia. Ya vi la montaña de ropa el día que trajimos a Piper a casa.

—¿Tengo que sacar el brócoli del congelador? —preguntó, y me frotó la mejilla contra la coronilla.

—No. Puede ser.

CAPÍTULO CUARENTA

SONRÍE PARA LA CÁMARA

LINA

—No me creo que me estés obligando a hacer esto —comentó Nash mientras la maquilladora le aplicaba polvos en la frente. Se le acabó la paciencia y esquivó la mano—. ¿Podemos terminar ya? ¿Por favor?

Estaba sentada en el escritorio de su despacho mientras disfrutaba muchísimo de su incomodidad bajo el calor de los focos del fotógrafo.

Durante los últimos días, había sido yo la que había estado incómoda porque me había visto forzada a mudarme con él... temporalmente, me recordé. Pero eso significaba que, de momento, mi ropa, mi maquillaje, la puñetera planta y yo vivíamos en el apartamento de Nash.

Durante las últimas cuarenta y ocho horas, había dormido en la cama de Nash, me había lavado los dientes en su lavamanos y vestido en su baño. Después, me había sentado en su mesa y me había comido los desayunos y cenas que él me había preparado.

Me había negado a hacer mis necesidades mientras él estuviera en casa. Y para estar segura, había reducido la ingesta de fibra por un tiempo.

Para ser sincera, excepto por mi miedo a compartir baño, vivir con él no había sido tan raro como esperaba. Pero era probable que se debiera a que pasábamos la mayoría del tiempo de calidad desnudos y el resto planeando los detalles del plan para simular que Nash había recobrado la memoria y hacer que Duncan Hugo saliera de su escondite.

La maquilladora recogió sus cosas y salió a toda prisa de la habitación. Me bajé del mostrador y me acerqué a Nash. Llevaba el uniforme y tenía el ceño fruncido, una combinación que me resultaba sumamente atractiva.

—¿Tengo que recordarte que ha sido idea tuya? —le pregunté, y le pasé las manos por el pecho robusto. Había empezado a recuperar peso y había ido añadiendo músculo a su complexión. También me había fijado en que ponía menos muecas al utilizar el hombro malo. El corazón ya no se me contraía tanto por los nervios y me preguntaba si el sexo trascendental era una especie de cura milagrosa.

—La idea era correr la voz de que había recuperado la memoria, no gritarlo a los cuatro vientos desde una revista en línea nacional con una maldita sesión de fotos —protestó.

—Pobrecito. Pero tenemos que asegurarnos de que la noticia vuele en caso de que Duncan se esté escondiendo en la otra punta del país.

—¿Cómo ha conseguido Stef organizar todo esto? —preguntó Nash, que se tiró del cuello de la camisa, malhumorado.

—Tiene el contacto de una empresa de relaciones públicas. Naomi lo llamó, él los llamó a ellos y aquí estamos.

—Recuérdame que le tire un disco de pesas en el pie la próxima vez que lo vea en el gimnasio.

Sonreí.

—¿Qué?

—Me gusta cuando te pones un poco gruñón. Es adorable —confesé.

—No estoy gruñón y no es adorable, joder.

—Vale. Estás malhumorado y es *sexy*.

Apretó la mandíbula mientras lo sopesaba.

—Eso me gusta más.

—¿Estás preocupado? —le pregunté, y lo abracé.

Nash deslizó los dedos en los bolsillos traseros de mis pantalones.

—Es impredecible. Podría estar ofreciéndome como cebo y que, aun así, decidiera ignorarme e ir tras otra persona.

—Knox no perderá de vista a Naomi o Waylay en el futuro próximo. Tú eres el que llamará la atención de Duncan, eres la mayor amenaza. No podrá resistirse a acabar el trabajo. —Sacudí la cabeza y cerré los ojos.

—¿Qué? —preguntó Nash.

—No me creo que esté reconfortando al amante con el que vivo diciéndole que el hombre que intentó asesinarlo una vez hará un segundo intento —respondí—. No hay nada en toda esta situación que sea normal.

—¿Amante con el que vives? —repitió.

—¿Mi juguete sexual? ¿Amigote? ¿Polvo de apoyo emocional?

—Tu novio —decidió Nash. Sonrió cuando puse una mueca—. Para ser tan dura, te asustas con facilidad.

—No me he asustado —mentí.

—¿Crees que no me doy cuenta cuando le entra el pánico a mi novia?

—Ahora estás siendo un capullo —protesté, y me zafé de su abrazo—. Vamos a dejar lo de ponerle un nombre a esto para cuando haya pasado todo.

Se apoyó en el escritorio sin dejar de sonreír.

—Me gusta saber que tengo la capacidad de ponerte nerviosa.

—Ah, ¿sí? Pues a mí me gusta que te pongas histérico por culpa de los cosméticos y una sesión de fotos para una revista.

Hizo una mueca.

—¿Ahora quién está siendo cruel, Cruella?

—Toma un caramelo —dije, y le entregué uno de los que había cogido del atril del *maître* en nuestra primera cita.

—No quiero un caramelo. Quiero… —El envoltorio le crujió en la mano y perdió el hilo. Lo miró con el ceño fruncido, perdido en sus pensamientos.

—¿Qué pasa? —le pregunté.

Se sacudió.

—Nada. Me ha dado la sensación de que empezaba a recordar algo.

—¿Del tiroteo? —insistí.

—Puede. Ahora ya no.

—Si te portas bien, te llevaré a comerte un helado —le ofrecí para cambiar de tema.

Me agarró por la cinturilla de los pantalones y me atrajo hacia él.

—Me estás clavando el espray de pimienta en el vientre —le advertí.

—¿Qué te parece si en lugar de una sesión de fotos y un helado, te siento sobre mi escritorio y te abro esas piernas tan largas y *sexys?* Me pondré de rodillas y te besaré los muslos.

Un escalofrío delicioso me recorrió la columna cuando deslizó una mano para agarrarme el trasero. Tenía la mano cálida y su agarre era posesivo.

—Me suplicarás hasta que saque la lengua y luego…

—¡De acuerdo! Siento la tardanza, voy hasta arriba. —El fotógrafo pareció no darse cuenta de que me habían dejado de funcionar las rodillas o de que Nash lo fulminaba con la potencia de cien soles.

—¿Lo dejamos para después? —susurré.

—¿Y qué narices hago con la erección? —me gruñó al oído.

Bajé la mirada y sonreí de oreja a oreja.

—Puedes esconderla detrás del espray de pimienta. Y de la linterna. Y de la táser. Pero hagas lo que hagas, no pienses en cómo gritaré tu nombre cuando me lo comas.

—Joder.

Nash sufrió doce minutos enteros de fotografías, la mayoría con una erección apenas camuflada, antes de dar por finalizada la sesión de fotos como un oso gruñón. Aguantó seis minutos más de lo que yo esperaba.

Sujeté a Piper solo con un brazo y saqué el móvil.

Yo: Me debes veinte dólares. Nash acaba de despedir al fotógrafo.

Stef: ¡Jolín! Pensé que llegaría a los quince minutos.

Yo: Pringado. Envíame el dinero. Y gracias por organizar todo esto mientras estás ocupado en Nueva York haciendo lo que sea que hagas. Te debo una.

431

Stef: Puedes pagar la deuda con toda la información que tengas sobre Jeremiah.

Yo: ¿Es que no hablas con él?

Stef: Por supuesto que sí. Solo quiero saber si está levantando pesas como un panda triste y sexy mientras no estoy.

—Hola. ¿Quieres que nos larguemos de aquí? —me preguntó Nash, que asomó la cabeza por la puerta de su despacho. Se había quitado los polvos que le había puesto la maquilladora. Tenía aspecto del típico héroe estadounidense y Piper también lo pensaba, a juzgar por cómo sacudía el rabo.

—¿Adónde vamos?

—A ver a una chica para hablar de un capullo —respondió de forma enigmática.

—Después de ti —le dije, y le hice un gesto para que pasara delante de mí. Le admiré el trasero en esos pantalones de uniforme tan *sexys* mientras nos dirigíamos al vestíbulo.

—¿Te han sacado alguna foto de la cara o han sido todas del culo? —le preguntó Nolan, que se estaba poniendo la chaqueta para salir con nosotros.

—Vete a la mierda —respondió Nash.

Hacía un bonito día de otoño para conducir. Nash puso una lista de reproducción de música *country* y los tres (junto con Piper) nos metimos en el coche patrulla. Centré toda mi atención en las novedades del grupo de WhatsApp. Naomi y Sloane se estaban tomando muy en serio las tareas.

Sloane había reclutado a una red de espías de diferentes categorías para vigilar a Hugo y a sus secuaces.

Naomi y Waylay tenían la primera clase de *jiu-jitsu* esa tarde. Knox y Lucian habían pedido más de tres millones de kilos de equipos de seguridad que instalarían esa semana.

—Una excursión muy divertida, jefe —dijo Nolan desde el asiento trasero.

Levanté la vista y vi que el correccional de mujeres se alzaba imponente ante nosotros.

—He pensado que ha llegado el momento de que me siente a hablar con ella —comentó Nash, y echó un vistazo a la cárcel a través del parabrisas—. ¿Hay algo que deba saber antes de que entremos?

—No hablará si Nolan está en la sala y está colada por ti.

—¿Tina? ¿Por mí? —Nash me miró como si hubiera sacado una raqueta de bádminton de repente y le hubiera pegado en la cara con ella.

—Es por el culo, ¿a que sí? —preguntó Nolan.

—¿El mío o el suyo?

—Venga, jefe —bromeé—. Ya sabes que a todas las mujeres de Knockemout les gusta mirarte mientras sales de los sitios.

A Nash se le empezaron a ruborizar las orejas en un tono rosa adorable.

—¿Podemos dejar de hablar de mi culo, por favor?

—Podemos parar, pero no creo que puedas callar a todo el pueblo, agente Macizo —le advirtió Nolan.

Nash salió del coche murmurando en voz baja y le lanzó las llaves a Nolan.

—Quédate aquí y entretén a Piper. Ahora volvemos.

—Intenta que no te apuñalen —dijo Nolan.

Nash me pasó el brazo por los hombros mientras cruzábamos el aparcamiento y yo me puse rígida.

—¿Qué pasa? —me preguntó.

—Estamos trabajando —señalé.

—¿Y?

—Que no es muy profesional que nos aferremos al otro, ni que nos enrollemos.

—Creo que vamos a tener que revisar tu definición de enrollarse.

—Ya sabes lo que quiero decir —repliqué. No me gustó lo malhumorada que soné.

Nash me detuvo casi en la entrada.

—Te has pasado el día metiéndote conmigo y, cuando no lo hacías, me estabas poniendo cachondo. Y cuando no has hecho ninguna de las dos cosas, estabas metida en esa cabecita, perdida en tus pensamientos. Voy a arriesgarme y deducir que sigues agobiada por nuestra fiesta de pijamas prolongada.

—No estoy agobiada.

—¿Sabes que cuando estás histérica le pones demasiado énfasis a ciertas palabras?

—No es cierto. —Vale, me había pillado. Nunca había pasado el tiempo suficiente con un hombre para que detectara ese tipo de cosas. Era muy molesto.

Y ahora estaba usando el mismo tono en mi cabeza. Genial.

—Escúchame, cariño. Ponte todo lo histérica que quieras, seguiré estando aquí cuando acabes. No es más que una fiesta de pijamas prolongada, no estás encerrada en una mazmorra, ni te estoy reteniendo contra tu voluntad. Solo guardas la ropa en un armario diferente. Ya nos encargaremos después de las decisiones de verdad, ¿vale?

Reaccioné asintiendo con demasiado énfasis. Paso a paso.

—Vale. Sí, vale.

—Buena chica. Ahora ayúdame a entender a Tina.

Sacudí la cabeza para aclararla.

—Vale. Déjame pensar. Le gusta que siempre hayas sido amable con ella. Me contó que nunca la trataste mal, ni siquiera cuando la arrestaste.

—¿Y por qué dejó que su novio me metiera unos cuantos balazos?

—Dice que no lo supo hasta después. Y me preguntó si Hugo había decidido empezar contigo porque sabía que Tina estaba loquita por tu culo.

Nash miró por encima del hombro.

—¿De verdad está tan bien?

—Sí, sí lo está.

Tina entró en la sala con la misma actitud de siempre, pero se detuvo en seco cuando vio a Nash a mi lado. Se apartó el pelo de la cara a toda prisa y se acercó a la mesa con los hombros hacia atrás y sacando pecho.

Nash no le miró el busto bajo el traje de carcelaria de color caqui, pero sonrió.

—Hola, Tina.

—Jefe. —Tina chocó el zapato sin cordones contra la pata de la silla y tropezó, pero se aferró a la mesa para no caer.

—¿Estás bien? —le preguntó Nash.

—De puta madre. Digo sí, estoy bien. —Era una tía dura que intentaba ser lo bastante fuerte para no caer en las redes del chico mono. No hice caso a los paralelismos obvios.

—Nash tiene unas cuantas preguntas que hacerte —comenté.

Tina posó la mirada en mí cuando se sentó. Pareció sorprendida, como si no se hubiera dado cuenta de que yo también estaba allí.

—Oh, eh, hola, Lona.

—Es Lina —respondí, y le lancé a Nash una mirada de «te lo dije».

Este se aclaró la garganta.

—Tina...

—Mira, yo no sabía que te iba a disparar —respondió ella—. O, por lo menos, no antes de que lo hiciera. Y ya le canté las cuarenta después. Dijo que lo había hecho para que su padre empezara a tomarlo en serio. Nunca he entendido por qué a la gente le importa una mierda la opinión de sus padres, yo creo que es una pérdida de tiempo.

Y eso venía de una mujer con dos padres maravillosos a los que nada les alegraría más que el hecho de que Tina fuera feliz... y dejara de actuar como una delincuente.

—Lo agradezco —dijo Nash.

Tina inclinó la cabeza.

—Como he dicho, yo no tuve nada que ver.

—¿Y eso por qué?

—No sé. —Se encogió de hombros.

Nash se inclinó hacia delante y Tina lo imitó.

—¿Tienes idea de adónde iría si necesitara esconderse pero al mismo tiempo quedarse cerca?

—Ya le dije a ella que nunca lo conocí, pero siempre que necesitaba un sitio nuevo, llamaba al del teléfono de prepago —respondió Tina, que me señaló con un gesto de la cabeza pero sin apartar la mirada de Nash—. Y él nos buscaba un sitio para dormir o le encontraba a Dunc un sitio en el que meter los coches robados.

—¿Y cómo pagaba al tipo del móvil de prepago? —preguntó Nash.

—En metálico. Lo metía en una de esas cajas de correos y la enviaba.

—Nos has ayudado mucho, Tina —dijo Nash, y apuntó un par de cosas en el bloc antes de dejar el bolígrafo.

—Si tienes alguna pregunta sobre aquella noche en el almacén, pregúntale a Waylay. La niña tiene una memoria sofocante. Nunca menciones que le vas a comprar un helado si no la vas a llevar porque si cambias de opinión, te lo recordará durante los dos próximos años de tu vida.

Y así sin más, Tina volvía a caerme mal.

Nash y yo nos pusimos en pie.

—Gracias por tu tiempo —dijo Nash.

Tina pareció alarmada durante un segundo y después una mirada maliciosa le atravesó el rostro. Empujó el bolígrafo de Nash de la mesa como un gato.

—Uy, he tirado tu boli.

Nash se puso pálido y me miró en busca de ayuda.

—Tú estás más cerca —le dije.

Apenas conseguí contener la risa cuando se agachó tratando de mantener el trasero lejos de Tina.

—Que tengas un buen día —comentó, y se guardó el bolígrafo en el bolsillo.

—Nos vemos, Tina —dije, y después seguí a Nash, que mantuvo el culo pegado a la pared hasta la puerta.

Encontramos a Nolan y a Piper sentados en un trozo de césped al sol, jugando al tira y afloja con el perro policía de peluche de Piper.

—Os cuento lo mío si me contáis lo vuestro —ofreció Nolan.

Nash se agachó para acariciar a Piper.

—Es probable que el secuaz de Hugo al que todavía no hemos identificado no sea exactamente un secuaz, sino un agente inmobiliario. Le pagaba en dinero negro por correo.

—Fraude postal. Muy bien.

—Le diré a mi investigadora que reduzca la búsqueda de socios a aquellos con conexiones inmobiliarias —comenté.

—Tu turno —le dijo Nash a Nolan.

—Me he puesto en contacto con un viejo amigo de la agencia. Y no, no voy a revelar su nombre. Pero estaba dispuesto a compartir algo de información interna conmigo. Dice que la información anónima les llega por correo, dirigida a la agente especial Idler. Son notas sobre las operaciones de Anthony Hugo escritas a mano. De momento no les ha llegado nada importante, pero las han comprobado todas. El remitente no tan anónimo ha insinuado que tiene más información, pero pide inmunidad a cambio.

—Concuerda con la información de Grim. Parece que Duncan Hugo está dispuesto a trabajar con los federales siempre y cuando se quite de en medio a su padre y pueda hacerse con el negocio familiar —comentó Nash.

—¿Debería preocuparme por la seguridad nacional con tantas filtraciones en el FBI? —me pregunté.

—No. Lo más seguro es que no pase nada —comentó Nolan, y me guiñó el ojo.

Abrí el grupo de WhatsApp para contarles a todos el avance.

—Ah, genial. Knox y Lucian han instalado más cámaras en el exterior del edificio y han añadido algunas en el interior. Mañana pondrán sensores en las ventanas y puertas, y Lucian te ha dejado en la comisaría un rastreador que parece un condón —leí.

—No sé vosotros, pero con tanto progreso me está entrando hambre —anunció Nash.

—No diría que no a una tostada caliente con pavo —comentó Nolan.

—Oye, Nolan. Tina ha tirado un boli solo para ver cómo Nash lo recogía —chismeé al entrar al coche.

CAPÍTULO CUARENTA Y UNO

SABIAS PALABRAS

LINA

Noventa y seis horas. Nash y yo habíamos sobrevivido oficialmente a cuatro días de convivencia y al intenso escrutinio local sobre nuestra relación floreciente. Ni siquiera me había atragantado con el café la mañana anterior, cuando Justice me había preguntado qué tal estaba mi «novio».

Quedaban cuatro días para la boda (mi vestido de dama de honor era bastante deslumbrante) y estaba previsto que publicaran el artículo de Nash el próximo lunes.

Si todo iba según el plan, descubrir que Nash había recuperado la memoria haría que Duncan Hugo saliera de su escondite y cayera en la trampa, y después todo habría acabado.

Solo que no estaba segura de cuánto de ese «todo» quería que acabara.

Ese «después» del que habíamos hablado Nash y yo de repente me parecía inminente, lo cual significaba que tendría que tomar decisiones. Si hallábamos el coche al encontrar a Duncan, el trabajo terminaría y volvería a Atlanta a esperar el próximo.

O...

Reduje la velocidad y continué al trote antes de parar en el aparcamiento del Honky Tonk.

Me doblé por la cintura e intenté recobrar el aliento en el frío de la mañana. Me salía vapor de la cara sudada.

438

Todo iba muy deprisa. Todos sentíamos un ímpetu, una sensación de urgencia a medida que pasaban los días. Me hacía sentir nerviosa y ligeramente fuera de control.

—Nunca he entendido por qué la gente corre por diversión —dijo una voz a mis espaldas.

Me erguí y vi a Knox con una bolsa de gimnasio al hombro.

—¿Qué haces levantado tan temprano? —le pregunté, jadeando todavía.

—He llevado a Way al cole. He sacado el dinero del depósito y he pensado en ir al gimnasio después del banco.

—¿No podías dormir? —adiviné.

—No he pegado ojo.

—¿Por la boda o por Hugo? —le pregunté. Me quité la cinta de la cabeza y utilicé el dobladillo de la camiseta para secarme la cara.

—Que le den a Hugo. Ese cabronazo acabará entre rejas o enterrado.

—Entonces por la boda.

Se pasó una mano por el pelo.

—Va a ser mía. Oficialmente. Sigo esperando a que entre en razón.

—Tienes miedo —dije, sorprendida.

—Pues claro que tengo miedo, joder. Estoy acojonado. Tengo que atarla antes de que se dé cuenta de que puede encontrar a alguien mejor.

—No podría —le respondí—. No hay nadie en el mundo que la quiera más de lo que la quieres tú. Y no me refiero a que no se haga querer, sino a que tú la quieres muchísimo.

—Pues sí —respondió con voz ronca.

—Y ella te quiere muchísimo.

Se le curvaron los labios.

—Sí, ¿verdad?

Asentí.

Lanzó la bolsa del gimnasio a la parte trasera de la camioneta y se apoyó en el guardabarros.

—Dime que vale la pena —le solté.

—¿El qué?

—Dejar entrar a alguien. Dejar que se acerque tanto a ti que pueda destruirte si quiere.

—Puede que suene como una maldita tarjeta de felicitación, pero lo vale todo —respondió con voz áspera.

Tenía la piel cada vez más fría y se me puso de gallina.

—No estoy de broma. ¿Lo que tenía antes? —Sacudió la cabeza—. No se puede comparar con lo que tengo ahora.

—¿En qué sentido?

—No sé cómo explicarlo. Solo sé que vivir tras un muro no tiene nada de valiente. Lo bueno de verdad no empieza hasta que los ladrillos se derrumban e invitas a alguien a entrar. Si no estás aterrado, lo estás haciendo mal.

—¿Y qué pasa si me gustan los muros? —le pregunté, y le di una patada a una piedra con la punta de la zapatilla.

—No te gustan.

—Estoy casi segura de que sí.

Sacudió la cabeza.

—Si te gustaran tanto esos muros, ahora mismo no estarías aterrada.

Puse los ojos en blanco.

—¿Y cómo funciona? ¿Se supone que debo contarle a todo el mundo mis secretos más profundos y oscuros, las partes más feas de mí, y esperar que no se vaya todo a la mierda?

Esbozó una sonrisa de chico malo.

—No seas tonta. No tienes que dejar entrar a todo el mundo, solo a los que te importan. A esos en los que quieras confiar. Los que quieran dejarte entrar a ti. Eso de la vulnerabilidad es como el respeto, te lo ganas.

Me pregunté si esa era la razón por la que nunca se me había dado bien formar parte de un equipo. No confiaba en nadie para que me cubriera las espaldas y no les había dado motivos para que confiaran en mí para hacer lo mismo.

—Creo que estar con Naomi ha cuadruplicado el número de palabras que utilizas al día —bromeé.

—Estar con Naomi me ha hecho darme cuenta de lo abatido que estaba antes. Todo lo que pensaba que quería era solo un mecanismo para protegerme de vivir de verdad. Como alejar a las personas —comentó sin rodeos.

440

Me miré los pies y dejé que sus palabras resonaran en mi mente. ¿Quería seguir viviendo como siempre? ¿O estaba preparada para algo más? ¿Estaba lista para dejar de alejar a las personas?

Exhalé.

—Estoy muy orgullosa de ti, Knox.

—Sí, sí —gruñó—. Ahora deja de preguntarme tonterías sobre relaciones, joder.

Le choqué el hombro con el mío.

—Vas a ser un gran marido y padre. Uno muy gruñón con un vocabulario grosero, pero muy bueno.

Gruñó y empecé a dirigirme a la puerta de las escaleras.

—¿Lina?

Me di la vuelta.

—¿Qué?

—Nunca lo he visto así con otra mujer. Está muy pillado y espera que tú también lo estés.

Quería sonreír y vomitar al mismo tiempo. Para estar segura, volví a doblarme por la cintura.

Knox sonrió con suficiencia.

—¿Lo ves? Acojonada. Así es como sabes que lo estás haciendo bien.

Le hice una peineta cariñosa.

Tuve todo el día para darle vueltas a la cabeza. A media tarde, estaba tan harta de mis propios pensamientos que fui al supermercado a por ingredientes para preparar sándwiches club de pavo.

Me afirmé a mí misma que hacer unos sándwiches no era lo mismo que cocinar.

De vuelta en casa de Nash, regué la maceta, llamé al trabajo y, tras una búsqueda rápida en internet, conseguí cocinar el beicon en el horno sin carbonizarlo.

Preparé dos sándwiches como si fueran obras de arte y me senté a mirar fijamente al reloj. Nash no iba a volver a casa hasta dentro de prácticamente una hora. Había calculado muy mal el tiempo que iba a tardar en preparar la comida.

En un impulso, saqué el móvil y llamé a mi madre.

—Vaya, qué agradable sorpresa —comentó mi madre cuando apareció en la pantalla. Ver la alegría pura que le iluminó el rostro porque la hubiera llamado de repente fue como si me clavaran millones de dardos diminutos de culpa en la piel.

Apoyé el móvil en el tarro de galletas para perro que Nash tenía en la encimera.

—Hola, mamá.

—¿Qué pasa? Pareces... Espera un segundo. Pareces feliz.

—Ah, ¿sí?

—Estás radiante. ¿O es un filtro?

—No. En realidad... salgo con alguien —le dije.

Mi madre no movió ni un músculo en la pantalla.

—¿Mamá? ¿Se ha perdido la conexión? Creo que te has quedado congelada.

Se acercó más.

—No me he quedado congelada, solo intento no asustarte con movimientos bruscos.

—He conocido a un hombre —expliqué, decidida a sacarlo todo—. Es...

¿Cómo se suponía que iba a describir a Nash Morgan?

—Especial, creo. Quiero decir, lo es, y me gusta. Mucho. Muchísimo. Pero nos acabamos de conocer y toda mi vida está en Atlanta y el trabajo requiere viajar mucho y ¿estoy perdiendo la cabeza del todo por pensar que a lo mejor vale la pena cambiarlo todo por él?

Esperé un segundo y después otro. Mi madre se había quedado boquiabierta.

—¿Mamá? —insistí.

Empezó a pestañear con rapidez.

—Lo siento, querida. Estoy procesando el hecho de que me hayas llamado voluntariamente para hablar de tu vida amorosa.

—Yo no he dicho nada de amor, lo has dicho tú —repliqué, y noté cómo el pánico me subía por la garganta.

—Lo siento, para hablar del chico que te gusta —lo arregló mi madre.

—Me gusta mucho, mamá. Es tan… bueno. Y real. Y me conoce, aunque intenté que no llegara a hacerlo. Y, a pesar de todo lo que sabe sobre mí, le gusto.

—Parece serio.

—Podría serlo, pero no sé si puedo meterme en algo serio. ¿Qué pasa si lo descubre todo sobre mí y después decide que soy demasiado o que no soy suficiente? ¿Qué pasa si no confío lo bastante en él y se cansa? ¿A qué me dedicaría si dejara el trabajo y me mudara aquí por él? No tiene espacio suficiente en el armario.

—Arriésgate.

—¿Qué? —Parpadeé, segura de que no había entendido bien a mi madre.

—Lina, el único modo en que vas a descubrir si es el indicado es si lo tratas como tal. Puede ganarse el título o perderlo. Eso depende de él, pero tú eres la que debe darle la oportunidad de conquistarte.

—Estoy confusa. Siempre me has parecido muy… reacia a correr riesgos.

—Cariño, lo que te pasó me dejó hecha un desastre durante años.

—Eh, no me digas, mamá.

—Me culpaba a mí misma. Culpaba a tu padre. Al pediatra. Al fútbol. Y al estrés del instituto. Así que me dediqué a intentar protegerte de todo. Y creo que meterte en esa burbuja te ha causado más daño a largo plazo que los problemas del corazón.

—Tú no me has hecho daño. —No había acabado siendo una gallina con aversión al riesgo. Mi trabajo implicaba peligro.

—Desde entonces, todas las relaciones te han parecido cárceles en potencia.

Vale, eso era un poco cierto.

—Si de verdad te gusta este chico, tienes que darle una oportunidad de verdad. Y si eso significa que tienes que mudarte a Knockemunder…

—Knockemout —la corregí.

—¿Qué pasa? ¿Pauso el partido o qué? —bramó mi padre al fondo.

—Lina tiene novio, Hector.

443

—Oh, genial. Vamos a contárselo a todo el mundo —dije en tono sarcástico.

Mi padre se hizo un hueco en la imagen.

—Hola, peque. ¿Qué es eso de que tienes novio?

—Hola, papá —respondí en un tono débil.

—¿Dónde estás? Esa no es tu cocina —dijo papá. Se inclinó para mirar la pantalla y, básicamente, bloqueó todo lo demás.

—Ah, estoy… eh…

Oí la llave en la cerradura.

—¿Sabéis una cosa? Tengo que irme —añadí con rapidez.

Pero era demasiado tarde. La puerta se abrió de golpe detrás de mí y entraron Nash, muy atractivo con su uniforme, y Piper, con un jersey naranja nuevo.

Me giré para mirarlo.

—Hola, ángel —me saludó con dulzura—. Joder, ¿has cocinado?

—Eh… —Me di la vuelta y miré fijamente a los dos adultos boquiabiertos de la pantalla—. Ay, Dios.

—Creo que ha ido muy bien —comentó Nash con la boca llena de sándwich.

Apoyé la cabeza en la mesa y gruñí.

—¿Tenías que ser tan encantador?

—Ángel, forma parte de mi ADN. Es como pedirle a Oprah que dejen de gustarle los libros.

—¿Y tenías que darles tu número de teléfono? ¡A mí me llaman todos los días!

—No se me ha ocurrido una excusa educada para negarme —confesó Nash—. ¿Qué puede tener de malo?

Me incorporé y me cubrí el rostro con las manos.

—No lo entiendes. Van a tomar un avión y se van a presentar aquí.

—Estoy ansioso por conocerlos.

—No sabes lo que dices, estás delirando. Es evidente que he cocinado poco el beicon y las amebas del cerdo te están comiendo el cerebro ahora mismo.

—Si son importantes para ti, lo son para mí. Si se presentan aquí, ya lo afrontaremos juntos. Tú, yo y las amebas.

—No tienes ni idea de en qué te estás metiendo —le advertí.

—¿Por qué no nos preocupamos por todo esto después? —propuso, y los ojos azules le brillaron con una diversión irritante.

—Porque tenemos que preocuparnos ahora mismo.

—Ya estás otra vez con el énfasis.

Entrecerré los ojos.

—No me tientes a pegarte en la cara con beicon crudo.

Nash se había terminado el sándwich y había tomado la mitad del mío.

—¿Sabes? Mientras les decías a tus padres que solo estabas de visita en mi casa, me he dado cuenta de una cosa.

—¿De que las amebas del cerdo te estaban provocando calambres?

—Qué graciosa. No, tiene que ver con la sinceridad.

—Vale, hace días que quiero decirte que utilizo tu cepillo para lavarle los dientes a Piper —bromeé.

—Eso explica el pelo de perro en la pasta de dientes. Ahora me toca a mí: tienes que dejar de mentir a tus padres.

Me erguí en el taburete.

—Del dicho al hecho hay un trecho. Y no tengo energías para explicarte por qué.

—No, no lo voy a permitir, nena. No voy a dejar que te niegues a hablarlo. Escúchame. Tienes que confiar en tus padres lo suficiente para ser sincera con ellos.

Puse los ojos en blanco.

—Ah, claro. Les diré algo de este estilo: Hola, mamá. Os he estado mintiendo durante años. Sí, en realidad soy una especie de cazarrecompensas y mi trabajo incluye investigaciones peligrosas durante las que tengo que dormir en moteles de mala muerte, infestados de cucarachas y con puertas endebles. Se me da muy bien y la adrenalina hace que me sienta viva después de sentirme asfixiada durante tantos años. Además, tampoco dejé de comer carne roja como te conté. ¿Qué dices? Oh, ¿que estás tan desolada que te acaba de dar un infarto? ¿Que a papá le ha vuelto a salir la úlcera y se está desangrando? Qué bien.

445

—Ángel. —Me sonrió.

Le di un empujón al ladrón de sándwiches.

—Aparta. Estoy enfadada contigo.

—Intentas alejarme y no pienso moverme —señaló.

—He cambiado de opinión —decidí—. Me gusta mantener distancias con todo el mundo.

—No has cambiado de opinión y no es cierto. Y sé que lo que sugiero te da mucho miedo. Pero, ángel, tienes que confiar en que tus padres puedan lidiar con sus mierdas, lo cual incluye, pero no en exclusiva, sus reacciones hacia ti y tus mierdas.

—Has incluido mucha mierda en esa metáfora y apesta.

—Ja. Mira, no digo que vaya a ser fácil. Y no digo que vayan a reaccionar bien. Pero tienes que hacerlo lo mejor que puedas y confiar en que ellos harán lo mismo.

—¿Quieres que les confiese todas las mentiras que les he contado?

—Ni de broma. Ningún padre debe enterarse de si sus hijos se han escapado por la noche o han robado alcohol. Empieza ahora. Cuéntales lo del trabajo. Cuéntales lo nuestro.

—Ya les he contado lo nuestro. Por eso los he llamado.

Se quedó quieto, con el sándwich a medio camino de la boca, y me dedicó una de esas miradas cálidas que me hacían sentir como si el estómago me estuviera dando un salto de ciento ochenta grados.

—¿Qué? —lo desafié.

—Le has hablado de mí a tu madre.

—¿Y?

Dejó caer el sándwich y se abalanzó sobre mí.

Chillé y Piper emitió un ladrido juguetón.

—Que eso se merece un premio —comentó, y me tomó en brazos.

CAPÍTULO CUARENTA Y DOS

UN MONTÓN DE HELADO DE CHOCOLATE

LINA

—Cuando me dijiste que íbamos a comer un helado, pensaba que sería una cita —le tomé el pelo a Nash mientras bajaba el portón trasero de la camioneta en el aparcamiento de Knockemout Cold, la principal heladería del pueblo.

Había pasado el día leyendo detenidamente los informes de la escena del crimen del tiroteo de Nash y del almacén. También había respondido algunas preguntas del detective de la policía de Arlington, que estaba terminando el informe de la pelea a navajazos y en pelotas de los hermanos Baker. Y para rematar, había buscado pistas en la grabación del tiroteo de Nash.

Verlo la primera vez me destrozó y, a la tercera, me sentía tan asqueada que me había abalanzado sobre él para abrazarlo en cuanto había entrado por la puerta.

—Mira a quién están empezando a gustarle las citas —dijo con orgullo antes de dejar a Piper con su jersey y su heladito de vainilla para perros en la caja de la camioneta—. Tómatelo como una cita doble con acompañante.

Le devolví el cucurucho.

—Es difícil llegar a la tercera base cuando tienes espectadores. —Me aseguré de que me estuviera mirando antes de darle un lametón lento al helado de caramelo salado.

—No debería haberte comprado un cucurucho —protestó.

447

Le sonreí con orgullo y me subí a la caja de la camioneta. Él se colocó entre mis piernas y me plantó un beso frío con sabor a chocolate en la boca.

—Qué asco. Sois iguales que Knox y la tía Naomi —protestó Waylay. Iba flanqueada por Nolan y Sloane, que estaban en su segunda cita, y llevaba un cucurucho de helado altísimo.

—¿Cuántas bolas le has puesto, Way? —le preguntó Nash.

—Tres —respondió.

—Naomi nos va a matar —susurré.

—Os habéis metido en un buen lío —canturreó Sloane mientras ella y Nolan se dirigían al todoterreno de él.

Waylay se subió a la caja de la camioneta y se hizo un hueco a mi lado.

—Vale, me habéis sacado del entrenamiento de fútbol y me habéis comprado un helado antes de cenar. No soy idiota. ¿Qué queréis? ¿Os ha entrado un virus en el portátil? Porque he subido las tarifas —comentó la niña antes de darle un lametón entusiasta a su torre de helado de chocolate.

—Queremos hablar contigo de la noche en que tu madre y Duncan Hugo te secuestraron —dijo Nash.

—¿Es porque sigue por ahí y queréis atraparlo? —preguntó.

—La verdad es que sí —respondió él.

Me gustó que no le dorara la píldora, que creyera que Waylay era capaz de soportar la verdad aunque fuera desagradable y aterradora. Mis padres habían intentado ocultarme muchas cosas porque habían temido que no fuera lo bastante fuerte para soportar lo malo, pero cada vez que descubría la verdad era como otra pequeña traición.

No lo soportaba... y, madre mía, yo les estaba haciendo exactamente lo mismo. No confiaba en que fueran capaces de soportar la verdad, así que mentía para protegerlos.

Lo cual quería decir que Nash tenía razón. Otra vez.

—Maldita sea —murmuré.

Nash y Waylay me miraron por encima de los cucuruchos con preocupación.

—Ni caso, se me ha congelado el cerebro —les comenté.

Congelación cerebral, una epifanía que te cambia la vida... Es lo mismo, ¿no?

—Hemos hablado con tu tía y Knox y nos han dicho que no pasaba nada porque te hiciéramos algunas preguntas sobre aquella noche —prosiguió Nash—. ¿Te parece bien?

Waylay se encogió de hombros de forma despreocupada y recogió una gotita de helado con la lengua.

—Claro, ¿por qué no?

—¿Qué recuerdas? —le pregunté.

Ella me miró como si le hubiera preguntado una obviedad.

—Eh ¿todo? No todos los días te secuestran tu madre y el loco de su novio. Lo tengo grabado a fuego en el cerebro.

—Centrémonos en cuando estabas en el almacén sola con Duncan —sugirió Nash—. ¿Qué dijo o hizo antes de que tu madre volviera con tu tía?

—Bueno, me dio una *pizza* asquerosa. Estaba quemada y fría al mismo tiempo. Y, luego, cuando intenté escaparme por una ventana con Waylon, nos ató a los dos.

Nash, siempre tan heroico, tensó los hombros de manera casi imperceptible. Estiré el brazo por detrás de Waylay y le acaricié la espalda con la mano con la que no sujetaba el helado.

—¿Qué hizo mientras estabais atados? —le pregunté.

—Jugar a videojuegos, sobre todo. Comió mucho. Principalmente mierdas… digo porquerías como *pizza* y chucherías. Creo que es de los que come cuando está nervioso. A la tía Naomi le daría algo si viera su dieta.

—¿Habló por teléfono mientras tú estabas allí? —preguntó Nash.

Waylay arrugó la nariz.

—Creo que no. Pasó casi todo el tiempo chillando mientras jugaba a *Dragon Dungeon Quest*. —Pasó la mirada entre nosotros y añadió—: Es un videojuego en el que disparas a la gente con flechas y haces explotar mierdas… cosas.

—¿Alguien más entró en la habitación mientras estabas allí?

—Supongo que un par de… ¿Cómo llamas a los tipos malos que trabajan para el tipo malo que está al mando?

—¿Matones? —la ayudé.

—Sí, entraron un par de matones. Cada vez que Duncan tenía que quitarse los auriculares, se enfadaba y les gritaba por haberlo interrumpido.

Waylay nos puso al día de todo lo que recordaba de aquella noche, incluido cómo Naomi se había lanzado en picado para salvarla y cómo Knox las había aplastado «como tortitas» hasta que el tío Nash había llegado para salvar el día.

—Mi madre tiene el peor gusto con los hombres. —Waylay terminó el resumen con una sacudida sarcástica de la cabeza—. No como tú y la tía Naomi —añadió al mirarme.

—Oh, ah, solo somos… —Miré a Nash—. ¿Ayuda?

—Sí, Knox y yo estamos bastante bien. Bueno, sobre todo yo. Knox no está mal. Si te van los gruñones que están siempre enfadados —comentó Nash, y le dio un codazo a Waylay.

Ver cómo se comportaba con la niña cautelosa era muy dulce. Era bueno con los niños. ¿Y por qué narices estaba pensando en eso? «Bueno con los niños» nunca había sido un criterio para mí.

—Gracias otra vez por lo del Día de las Profesiones. No se lo digas a Knox, porque se enfadará de verdad, pero sin duda ganasteis tú y el del bigote.

—¡Toma! ¡Lo sabía! —Nolan, que era evidente que estaba escuchando a escondidas, se levantó del parachoques del coche y celebró la victoria oficial con el puño en alto.

—Tienes helado en el bigote —le grité.

Sloane: Una pregunta. ¿Ir con Nash y Lina a interrogar a Waylay con helado contaría como segunda cita para mí y Nolan? Es para una amiga que solo se abre de piernas después de la tercera.

Naomi: Pues claro que cuenta. ¡Estás a una cita de Villasexo!

Yo: ¿Cuándo vuelves a quedar con él?

Sloane: Pues no antes de que me depile, me aplique una capa gruesa de bronceado de bote, me cure de dicha depilación, cambie las sábanas y me compre algo de ropa interior.

Naomi: ¿Qué quieres decir con «algo de ropa interior»? ¿No querrás decir ropa interior *sexy*?

Yo: Madre mía. ¿Es que la bibliotecaria estrafalaria se pasea por ahí sin ropa interior?

Sloane: He hablado demasiado.

Cuando volvimos a casa de Nash, le cambié el agua del bol a Piper y le di la chuche *gourmet* de antes de ir a dormir. Después entré en el dormitorio y me puse un modelito *sexy* de seda que enseñaba más de lo que tapaba.

Encontré a Nash, que sujetaba una foto del interior del almacén, en el comedor.

—¿Qué tienes ahí? —le pregunté, y me acerqué a él con sigilo.

—Waylay ha dicho una cosa que me ha dado que pensar... Hostia puta —espetó al ver el modelito que llevaba.

—¿En qué has pensado?

—En tus tetas. —Sacudió la cabeza—. No, no pensaba en eso. Quiero decir, casi siempre estoy pensando en ellas, pero no de una forma pervertida, sino respetuosa.

Le quité la foto de la mano y le eché un vistazo.

—Es una consola.

Nash no dijo nada y me di cuenta de que seguía mirándome los pechos. Sujeté la fotografía delante de ellos.

—Concéntrate, cabeza loca. Explícate.

—Es la consola de Hugo —respondió Nash, que volvió en sí lentamente de su fuga disociativa sobre tetas.

—Parece que la han tiroteado. ¿Crees que alguien podría sacar algo útil de ahí dentro?

—Puede que no haga falta.

Lo miré a los ojos y caí en la cuenta.

—Porque no le gritaba a la tele. Le gritaba a otros jugadores.

—Porque jugaba en línea. —Nash esbozó una sonrisa lenta.

—¿Quién va de Nancy Drew ahora? —lo piqué—. Es bueno. Muy bueno. Podríamos rastrear su posición, ¿no?

Nash sacó el teléfono móvil y marcó.

—Hola, necesito que me hagas un favor.

Escuchó durante un momento y puso los ojos en blanco.

—¿No deberías guardártelo para la noche de bodas?

Hubo otra pausa breve y Nash me guiñó el ojo.

—Pues ponte los pantalones y ve a preguntarle a Way el nombre de usuario de Hugo en el *Dragon Dungeon Quest*. —Nash esperó un momento—. Sí, las tres bolas de helado han sido culpa mía.

Nash estiró el brazo hacia mí y me atrajo hacia él. En lugar de agarrarme el pecho como pensaba que haría, me tomó de la mano y me besó todos y cada uno de los dedos mientras esperaba al gruñón de su hermano.

—Sí, estoy aquí —dijo Nash al teléfono—. ¿Se ha acordado?

Me miró a los ojos y me pregunté si alguna vez había visto unos ojos tan azules.

—Vale. Lo tengo. Gracias… No, ya puedes volver a quitarte los pantalones. Yo también estoy a punto.

—Se ha acordado, ¿verdad? —le pregunté cuando colgó.

—Y tanto. Es ReyNabo85.

—Qué asco.

Nash abrió los mensajes de texto.

—Si sigue utilizando el mismo nombre de usuario, el sigiloso y escalofriante equipo de Lucian debería ser capaz de rastrear la dirección IP.

—Dios, eres muy atractivo cuando te pones en modo detective.

—Y tú estás increíblemente *sexy* cuando investigas en lencería.

Tiró el teléfono a la mesa y dio un paso hacia mí con un destello peligroso y resuelto en los ojos.

Levanté las manos y comencé a retroceder.

—Espera un segundo, acabamos de conseguir una pista. ¿No deberíamos esperar a ver qué dice Lucian?

—Nadie ha dicho que tengamos que esperar con la ropa puesta —respondió sin dejar de avanzar hacia mí.

Aparté una de las sillas del comedor y la coloqué entre los dos.

—Pero tenemos trabajo que hacer —le recordé.

—Y seguirá habiendo trabajo que hacer cuando te haya quitado ese modelito —comentó con tono travieso.

Lancé un chillido y me volví para echar a correr, pero él fue más rápido que yo. Y no me importó lo más mínimo que me cargara sobre el hombro y nos llevara a la habitación.

Unos golpes nos despertaron de nuestro sueño profundo. En algún momento después de caer en el coma poscoital, me había tumbado encima de Nash, lo que resultaba, cuando menos, bochornoso. No obstante, no hubo tiempo de regodearse en la vergüenza porque alguien llamó a la puerta en mitad de la noche de forma muy insistente.

Nash reaccionó mucho más rápido que yo. Se puso un par de pantalones de chándal y movió el culo hasta la puerta cuando yo todavía me estaba frotando los ojos para librarme del sueño y rezando para no haberle babeado el pecho.

Conseguí seguirlo dando algún que otro traspiés y esquivé por los pelos a Piper, que gruñía y temblaba al mismo tiempo.

—Son las tres de la puta madrugada. Más vale que alguien se esté desangrando —espetó Nash, y abrió la puerta de un tirón.

Nolan entró con unos pantalones de pijama, zapatillas de correr y... bueno, nada más.

—Creo que esto era para ti —comentó Nolan, y me entregó una bolsa de congelados con una piedra enorme y un pedazo de papel en su interior.

—¿Para mí?

Nash le arrancó la bolsa de la mano, pero no antes de que pudiera leer la nota.

«Aléjate, zorra».

—¿Dónde narices te has encontrado esto? —le preguntó Nash.

—Mezclado con una buena ensalada de fragmento de cristal en el suelo del comedor —explicó Nolan.

—¿Qué? —Lo miré con los ojos entornados mientras trataba de procesar lo que decía.

Levantó la mirada al cielo porque no procesaba sus palabras lo bastante rápido.

—Lo han lanzado por la ventana hace unos dos minutos.

Nash entró en acción y echó a correr descalzo hacia la puerta.

—Mierda —murmuré.

—Bonito camisón —comentó Nolan. Esbozó una sonrisita y me hizo un saludo militar antes de correr tras él—. No hay nadie ahí fuera. Han salido corriendo unos cinco segundos después de romper la ventana —exclamó a las espaldas de Nash.

Volví al dormitorio, me puse las zapatillas, un sujetador deportivo y la sudadera de Nash encima del camisón y corrí tras ellos.

El aire de la noche era húmedo y frío. A través de la niebla, las farolas bañaban las calles silenciosas e inquietantes de una luz dorada amarillenta. Vi marcas de neumáticos delante del edificio.

—Vuelve dentro —me gruñó Nash cuando los alcancé en mitad de la calle.

—Me lo han tirado a mí…

—Lo cual te convierte en un maldito objetivo. Así que saca el culo de la calle, ahora mismo —espetó.

—¿Quién es ahora el del énfasis en las palabras? —murmuré en voz baja mientras regresaba al edificio.

Molesta y tiritando, esperé en el vestíbulo a que Nash y Nolan peinaran los dos lados de la calle.

—¿Y bien? —les pregunté cuando volvieron al fin.

—Hace rato que se han ido —respondió Nash con voz tensa. Pasó de largo y se dirigió a las escaleras.

—Parece que al jefe no le gusta que amenacen a su novia —me dijo Nolan mientras subíamos penosamente tras él.

—No soy su novia. Soy… somos… Da lo mismo.

—Vivís juntos y te pones cosas así para dormir. Estoy casi seguro de que en algunas partes del país se consideraría que estáis casados.

Llegamos a lo alto de las escaleras y la señora Tweedy abrió la puerta de un tirón.

—Es como si un circo de elefantes se hubiera escapado por las escaleras. ¿A qué viene tanto jaleo? Estáis interrumpiendo mi sueño reparador —protestó la anciana. Llevaba una bata y sujetaba lo que parecía ser un martini.

—¿Duermes con un martini? —le preguntó Nolan.

—Es mi copa de medianoche.

CAPÍTULO CUARENTA Y TRES

UN MAL DÍA Y MALOS CONSEJOS

NASH

Después de que atravesaran la ventana de Lina con una piedra y de que Grave llegara para tomarnos declaración, pasé una hora despierto mirando al techo, atento al ritmo regular de la respiración de Lina a mi lado. Pero en lugar de sentir el consuelo que normalmente me brindaba su proximidad, me invadió una preocupación constante.

Alguien la había amenazado.

Si le pasaba algo... Si no podía protegerla...

Al final conseguí dormirme, pero solo para acabar soñando con el asfalto oscuro, el crujido amenazador y el eco de los disparos.

Cuando me desperté de un salto, con el corazón acelerado y un dolor de cabeza tremendo, abandoné la idea de intentar dormir un poco más y salí de la cama.

Era una mañana gris y deprimente y caía una lluvia lenta y helada que, de algún modo, te calaba hasta los huesos.

Me tomé la primera taza de café delante de la pizarra del caso en el comedor y traté de apartar la ansiedad que amenazaba con asfixiarme.

O Tate Dilton había decidido no irse sin rechistar o bien el asunto de Duncan Hugo había salpicado a Lina. Fuera como fuera, no iba a esperar a ver qué pasaba a continuación.

Saqué el móvil y abrí los mensajes.

456

Yo: Venid a la comisaría en cuanto podáis.

Knox: Joder, ¿es que no duermes? Lucian necesita por lo menos una hora para ponerse el traje pijo y pillar un helicóptero para venir hasta aquí.

Lucian: Ya estoy vestido y ya he hecho dos teleconferencias desde mi cuartel secreto en el Café Rev en lo que va de mañana.

Knox: Lameculos.

Lucian: Quejica vistechándales.

Llegué a la comisaría antes que ellos y saludé a los del turno de noche con un gesto brusco de la cabeza.

Me había ido de casa sin despedirme solo para demostrarme a mí mismo que no tenía que empezar el día con ella.

Tenía la mente confusa y me ardía el estómago por el café y los nervios. La ansiedad me recorría las venas como miles de arañas.

Para distraerme mientras Knox y Lucian llegaban, abrí el correo que tenía encima de la mesa. No me di cuenta hasta que ya lo había abierto y desplegado de que uno de los sobres contenía una carta de mi padre.

Solo con ver su firma al final se intensificó mi ansiedad.

¿Cuántas veces había querido o necesitado algo de él? ¿Cuántas veces me había decepcionado porque su adicción era más importante para él que su amor por mí? Duke Morgan necesitaba las pastillas para superar el día. Para sobrevivir. Para insensibilizarse antes de que el mundo y las realidades que contenía lo enterraran.

A pesar del frío de la mañana, comencé a sudar.

¿Era eso lo que hacía yo?

Me pasé una mano por la boca y miré fijamente la letra de mi padre sin ver nada.

Incluso después de tanto tiempo, me resultaba igual de familiar que la mía. Escribíamos las letras *e* en el mismo ángulo afilado. Teníamos los mismos ojos, las mismas *e*. ¿Qué más compartíamos?

El corazón me latía con fuerza en la cabeza. Pero ahora ya no era el miedo lo que amenazaba con asfixiarme, sino la ira.

Estaba furioso conmigo mismo por haber seguido sus pasos.

Era más sensato. Sabía que apoyarse en una muleta solo para sobrellevar el día era el principio del fin.

¿Y no era exactamente eso lo que yo hacía con Lina? ¿No la utilizaba? ¿Es que acaso no acudía a ella para apartar a un lado el dolor y el miedo? No era necesario que fueran las drogas, el alcohol o lo que utilizara la gente para entumecer el dolor de la existencia. Podía ser cualquier cosa, cualquiera a quien necesitaras para sobrevivir, para despertar y empezar el horrible ciclo una y otra vez.

—¿Va todo bien? —Lucian entró y yo guardé la carta de mi padre, que no había leído, en el cajón de arriba del escritorio.

—No, la verdad es que no. Pero prefiero esperar a que llegue Knox antes de empezar a hablar.

—Ya estoy aquí, hostia —anunció mi hermano con un bostezo amenazador.

—Alguien atravesó la ventana de Lina con esto anoche. —Lancé la bolsa con la piedra y la nota sobre el escritorio.

—Joder —dijo mi hermano. Cuando terminé de explicárselo todo, se dirigió a Lucian—: Supongo que ahora la prioridad son las cámaras exteriores.

—E imagino que habrá que darle un rastreador a Lina —sugirió nuestro amigo.

Knox sonrió con suficiencia.

—Le va a encantar.

—Bien, pues ya puedes llevárselo —dije.

—¿Y por qué no se lo das tú? Al fin y al cabo, eres el que se está acostando con ella, joder. O, según Way, el que le está «haciendo ojitos».

—Porque hoy estoy ocupado. Llévale uno y grítale hasta que acceda a colocárselo —insistí.

Knox entrecerró los ojos.

—¿Quién te ha meado en los cereales, alegría de la huerta?

—No tengo tiempo para tonterías, hazlo y ya está.

Por suerte, Knox no estaba tan combativo por las mañanas, así que se fue del despacho maldiciendo en voz baja.

No obstante, Lucian permaneció sentado.

—¿No te está saliendo urticaria? —le pregunté. No era muy fan de los policías o de las comisarías, y por un buen motivo.

—Hoy estás más cabreado de lo normal, ¿qué te pasa?

—¿Aparte de que nos hayan lanzado una piedra de advertencia por la ventana a las tres de la mañana?

Lucian se quedó sentado y me miró sin dejar entrever nada. Decidí esperar a que dijera algo y volví a centrarme en los correos electrónicos. El duelo duró tres mensajes y medio.

—¿Crees que estamos condenados a repetir los pecados de nuestros padres? —le pregunté al final.

—Sí.

Pestañeé.

—¿No quieres pensártelo ni un minuto?

Se cruzó de brazos, malhumorado.

—No he pensado en otra cosa durante las últimas décadas. Es imposible escapar de nuestros genes. Somos el producto de hombres con defectos. Y esos defectos no se diluyen en la línea de sangre.

La lluvia golpeaba los cristales y se aseguraba de que no olvidara la tristeza de afuera.

—¿Entonces qué puto sentido tiene todo? —le pregunté.

—¿Cómo narices quieres que lo sepa? —Se dio unos golpecitos distraídos en el bolsillo de la chaqueta, donde guardaba el único cigarrillo que fumaba al día—. La única esperanza que tengo es que, si salgo de la cama cada mañana, algún día todo cobrará sentido.

—Ya me sentía fatal antes de que trajeras tu nube de desgracia, ¿sabes? —le dije.

Lucian puso una mueca.

—Lo siento, no he dormido mucho esta noche.

—Ya sabes que no tienes que traerte toda tu vida hasta aquí por esta situación. —La casa de sus padres le traía muy malos recuerdos.

—Me quedaré donde quiera quedarme y trabajaré desde donde quiera trabajar.

—Alguien ha debido de ir meándose por todos los cereales del pueblo —bromeé.

Justo en ese momento, la puerta de mi despacho se abrió de golpe.

—¿Qué diablos haces aquí en lugar de en tu puñetera puerta? Te juro por Dios, Morgan, que es peor vigilarte a ti que a una ancianita de la iglesia en la puta Alabama. —Nolan irrumpió en el despacho bramando, despeinado, y pateó la papelera para dar énfasis a sus palabras—. Trabajar contigo es como dar dos pasos hacia delante y treinta y siete hacia atrás, y no me pagan lo suficiente para aguantar tus tonterías.

—¿Y por qué no dimites? —le espeté, y sentí tanta lástima por mí mismo que no quería sentirla por nadie más.

—Si dimito, acabarás lleno de balazos y ¿después qué? ¿Tendría que vivir con la culpa? Qué gran planazo.

—Puede que tenga un puesto para ti —anunció Lucian. Me ofrecía una de esas miradas astutas de hijo de puta que deberían poner muy pero que muy nervioso a quien las recibiera.

—Ah, ¿sí? —preguntó Nolan, que seguía enfadado.

—Sí.

—¿Dónde está el truco?

—Truco es una palabra muy fea. Llamémoslo apéndice.

Nolan no pareció impresionado.

—Deja de salir con Sloane y el trabajo es tuyo.

—Tienes que estar de broma —respondió Nolan.

—Venga, ¿en serio? ¿La detestas pero no quieres que salga con nadie más? Hasta tú tienes que ver lo dañino que es eso —intervine.

—Nunca he dicho que sea bueno —añadió Lucian con voz siniestra.

—Entonces, ¿por qué narices acepto tus consejos? —pregunté.

—¿Cómo cojones quieres que lo sepa?

—Menuda panda de cabrones —murmuró Nolan, y salió del despacho echando pestes.

Lina: Hola. ¿Va todo bien? Me he despertado y no estabas. Aunque no es que tengas que informarme de todos tus movimientos. O lo que sea.

La lluvia hacía que las carreteras patinaran, y las carreteras que patinaban causaban accidentes. La primera llamada no resultó ser muy grave. No fue más que un choquecito de una madre primeriza nerviosa y su bebé de camino al pediatra.

Bannerjee tranquilizó a la madre y al bebé mientras llamaban a la grúa. Mientras tanto, yo lidiaba con el tráfico y la limpieza e intentaba no pensar en la mujer a la que había dejado calentita en la cama.

Todavía no nos habíamos secado después de la primera llamada cuando recibimos la segunda.

Los servicios de emergencia se adaptan a un *modus operandi* para que los traumas que presencian no les marquen. Y funciona. La mayoría de las veces.

Pero teniendo en cuenta el mal humor del que no me desprendía, las circunstancias, la cruel coincidencia... Ya había caído en picado antes de que las cosas empeoraran.

Cuando por fin subí los escalones hacia mi apartamento, ya había anochecido y estaba completamente congelado. El hombro y la cabeza batallaban para ver cuál de los dos me dolía más.

Solo quería darme una ducha caliente y quedarme debajo del agua hasta que se me descongelara el alma. Y después quería meterme en la cama y hundirme en la oscuridad hasta que olvidara el dolor que no había podido ahorrarle a nadie.

Un marido y sus dos hijos pequeños estaban montando guardia en la sala de espera de la UCI con la esperanza de que su mujer y madre despertara.

Yo había llegado después. Así funcionaba normalmente: pasaba algo malo y después llegaba la policía. Había ayudado a los bomberos y paramédicos a sacarla de la cárcel destrozada de metal retorcido y sujetado una manta sobre su cuerpo inmóvil mientras la ataban a la camilla. Me había sentido completamente inútil.

Se suponía que debía salvar a la gente, pero no había sido capaz ni de salvarme a mí mismo. Seguía aquí por pura chiripa.

Había tenido suerte de que Xandra hubiera estado allí en el momento oportuno.

Abrí la puerta con los dedos congelados, ansioso por un poco de oscuridad y silencio.

En lugar de eso, encontré luz, calidez y el olor de algo que se cocinaba al fuego.

Y había música, un clásico de *country* alegre que sonaba alto. Me invadieron los recuerdos de ella, obligándonos a mí, a Knox o a mi padre a bailar en la cocina, y me dolió el pecho.

Jayla Morgan era la luz y la risa de nuestra pequeña familia.

Cuando no volvió a casa aquel día, una parte de mí murió. Una parte de todos nosotros. Nunca volvimos a ser los mismos.

Piper trotó hasta mí y emitió un gruñido juguetón a través de la serpiente de peluche que llevaba en la boca.

—¡Hola! —gritó Lina con alegría desde la cocina—. Antes de que te entre el pánico, no he cocinado yo. La señora Tweedy ha cocinado tres tandas de chile y yo he encontrado un preparado de pan de maíz en la despensa que he conseguido no quemar. He pensado que era un día triste perfecto para prepararlo.

Llevaba unas mallas y una camiseta blanca, corta y de manga larga con la espalda abierta y unas tiras entrecruzadas. Tenía la piel húmeda y el pelo corto y oscuro despeinado. Los pendientes que le había regalado le colgaban de las orejas.

En ese momento, sentí un anhelo tan intenso que noté que me flaqueaban las rodillas.

En ese momento, entendí a mi padre.

En ese momento, me di cuenta de que yo era mi padre.

—¿Te gusta el nuevo juguete de Piper? Lo ha traído la alcaldesa, me ha dicho que entenderías la broma —continuó.

Quería quitarme los zapatos, arrancarme la ropa húmeda del cuerpo y meterme bajo la alcachofa de la ducha hasta volver a sentirme humano. Pero me quedé clavado en el sitio. Porque no merecía sentir calor. No hasta que la hubiera dejado marchar.

—¿Nash? ¿Te encuentras bien? —La voz sonó muy lejana, como si flotara hasta mí por encima de la música *country* y el olor del pan de maíz recién hecho.

Me invadió algo oscuro y resuelto. No podía hacerlo.

Si me quedaba, si seguía con ella, apoyándome en ella, no sería mucho mejor que mi padre.

Y si la quería demasiado, la perdería.

—Creo que deberías irte. —Mi voz sonó débil y temblorosa, como la de mi padre cuando necesitaba una dosis.

Se le resbaló el cazo de la mano y cayó al suelo.

—¿Crees que debería qué? —preguntó, y contrarrestó mi insensibilidad helada con su fuego.

¿Por eso peleábamos? ¿Para que pudiera provocarla y robarle el calor? ¿Es que solo iba a buscar nuevas formas de utilizarla?

—No está funcionando —insistí—. Creo que deberías irte.

Me examinó de la cabeza a los pies con esos ojos del color del *whisky* en busca de daños. Pero no los encontraría, estaban demasiado lejos de la superficie. Era una herida que nunca sanaba.

Tiró el cazo al fregadero y se cruzó de brazos.

—¿Qué te pasa? —volvió a preguntar.

Sacudí la cabeza.

—Nada. Solo… quiero que te vayas.

—¿Has tenido otro ataque de pánico? —Se estaba acercando a mí y sabía que, si me tocaba, estaría perdido. Cedería. Hurgaría en su cuerpo y tomaría lo que necesitaba de ella.

—No he tenido un maldito ataque de pánico, ¿vale? —exploté.

Se encogió, pero no dejó de avanzar hacia mí.

—¿Qué ha pasado? ¿Estás bien?

—Que ya no quiero que estés aquí. No puedo dejarlo más claro. Se acabó. Tenías razón. Ha sido una idea muy estúpida, apenas nos conocemos.

Se detuvo en seco y la mirada que me lanzó casi me derrumbó. La sorpresa. El dolor. Y yo los había puesto ahí. Pero así era mejor, mejor esto que arrastrarla conmigo. Mejor que si me dejaba.

—Vas en serio, ¿verdad? —susurró.

Piper gimoteó y soltó la serpiente de peluche a mis pies. Le di una patada.

—Ahora no, Piper —dije en voz baja—. Ibas a marcharte de todas formas, ¿no? ¿Por qué no ahora? —añadí.

Levantó la barbilla e inhaló temblorosa.

—Vale.

—¿Vale y ya está?

¿Por qué no lo dejaba estar? Estaba consiguiendo lo que quería, Lina iba a irse. Estaría a salvo de las cosas de las que no podía protegerla. Y yo volvería a lo que fuera que tenía antes de que ella llegara. Y, aun así, intentaba provocarla, intentaba compartir la culpa de este desastre espectacular.

No me dijo ni una palabra, no mordió el anzuelo. Solo se alejó.

La seguí al dormitorio y la observé mientras sacaba la maleta del armario.

—Siento que haya acabado así. Seguro que te sientes aliviada.

Tenía la mandíbula apretada, un gesto que resaltaba los huecos bajo sus pómulos. No dijo nada mientras abría la maleta de manera eficiente y la dejaba abierta sobre la cama.

Piper se subió al banco y después a la cama para olisquear su maleta.

—Deberías llevártela a ella también. Ahora mismo no puedo ocuparme de ella —comenté, y señalé a la perra.

Dos pares de ojos femeninos se posaron sobre mí y me hicieron sentirme como el rey capullo del planeta de los capullos.

Lina se llevó las manos a las caderas.

—Vale, casi me pillas. Me lo estaba creyendo hasta que has dicho eso.

—¿El qué?

Señaló a Piper.

—La quieres, pedazo de idiota.

—No es verdad.

Lina abrió el cajón de la mesilla de noche y sacó una pequeña pila de papeles.

—Le has comprado un banco para que se suba a la cama. Tienes una cesta llena de juguetes para entretenerla. Le pones jerséis para que esté calentita en la calle. La quieres.

—No es amor. Es cuidar de ella y me rindo. No tengo fuerzas para cuidar de nadie o nada más. —De mí incluido, añadí en silencio.

—No digas tonterías.

—¿Es que no lo entiendes? —Mi voz sonó como el chasquido de un látigo—. No puedo cuidar de ella y no puedo protegerte. Joder, no pude protegerme ni a mí mismo.

Lanzó los papeles a la cama y dio un paso desafiante hacia mí.

—Que quede claro, intentas alejarme y no pienso moverme.

—No quiero que te quedes. —Las palabras me quemaron la garganta como si fueran ácido.

—¿A quién no has protegido, Nash? —preguntó en voz baja.

Piper se acurrucó en un ovillo apretado y se tapó la nariz con la cola.

—¿Se te ha olvidado la piedra que alguien lanzó a tu ventana anoche?

—Nadie ha resultado herido.

—No puedo decir lo mismo de la mujer que está en la UCI con un maldito respirador. Tiene un marido y unos hijos que se preguntan qué harán si no despierta.

Lina dio otro paso hacia delante. Estaba demasiado cerca. Tuve que apretar los puños a los costados para evitar agarrarla y abrazarla contra mí.

—¿Te ha recordado a tu madre? —preguntó en voz baja.

—¿Cómo narices no iba a recordarme a ella? Pasó en el mismo tramo de carretera, a menos de doscientos metros.

—Cariño —susurró, y se acercó despacio como si yo fuera una especie de caballo asustadizo.

—No —espeté.

—No vas a llegar a tiempo para salvar a todo el mundo —respondió.

—No puedo salvar a nadie. Necesito que te vayas, Lina. Por favor.

Tenía los ojos vidriosos y, cuando asintió, la luz se reflejó en los pendientes y los hizo resplandecer.

—Vale. Estás agotado y has tenido un día horrible, así que te voy a dar algo de espacio. Esta noche me quedaré aquí al lado con Nolan. Hablaremos mañana cuando hayas dormido un poco.

—Vale —respondí con la voz ronca. Le prometería cualquier cosa con tal de que se fuera antes de que me desmoronara y la tocara.

Me quedé clavado donde estaba mientras ella guardaba un par de cosas en la maleta y después la arrastraba a mi alrededor. Oí que entraba en la cocina y apagaba los fogones. Y entonces escuché cómo la puerta de la entrada se abría y cerraba con suavidad.

Se había ido.

Y estaba solo.

Pero en lugar de sentir alivio, una oleada de pánico me golpeó, me arrastró al fondo y me impidió salir a la superficie.

Se había ido.

Había hecho que la mujer a la que necesitaba, la mujer a la que amaba, se marchara.

Me fui de la habitación porque ver la cama que habíamos compartido me ponía enfermo. La quería. Lo sabía desde hacía tiempo, tal vez desde el momento en que la vi en las escaleras. La deseaba. La necesitaba. Y me había deshecho de ella.

Pero era lo correcto, ¿no? Merecía algo más que ser la muleta o el polvo de apoyo emocional de alguien. Merecía algo real y bueno. Y yo no podía ofrecérselo. No así.

Piper se sentó junto a la puerta de entrada y lloriqueó lastimosamente.

Me llevé las manos a la cabeza y me dirigí a la habitación cuando la tensión que me rodeaba el pecho me lo comprimió hasta que empezó a dolerme. Vi los papeles que había dejado Lina y los tomé. Eran de la protectora de animales. Era una solicitud de adopción. La nota adhesiva de arriba, escrita con la caligrafía enérgica de Lina, rezaba: «Es tuya. Hazlo oficial».

Fue como un puñetazo en el estómago. Dejé caer los papeles y volví al comedor. La planta de la ventana me llamó la atención. Era la planta de Lina. Cuando se mudó, no era más que una maceta llena de hojas brillantes, pero ahora estaba repleta de flores delicadas en forma de campana.

Me di cuenta de que era un lirio del valle.

El favorito de mi madre.

—Mierda.

CAPÍTULO CUARENTA Y CUATRO

AGUA DE OJOS

LINA

Empujé la puerta exterior y salí a la noche lluviosa que ofrecía la calle principal. Las gotas me golpearon la cabeza y me mojaron la camiseta, pero no me importó. Estaba enfadada y dolida, triste y confusa. También tenía hambre. ¿Por eso las mujeres de las películas siempre comían helado directamente del envase después de que les rompieran el corazón?

Sentir las punzadas heladas de cada gota era mucho mejor que notar cómo se me hacía añicos el estúpido corazón.

Justo esto. Esto me pasaba por haberme mostrado vulnerable. Me había lanzado. Me había abierto. Y había recibido un puñetazo en todo el corazón, que era justamente lo que había predicho. La culpa era de Naomi. Las mujeres que estaban a punto de casarse no eran de fiar. Ni tampoco los vecinos de al lado *sexys* y malhumorados con culos perfectos y cicatrices heroicas.

Lo sabía. Y, aun así, ahí estaba, paseando bajo la lluvia helada después de haber cocinado pan de maíz.

Nash estaba sufriendo y saberlo me devastaba de un modo que no era capaz de manejar. Pero no podía repararlo. No podía abrirle las heridas y obligarlas a sanar.

Solo podía salir a dar un estúpido paseo bajo la estúpida lluvia para que la estúpida agua de mis ojos se mezclara con la estúpida agua que caía del cielo.

Se me escapó un sollozo tembloroso.

467

Si no cambiaba de opinión, si no se arriesgaba a abandonar esa mentalidad de blanco y negro y se reunía conmigo en los grises, lo perdería para siempre. Pensar en esa realidad era aterrador. Y estúpido. Apenas nos conocíamos y estaba llorando bajo la lluvia por un hombre que me había echado de su apartamento.

«¿O nos conocíamos el uno al otro mejor que nadie?», me interrumpió una fastidiosa voz interior.

—Odio tener sentimientos —le murmuré a la calle vacía y empapada.

Todo el mundo estaba en casa o a cubierto, caliente y feliz, mientras tomaba comida caliente. Y, una vez más, yo me quedaba fuera.

Empecé a caminar, me crucé de brazos y encorvé los hombros para resguardarme del frío. Apenas había pasado el brillo del escaparate del Whiskey Clipper cuando oí que la puerta del edificio de apartamentos se abría de golpe.

—Angelina.

Oh, no. No, gracias. No iba a dejar que el hombre que me había hecho romper en llanto, literalmente, me viera llorar. Ahora mismo era demasiado vulnerable. No iba a sobrevivir.

Me limpié la cara húmeda con las mangas y eché a correr.

No me seguiría. El hombre acababa de intentar dejarme, no me perseguiría por...

Unos pasos rápidos resonaron detrás de mí.

Incrementé la velocidad hasta que los pies me chapotearon en el agua de la acera y di gracias al cielo porque fuera una noche triste y oscura, lo cual significaba que no había nadie para ser testigo de mi triste humillación.

Estaba cansado, helado y fuera de control. En cualquier momento decidiría que no valía la pena perseguirme.

Tomé impulso con los brazos y el corazón empezó a latirme con fuerza en el pecho. Era más rápida que él. Podía aguantar más que él y ganarle distancia. Si conseguía llegar a la esquina, no tendría que ver cómo me dejaba marchar. Cómo tiraba la toalla.

Una mano me agarró por la tela de la camiseta y me arrastró hacia atrás. Después, unos brazos fuertes me rodearon y me sujetaron contra él.

—Para. —Nash jadeó en mi oído mientras me sostenía. Enterró el rostro en mi nuca—. Para ya.

Me invadió una nueva clase de pánico.

—¡Suéltame!

—Ya lo he intentado, no puedo.

Permanecí inmóvil en sus brazos incluso cuando las lágrimas volvieron a descenderme por las mejillas.

—Estoy… confundida.

—Soy un idiota. Un cabrón. Un cabrón idiota que no te merece, ángel.

Intenté abrirle las manos para que me soltara, pero no cedió ni un milímetro. Me estaba cortando la respiración.

—Si buscas que te lleve la contraria, te vas a llevar una decepción.

—Me he pasado todo el día pensando en qué pasaría si te ocurriera algo.

—No me ha pasado nada. No me va a pasar nada —susurré con la respiración entrecortada. ¿Cuántas conversaciones de las que había tenido con mis padres habían comenzado de la misma manera y habían acabado con promesas por mi parte que todos sabíamos que no cumpliría?

—Lucian me ha dicho que estamos condenados a repetir los errores de nuestros padres.

Luché contra el abrazo y por fin me permitió girarme. Cuando lo miré a la cara, deseé no haberlo hecho. Había mucho dolor en ella, mucha tristeza. Se me rompió el corazón.

—¿Le has pedido consejo a Lucian? El tipo está a una máquina de escribir de convertirse en el protagonista de *El resplandor*. No está mal que acepte lo perturbado que está, pero es la clase de persona a la que debes acudir para que te aconseje sobre inversiones en bolsa o para hacer desaparecer un cuerpo. No es alguien a quien pedirle consejos sobre mujeres.

A Nash se le curvaron los labios mientras la lluvia no dejaba de golpearnos en la cabeza.

—Lo repito: soy un cabrón idiota. Creo que solo buscaba que alguien me confirmara mis mayores temores.

—Bueno, pues has acudido al lugar indicado.

—Mi madre me pidió que fuera a comprar con ella aquel día. No me apetecía. Estaba demasiado ocupado haciendo tonterías de esas que hacen los niños. Podría haber estado allí, pero no. Así que murió sola en aquel coche. De haber estado allí, podría haberla ayudado. Tal vez, podría haberlo prevenido. Pero no estuve.

Se le quebró la voz y me dolió el corazón.

—Después de aquello, me aseguré de estar presente cada puto día y, aun así, tampoco fui capaz de salvar a mi padre.

Las lágrimas me ardían en las mejillas. Al verlas, Nash me sujetó por la nuca e hizo que enterrara el rostro en su pecho. Lo rodeé con los brazos y lo abracé con fuerza.

—A él también lo perdimos —continuó—. No importaba lo buenas que fueran las notas que sacara o lo mucho que me esforzara en el campo de fútbol: nada era suficiente para hacer que nos escogiera. Quería otra cosa más de lo que nos quería a nosotros.

Emití un sollozo tembloroso, se me había roto el corazón por el chico que quería salvar a todo el mundo.

Me abrazó con fuerza hasta que apenas pude respirar.

—No estuve allí cuando arrestaron a Lucian, nos enteramos después. No merecía que lo castigaran por defenderse contra su maldito padre. Pensé que convertirme en policía haría que por fin pudiera arreglar las cosas. Proteger a quienes lo necesitaran.

—Y es lo que haces, Nash. Todos los días —murmuré contra la camisa del uniforme húmeda. Notaba el frío de la placa contra la mejilla.

Soltó una carcajada amarga.

—¿A quién estoy protegiendo? Ni siquiera pude salvarme a mí mismo. Si no hubiera tenido suerte, ahora mismo no estaría aquí.

Me zafé del abrazo para posarle las manos en las mejillas.

—En tus peores días, sales de la cama a rastras y escoges proteger al pueblo, a tu gente. Y eso es lo que hace un héroe, pedazo de idiota. Lo que haces es simple y llanamente heroico.

Inclinó la cabeza hacia la mía con los ojos cerrados.

Se me seguían escapando las lágrimas, cálidas contra las gotas de lluvia heladas.

—Estoy muy orgullosa de ti, Nash. Te enfrentas a tus demonios cada maldito día para estar presente para todos los demás. Has hecho que el pueblo sea mucho más seguro sin la ayuda de nadie. Joder, hasta Tina te respeta.

—Mi familia no.

Me sentía destrozada por él.

—Cariño, tu hermano y tu abuela son las dos personas menos comunicativas del mundo. A lo mejor Knox no entiende por qué haces lo que haces, pero está superorgulloso de ti por ello. Igual que tú estás orgulloso de él porque haya usado el dinero para apoyar a las mismas personas a las que proteges. Aunque nunca se lo digas. Tú eres el que se interpone entre la gente y el peligro. Eres tú el que enseguida está ahí para restaurar el orden. Eres tú el que hace lo que puede para asegurarse de que no vuelva a ocurrir.

Me volvió a abrazar contra él mientras diluviaba sobre nosotros.

—La echo de menos —susurró—. Creo que ella habría estado orgullosa.

Me aferré a él como si estuviera colgando de un precipicio.

—Está orgullosa de ti.

Inhaló de forma temblorosa y el pecho se le hinchó contra el mío.

—Bailaban en la cocina. Mis padres. Eran felices. Él la quería muchísimo. Y cuando se fue, no nos quiso lo suficiente. Escogió el alcohol y las pastillas una y otra vez. Las necesitaba.

—Y es un asco, pero no fue culpa tuya. Nunca fue por algo que hicieras o no.

—Y yo te deseo de la misma forma. Te necesito igual.

—No eres tu padre, cabeza loca. Y yo no soy un hábito dañino que te debas quitar. Somos muy diferentes de las personas que nos criaron. No has acudido a mí para insensibilizarte del dolor, sino para recordar qué te hace sentir bien. Para darte un motivo para superar ese dolor.

—Joder. ¿Por qué narices he hablado con Lucian y no contigo?

Se me escapó una risa que era medio hipo.

—Creo que tiene algo que ver con lo de ser un cabrón idiota.

Empezó a mecernos de lado a lado bajo la lluvia mientras el reflejo de las farolas bailaba sobre los riachuelos de agua que fluían hacia las alcantarillas.

—Sabes que esto es de locos, ¿no? Eso es lo que debería asustarnos y no toda nuestra estúpida carga emocional. Solo te conozco desde hace unas semanas —le recordé.

Nash me apoyó la barbilla en la coronilla.

—Eso no significa que no sea real. Mis padres se conocieron, enamoraron y prometieron en solo tres meses.

—¿Eran felices? ¿Antes? —pregunté.

Me pasó las manos por la espalda y me apretó más contra él.

—Sí. Todos lo éramos. Antes de casarse, papá se tatuó los números 0522 en el brazo. El veintidós de mayo, la fecha de la boda. Dijo que, incluso antes de que llegara, ya sabía que sería el día más feliz de su vida.

—Vaya.

—Cuando éramos niños, antes de lo que ocurrió, todos celebrábamos el día como si fuera una fiesta nacional. La fecha de la boda es mi número PIN, joder. Nunca lo cambié. Sentí que era la única manera de aferrarme a esos buenos momentos.

—A lo mejor... —comencé, pero la emoción impidió que me salieran las palabras. Me aclaré la garganta y lo volví a intentar—. A lo mejor tus buenos momentos están por llegar.

—Si no la he fastidiado ya.

—Nash...

—No, escúchame, ángel. Lo siento muchísimo. He dejado que salieras por la puerta, pero no permitiré que vayas más lejos. Por favor, no te alejes más de mí. Por favor, ten paciencia conmigo.

—Nash, no pretendía dejarte. Intentaba darnos algo de espacio.

—Has salido corriendo —señaló.

—Intentaba darnos algo de espacio muy rápido —me corregí.

—Estás helada —comentó cuando me vio temblar—. Ven a casa conmigo.

Sentí cómo cambiaba el chip de alma en pena a héroe al cargo.

—Vale.

—Menos mal —murmuró—. Me preocupaba tener que hacer como Knox y cargarte a hombros hasta allí.

Me llevó directa a la ducha. Después de desnudarme a mí primero, con cuidado, y luego a sí mismo, Nash me guio hasta debajo del agua caliente. Me siguió y nos quedamos allí de pie. Apoyé la espalda en su pecho mientras el agua caliente nos quitaba el frío de los huesos.

Me pasó las manos por el pelo mojado con suavidad y me las bajó por el cuerpo. Eran caricias tranquilizadoras, reconfortantes.

Me sentía en carne viva, vulnerable. Y cuando sentí el roce de su erección contra mí, una clase nueva de calor me recorrió el cuerpo. Quería alargar la mano y tocarlo, hacer que se sintiera tan bien como él me hacía sentir a mí. Pero entendía que necesitaba complacer, así que me rendí a sus caricias.

Me acarició y besó mi cuerpo en dirección ascendente, y después bajó. Y cuando me giró para que estuviéramos frente a frente, lo encontré de rodillas delante de mí.

Me apretó contra la pared de azulejos con las manos callosas.

Me miró con ojos solemnes mientras me deslizaba una mano desde el tobillo hasta el muslo. Nos sostuvimos las miradas de una forma tan íntima que me estremecí. Me agarró por detrás de la rodilla, me apoyó la pierna sobre su hombro y me dejó expuesta a él.

Dejé caer la cabeza contra la pared y rompí el contacto visual.

Empezó a formarse vapor a nuestro alrededor, pero apenas me di cuenta, porque Nash utilizó dos dedos para separarme los labios del sexo.

—Tienes un coño muy bonito, ángel —dijo. Su voz apenas era audible por encima del ruido del agua.

Vaya. ¿Quién iba a decirme que un hombre tan respetuoso con la ley y con la placa diría semejantes guarradas?

Fue el último pensamiento coherente que tuve antes de que me recorriera con la lengua todo lo que había expuesto con los dedos. Me temblaron las piernas y casi me ceden las rodillas con el primer lametón. Parecía que se me contraían todos los músculos del cuerpo al mismo tiempo y que toda mi conciencia se fundía con las terminaciones nerviosas de la cima de los muslos.

Subió y bajó la lengua, y me volvió loca con su boca, tierna y cariñosa, pero decidida a conquistar. Cuando me volvió a temblar la pierna con la que me apoyaba, me colocó el hombro detrás de la rodilla para que me sentara a horcajadas sobre él, con la espalda apoyada en los azulejos.

Emití un gemido largo y bajo mientras me devoraba.

Alternó entre introducirme la lengua en la abertura y lamerme el clítoris con una especie de devoción ferviente. Era mágico. Éramos mágicos. Y en el fondo sabía que algo que me hacía sentir tan bien no podía estar mal.

—Nash —susurré de manera entrecortada cuando empecé a notar que algo cedía en mi interior.

Gruñó contra mi sexo, como si oír su nombre de mi boca le resultara difícil de soportar. Me moví contra él de forma mecánica y se me escapó un grito ahogado cuando me introdujo los dedos. Centró la lengua en mi deseo desesperado, que no dejaba de crecer y crecer.

Me corrí sin previo aviso. Mis paredes internas se cerraron alrededor de sus dedos y él me siguió lamiendo y chupando el clítoris hinchado durante el orgasmo.

Le monté la cara con descaro para disfrutar de la forma en que su lengua obligaba a mi placer a escalar sin parar. Seguía sintiendo las oleadas del orgasmo cuando se apartó de mí y me dio la vuelta para ponerme contra la pared.

Apoyó las palmas de las manos sobre los azulejos a cada lado de mi cuerpo y me enjauló. Noté su erección, cálida y dura, contra la espalda.

El deseo de Nash me hacía sentir indefensa y poderosa al mismo tiempo.

Agachó la cabeza y sentí que me trazaba el tatuaje con los labios.

—Te necesito —murmuró antes de clavarme los dientes en la piel.

Yo también lo necesitaba.

—Date prisa —susurré—. Por favor.

No me hizo esperar. Bajó las manos grandes y ásperas hasta mis caderas y me hizo inclinarlas hasta el ángulo perfecto. Después guio la terminación de su pene entre mis nalgas. Me quedé quieta y me tensé cuando me pasó la punta por encima del ano, lo que me recordó lo íntima y vulnerable que era la postura. Se le escapó un gruñido gutural y arrastró la punta más abajo, entre mis muslos abiertos, antes de deslizarla entre los labios de mi sexo.

Noté que palpitaba contra mí y me invadió una nueva ola de deseo.

—Cuando te tengo así, pierdo la cabeza —murmuró, y me subió una mano desde el vientre hasta uno de mis pechos.

Dejé caer la cabeza sobre su hombro. Él no era el único que estaba perdiendo la cabeza.

Me temblaron los muslos y apoyé las manos en los azulejos. Mis caderas se apretaron contra él, como si actuaran por su cuenta para exigirle más, como si no me hubiera corrido hacía meros instantes.

Me presionó, apretó y tiró del pecho con la mano.

—No puedo dejar que te vayas, ángel.

—¿Y por qué ibas a permitir que me fuera? —Me chocaban las rodillas. De emoción y de deseo. Del peso de su cuerpo, que me empujaba hacia abajo.

—Solo quiero que sepas que ya no es una opción. Te vas a mudar aquí o yo me mudaré contigo. O buscaremos algún sitio en el que empezar de cero. Pero no dejaré que te vayas.

—Nash —susurré mientras una lágrima cálida se deslizaba por el lateral de mi nariz.

—Me has devuelto a la vida, me has devuelto a la luz. Deja que te tenga. Deja que te tome. Di que eres mía —exigió.

Me pasó la erección entre los pliegues resbaladizos.

—Sí —conseguí decir. Ya me preocuparía más adelante por las consecuencias de lo que le había prometido. Lo necesitaba, y a él, en ese mismo instante.

—Menos mal —respondió, y me dio un beso húmedo en el hombro. El cambio en el peso hizo que inclinara las caderas en busca de más.

—¡Nash! —jadeé.

Me agarró por la nuca con más fuerza, arrastró la erección hacia atrás, volvió a embestir hacia delante y me acarició el clítoris con la punta de la polla.

Él lo necesitaba y yo quería dárselo.

—Nunca me decido sobre cómo hacértelo —dijo con la voz ronca mientras continuaba con las embestidas cortas y acompasadas—. Me encanta ver cómo te corres y cómo te botan las tetas cuando me muevo en tu interior. Pero a veces, también te quiero así, cuando cedes y te rindes.

«Te quiero así».

«No puedo dejar que te vayas».

Sus palabras me resonaban en la cabeza como un mantra, uno que no tenía derecho a repetir. Me dije a mí misma que no lo decía en ese sentido. Y después ya no pude decirme nada más, porque Nash alineó el pene con mi abertura ansiosa y se adentró en mí.

Nuestros gritos resonaron por los azulejos.

Me sentí muy llena. Me pasó un brazo por el abdomen y con la otra mano me agarró del pelo para sujetarme contra él. Y después comenzó a embestirme.

El agua caliente nos golpeaba desde arriba, pero fue el calor de Nash lo que me calentó desde dentro. Se impulsaba con fuerza y me hizo ponerme de puntillas con cada movimiento de sus caderas hasta que los dos nos corrimos, entre temblores y jadeos por el placer. Cada una de las oleadas cálidas de su clímax me marcaba y aliviaba desde el interior.

CAPÍTULO CUARENTA Y CINCO

UN PARACAÍDAS PERFECTAMENTE FUNCIONAL

NASH

Me desperté con un cuerpo cálido y femenino contra el mío.

—Despierta, cabeza loca. Es hora de divertirse —me murmuró Lina al oído.

Mi polla y yo le dedicamos toda nuestra atención.

Me besó apasionadamente y me mordisqueó el labio inferior con los dientes.

—Lo siento, guapo. Esta mañana no tenemos tiempo para esa clase de diversión. Es hora de levantarse.

Le guie la mano hasta mi erección por debajo de las sábanas.

—Ya estoy levantado.

Se le escapó una carcajada ronca y cálida contra mi garganta.

—Después —me prometió—. Venga. Saca ese culito tan mono de la cama.

Se alejó de mí para que no la atrapara y la convenciera para que se quedara. Mi erección erguía una digna tienda de campaña debajo de las sábanas.

—Nada será más divertido que quedarte en la cama conmigo —le advertí, y me froté los ojos para despertarme.

Me lanzó un par de pantalones deportivos a la cara.

—Ya veremos —respondió con suficiencia—. Vístete. Tenemos hora.

—Ni de broma, Lina.

Sonrió desde detrás del volante y no dijo nada mientras desviaba el coche por el carril que llevaba hacia la Escuela de Aviación y Paracaidismo Solo Salta.

El camino asfaltado iba en paralelo a una pequeña pista de aterrizaje que estaba rodeada por fincas de campos de trigo justo al sur de la frontera entre Virginia y Maryland. En contraste con el día triste de ayer, el sol ardía con fuerza en un cielo despejado y bañaba los tonos anaranjados y dorados de las hojas de otoño.

Lina aparcó el coche junto al hangar rojo y cavernoso con un logo blanco y azul pintado.

Todavía con una sonrisa, se bajó las gafas de sol para mirarme. Con esos labios rojos, parecía una seductora, una sirena que intentaba atraerme hacia una muerte segura.

—Los aviones están hechos para aterrizar —insistí.

—Y aterrizará. Solo que nosotros no estaremos dentro cuando lo haga —respondió. Apagó el motor y se desabrochó el cinturón.

Me negué a moverme. Nada haría que saliera del coche y me acercara a un maldito paracaídas.

—Saltar de un vehículo en marcha es de irresponsables. Y en especial de uno que está a miles de metros del puto suelo.

Lina alargó el brazo entre las piernas y deslizó el asiento hacia atrás.

Antes de que me diera cuenta de lo que pretendía, pasó por encima del compartimento del coche y se sentó sobre mi regazo.

—No voy a obligarte a hacer nada que no quieras, Nash.

—Genial. Pues vamos a desayunar y después a comprar sellador para arreglar el azulejo suelto de la ducha.

Sacudió la cabeza sin dejar de esbozar esa sonrisa de sirena.

—Yo voy a subir. Y me encantaría que vinieras conmigo.

«Joder».

—No te vas a tirar de un maldito avión. —Un sudor frío me empezó a brotar de las axilas.

478

Me subió las gafas de sol a la cabeza y me sujetó el rostro con las manos.

—Nash, he hecho esto muchísimas veces. Es uno de mis pasatiempos favoritos y me gustaría vivirlo contigo.

«Hostia puta».

¿Cómo narices iba a negarme a algo así?

—Venga, cabeza loca. Diviértete conmigo —me intentó persuadir.

El día anterior la había hecho pasar por un infierno y este era mi castigo. Muerte a causa de la gravedad.

Menos de un minuto más tarde, la seguí (a regañadientes) hacia la enorme puerta de garaje abierta que había en un lateral del edificio. Me agarraba la mano de una forma que me dio a entender que no aceptaría un no por respuesta.

—¿Para hacer esto no se necesita una licencia o un papeleo muy complicado que tardan semanas en aprobar? —pregunté con desesperación.

Me sonrió con satisfacción por encima del hombro.

—No para los saltos en tándem.

—¿Qué narices es un salto en tándem? —Mi espalda empezaba a convertirse en un tobogán de sudor.

—Es cuando los novatos saltan atados a profesionales —respondió Lina, y señaló un póster gigante que había en la puerta abierta del hangar. En la foto, un tío demasiado estúpido para tener miedo sonreía como un lunático. Parecía que estaba atado a otro hombre por detrás con un arnés.

—Ni de broma voy a morir con un hombre atado a la espalda.

—Pues claro que no, vas a saltar conmigo.

Frené en seco, clavé los talones en el suelo y detuve de golpe el avance de Lina, que rebotó contra mí.

—Tengo el título —explicó.

Pues claro que lo tenía.

—Nash. —Había diversión en su tono.

—Ángel.

—Dime qué sientes ahora mismo —insistió.

Un pánico lamentable. Algo de delirio.

—Mira el vídeo de formación y después tomas una decisión, ¿vale?

Un vídeo de formación. Si era lo bastante largo, podría rezar para que cayera una buena tormenta. O para que hubiera una plaga de langostas. O para que descubrieran algún fallo mecánico mientras siguiéramos a salvo en tierra. «Oh, ¿se han pinchado dos neumáticos y la hélice tiene un agujero? Qué mala suerte, vámonos a desayunar».

—¿Por favor?

Estaba jodido.

Tenía dos opciones: o me ponía firme y me rajaba, en cuyo caso tendría que esperar aquí en tierra y dejarme llevar por el pánico hasta que Lina bajara, o firmaba mi propia sentencia de muerte, desafiaba a la gravedad en una lata de sardinas diminuta y después me arrojaba al vacío con ella. Por ella.

Sentía náuseas y estaba sudando, pero esos ojos marrones estaban fijos en mi rostro y tenía las manos frías apoyadas en mi pecho.

Quería que le concediera esto y yo tenía el poder de dárselo.

—Vale, pero si nos caemos al suelo en picado y creamos un cráter en tándem sobre el trigo, nunca te lo perdonaré.

Dejó escapar un gritito y se abalanzó a mis brazos. Puede que me hiciera retroceder un paso, pero me las arreglé para atraparla y levantarla hasta que la alcé del suelo.

Me estampó la boca en el lateral de la cara y me dio un beso sonoro.

—No te arrepentirás, te lo prometo.

Estaba ocupado arrepintiéndome de todo lo que había ocurrido en el día, empezando por la decisión de salir de la cama, cuando un tío con unos pantalones cargo cortos abrió la puerta endeble del avión con total tranquilidad.

—Es la hora —me dijo Lina al oído. Estábamos apoyados en un banco que estaba clavado al suelo. Yo iba atado a ella con una serie de correas de nailon que no parecía que pudieran sujetar ni a Piper, mucho menos a un hombre adulto.

Cada célula de mi cuerpo gritaba que me agarrara al banco. En lugar de eso, me obligué como un estúpido a caminar como un cangrejo hacia el agujero abierto en el lateral del avión. Era de lejos la mayor tontería que había hecho por una mujer en la vida.

—¿Estás segura de esto? —le grité por encima del ruido del aire.

—Segurísima, cabeza loca. —Oí la sonrisa en la voz ronca de Lina.

Nos balanceamos en la apertura, nos aferramos a las asas que había en el interior del avión y cometí el error de mirar hacia afuera y abajo.

Me agarré con tanta fuerza al asa que se me pusieron los nudillos blancos.

—Puedes soltarte. Confía en mí, Nash —dijo Lina.

Así que lo hice, solté los dedos de uno en uno. Esperaba que Knox no pusiera nada estúpido en mi lápida.

Y entonces Lina nos inclinó hacia la derecha y caímos a la nada.

Cerré los ojos con fuerza y esperé a que me entrara el pánico, pero era demasiado tarde para arrepentirse. Me lo dijeron el viento que me golpeaba la cara y los vuelcos que me daba el estómago, como si estuviera en la caída interminable de una montaña rusa.

—Abre los ojos, cabeza loca.

No sé cómo supo que los tenía cerrados. Más magia de la suya.

—No quiero ver cómo muero —le respondí a gritos.

Noté que se reía contra mí y su diversión me hizo abrir un ojo y luego el otro.

Se me encogió el corazón.

Estábamos suspendidos sobre la tierra. El otoño había desplegado una alfombra de rojos, naranjas y dorados que se extendía hasta el infinito bajo nosotros. Los lazos de ríos, las redes de carreteras y la suave subida y bajada de las montañas formaban un edredón de retales de naturaleza y civilización a miles de metros bajo nosotros.

No parecía que nos precipitáramos hacia la muerte, sino que estuviéramos suspendidos en el tiempo. Como dioses que contemplaban el mundo que habían creado. Desde arriba. Desde la distancia.

A vista de pájaro. El panorama completo. No había nada entre el mundo entero y yo, y era una puta pasada.

El mundo no era oscuro y aterrador, solo existía la belleza que se desplegaba a nuestro alrededor.

—¿Y bien? —me preguntó Lina al oído, y me apretó los brazos con las manos.

Le respondí de la única forma que fui capaz.

—Hostia puta. —El viento se tragó mis carcajadas.

—¡Sabía que te encantaría!

Puse las manos sobre las suyas encima de las tiras y apreté.

—¡Es una puta pasada! ¡Tú eres una puta pasada!

Lina gritó al viento de alegría.

Yo la imité y me deleité cuando se me escapó el sonido de la garganta.

—¿Estás listo para la mejor parte? —preguntó.

—¿Cuál es la mejor parte? —respondí a gritos.

Cuando apenas había conseguido pronunciar las palabras, la caída se detuvo de golpe y sentí un tirón hacia arriba y hacia atrás. Un segundo estábamos volando de cara al suelo y al siguiente estábamos suspendidos como marionetas gracias al paracaídas rojo brillante que había cobrado vida sobre nosotros.

El rugido del viento en mis oídos se detuvo de inmediato y no quedó más que un silencio sobrenatural.

Estábamos muy lejos de todo lo que parecía importante en tierra. Allí arriba, estábamos muy lejos de las minucias de la vida cotidiana. Solo había silencio, paz y belleza.

Unas emociones que creía desaparecidas me obstruyeron la garganta e hicieron que me escocieran los ojos detrás de las gafas protectoras.

—Quería que lo vieras, que lo sintieras —explicó Lina.

Podría habérmelo perdido. Podría haber muerto aquella noche. Podría haber elegido renunciar a ella, a lo nuestro. Podría haber dicho que no cuando estábamos en tierra. Pero, en lugar de eso, todo me había llevado hasta aquí. Hasta Lina Solavita.

Me había quedado pasmado.

—Esto es… No me creo que vaya a decir esto, pero me alegra que no te hayas acostado conmigo esta mañana.

Su risa fue como música en el silencio.

—¿Quieres que te cuente un secreto? —me preguntó.

—¿Tienes más? —bromeé.

—No salto por la adrenalina, sino por esto. Todo tiene sentido aquí arriba. Solo hay belleza y silencio. Y lo recuerdo incluso cuando mis pies tocan el suelo.

Y entonces lo entendí. De verdad.

La quería. No la utilizaba como muleta para evitar el mundo, sino que me estaba reintroduciendo en él con cada experiencia.

Mi corazón le pertenecía a esa mujer e iba a comprarle el anillo más grande que encontrara.

CAPÍTULO CUARENTA Y SEIS

LA CULPA ES DE LOS PENES DE CARAMELO

LINA

—¿Y no le diste una patada en los huevos? —preguntó Sloane. Estaba sentada en el suelo del salón de Naomi con las piernas cruzadas y metía bolsas de semillas de flores en bolsas de arpillera pequeñas.

En un intento de ser una amiga mejor y más vulnerable, les había hecho un resumen a Naomi, Sloane, Liza J. y Amanda de mis dramas amorosos durante la que parecía ser la despedida de soltera más aburrida de la historia.

El ensayo y la subsiguiente cena habían terminado. En menos de veinticuatro horas, Naomi sería la señora de Knox Morgan y, con un poco de suerte, Nash y yo estaríamos piripis y tendríamos relaciones en un armario durante el banquete.

Pero por ahora le estábamos dando los toques finales a los recuerdos para los invitados y observábamos a la novia entrar en pánico por las confirmaciones de asistencia de última hora. Piper y el resto de los perros estaban fuera, huyendo de la noche de locos con Waylay.

—No pude —confesé—. Ya estaba sufriendo y eso me hacía sufrir a mí. Fue horrible. No entiendo por qué a la gente le gustan las relaciones. Sin ánimo de ofender —le dije a Naomi.

Sonrió.

—No me ofendes. Con Knox también era así. Sabía que luchaba contra algo que yo no podía arreglar. Ni siquiera con una patada en las pelotas.

—¿Y qué hiciste? —le pregunté antes de cerrar una de las bolsas de arpillera con un lazo de color teja. Yo había llegado al pueblo después de la ruptura, en mitad de las consecuencias, y no conocía los detalles.

—Lo terminó todo tan de repente que me daba vueltas la cabeza. Ya sabía que lo quería, pero tenía cosas que tratar por sí solo. No podía forzarlo. Y tampoco podía esperar a que entrara en razón. —Bajó la mirada hacia el anillo de compromiso y sonrió con suavidad—. Por suerte, entró en razón antes de que fuera demasiado tarde.

Sloane exhaló y se le empañaron las gafas.

—Yo creo que no tengo ese gen.

—¿Qué gen? —le pregunté.

Se encogió de hombros.

—No lo sé. La capacidad de recibir un puñetazo en el estómago sin devolver el golpe. No puedo perdonar a alguien por las cargas que arrastra, en especial cuando me golpea en la cabeza con ellas.

—Algún día lo harás. Con la persona indicada —le aseguró Amanda a Sloane.

—Ya. Creo que paso —respondió ella.

—Mis chicos son cabezones como ellos solos —intervino Liza J—. Knox siempre intentaba distanciarse de todos los problemas, mientras que Nash se metía y trataba de solucionarlos. Siempre quería arreglar las cosas, incluso cuando no podía hacer absolutamente nada.

Me miró a mí y después a Naomi.

—Habéis sido muy buenas para mis nietos. Incluso más de lo que merecen. Y lo digo yo, que quiero a esos chicos con locura.

—Estoy pensando en dejar el trabajo —espeté.

Todas las miradas se posaron en mí.

—¿De verdad? —preguntó Naomi, esperanzada.

Sloane frunció el ceño.

—¿Pero no ganas un montón de dinero?

—Sí, sí que gano un montón de dinero. Pero… —Dejé la frase a medias. Nash había utilizado uno de mis momentos de debilidad previos al orgasmo para hacerme admitir que quería algo más con él. Pero ¿de verdad me estaba planteando dejar el trabajo y un estilo de vida en el que podía hacer lo que quisiera para sentar la cabeza?

Pensé en Nash, de pie bajo la lluvia mientras me abrazaba con fuerza.

En la caída libre antes de que se abriera el paracaídas.

En los golpecitos que las uñitas de Piper daban en el suelo cuando se paseaba con algún juguete nuevo.

En esos ojos azules.

En el corazón más grande.

Exhalé. Sí, me lo estaba planteando de verdad.

—¿Eso quiere decir que te mudarías aquí oficialmente? —insistió Naomi.

Waylay irrumpió en la habitación con unas botas impermeables y una Piper temblorosa en brazos, y me salvó de responder.

—Los perros se han metido en el arroyo y Piper ha intentado seguirlos —anunció—. No parecía estar mal hasta que se la ha empezado a llevar la corriente.

—Qué valiente —canturreé, y tomé a la perra en brazos. A pesar de los temblores y que estaba empapada, Piper agitó la colita con alegría—. Gracias por sacarla.

Waylay se encogió de hombros.

—De nada. ¿Qué hacéis?

—Estamos acabando de asignar los asientos, terminando los detalles para los invitados y escogiendo entre las tres decoraciones de mesa que ha aprobado Knox —dijo Naomi, y señaló las fotografías que había pegado en la pared junto al esquema de asientos que había elaborado con notitas—. ¿Qué te parece la de color azul vaquero con margaritas?

—¿Esto es una despedida de soltera? —preguntó Waylay con desdén—. ¡Sabía que Jenny Cavalleri me estaba mintiendo cuando dijo que habían arrestado a su tía en Nashville en su despedida de soltera!

—En realidad, eso es verdad —respondió Sloane—. Bebió demasiado, le enseñó las tetas a todo un bar subida en el toro mecánico y después la pillaron meando en una cuneta.

—Creo que estáis haciendo la despedida de soltera mal —observó Waylay.

—Esto no es una despedida de soltera —explicó Naomi—. Knox y yo no queríamos fiestas de despedida.

—Pero los chicos han salido —replicó Waylay.

—Solo han ido a tomar algo y a hincharse de comida frita —le expliqué.

—La niña tiene razón —anunció Liza J., y se golpeó el muslo con la mano—. Esto es un asco.

Naomi hizo un puchero encantador.

—¿Y el esquema de asientos?

Amanda tomó las notitas que quedaban en la mesita de café y las colocó en los asientos vacíos que había en la pared.

—¡*Voilà*! Ahora todo el mundo está sentado.

Naomi se mordió el labio inferior.

—Pero si ni siquiera has leído los nombres. ¿Qué pasa si alguno tiene que estar más cerca del baño, o si alguien no se lleva bien con el resto de los ocupantes de la mesa? No podemos tomar decisiones tan importantes sin pensar.

Alargué el brazo hacia ella y le apreté la mano.

—Sí que puedes.

—¿Y qué pasa con la decoración de las mesas? —preguntó.

—Naomi, la elección indicada siempre han sido las margaritas —le dije.

Se mordió el labio, miró fijamente la fotografía durante un largo rato y después le brillaron los ojos.

—Sí, ¿verdad?

Asentí.

—A veces no necesitas sopesar todos los pros y los contras. A veces la respuesta solo es hacer lo que te parezca mejor.

No estaba segura de si se lo estaba diciendo a ella o a mí misma.

Naomi frunció los labios y después sonrió.

—Pues nos decantamos por las margaritas.

Su madre dio unas palmaditas.

—Vale, gente. Necesitamos vino, algo para picar, mascarillas faciales y un par de comedias románticas.

—Yo me encargo de la comida y del vino —me ofrecí.

—Si vas a comprar comida, voy contigo —insistió Waylay.

—Si vas a por vino, yo también me apunto —anunció Liza J.

—El Equipo Compras a su servicio —comenté.

—Perfecto —dijo la madre de Naomi—. Sloane, tú me ayudarás a convertir el salón en una sede de fiestas de pijamas. Necesitamos todas las almohadas y mantas que no pertenezcan a los perros.

—¿Y yo qué hago? —preguntó Naomi.

—Deberías beberte una copa enorme de vino y revisar la lista de cosas que vas a llevarte a la luna de miel. —Le acerqué la libreta rosa para la luna de miel que había en la mesilla.

—No creo que Grover venda penes de caramelo, Liza J. —comenté, y tomé un carrito de la compra al entrar en el supermercado recién pintado. Era tarde, quedaban unos minutos para el cierre, y el aparcamiento estaba casi vacío.

—¡Puaj! Pensaba que habíamos venido a por comida —se quejó Waylay.

—Los penes de gominola son comida —dijo la abuela de Nash.

—Oye, por lo menos no he dicho cogollos de brócoli —le respondí a la niña.

—La tía Naomi me hizo cenar remolacha anoche —me dijo Waylay con un estremecimiento—. ¡Remolacha!

—Bueno, pues esta noche no habrá remolacha —le prometí de camino al pasillo de las chucherías—. Adelante.

A Waylay se le iluminó la cara y empezó a tirar bolsas de caramelos al carrito.

—Le compraremos pasteles a la abuela y a Sloane le gustan las gominolas ácidas.

—Yo voy a preguntar dónde tienen los penes —comentó Liza J., y después se alejó sin prisa.

—¡Oooh! Estos están muy buenos, ¿los has probado alguna vez? —Me entregó una bolsa de discos de colores brillantes envueltos de uno en uno.

—Gominolas de frutas —leí en voz alta. Nunca las había probado, pero me resultaban ligeramente familiares.

—Sí, no todo lo del secuestro estuvo mal. Estas son las chuches con las que el tal Hugo estaba obsesionado. Debió de comerse media bolsa antes de que mi madre volviera con la tía Naomi. Había envoltorios por todas partes. Me dejó comer unos pocos, los amarillos son mis preferidos.

Todo cobró sentido en un instante. Sabía dónde había visto esas chuches antes y sabía quién las había comprado.

Me di unas palmaditas en los bolsillos y pesqué el móvil.

—¿Qué te pasa? Pareces histérica. No vas a llamar a la tía Naomi para preguntarle cuántas bolsas podemos comprar, ¿verdad?

Sacudí la cabeza y marqué el número de Nash.

—No, estoy llamando a tu tío para decirle que acabas de identificar al último secuaz.

—Ah, ¿sí?

Nash no contestaba.

—Venga, venga. Joder —murmuré cuando saltó el buzón de voz—. Nash, soy yo. El del teléfono de prepago es el tipo del pasillo de los cereales. La señora Tweedy estaba conmigo cuando lo conocimos en el supermercado. Estaba comprando unas chucherías y Waylay dice que son las favoritas de Duncan Hugo. Y había envoltorios de caramelos por el suelo del almacén en las fotos de la escena del crimen. Volví a verlo la noche en que Tate Dilton montó una escena en el Honky Tonk. Sé que no es mucho en lo que basarse, pero tengo una corazonada. ¡Llámame!

—Vaya —comentó Waylay cuando colgué—. Has dicho muchas palabras en un momento. Eres como mi amiga Chloe.

Le di unas palmaditas en los hombros.

—Peque, te voy a comprar un montón de caramelos.

—Guay. ¿Quién es el tipo del pasillo de los cereales?

—Espero que no estéis hablando de mí. —El ruido de la voz masculina a mis espaldas hizo que el terror se me asentara en la boca del estómago.

Le apreté los hombros a la niña.

—Waylay, ve a buscar a Liza J. y salid de aquí —le dije tan bajito como pude.

—Pero…

—Vete. Ya —insistí. Después me di la vuelta y esbocé una sonrisa coqueta.

El tipo del pasillo de los cereales llevaba unos pantalones de chándal y una camiseta de manga larga. Volvía a tener el carrito lleno de productos saludables y proteínas magras. Lo único que le faltaba eran los caramelos.

—Nos volvemos a ver —comenté con falsa modestia—. Le estaba diciendo a mi amiga bajita que conocí a un chico muy mono en el pasillo de los cereales.

—Ah, ¿sí? Porque a mí me ha sonado más a que has descubierto algo que no deberías.

Mierda. ¿Así que esas teníamos? Vale.

—No sé de qué hablas. Ahora, si me disculpas, tengo que ir a decepcionar al dentista de una niña de doce años —comenté.

Me agarró por el bíceps con la mano grande y robusta.

—El dentista tendrá que esperar, Lina Solavita.

El corazón no solo me hacía piruetas, sino que casi se me sale por la garganta.

—No soy una gran admiradora del contacto no consentido —le advertí.

—Y mi amigo no es un gran admirador de que persigas a sus chicos por ahí y hagas que arresten a uno de ellos.

—Oye, yo no fui quien decidió que era buena idea tirarme a la mujer de mi hermano. A lo mejor deberías mantener esta conversación con él.

—Lo haría, pero está en la cárcel porque tú llamaste a la policía.

—En mi defensa diré que tanta desnudez me desconcertó.

—Vamos —gruñó.

Me agarraba con tanta fuerza que me estaba cortando la circulación.

—Te daré una oportunidad para que me quites las pezuñas de encima y te largues. Una ventaja antes de que te dé una paliza y de que mi novio, el jefe de policía, venga a rematarte. Al menos, en parte eres legal. Si me sacas a rastras de esta tienda, se acabó. Serás un delincuente a jornada completa.

—Solo si me pillan. Has causado demasiados problemas y ahora ha llegado el momento de que te enfrentes a las consecuencias. No es nada personal, solo son negocios.

—¡Déjala en paz, pedazo de capullo! —Waylay apareció en la entrada del pasillo y le lanzó una lata de alubias rojas a mi captor a lo bruto.

Lo golpeó en la frente con un «bang» muy satisfactorio. Utilicé el factor sorpresa del lanzamiento de alubias a mi favor y le di un rodillazo en la entrepierna. Me soltó el brazo para agarrarse las pelotas con una mano y la frente con la otra.

—¡Hostia puta! —resolló.

—¡Corre, Way! —No miré para asegurarme de si me había escuchado. En su lugar, le di un puñetazo al hombre en la mandíbula. Los nudillos me protestaron por el dolor—. ¡Joder! ¿Es que tienes la cara hecha de cemento?

—Me las vas a pagar, encanto.

Seguía desconcertado, así que le puse las dos manos en el pecho y empujé con todas mis fuerzas. Se tambaleó hacia atrás, cayó sobre una estantería de Coca Cola *light* y esparció las latas por todas partes. Una clienta que sujetaba una caja de cereales en cada mano gritó, metió ambas cajas en el carrito y echó a correr.

Liza J. apareció de la nada subida a uno de los carros motorizados del supermercado. Lo empujó hacia el hombre con fuerza por detrás a toda velocidad y lo acercó lo bastante hasta mí para que pudiera atacarlo con mi próximo movimiento. Le di una patada con el talón en el muslo y me aseguré de clavarle el tacón de aguja.

Aulló de dolor.

—¡Toma esa, hijo de puta! —alardeó Liza J.

El Gran Nicky, el gerente de la tienda, apareció. Sujetaba la fregona como si fuera una lanza de justa.

—Deje a la señorita en paz, señor.

—Me cago en la puta —murmuró el malo. Metió la mano en la cinturilla de los pantalones de chándal y sacó una pistola.

Levanté las manos.

—Tranquilo, grandullón. Vamos a hablarlo.

Al parecer, se había hartado de hablar, porque apuntó al techo y disparó dos veces.

La tienda se quedó en silencio durante un segundo y después comenzaron los gritos, seguidos del ruido de una estampida de pies y el pitido incesante de la puerta automática al abrirse.

—Vamos —espetó el tipo del pasillo de los cereales con frialdad. Tomó la bolsa de caramelos de frutas y me agarró del brazo.

—Ehhh. —El gerente seguía ahí de pie, con la fregona entre las manos, pero parecía mucho menos seguro ahora que había armas de fuego de por medio.

—No pasa nada, estaré bien. Asegúrese de que hayan salido todos —lo tranquilicé.

El tipo del pasillo de los cereales me arrastró hasta la entrada principal. Ambos cojeábamos, él por el daño que le había causado con la bota y yo porque su muslo duro como una piedra me había roto el tacón.

Evalué la situación en mi mente. Que te llevaran a una segunda ubicación casi siempre era algo muy malo, pero, en este caso, por fin vería el escondrijo de Duncan Hugo. Llevaba el móvil en los tejanos y el ridículo rastreador en forma de condón que me había dado Lucian en el bolsillo de la chaqueta. Le había dejado un mensaje de voz a Nash y no había contestado la llamada de mi madre durante la cena de ensayo.

La ayuda llegaría muy pronto.

Salimos al aparcamiento oscuro y me apuntó al cuello con la pistola.

—Es una pistola muy pequeña —observé.

—Llevar una pistola escondida es muy difícil. Los cañones más grandes se me meten por la raja del culo. Es incómodo.

—Problemas de ser malo, ¿a que sí? —bromeé.

CAPÍTULO CUARENTA Y SIETE

SIN PANTALONES Y CON EL CULO EN POMPA

NASH

Querido Nash:

Es muy raro escribirte una carta, pero supongo que las cosas han sido raras entre nosotros durante mucho tiempo. ¿Por qué parar ahora?

Todo va bastante bien por aquí. Como tres comidas decentes al día, así que estoy ganando peso. Tengo mi propia habitación por primera vez en dos décadas.

El terapeuta grupal parece tener doce años, pero nos ha garantizado que se graduó en la facultad de Medicina.

En fin, fue él quien nos sugirió que escribiéramos cartas a nuestras familias o a las personas a las que más hemos defraudado. Y parece que tú y tu hermano entráis en ambas categorías. Qué suerte. Es un ejercicio para pedir perdón y asumir la culpa. Ya sabes, para sacarlo todo y verterlo en el papel. No tenemos que enviarlas, seguramente no lo haga.

Y, dado que no la enviaré, ¿por qué no ser sincero de una puta vez?

No sé si seré capaz de superar este hábito, o adicción, o enfermedad. No sé si puedo sobrevivir sin algo que me ayude a adormecer el dolor de existir. Incluso después de tantos años, sigo sin saber cómo existir en este mundo sin tu madre.

Pero estoy aquí. Y tú también. Y creo que nos debo a ambos un intento. A lo mejor hay algo más al otro lado del dolor. A lo mejor puedo conseguirlo. Lo haga o no, quiero que sepas que nunca fue tu responsabilidad repararme. Igual que no era responsabilidad de tu madre mantenerme de una pieza mientras estaba aquí.

Todos somos responsables de nuestros desastres. Y todos somos responsables de hacer lo que haga falta para ser mejores. Empiezo a entender que a lo mejor la vida no es algo que debamos pasar con el menor malestar posible. A lo mejor se basa en vivirlo todo. Lo bueno, lo malo y todo lo demás.

Espero que estés bien. No es que deba significar algo para ti, ni me corresponde a mí decirlo, pero estoy muy orgulloso del hombre en el que te has convertido. Siempre me ha preocupado que tú y tu hermano siguierais el desastre de ejemplo que os he dado. Que os ocultarais de la luz. Pero tú no eres así. Defiendes lo que es correcto a diario y la gente te respeta por ello. Yo te respeto por ello.

No dejes de ser más valiente que yo.

Sí. No voy a enviarlo ni de broma. Parezco el Dr. Phil ese que tanto le gustaba ver a tu madre.

Te quiere,
Papá

—Esto es un rollo —anunció Stef desde su taburete.

—Preferiría estar en casa con Flor y Way —refunfuñó mi hermano.

—No te vas a casar sin una despedida de soltero —dijo Lucian—. Aunque no me dejaras contratar *strippers* o números musicales.

—O números musicales de *strippers* —añadió Nolan.

Nos habíamos hecho un hueco en la barra del Honky Tonk y bebíamos cerveza y *whisky* americano mientras celebrábamos la despedida de soltero más aburrida de la historia de Knockemout. Una vez había tenido que arrestar a la mitad de una congregación presbiteriana cuando el club de lucha de la despedida de soltero de Henry Veedle se desmadró y salió a las calles.

Lou, el futuro suegro de Knox, se aclaró la garganta.

—En mi época no necesitábamos despedidas de soltero ni esculturas de hielo ni almuerzos de compromiso. Nos presentábamos en la iglesia un sábado, decíamos «sí, quiero», alguien nos daba unos sándwiches de ensalada de jamón y nos íbamos a casa. ¿Qué narices ha pasado con eso?

—Mujeres —dijo Lucian con frialdad.

Levantamos los vasos en un brindis silencioso.

Había tenido un día muy largo e irme a casa con Lina sonaba muchísimo mejor que cualquier otra cosa. Esa mañana, había despedido formalmente a Dilton después de asegurarme de que todos los detalles quedaban cerrados. Había sido desagradable, tal y como imaginaba, pero ni siquiera había tenido tiempo de celebrar la victoria gracias a que un tráiler había perdido toda la carga de salsa Alfredo en la ruta 317.

Había pasado toda la tarde ayudando con la limpieza y había tenido el tiempo justo para darme una ducha antes de llegar al ensayo solo unos minutos tarde. Y allí apenas había tenido tiempo de arrastrar a Lina hasta el salón de mi hermano y besarla apasionadamente hasta que había llegado el momento de salir a tomar algo.

Quería pasar tiempo con ella. Quería normalidad con ella. Quería compensar el casi desastre que había causado, pero la boda era al día siguiente. Seguía sin saber quién había lanzado la piedra a la ventana de Lina. Y quedaba poco tiempo para que publicaran el artículo del «héroe local», previsto para el lunes.

El «después» ya casi había llegado. Lo único que se interponía entre nosotros y ese momento era el puñetero Duncan Hugo. Iba a terminar con esto. Iba a meterlo entre rejas. Y haría lo que hiciera falta para convencer a Lina de que merecía un hueco en su futuro.

Pensé en la carta de mi padre, que había leído tras haber despedido oficialmente a Dilton.

—¿Papá te ha enviado una carta? —le pregunté a Knox.

—Sí. ¿Y a ti?

—Sí.

—Qué comunicación familiar tan conmovedora —bromeó Stef, que fingió limpiarse una lágrima.

—Puede que venga mañana —explicó Knox.

Pestañeé.

—¿De verdad?

—Sí.

—¿Y te parece bien? —Los dos habíamos tenido nuestra propia versión de relación tensa con nuestro padre a lo largo de los años. Knox le cortaba el pelo cada ciertos meses y le daba dinero. Yo me ponía en contacto con él de vez en cuando y le daba cosas imprescindibles que no pudiera intercambiar por oxicodona.

Él se encogió de hombros.

—No es que haya venido alguna vez a este tipo de cosas.

Silver apareció con otra ronda de bebidas. Frunció el ceño y arrugó la nariz.

—¿Alguien más huele a ajo y queso?

—Puede que sea yo —dije.

Todo el mundo se inclinó hacia mí y me olisqueó.

—De repente me apetece comida italiana —reflexionó Lucian.

—Es salsa Alfredo. Se ha volcado una carga entera en la autopista.

—Siento llegar tarde. —Jeremiah se aproximó a nosotros y se pasó una mano por el pelo oscuro y rizado—. ¿Por qué estáis olisqueando a Nash?

—Huele a salsa Alfredo —le informó Stef.

Jeremiah le dio un beso en la mejilla a Stef y los dos sonrieron con timidez.

—Vaya. ¿Cuándo ha pasado? —preguntó Knox, que señaló con el dedo al uno y al otro.

—¿Por qué? ¿A ellos también les vas a tocar las narices? —le pregunté a mi hermano.

Knox se encogió de hombros.

—Puede ser.

—¿Por qué no quieres que nadie sea feliz? —bromeó Stef.

—Me importa una mierda que seáis felices. Es solo que no quiero tener que soportaros si estáis deprimidos, joder —aclaró Knox—. Mirad a este tonto del culo. Mira a Lina con anillos de boda en la mirada y ella le va a arrancar el corazón y a pisotearlo por accidente con esos tacones cuando salga por la puerta.

—Y puede que yo salga por la puerta con ella. Siempre y cuando no me eche en cara las estupideces que hago.

Siete pares de ojos se posaron sobre mí y el silencio fue ensordecedor.

—¿Qué? —preguntó Jeremiah, que se había recuperado primero.

Levanté la cerveza.

—Metí la pata después de un día de mierda.

—¿Cómo? —me preguntó Knox.

—Intenté romper con ella —admití.

—Eres idiota —dijo Nolan de la forma más amable posible.

—No, es un puto idiota —respondió Knox.

Lucian solo cerró los ojos y sacudió la cabeza.

—Es un enfoque interesante —ofreció Jeremiah.

—Yo pensaba que él era el tonto de la familia —añadió Silver, que le puso una bebida delante a Jeremiah y señaló a Knox con la cabeza.

—¿Tengo que recordarte quién te firma las nóminas?

—Al parecer, el tonto número uno de dos —bromeó ella.

—Pero después de la cena de ensayo le metiste la lengua hasta la garganta a Lina —señaló Stef.

—No dejó que la alejara de mí. Se quedó. Y después me hizo saltar de un avión.

—Joder. ¿Por qué narices ibas a saltar de un avión en perfectas condiciones? —me preguntó Knox con aspecto de estar perplejo.

—Porque cuando la mujer con la que te vas a casar te pide algo, lo haces.

Lucian había empezado a frotarse las sienes.

—Apenas la conoces.

—Yo sí. Es demasiado buena para ti —dijo Nolan.

—Estoy de acuerdo con el del mostacho porno —añadió mi hermano.

—Lina es un cielo. Asegúrate de no tener más días de mierda —ordenó Lou.

—No, señor —le prometí.

Asintió.

—Bien. En mi época, cuando teníamos un mal día, no lo pagábamos con nuestras chicas. Bebíamos mucho, perdíamos el conocimiento en el sofá mientras veíamos *Jeopardy* y nos despertábamos al día siguiente con la intención de ser mejores.

—Dios bendiga a los Estados Unidos —le dijo Stef a su bebida.

—Es la indicada —comenté a nadie en particular.

—Eso no lo sabes —sostuvo Lucian—. Tengo que admitir que el envoltorio es bonito, pero hombres mejores que nosotros se dejan engañar por envoltorios así de bonitos todos los días.

—No hables así de mi chica, a menos que estés preparado para asumir las consecuencias, Rollins —le advertí—. Además, el que se casa es Knox. ¿Por qué no lo avasallas a él?

Mi hermano frunció el ceño.

—Eso digo yo, ¿por qué no me estás agobiando?

—¿Además de por el hecho de que Naomi sea perfecta en todos los sentidos y de que seas el hombre con más suerte de la tierra por haberla encontrado? —apuntó Stef.

—Eso, eso —coincidió Lou.

Lucian puso los ojos en blanco.

—No es por Lina, es por ti.

—¿Y qué narices crees que pasa con él? —preguntó Knox con un brote de lealtad fraternal.

—Que no está bien. Y cuando un hombre está sumido así en la oscuridad, no puede confiar en sí mismo, y menos en alguien a quien apenas conoce. Confías en la persona equivocada y es imposible superar una traición así.

—No te ofendas, Lucy, pero parece que intentas aplicar tu horrible pasado al feliz presente de tu amigo —comentó Jeremiah.

—Haz caso al barbero *sexy*. Es prácticamente un psicólogo —dijo Stef.

—No sabéis nada de mi pasado —respondió Lucian con tono amenazador.

—A lo mejor deberíamos cambiar de tema antes de que esta despedida de soltero se convierta en la de Henry Veedle —sugerí.

—¿De verdad se quedó? —me preguntó Knox.

Asentí.

—Sí. Y en cuanto la convenza de que esté conmigo para siempre, necesitaré el número de ese joyero.

—Por Dios —murmuró Lucian en voz baja, e hizo señas para que le trajeran otro *whisky*.

—¿Y qué te impide convencerla? —preguntó Jeremiah.

—¿Además del hecho de que apenas se conocen y de los daños emocionales? —le preguntó Lucian a la nueva copa de *whisky*.

—La cagué hace menos de cuarenta y ocho horas. Tengo que pensar en un gran gesto que haga que crea en mí. En nosotros.

«Es tuya. Hazlo oficial». Las palabras de Lina me resonaron en la cabeza.

—¿Vas en serio? —me preguntó Stef.

—Lo bastante para pedirle a Bannerjee que me enseñe cómo funciona Pinterest para guardar un montón de diseños de anillos.

Lucian se pasó las manos por la cara en un gesto de horror, pero no dijo nada.

—A mí me parece serio —decidió Lou.

—¿Y qué se considera un gran gesto? —preguntó Jeremiah.

—¿Las flores? —propuso Knox.

Stef se rio por la nariz.

—Eso es todo lo contrario a un gran gesto. Es uno pequeño. Que tú irrumpieras en el almacén de Duncan Hugo a salvar a las damiselas en apuros sí que fue un gran gesto.

Mi hermano asintió con orgullo.

—Eso fue bastante épico.

—Como cuando yo sorprendí a Mandy con un crucero de tres semanas, eso también fue un gran gesto —comentó Lou.

—Ese es uno bueno. Llévatela de vacaciones —sugirió Nolan—. A mi mujer le encantaba cuando hacíamos escapadas los dos solos.

—¿Tu mujer no se divorció de ti? —señaló Lucian.

—A, que te den. Y B, a lo mejor no lo habría hecho si me la hubiera llevado más veces de vacaciones en vez de estar trabajando todo el tiempo.

—Es una buena idea, pero necesito algo que pueda hacer ahora. Incluso antes de que resolvamos lo de Hugo.

—Podrías cambiarle el aceite del coche —sugirió Jeremiah.

—Demasiado pequeño —contesté.

—A lo mejor podrías traer a su familia para darle una sorpresa.

—Eso sería pasarme de la raya.

—Cómprale uno de esos bolsos que cuestan una maldita fortuna —sugirió Knox.

—No todos tenemos dinero de la lotería que malgastar.

—Lo tendrías si te hubieras quedado lo que te di en lugar de ponerle mi puto nombre a una puta comisaría, imbécil.

—Cierto.

—¿Por qué no te tatúas su nombre en el culo? —dijo Lucian con frialdad.

Knox y yo intercambiamos una mirada.

—Bueno, es una tradición familiar —comentó mi hermano.

Y así es como acabé sin pantalones y con el culo en pompa en la camilla del estudio de tatuajes Spark Plug. Knox iba sin camiseta en la silla de al lado, donde le estaban tatuando la fecha de la boda sobre el corazón.

—¿Eres consciente de que estaba siendo sarcástico? —murmuró Lucian desde el rincón, donde acechaba como un vampiro enfadado.

—No se me ha escapado. Pero, aun así, ha sido muy buena idea.

—Vas a sentirte como un idiota cuando se vaya y tengas un recuerdo permanente en el culo.

Pero ni siquiera el pesimismo de Lucian podía nublar mi buen humor.

Nolan hojeaba un álbum de diseños con Lou en el mostrador mientras Stef y Jeremiah abrían otra ronda de cervezas para todos.

—He esperado años para ponerle las manos encima a este trasero —dijo la tatuadora con alegría. Se llamaba Sally. Iba tatuada del cuello a las rodillas y había ganado varios campeonatos nacionales como amazona con veintipocos años.

—Oh, cariño, tú y todas las mujeres del pueblo —comentó Stef.

—Sé delicada conmigo, es mi primera vez —le dije.

Acababa de empezar cuando oí el clic del obturador de una cámara y me volví para fulminar a Nolan con la mirada.

—¿Qué? Solo estoy documentando la noche.

—A lo mejor deberías cambiarte ese bigote hortera por un tatuaje —sugirió Knox.

—¿Tú crees? —preguntó Nolan. Prácticamente oí cómo se acariciaba el bigote como si fuera un gato.

—Creo que te quedaría bien algo guay, como un lobo, por ejemplo. ¿Qué te parece un hacha? —sugirió Lou.

—Os haré precio de grupo si todos queréis uno —dijo Lou por encima del ruido de las agujas de las pistolas de tatuajes.

Estaba atento al zumbido del duelo de pistolas cuando Stef dejó escapar un gritito.

—Mierda. Oh, mierda —exclamó.

—¿Qué pasa? —le pregunté.

—Deja de apretar —me ordenó Sally.

Hice todo lo posible por relajar las nalgas.

—¿Sabes ese artículo que se suponía que no debía salir hasta el lunes? —dijo Stef, que no dejaba de mirar el móvil.

—¿Qué artículo? —preguntaron Jeremiah y Lou al unísono.

El terror me formó un nudo en el estómago.

—¿Qué pasa con él?

Stef giró el móvil para que viera la pantalla. Ahí estaba yo, de pie junto a la bandera estadounidense de mi despacho y con aspecto de estar muy enfadado bajo el titular: «El regreso del héroe local».

—Lo han publicado antes de tiempo —explicó—. Al parecer, han tenido que descartar el artículo que iban a publicar hoy y en su lugar han decidido difundir este hace dos horas.

—Dame mi móvil. Ahora mismo —estallé—. Sal, vamos a tener que terminar después.

—Entendido, jefe. No me quejaré por tener que ver esta obra de arte otra vez.

Esperé impaciente mientras me pegaba un pedazo de gasa sobre el tatuaje a medio hacer.

—Madre mía, ya tiene cincuenta mil me gusta —comentó Stef. Me miró—. Eres el novio de Estados Unidos.

Para cuando Lucian sacó el móvil del bolsillo de mis pantalones, ya estaba sonando.

Era la agente especial Idler.

—Cuando le pedí que intentara pasar desapercibido, no me refería a esto —espetó en cuanto contesté.

—No sé de qué me habla, agente especial —respondí con tranquilidad mientras me levantaba de un salto de la silla y cogía los pantalones.

Nolan hizo el gesto universal de cortarse el cuello para advertirme de que «él no estaba allí».

—Un jefe de policía se recupera de unas heridas de bala y pérdida de memoria y expulsa a un policía corrupto de su unidad —leyó en voz alta—. Recuerdo haberle dicho claramente que quería que me dijera algo cuando recuperara la memoria. ¿Y dónde narices está el agente que asignamos para protegerle?

Metí una pierna en los vaqueros.

—¿Sabe lo que yo no recuerdo? No recuerdo que me dijera que iban a hacer un trato con el delincuente que intentó asesinarnos a mí, a mi sobrina y a mi cuñada.

—¿Quién ha dicho nada de un trato? —respondió con evasivas.

—El FBI tiene más filtraciones que el puñetero Titanic. Están dispuestos a mirar para otro lado e ignorar los cargos de tentativa de homicidio y secuestro para cazar al pez gordo. Bueno, pues noticia de última hora, agente especial. No voy a poner a mi familia en peligro porque no sepan construir un caso a la vieja usanza.

—Escúcheme bien, Morgan. Si hace algo que ponga en peligro el caso, me aseguraré de que acabe entre rejas.

Me subí la cremallera.

—Buena suerte con eso. Ahora mismo soy el novio de Estados Unidos. —Colgué antes de que pronunciara una palabra más y llamé a Lina. Saltó el buzón de voz.

Knox estaba al teléfono, seguramente llamando a Naomi.

—No contesta —comentó con la voz tensa.

—Llamaré a Mandy —se ofreció Lou.

Lucian miraba el móvil.

—Según los rastreadores, Naomi está en casa y Waylay y Lina están en el aparcamiento del supermercado.

Tenía una llamada perdida de Lina y un mensaje nuevo en el contestador.

Aporreé el botón de reproducción y me dirigí a la puerta. El resto del cortejo nupcial me siguió.

La voz de Lina salió del altavoz.

—Nash, soy yo. El del teléfono de prepago es el tipo del pasillo de los cereales. La señora Tweedy estaba conmigo cuando lo conocimos en el supermercado. Estaba comprando unas chucherías y Waylay dice que son las favoritas de Duncan Hugo. Y había envoltorios de caramelos por el suelo del almacén en las fotos de la escena del crimen. Volví a verlo la noche en que Tate Dilton montó una escena en el Honky Tonk. Sé que no es mucho en lo que basarse, pero tengo una corazonada. ¡Llámame!

Envoltorios de caramelos.

Y como si alguien hubiera chasqueado los dedos, me vi transportado hasta el arcén de la carretera en aquella noche cálida de agosto.

«Pum».

«Pum».

Los dos disparos me resonaron en los oídos y noté una sensación punzante en el hombro y el torso. Caía… o el suelo se había levantado de golpe.

Estaba tirado en el asfalto y la puerta del conductor se abrió de un tirón. Algo fino y transparente, que centelleó bajo las luces de mi coche patrulla, flotó hasta el suelo. Y después desapareció. El crujido de un envoltorio de plástico me resonó en la cabeza cuando una bota negra lo pisoteó.

«He esperado mucho a que llegara este día», dijo el hombre de la capucha y, al mofarse, se le crispó el bigote.

Un puto envoltorio de caramelo. Eso era lo que me había estado persiguiendo en sueños durante semanas. No Duncan Hugo. Un envoltorio de caramelo y el dedo de Tate Dilton sobre el gatillo.

—Devuélvele la puta llamada —gruñó Knox, que me sacó de mis pensamientos.

—¿Qué narices te crees que hago? —Marqué su número.

—Necesito una actualización, ahora mismo —vociferó Lucian al móvil.

—¿Alguien me explica qué diablos pasa? —preguntó Lou.

El teléfono de Lina daba tono.

—Venga. Contesta, ángel —murmuré. Algo iba muy mal y necesitaba oír su voz.

La llamada se detuvo, pero, en lugar de sonar el mensaje del buzón de voz, alguien respondió.

—¿Nash?

Pero no era Lina. Era Liza J.

—La tiene, Nash. Se la ha llevado.

CAPÍTULO CUARENTA Y OCHO

HAN SECUESTRADO A LA CHICA EQUIVOCADA

LINA

El trabajo me había puesto en situaciones bastante interesantes, pero esta era nueva. No solo me habían atado las manos a la espalda con una brida, sino que el tipo del pasillo de los cereales había tirado el móvil, el reloj y la chaqueta (con el rastreador de Lucian) en el aparcamiento del supermercado.

Después me había metido en el maletero de su sedán de último modelo.

El equipo siniestro de Lucian ya no me seguiría el rastro. Cerré los ojos con fuerza y pensé en Nash. Removería cielo y tierra para encontrarme. Y también Knox y Nolan. Hasta Lucian les echaría una mano. Y si no lo conseguían, mi madre iría en mi busca.

Solo tenía que permanecer alerta y buscar una manera de escapar. Ese cabrón había secuestrado a la mujer equivocada.

Cuando acabé el discurso motivacional, pasé los primeros minutos que estuve encerrada en el maletero tratando de encontrar la palanca de apertura de emergencia solo para descubrir que la habían desactivado.

—Maldita sea —murmuré. El coche giró a la derecha. Me golpeé la cabeza y me volqué con torpeza hasta quedar de espaldas, limitada por las ataduras de las muñecas—. ¡Ay!

¡Aprende a conducir, capullo! —Le di una patada poco entusiasta a la puerta del maletero.

Oía que hablaba con alguien por encima del ruido de la carretera, pero no conseguía distinguir lo que decía.

—Plan B —decidí.

Podía darle una patada a uno de los faros traseros y hacer señas a otros conductores de que el cabronazo que conducía el coche tenía a una rehén en el maletero.

La carretera cambió. En lugar de la suavidad del asfalto, oía el crujido de la gravilla bajo los neumáticos mientras avanzábamos a sacudidas. Eso no era bueno. O Duncan Hugo estaba más cerca de lo que pensábamos o el tipo del pasillo de los cereales me estaba llevando al bosque a hacerme una visita guiada por el interior de una tumba profunda recién cavada.

Intentaba rebuscar a tientas por el borde del tapizado sin que me diera un tirón en algún músculo del cuello cuando el coche se detuvo de forma abrupta.

Volví a caer boca abajo. Sin duda, no iba a ser bueno.

Se abrió la puerta del maletero y, antes de que pudiera ponerme en posición de ataque, me sacaron con brusquedad.

—Madre mía, ¿dónde aprendiste a conducir? ¿En los coches de choque? —me quejé, y me zafé de él.

—Deja de quejarte y empieza a caminar —respondió, y me empujó hacia delante.

Nos encontrábamos en lo que tiempo atrás había sido una entrada de gravilla, pero que la naturaleza había reclamado. Delante de nosotros había un edificio parecido a un granero cubierto de maleza alta. Más allá, solo conseguí divisar la silueta de una cerca de madera.

—¿Seguimos en Knockemout? —pregunté, y traté de contener un escalofrío. No llevar chaqueta y la dosis sana de miedo hacían que el aire de la noche pareciera todavía más frío.

El matón no se molestó en responderme. En lugar de eso, volvió a empujarme hacia delante.

—Si me sueltas ahora, lo más seguro es que no tengas que ir a la cárcel —le dije mientras cojeaba hacia la sombra del granero.

—Estoy entregado a la causa, encanto. Había testigos. Ya no hay vuelta atrás para mí.

En la noche oscura, mi secuestrador ya no parecía un contable atractivo que iba al gimnasio, sino un hombre al que le gustaba hacer llorar a los bebés.

—Parece que me culpas por todo esto.

Sacudió la cabeza.

—Ya te lo advertí en el bar. Te dije que no te convirtieras en un objetivo.

—Sí que me suena que dijeras algo por el estilo —le respondí mientras abría la pesada puerta del granero. Era la única oportunidad que tenía, así que la aproveché.

Me di la vuelta y eché a correr hacia la oscuridad, pero el tacón roto y la gravilla desigual hicieron que me resultara imposible. Me sentía como si estuviera en medio de una de esas pesadillas en las que intentas correr, pero se te ha olvidado cómo hacerlo.

Una mano grande y robusta me agarró por el hombro y tiró de mí hacia atrás.

—Eres un grano en el culo, ¿lo sabías? —me dijo, y me cargó sobre el hombro.

—Me lo dicen mucho. Así que trabajas en una inmobiliaria, ¿verdad?

—Cierra el pico.

Me llevó hasta la puerta y me dejó caer en el suelo del granero.

Estaba oscuro como la boca del lobo, así que me quedé quieta para intentar ubicarme.

—¿Sabes? El mercado inmobiliario no hace que mucha gente acabe en la cárcel. No tanto como secuestrar a mujeres en los supermercados —le respondí mientras me ponía en pie.

—Cuanto mayor sea el riesgo, mayor será la recompensa —comentó en la oscuridad.

Ese era el lema no oficial de Seguros Pritzger.

Oí un clic y después la luz del techo iluminó el espacio. Era un vestíbulo lujoso para ser de un granero. El suelo era de hormigón estampado y las paredes, cubiertas de madera, eran más bonitas que mi piso de Atlanta. Y tenía electricidad. Eso era buena señal, quizá significaba que había un teléfono por allí.

En la pared que tenía justo enfrente había un letrero grande de metal en el que ponía Granja Red Dog.

Caí en la cuenta. Era la propiedad desahuciada en la que Nash había encontrado al caballo huido. ¿Hugo había estado tan cerca todo este tiempo?

Solo estaba a unos kilómetros del pueblo. En circunstancias normales correría esa distancia con facilidad, pero necesitaría otro tipo de calzado y tendría que alejarme de la carretera.

No era lo ideal, pero era una posibilidad. Calculé mis otras opciones.

Había tres puertas que se desviaban en distintas direcciones y una escalera utilitaria que conducía a lo que parecía un altillo oscuro. Decidí que no era una posible vía de escape.

El matón me agarró por el hombro y me llevó hasta una de las pesadas puertas de madera.

—Vamos —dijo al abrirla.

Dentro había una escalera de madera que descendía un piso.

—¿En serio? ¿Una guarida en el sótano? Qué cliché. —En realidad era muy ingenioso. ¿Utilizar una propiedad abandonada lo bastante lejos de la ciudad como para que nadie notara si había actividad? A lo mejor mi captor no era un completo idiota, después de todo.

—Muévete —espetó.

Me tomé mi tiempo mientras descendía los quince escalones a la pata coja.

Tenía que estar centrada, perder tiempo. Cuanto más lo distrajera, más tiempo tendría Nash para encontrarme.

Cuando llegamos al pie de la escalera, el tipo del pasillo de los cereales me guio hacia la izquierda y a través de una puerta abierta.

Allí, sentado con las botas llenas de barro apoyadas sin cuidado en un bonito escritorio de roble, estaba el puto Tate Dilton.

«Mierda».

—Vaya, vaya, vaya. Mira a quién tenemos aquí. Si es la zorra de piernas largas del bar.

Me había preparado para plantarle cara a un jefe criminal júnior, no a un policía corrupto y caído en desgracia.

Dilton lanzó el móvil al escritorio y mascó un chicle con suficiencia.

—¿Qué pasa, preciosa? ¿No soy quien esperabas?

—Un momento. Deja que me aclare. ¿Tú eres el cerebro de todo esto? —le pregunté. Tenía curiosidad por saber cómo de difícil sería separarlo del teléfono.

—Pues claro que sí.

El secuestrador se aclaró la garganta a mis espaldas.

Dilton posó la mirada en él.

—¿Tienes algo que decir, Nikos?

Nikos, el secuestrador del supermercado.

—¿Dónde está? —respondió Nikos.

—Es confidencial y tú no tienes por qué saberlo, hijo —explicó Dilton.

Vale, así que los malos se estaban peleando. Podía significar algo muy bueno para mí o algo no tan bueno. Fuera como fuese, necesitaba un plan.

Detrás del escritorio había una pantalla de ordenador con aspecto antiquísimo. Por desgracia para mí, no había ningún móvil ni ningún portátil ni ninguna pistola de bengalas situada en un sitio conveniente.

En la pared opuesta había un televisor de pantalla plana enorme delante de un sofá.

—¿No sabéis que parecéis mucho más amenazadores cuando fingís que estáis tan sincronizados que podéis leer la mente del otro? ¿Es que nunca habéis visto una película de James Bond?

—Ve a buscarlo —dijo Nikos, que me ignoró.

—Vete a la mierda —replicó Dilton—. Yo soy el que está a cargo aquí, ve tú a buscarlo.

—No podéis retenerme aquí —les advertí, y volvieron a centrarse en mí.

Dilton mascó el chicle con alegría.

—Al parecer, puedo hacer lo que quiera contigo y con tu boquita de zorra.

—Qué encantador. ¿Por qué estoy aquí? ¿Es lo que haces con todas las mujeres que te piden que madures y seas un hombre? Eso explicaría por qué necesitas unas instalaciones tan grandes.

—Estás aquí porque tú y tus amigos ya me habéis cabreado bastante.

A juzgar por el hecho de que Nikos había puesto los ojos en blanco, ese no era exactamente el motivo por el que estaba allí.

—Espera un momento. ¿Has hecho que me secuestren porque te han despedido por ser un racista misógino? ¿Eres una de esas personas que siempre se cree la víctima y culpa a todos los demás por la mierda de ser humano que ha resultado ser?

—Ya te dije que con tirarle una piedra a la ventana no iba a bastar —murmuró Nikos.

—Estás aquí porque has abierto la puta bocaza en el lugar equivocado en el momento equivocado —masculló Dilton—. El plan era traer a las otras dos zorras primero. A la hija de Tina y a la puritana de su gemela, pero tú tenías que convertirte en un objetivo más brillante, yendo a comprar tú sola y averiguando más de la cuenta.

Miré a Nikos. Había visto a Waylay conmigo, podría habernos raptado a las dos con facilidad. Bueno, no con tanta facilidad. Me quedaba otro tacón y él tenía otra pierna. Pero se había negado a secuestrar a una niña. A lo mejor no era el peor malo de la habitación.

Nikos esquivó mi mirada y decidí que lo mejor para los dos era que no lo mencionara.

—Así que empezaremos contigo y después nos ocuparemos de los otros tres problemas —continuó Dilton. Me apuntó como si su dedo fuera una pistola y fingió apretar el gatillo.

—No hace falta que discutamos el plan con ella.

Dilton se mofó.

—¿Por qué no? No es que vaya a salir de aquí con vida. —Me miró con una expresión de entusiasmo enfermiza.

—Oye, capullo, ¿cómo vamos a motivarla para que atraiga hasta aquí a su novio el policía cuando le acabas de decir que la vamos a matar haga lo que haga? —preguntó Nikos—. Joder, ¿acaso sabes cómo se motiva a la gente?

—¿Trabajas para él de verdad? —le pregunté a Nikos, y señalé a Dilton con la cabeza—. Yo me habría quedado en la agencia inmobiliaria.

—No trabajo para él —respondió Nikos de mala gana.

—Ya veremos —respondió Dilton con desdén, y después volvió a centrar la atención en mí—. En cuanto a ti, a mí no se me trata a la ligereza. Tu novio debería haberlo sabido.

—Tratar a la ligera —lo corrigió Nikos—. No sabes ni hablar, pedazo de idiota.

—Que te den, capullo.

Dilton levantó las botas del escritorio y se pavoneó hasta la parte de delante. Se inclinó en él con aire despreocupado y estiró las piernas hacia mí.

—¿Y ahora qué? ¿Qué vais a hacer conmigo?

Se inclinó hacia delante de modo amenazador hasta que olí su aliento rancio a cerveza. Me agarró el cuello de la camisa con un dedo gordo y estiró.

—Lo que me dé la puta gana.

La ira me recorrió la columna y me hizo temblar.

Un cabezazo, un rodillazo en las pelotas, romper la brida, echar a correr.

—Vaya, vaya, vaya…

Todos nos giramos cuando un Duncan Hugo recién salido de la ducha entró en la habitación. Llevaba una camiseta negra, unos tejanos y una pistola metida en la cinturilla. Se había teñido el pelo, que originalmente era de un color rojo brillante, de marrón oscuro. Pero las pecas, los tatuajes, todo lo que había memorizado de las fotos, eran exactamente iguales.

—Aquí tu colega ya ha utilizado esa frase de villano —le informé.

No se me escapó la forma en que Hugo entrecerró los ojos cuando se fijó en que el policía corrupto había plantado el culo en el escritorio y en el barro esparcido por la superficie. Entró en la habitación y atrapó la bolsa de caramelos que Nikos le lanzó.

—Levanta el culo del escritorio, Dilton.

Dilton se tomó su tiempo para obedecerlo.

—Últimamente me has provocado unos cuantos dolores de cabeza —me dijo Hugo mientras se sentaba detrás de la mesa.

—¿Yo? —le pregunté con inocencia. Me empezaban a doler las muñecas de tenerlas atadas a la espalda. Necesitaba soltarme, pero no conseguiría llegar hasta la puerta con los tres hombres en la sala.

—No solo seguiste a mis hombres, sino que hiciste que arrestaran a uno de ellos. Ahora mismo no necesitamos esa clase de atención sobre nosotros. Y, aun así, no hiciste caso a nuestras advertencias.

—Como le he dicho aquí a tu amigo el del pasillo de los caramelos, ese arresto no fue culpa mía. Fue tu hombre el que intentó asesinar a su propio hermano a plena luz del día. Y en pelotas.

—Es difícil encontrar buenos ayudantes —comentó Hugo, y se encogió de hombros.

—Ya, no estoy segura de lo que le pagas a este de aquí, pero deberías pedir que te devuelvan el dinero —dije, e hice un gesto de la cabeza en dirección a Dilton.

Vi venir el revés y me preparé. Los nudillos de Dilton conectaron con mi mejilla y me hicieron echar la cabeza hacia atrás. Notaba que me ardía la cara, pero me negué a hacer el menor ruido.

En lugar de eso, me centré en añadir un corrector a mi lista mental de la compra e imaginé lo que Nash le haría a la cara de Dilton muy pronto.

—Ya es hora de que aprendas algunos modales —me rugió en la cara. Tenía los ojos desorbitados y el labio curvado debajo del bigote. Un loco impredecible con algo que demostrar era mucho peor que un villano calculador.

—¿Te ha hecho sentir más hombre? —le repliqué con los dientes apretados.

—Ya es suficiente —saltó Hugo. Sacó uno de los caramelos de su envoltorio y se lo metió en la boca—. Tenemos trabajo que hacer. Nikos, asegúrate de que estemos listos para la llegada de nuestro amigo, el jefe Morgan.

Con un gesto siniestro de la cabeza, Nikos salió de la habitación.

Ya solo quedaban dos malos, pero seguían sin gustarme las probabilidades.

—Tú te encargas de la limpieza —le dijo Hugo a Dilton.

—Ya lo sé, joder.

—Pues ponte las pilas. Cuando estés en posición, llámame y espera mi señal. Esta vez, no la cagarás.

—Por lo menos yo tuve cojones de apretar el gatillo —escupió Dilton.

—Lo único que hiciste fue meter la pata. Tienes suerte de que te haya dado otra oportunidad.

—Algún día, tú mismo tendrás que apretar el gatillo —le advirtió Dilton.

—Y cuando lo haga, me aseguraré de acabar el puto trabajo —respondió Hugo de un modo inquietante.

Se fulminaron con la mirada durante un rato hasta que Dilton reculó. Me lanzó un último vistazo lascivo antes de salir de la habitación hecho una furia.

—¿Quieres un caramelo? —me ofreció Hugo, e inclinó la bolsa abierta en mi dirección.

—Lo hizo Dilton, ¿verdad? —pregunté en voz baja.

—¿El qué?

—Contrataste a Dilton para que le disparara a Nash. —Las imágenes del coche patrulla estaban muy granuladas y el tirador llevaba una sudadera y guantes. Pero Tate Dilton y Duncan Hugo tenían una complexión similar, eran de altura parecida.

Hugo se encogió de hombros.

—Los líderes delegan. Y eso es lo que yo planeo ser.

—Es difícil encontrar buenos ayudantes —repetí sus palabras.

—Robé el coche, le di la pistola y le dije cuándo y dónde hacerlo. Se suponía que debía alejar mucho más a tu novio, el policía del pueblo, y llevarlo a cabo en un sitio más tranquilo.

—Y en lugar de eso, le disparó a sangre fría en la carretera —terminé.

—Ahora ya no tiene remedio. Le ofrecí una oportunidad de redimirse y, si no lo hace bien, estará acabado —continuó Hugo, y abrió otro caramelo.

«Come cuando está nervioso».

—Piensas utilizarme para atraer a Nash hasta aquí. ¿Y luego qué?

Me miró y no dijo nada. No tenía que hacerlo.

Me golpeó una oleada de náuseas y sacudí la cabeza.

—Naomi se casa mañana y Waylay es una niña. No tienes por qué hacerlo.

Se encogió de hombros.

—Mira, no es personal. Bueno, la obsesión que tiene Dilton con tu novio sí que es muy personal. Al parecer, no le gusta el tipo de ley y orden que propone tu chico. Creo que le habría disparado sin motivo. Pero ¿todo lo demás? No es personal. Solo sois daños colaterales.

Naomi, Waylay, Liza J., Amanda... Incluso aunque Hugo se las arreglara para atraer a Nash hasta aquí, todos los demás estarían en la casa. En la línea de fuego.

El pánico me subió por la garganta.

—¿Todo esto para qué? ¿Para que puedas apartar a tu padre y quedarte con el negocio familiar? ¿Por qué no empiezas uno propio? ¿Por qué no construyes algo por ti mismo?

Dio un puñetazo al escritorio.

—Porque voy a quitarle a mi padre todo lo que me debe y a ver cómo se pudre entre rejas mientras yo disfruto. Quiero que sepa que su «hijo el cobarde y sensible», el «desperdicio de ADN», fue el que se atrevió a robarle todo lo que tenía.

Mi cerebro luchaba por encontrar formas de salir de esa.

—No puedes confiar en Dilton. Es impulsivo y cree que es quien debería dirigir el cotarro. Intentó enfrentarse a todas las mujeres de un bar y Nikos tuvo que pararlo. Tienes que decirle que se retire.

Hugo se levantó detrás del escritorio.

—Y tú tienes que sentarte y cerrar la boca hasta que me seas de utilidad.

Iba a vomitar. Y después iba a morir.

—¿Por qué Nash? ¿Por qué su nombre estaba en la lista? Él no tenía nada que ver con los negocios de tu padre.

Hugo se encogió de hombros.

—A lo mejor ha hecho enfadar a la persona equivocada.

—¿Te refieres a tu padre o a la persona que elaboró la lista?

—Supongo que nunca lo sabrás. —Se dirigió al sofá que había delante de la televisión y se colgó unos auriculares para videojuegos del cuello—. Será mejor que te pongas cómoda.

La pantalla bañó la habitación en una luz verde nuclear.

Me apoyé contra el escritorio. Me temblaban las piernas y tenía el estómago revuelto.

Tenía que ser ahora. Tenía que encontrar la forma de advertir a Nash antes de que Dilton se fuera. Antes de que se acercara a Naomi y Waylay.

—Feliz viernes. Vamos a disparar a unos cuantos vaqueros —dijo Hugo.

Pestañeé y miré fijamente la pantalla. Estaba jugando en línea... lo cual significaba que estaba hablando con otros jugadores.

El corazón me golpeaba con fuerza las paredes del pecho. Llevaba los auriculares puestos, pero tenía que ser silenciosa. Solo tenía una oportunidad para hacerlo bien.

Exhalé despacio y observé la pantalla mientras esperaba al momento indicado.

—Por la izquierda. ¡No! Tu izquierda, inútil. ¿No lo aprendiste en la guardería? —exclamó Hugo, que esquivó y se removió en el cojín con el mando.

Los personajes de la pantalla peleaban contra un ogro que disparaba mocos y un dragón que escupía fuego. Era la mejor oportunidad que iba a tener. No podía meter la pata.

Alejé las manos de la espalda tanto como pude y me incliné hacia delante.

Me subió la adrenalina al máximo y bajé las muñecas tan fuerte y rápido como pude. La tira de plástico se partió y liberé las manos.

—Deja de hacer el capullo, Brecklin, y apuñálale el maldito pie —dijo Hugo mientras yo me abalanzaba sobre él por detrás.

CAPÍTULO CUARENTA Y NUEVE

UNA CUENTA QUE SALDAR

NASH

Veintisiete minutos.

Era el tiempo que había pasado desde que un hombre había metido a Lina en el maletero de un coche y se la había llevado.

Grave estaba buscando la matrícula parcial que Waylay había memorizado.

Knox había llevado a Waylay y a Liza J. a casa con Naomi.

Y yo bajaba a toda velocidad por la calle de Tate Dilton cuando empezó a caer una lluvia suave y ligera. Giré el volante y me chirriaron los neumáticos al parar en la entrada del acceso de hormigón. Había una lancha de pesca roja brillante aparcada en un remolque nuevo enfrente del garaje.

No me molesté en cerrar la puerta, eché a correr hacia la entrada de la vivienda blanca de un piso bañada por el rojo y el azul de las luces del coche patrulla.

La puerta se abrió de un tirón antes de que hubiera llegado a las balas de paja y las calabazas del porche delantero. Más neumáticos chirriaron a mis espaldas cuando otro vehículo paró en seco.

Melissa Dilton, la mujer rubia y guapa de Tate, se quedó en la puerta, donde se sujetaba con una mano el cuello del batín azul que llevaba puesto.

Tenía las mejillas marcadas por las lágrimas y el labio hinchado.

«Joder».

516

—¿Dónde está, Missy?

Sacudió la cabeza y se le llenaron los ojos de lágrimas.

—No lo sé, pero te juro que si lo supiera te lo diría.

Quería abrirme paso a empujones y registrar la casa de arriba abajo, pero sabía que no mentía.

Nolan y Lucian subieron los escalones del porche con aire serio.

—¿Cuánto hace que se ha ido? —le pregunté, y los ignoré.

—Un par de horas. Ha hecho la maleta, como si fuera a irse unos días. Lo he visto sacar un fajo de billetes del suelo del dormitorio de Sophia.

—¿Qué haces, Morgan? —preguntó Nolan en voz baja.

—¿Dónde estaba la noche que me dispararon?

Melissa tragó con fuerza y dos lágrimas le cayeron por las mejillas.

—Me dijo que estaba trabajando.

—No, aquel día llamó para avisar de que estaba enfermo. —Lo había comprobado de camino.

—Me dijo que estaba trabajando. No llegó a casa hasta tarde y… me di cuenta de que iba bebido. Le pregunté por ti. Mis padres me habían dicho lo del tiroteo. Le pregunté si te ibas a poner bien y él… —Se miró los pies descalzos con vergüenza—. Me pegó —susurró.

Oí a Lucian maldecir con furia a mis espaldas.

—No pasa nada, Melissa. No estás en un lío, pero tengo que encontrar a Tate.

Me miró con los ojos anegados en lágrimas.

—No sé dónde está. Lo siento, Nash.

—No es culpa tuya —añadí—. Nada de esto es culpa tuya, pero necesito que cojas a los niños y vayas a casa de tus padres esta noche. Necesito que te quedes allí hasta que sea seguro volver a casa. ¿Entendido?

Vaciló, pero después asintió.

—Ve a despertar a los niños. Diles que van a pasar la noche con la abuela y el abuelo. Lucian te llevará. Haré que unos agentes vigilen la casa de tus padres.

—Se ha acabado, ¿no? —susurró.

—Se acabará esta noche —le prometí.

Irguió los hombros y asintió. Y, por primera vez, vi un destello de resolución en sus bonitos ojos verdes.

—Buena suerte, Nash.

Me di la vuelta y señalé por encima del hombro con el pulgar. Lucian asintió y siguió a Melissa al interior de la casa.

—¿Me vas a explicar qué narices está pasando? —exigió saber Nolan mientras bajaba del porche detrás de mí.

—Hugo no apretó el gatillo, fue Dilton —le respondí, y me deslicé tras el volante del todoterreno—. ¡Ay! Joder. —Me había olvidado de la obra de arte que llevaba en el trasero hasta ese momento.

Con una palabrota, Nolan rodeó el capó del coche a toda velocidad y se metió en el asiento del copiloto.

—¿Qué significa eso?

—Significa que o Dilton actuó por su cuenta o que se ha juntado con Hugo. Sea como sea, vamos a acabar con él.

Puse el vehículo en marcha e hice un cambio de sentido. Los faros separaron la fina capa de niebla.

—¿Adónde vamos ahora? —preguntó Nolan.

—A la comisaría.

—Nos vamos a coordinar con la policía estatal y pondremos controles aquí, aquí y aquí —explicaba la agente Bannerjee con un mapa cuando entramos a la comisaría. Parecía que todos los servicios de emergencia de Knockemout ya estaban allí—. Hemos notificado a todas las unidades para que estén atentos por si aparece Lina Solavita, el sujeto, o el Ford Fusion marrón del 2020.

Lina estaba ahí fuera en alguna parte, en la oscuridad, en el frío. Y no descansaría hasta que la encontrara.

Abrí la carpeta del escritorio de Grave, saqué el pedazo de papel que había arriba del todo y me dirigí a la pizarra. Tashi se echó a un lado y yo pegué la foto de Tate Dilton junto a la de Lina.

Una ronda de susurros se esparció entre los asistentes.

—Todos los agentes deberán participar en la búsqueda de Tate Dilton, antiguo agente de policía. Se le busca por tentativa de homicidio de un agente de policía, violencia doméstica y agresión. Cualquiera que tenga información sobre el paradero de Dilton tendrá que venir a hablar conmigo.

No esperé a que hicieran preguntas y me fui directo a la armería. Seguía teniendo a Nolan pegado a los talones.

—¿Cuál es el plan? —me preguntó cuando le entregué una escopeta.

—Vamos a llamar a la puerta de todos los putos amigos de Dilton hasta que demos con alguien que sepa dónde cojones está. Si lo encontramos, encontraremos a Lina.

—¿Y qué pasa con Hugo?

Sacudí la cabeza y metí dos cargadores y un par de cajas de balas en una bolsa de lona.

—No sé si forma parte de todo esto o si ha sido Dilton desde el principio. Pero mi intuición me dice que están metidos en esta mierda juntos.

Nolan cargó la escopeta tranquilamente y metió otra caja de balas en una bolsa.

—¿Crees que Lina ha conseguido ya que se arrepientan? —me preguntó.

Se me curvaron los labios y metí un par de cajas de munición más en la bolsa.

—Te lo garantizo.

—El número de operaciones de reconstrucción de testículos va a alcanzar un máximo en el estado después de esta noche —predijo.

Cerré la cremallera y lo miré.

—No tienes que venir —le dije.

—Venga ya.

—No voy a seguir las reglas ni los putos protocolos de actuación. Haré lo que haga falta para recuperarla.

—Pues yo te sigo.

Atajamos por el vestíbulo y casi habíamos llegado a la puerta cuando esta se abrió de golpe. Wylie Ogden entró con uno de los antiguos chubasqueros del departamento puesto.

—Nash, quiero decir, jefe —dijo. Parecía más viejo que nunca. Tenía el rostro demacrado y pálido—. Acabo de hablar con Melissa y me ha contado lo que ha pasado. —Sacudió la cabeza—. No lo sabía. No tenía ni idea. Éramos amigos, pero… supongo que nunca conoces a alguien de verdad. No está bien. Lo que te hizo y lo que le ha hecho a su mujer.

—Pues no —respondí fríamente.

—He venido a echar una mano en todo lo que pueda —comentó—. A hacer lo correcto.

—Ve a hablar con Bannerjee para que te asigne una tarea —le respondí, después lo rodeé y me dirigí al aparcamiento.

Abrí el portón trasero del todoterreno y, mientras Nolan guardaba las bolsas, cargué una segunda escopeta y me até dos cargadores más al cinturón.

Me sonó el teléfono.

«Lucian».

—¿Has tenido algún problema para llevar a Melissa y a los niños con sus padres? —le pregunté.

—No. Están a salvo y ya hay un coche patrulla en el acceso a la casa. Pero he pensado que deberías saber que ReyNabo85 acaba de iniciar sesión en *Dragon Dungeon Quest* —explicó Lucian—. Mi equipo está rastreando la dirección IP. Han reducido el radio a ocho kilómetros de aquí.

«Joder». No podía ser una coincidencia que Duncan Hugo estuviera tan cerca.

Cargué la recámara de la pistola y la guardé en la funda.

—Avísame cuando lo encuentres.

—Si lo encontramos de este modo, no se sostendrá en los tribunales —advirtió Lucian.

—Me da igual. No quiero salvar el puto caso, sino saldar cuentas con él. Encuéntralo —le ordené.

CAPÍTULO CINCUENTA

BRECKLIN ES LO PEOR

LINA

Mi primer intento de estrangular a alguien no había salido bien, pero me las había arreglado para robarle los auriculares, infligirle algo de daño en la tráquea y salir de la habitación antes de que me apuntara con el arma, así que no había sido un fracaso total.

Lo oí gritar cuando subía las escaleras hasta el segundo piso y recé por que estuviera llamando a Nikos y Dilton. Si los tres estaban ocupados buscándome, no cometerían ningún asesinato.

Irrumpí en el vestíbulo por el que habíamos entrado Nikos y yo y di un vistazo a mi alrededor. Podía echar a correr hacia el exterior, pero más que una ruta de escape, necesitaba un teléfono o alguna forma de contactar con Nash. Abrí la puerta de entrada para que pensaran que me había escapado y después escogí una puerta al azar. Daba a un pasillo largo y oscuro.

Estaba utilizando las manos para guiarme por el corredor lo más rápido posible cuando oí algo.

Una voz lejana que provenía de... mi mano.

Madre.

Mía.

Los auriculares de Duncan seguían conectados a la red wifi.

Me los pasé por la cabeza y abrí de un tirón la puerta de la habitación que estaba más cerca del despacho del piso de abajo. Si conseguía esconderme y seguir conectada al wifi, podría pedir ayuda.

521

—¿Hola? ¿Me oye alguien? —susurré al micrófono.

—¿A qué viene la respiración entrecortada? ¿Alguien ha dejado que se meta un pervertido en la misión? —me dijo una voz desconocida e infantil al oído.

Oí cómo se abría de un portazo la puerta por la que había entrado.

—Mierda —murmuré.

Encontré otra puerta de madera a tientas justo cuando se encendían las luces del pasillo.

Entreví a un Hugo furioso que corría hacia mí antes de abrir la siguiente puerta con el hombro.

La puerta (gracias a Dios) tenía pestillo por dentro. No le impediría la entrada durante mucho tiempo, pero por lo menos lo retrasaría. Lo cerré justo cuando empezó a sacudir la manilla.

—Cuanto más me hagas perseguirte, más daño dejaré que te haga Dilton —rugió desde el otro lado de la madera.

Me alejé a toda prisa de la puerta y sujeté el micrófono cerca de la boca.

—¿Hola? ¿Hay alguien ahí? —dije tan alto como me atreví.

En esa habitación el suelo era diferente. Parecía de ladrillo y había unas ventanas altas en dos de las paredes. Era un espacio oscuro y cavernoso y me di cuenta de que había una docena de cuadras divididas en el centro por un pasillo ancho de ladrillo.

—¿Vas a dejar de hacer el capullo, ReyNabo, y ayudarnos a matar a los ogros o voy a tener que volver a lanzarte un hechizo de aturdimiento?

Era la voz de un niño. Y por lo que parecía, uno muy irritante.

—Me llamo Lina Solavita y dos hombres llamados Tate Dilton y Duncan Hugo me tienen retenida a punta de pistola en la granja Red Dog de Knockemout, en Virginia —susurré al micrófono mientras recorría a toda prisa el pasillo entre las cuadras.

La maneta de la puerta se sacudió a mis espaldas y se oyó un golpe seco muy fuerte.

Corrí hasta el final de la sala oscura y choqué contra una pared de madera que me llegaba a la altura del pecho. El golpe me dejó sin respiración.

—Ay. Mierda —resollé.

—¿Es de verdad? —preguntó una voz preadolescente y arrogante.

—Seguro que solo es ReyNabo que se quiere quedar con nosotros, Brecklin —comentó otro niño.

—Escúchame, Brecklin, ¿saben tus padres que juegas a videojuegos en línea con un delincuente? —gruñí entre dientes mientras volvía a ponerme en pie.

Se escuchó otro golpe seco desde el otro extremo de la habitación, acompañado del sonido de la madera al astillarse. Se parecía muchísimo al ruido que hace un cuerpo que trata de derribar una puerta.

Se estaba acercando y no me daba tiempo de buscar una escapatoria. La única opción que tenía era esconderme todo el tiempo que pudiera hasta que tuviera que hacerle frente.

—Es una policía —me murmuró una voz al oído.

—Madre mía. Os juro por Justin Bieber o Billie Eilish, o por quien sea que os guste ahora, que digo la verdad. Necesito que alguno llame a emergencias ahora mismo.

Hubo otro golpe fuerte y la madera cedió un poco más.

Por los auriculares se oyó un pitido que me sobresaltó.

—Joder, ¿qué narices ha sido eso? —susurré.

—Relájese, señora. WittyDeRosa se acaba de unir a la misión —explicó Brecklin.

—¡Me relajaré cuando hayáis llamado a emergencias!

—¿Lina?

Oír una voz conocida casi hizo que se me saltaran las lágrimas.

—¿Waylay?

—¿Dónde estás?

—Cerca. ¿Estás a salvo? ¿Está Naomi a salvo? ¿Qué narices haces aquí?

—Después de que el tío Nash llamara para preguntarme el nombre de usuario de Duncan Hugo, pensé que podría ayudar a encontrarlo a través del juego.

—¡Waylay, eres un genio! Estoy muy muy orgullosa de ti y seguramente estés metida en un buen lío.

—Ya, lo suponía —respondió; parecía aburrirle la idea.

—Escúchame, tienes que llamar a tu tío Nash y decirle que Duncan Hugo ha enviado a Tate Dilton a tu casa a…

¿Cómo iba a decirle a una niña de doce años que alguien quería asesinarla?

—¿A acabar conmigo y con la tía Naomi? —adivinó.

—Vaya —gritó de asombro otro de los niños.

Esa vez, cuando Hugo golpeó la puerta, cayeron pedazos de madera al suelo.

—Mierda. Escucha, estoy intentando distraerlos, pero Nash no debe venir porque le quieren tender una trampa. Tiene que ir a tu casa y asegurarse de que estéis a salvo.

—¿Dónde estás? —preguntó Waylay.

—Eso no importa. Solo dile que le quiero.

—Está en la granja Red Dog —anunció la voz arrogante de Brecklin.

—¡Cierra la boca, Brecklin! —espeté.

Se oyeron dos disparos.

—Preparada o no, allá voy —canturreó Hugo cuando consiguió abrir la puerta.

Escogí una cuadra al azar y cerré la mitad inferior de la puerta detrás de mí tan en silencio como pude.

—Oye, tengo que irme. Duncan ya viene. Tate Dilton está con él —susurré, y me adentré más en la cuadra para agacharme tras un montón de cubas de plástico—. Dile a Nash que le quiero.

—¿Qué…?

—Se… corta…

Mierda. La señal wifi era cada vez más débil. Me arrastré a gatas hasta la puerta de la cuadra.

—Se supone que tienes que decir AFK —me comentó la voz arrogante y entrecortada de Brecklin a la oreja—. Significa que estás lejos del teclado.

—¡No tengo un maldito teclado, Brecklin! —espeté.

Pero la única respuesta que recibí fue silencio, ya que la señal se había vuelto a caer.

Genial. Había malgastado mis últimas palabras para gritarle a una cría. Bueno, se lo merecía.

—No puedes esconderte aquí dentro para siempre. —La voz de Hugo resonó de forma siniestra por el espacio.

Me apreté contra la pared y noté que estaba fría y suave. Parecían azulejos.

Afloraron recuerdos de mi breve experiencia en un campamento ecuestre. Estaba en la cuadra de lavado, básicamente, en una ducha para caballos.

Mientras Hugo arrastraba las suelas de los zapatos por el suelo de ladrillo, mis dedos encontraron lo que buscaba. A los caballos se los bañaba con una manguera con boquilla, pero algunos establos tenían lanzas de lavado a presión instaladas para limpiar la cuadra.

Se oyó un estruendo que me dio un susto de muerte. Fue el sonido de la madera y el metal al golpear contra la piedra. Agarré la manguera con torpeza y me golpeé el codo con el grifo. El dolor me subió por el brazo.

El rayo de una linterna atravesó la oscuridad.

—En este no —canturreó Hugo para sí mismo.

Se oyó otro estruendo, esta vez un poco más cerca.

Estaba abriendo las puertas de las cuadras de una en una hasta que encontrara lo que buscaba.

El corazón hacía todo lo posible por salírseme del pecho.

Me agaché y traté de calmar la respiración. Necesitaba permanecer con vida y escondida. En ese orden.

En silencio, me arranqué los auriculares y los lancé hacia la entrada de la cuadra mientras rezaba para que se reconectaran a la red wifi. No me apetecía traumatizar a un montón de niños haciendo que escucharan mi muerte. Excepto a Brecklin, que parecía terrible. Pero, por suerte, alguno sería lo bastante listo para grabar el sonido y que Duncan no se fuera de rositas.

Cerré la mano sobre la maneta del grifo y contuve la respiración. La puerta de la cuadra de al lado chocó contra la pared exterior y aproveché el ruido para abrir bien el grifo.

«Por favor, que haya agua. Por favor, que haya agua».

Estaba lo bastante cerca para oír la pesada respiración de mi perseguidor.

Era ahora o nunca. Tenía que cuadrarlo a la perfección o no tendría la oportunidad de decirle a Nash, a esa cara estúpida tan atractiva, que le quería.

La puerta de mi escondite se abrió de un tirón y se astilló contra la pared exterior. No dudé. Cuando el rayo de la linterna me pasó por encima, agarré la lanza y apreté el gatillo.

Se oyó un disparo.

CAPÍTULO CINCUENTA Y UNO

¿CUÁNDO LO HAS APUÑALADO CON LA HORCA?

NASH

Los neumáticos de una camioneta familiar rechinaron al entrar en el aparcamiento de la comisaría y salpicaron agua por todas partes mientras los faros delanteros nos deslumbraban. Knox salió y cerró la puerta de un portazo. Vino hasta mí a zancadas y con la mandíbula apretada.

—¿Qué haces aquí? Tienes que quedarte con Naomi y Way —le dije.

Sacudió la cabeza.

—Estoy contigo.

—Y te lo agradezco, pero tienes que mantenerlas a salvo. Hugo podría ir a por ellas esta noche.

Knox se cruzó de brazos.

—Lou tiene dos escopetas y Liza J. ha desempolvado el rifle del abuelo. Stef está preparando bebidas y repartiendo espray de pimienta. Y Jeremiah y Waylay están recorriendo la casa armados con nuestros antiguos bates de la liguilla de béisbol.

—Te vas a casar mañana.

—No si no estáis Lina y tú. Llama a Naomi si no me crees. La boda solo se celebrará si estamos todos.

—¿Jefe? —Grave se asomó por la puerta—. El Ford Fusion pertenece a Mark Nikos. Se dedica a alquilar propiedades entre

527

aquí y D. C. Tiene un domicilio en el pueblo desde este verano. Dos patrullas se dirigen allí ahora mismo.

Asentí.

—Gracias, Grave.

No estaría allí y Lina tampoco, así que no iba a perder el tiempo con esa línea de investigación.

Me volví hacia mi hermano.

—Tienes la oportunidad de tener algo bueno en la vida y no la vas a fastidiar por querer jugar a ser mi hermano mayor. Esta noche no.

Me apretó el hombro bueno.

—Tú me cubriste las espaldas la última vez. No irás sin mí.

—Parece que los tres vamos a ir juntos a la cárcel —dijo Nolan.

—Me cago en la puta —murmuré. Saqué el teléfono y marqué.

—¿Qué? —contestó Lucian.

—Necesito que vayas a casa de Knox y los mantengas a todos con vida.

—Tengo un equipo de seguridad en camino.

—Genial. Y ahora necesito que tú estés allí, ya que el idiota de mi hermano está aquí conmigo en el aparcamiento.

Lucian dijo unas cuantas palabrotas muy subidas de tono y oí el clic revelador de un mechero.

—Estaré allí en cinco minutos.

Oí un pitido y miré la pantalla. «Naomi».

—Tengo que colgar, tengo otra llamada —le dije a Lucian, y colgué—. Naomi, no tengo más noticias, pero estamos haciendo todo…

—¿Tío Nash? Sé dónde está Lina.

—Hay una camioneta y un Ford Fusion dorado aparcados junto al granero —declaró Nolan. Estaba tumbado bocabajo en el linde del bosque y lo observaba todo a través de unos prismáticos.

Gracias al aviso de Waylay, habíamos accedido a la propiedad a través del bosque por la parte de atrás de la casa y el granero. La lluvia había provocado una niebla espesa que lo cubría todo como una manta y hacía que la propiedad pareciera espectral.

—Dilton y el coche que se llevó a Lina —comenté, e intenté contener las emociones que hervían en mi interior.

Knox y yo intercambiamos una mirada. Para bien o para mal, los hombres a los que buscábamos estaban aquí. Y ninguno tendría otra oportunidad de hacerle daño a alguien a quien quisiéramos.

—Hay movimiento —dijo Nolan en voz baja.

Nos quedamos quietos y miramos a través de la lluvia y la penumbra.

—Un tipo grande. Acaba de salir por una puerta lateral abierta. Lleva pistola. Está buscando algo.

—¿A nosotros? —preguntó Knox.

Estábamos a casi doscientos metros, pero, aun así, mis oídos captaron un ruido distante. Parecían gritos. Vimos cómo el hombre volvía a entrar a toda prisa.

—Lina —comenté.

Nolan sonrió. Hasta los labios de Knox se curvaron.

—Apuesto a que se las está haciendo pasar canutas —predijo.

—Dile a Lucian que Dilton sigue aquí —ordené a mi hermano—. Voy a pedir refuerzos.

Estaba marcando el número de Grave cuando se oyó el disparo.

Se me paró el corazón y se me quedó la mente en blanco. Actué por instinto y eché a correr a través de la vegetación, que me llegaba hasta la cintura.

Oí a Knox y Nolan a mis espaldas, pero no iba a esperar. No cuando Lina estaba allí dentro.

Recorrí la distancia hasta el granero con facilidad, salté la cerca y me acordé de empujar la puerta con el hombro bueno.

Se vino abajo enseguida y me detuve lo suficiente para ver que el vestíbulo estaba despejado antes de seguir avanzando. Había dos puertas abiertas. Una llevaba al piso de abajo y la otra a un pasillo largo.

Lina no se dejaría atrapar en un sótano sin una salida viable, así que corrí a la desesperada hacia el pasillo. Noté un cosquilleo en el estómago. Me agaché justo cuando la puerta de la derecha se abrió y un puño se balanceó en mi dirección.

Embestí a Mark Nikos, el hombre que había sacado a mi chica a rastras de un supermercado y la había metido en el maletero de un coche, con el hombro no tan bueno. Lo golpeé en las costillas y lo empujé hacia el marco de la puerta.

—Yo me encargo. Vete —dijo mi hermano a mis espaldas. Ni siquiera me molesté en mirar atrás. Si Knox decía que podía encargarse, lo haría.

Seguí recorriendo el pasillo hasta que llegué a una entrada abierta. La puerta estaba rota y hundida y el pomo y el pestillo yacían inservibles en el suelo.

Busqué algún interruptor a tientas y encontré una fila entera de ellos. Los encendí todos y me adentré en el establo iluminado a la carrera. Las puertas de todas las cuadras del lado izquierdo estaban abiertas de par en par.

Recorrí toda la fila de cuadras e hice un barrido rápido en cada una de ellas. Estaba allí. Estaba cerca. Tenía que estarlo. Lo sentía.

—¿Qué es eso? —preguntó Nolan, que me había alcanzado. Los dos bajamos la mirada hacia el líquido que había formado un charco en los ladrillos, justo delante de la penúltima cuadra. En mitad del charco había un único casquillo.

Se me paró el corazón durante un segundo. Entonces, oí un silbido distante y vi la lanza y la manguera, que seguían rociando una fina capa de agua.

—Es agua —comenté con voz ronca.

—Hay dos pares de huellas —observó Nolan.

Las seguimos hasta el punto en que parecieron confundirse y mezclarse contra la pared de piedra. Desechada en mitad de las huellas mojadas, había una horca. Los dientes estaban manchados de sangre y el suelo estaba salpicado de unas gotitas rojas y herrumbrosas.

—Te apuesto cien dólares a que Lina lo ha apuñalado con la horca —predijo Nolan.

—No acepto la apuesta. —Una sensación similar al orgullo hizo a un lado la burbuja de miedo que se me había expandido por el pecho. Lina podía apañárselas sola hasta que la encontrara, y lo haría.

Seguimos el rastro de sangre y agua hasta el fondo de la habitación. Una cerca alta de madera con una verja se abría a otro espacio oscuro.

Gracias a la luz de las cuadras que bañaba la oscuridad, vi que el suelo estaba cubierto por una gruesa capa de serrín.

—Creo que es una pista de equitación interior —comentó Nolan—. Tiene que haber un interruptor en alguna...

Se oyó un ruido en la oscuridad. Una especie de aullido estrangulado, seguido de un golpe y un gruñido. No me importó no ver nada, sabía que ella estaba allí y la encontraría.

—¡Me has apuñalado con la horca, joder! —aulló la voz incorpórea de un hombre.

—Tú te lo has buscado, puto imbécil —replicó Lina de forma mordaz.

Estaba bien. O por lo menos lo bastante bien para insultar.

—¡Angelina! —Mi voz se proyectó en la oscuridad como un dardo.

—¡Nash! ¡Sal de aquí! ¡Ay! Hijo de puta...

Estaba cada vez más cerca. Lo supe porque los sonidos de la trifulca se oían cada vez más fuertes. Esquivé un objeto enorme e impreciso, y me di cuenta de que era un vehículo o herramienta de cultivo cubierta con una lona. Unas cuantas lonas más me separaban de ella y creaban una carrera de obstáculos entre los dos.

Ya casi había llegado. Sentía que la tenía cerca. Y se me encogió el estómago al oír el sonido de un puño que chocaba contra la piel. Pero el aullido resultante no fue suyo.

Se encendieron las luces y la pista entera se iluminó. Estaba a menos de dos metros de ellos. Hugo estaba de rodillas delante de Lina y le sangraban la pierna y la nariz.

—Maldita zorra —chilló, y levantó la mano con la que sujetaba la pistola.

No lo pensé. No lo planeé. Ni calculé. Solo actué.

—¡Nash! —El grito de Lina resonó en mi cabeza cuando levanté el vuelo.

A cámara lenta, Hugo giró la cabeza, y después el brazo, hacia mí. Pero era demasiado tarde para él. Choqué contra él

531

con la fuerza de un tren de mercancías, con la escopeta por delante. Su arma se disparó y caímos sobre el serrín. Le di la vuelta, lo sujeté contra el suelo y le di un puñetazo en la cara. Una vez. Dos. Y tres.

—Vale, cabeza loca. —La voz de Lina sonó suave y tranquila a mi lado—. Creo que ya lo tienes.

Pero no era suficiente. Solo me bastaría si acababa con él. Volví a echar el brazo hacia atrás para tomar impulso, pero Lina me contuvo.

—¡Morgan! —El grito de advertencia de Nolan nos hizo levantar la cabeza justo a tiempo para ver que Tate Dilton nos apuntaba con un arma a diez metros.

Dilton se volvió hacia Nolan, que corría hacia nosotros, y ambos hombres apretaron el gatillo casi al mismo tiempo.

Vi a Nolan caer de rodillas y Lina gritó horrorizada, así que la agarré por debajo de los brazos y la arrastré detrás de un gran tractor azul.

La empujé detrás del neumático y disparé dos veces por encima para llamar la atención de Dilton. Lina me agarró y me arrastró hacia abajo. El contacto me hizo volver al presente.

Respiraba entre jadeos fuertes. El sudor me corría por la espalda y me dolía el puño. El corazón me retumbaba en el pecho.

—Nash —dijo, y se apretó contra mí—. ¿Ves a Nolan?

Eché un vistazo a la pista y sacudí la cabeza.

—Debe de haberse puesto a cubierto. —Bajé la mirada para revisarla en busca de heridas—. Estás sangrando, cariño.

Levantó el brazo izquierdo y vi que le faltaba un pedazo de manga. El material de alrededor estaba empapado de rojo.

—Le he pegado a Hugo en la cara con la manguera a presión y he hecho un Nash Morgan cuando me ha disparado.

Me arranqué la manga de la camisa y se la até alrededor del bíceps.

—¿Qué es hacer un Nash Morgan?

Me sonrió y nunca había querido a nadie como a ella en ese momento.

—He hecho lo que tú hiciste cuando fuiste hacia el coche: he visto la pistola y me he puesto de lado. La bala apenas me ha rozado. No creo que pueda calificarse ni de herida superficial, pero escuece que te cagas.

—Joder, ángel.

—Solo es un arañazo —me aseguró.

—¿Y cuándo lo has apuñalado con la horca?

—Después de que intentara dispararme.

—No ha intentado dispararte, te ha disparado de verdad. —Empezó a invadirme la ira—. Creo que tengo que pegarle un tiro —decidí.

—Si tú disparas a Hugo, yo merezco dispararle a Dilton. Él es quien te disparó —respondió.

—Lo sé. —Me arriesgué a echar un vistazo desde detrás de la rueda y vi que Dilton se camuflaba detrás de una montaña de bolsas de plástico. Nolan estaba desaparecido en combate.

—¿Lo sabes? —preguntó entre dientes.

—He recobrado la memoria al recibir tu mensaje de voz.

—Espera un momento, ¿qué haces aquí? Se supone que debes proteger a Naomi y Waylay.

—Lucian y un equipo de seguridad privado las están vigilando.

—¿Vais a estar hablando todo el día o vais a salir para que pueda volaros los sesos? —gritó Dilton.

Una bala rebotó en el cuerpo de metal del tractor.

Empujé a Lina para que se agachara todavía más y señalé el vehículo cubierto por una lona que había junto al tractor. Era más bajo que los demás.

—Vete —le ordené.

Sacudió la cabeza de forma enérgica.

—No.

—Saca el culo de aquí, ángel.

—No te voy a dejar solo —masculló, y me hizo perder el equilibrio.

Hice una mueca cuando golpeé la banda de rodadura del neumático con el culo.

—¿Qué pasa? —siseó—. ¿Te ha dado? Si te ha disparado en ese culo tan perfecto, lo voy a matar.

—No me ha disparado, después te lo explico.

Una bala pasó zumbando por encima de nuestras cabezas y rozó el filo de la lona.

533

Capté un destello azul y devolví los disparos a ciegas.

—No te voy a dejar solo —repitió.

—Ángel.

—¿Qué?

La tomé por la barbilla y le giré la cabeza.

—He encontrado tu Porsche.

Se quedó boquiabierta y se le escapó un chillido agudo.

—Tú saca el coche de aquí y yo me ocupo de saldar las cuentas pendientes.

Miró al coche y después a mí.

—Maldita sea. No puedo, no voy a dejarte aquí.

—Me quieres.

Lina pestañeó.

—¿Disculpa?

—Que me quieres un huevo —le dije.

—Ah, ¿y supongo que tú no me quieres a mí?

—Yo también te quiero un huevo. Tanto que no vamos a esperar al después.

—¿Qué?

—Nos vamos a casar.

—¿Nos están disparando y se te ocurre proponerme matrimonio?

Se oyó otro disparo. Rodé por el suelo y disparé en dirección a Dilton.

—¿Tienes algún problema? —le pregunté. Saqué un cargador nuevo y recargué el arma.

—Es muy típico de ti. Esperas a que estemos en mitad de una situación intensa para obligarme a hacer lo que quieres. Tenemos que tomar miles de decisiones al respecto. ¿Dónde viviríamos? ¿Cuál de los dos trabajos es más importante? ¿Quién va a sacar la basura?

—Y todas empiezan con la primera decisión. ¿Te casas conmigo, ángel?

—Uf, bueno. Sí. Pero cuando te baje la adrenalina y te des cuenta de que tendrás que estar a mi lado hasta el final, no quiero que protestes.

El corazón me dio un vuelco y le sonreí a mi chica preciosa.

—Después te voy a besar con muchas ganas.

—Más te vale que sí —respondió.

Oí que algo cortaba el aire y después un ruido metálico sordo. Empujé a Lina hacia el suelo justo cuando Duncan Hugo aterrizaba de cara sobre el serrín a nuestros pies. Knox apareció por la parte delantera del tractor, pala en mano. Tenía un corte en la frente y los nudillos ensangrentados.

—Ahora estamos en paz —declaró.

—¡Dunc! ¿Estás ahí? —preguntó Dilton.

Knox se arrodilló junto a Lina.

—Nolan sangra mucho. Lo he escondido debajo de una especie de remolque de heno, pero tenemos que sacarlo de aquí, y rápido.

Pasé la mirada entre mi hermano y mi chica.

—Lleváoslo de aquí, yo me ocupo de Dilton —dije con seriedad.

—Nash, no. —Lina me agarró del brazo.

—Nena, iré enseguida —le prometí—. Tengo muchos motivos para vivir.

—Y un anillo que comprar —señaló ella.

—¿En serio te has declarado en el puto día de mi boda? —preguntó Knox.

Lina le dio un tortazo a Knox en el pecho y este hizo una mueca.

—¡Ay!

—Madre mía, pero ¿qué os pasa a los dos? —preguntó.

Mi hermano sonrió.

—¿No se lo has dicho?

—He estado un poco ocupado —respondí con frialdad—. Saca a Lina y a Nolan de aquí. Tengo que ponerle fin a esto.

Knox asintió y tomó el arma de Hugo, que seguía inconsciente.

—Nos vemos fuera.

—Maldita sea, Nash. No puedo dejarte aquí. —A Lina se le quebró la voz.

—Ángel, esta es mi lucha. Tengo que acabar con esto y cuento contigo para que saques a mi hermano y a mi amigo de aquí de una pieza. Confía en que haré bien mi trabajo, igual que yo confío en que tú harás bien el tuyo.

Se frotó el rostro con las manos y maldijo en voz baja.

—Vale, pero ni se te ocurra dejar que te disparen —dijo al final.

—No —le prometí.

Knox la agarró por el brazo y empezó a apartarla de mí.

Sus ojos marrones se cruzaron con los míos y me sostuvo la mirada.

—Te quiero.

—Y yo a ti. Ahora sal de aquí a toda hostia para que pueda hacerme el héroe.

—Me mudo a vivir aquí —le dijo Lina a Knox cuando agacharon la cabeza.

—Genial. ¿Qué te ha pasado en el brazo? —preguntó Knox.

—Me ha disparado el tipo al que le has dado con la pala en la cara.

—¿Estás de broma? —oí que gruñía mi hermano.

Esperé a que Lina hubiera destapado el coche y a que Knox hubiera metido a un Nolan muy pálido en el asiento del copiloto.

Mi hermano me hizo un saludo militar y después se dio la vuelta y echó a correr agachado hacia la puerta del establo que había al otro extremo de la pista.

Nolan me hizo un corte de mangas débil mientras Lina se metía detrás del volante del coche. Se lo devolví con expresión seria.

—Nos vemos luego —articuló Lina.

Le lancé un beso y, cuando encendió el motor del Porsche, apunté.

Dilton se asomó desde su escondite para apuntar en dirección a Lina. Disparé un instante antes de que apretara el gatillo. Se agarró el brazo y volvió a esconderse detrás de las bolsas.

Era buen tirador, pero yo era mejor y conocía sus puntos débiles.

—¿Nikos? ¿Dónde narices estás? —bramó Dilton cuando Lina pisó el acelerador y el Porsche dio un salto hacia delante. Oí el grito de triunfo de mi chica al mismo tiempo que el coche generaba una nube de polvo al pasar. Sonreí y la usé como protección.

Dejé atrás la seguridad del tractor y me moví hacia la posición de Dilton en silencio. Necesitaba visual.

Me agaché detrás de un tractor más pequeño con excavadora de hoyos para postes y eché un vistazo por debajo del motor.

Dilton sudaba y mascaba chicle como si su mandíbula fuera un pistón. Estaba de rodillas, con la barriga pegada a una pila baja de balas de heno. Tenía los brazos estirados sobre el heno, y uno de ellos le sangraba. Aferraba con fuerza su apreciado revólver Smith & Wesson.

Lo tenía.

Apunté y disparé. El heno en descomposición salió volando a meros centímetros de él.

Respondió con otro disparo en dirección al tractor.

—Dilton.

Luchó por darse la vuelta de rodillas en el serrín mientras yo me ponía de pie.

Miré a los ojos del hombre que había intentado quitarme la vida una vez y, al sostenerle la mirada, supe que no le iba a permitir que lo intentara de nuevo.

—Sabes que voy a tener que matarte —comentó, mascando el chicle con nerviosismo.

—Sé que ya lo intentaste una vez.

—Entonces es verdad que has recuperado la memoria, ¿no? —respondió cuando consiguió ponerse en pie.

—Lo que no comprendo es por qué.

—¿Que por qué? —se burló él—. Le robaste el trabajo a un hombre de verdad y has convertido a todo el puto departamento en un montón de nenazas. Yo debería haber sido el jefe. He hecho más por este maldito pueblo que tú.

—¿Y por qué esperar todos estos años para intentar acabar conmigo? —Di otro paso hacia él.

Dilton sudaba como mi tía abuela Marleen en una barbacoa del Cuatro de Julio.

—No lo sé, joder. Quédate donde estás —replicó, y sujetó el arma con ambas manos. El cañón largo y brillante dejó entrever que le temblaban las manos.

—A lo mejor no se te ocurrió hacer nada hasta que Duncan Hugo llegó y te metió la idea en la cabeza.

—¿Y qué te hace pensar que no fui yo quien se la dio a él?

—Porque a ese cerebro de guisante que tienes nunca se le ha ocurrido una idea original. Sé que nada de esto ha salido de ti.

Frunció el labio y se le levantó el bigote.

—No tienes ni puta idea.

—¿Y por qué no me iluminas?

El peso del arma hacía que Dilton apuntara el cañón hacia abajo.

—Joder. ¿Esperas que te lo confiese todo justo antes de matarte?

—¿Por qué no? Cuéntame lo listo que eres antes de volver a apretar ese gatillo.

—Te lo diré mientras te desangras, ya que esta vez me quedaré a mirar.

Estaba listo. Capté el movimiento y vi cómo apretaba el gatillo a cámara lenta. Se oyó un clic y Dilton se quedó con expresión estúpida y estupefacta al darse cuenta de que ya había disparado la última bala.

El muy hijo de puta nunca llevaba la cuenta de la munición que le quedaba.

Un instante después, tres manchas rojas brotaron de su torso. El eco de tres disparos súbitos resonó por la habitación cavernosa y en mi cabeza.

El rostro sudado de Dilton se quedó inmóvil mientras me miraba y después bajaba la mirada hacia los agujeros que tenía en el pecho. Movió los labios, pero no salió ningún sonido de ellos. El rojo se le esparcía por el cuerpo cuando cayó de rodillas y se desplomó bocabajo.

Detrás de él estaba Wylie Ogden con el rostro pálido. Le temblaban las manos con las que sujetaba la pistola.

—Te... Te iba a matar —dijo Wylie en poco más de un susurro.

—Se había quedado sin balas —respondí. No sé si me oyó, porque miraba fijamente a Dilton como si temiera que fuera a ponerse en pie.

Entonces recordé que, en las dos décadas que llevaba en la profesión, Wylie nunca había tenido que disparar el arma en acto de servicio.

—Baja el arma, Wylie. Aquí todos somos amigos —le dije, y me acerqué despacio hacia él.

—Iba a hacerlo —repitió.

Oí el aullido largo y urgente de las sirenas, que se acercaban cada vez más.

—Ya se ha acabado —le dije.

—Se ha acabado —susurró. Dejó que le quitara el arma de las manos y después cayó de rodillas en el polvo manchado de sangre, junto al cadáver de Tate Dilton.

Cuando salí del granero, ya había empezado a asomar la luz del amanecer por encima de los árboles. La noche larga y oscura había acabado. Ya había empezado un nuevo día.

Toda la propiedad estaba repleta de policías, federales y otros servicios de emergencia.

Me sorprendió ver que mi hermano se abría paso desde el lateral de la granja y se dirigía hacia mí. Le habían vendado el corte de la frente y los nudillos.

Nos pusimos hombro con hombro frente a la puerta abierta mientras tratábamos de asimilarlo todo.

—Lo has hecho muy bien —dijo al final.

—¿Qué?

—Ya me has oído. Parece que haces bastante bien tu trabajo cuando no tienes el libro de normas metido por el culo.

Era el cumplido más amable que me había hecho mi hermano desde que vino a mi último partido de fútbol en el último año de instituto y me dijo que no había «apestado tanto» en el campo.

—Gracias —le respondí—. Y gracias por cubrirme las espaldas.

Me obsequió una de las sonrisas engreídas de Knox Morgan.

—¿Cuándo van a aprender esos cabrones a no meterse con los hermanos Morgan?

—Oye, feliz día de tu boda.

—Va a ser el mejor día de mi vida.

Como si hubieran esperado el momento oportuno, los motivos por los que iba a ser el mejor día de su vida aparecieron.

—¡Knox! —Naomi y Waylay se abrieron paso a través del cordón policial y echaron a correr.

—Ni se te ocurra llegar tarde —me comentó mi hermano con una palmadita de despedida en la espalda. Después echó a andar a zancadas por la gravilla hacia ellas. Observé a mi hermano mientras alzaba en brazos a las dos mujeres más importantes de su vida y las hacía girar.

—Al parecer, no sabe lo que significa ser discreto —comentó la agente especial Idler con brusquedad al acercarse a mí. Las hojas heladas le crujieron bajo los pies mientras dejaba a Nolan atrás.

Estaba atado a una camilla, una venda manchada de sangre le rodeaba el pecho y tenía el teléfono pegado a la oreja. Vio que lo miraba y señaló el móvil.

—Es mi mujer —articuló con una felicidad delirante.

Se me curvaron las comisuras de la boca y le lancé un saludo. Sonrió y me hizo una peineta amigable.

—¿Se va a poner bien? —pregunté.

—Sí, se pondrá bien. No le ha dado en ningún órgano vital. Pero ¿sabe lo que acaba de hacer el muy hijo de puta? Ha dimitido.

—¿De verdad?

—No sé por qué me lo ha dicho a mí, si no soy su jefa. Pero al parecer lo ha tentado el sector privado —comentó, y le lanzó una mirada significativa a Lucian, que estaba de brazos cruzados en un corrillo con un montón de agentes.

—No parece muy destrozada por tener que despedirme —observé.

—A lo mejor porque el bien común siempre tiene un precio—respondió, y observó cómo mi hermano besaba a su futura esposa mientras ella se aferraba a él—. O, por supuesto, puede que también sea porque Duncan Hugo sabía menos sobre las operaciones de su padre que un empleado de nivel medio —continuó—. O a lo mejor porque su amigo Lucian ha aceptado poner sus extensos recursos a nuestra disposición para ayudarnos a acabar con Anthony Hugo de una vez por todas. Así que ya ve que puede que esté muy ocupada para preocuparme de si un jefe de policía local conserva o no su trabajo.

—Aléjese de mi jefe de policía, agente especial —dijo la alcaldesa Swanson. Habría sonado mucho más amenazante si no hubiera llevado puestos unos pantalones de pijama de calabazas de Halloween y no sujetara un termo de café de Snoopy.

—Solo estábamos hablando, alcaldesa —respondió Idler.

—Pues asegúrese de que la conversación siga siendo amigable. No me gustaría que las setenta y dos mil personas a las que les ha gustado el artículo sobre el héroe local descubrieran que el FBI lo ha dejado plantado. —Levantó una pila de copias impresas y las agitó en el aire.

Se las arranqué de la mano y me arrepentí de inmediato cuando leí los primeros comentarios.

«Puede protegerme y servirme siempre que quiera».

«Estoy pensando en cometer un delito en el norte de Virginia. Ahora vuelvo».

—Madre mía —murmuré.

—Si cree que el FBI tiene tiempo y recursos para lidiar con las consecuencias que eso supondría, pues adelante. Pero pasearme por todos los platós de programas matinales entre D. C. y Nueva York se convertirá en mi misión personal…

—Alcaldesa Swanson, el puesto del jefe Morgan no corre peligro. O, por lo menos, no por mi parte.

La ambulancia de Nolan se alejó y fui recompensado con la clase de vistas que ningún hombre podría olvidar pronto.

Angelina Solavita.

Estaba apoyada en el lateral del maldito Porsche azul con las largas piernas estiradas hacia delante y las manos metidas en los bolsillos. Tenía el rostro amoratado, la ropa embarrada y llevaba puestas unas botas de bombero prestadas.

Tenía aspecto de malota y estaba preciosa. Mi malota preciosa.

Me vio y esbozó una sonrisa de complicidad.

Me interpuse entre la alcaldesa Swanson y la agente especial Idler sin darme cuenta.

—Ya era hora de que espabilara —oí que decía la alcaldesa mientras me alejaba de ellas.

Lina se apartó del coche de un empujón y se abalanzó sobre mí.

La agarré y la levanté. Me rodeó la cintura con las piernas.

—Hola, cabeza loca…

No la dejé terminar. Atraje su boca hacia la mía y la besé como si fuera la primera vez. Como si fuera la última. Como si fuera la única.

Se rindió a mis brazos y yo me puse a cien. Su sabor, su tacto, sentirla allí era demasiado para mí. Nunca tendría suficiente.

Interrumpí el beso.

—Ya estamos en el después.

—Sí, y todavía tienes que comprarme el anillo.

—¿No has cambiado de opinión?

—Ya te lo he dicho, ahora tendrás que estar conmigo para siempre. He escrito un borrador de mi carta de dimisión en el móvil mientras esperaba a que le dieras una paliza a Dilton.

—¿Qué tal el brazo? —le pregunté.

Puso los ojos en blanco.

—Está bien. No necesito ni que me den puntos.

—¡He dicho que probablemente necesite algún punto! —gritó uno de los paramédicos por la ventanilla abierta del vehículo.

Lina se encogió de hombros y me sonrió.

—Bah, es lo mismo.

—Te quiero mucho, ángel.

Se le suavizó el rostro.

—Yo también te quiero, cabeza loca.

—¿Te vas a casar conmigo?

Tenía tanto amor en la mirada que sentí que casi no podía respirar.

—Sí —susurró.

—Buena chica.

La atraje hacia mí para darle otro beso en la boca e hice una mueca cuando me clavó el talón en la nalga.

—¿Estás seguro de que no te han disparado en ese culo tan perfecto?

—¿Disparado? No.

—¿Qué te ha pasado?

—Después te lo enseño. Pero antes, ¿por qué no me llevas a casa?

Dio un gritito y me soltó la cintura.

—Pensaba que nunca me lo pedirías.

Me vibró el móvil en el bolsillo y lo saqué.

Sonreí y giré la pantalla hacia Lina.

—¿Por qué te está llamando mi madre?

—Supongo que no habrás respondido a algunas de sus llamadas.

—He pensado que podríamos contarles lo de esta noche los dos juntos —comentó con un gesto de culpabilidad.

—Eres una gallina grande y preciosa —bromeé.

Le arranqué las llaves de la mano y le lancé el teléfono.

—Yo conduzco y tú hablas.

—Vale, pero, como mi prometido, espero que estés preparado mentalmente para que unos padres sin respeto por el espacio personal o la privacidad vengan a Knockemout a conocerte.

—Me muero de ganas, ángel.

EPÍLOGO

NASH

Era un milagro que siguiéramos todos de una pieza... y que hubiéramos llegado hasta allí. Tate Dilton estaba muerto y Duncan Hugo, detenido. No había perdido el trabajo. Y todas las personas a las que quería estaban a salvo y en un mismo lugar. Algunos estábamos un poco hechos polvo, pero seguíamos allí y eso era lo importante.

El patio de mi hermano estaba adornado para la ocasión, con un poquito de ayuda de la madre naturaleza. El sol brillaba. El cielo era azul. Las hojas del otoño bañaban a los invitados en colores llamativos y el arroyo burbujeaba sobre las piedras y en los recodos, lo que añadía un sonido familiar a la música alegre de guitarra.

Las hileras de bancos rústicos llenas de invitados emocionados miraban hacia la pérgola de madera que Knox y Lou habían fabricado juntos.

Mi hermano miraba al pasillo bordeado por calabazas y parecía estar a punto de vomitarse sobre el traje y la corbata. Tenía un corte en la frente, un moratón debajo de uno de los ojos y varios nudillos vendados. Yo mismo tenía un par de moratones nuevos y el hombro hecho polvo.

Bajo la pérgola, listo para oficiar la ceremonia, se encontraba Justice St. John, que se había arreglado muy bien para la ocasión y había intercambiado el mono de trabajo habitual por un traje gris carbón.

Lucian, con una sonrisa engreída, y Jeremiah se colocaron en los sitios que les correspondían a mi lado. Juntos le cubríamos las espaldas a mi hermano.

La madre de Naomi, que estaba muy guapa vestida de dorado, levantó los pulgares con entusiasmo desde la primera fila. Enfrente de ella, Liza J. se sacó una petaca de la rebeca de color marrón y le dio un sorbo. Me sorprendió ver a nuestro padre a su lado. Parecía estar... bien. Saludable. Presente. Iba engalanado con un traje y una corbata con la que no dejaba de juguetear. A su lado había un hombre a quien no reconocí.

No tuve tiempo de sacar conclusiones, porque la música cambió y allí estaba ella.

Lina apareció al fondo del pasillo con un vestido escarlata que la cubría como la pintura del pincel de un artista hechizado. Tenía un ojo morado que el maquillaje no le acababa de tapar, los ojos pintados de rojo rubí, una venda en el brazo y un halo de flores en el pelo.

Nunca había visto nada más hermoso en toda mi vida.

Se me cerró la garganta cuando caminó hacia mí. Y supe a ciencia cierta que no podía esperar a que recorriera un pasillo diferente en mi dirección. El nuestro.

Quería llegar hasta ella. Tocarla. Arrastrarla hasta Justice y hacerlo oficial. Pero ya habría tiempo para eso. «Después». Ahora teníamos todo el tiempo del mundo.

Clavó la mirada en mí y su sonrisa traviesa de complicidad me calentó todos los rincones del alma.

«Mía».

Apartó la vista y se detuvo delante de Knox.

—Felicidades, Knox —susurró. Él estiró los brazos y la atrajo hacia él para abrazarla. Su garganta luchaba por tragar.

El público emitió un «oh» de emoción cuando mi hermano respondió con un susurro entrecortado:

—Gracias, Leens.

Ella se apartó.

—Están preciosas —añadió. Y después se paró delante de mí.

—Estás muy guapo, cabeza loca —comentó. Llevaba lirios del valle en el pelo y, por primera vez en mucho tiempo, sentí la presencia de mis dos padres.

La sorprendí a ella, y a todos los demás, cuando la agarré por la nuca y la atraje hacia mí para darle un beso rápido y fuerte. Suspiros y risas recorrieron la multitud.

—Lo mismo digo, ángel —respondí tras interrumpir el beso.

Me sonrió con miles de promesas en la mirada y se acercó a Lucian y Jeremiah para chocarles los cinco. El primero le hizo hueco entre los dos y noté que me acariciaba la espalda con la mano.

Fi fue la siguiente en recorrer el pasillo como si fuera una pasarela de moda, ataviada con un vestido dorado y ajustado. Llevaba el pelo grueso y oscuro en rizos despeinados y decorado con una diadema de flores. Le lanzó un beso a Knox antes de dirigirse al otro extremo de la pérgola. Stef y Sloane fueron los siguientes de la procesión. Stef, engalanado con un traje, le dedicó un guiño coqueto a Jeremiah antes de señalarse los ojos con dos dedos y apuntar a Knox con ellos después.

Sloane, con un vestido largo de color teja con falda de vuelo, flotó hacia nosotros como un hada del bosque. Llevaba el pelo rubio recogido hacia atrás y una diadema de flores blancas sobre la cabeza. Mantuvo la mirada fija al frente hasta que llegó a nuestra altura.

Entonces obsequió a Knox con una sonrisa llorosa cargada de amor y esperanza. Oí cómo Lucian inhalaba con fuerza detrás de mí y me pregunté si, de algún modo, ver esa sonrisa le había perforado la armadura.

Y después llegó Waylay. La niña, valiente y bonita, estaba más feliz de lo que la había visto nunca y recorrió el pasillo casi a saltitos vestida de tul amarillo. Llevaba tirabuzones de princesa en el pelo con margaritas entretejidas.

Delante de mí, a Knox se le estremecieron los hombros mientras trataba de contener una oleada de emociones. Aguantó tanto como pudo, pero rompió filas en cuanto su hija llegó a la primera fila. Knox la levantó en un abrazo de oso demoledor. Waylay le rodeó el cuello con los brazos y se aferró con fuerza. Le resbalaron dos lágrimas por las mejillas y enterró la cara en el hombro de mi hermano.

Después de todo por lo que había pasado, era la primera vez que la veía llorar.

A Amanda se le escapó un sonido a medio camino entre un sollozo y un hipido y comenzó a repartir pañuelos como si fueran caramelos.

—Te quiero, peque —murmuró Knox con la voz quebrada.

La dejó en el suelo y ella se limpió las lágrimas.

—Sí, supongo que yo también te quiero y esas cosas.

Fi se sonó la nariz ruidosamente mientras Sloane miraba los árboles e intentaba no parpadear.

—Tú y tu tía sois las dos mejores cosas que me han pasado en la vida —dijo Knox, que le alzó la barbilla para que lo mirara.

Durante un segundo pensé que iba a romper a llorar, pero Waylay hizo acopio de una fuerza interior muy tozuda y sofocó la emoción. Iba a ser una buena Morgan.

—No te pongas sentimental. Si lo haces, la ceremonia durará una eternidad y quiero comer pastel —le ordenó.

—Entendido —graznó Knox.

La niña empezó a alejarse de él, pero después cedió a los impulsos y le rodeó la cintura con los brazos.

No estaba seguro de haberla oído correctamente, pero me pareció que le había dicho «gracias por quererme».

Lucian, Jeremiah y yo nos turnamos para aclararnos la garganta en un intento muy macho de ahogar cualquier sentimiento.

—Mierda. —Lina se sorbió la nariz a mis espaldas. Saqué algunos pañuelos del bolsillo de la chaqueta y se los entregué. Tenía los ojos vidriosos por las lágrimas no derramadas.

—Gracias —articuló.

Mi chica lloraba en las bodas.

Lina Solavita estaba llena de sorpresas.

Cuando Waylay por fin soltó a Knox y ocupó su lugar, mi hermano miró al cielo e intentó controlarse. Papá se levantó del asiento con timidez. Dudó (dos veces) y después recorrió el tramo hasta la pérgola y le puso algo a Knox en la mano antes de volver a su sitio.

Era un pañuelo. Por una vez en su vida, Duke Morgan había acudido cuando se le necesitaba.

Knox bajó la mirada hacia el objeto y después asintió en agradecimiento.

A continuación llegó un momento cómico, cuando Waylon, en un esmoquin para perros, recorrió el pasillo al galope como el portador de anillos oficial.

Cuando el perro sentó el culo a mis pies, gracias a la chuche para perros con la que lo había sobornado, la música volvió a cambiar. En cuanto el guitarrista comenzó a tocar los primeros acordes de «Free Fallin'», de Tom Petty, el público se puso en pie.

Oí que un suspiro recorría a los invitados cuando Naomi, toda una visión vestida de encaje blanco, apareció del brazo de Lou.

Knox le echó un vistazo y se agachó. Le temblaban las manos cuando se llevó el pañuelo a la cara.

Desde ese momento, no hubo ni un puñetero ojo seco en todo el jardín.

Hasta Liza J. tuvo que sonarse la nariz con la manga entre los sorbos que le daba a la petaca. Cuando Knox casi arrancó a Naomi del brazo de su padre, cuando se agarró a ella como si fuera lo más valioso del mundo, tuve que darme la vuelta y limpiarme una lágrima descarriada con el pulgar.

Lina se agitaba las manos delante de los ojos como si la brisa fuera a ayudarla a secarse las lágrimas.

Lucian tenía los ojos rojos y aspecto de que le hubieran roto el corazón en pedazos. Pero no miraba a los novios, sino a Sloane, que lloraba abiertamente.

—Ni se te ocurra ponerte a llorar, Flor —le ordenó Knox a la novia.

Naomi sonrió a través de las lágrimas de felicidad.

—Demasiado tarde, vikingo. Te quiero muchísimo.

A Knox se le crisparon los músculos de la mandíbula y la garganta.

—Eres todo lo que siempre he querido y que nunca he creído merecer.

Al sollozo entrecortado de Naomi lo siguieron los de Lina y Sloane. No pude soportarlo más. Me moví y rodeé a Lina con el brazo para atraerla a mi lado. Las flores delicadas del pelo me hicieron cosquillas en la cara como una caricia.

Naomi miró a Justice, que también se estaba limpiando una lágrima o dos, y sonrió.

—Siempre supe que formarías parte de mi boda, Justice.

Una vez dichos los «sí, quiero», secadas las lágrimas y servidas las bebidas, no quedaba nada más que hacer que disfrutar del día.

Waylay se encontraba junto al arroyo con una porción de pastel enorme, sus amigas del equipo de fútbol y los perros.

Lina volvía a estar en el fotomatón con Sloane y Fi. La fotógrafa no dejaba de buscar con frenesí a Naomi y Knox, que habían estado sospechosamente ausentes durante los últimos veinte minutos, más o menos. Nadie tenía el valor de decirle que lo más seguro era que los novios se lo estuvieran montando en alguna parte de la casa.

—¿Te apetece llevar a una anciana a la pista de baile? —me preguntó Liza J., que apareció a mi lado cuando la banda empezó a tocar «All My Ex's Live in Texas», de George Strait. Era una de las favoritas de mamá y, por lo tanto, una de las mías.

—Sería un honor —respondí, y le ofrecí el brazo.

Encontramos un hueco en la pista de baile, rodeados de amigos y familia. Conocía todas las caras y me pareció un milagro. No solo era un privilegio formar parte de este pueblo, sino servirlo.

—Pues lo voy a soltar —anunció mi abuela—. Durante la ceremonia, mientras todos los demás lloraban como una panda de bebés, he estado pensando. Si las cosas hubieran sido diferentes, hoy no habría habido una boda sin ti. Si ese imbécil de Dilton hubiera tenido mejor puntería, no habríamos estado ahí para ver cómo tu hermano se casaba con una mujer que está tan fuera de su alcance que será mejor que nunca deje de intentar merecerla. Tú le has enseñado a Knox a ser valiente. A ganarse las cosas. Y estoy muy orgullosa de los dos.

Me pilló tan desprevenido que me salté un paso. Los Morgan no hablábamos de sentimientos, y mucho menos con otros Morgan.

—Joder, Liza J.

—Calla, no he terminado. No habrías podido salvar a tu madre, Nash. Le había llegado la hora. Nada que tú u otra persona hubierais hecho lo habría detenido. Vivió tan a lo grande, fuerte y colorido que pudo en el poco tiempo que la tuvimos. Fuimos muy afortunados por disfrutarla los años que pudimos. Y yo he tenido mucha suerte de poder disfrutar de los nietos que me dio. No sé si lo sabías, pero cuando era pequeña, tu madre quería ser policía. Al final, la vida se interpuso en su camino. Pero sé con seguridad que Jayla está contentísima allí arriba al ver cómo sirves y proteges a los de aquí abajo.

Por segunda vez en el mismo día, se me nublaron los ojos.

—¿Te importa que me la lleve? —Wraith, con su atuendo de cuero de motorista formal, le ofreció la mano a Liza J.

—Sí, ya hemos terminado —anunció mi abuela. Se fue bailando con el motorista corpulento antes de que pudiera decir nada más.

—Parece que necesitas un trago —comentó Lina, que había aparecido en mi campo visual.

—¿Qué te parece si bailamos? —Alargué los brazos y la atraje hacia mí—. Pareces feliz —observé cuando nos trasladé a un rincón tranquilo de la pista de baile.

—Tendrías que ser un monstruo sin sentimientos para no estar feliz hoy —comentó, y me balanceó al ritmo de la música—. Acabo de hablar con la exmujer de Nolan.

—Ah, ¿sí? —La hice girar y volví a atraerla hacia mí.

Ella se rio.

—Está en el hospital con él. Se pondrá bien. Y creo que existe la posibilidad de que arreglen lo suyo, en especial ahora que le ha dicho que se va a pasar al sector privado.

—Lucian le ha ofrecido un empleo. Todavía no sé si lo ha hecho solo para mantener a Nolan alejado de Sloane.

Lina inhaló para reunir fuerzas antes de confesar:

—A mí también me ha ofrecido uno.

—No me digas.

—Es en su equipo de investigación. Tendría un mejor sueldo y no tendría que trabajar sobre el terreno. Solo tendría que viajar entre donde vivo y D. C. una o dos veces a la semana.

—Parece una buena oportunidad —le comenté.

Le brillaron los ojos.

—Naomi y Sloane también me han preguntado si me interesaría ayudarlas con su nueva aventura.

—¿De verdad? ¿Y qué vas a hacer? —le pregunté.

—Creo que primero me voy a tomar unas vacaciones. Quiero tener tiempo para conocer mejor a mi novio antes de centrarme en otro trabajo.

—A tu prometido —la corregí.

—¿Todavía no te has arrepentido?

Sacudí la cabeza.

—Si planeas quedarte por aquí, supongo que lo mejor será que empecemos a buscar una casa —dije, arrastrando las palabras.

Lina palideció y me pisó un pie. Le sonreí y esperé no perder nunca la capacidad de desconcertarla.

—¿Quieres que nos compremos una casa juntos? —chilló.

—Es imposible que toda tu ropa quepa en mi armario. Será mejor que encontremos un sitio con espacio para todos esos bolsos y zapatos tan bonitos.

Entrecerró los ojos y aceptó el reto.

—¿Sabes? Si nos vamos a comprar una casa juntos, supongo que celebrar una boda sería divertido —reflexionó.

—Eso creo —coincidí de forma amigable.

—Y después de ver a Knox y Waylay... a lo mejor tener un crío no sería lo peor del mundo.

—Sin duda, tener un niño no sería lo peor.

Puso los ojos en blanco.

—¿Cómo puedes estar tan tranquilo? Estamos hablando de todo tu futuro. De inmobiliarias, bodas y bebés.

—Ángel, siempre y cuando tú estés a mi lado, nada de eso me asusta.

Sacudió la cabeza y levantó la mirada hacia el toldo que formaban los árboles y el cielo.

—Bueno, pues yo estoy bastante asustada. ¿Qué pasa si cambias de opinión?

La agaché de forma dramática y disfruté de que se aferrara a mí con más fuerza.

—Ya es demasiado tarde para eso.

—No, no lo es. De hecho, ahora es el momento ideal para que cambies de opinión, antes de que tomemos una decisión permanente.

Nos erguí y le sujeté el rostro con las manos.

—Deja que te enseñe ahora mismo lo permanente que es esto.

—Te sigo —respondió ella.

Me la estaba llevando lejos de la fiesta cuando alguien me llamó.

—Mierda —murmuré.

Me giré y vi a mi padre allí de pie. El hombre que se había sentado a su lado durante la ceremonia estaba detrás de él.

—Solo quería despedirme —comentó mi padre, que cambió el peso del cuerpo de un pie al otro. Llevaba la chaqueta colgada del hombro y las mangas de la camisa arremangadas hasta los codos. El 0522 aún era visible, aunque se le había desvanecido hasta un tono azulado grisáceo en la piel.

—Este es Clark, por cierto. Es mi padrino —nos presentó.

Sorprendido, le tendí la mano.

—Encantado de conocerte, Clark.

—Lo mismo digo. Tu padre está progresando de forma muy positiva —explicó.

—Me alegra oírlo.

Papá miró detrás de mí y le ofreció una leve sonrisa a Lina.

—Papá, te presento a Lina. Mi prometida. —Estaba deseando cambiar la palabra a mujer. Mi mujer.

—Lo he deducido durante la ceremonia —bromeó mi padre—. Felicidades a los dos.

—Es un placer conocerle, señor Morgan. Sus hijos no están nada mal —le dijo Lina mientras le estrechaba la mano. Bajó la mirada al brazo, al número que tenía tatuado en la piel, y después me miró con ternura.

—Llámame Duke. Y no puedo atribuirme el mérito, todo lo bueno que tienen proviene de Jayla.

No había oído a mi padre pronunciar el nombre de mi madre en años. A lo mejor sí que había esperanza.

—No todo lo bueno —argumentó Lina.

Mi padre le ofreció una sonrisa pequeña y agradecida.

—Bueno, he pensado que lo mejor era ponerse en marcha. No creo que esté listo todavía para enfrentarme a una barra libre —explicó.

—Me alegro de haberte visto, papá.

552

—Yo también me he alegrado de verte, Nash. Ha sido un placer conocerte, Lina. —Empezó a irse, pero se detuvo—. Estoy muy orgulloso de ti, hijo. Muchísimo. Sé que probablemente no signifique mucho, pero también sé que tu madre estaría contentísima.

No encontré las palabras para responderle, así que me conformé con un gesto de la cabeza.

Los observamos mientras se iban.

—¿Estás bien? —me preguntó Lina, que me rascó la espalda con las uñas.

—Sí, lo estoy. Vamos. —La guie hasta la casa y por las escaleras—. Se oyeron vítores en el patio y deduje que Knox y Naomi habían hecho su entrada triunfal tras el coito matrimonial.

—¿Adónde vamos? —me preguntó Lina.

—Tengo que enseñarte una cosa —respondí. Abrí una puerta y la empujé dentro.

—Madre mía, ¿es tu habitación? —preguntó tras ver la cama pequeña con la colcha a cuadros, las estanterías de trofeos y el resto de baratijas de mi infancia.

—Sí. Le dije a Naomi que podía redecorarla, pero supongo que todavía no ha empezado.

Cerré la puerta y eché el cerrojo.

—¿Quieres que nos acostemos en la boda de tu hermano? —preguntó con picardía—. Madre mía, cabeza loca. Estoy impresionada.

Me desabroché el cinturón y se humedeció los labios. Me bastó con ese vistazo a su lengua rosa y sus labios húmedos para excitarme.

—He estado pensando mucho últimamente.

—¿En qué momento has tenido tiempo para pensar? Hemos pasado la mayor parte de las últimas veinticuatro horas esquivando balas —bromeó.

—Cada minuto que he pasado despierto desde que te vi en mi escalera. —La empujé hasta que se sentó en mi antigua cama.

—Eso es mucho tiempo para pensar.

—Eres una mujer complicada. Necesito pensar y planear mucho cuando se trata de idear las mejores maneras de convencerte para que construyas una vida conmigo. —Me bajé los pantalones por los muslos.

Posó la mirada en mi entrepierna y sentí el pulso y la excitación que su atención despertó en mi pene.

Me metí los pulgares en la goma de los calzoncillos.

—Si crees que tu polla, por muy magnífica que sea, va a contar como un gran gesto que me demuestre que vas a estar conmigo mucho tiempo, será mejor que vuelvas a planearlo desde cero.

Ya había separado las rodillas en el borde del colchón. Quería arremangarle toda esa seda hasta la cintura y tomarla. Demostrarle lo mucho que la necesitaba. Y recordarle lo mucho que ella me deseaba a mí.

Pero antes tenía que hacer otra cosa.

Me di la vuelta.

—Puede que sí que acepte tu culo como un gran...

Interrumpió la frase cuando me bajé la ropa interior.

—¡Nash! —exclamó con un grito ahogado.

Traté de mirarla por encima del hombro para hacerme una idea de lo que sentía.

—Mierda, ha sido una estupidez. Debería habérmelo hecho en otra parte desde la que pudiera ver tu reacción.

¿En qué estaba pensando? Una mujer como Lina se merecía una propuesta de matrimonio a media noche en un safari, con fuegos artificiales y putos leones. No...

—Alas de ángel —susurró, y me pasó los dedos por la piel recién tatuada.

Me estremecí.

—Pobrecito bebé —bromeó. Y después noté cómo me rozaba la nalga con los labios.

La polla me respondió al contacto.

—No me creo que te hayas hecho un tatuaje por mí. En el culo. ¿Te das cuenta de que eso lo hace oficial? Ahora tu culo es mío. Todas las mujeres del pueblo se van a quedar desoladas, porque te aseguro que se lo voy a contar a todas. De hecho, necesito el móvil. Quiero sacarle una foto.

—Ángel —la interrumpí.

—¿Qué?

554

—Todavía no está acabado.

—Ya lo veo.

—Porque alguien dejó que la secuestraran en mitad de la sesión, pero no me refería a eso.

—¿Y qué le falta? —me preguntó.

—Nuestra fecha. El día más feliz de mi vida.

Se quedó callada durante tanto rato que me giré para mirarla con los pantalones todavía por los muslos.

—Knox se ha tatuado la fecha de hoy encima del corazón. Es una tradición familiar —le expliqué.

Tenía esos bonitos ojos marrones anegados de lágrimas y le temblaron los labios rojos y gruesos.

—Construye una vida conmigo, Angelina. Puedes estar todo lo asustada que quieras, porque yo no lo estoy. Seré lo bastante fuerte por los dos.

Asintió y derramó una única lágrima. Me agaché delante de ella y se la limpié con el pulgar, después me incliné hacia ella para besarla.

Pero me detuvo.

—Pero me comprarás un anillo igualmente, ¿no? —Además de por las lágrimas, los ojos le brillaban de felicidad y picardía.

Sonreí.

—Ya tengo una cita con el joyero programada para mañana.

Se acercó a mí hasta que nuestros labios estuvieron solo a un suspiro de distancia.

—Entonces será mejor que yo también pida cita.

—¿Cita para qué?

—Para mi tatuaje de Nash. He pensado que a lo mejor podría tatuarme tu placa.

Me levanté de golpe y la sujeté contra el colchón.

—Te quiero muchísimo, ángel.

—Te quiero, agente Macizo —susurró, y me acarició la cara.

Llamaron a la puerta con tanta fuerza que esta traqueteó y, por un instante, me vi transportado a mis años de adolescencia.

—¡Lina! ¿Estáis ahí? —preguntó una voz.

Lina se incorporó de golpe y se sentó.

—¿Esa es mi madre? —dijo entre dientes.

—Mierda. —Me puse en pie e intenté subirme los pantalones enseguida.

—¿Lina? ¿Estás ahí? Ese Knock nos ha dicho que seguramente estarías aquí arriba.

—¿Papá? —chilló, aturdida.

—A lo mejor se están acostando —sugirió su madre desde el pasillo.

—¿Por qué tienes que decir esas cosas, Bonnie? —preguntó su padre.

—¿Qué hacen mis padres aquí? —exigió saber Lina mientras se alisaba el vestido con frenesí.

—Se me había olvidado decírtelo. Puede que los invitara yo… después de pedirles permiso para casarme contigo… después de habértelo propuesto ya.

Me apoyó las manos en el pecho y me miró a los ojos.

—Prepárate para que te agobien el resto de tu vida.

Me moría de ganas.

EPÍLOGO EXTRA
UNOS AÑOS DESPUÉS

LINA

—¡Robo! —gritó Stef con alegría.

—Que te den —gruñó Knox, y tomó otra ficha de la mesa de nuestro cuarto de juegos.

Sí, yo, Lina Solavita Morgan, tenía un cuarto de juegos. Y también tenía una sección del armario dedicada a la lencería cara.

Mi guapo marido me obsequió con una sonrisa de complicidad como si me leyera la mente y atrajo una ficha hacia él. Piper estaba sentada en su regazo y disfrutaba del follón que había alrededor de la mesa.

—¿Cómo se te da tan bien? —preguntó Lucian. Era su primera incursión en Bananagrams y se lo estaba tomando mucho más en serio que Sloane, que se había rendido. Tenía los pies sobre su regazo y hojeaba un artículo sobre la última historia de éxito de su programa en el iPad.

La luz de la tableta le bañaba la cicatriz fina y plateada de la mandíbula. Una marca de valentía. Una marca que nos recordaba a todos lo valiente que era nuestra pequeña bibliotecaria.

Me fijé en que Lucian jugaba con una sola mano para frotarle los pies a su mujer debajo de la mesa.

—Porque hace trampas —respondió Jeremiah, y le guiñó el ojo a Stef.

—No seas envidioso, señor Solo Utilizo Palabras de Tres Letras.

—¿Alguien quiere tomar algo? —pregunté cuando empecé a recoger los vasos vacíos.

—Siéntate, ángel —me ordenó Nash. Alargó el brazo y se llevó mi muñeca a los labios—. Ya recojo yo.

—Estoy más cómoda cuando me muevo —le respondí, y después me incliné hacia él para rozarle los labios con los míos a pesar de la punzada de dolor que noté en la parte baja de la espalda.

—¿Estás bien? —me preguntó con suavidad. Me bajó la mano por la espalda y por el trasero. Tan infalible como siempre, encontró el tatuaje y me lo pellizcó con afecto.

Estaba enorme y me sentía incómoda. Me dolía la espalda. Tenía los pies hinchados. Y durante las últimas horas había estado sufriendo unos calambres punzantes aislados que me recordaban lo que estaba por llegar.

—Estoy bien —le prometí.

—¡Robo, cabronazos! —vociferó Knox en tono triunfal. Toda la mesa protestó.

—Noche de juegos —murmuré, y le guiñé el ojo a Nash antes de llevarme los botellines de cerveza vacíos a la cocina. Waylon el *basset* levantó la cabeza, comprobó que no llevaba ninguna chuche para él y se volvió a dormir de inmediato sobre las baldosas.

De algún modo, esa era mi vida.

Aunque, por supuesto, mi vida también había incluido construir esta bonita casa en los terrenos de Liza J., justo al otro lado del arroyo y enfrente de mis cuñados. Tenía un trabajo emocionante, una perra peculiar y un hombre al que quería cada día más. Mis padres y yo teníamos buena relación. Seguían llamando. Mucho, pero ya no les mentía sobre mi vida y ellos habían aprendido a lidiar con que abriera las alas. Sospechaba que eso se debía sobre todo al hecho de que le habían pasado el testigo de la preocupación a Nash y ahora confiaban en que él me mantuviera a salvo. Pero aun así lo consideraba una victoria.

Y, para colmo, nuestra mayor aventura estaba a punto de comenzar.

Tiré los botellines vacíos a la papelera de reciclaje. Naomi se acercó a mí por detrás y me pasó un brazo por la cintura ancha.

—He puesto el lavavajillas y guardado las sobras.

—Gracias. Te prometo que cuando no pese ochocientos kilos y deje de tener forma de balón de playa te devolveré el favor.

—¿Te encuentras bien?

Asentí, pero después hice una mueca. Parecía sentir el peso de mi barriga de embarazada más abajo que nunca y la espalda me protestaba tanto si estaba de pie, como sentada, como tumbada. Por primera vez desde la adolescencia, me sentía incómoda en mi propio cuerpo.

Pero no quería quejarme delante de mi amiga. No cuando ella y Knox llevaban un tiempo intentando tener niños.

—Estoy bien —le aseguré.

Naomi me lanzó una mirada astuta.

—Mentirosa —respondió con cariño.

—Estoy bien, te lo prometo. —Mientras lo decía sentí que me atravesaba otro de esos dolores punzantes.

Nash me miró como si también lo hubiera notado. El hombre me había estado vigilando como un halcón desde la aparición de esa maldita línea rosa tantos meses atrás. Esbocé una sonrisa débil.

—¿Quieres caminar o sentarte? —me preguntó Naomi.

Ambas opciones me parecían horribles.

—Caminar —decidí, y comencé a dar vueltas alrededor de la isla de la cocina con las manos en la parte baja de la espalda.

Naomi tomó un paño de cocina y comenzó a retorcerlo con un gesto parecido a una sonrisa en los labios.

—¿Qué? —le pregunté.

—Solo quiero que sepas que voy a querer muchísimo a esos bebés. Me alegro tantísimo por ti y por Nash que a veces me quedo sin aliento —comentó con voz temblorosa—. No quiero que pienses que porque esté triste por mí y por Knox no pueda alegrarme por ti y por Nash.

Dejé de caminar y me volví hacia ella.

—Pues claro que lo sé. Y yo quiero que sepas que desearía que estos fueran tus bebés o que fueras un balón de playa de ochocientos kilos conmigo.

Se le escapó una risita llorosa.

—Yo también. Y hace que me sienta un poco egoísta.

—Querer traer más amor a tu hogar no tiene nada de malo. No es egoísta. —La solté cuando me atravesó otra punzada de dolor.

Exhalé lentamente.

—Knox y yo hemos estado hablando —me explicó Naomi, y se sentó en uno de los taburetes que tanto me había costado escoger. Porque al parecer ya no solo era una diva para la moda y el maquillaje, sino también para el mobiliario—. Y hemos tomado una decisión.

—¿Qué habéis decidido? —le pregunté, y traté de evitar sonar como si me estuvieran estrangulando, porque el dolor se negaba a remitir.

—Vamos a dejar los tratamientos de fertilidad.

—Oh, Naomi —respondí.

Sacudió la cabeza y, más allá de las lágrimas, vi algo precioso. Un gesto feliz y cargado de esperanza.

—Vamos a adoptar.

Alargué los brazos hacia ella. El embarazo me había hecho perder la aversión al contacto físico. Seguramente tenía algo que ver con el hecho de compartir físicamente el cuerpo con otros dos seres humanos.

—Es un camino muy largo, pero creemos que es lo correcto. Es como si una pieza del puzle hubiera encajado —explicó—. Estoy contentísima.

La apreté contra mí tanto como me permitió la barriga.

—Es maravilloso, Witty, estoy muy feliz por ti. Tú, Knox y Way vais a encontrar al resto de vuestra familia —le prometí.

—Lo siento en el corazón, igual que siento que, aunque no seas la hermana con la que nací, eres la hermana que escogí, Lina —susurró.

Las lágrimas cálidas me nublaron la vista y la estreché con más fuerza.

—Mierda. Bonita forma de hacer llorar a la mujer embarazada.

Naomi soltó una carcajada llorosa contra mi hombro.

—Es un honor tenerte como hermana —susurré.

—¿Eso ha sido una patada? —preguntó Naomi, y me apoyó la mano en la barriga.

—Sí, uno de los dos quiere seguir los pasos de Waylay y jugar al fútbol.

El siguiente calambre me pilló desprevenida y solté a Naomi para inclinarme hacia adelante.

—Dios —jadeé.

—¡Nash! —gritó Naomi con voz aguda.

Se oyó un estruendo en la otra habitación y mi marido llegó a mi lado en un segundo.

—¿Estás bien, ángel? —preguntó, y me acarició los brazos.

—Perfectamente —respondí con voz ronca mientras el resto de nuestros amigos y familiares intentaban entrar en la cocina a la vez y se quedaban atascados en la puerta.

—Creo que está de parto —anunció Naomi.

—Es pronto —señaló Jeremiah.

—Suele pasar con los mellizos. —Sloane llegó a mi lado y me puso una mano helada en el hombro. Lucian la siguió. Incluso después de tanto tiempo, incluso cuando los órganos amenazaban con salírseme del cuerpo, el hecho de que siempre encontrara la forma de ponerse en su órbita me parecía encantadora.

Adorable hasta doler.

—¿Qué hacemos? ¿Necesitas toallas y esas cosas? —preguntó Knox, presa del pánico.

—Stef, ve a por la bolsa que hay en el suelo de nuestro dormitorio —le ordenó Nash—. Naomi, llama a todos los padres. Jeremiah, saca las llaves del gancho de la entrada y ve a poner el Tahoe en marcha.

Sacudí la cabeza.

—El Tahoe no.

—¿Qué? —Nash se inclinó hacia mí.

—Que prepare mi coche. Quiero que demos un último viaje los dos solos —respondí con los dientes apretados.

Nash se agachó y me miró a los ojos.

—Joder, cómo te quiero, ángel. Aunque seas un grano en el culo de lo más cabezota.

—Yo también te quiero. Ahora, por favor, sácame de aquí antes de que me ponga en ridículo y empiece a llorar y chillar.

561

—No estoy preparada, no puedo hacerlo. ¿Dos? ¿Dos bebés? ¿En qué estábamos pensando? —exclamé, y me aferré al brazo de Nash con las dos manos.

Estar en una cama de hospital y llevar una bata de paciente ya era suficiente para ponerme histérica. Y si a eso le sumabas que estaba a punto de expulsar a dos seres humanos por la vagina, mi nivel de histeria estaba por las nubes.

—Lo siento mucho, cariño. Te prometo que nunca más te volveré a hacer algo así —me aseguró mi marido con fervor—. ¡Traedle otra epidural o analgésicos o un puñetero tranquilizante para caballos ahora mismo! Lo que haga falta para arreglar esto —vociferó él.

Dejé caer la cabeza hacia el colchón reclinable y cerré los ojos con fuerza. Nash me puso una mano fría en la frente y noté sus labios contra la oreja.

—Estoy aquí, ángel. Estoy contigo. Puedes hacerlo. Tienes que cargar con todo el peso y lo siento muchísimo, joder. Haría lo que fuera por quitarte el dolor. Cualquier cosa. Pero te juro que después de esto no tendrás que hacer nada sola, ¿vale?

Asentí y abrí los ojos.

—Vale.

—Prepárate. Necesitamos que empujes con fuerza, Lina —dijo la enfermera.

—Puedes hacerlo, cariño. Me has devuelto a la vida, puedes traer a la vida a dos criaturas más. Porque eres pura magia.

Le tomé la mano y apreté con fuerza. Le brillaban los ojos azules.

—Te necesito, Nash.

—Ya era hora.

Sacudí la cabeza.

—Siempre te he necesitado.

—Estoy justo aquí. Vamos a empezar esta aventura.

—No puedo esperar a después —dije con los dientes apretados.

La carita arrugada que asomaba por debajo del gorro azul no se parecía ni a Nash ni a mí, por lo menos en mi opinión. Se parecía a un anciano cascarrabias con unos deditos diminutos. Apoyé la cabeza en el hombro de Nash. Se había subido a la cama conmigo y estábamos sentados con nuestro hijo y nuestra hija en brazos, mientras disfrutábamos de los primeros minutos como familia de cuatro.

Nash miraba a nuestra niña con una expresión de puro asombro en el rostro. Noté que el corazón se me abría para dar cabida a esa nueva cantidad de amor.

Mi marido el heroico se había mantenido fuerte por los dos. Había aguantado hasta que habían envuelto a los mellizos en mantas, hasta que habían declarado que estaban sanos y hasta que yo había estado a salvo. Después, con una mirada de amor en su atractiva cara, que solo me dedicó a mí, Nash Morgan se había desmayado.

—Siempre pasa —había dicho la enfermera mientras iba a por las sales aromáticas y los puntos de aproximación.

Me las había arreglado para sacarme un selfi con Nash bocabajo en el suelo junto a la cama. La mayoría de nuestros mejores momentos como familia incluían sangre y moratones.

—Hay unas veinte personas en la sala de espera con más globos que en un parque de atracciones —anunció la enfermera.

—Será mejor que los dejemos entrar antes de que los echen —respondí. Me sentía como si me hubieran cortado el cuerpo por la mitad y me lo hubieran vuelto a coser, y habría dado el brazo izquierdo por tener un poco de corrector y máscara de pestañas. Y lo que era peor, había descubierto una clase de alegría especial al compartir momentos imperfectos con los demás. Sentía una fuerza impresionante cuando dejaba que las personas a las que más quería en el mundo me vieran en mis momentos más crudos.

Éramos afortunados por tener una vida tan maravillosa.

Toda nuestra extensa familia querría y cuidaría de esos bebés tan diminutos y perfectos, incluso cuando empezaran a surgir sus imperfecciones humanas.

Nash sacudió la cabeza.

—Quiero que estemos solos unos minutos más —comentó.

—Vale —respondí. Sabía que lo había dicho por mí, él siempre tan protector.

Estiré el brazo y le pasé un dedo a nuestra hija por la mejilla rosada.

—He pensado que a lo mejor podríamos llamarla Jayla, como tu madre —anuncié.

Nash me miró con sus preciosos ojos anegados en lágrimas. Asintió en silencio durante un rato mientras tragaba saliva.

—Creo que me encantaría —dijo al fin con voz ronca.

—¿Sí?

—Sí. —Bajó la mirada hacia nuestro hijo y después la volvió hacia mí—. ¿Qué te parece Memphis?

—Memphis Morgan —pronuncié con suavidad. El bebé se retorció en mis brazos y sonreí—. Creo que le gusta.

—Eres preciosa, ¿lo sabías?

Levanté la mirada hacia Nash y vi que me miraba fijamente con amor intenso. Estaba hecha un desastre y mi marido era un mentiroso.

—Venga ya —bufé.

—Me alegro de que te quedaras para el después —comentó.

—¿Incluso después de esto? —le pregunté, y señalé con la barbilla a los dos recién nacidos de los que ahora éramos responsables.

—No habría hecho esto con nadie más en el mundo —dijo con la voz cargada de emoción.

Suspiré y me apoyé en su hombro.

—Yo tampoco.

Nos tomamos nuestro tiempo y disfrutamos del momento, juntos.

Mi madre fue la primera en asomar la cabeza por la puerta. Me pregunté a cuántas personas había tenido que pisotear para tener ese honor. La miré mientras le daba un abrazo largo y fuerte a Nash y lo balanceaba de lado a lado.

—Estoy muy orgullosa de vosotros —dijo, e interrumpió el abrazo solo para tomarle el rostro entre las manos.

Nash le sonrió de oreja a oreja y la atrajo para darle otro abrazo.

Resultó que todo el amor que mis padres habían centrado antes en mí no era tan asfixiante cuando lo dividían entre los dos. Y ahora entre los cuatro.

Mi padre se había quedado en el umbral de la puerta y sujetaba un ramo de flores silvestres con timidez. Incluso desde el otro lado de la habitación, vi los lirios del valle. Los favoritos de Jayla. Habíamos plantado un parterre entero junto a la casa y, cada vez que florecían, susurraba un agradecimiento a la mujer que había traído amor a mi vida.

—Es igualito a ti —susurró mamá, y se le llenaron los ojos de lágrimas cuando le pasé a su nieto.

—Mira qué angelito —dijo papá, y le intercambió el ramo de flores y un puro a Nash por su nieta.

Llamaron a la puerta y todos los demás comenzaron a entrar. Knox y Waylay pasaron con una Naomi muy emocionada entre ellos.

—¡Madre mía! Son perfectos —canturreó, y se agitó las manos delante de los ojos—. Tienes cuatro guisos en el congelador, hemos pasado la aspiradora y limpiado el polvo de la habitación de los bebés y Piper está con Duke, que está vigilando a todos los perros hasta que volvamos y después vendrá a visitaros. Ahora dejadme a uno de esos bebés, por favor.

Lucian le había pasado un brazo protector a Sloane por el hombro y sujetaba una bolsa de regalo de Prada en la mano libre.

—Es una bolsa de pañales —articuló Sloane en silencio.

Stef y Jeremiah cerraban la marcha con el oso de peluche más grande que había visto nunca y Liza J.

—Buen trabajo, hijo —comentó la abuela de Nash después de observar a su bisnieta.

—Se llama Jayla —anunció Nash.

Liza J. asintió y no dejó de asentir.

—Es un gran nombre —dijo al final, y después se sonó la nariz ruidosamente con un pañuelo.

Mi marido consiguió volver hasta mí y se sentó en la cama a mi lado. Apoyé la cabeza bajo su barbilla y suspiré de felicidad mientras él jugueteaba con los anillos de mi mano. El anillo de compromiso tenía un diamante espectacular y la banda había pertenecido a su madre.

—No sé cómo he podido tener tantísima suerte —murmuró contra mi coronilla.

Ladeé la cabeza para mirarlo.

—A lo mejor porque hay un ángel o dos que cuidan de ti.

Suavizó el rostro y se le llenaron los ojos azules de ternura.

—Puede que tengas razón.

Me dio un beso dulce en los labios y después en la frente.

—¿Sabes? —rumié—, tienes suerte de tener un culo tan bonito y redondo. Creo que tendrás que tatuarte otra fecha.

NOTA DE LA AUTORA

Querido lector:

Cuantas más novelas románticas leo, más convencida estoy de que amar a alguien es lo más valiente que puedes hacer en este mundo.

El amor no solo consiste en enamorarte del jefe de policía melancólico de la casa de al lado. Está en los amigos que te visitan con vino en tus mejores y peores días. En el sobrino que todavía no sabe hablar, pero que te derrite el corazón con una sonrisa de oreja a oreja. En el hermano que siempre se las arregla para hacerte reír. En el vecino que te sorprende con verduras frescas de su jardín. En el suspiro de felicidad de un perro bueno. En las miradas significativas entre amantes que llevan juntos muchos años y que se han convertido en su propio lenguaje.

Y a veces sí que es el héroe de un pueblo pequeño el que hace que decidas arriesgarte a que te rompan el corazón.

La lección más importante que me han enseñado Lina y Nash es que el mejor tipo de amor es el que te arriesgas a ofrecer. Incluso a sabiendas de que podrían hacerte daño, decepcionarte o romperte el corazón, querer a alguien por sí mismo es el mayor regalo que puedes ofrecerle a nadie.

Ahora, si me disculpáis, debo ir a abrazar al señor Lucy y pedirle que me lleve a por unos tacos de apoyo emocional.

Besos,
Lucy

P. D.: ¿El libro de Lucian? *se limpia el sudor de la frente* *mete el ordenador en el congelador para evitar que se sobrecaliente*

AGRADECIMIENTOS

A Kristy Rempalski, por su generosidad al apoyar a Lift 4 Autism y por su brillante creatividad a la hora de ayudar a desarrollar el personaje de Xandra.

A Carol y Cora, por venir a verme desde Connecticut a Enola, Pensilvania.

A Kari March Designs, por, una vez más, diseñar una cubierta tan perfecta.

A Korrie's Korner, por tus increíbles comentarios y tus servicios de edición multicultural.

A Kennedy Ryan, por ser siempre un ejemplo de talento y por decirme si lo estaba haciendo bien.

A todos los lectores de mi página de Facebook, que sugirieron que llamara Piper a la perra.

A mi increíble compañero, Tim, que ha celebrado su cincuenta cumpleaños este año. Igual que un buen *whisky* escocés, ¡mejoras con los años, cielo!

A Joyce y Tammy, por luchar por Nash, aunque tardara un siglo en desarrollar su historia.

Al equipo Lucy, por mantener el barco a flote mientras volvía a perderme una vez más en Knockemout.

A los equipos de Bloom Books y Hodder, por hacer llegar esta serie a un público mayor.

A Flavia, de la agencia literaria Bookcase, por guiarme a través del Año del Caos.

A todos los lectores que dan una oportunidad a uno de mis libros y no los odian.

Y, por último, a mis amigos autores que corrieron conmigo, me dijeron que dejara de quejarme y me animaron. ¡Convertís un trabajo solitario en una comunidad peculiar y bonita de la cual estoy orgullosa de formar parte!

SOBRE LA AUTORA

Lucy Score es una autora superventas del *New York Times,* el *USA Today,* el *Wall Street Journal* y Amazon. Creció en una familia literaria que consideraba que la mesa del comedor era para leer y estudió un grado en Periodismo. Se dedica a escribir desde su casa de Pensilvania que ella y el señor Lucy comparten con su odiosa gata, Cleo.

Cuando no pasa horas escribiendo sobre héroes rompecorazones y heroínas malotas, puedes encontrar a Lucy en el sofá, en la cocina o en el gimnasio. Algún día espera poder escribir desde un velero, un apartamento frente al mar o una isla tropical con una conexión wifi fiable.

Inscríbete a su *newsletter* y recibe las últimas noticias sobre las novelas de Lucy. También puedes seguirla en los siguientes enlaces:

Página web: lucyscore.net
Facebook: lucyscorewrites
Instagram: scorelucy
TikTok: @lucyferscore
Binge Books: bingebooks.com/author/lucy-score
Grupo de lectores: facebook.com/groups/BingeReadersAnonymous

COSAS QUE NUNCA DEJAMOS ATRÁS

LUCY SCORE

CHIC

Chic Editorial te agradece la atención dedicada a
Cosas que ocultamos de la luz, de Lucy Score.
Esperamos que hayas disfrutado de la lectura
y te invitamos a visitarnos
en www.chiceditorial.com,
donde encontrarás más información
sobre nuestras publicaciones.

Si lo deseas, también puedes seguirnos
a través de Facebook, Twitter o Instagram
utilizando tu teléfono móvil
para leer los siguientes códigos QR: